本书系广东省社会科学院青年项目

"中国奇幻文学网络集体创作的个案研究"

（2017Q0004）的结项成果

在幻想的冰山下
欧美奇幻文学的
故事世界和文本系统

谢开来———著

On the Secondary World
and Its Text System
in Western Fantasy Literature

社会科学文献出版社
SOCIAL SCIENCES ACADEMIC PRESS (CHINA)

序

我一直很喜欢一则印第安神话：一只大鸟想要飞到山的那边去，它每天都磨炼翅膀、锻炼耐力，到了预定起飞的日子，刮起了大风，乌云密布，天空被黑暗吞噬，于是它变成一条鱼，摇一摇尾巴，游到海里去了。

2002 年，西方奇幻文学冲击神州大地之时，我和一些神交已久的朋友在清韵论坛谈论构建一个东方架空世界的可能，这就是后来的"九州"。

它缘起于一个简单设想的集体写作计划，参与全凭个人兴趣与热情，却如同急速旋转的庞大漩涡，吸引了越来越多的著名作家和写作爱好者——大嘴巴狼，即本书作者，亦是其中一员——最终演变成拥有数十本杂志、单行本和上千万字作品的庞大文学世界，并一脚跨入了影视和游戏行业。从各方面看，它都是国内一个重要的奇幻 IP 产出源。

然而，九州也揭露了集体写作的许多问题。摸索前进的"创世者"们，在商业考量和文人理想中寻求平衡，却难以避免矛盾。九州不仅拥有架空世界里的战争，也演变成一场现实世界里的争夺战，不得不面临理想破灭的读者、版权的混乱、作者退缩、无所适从的投资人等后果。这十多年来，不断有人惋惜这一幻想王国的没落和崩塌，但除此之外，我觉得还应该有点什么。

谢开来的这本书，给我带来了颇多惊喜：一名隐藏在九州作者群里的民俗学博士，研究民间故事、通俗文学和文化产业的专家，默默地观察九州的兴盛衰落，冀图从中获取裨益后来者的价值。这仿佛给九州的鲸落赋予了更大的意义。

此书起初想以九州为个案分析，最终却追本溯源，梳理脉络，以"魔戒""龙枪""博德之门"等建立起世界观的欧美故事世界或架空世界为样本，找到了奇幻文学发展图景中的经纬线，谈论了新技术赋能之后的叙事新面貌，寻找新时代的多体裁表现形式，分解欧美奇幻文学在当代文化产业中的生产方式和发展情况。

这本书集中解析了集体化写作中的权力分配问题，使得大规模生产似乎变得更加可控。这使得那些渴望了解集体写作的人，那些想要从这场文化盛事中赚到钱的人，都能从中各得所需。因而这本书又极具现实意义。

九州可能是国内作家建造巴别塔的第一次尝试，如今在这奇异世界的流连者中出现了很多小说作者、世界观架构师、游戏策划、杂志主编，更有像本书作者这样的文化研究者，似乎它残破的投影依然隐现在地平线之外。

天空固然风光无限，九州或许未能实现早前创作者的梦想，正逐渐沉入新一轮写作者的浩瀚大海中，但海也很大。

于 2021 年平安夜

前　言

　　他手里，拿着金制的圆规，上帝在那无穷宝库中已将它准备，划出所有的造物，和这个寰宇，一只脚放在中心，另一只旋转，向那广阔、深沉、混沌中划去，说道：周边就这么遥远，世界就这么宽阔。这就是你们的疆域，这就是你们的大地。

　　　　　　　　　　　　　　　——弥尔顿《失乐园》（第七卷）

　　中国奇幻作家今何在的代表作《悟空传》曾以此段开头。《悟空传》出版数年以后，今何在成了一个用文学和幻想描绘架空世界的"九州天神"。九州项目的成员和参与者对这个用文字和作品支撑起来的幻想世界寄予厚望，该项目所产出的系列作品也确实得到过高度评价。著名奇幻文学译者屈畅撰写世界奇幻文学史时，虽未专写中国，但还是点出了当时华人圈众多优秀原创作品"以'九州'为首"①。

　　作为中国奇幻文学架空世界的代表，"九州"和所有的架空世界一样，仿佛是个可以把各种各样故事变出来的黑盒子。它好像有一种魔法，人们自然而然地被它吸引，自然而然地产生创作的欲望，然后自然而然地写出作品来。然而，就像许多民间故事和奇幻作品里说的那样，魔法时灵时不灵，甚至会失控或者消失。"九州天神"开辟专栏、占领杂志、创办刊物、组建公司，也曾洛阳纸贵，也曾万人空巷，但最终项目还是在实体书刊萧条和电子媒体大潮中折戟沉沙，声势渐去。

　　也许铁甲依然在，只是有待磨洗。时至今日，架空世界仍是中国

① 屈畅：《巨龙的颂歌：世界奇幻小说简史》，古吴轩出版社，2011，第241页。

奇幻文学的重要创作手法。文化产业界和资本界渴望建立泛娱乐闭环，也对架空世界高度关注，仿佛那是他们通往梦想的产业模式的钥匙。但是，架空世界的魔法能够稳定地发挥它的作用吗？怎样避免重蹈覆辙，陷入魔法失灵的困境呢？本书的观点是，首先应该避免陷入以产品对应产品，或者以作品对应作品的误区。应该清醒地认识到，进入中国的欧美大众文化精品往往只是其大众文化产业的冰山一角。拍一部《无极》和拍一部《指环王》是没有可比性的，因为《指环王》背后是托尔金（J. R. R. Tolkien）花费一生时间在大众文艺创作中接续欧洲文化传统的结果，是欧美奇幻文学和架空世界数十年乃至上百年的文化积累和市场积淀，也是美国版权产业这一庞然巨物调集多方力量的集体造物。本书取名为"在幻想的冰山下"，正是为了描绘那冰山一角之下的巨大轮廓。

本书希望展现欧美奇幻文学深厚的文化基础，说明文学幻想不是瞎想。奇幻文学作为当代欧美大众文化的产物，要面对错综复杂的产业架构和风云变幻的市场环境，必须兼顾文学规律、文化规律和社会规律。架空世界是现代欧美奇幻文学的宠儿，又承载着深刻的文化内涵。若我们回望吉尔伽美什史诗，不难发现人类在美索不达米亚文明时期就已经利用幻想构建了光怪陆离的冥府。随着历史的推移，对架空世界的叙事在世界各地反复出现：埃及人用幻想叙述了太阳神危险的地下之旅，希腊人用幻想描绘了供赫拉克勒斯建功立业的地狱，凯尔特人用幻想造就了英雄库丘林学艺的阴影之岛。民俗学者董晓萍从经典故事学研究中提取了"地下世界"概念，能够帮助我们在全球多元文化的格局中开展跨文化对话。架空世界是奇幻文学对地下世界这一全球性文化传统的接续，既蕴藏着人类文化的古老天性，又萌发着普罗大众的当代活力。

本书希望展现欧美奇幻文学深厚的产业基础，说明奇幻文学不能止于文学。当代奇幻文学集合了多种体裁、多种媒体、多种创作个体和多种商业组织，是社会化大生产侵入文学领域的结果。架空世界不能止步于单个创作天才的深邃思想和高超技艺，必须具备合理的内容框架和组织形态，要求维持与壮大自身的生产资源、经济效益和社会影响。它处于多重大众媒体产业之中，成了多个产业链条共同生产出来的文化现象和经济现象。面对这种复合现象，传统意义上的文学研究或经济学研究很容易捉襟见肘。必须依靠跨学科研究探明各个领域之间的连接机制，才能使学术研究的结果真切地照进复杂而多元的现实，成为当代大众文化产业的有效指引。也只有如此，才能够消除当前业界对于所谓"IP""元宇宙"等概念的片面认识，明确在这类概念下，品牌形象、内容框架、技术方案、产业布局、产权保护和产品集群必须有机地结合起来。

出于这样的愿望，本书最终将研究聚焦到架空世界和文本系统上，去展示欧美奇幻文学这一冰山下，到底还存在着怎样的庞然大物。这样做不是为了制造恐惧和焦虑，证明欧美奇幻文学之不可超越，而是为了让我国的创作者和生产者用新的视角和概念去理解中国奇幻文学和大众文学的社会化大生产，更好地利用中国的文化基础和产业基础使中国当代大众文学走向成熟和完善。尽管本书研究的是欧美奇幻文学，却也要强调中国的文化基础和产业基础之特殊性。比如说，中国侠客和欧洲游侠在文化底色和社会关系上大异其趣。又比如说，中国虽不存在欧美桌面游戏产业数十年的发展史，却已有颇具海外影响力的网络文学。归根到底，本书的研究始终是要指向中国的文化事业的，寄望着探索在中国本土基础上营造新的架空世界。

目 录

绪　论

奇幻文学，是 20 世纪在欧美逐渐兴盛起来的大众文学。它起源于西方浪漫主义文学和民族文化传统的交汇之处，携着独特的审美趣味进入当代文化娱乐视野。这些作品不仅是各大报纸畅销书排行榜上的常客，还不时进入影视、游戏、动画、漫画等行业，对当代文化产业有深刻影响。21 世纪初，奇幻文学随着信息化和网络化的大潮在中国兴起，日渐成为支撑我国网络文学、漫画、动画和游戏等领域内容生产的核心资源。

20 世纪中叶，欧美学界已经展开奇幻文学研究，取得了较丰富的理论成果。中国学界在这方面起步较晚，虽然已有学者进行了试探性的研究，但总体还处于新生阶段。他们大多以小说文本为基础，讨论奇幻文学的艺术特点、心理基础、核心理念、社会影响等，为我们厘清奇幻文学的面貌做出了贡献。至少在最近的 15 年里，奇幻文学的生产变得更加社会化了。个人创作的传统模式已不再是奇幻文学的唯一选择，集体创作的新模式随着现代企业制度和文化产业体系的快速发展愈发成熟。网络小说团队、影视编剧团队在文学领域绝非鲜见，而文案策划小组在游戏制作中则早已属于标准配置。专门组织已经取代个体作家，成为奇幻文学及其相关产品的重要创作主体。

随着社会生产形态的发展，奇幻文学的多元化与专门化走向融合，其重要表现就是设定活动和架空世界在大众文化中兴起。近年来，"设定"一词为网络文学、动画、漫画、游戏等领域所习用，大体上指为创作作品所做的内容设计和内容规定，包括世界设定、人物设定、地理设定、历史设定、社会设定等。设定虽有可能成为作品文本直接面向读者，但更重要的是支撑小说、影视、动画、漫画、游戏等文化产品的创作活动，使这些作品保持内容上的统一性、合理性或独特性。它由创作者或版权拥有者赋予权威，在一定范围内具有规制其他文本的功能。设定的形态十分多样，也会表现为短篇故事、地理志、人物设计图、地图、概念视频等。尽管在某些方面还有待成长，但无论中外市场都已经出现了完整的游戏设定集，如桌面游戏"龙与地下城"系列涉及多个架空世界①，中国游戏《剑侠情缘网络版叁》在 2014～2017 年出版了 4 本游戏设定集②。

这种跨体裁、跨媒体融合发展的现象是传统文学研究鲜少涉及的现象。奇幻文学是当代内容生产跨媒体、跨体裁和产业化现象的集中体现，在长期合作生产中大量调用、调整了相关文化概念和体裁概念。这些活动最终体现在它下属的各类产品和作品内部，体现在一个以独特概念和知识产权为中心的多体裁文本系统之中，体现在架空世界之内。中国文化产业研究对这些现象论述颇多，但主要集中在商业投资和市场运作领域。这些研究往往将文本创作的过程视作黑盒子，似乎只要将生产资源和要素放进盒子，就能生产出可靠的产品。内容生产者当然不这样看，但这个群体时常缺乏学术研究的能力、公开技术的动机，或者从事相关活动需要耗费的时间。这样一来，当代内容生产就在某种程度上产生了短板：一方面，理论研究和学术活动无法指导生产实践；另一方面，生产实践由于缺乏理论提升和学术指导，在话语权和生产能力上都落后于欧美国家。

欧美奇幻文学是欧美大众文学的主流之一，是世界奇幻文学的干流所在，也是中国奇幻文学的核心源泉之一。欧美奇幻文学的长期生产实践，催生了欧美奇幻文化的活跃氛围，也催生了成熟的跨媒体、

① "架空世界"是本书研究的核心概念之一，也称作"故事世界"或"第二世界"，指那些被奇幻文学作品建构出来的虚构世界，如"龙枪"系列中的克莱恩大陆，"被遗忘的国度"系列中的费伦大陆或者艾伯伦世界，参见 Margaret Weis, Don Perrin, Jamie Chambers, & Christopher Coyle, *Dragonlance Campaign Setting*, Renton, WA: Wizards of the Coast, Inc. , 2004; Richard Baker, Travis Stout, & James Wyatt. *Player's Guide of Faerûn*, Renton, WA: Wizards of the Coast, Inc. , 2004; Keith Baker, *Eberron Campaign Setting*, Renton, WA: Wizards of the Coast, Inc. , 2004。下文将对此概念做重点讨论。

② 参见西山居剑网 3 项目组编著《剑网 3 设定集之风起稻香》，人民邮电出版社，2014；西山居剑网 3 项目组编著《剑网 3 设定集之龙争虎斗》，人民邮电出版社，2015；西山居剑网 3 项目组编著《剑网 3 设定集之巴蜀风云》，人民邮电出版社，2016；西山居剑网 3 项目组编著《剑网 3 设定集之安史之乱》，人民邮电出版社，2017。

跨体裁的内容产业运营模式。《魔戒》《纳尼亚传奇》《哈利·波特》等系列经典欧美奇幻文学作品，既是中国奇幻文学的启蒙读物，也是中国内容产业跨媒体联合生产和运营的重要范本。因此，欧美奇幻文学可说是中国奇幻文学，乃至中国大众文学及内容产业极为重要的"他山之玉"。可惜的是，过去对于欧美奇幻文学的深入研究主要是思想批判式的，对创作论和文化生产问题甚少涉及。本书将欧美奇幻文学作为奇幻文学研究的主要材料，其理由正在于此。通过对奇幻文学的核心概念、架空世界的宏观结构和多体裁文本系统的讨论，明确其社会文化基础、作用规律和生产过程，本书尝试建构奇幻文学的社会生产框架，为中国奇幻文学乃至内容产业的生产社会化提供引导和借鉴。

为什么要研究奇幻文学的生产社会化呢？这与我国大众的文化生产和文化消费能力正持续上涨有关。全面建成小康社会就意味着温饱问题的解决、绝对贫困的消灭和精神生活的昂扬。80后、90后、00后等代际群体正体现出前所未有的高度文化自主性。借用一句流行语："我不要你觉得，我要我觉得。"许多人将文学创作活动或内容生产活动看作实现自我价值、达成人生成就的方式。互联网社区和内容平台的成熟，使大众的创作成果能够以极低成本公开发表，于是进一步催化了当代大众投身文化生产的积极性。起点中文网和哔哩哔哩（bilibili）等网站上的内容井喷，正是这种积极性的绝佳证明。

目前，大众在文化创作上的积极性，以及他们迸发出的庞大生产力并未取得社会的广泛认可。由大众生产出来的网络文学可谓泥沙俱下，造成这个现象的原因之一，在于生产热情和生产力缺乏可靠的专业引导。当然，内容创作者并不都喜欢被人指手画脚，但他们在明知自己并非专业和资深的情况下，也乐于吸取专业知识，磨炼专业技能。旺盛的求知欲推动了当代网络教育和知识付费的兴盛，但相当多的内容生产问题却并不能在上述行业中被解决。这在很大程度上是因为，这些行业只是知识的搬运工，终究不是知识和思想的生产者。缓解大众文化生产活动中创作实践的高扬与理论指导的短板之间的矛盾，是本书探讨奇幻文学生产社会化的动机和价值所在。

文学的生产社会化，还让人想到延安文艺传统中的集体创作。大众参与文艺创作是集体创作的重要表现，也是当代文艺生产社会化的突出现象。当代大众积极参与大众文学创作，但多个独立个体和多种思想之间的不协调怎么解决？实际上，民间文化和社会文化早就为大众文学的生产社会化准备了核心概念、资料文本和工作框架。尽管未必所有创作者都能意识到，但这些概念、文本和框架已经存在，只待创作者调用和调整。正是在这个基础上，本书认为可以用文化研究的方式，解决奇幻文学生产社会化的协调问题。在这里，本书使用的核心概念就是体裁，因为这一概念不仅是一个社会的集体共识，也包含了核心概念、资料文本和工作框架等内容。

奇幻文学是当代大众文学生产社会化的重要代表。它是在中国网络文学及相关内容生产中占据很大分量的品类，对相关品类如武侠、仙侠、科幻等也有重要影响，是容纳当代大众文化热情和生产力的关键领域之一。鉴于这一类文学的大众性质，以及它对社会文化概念的调用和改造史，本书认为对奇幻文学的体裁研究，能够提升对当代大众文学的生产社会化的认识。这些新的认识甚至可以拿来指导其他种类的大众文学的社会化生产。

奇幻文学作为近现代大众文化的产物，其现象史不过300年左右。欧美学者将这类文学纳入学术研究，主要还是在20世纪下半叶，而中国学者的奇幻文学研究则多起于21世纪初。故中国奇幻文学作为一个研究领域，其范围并不广阔。本书面向奇幻文学的社会化生产问题，并不囿于奇幻文学研究传统，而是从文艺学、民俗学、人类学、叙述学等角度开展跨学科研究。这样一来，就能够发现前人研究在奇幻文学的核心概念、体裁关系、文本关系、集体创作、社会文化互动等问题上，为本书提供了丰富的参考。

那么，怎样利用上述领域中的材料达到以上目的呢？本书主要依靠两项工作。一项是材料分析，即选取欧美奇幻文学中的经典系列作为个案，对它的文本系统进行搜集和梳理，厘清它的文献构成、体裁结构和素材结构，探讨整个文本系统表现架空世界的方式和切入外部生态的方式。另一项是理论分析，即抓住奇幻文学创作生产过程中

"核心概念 – 多元话语 – 文本系统"这三种状态,以及三种状态之间的两重转化,探讨奇幻文学生产社会化的普遍规律与合理框架。这两部分内容分别构成本书正文的前四章和后三章。

作为绪论,本部分的主要任务是明确研究的学术史基础、研究视角与研究方法。对于未经历过理论训练的读者来说,接下来的内容恐怕不太好读。但万事开头难,即便部分读者可以选择跳过这部分内容,直接进入第一章的个案分析部分,笔者仍然需要将本书的理论基础和学术方法阐述明白,因为这决定了本书的理论来源和整体分析框架。

一 界定奇幻文学

界定奇幻文学是本书展开研究的前提。中国传统中原本并无"奇幻文学"这一词语。作为舶来品,该词通常译自英语 fantasy literature,后者又时而被译作怪诞文学、幻想文学等。以追本溯源的原则来看,界定奇幻文学首先应以欧美学者对它的定义为基础。相关论述可见于福斯特(E. M. Foster)《小说面面观》①、托尔金(J. R. R. Tolkien)《论童话》②、洛夫克拉夫特(H. P. Lovecraft)《文学中的超自然恐怖》③、托多罗夫(Tzvetan Todorov)《奇幻文学导论》④、卡尔维诺(Italo Calvino)《怪诞故事》⑤、苏恩文(Darko Suvin)《对"奇幻故事"或"奇幻小说"观念的思考》⑥、阿米特(Lucie Armitt)《奇幻小说》等⑦。中国学者郭星、方小莉等也有过相关探讨⑧。这些学者

---

① 福斯特:《小说面面观》,冯涛译,上海译文出版社,2016。
② J. R. R. Tolkien, "On Fairy Stories," in *The Tolkien Reader*, New York: Ballantine Books, 1966, pp. 33–99.
③ 洛夫克拉夫特:《文学中的超自然恐怖》,载《死灵之书》,竹子等译,北京时代华文书局,2018,第966~1013页。
④ 托多罗夫:《奇幻文学导论》,方芳译,四川大学出版社,2015。
⑤ 卡尔维诺:《怪诞故事》,载卡尔维诺《怪诞故事集》,唐江、马小漠、仲召明译,人民文学出版社,2018,第1~13页。
⑥ 苏恩文:《对"奇幻故事"或"奇幻小说"观念的思考》,载《科幻小说面面观》,郝琳、李庆涛、程佳等译,安徽文艺出版社,2011,第96~152页。
⑦ 阿米特:《奇幻小说》,上海外语教育出版社,2009。
⑧ 郭星:《符号的魅影:20世纪英国奇幻小说的文化逻辑》,南开大学出版社,2013;方小莉:《奇幻文学的"三度区隔"问题研究——兼与赵毅衡先生商榷》,《中国比较文学》2018年第3期,第27~29页。

所依据的材料涵盖了 19～20 世纪的多个风格各异的作品集群，如哥特小说、经典奇幻故事、仙境故事、英雄奇幻故事、恐怖奇幻故事等①。他们用以定义和区分奇幻小说的高频概念也很多。我们以这些概念为依据，提取出奇幻文学的两个核心概念，即超自然与故事世界，将它们作为本书界定奇幻文学的主要依据。

（一）超自然

超自然概念是奇幻文学的核心内容，是奇幻文学的个性所在。所谓超自然，在这里具有双重含义。一方面，超自然事物是那些不符合现代自然科学认知的事物，它也被认为是那些现实生活中不可能发生或不可能客观存在的事物。另一方面，超自然事物在超自然世界中，对自然世界有着巨大的影响力，以至于支配着自然世界。超自然事物在架空世界中的形态非常多样，它可能出现在世界的各个角落，出现在社会生活的方方面面。这种不可控性为奇幻文学提供了激发想象力和创造力的空间。从现有作品来看，欧美奇幻文学中的超自然事物也有常见的种类，如神祇（Deity）、恶魔（Devil）、妖精（Fairy）、魔法（Magic）、咒语（Spell）、女巫（Witch）等。这些概念在欧美文化传统中居于重要位置，深刻地影响着西方的社会生活，也蕴含着许多人类文化的普遍性质。由此，这些事物便能够被放入一个作者和读者都能接受的想象空间，成为构造遥远的彼岸世界的关键素材。

在 20 世纪早期，小说家福斯特就明确指出了幻想小说和超自然的必然联系。他的主要观点有三。一是指出幻想小说的特殊性质，认为超自然往往会成为小说的灵气和闪光点所在，但引入幻想成分需要额外代价。他说："小说一般来说语气都很平实，所以一旦引入幻想成分，其效果就会非同一般；有些读者会兴奋莫名，有些读者则难以下咽；由于其方法或体裁的怪异，它需要你额外的心理调试——它就仿佛你花了入场费后还要再为余兴节目额外付六个便士。"② 二是使

① 苏恩文：《科幻小说面面观》，郝琳、李庆涛、程佳等译，安徽文艺出版社，2011，第 100 页。
② 福斯特：《小说面面观》，冯涛译，上海译文出版社，2016，第 101～102 页。

在幻想的冰山下

用超自然概念定义幻想小说，认为幻想小说"要求我们的要么是超自然因素的存在，要么是超自然因素的不存在"①。"它暗示了超自然因素的存在，可并不需要挑明。"② 三是对幻想小说的手法做了初步分类，即将超自然因素引入日常，将普通人引入超自然世界，深入人格里层或将人格分割开来，以及戏仿或改编神话作品③。福斯特所说的幻想文学，与我们所说的奇幻文学相近。他的论述发表于 1927 年，所据材料与今天的奇幻文学颇有距离，但已经涉及奇幻文学的独立性、核心概念和基本手法等问题。福斯特的观点凸显了超自然概念在奇幻文学中所处的关键位置，尤其是凸显了超自然在这类文学的手法中的核心地位。我们也能够在后人的研究中不断发现相似或相关的论点。

法国学者托多罗夫的《奇幻文学导论》也在定义上明确了超自然和奇幻文学的密切关系。他说："奇幻就是一个了解自然法则的人在面对明显的超自然事件时所经历的犹疑。"④ 托多罗夫的定义强调自然与超自然两种秩序的二元区分，以及为超自然情节在这两者之间寻求解释的必要性。解释，作为超自然在奇幻文学中的延展被反复提及，在客观上回应了福斯特所说的"额外的心理调试"或"额外的代价"。徘徊于自然与超自然秩序之间的解释，遂成了奇幻文学的显要特征。

托多罗夫还指出，超自然元素在奇幻文学中具有三个层面的功能。第一是语用层面，即"超自然令读者不安，或者使读者警醒，或者只是维持读者的悬念"。也就是说，要使读者产生犹疑。第二是语义主题层面，即超自然要素要凸显自身，为读者带来强烈的感受。许多超自然要素自身就具备强烈的吸引能力，如突如其来的死亡、正体不明的怪兽等。第三是叙事形式层面，超自然要素能够打破平衡状态，推进叙述进程。比如说，或是妖怪出现了，或是宝物出现了，超

① 福斯特：《小说面面观》，冯涛译，上海译文出版社，2016，第104页。
② 福斯特：《小说面面观》，冯涛译，上海译文出版社，2016，第105页。
③ 福斯特：《小说面面观》，冯涛译，上海译文出版社，2016，第105~106页。
④ 托多罗夫：《奇幻文学导论》，方芳译，四川大学出版社，2015，第17页。

自然因素常常迫使角色展开旅行，由此成了情节的推进因素①。他还指出，超自然能够突破现实权力划定的边界，让文学去探讨那些在现实中违禁的问题②。

《奇幻文学导论》作于 1968 年，但它所讨论的奇幻文学主要是 19 世纪的作品。在托多罗夫的归类中，20 世纪以后的不少作品都脱离了犹疑这一核心，超自然元素在故事世界中成为现实法则③。主人公和读者都不会因超自然而产生犹疑，犹疑由此失去了其情节上的意义。托多罗夫为奇幻文学划分出的奇幻、怪诞与神异的三元类别结构④，由于奇幻文学的手法变化而被打破了。但是，当代奇幻文学还在呈现和解释超自然，超自然元素仍然发挥着在语义、叙事形式和社会层面的多种功能。

意大利作家卡尔维诺同样认为超自然是奇幻文学的重要现象，但更深层次的问题在于科学观念与超自然观念在人们内心中的交锋，即"在理性而现实的解释和对超自然现象接受之间的那种踌躇"⑤。这个结论与托多罗夫的观点是相似的。科幻作家叶永烈也有类似的看法，他说："奇幻小说的特点在于'奇'，以神奇、奇异、奇怪、奇特的幻想，贯穿于小说之中。这种幻想，与科学无关。"⑥ 卡尔维诺编定了小说选集《怪诞故事集》并撰写了序言《怪诞故事》。《怪诞故事集》所收录的作品主要发表于 19 世纪，与托多罗夫的研究对象大体相当。但卡尔维诺立足于读者认知，提出了两种现实的区别："它（怪诞故事）的主题是两个现实之间的关系，这两个现实分别是指我们居住在其中并通过感受来认识的世界的现实，以及居住在我们心中并主宰我们的世界的现实。我们所能看到的那个现实是怪诞文学的本质所在，它最妙的地方就体现在那个现实可以在不相容的各个层面上波动摇摆。它既是一些极为罕见的东西，一些或许是被我们思想投射

---

① 托多罗夫：《奇幻文学导论》，方芳译，四川大学出版社，2015，第 122 页。
② 托多罗夫：《奇幻文学导论》，方芳译，四川大学出版社，2015，第 118 页。
③ 托多罗夫：《奇幻文学导论》，方芳译，四川大学出版社，2015，第 130 页。
④ 托多罗夫：《奇幻文学导论》，方芳译，四川大学出版社，2015，第 30 页。
⑤ 卡尔维诺编《怪诞故事集》，唐江、马小漠、仲召明译，人民文学出版社，2018，第 2 页。
⑥ 叶永烈：《奇幻热、玄幻热与科幻文学》，《中华读书报》2005 年 7 月 27 日，第 14 版。

出来的幻觉；也可以是一些我们早已习以为常的东西，在平凡外表下隐藏着神秘、可怕、不安分的另一面。"①

奇幻文学让角色（通常是主人公）和读者一起处于文本描绘出的虚拟的经验现实之中，自觉或不自觉地依据超自然或自然的既有概念下判断、做解释。这样就形成了双重二元结构：角色和读者都要对经验现实做出判断和解释，而这种判断和解释的依据就是对自然或超自然概念的主观认识。这在19世纪奇幻小说中很常见，如托多罗夫用作例证的《魔鬼恋人》或卡尔维诺编入选集的《萨拉戈萨的手稿》，都包含多段类似情节。福斯特与托多罗夫等人所区分出来的，在19世纪科学处于支配地位背景下的超自然与自然的对立，与卡尔维诺区分出来的两种现实的对立，即当下感受与既成认识的对立是并列关系。"超自然－当下感受"和"自然－既成认识"之间的对立，就是奇幻小说的重要内核。

卡尔维诺描述的当下感受和既成认识之间的对立，也为后来的奇幻文学研究者所注意。由此，未知，即既成认识的相反概念，也被认为是奇幻文学的核心概念。如英国学者阿米特说："奇幻文学是什么呢？乌托邦文学、寓言、神话、科幻小说、鬼故事、太空歌剧、游记、哥特文学、赛博朋克、魔幻现实主义；上述列表或许并不详尽，但已覆盖了本书中讨论的绝大部分小说类别。"② 阿米特不以超自然为奇幻的核心，而将幻想的对象理解为"未知"。但她依然强调描述，即认为奇幻文学需要关心怎样结构叙事来解释未知。譬如飞行是儿童常见的幻想之一，但在面对成年人的奇幻文学中，我们需要对飞行有更牢靠的解释③。这一论述暗示我们，在确定奇幻文学的核心概念时，要在"未知"与"超自然"之间做出衡量。

未知同样受到奇幻文学研究者的重视。如洛夫克拉夫特在《文学中的超自然恐怖》开篇便强调："人类最古老的、最强烈的情感便是

① 卡尔维诺编《怪诞故事集》，唐江、马小漠、仲召明译，人民文学出版社，2018，第1页。
② 阿米特：《奇幻小说》，上海外语教育出版社，2009，第1页。
③ 阿米特：《奇幻小说》，上海外语教育出版社，2009，第3~4页。

恐惧，而最古老的、最强烈的恐惧则来源于未知。"① 超自然是在当代意识形态条件下的未知，其性质源于近代科学对自然的基本认识。而前科学时代的基督徒相信，超自然存在可以获知的途径，超自然与自然在宗教内部能够获得统一，人们可以通过阅读《圣经》或认识自然来与全知全能的神进行交流②。反过来说，人类对无限宇宙及其中庞大未知的认识，似乎也来源于科学与哲学的革命。法国学者柯瓦雷（Alexandre Koyré）指出，"这场科学和哲学的革命可以描述为和谐整体宇宙的解体，从在哲学和科学上有效的概念来看，也就是一个有限封闭的、秩序井然的整体的消失，取而代之的则是一个无定限甚至无限的宇宙"③。故此，我们所说的超自然和未知，都处于近代科学所营造出来的自然观和宇宙图景之中。

在现代意识形态中，以超自然去划定奇幻文学的结果，较以未知去划定奇幻文学的结果要窄。可若我们模糊超自然和自然的疆界，仅以未知而不是以超自然去界定奇幻文学，亦即把在自然科学道路前方的那部分未知也纳入奇幻文学的疆界，就会损伤现有的奇幻文学或曰狭义奇幻文学的独特气质。恰恰是因为当代的超自然概念是基于历史传统、基于前科学时代的意识形态的，故它才拥有了某种与科学时代相对的审美功能和释放功能，能使奇幻文学充当科学时代的"透气孔"或"照妖镜"。加拿大学者苏恩文就表达过类似的观点④。故此，从文化传统的继承与发扬，以及对现代社会的反思看，即便以未知为工具能够为奇幻文学划出更广泛的疆域，但我们仍然希望以超自然界定的狭义奇幻文学能得以保留。

除却未知，不可能性也是奇幻文学研究中被用以划定这类文学边界的重要概念。刘易斯（Clive Staples Lewis）、曼洛夫（Colin Manlove）、托多罗夫等欧美奇幻文学的主要研究者，皆在论述中提及该

---

① 洛夫克拉夫特：《文学中的超自然恐怖》，载《死灵之书》，竹子等译，北京时代华文书局，2018，第966页。
② 哈里森：《科学与宗教的领地》，张卜天译，商务印书馆，2019，第89~90页。
③ 柯瓦雷：《从封闭世界到无限宇宙》，张卜天译，商务印书馆，2019，第2页。
④ 参见苏恩文《科幻小说面面观》，郝琳、李庆涛、程佳等译，安徽文艺出版社，2011，第139页。在中国当代奇幻文学中，情况还不尽如此。尤其是近年来网络奇幻作品常常拥抱工业文明和社会发展，延伸出所谓"种田流"，如二目的《放开那个女巫》、远瞳的《黎明之剑》等。

词，并将该词与超自然并举使用①。中国学者郭星认为："奇幻小说是描写依据现代经验和理性判定的不可能的事物的一类小说。"② 那么，为什么本书不以"不可能"作为奇幻文学的核心概念呢？

一方面，以不可能性作为奇幻文学的界定标准，仍然存在学术争议。如有学者指出，模仿和幻想都是文学必然的组成部分，而幻想总是会改换现实③。从这个角度看，现实主义文学也并非没有不可能性，只是奇幻文学的不可能性会被现代经验和唯物主义所否定。可是，现代经验与自然科学难以证明或证伪的东西，如占星术、塔罗牌等的常见预言效力又该如何界定呢？这样看，用不可能性来区分奇幻小说就显得不那么牢靠了。对不可能性的另一种挑战，来自那些现代派小说，比如赫达亚特等的《瞎猫头鹰》④。这类现代小说同样被认为是不可能的，但其不可能性却来自其暗喻手法背后的文化逻辑。故按照托多罗夫所说，奇幻小说应拒绝"暗喻或讽喻"，故也应拒绝这类作品⑤。恰如盖瑞·沃尔夫（Gary Wolfe）所说："不可能性概念本身就引出了一系列令人困惑不解的问题。"⑥

另一方面，我们很难直接在"不可能"内部建立起可靠的逻辑，更别谈依据这一逻辑去进行叙述活动。文学所要的"出乎意料之外，实在意料之中"的效果，即在不可能的表面下隐含着对可能性和逻辑的不懈追求。在不可能之外，奇幻文学仍然需要大量的可能和可靠的逻辑，才能够满足通俗文学的要求。超自然虽然是"依据现代经验和理性判定的不可能"，却蕴含着初民思维或传统文化中的理性。列维-施特劳斯（Claude Lévi-Strauss）指出："野性的思维在与我们思维的意义上是合乎逻辑的，即使它像我们自己的思维一样，只有当它用于这样一个世界的知识时才是合乎逻辑的，在这个世界中它同时辨

① C. W. Sullivan Ⅲ. "Folklore and Fantastic Literature," *Western Folklore*, 2001 (4), p.279. 又见苏恩文《科幻小说面面观》，郝琳、李庆涛、程佳等译，安徽文艺出版社，2011，第113页。
② 郭星：《符号的魅影：20世纪英国奇幻小说的文化逻辑》，南开大学出版社，2013，第1页。
③ C. W. Sullivan Ⅲ. "Folklore and Fantastic Literature," *Western Folklore*, 2001 (4), p.280.
④ 参见赫达亚特等《瞎猫头鹰》，穆宏燕译，河南大学出版社，2017。
⑤ 托多罗夫：《奇幻文学导论》，方芳译，四川大学出版社，2015，第23页。
⑥ 苏恩文：《科幻小说面面观》，郝琳、李庆涛、程佳等译，安徽文艺出版社，2011，第113页。

认出物理的和语义的特性。"① 法国学者汪德迈（Léno Vandermeersch）也承认存在类似的传统理性。他说："在西方，它是通过神圣性法则解释世界的一种理性化的逻辑，是在发现科学法则的过程中逐渐吸收知识和发展认识的逻辑。在中国，它是一种以同样的方式运转的逻辑，不过是通过从占卜仪式中总结出来的法则，通过在中国历史中无处不在的哲学思考，所归纳出来的逻辑。"②

超自然作为传统理性的相关概念，不仅可以作为叙述逻辑的出发点，更能够成为中西文化交流和比较的渠道与平台。后者对于中国奇幻文学从欧美奇幻文学中汲取营养十分重要。而且，恰恰是以逻辑和可能性为起点，奇幻文学才能在对超自然概念叙述的发展中，生发出对时空体概念的整体叙述。

（二）故事世界或架空世界

故事世界和架空世界这两个概念各有来源。1966 年，托尔金提出了架空世界（Secondary world）这一概念，用以指涉一个作者于作品中创造出来的"真实世界"③。这个概念被奇幻文学界译为"架空世界"④，有时又译作"第二世界"。另一个与此相关的词语是"他者世界"（Otherworld）。奇幻文学研究者约翰·克鲁特（John Clute）认为，早在 19 世纪，英国作家乔治·麦克唐纳（George Macdonald）就已经接近了第二世界或他者世界的完整概念⑤。麦克唐纳在对童话概念进行讨论时说道："自然世界固有其法则，没有人能够以超现实的方法去干扰现实。但是，人们可以自己提出其他的法律。如果有人愿意，由于他自身内在的、对于新形式的喜爱，他可以发明一个自有其法则的小世界。如此一来，他便接近于创造了。"⑥ 克鲁特将奇幻文

---

① 列维-斯特劳斯:《野性的思维》，李幼蒸译，中国人民大学出版社，2006，第 246 页。

② 汪德迈:《跨文化中国学》，中国大百科全书出版社，2018，第 126~127 页。

③ J. R. R. Tolkien, "On Fairy Stories," in *The Tolkien Reader*, New York: Ballantine Books, 1966, p.60.

④ 胡晓辉、陈新杰、胡雨瑾编选《2003 年中国奇幻文学精选》，长江文艺出版社，2004，第 500 页。

⑤ John Clute & John Grant (eds.), *The Encyclopedia of Fantasy*, Santa Cruz, CA: Orbit Publisher, 1999, p.338.

⑥ George Macdonald, "The Fantastic Imagination," *A Dish of Orts*, in John Clute & John Grant (eds.), *The Encyclopedia of Fantasy*, Santa Cruz, CA: Orbit Publisher, 1999, p.338.

学与他者世界在定义上连接起来，认为："奇幻文本是自我连续的叙事。若将它置于此方世界，它会讲述一个在我们感知的世界中不可能发生的故事；若将它置于一个不可能的他者世界，这个故事却在它的规则下变得可能了。"①

实际上，学者们对奇幻文学的外延和第二世界的具体定义都是有争议的。我们不仅能从前文所谈及的卡尔维诺和托多罗夫的文章中察觉到这一点，也能在奇幻文学研究中发现相关论述②。但是，不少研究者都强调了奇幻文学与第二世界及其相似概念的密切联系。儿童文学研究者亨特（Peter Hunt）指出，在欧美文学界，曼洛夫、林恩（Ruth Nadelman Lynn）和斯威芬（Ann Swinfen）等都将第二世界作为奇幻小说的区分性概念③。他还指出，许多文章谈及第二世界时，往往对托尔金的定义产生了误读：基于托尔金的基督教信仰，所有小说的世界都是第二世界。由此，他提出"替代世界"一词，以指代这类被奇幻文学建构出来的架空世界④。美国学者赫尔曼（David Herman）还提出了"故事世界"的概念。赫尔曼认为，故事世界是被印刷叙事、交互界面和电影观看等多种媒介中的多个故事建立起来的精神世界⑤。这一概念在内容上与托尔金提出的"架空世界"概念极为相似，但更符合奇幻文学在多媒体社会中的现实情况。

本书综合使用故事世界和架空世界两个概念，认为它是奇幻文学以多体裁文本系统构建出来的具备区隔功能的特殊时空体。所以，在本书的论述中，故事世界和架空世界几乎是同义词。本书认为，故事世界或架空世界首先是个时空体概念。巴赫金（M. M. Bakhtin）在《小说的时间形式和时空体形式》中，将时空体从数学中挪到文学中，指代文学中已经艺术地把握了的时间关系和空间关系相互间的重

① John Clute & John Grant（eds.），*The Encyclopedia of Fantasy*, Santa Cruz, CA: Orbit Publisher, 1999, p.338.

② Lykke Guanio-Uluru, *Ethics and Form in Fantasy Literature*, New York: Palgrave Macmillan, 2015, p.14.

③ Peter Hunt & Millicent Lenz, *Alternative Worlds in Fantasy Fiction*, New York: Continuum, 2001, p.11.

④ Peter Hunt & Millicent Lenz, *Alternative Worlds in Fantasy Fiction*, New York: Continuum, 2001, p.14.

⑤ David Herman, *Basic Elements of Narrative*, Malden, MA: Wiley-Blackwell, 2009, p.106.

要联系①。他说："时空体在文学中有着重大的体裁意义。可以直截了当地说，体裁和体裁类别恰是由时空体决定的；而且在文学中，时空体里的主导因素是时间。作为形式兼内容的范畴，时空体还决定着（在颇大程度上）文学中人的形象。这个人的形象，总是在很大程度上时空化了的。"② 巴赫金谈及的希腊小说和骑士小说，与奇幻小说（尤其是史诗奇幻）在时空体特征上呈现了高度的相似性。

巴赫金指出，希腊小说的时空体是"传奇时间中的他人世界"③。他认为，希腊小说的情节被男女主人公的追逐圆满爱情和婚姻的旅程所主导，"这个情节展开在非常广阔多样的地理背景上，一般是在大海相隔的三五个国家里（希腊、波斯、腓尼基、埃及、巴比伦、埃塞俄比亚）。小说中要（有时是很详细地）描写不同国家、城市、各种建筑、艺术作品（如绘画）、民俗习惯、异乡奇兽和其他稀世之珍的某些特点"④。巴赫金还指出，被他人世界所填充起来的传奇时间，是一种使角色们脱离日常生活被卷入接连不断的奇遇之中的、被机遇所支配的时间⑤。这种与日常空间脱离的异域，为传奇时间的展开提供了充分的依据和舞台。按照他的说法，"希腊小说的世界，是抽象的别人的世界，而且是彻头彻尾的他人世界，因为其中任何地方都没有作者家乡世界的影子，没有作者当作出发点的那个世界形象。因此就没有什么东西会限制机遇的绝对权力，于是这种种劫持、逃跑、俘获、解救、假死、俘获以及其他传奇事件，就能以惊人的快速和轻巧一幕接一幕展现过去"⑥。希腊小说的时空体由此形成了自己独特的

---

① 巴赫金：《小说的时间形式和时空体形式》，载《巴赫金全集》（第三卷），白春仁、晓河译，河北教育出版社，1998，第274页。

② 巴赫金：《小说的时间形式和时空体形式》，载《巴赫金全集》（第三卷），白春仁、晓河译，河北教育出版社，1998，第275页。

③ 巴赫金：《小说的时间形式和时空体形式》，载《巴赫金全集》（第三卷），白春仁、晓河译，河北教育出版社，1998，第279页。

④ 巴赫金：《小说的时间形式和时空体形式》，载《巴赫金全集》（第三卷），白春仁、晓河译，河北教育出版社，1998，第278页。

⑤ 巴赫金：《小说的时间形式和时空体形式》，载《巴赫金全集》（第三卷），白春仁、晓河译，河北教育出版社，1998，第285~286页。

⑥ 巴赫金：《小说的时间形式和时空体形式》，载《巴赫金全集》（第三卷），白春仁、晓河译，河北教育出版社，1998，第293页。

逻辑，并且对小说的整个情节与结构具有强烈的影响力。

奇幻文学也热爱异域他乡。福斯特认为"将普通人引入无人之境，引入未来、过去、地球内部、第四维空间"是幻想小说的三种重要手法之一[①]。苏恩文将创造他人世界看作奇幻文学的重要标志（尽管是第二阶段的标志），认为："这种前往一个不同的、完全简化的、经过纯净化的'异域他乡'的行动就是作为奇幻故事之构造因素的决裂与拉开距离的基本标志，正如乌托巴斯国王将乌托邦新岛屿与旧大陆之间的关系完全切断，或者就像西拉诺描写的飞往月球和太阳的旅程一样。"[②] 在民间故事里，尤其是在神奇故事里，主人公要离开家园，展开奇妙的旅行。对异域他乡的时空体构建和叙述就随着旅行情节展开。许多经典的奇幻文学作品，如《纳尼亚传奇》、《绿野仙踪》和《爱丽丝梦游仙境》，都从民间故事和希腊小说那里继承了相似的传统。

骑士小说的时空体被巴赫金形容为"传奇时间里的奇特世界"[③]。这种时空体与希腊小说的时空体是接近的，而不同之处主要有四。一是奇遇被正常化了，不仅被当成主人公喜欢的环境，也变成了世界中正常的因素；二是该世界允许建立功勋，并以功勋赞颂他人；三是骑士小说的主人公都是有个性和代表性的；四是主人公和他所活动的奇特世界之间没有裂痕，或者说他与这个世界血肉相连，是世界的最好代表[④]。这些特征使骑士小说接近于史诗。

不难发现，和希腊小说一样，骑士小说的时空体也拥有与故事情节的内部统一性。在封建社会和骑士文化的背景下，骑士小说的时空体构建了某种聚焦于骑士角色或身份的舞台，使得这个角色得以通过一系列奇遇建立功勋、夸耀成就，骑士小说的主要情节便随之流淌而出。在某种程度上，这种时空体已经开始具备了独立自治的性质。和

① 福斯特：《小说面面观》，冯涛译，上海译文出版社，2016，第106页。
② 苏恩文：《科幻小说面面观》，郝琳、李庆涛、程佳等译，安徽文艺出版社，2011，第116~117页。
③ 巴赫金：《小说的时间形式和时空体形式》，载《巴赫金全集》（第三卷），白春仁、晓河译，河北教育出版社，1998，第349页。
④ 巴赫金：《小说的时间形式和时空体形式》，载《巴赫金全集》（第三卷），白春仁、晓河译，河北教育出版社，1998，第347~349页。

希腊小说中被巴赫金形容为"离散"的他人世界不同，骑士小说基于骑士这一角色的核心要素，即个性、荣耀、奇遇与功勋等，建立起了弥漫于整个故事世界的通则。夸耀功勋将时空体的各个部分之间，将时空体与角色之间联系起来。这样，故事世界便有了自圆其说的性质。

巴赫金富有创建的分析揭示了小说建构时空体的历史基础。不过，时空体的建构活动不应该仅仅被认为是文学活动。它也应该被理解为一种文化活动，虽然这种文化活动在很大程度上是在文学的领地内发生的，但在探索自然世界或叙述宗教信仰时，类似的活动也经常发生。因此，小说的时空体仅是人类在历史上建构出的许多时空体中的一类，它能够为奇幻文学的时空体提供充足的养分。但是，奇幻文学的文学渊源与文化渊源不止小说或文学，其时空体建构同样有超越小说乃至超越文学的部分。

时空体对当代奇幻文学的重要性，不仅在于巴赫金所指出的时空体在文学中重大的体裁意义，还在于奇幻文学这个类别较许多其他文学类别更加专注于时空体描述。围绕超自然概念建构的时空体，不仅是神话、史诗、传说等传统叙事体裁的重要组成部分，更是当代奇幻文学的核心内容。在奇幻文学的领域里，这种建构的结果就是架空世界。出于架空世界在奇幻文学中的特殊地位，我们才将它作为奇幻文学的核心概念。要理解这一特殊地位，首先要理解区隔在奇幻文学中的作用。

1987 年，美国学者凯瑟琳·杨（Katharine Galloway Young）就指出，叙事框架把叙事活动分为三层，即由语境构成的会话领域（Realm of conversation）、由此时此地的话语构成的故事领域（Story-realm），以及由彼时彼地的事件构成的故事世界（Taleworld）。到了21 世纪，中国学者赵毅衡提出类似的二度区隔说，认为虚构文学使读者做出两种区分，即先在现实世界与文本之间做区分，再在文本所营造的虚构现实与读者身处的经验现实之间做区分①。方小莉继而提

---

① 赵毅衡：《广义叙述学》，四川大学出版社，2013，第76页。

出奇幻文学的三度区隔，即奇幻文学还要让读者区分出虚构现实和奇幻世界[1]。她还指出，奇幻文学中存在"犯框"现象，即在叙述中要通过某些方式表述虚拟现实与奇幻世界的边界。奇幻要素在叙述中的出现，常常伴随着某种明显的指示符号，如念咒、施法、许愿、摩擦神灯、挥舞魔杖等。奇幻文学研究者也有类似的叙述，如里托（T. E. Little）提出的"第三级世界"[2]。

区隔及犯框概念的提出，暗示着奇幻小说要围绕区隔边界做表达。这种表达是引导读者对虚拟现实和奇幻世界做出区分时，用以划定两种现实之边界的特殊表述。犯框借助念咒或施法等传统超自然符号提醒读者，接下来的叙述内容可能不会遵循现实规律，因为文本所述的时空体与文本所在的时空体已不一致，读者应依据所述时空体来理解故事中的规律和现象。这就消解了奇幻小说内部的"超自然－当下感受"和"自然－既成认识"之间的对立。因为这种对立仅在虚构现实与经验现实同时遵循现实规律的情况下才能存在。一旦超自然规律成为故事中的现实规律，读者和角色便可以不再犹疑。叙述焦点和读者注意力也随之转移到新的领域。更确切地说，区隔消解了19世纪奇幻文学的双重对立后，取代双重对立而重新构建起奇幻文学的内核。

需要明确的是，叙述学者所说的区隔，还不能简单地等同于时空体的区隔。赵毅衡或方小莉所谈的区隔，横亘于现实世界与文本之间、虚构现实与经验现实之间、虚构现实与奇幻世界之间。这样看来，区隔的载体不完全是时空体，却有很强烈的时空体性质。这种载体的时空体性质在凯瑟琳·杨的叙述中更加明显，"领域"（realm）一词具有强烈的空间性质。尽管叙述学者不能为叙述活动立法，而仅仅是叙述规律的探索者，但他们的表述反映了下述现象，即人们常在时空体区隔叙述的带领下进入超自然规律区隔叙述。幻想故事起头总要说"在很久很久以前"或"在一片深深的大森林里"，正是这一现

---

[1] 方小莉：《奇幻文学的"三度区隔"问题研究——兼与赵毅衡先生商榷》，《中国比较文学》2018年第3期，第27~29页。
[2] 郭星：《符号的魅影：20世纪英国奇幻小说的文化逻辑》，南开大学出版社，2013，第166页。

象的具现。

时空体与区隔的密切关系，使时空体本身成为奇幻文学的核心概念。越是描述奇幻世界与现实世界的时空体差异，三度区隔越是明显，超自然便越合理，越能够有效延伸。反过来说，超自然本身也时常被理解为时空体区隔的表征，证明奇幻世界的在场。由此，时空体描述和超自然描述共同承担起犯框现象的区隔任务。当代奇幻文学的描述中心、读者群体的注意力焦点，便随着区隔转向时空体本身。这样一来，时空体便和超自然一道，成为奇幻文学的核心概念。

架空世界是时空体在奇幻文学中的特殊表现。奇幻文学中的架空世界通常指一个与读者身处的现实世界相异的，被创作者架设出来的想象世界。和超自然相似，架空世界也常被认为是奇幻文学的关键。如苏恩文说："奇幻小说创造了这样一个世界，在那里一个或更多非常重要的个人密切地与时空产生互动影响，这一时空不但与作者社会生活的历史时刻完全不同，而且还大体上否定了作为社会经济合法性的历史。"① 屈畅认为架空世界使奇幻文学的水平提高到了新的层次，他说："奇幻小说不是非要有'架空世界'不可，但没有'架空世界'，奇幻在整体上就没有和其他类型文学分庭抗礼的资本。以人类想象力架空塑造的'架空世界'好比奇幻的王冠，而正是在'架空世界'的基础上，才培育出了日后奇幻文学的擎天主干——史诗奇幻。"② 陈晓明、彭超的《想象的变异与解放——奇幻、玄幻与魔幻之辨》一文也从三类幻想文学的辨体问题入手，取狭义角度指明奇幻文学具有架空世界的特点③。

架空世界不仅是凯瑟琳·杨所说的由所述事件构成的"故事世界"，还会发展成为里托说的"第三级世界"或方小莉说的"奇幻世界"，即这个世界中的客观规律包含着现实世界中的超自然规律。由于超自然规律在架空世界中被客观化了，故架空世界也就应该是与现

---

① 苏恩文：《科幻小说面面观》，郝琳、李庆涛、程佳等译，安徽文艺出版社，2011，第 116 页。
② 屈畅：《巨龙的颂歌：世界奇幻小说简史》，古吴轩出版社，2011，第 6 页。
③ 陈晓明、彭超：《想象的变异与解放——奇幻、玄幻与魔幻之辨》，《探索与争鸣》2017 年第 3 期，第 29~36 页。

实世界判然有别的另一个世界。架空世界的概念在奇幻文学界影响极大，许多欧美的系列作品，包括"魔戒"系列、"龙枪"系列、"黑暗精灵"系列，或许也包括"哈利·波特"系列，正是在这个原则之下被创造出来的。"九州"系列等中国奇幻文学的经典，在创作上也借用了这个概念。托尔金的创作正是对于架空世界概念的长期实践，并集中地体现在《精灵宝钻》中①。总的来说，架空世界通常在两个方面区别于现实世界，一是超自然法则，二是时空结构特征。这两个方面的区别也正是架空世界能成为奇幻文学核心概念的基础，值得详细讨论。

首先，架空世界常会在客观法则上区别于现实世界，也就是说它常常会包含与呈现现实世界中的超自然规律。这种规律虽在现实世界属超自然现象，但在架空世界中却属常理，甚至为人们所习见和接受。我们耳熟能详的"魔戒"系列与"哈利·波特"系列都是这样的小说。超自然进一步发挥其区隔作用，在奇幻世界与现实世界之间形成了清晰的边界。架空世界也可以被看作作者围绕超自然进一步切割奇幻世界与现实世界的产物。有了架空世界，作者就不再围绕观众的犹疑做文章，而干脆利用超自然形成一系列关于世界、社会和现实的假设。不少对现代社会和传统社会的想象和叙事都能从这种假设中延伸出来。

其次，架空世界与现实世界的第二种区别在于时空特征，即在空间上与现实的人类社会隔离，在时间上与现有的历史叙述隔离。严格来说，这种架空世界并不完全是奇幻文学特有的。16 世纪莫尔（Thomas More）的《乌托邦》、19 世纪威尔斯（Herbert George Wells）的《盲人国》等作品都展现了相关时空体，即描绘了一个跟已有人类社会在地理上隔离的社会。这些区隔决定了故事的虚拟现实与已知的社会现实截然相异，作品内迥然不同的社会制度和人间风貌便能够获得看似合理的解释。这些作品没有明显地展现出超自然力量，却也被苏恩文归于奇幻小说之列。

---

① 克里斯托弗·托尔金编《精灵宝钻》，邓嘉宛译，上海人民出版社，2015，前言，第 10~11 页。

尽管允许创作者暂时脱离现实时空，或者允许超自然现象客观化，但架空世界的构建活动并非随意而就，而需要遵循文艺的独立自洽原则。福斯特就曾提出："我们都知道一件艺术品就是一个完满自足的实体，等等，等等；它有其不同于日常生活的独有法则，只要适合这一法则的，就是真实的，所以，为什么有个把天使魔鬼出现就要提抗议呢？你只须看它是否适合于这本书的法则就是了。"① 这种独立自洽原则，后来被托尔金用以构建架空世界。他说："故事的创作者是一个成功的'次级造物者'。他创造了一个可供思想进入的'架空世界'。在这个世界里，他所讲述的东西就是真实：因为这些东西是遵循那个世界的规律的。因此，当你身在其中，你就会相信它。而怀疑一旦产生，咒语就失效了；魔法，或者说艺术，就失败了。"② 美国学者沙利文（C. W. Sullivan Ⅲ）进一步总结道："奇幻世界的创造不仅是通过模仿和幻想的方式来引入不可能的人或事——虽然这也基本上是许多恐怖小说的策略。科幻小说和奇幻文学要求作者创造一个逻辑独立而自洽的世界。"③

在独立自洽原则面前，架空世界仿佛可以成为创作者独立构建的空中楼阁。但作为通俗文学，奇幻文学却不能枉顾其经济基础和社会需要，它同样要面向现实和大众，亦即需要像托尔金所说的那样，可供思想进入，可以采信，要努力避免怀疑，避免魔法和艺术的失败。所以，奇幻文学尽管存在荒谬不羁的部分，却不妨碍它在其他地方拥有丰富或深刻的现实性。这种现实性主要表现在两个方面。

一方面，奇幻文学要有唤起共情共感的能力，要能够唤起大众真实的情与感。正像卡尔维诺说的那样，奇幻文学要面对读者所感知到的那个现实。早在 20 世纪中叶，民间文艺学家就已经注意到虚构的民间作品的现实性问题。钟敬文说："民间的散文性作品，像神话、传说和民间故事等，大多数是虚构性的。但是，它们从现实的深处取

---

① 福斯特：《小说面面观》，冯涛译，上海译文出版社，2016，第 101 页。
② J. R. R. Tolkien, "On Fairy Stories," in *The Tolkien Reader*, New York: Ballantine Books, 1966, p. 60.
③ C. W. Sullivan Ⅲ, "Folklore and Fantastic Literature," *Western Folklore*, 2001 (4), p. 280.

来重要的题旨,取来人物、情节的素材,用灵活的想象和有力的结构、语言把它表现出来。"① 奇幻文学也有相似的能力,甚至它由于幻想的外衣还能绕开某些现实中的障碍,更为直接地将现实展现出来。

另一方面,奇幻文学也要有自洽的内部逻辑,经得起读者的理性检验。这种自洽逻辑又与现实深刻关联。因为创作者无论怎样聪颖、怎样天才,他到底是现实世界中能力有限的人,不可能像宗教信仰中的神那样创造出完全独立而自洽的世界。创作者在创造架空世界时总要对现实世界的事象加以借用和转化,其素材部分来自超自然传统,部分来自历史叙述和社会现实。因此,作者哪怕将超自然作为作品的基础,仍然需要在相当大的程度上遵循现实世界的已有规律或理论,如人类社会的伦理,甚至历史发展的趋势。创作者若要对架空世界进行整体创设,不仅要在幻想的国度里驰骋,还要把工作转移到对社会现实乃至自然科学的探索、消化和升华上来。

架空世界的独立自洽及其现实性,常常集中地体现在架空世界本身具备的完整结构之中。最为典型的是正义与邪恶的二元对立结构。奇幻文学的主人公与架空世界常常具有天然的联系,同样被放置于这种结构之中。就像比尔博之于中洲、哈利·波特之于魔法世界那样,许多故事的主人公并不是架空世界的外来者,他们原本就是架空世界的一分子,甚至在架空世界中处于至关重要的位置。自然和超自然、人类和类人生物,都被统合在善恶二元结构之中。也就是说,架空世界作为时空体,它的各个部分之间、它与人物之间,都存在着有机联系。这种内部结构当然是超现实的,但就像许多传统叙事那样,它也具备现实性。正如心理学家贝特尔海姆(Bruno Bettelheim)所说的:"童话故事中的人物并不矛盾,他们不会处于善恶之间,就像我们在现实中的所有人那样。但是,由于极端化思维主导着儿童的思想,故也主导着童话。童话里的人要么好,要么坏,

① 钟敬文:《口头文学:一宗重大的民族文化财产》,载《钟敬文民间文学论集》(上),上海文艺出版社,1982,第14~15页。

没有站在中间的。"① "孩子要问的问题不是'我想要当好人吗'？而是'我想要成为谁'？全心全意地将自己投射到一个人物中去，是一个孩子做出上述判断的基础。如果这个童话人物是个非常好的人，那么这个孩子也会决定他要当个好人。"②

架空世界一方面要脱离现实去营造奇景，另一方面要给奇景一种现实的情感落点或者理性解释。这种两面需求是架空世界在奇幻文学中得到高度重视的重要原因，即构建架空世界本身便具有奇幻文学所要求的那种审美特质，甚至还能够产生独特的思想特质。比如，具有架空世界的奇幻文学可以讨论乌托邦、反乌托邦和异托邦的诸问题，这是那些致力于重述现有已知的人类社会的文学所难以做到的。架空世界与现实世界的距离感使它得以具备这种功能。这恰如邵燕君在讨论男性穿越小说时所指出的："出于种种原因，大国崛起的梦想和有关现代性制度变革的讨论需要放置在一个有距离的古代空间。"③ 有了架空世界，人们就能够与现实世界拉开距离，从而对身处的现实做出别样的假设。无论是《乌托邦》、《盲人国》还是《时间机器》，其中都浸透着对现实社会可能性的思考。这种思考不仅被奇幻文学所继承，也在网络小说里流露出来，构成了当代文学重要的思想命题。

二 体裁的综合含义

体裁（Genre），是文艺学、民俗学、语言学等多个学科共同关注的一个关键概念，既以传统为基础，也有现代发展和外来补充。在纷繁复杂的语境交错之间，体裁的含义是丰富多样的。恰如祝鹏程所说的："文体是社会性、历史性的存在，不仅是语言、形式和内容的聚合物，也是生产方式、组织形式和传播方式的聚合物。"④ 这使体裁

---

① Bruno Bettelheim, *The Uses of Enchantment*, New York: Alfred A. Knopf, 1989, p.9.
② Bruno Bettelheim, *The Uses of Enchantment*, New York: Alfred A. Knopf, 1989, p. 10.
③ 邵燕君：《在"异托邦"里建构"个人另类选择"幻想空间——网络文学的意识形态功能之一种》，《文艺研究》2012年第4期，第18页。
④ 祝鹏程：《文体的社会建构：以"十七年"（1949—1966）的相声为考察对象》，中国社会科学出版社，2018，第18~19页。

能够成为贯穿概念、文本、媒介、产业和受众的概念，推进我们对奇幻文学生产链条的整体性学术探索。本书主要从文本形式、生产方式、群体认知模式、社会功能模式和大众经济模式五种角度，综合把握体裁学学术史中显露的体裁与文学的社会化生产之间的关系。

第一，体裁是固定的文本形式，为文学的社会化生产提供文本规范。这是我国传统文论中的共识。明代徐师曾《文体明辨序》曰："夫文章之有体裁，犹工室之有制度，器皿之有法式也。……苟舍制度法式而率意为之，其不见笑于识者鲜矣，况文章乎？"① 当代文艺理论家童庆炳说："体裁问题，就是文本的体制问题。现代的诗歌、小说、剧本、杂文、抒情散文、传记文学、报告文学，或古代的赋、诔、铭、律诗、词、曲、章回小说等，是不同的文本体裁，它们分别有严格的规范，这种规范是历史形成的，创作者必须遵守它。"② 欧美文艺理论中也有类似概念 genre，常译作体裁。这一概念常取其类别的意思③，故也有中国学者将该词翻译为类型④。欧洲学者也指出了体裁的规范性。如巴赫金说："体裁是整个作品，整个表述的典型形式。"⑤ "我们总是用一些特定的语言体裁来说话，也就是我们的所有的表述都具有一定的相对稳固的典型的整体建构形式。"⑥ 也就是说，人们在表述的时候总是会自觉或不自觉地遵从着体裁的话语形式。

第二，体裁有相应的生产方式，为文学的社会化生产提供行为框架。当主体依照体裁所提供的文本规范进行创作生产活动时，体裁就对生产方式产生了影响。而生产方式和文本形式不同，后者是文本的形态，是生产的结果，而前者更多地涉及生产的过程及其中的规律。巴赫金指出："不能把观察和理解现实的过程与一定体裁的形式艺术

---

① （明）徐师曾：《文体明辨序》，载王永照编《历代文话》（第二册），复旦大学出版社，2007，第2045页。
② 童庆炳：《论文学文体》，载《童庆炳谈文体创造》，河南大学出版社，2008，第17~18页。
③ 波斯彼洛夫：《文学原理》，王忠琪、徐京安、张秉真译，三联书店，1985，第296页。
④ 王杰文：《表演研究：口头艺术的诗学与社会学》，学苑出版社，2016，第67页。
⑤ 巴赫金：《文艺学中的形式主义方法》，载《巴赫金全集》（第二卷），李辉凡、张捷、张杰、华昶等译，河北教育出版社，1998，第283页。
⑥ 巴赫金：《言语体裁问题》，载《巴赫金全集》（第四卷），白春仁、晓河、周启超、潘月琴、黄玫等译，河北教育出版社，1998，第161页。

地表现现实的过程割裂开来。……实际上观察和描绘基本上是融合的。新的描绘方法使我们看到可见的现实的新的方面，而可见事物的新的方面如不借助于把它们固定下来的新方法，就不能看清和真正进入我们的视野。"[1] 作为生产方式的体裁，首先作用于生产者或创作者，是他们把握现实的方法和过程。它可以在创作者及其群体面对自己时建立意义循环，而不必向外部社会谋求意义。

第三，体裁的固定形态或特征，能够适应或满足一定社会群体的认知期待，能够生成文学的社会化生产的社会基础。体裁的规范性不是凭空产生的，它首先要在直观层面上维持语言交流的顺畅，建立表述者和听众的理解渠道。体裁的群体认知模式，不仅体现在群体的素质本身，也体现在表述发生时的社会场景。巴赫金指出，体裁必须通过具体的表演场景和社会组织进入现实[2]。美国民俗学家理查德·鲍曼（Richard Bauman）也认为，表演活动的场景也构成体裁的一部分，在很大程度上塑造了人们对于文本的理解和期待[3]。叙述学者赵毅衡指出，是否符合"阐释社群"的理解方式和认知满足，是叙述引发兴趣的三大条件之一。叙述的接收者"期盼某种体裁，完成社会文化规定的表意程式，这也是一种常规性心理满足"[4]。如果表述不遵守体裁规范，受众就不会接受叙述文本和叙述活动。

第四，体裁的固定形态或特征，和相应的社会功能联系着，在受众群体中具有社会文化意义，是文学的社会化生产的又一重要社会基础。中国传统文论思想很早就发现体裁有社会功能。孔子说"《诗》可以兴，可以观，可以群，可以怨。迩之事父，远之事君"，就是一例。古代尝以功能论体裁归类，如清人吴乔谈诗文之别，说："唯是体制辞语不同尔。意喻之米，文喻之炊为饭，诗喻之酿为酒。饭不变米形，酒形质尽变；食饭则饱，可以养生，可以尽年，为人事之正

---

① 巴赫金：《文艺学中的形式主义方法》，载《巴赫金全集》（第二卷），李辉凡、张捷、张杰、华昶等译，河北教育出版社，1998，第290页。

② 巴赫金：《文艺学中的形式主义方法》，载《巴赫金全集》（第二卷），李辉凡、张捷、张杰、华昶等译，河北教育出版社，1998，第285页。

③ 鲍曼：《作为表演的口头艺术》，杨利慧、安德明译，广西师范大学出版社，2008，第9页。

④ 赵毅衡：《广义叙述学》，四川大学出版社，2013，第169页。

道；饮酒则醉，忧者以乐，喜者以悲，有不知其所以然者。"① 这是说，文具有正伦理教化的功能，诗具有动情思感触的功能②。这正如钱志熙所说的："文章之分体，源于其所用之不同。因为表达与表现的功能，导致文章的差别。"③ 英国功能学派和法国社会人类学也有相似的论述，如马林诺夫斯基（Bronislaw Kaspar Malinowski）的《巫术科学宗教与神话》④。马林诺夫斯基等功能学派学者对于体裁功能的看法，主要是将文艺体裁看作文化要素，讨论体裁与文化系统中其他要素，以及人类需要和自然环境之间的关系⑤。中国民间文艺学者受到这些理论的影响，在民国时期就开展了对民间体裁功能的讨论⑥，改革开放后还努力将其纳入中国民俗学的研究范畴⑦。体裁的社会功能是文化活动的社会效益的重要源泉，也是"五四"学者内心深厚的社会关切的落脚点。

第五，大众文艺体裁在近代的形式或特征变化，与大众经济模式是相互适应的，在相当程度上为文学的社会化生产提供经济基础。这是传统的体裁学研究不太注重的面向，但相邻学科有相关探讨。法国学者罗贝尔·埃斯卡皮（Robert Escarpit）指出："当历史上开始出现资本主义工业的发展过程时，（文学）生产的经济中枢就从作家移到印刷者，然后移到书商，最后稳定在出版商上。"⑧ 随之而来的，是对体裁的经济模式与它的内容之间关系的探讨。显然，体裁要有相应的经济基础才能长期稳定地存在。文艺体裁的商业模式具备稳定的一面，这是它作为一种完备的文本形态，适应一种或多种相对稳定的社会场景的结果。英国学者大卫·赫斯蒙德夫（David Hesmondhalgh）指出："创作和商业之间充满了妥协、冲突、甚至斗争。但是，一旦

---

① （清）吴乔：《答万季埜诗问》，载丁福保辑《清诗话》，中华书局，1963，第27页。
② 童庆炳：《论文学文体》，载《童庆炳谈文体创造》，河南大学出版社，2008，第18页。
③ 钱志熙：《论中国古代的文体学传统——兼论古代文学文体研究的对象与方法》，《北京大学学报》（哲学社会科学版）2004年第5期，第95页。
④ 马林诺夫斯基：《巫术科学宗教与神话》，李安宅译，中国民间文艺出版社，1984，出版说明。
⑤ 马林诺夫斯基：《文化论》，费孝通等译，中国民间文艺出版社，1984，第11页。
⑥ 钟敬文：《民间文艺学的建设》，载《钟敬文民间文学论集》（下），上海文艺出版社，1985，第8页。
⑦ 钟敬文主编《民俗学概论》（第二版），高等教育出版社，2010，第204页。
⑧ 罗贝尔·埃斯卡皮：《文学社会学》，于沛选编，浙江人民出版社，1987，第139页。

找到报酬较好的工作，即使这些理论的积累是紧迫性的、压抑的、无情的，几乎所有的创作者也都或多或少愿意体验强加给他们的工作。"[1] 商业化和类型化之间关系密切，这恰恰是体裁逐步走向商业模式的铺垫。

文艺类别的经济基础常常是多样化的，受到其生产模式、媒介形态和市场形态的综合影响。中国学者储卉娟在《说书人与梦工厂：技术、法律与网络文学生产》一书中讨论了现代小说生产中商业和创意两者所主导的，分别以格拉布街和格林威治村的创作者为代表的两种小说生产模式：是注重劳动生产率，还是注重艺术独创性[2]。她的研究还发现，网络媒介和网络市场为类型化创作提供了更为优厚的受众基础和经济基础。按她的说法，网络衍生空间恰是格拉布街模式逆袭的关键[3]。在这两种生产模式背后，是对经济模式的选择，是对现代出版业的大众经济模式的拥抱或放弃。

三　多体裁文本系统

奇幻文学在小说、影视、游戏等形态中来来回回，跨界改编的现象层出不穷。所以，奇幻文学不仅可以被认为是单一体裁，也应该从多体裁文本系统的角度来研究。多种体裁、多种媒介共同构成了当代奇幻文学的整体面貌，就像神话与神话主义文本共同构成了当代的神话传播那样。早在 20 世纪末，欧美奇幻文学就已经形成了横跨通俗文学、游戏、影视剧和周边产品的综合行业体系。当代奇幻文学作品史研究已明确了奇幻文学的跨媒介属性，这为本书的跨体裁研究打下了基础。

《大众软件》是中国对奇幻文学进行较全面介绍的早期文献之一。该刊在 1998 年增刊中，从电脑游戏背景文化的角度大篇幅登载

---

[1]　赫斯蒙德夫：《文化产业》（第三版），张菲娜译，中国人民大学出版社，2016，第62页。
[2]　储卉娟：《说书人与梦工厂：技术、法律与网络文学生产》，社会科学文献出版社，2019，第88~89页。
[3]　储卉娟：《说书人与梦工厂：技术、法律与网络文学生产》，社会科学文献出版社，2019，第139页。

了介绍奇幻文学的文章《奇幻文学的今昔》①。该文对霍华（Robert E. Howard）的"蛮王柯南"系列、托尔金的"魔戒"系列、布鲁克斯（Terry Brooks）的"沙拉娜之剑"系列、乔丹（Robert Jordan）的"时光之轮"系列、菲斯特（Raymond E. Feist）的"时空裂隙之战"系列、西克曼（Tracy Hickman）和魏丝（Margret Weis）的"龙枪"系列做了简要介绍。这篇文章所介绍的作品，均已陆续在中国出版。

2011年，屈畅的《巨龙的颂歌：世界奇幻小说简史》出版②。这是中国研究者对于世界奇幻文学史进行详细梳理的专著。该著作的一大特点就是将文学史与媒体史结合起来，讨论了刊物、著作、桌面游戏、电脑和网络等载体对奇幻文学的推动作用，体现了奇幻文学的发展和各种媒体之间的关系，这就为当代文化产业借助奇幻文学发展自身提供了有价值的参考。正是借助桌面游戏和电脑游戏等新兴的娱乐方式，奇幻文学和奇幻文化才得以在中国大众中扎下根来，并逐渐走向本土化。

本书所谈的多体裁文本系统，借助了现代民间文艺学的文体学研究成果。传统体裁思想的研究对象是文人文学，其主要载体包括典籍、文稿、画卷、碑刻等，基本上是书面的。但民间文艺学强调民间文艺主要依靠口头传播。民间文艺学者通过实地考察，将口头文本转录为书面文本，然后再研究和传播。"九一八"事变后，顾颉刚领导的通俗读物编刊社为了用民间体裁推进抗日宣传，对通俗读物的分销网络进行过研究③。民间文艺学还提出了不同媒介间转换的规范问题，即民间体裁从口头转到书面，文本的规范特征随媒介变化而变化，其书面版本也应该拥有相应的原则或规范。这种原则和规范在学术史上有过许多讨论，如刘魁立对民间故事整理问题的讨论④、朱宜初对少

---

① 路西法：《奇幻文学的今昔》，《大众软件》1998年增刊，第16~22页。

② 屈畅：《巨龙的颂歌：世界奇幻小说简史》，古吴轩出版社，2011。

③ 王受真：《再论为什么要把新酒装在旧瓶里》，载顾颉刚《通俗读物论文集》，生活书店，1938，第20页。

④ 刘魁立与董均伦在搜集故事时是否应按讲述者的原话逐字逐句记录的问题上有争议。刘魁立认为应该忠实地记录民间口头文本，而董均伦更支持以内容为核心，对口头文本进行改写与完善。参见董均伦《关于刘魁立先生的批评》，载中国民间文艺研究会编《民间文学搜集整理问题》（第一集），上海文艺出版社，1962，第76页。

数民族民间文学翻译问题的讨论①等。这些学者所做的工作，实际上确立了民间体裁的书面化规范，即对体裁规范进行了媒介上的拓展。

当代民间文艺学者在学术史研究和现代媒体冲击的语境下，很容易就能发现民间体裁的跨媒介变化，进入跨媒介研究。董晓萍指出，"五四"学者借助欧式的书刊登载民间体裁，既增强了民间体裁的影响力，也使其发展成为学术研究的重要基础②。杨利慧也指出，当代新媒体对神话的挪用和重建不仅仅是媒介上的转移，而是"当下的一种文化生产模式，其生产动因往往与当代中国的政治、经济和社会文化语境密不可分，其生产过程折射出当代大众文化生产和再生产的复杂图景"③。张多则针对短视频领域开展神话研究，指出："新技术赋能之下的社交媒体，在很大程度上改变了神话叙事的面貌，加入了现代网民的知识、情感和价值。当然，对待这些碎片化的、戏谑的、使用算法的神话短视频，也应有更为宏观的反思与批评。"④民间文艺学者已经发现，媒介的转变在很大程度上意味着文本的话语结构、传播方式和社会意义的转变。

当代跨媒介研究提出的故事世界等概念，对奇幻文学的多体裁文本系统研究有关键性启发作用。20 世纪 80 年代，德国学者汉森－洛夫（Aage A. Hansen-Löve）就提出了"跨媒介性"概念，强调对各种媒介之间关系的开发，以及对各类媒介符号的共同关注⑤。赫尔曼提出的"故事世界"概念，以及哈斯勒－福勒斯特（Dan Hassler-Forest）提出的"跨媒介世界"概念⑥，也都强调了架空世界的多媒介或跨媒介性质。赫斯蒙德夫则描绘了"纳尼亚"系列在当代文化产业

---

① 朱宜初说："整理民族民间文学，最好是这样：原作是五言诗句的话，整理也保留五言诗句；原句是七言诗句的话，整理也保留七言诗句。原作在什么地方押韵，整理者最好也在什么地方押韵。"参见朱宜初《论少数民族民间文学的整理》，载《民族民间文学散论》，云南人民出版社，1980，第 55 页。

② 董晓萍：《现代民间文艺学讲演录》，广西师范大学出版社，2008，第 26~30 页。

③ 杨利慧：《当代中国电子媒介中的神话主义》，《云南师范大学学报》（哲学社会科学版）2014 年第 4 期，第 75 页。

④ 张多：《抖音里的神话：移动短视频对中国神话传统的重构》，《西北民族研究》2021 年第 1 期，第 110~122 页。

⑤ 钟雅琴：《超越的"故事世界"：文学跨媒介叙事的运行模式与研究进路》，《文艺争鸣》2019 年第 8 期，第 127 页。

⑥ Dan Hassler-Forest, *Science Fiction, Fantasy, and Politics: Transmedia World-Building Beyond Capitalism*, Lanham, Md: Rowman & Littlefield International, 2016, p.14.

中的跨媒体现象，指出该系列存在三类文本：奇幻小说原著是第一文本；依赖于已经存在的第一文本的文本，即一大批"纳尼亚"系列电影、游戏、唱片是第二文本；旨在促进和宣传系列电影的营销文本则是第三文本，包括巨量的预告片和授权产品等①。中国学者钟雅琴认为："基于跨媒介性的文学跨媒介叙事研究的理论话语和分析框架的一个突出特征是，将文学跨媒介叙事运行中的各类媒介文本均纳入其考察范畴。从这个意义上理解文学的跨媒介活动，我们可以实现从单一叙事文本研究向跨媒介故事世界研究的转换，即将跨媒介运行中的文学视作一个整体的故事世界。"②

但是，对于奇幻文学而言，仅仅停留在跨媒介和跨文本研究上是不够的，还应该进入跨体裁研究。因为，即便同样以书面作为媒介，文本的话语形式和实际功能也会由于体裁的区别而区别开来。不同的生产方式、不同的社会理解、不同的经济关系，也就是多样化的体裁，被统一的题材维系起来，这是奇幻文学的客观现实。对于处于同一媒介中的不同体裁的多个文本之间的异同和联系，是跨媒介研究所无法触及的领域，却对奇幻文学的架空世界建构有着关键意义。

在跨媒介和跨体裁研究中，互文性概念自然而然地凸显出来，成为故事世界建构中的核心概念。这个概念原本是符号学者克里斯蒂娃（Julia Kristeva）在巴赫金思想的基础上阐发出来的，指一篇文本对于别的文本的吸收和转换，后来又被用以指称每一篇文本与其他若干文本存在的联系，亦即对后者的复读、强调、浓缩、转移和深化等③。此后，热拉尔·热奈特（Gérard Genette）提出了五种类型的跨文本关系，包括文本间性（互文性）、副文本性、元文本性、承文本性和广义文本性④。互文性揭示了奇幻文学文本系统的内在关联，阐明了这一文本系统之所以能够成为一体的力量之所在。奇幻文学的大部分文

① 赫斯蒙德夫：《文化产业》（第三版），张菲娜译，中国人民大学出版社，2016，第292页。
② 钟雅琴：《超越的"故事世界"：文学跨媒介叙事的运行模式与研究进路》，《文艺争鸣》2019年第8期，第131页。
③ 萨莫瓦约：《互文性研究》，邵炜译，天津人民出版社，2003，第5页。
④ 热奈特：《隐迹稿本》（节译），载《热奈特论文集》，史忠义译，百花文艺出版社，2001，第69~74页。

本都处于互文性的联系之中，只是这种联系有强有弱、有宽有窄。最为宽泛却较为虚弱的联系，即奇幻文学的所有文本都被超自然和相关时空体这两大主题，以及这些文本和相关主题背后的文化传统及其传承群体所联系着，以使这些文本共同形成一个文本群。在这个巨大的文本群内部，还有其他东西具有更为强烈的维系力量。那就是使一个系列作品得以被识别出来的独特概念，也包括现代社会为这种概念的外在形式所赋予的知识产权及其享有者和使用者。

正是基于知识产权的市场运作，当代文化产业研究提出了"明星IP"的概念。生发出互文性且具有专用性的特殊主体，以及当代社会所赋予它的专有权利和经济效益，正是奇幻文学的多体裁文本系统之核心。近年来，文化产业学界通过"IP生态圈""泛娱乐"等概念走向跨媒介与跨行业研究。李斌在《IP生态圈：泛娱乐时代的IP产业及运营实践》一书中指出："在内容产品链接、市场共振、受众关联等作用下，在泛娱乐市场中，多元文化娱乐形态占据了主导地位，从产业链层面来看，文学和动漫是产业链形成的基础，可以将其比喻为孵化层；影视和音乐则是产业链发展的重要工具，可以将其比喻为运营层或者辅助变现层；游戏、衍生品等则是产业链发展的资金保障，也就是变现层。这三个层次相互衔接，相互关联，不断升级，逐渐发展。"[1] 向勇和白晓晴则提出了当代文化产业语境中明星IP的洋葱模型，认为这类IP包含五项基本要素：价值观、形象、故事、多元演绎和商业变现[2]。白晓晴还指出，电影以其流行度和利润，往往能够将跨媒介多元文本整合起来，成为故事世界的核心作品，亦即其运转主轴[3]。这类产业层面的揭示，有助于多体裁文本系统在社会生产领域的优化。

所谓的"IP生态圈"虽有其合理性，实现起来却不容易。观之时下业界，所谓"跨界共生"与"市场共振"绝非必然，"惨遭真人化"

---

① 李斌：《IP生态圈：泛娱乐时代的IP产业及运营实践》，中国经济出版社，2017，第39页。
② 向勇、白晓晴：《新常态下文化产业IP开发的受众定位和价值演进》，《北京大学学报》（哲学社会科学版）2017年第1期，第125页。
③ 白晓晴：《故事世界建构中电影的跨媒介互文》，《当代电影》2020年第9期，第108页。

或"惨遭影视化"的作品和评价实为常见。其背后的问题是，以特有概念和知识产权为内核，以社会化大生产为语境的多体裁文本系统，如果不能夯实产品共有的概念基础，不能处理好各体裁之间的内容关系与社会关系，"IP 生态圈"要么从最初就无从谈起，要么在半途就走向分裂。但是，当前文化产业研究对文本系统的内部结构与相互关系观照不足，很难解决上述难题。奇幻文学研究应该正视这种媒介多样化，既要深入分析不同媒介、不同体裁的生产规律和社会功用，也要揭示整个文本系统的内在关系，揭示当代奇幻文学的整体创作规律。

四　文学的社会化生产①

传统的文学研究以作家文学研究为主，很少从生产社会化的角度切入。但集体创作却与生产社会化有密切的关系。本书遵循马克思主义的理论传统，从集体创作角度研究奇幻文学的生产社会化问题，包括生产资料的社会化、生产过程的社会化和产品的社会化②。一方面，集体创作意味着生产过程的多人合作，因而可以被理解为生产社会化的一个面向，或一种较为初级的阶段。另一方面，文学创作的生产资料和产品，多多少少有其社会化的一面。因为文学创作所使用的除了物质载体，主要材料是被社会共享的语言和思想。创作者以上述社会化生产资料为基础，加上自己的个人劳动和思想，创造出的文学成果也是面向社会传播的。集体创作就意味着打破创作过程个人化的局限，使整个文学创作活动真正走向生产社会化。

集体创作是中外文艺研究共同的经典问题。早在 18 世纪，西方古典学者便已对荷马问题有过相关的疑问，即"荷马史诗出自一人之手还是集体创作的结晶，荷马史诗成于一时一地还是层层累积而成"，等等③。19 世纪初，高尔基亦提出："不但神话与史诗，甚至语言

---

① 笔者在本书中使用的"社会化生产"、"生产社会化"与"社会生产"概念，均指生产活动社会化的现象，三者在含义上并无太大区别，故本书行文中不对上述三者做具体区分，而是依据上下文的语境和一般的表述习惯选择使用三者中的某一个。
② 魏埙主编《政治经济学（资本主义部分）》，陕西人民出版社，1995，第 102 页。
③ 程志敏：《荷马史诗导读》，华东师范大学出版社，2007，第 105 页。

（那个时代的主要活动能力）也决然是全民的集体创作，而绝非一人的独个思维。"① 高尔基的思想对于中国的文艺理论影响至深，中国学者在集体创作研究方面也素有传统，而民间文艺学更是将其视为最重要的理论问题之一。

现代民间文艺学认为，集体性是民间文学的重要特性，而集体创作正是集体性的重要表现。钟敬文主编的《民间文学概论》指出，民间文学在创作上的集体性有三种模式：第一种，即"人民群众往往在一定的集体场合，如集体生产或集体生活场合，进行你一句我一句的集体创作"；第二种，即"采取集体分工方式，有的人先编出了故事梗概，另有别人添枝加叶，还有人把它改成韵文体的唱词，又有人给它配上曲调，这就成了民间传说、故事或民间说唱、小戏等作品"；第三种，即"群众中的某个人或把前人的口头艺术继承下来加以发展，或把群众中断片的素材及许多口头作品集中起来加以综合、概括，形成完整的口头艺术成品，传给群众，流布开去"②。上述三种形式，或可称为段落集合式、职能配合式与材料整合式。这里讨论的是民间文学的集体创作，即民众内部的集体创作，并没有涉及作家与民众的身份差别。但是，作家文学的集体创作也没有脱离上述的段落集合、职能配合与材料整合三种模式。

中国共产党领导下的苏区文艺和延安文艺活动，都是高度强调集体创作的。有文献指出，瞿秋白在指导中央革命根据地的宣传工作时曾经用过"集体创作"的概念③。当然，延安文艺活动中的集体创作更加广为人知。许多脍炙人口的名篇，如《白毛女》、《三打祝家庄》，以及新中国成立初期的《人民胜利万岁》大歌舞，都曾题名"集体创作"，表示这些作品不是个人的劳动成果。集体创作也反映了当时文艺创作者的紧密配合。老艺术家唐荣枚回忆歌剧《农村曲》的创作时说："歌剧《农村曲》的音乐为集体创作。先由郑律成、安波、吕骥、向

① 高尔基：《个性的毁灭》，缪灵珠译，载文艺理论译丛编辑委员会编《文艺理论译丛》（第一期），人民文学出版社，1957，第145页。
② 钟敬文主编《民间文学概论》（第二版），高等教育出版社，2010，第21~22页。
③ 石联星：《难忘的日子》，载中国话剧运动五十年史料集编委会编《中国话剧运动五十年史料集》（第一辑），中国戏剧出版社，1958，第205~206页。

隅分段执笔写作旋律，然后再由向隅负责修定，编配和声、织体、配器，写作幕前曲，间奏与过门，总的把它们编写成一个整体。"① 这样的创作阵容和合作程度，在强调知识产权和个人占有的今天是很难见到的。周维东的《中国共产党的文化战略与延安时期的文学生产》一书以作家文学为研究对象，划分出编辑、作家和民众三种群体，并围绕这种划分来探讨集体创作。他指出：延安时期有三种集体创作模式，即征文型集体创作、合作型集体创作和拟集体创作②。周维东认为，集体创作和生产突击运动，与延安时期的文学生产高潮相伴相生。

无论是民间文学研究还是作家文学研究，对集体创作的讨论都存在一条重要的大众化主线，即肯定民众或群众的创作能力和创作力量。集体创作当然还有强调集体主义精神这一政治背景，但从现有材料看，这一精神在西方奇幻文学创作中表现得还不甚明显。以作家文学的角度研究西方文学，继而认为西方奇幻文学主要是作家文学，这无可厚非。但如果从集体创作的角度切入多体裁研究，就会发现西方文学生产同样带有大众化的特点。在高等教育普及率较高的西方社会中，奇幻文学作家既包括知识精英也包括普通民众。《魔戒》的作者托尔金、《纳尼亚传奇》的作者刘易斯都是大学教授，但《龙枪编年史》的主要作者魏丝和西克曼都只是普通公司职员。更重要的是，奇幻文学处于某种高度调动大众的语境之中，大众完全拥有参与创作的能力。奇幻文学的多体裁特点为自身创造了调动大众进行奇幻叙事活动的机制，这是单纯从作家文学角度切入所无法探讨的问题。

前文讨论了奇幻文学的多媒介现象，其中多处提到奇幻游戏。游戏的文体特征包括互动，奇幻游戏尤其包含了大众参与机制。美国学者玛丽－劳尔·瑞安（Marie-Laure Ryan）在《故事的变身》中讨论了游戏机制下读者参与的叙事方式，她说："在参与式中（自生式的一个亚范畴），接受者的表现在话语或者故事层面上实现叙事并完成

---

① 唐荣枚：《音乐家向隅与延安的第一部歌剧〈农村曲〉》，载田川、荆蓝主编《中国歌剧艺术文集》，国际文化出版公司，1990，第193页。
② 周维东：《中国共产党的文化战略与延安时期的文学生产》，花城出版社，2014，第87~96页。

叙事。话语层的参与（超文本小说）体现在接受－参与者决定文本的呈现秩序，而故事层的参与（纸笔角色扮演游戏、互动戏剧、电脑游戏）表现在化身为一个积极的任务，影响故事世界的改变。"[1] 在参与性的基础上，瑞安阐述了互动文本的产生方式，即设计者或讲述者自上而下地规划了叙事意义，而用户则自下而上地输入，当输入和设计之间无缝对接时，叙事图案就产生了[2]。正是参与式的互动叙事文本影响了用户在面对叙事时的态度和惯习，激励他们从被动接受渐渐走向了主动创造。欧美奇幻文学与上述互动文本伴生，往往也会体现为纸笔角色扮演游戏或电脑游戏那样的互动文本。互动文本中还有一种现象也值得注意，即在纸笔角色扮演游戏中，用户还会发生角色切换，变成设计者和讲述者。

生产者和消费者的角色切换，在当代文化产业中被理解为用户生产内容（User-Generated Content，简称 UGC）。李妙玲在《用户生成内容综述》一文中指出："社会化网络和社区型网站的出现改变了人们利用网络的方式，使得人们不再局限于阅读专业渠道提供的信息，而是转向创建个人档案，生成个性化内容，分享照片、视频、博客等等，这就是所谓的用户生成内容。"[3] 该文介绍了用户生成内容在教育、地理定位、电子商务、民主政治、新闻媒体和网络游戏中的广泛应用[4]。向勇指出："通过社交媒体，故事在创作之初就可以直接跟受众接触，搜集受众感兴趣的话题、事件，受众可以随时参与故事的创作过程，可以随意改变、分割故事，影响故事的最终结果。通过众包（Crowdsourcing）这种新的互联网产生的组织形式，通过 UCC（User Created Contents；或 UGC，User Generated Contents，指"用户创造内容"）这种用户使用互联网下载和上传并重的使用方式，产生海量的原创内容。"[5] 当前，UGC 主要被认为是在互联网平台所营造的语境下产生的。但从奇幻文学的发展史看，UGC 模式在互联网普及

---

① 玛丽－劳尔·瑞安：《故事的变身》，张新军译，译林出版社，2014，第 14 页。
② 玛丽－劳尔·瑞安：《故事的变身》，张新军译，译林出版社，2014，第 95 页。
③ 李妙玲：《用户生成内容综述》，《图书馆学研究》2013 年第 16 期，第 21 页。
④ 李妙玲：《用户生成内容综述》，《图书馆学研究》2013 年第 16 期，第 21~24 页。
⑤ 向勇：《文化产业导论》，北京大学出版社，2015，第 223 页。

以前还有其文化史。

互动文本和 UGC 对于作家文学来说是比较新颖的，但是在民间文艺学领域却并非没有相似的案例，其中最为著名的要数延安革命秧歌。由于民间文艺本身的实践和狂欢性质，秧歌活动原本就向民众开放，或者说民众原本就是它的创作和表演主体。当然，革命秧歌在多个层面上，加入了知识精英的创意和创造，呈现为跨越知识分子和民众两大群体的活动和概念。从这一历史现象反观当代，不难发现，民众的文化能力和体裁的互动机制是集体创作大众化面向的关键之一。因此，当代奇幻文学的互动机制，也就应该成为集体创作研究中的一个重要问题。

五　研究视角与研究方法

本书认为，奇幻文学是以超自然和架空世界为核心概念的多体裁文本系统，是具备社会化生产模式的大众文学。这一定义涵盖了本书所使用的关键概念，也体现了本书的基本研究视角与研究方法。

首先，超自然和时空体是奇幻文学的核心概念。超自然概念是被某一时空中处于支配地位的自然观所界定出来的。当代超自然概念在巫术与宗教丧失支配地位的过程中，被民俗学及相关学科削弱了社会权威，重构了社会意义，更新了传播形态，扩大了传播范围。随着全球化进程与信息技术革命的不断发展，来自不同文化传统的超自然概念早已深深地渗透到了大众文化娱乐之中，成为重要的叙事主题或素材。这种主题或素材，由于其陌生化性质，能同时生成故事的可述性和文本，也能建立可述性与文本之间的生产循环，催生出庞大的文本系统和社会生产系统。

架空世界是个时空体概念，也是个形式兼内容的文学范畴。奇幻文学热爱的异域他乡，是这类文学在时空体范畴中的独特表现。它为超自然概念提供了逻辑自洽和文化认同的边界。生活世界、文本和文本内容原本分属不同的时空体。奇幻文学中的超自然概念加深了文本内容与生活世界之间的时空体差异。架空世界意味着奇幻文学的时空体以超自然规律与现实时空体区分开来，同时又能够内部逻辑自洽，符合经典文学的表现原则。反过来说，超自然概念的陌生化和可述性又被奇幻文学时空体与生活世界之间的差异放大了。时空体概念的整体呈现及其需求催生了奇幻文学的多体裁文本系统，推动奇幻文学文本系统和生产系统进一步走向社会化大生产。

超自然和时空体何以成为奇幻文学的核心概念呢？一方面，超自然和时空体这对概念贯穿了奇幻文学的整个作品史和学术史，在相关文献中反复出现，被学者和作者反复讨论。架空世界是超自然和时空体的系统化综合形态，也是现代奇幻文学的重要焦点。另一方面，围绕超自然和时空体概念生成内容，形成素材和话语，是奇幻文学创作能够区别于其他文学创作的显要标志。利用当前文艺学和叙述学的理论成果，能够将这类内容创作的固有规律揭示出来。可以说，这对核心概念由作品群、大众认知、学者见解和作者思想共同塑造出来，又作为集体共识反过来指导奇幻文学的社会化生产活动。即便在很多情况下这种共识未必清楚，但不清楚不等于不存在。

其次，体裁形塑了文本的话语样式和社会语境，是奇幻文学文本形式、生产方式、群体认知模式、社会功能模式和大众经济模式的综合体现，是贯通文本生产和社会文化的心轴，也是立足文本研究透视集体创作的望远镜。奇幻文本的完成取决于体裁规范下的文本形态，奇幻创作者的成熟取决于他对体裁的基本掌握。而奇幻文学作为集体创作，作为社会化生产的方式，很大程度上也受到其群体认识、社会功能和经济模式的影响，它们既支撑着奇幻文学的大众化发展，也制约着它的文本形态和社会文化形态。

最后，多体裁文本系统使奇幻文学具备了独特的多元表述体系和复合文化语境。多体裁文本系统是当代奇幻文学集体创作的主流形态。奇幻文学不专以某个体裁作为其形式，诗歌、小说、戏剧、游戏等多种体裁在其发展史上都有经典留存。在现代奇幻文学的生产和消费活动中，从属于不同体裁的多个文本还基于原创概念、文化意识、知识产权、运营主体、受众群体等多种因素生成强烈的互文关系，形成具有强大表现力和独特内聚力的文本系统，容许和推动系统内部的跨体裁生产，推动产品形态和变现渠道不断多元化，构成了奇幻文学在产业化、全球化和数字化时代的主流形态。

本书对文学创作的社会化生产研究，意在接续延安文艺传统对集体创作的关注，主要集中在当代大众参与奇幻文学创作的方式，以及创作活动的社会文化共识两个方面。文学的社会化生产并不鲜见，早期的神话和歌谣中都有它的身影。抗战时期，集体创作成为延安文艺传统的重要组成部分，其影响延伸至新中国成立初期大量文艺作品之中，有力推动了社会主义新文艺事业的蓬勃发展。进入 21 世纪，集体创作既是人民大众自我娱乐、自我表达和自我提升的手段、过程，也是文化产业集思广益、打造品牌、扩大生产和提升影响的方式、道路。现代企业组织和互联网技术的普及，为集体创作创造了前所未有的良好条件，使它完全有可能成为推动创新驱动发展战略的有效机制，为我国的文化事业和文化产业的繁荣注入新血。

奇幻文学蕴含着一种新时代的生产社会化模式，它借助"超自然"叙述构建虚拟现实，在当下社会中产出海量文本，既充当精神食粮也产生经济交换。换句话说，我们首先要将奇幻文学看成大众的社会化生产活动及其结果。传统上，狭义文学研究不将生产活动作为研究对象，但民俗学、民间文艺学和文化产业学都不这样看。只有把奇幻文学这种社会化生产活动研究到位，才能对其文化生产的结果加以有效引导，获得社会效益和经济效益的双赢。

构建多体裁文本系统，是当代奇幻文学走向社会化生产的表征。一方面，多体裁文本系统的庞大体量，意味着个人难以完成的巨大工作量。另一方面，多体裁文本系统所要求的大量专业知识和专业技能，使得单个作者难以具备创作所有文本的条件。作为现代经济的主流趋势，扩张生产体量、缩短生产周期、提升专业化水准等因素，都附着在多体裁文本系统这一奇幻文学的整体形态上，使个人创作的局限性以及生产社会化的必要性愈发凸显。在多体裁文本系统中延续和发展集体创作的传统，就成了当代中国大众文学把握先进生产形态的必要课题。奇幻文学与多体裁文本系统之间的特殊关系，也使奇幻文学本身成了推动集体创作传统延续与发展的重要领域。

我们所说的多体裁文本系统，首先是指围绕某个架空世界的多体裁奇幻文学文本群。但是，并不是所有与该架空世界有关的文本群都能被纳入研究：在这其中要刨除那些未完成的、未发表的和非官方的文本。我们研究的多体裁文本系统是指以某个与知识产权密切关联的超自然或时空体概念为核心，被有意创造出的互文关系联系起来的，正式出版文本的集合。理论上，口头的、未产权化的、非正式出版的文本也属于欧美奇幻文学的文本系统，但这些文本很难搜集和整理，也未必经过了人类理性和社会权力的判断和选择。故此，我们主要以正式出版的文本作为研究对象。这样一来，我们所面对的材料范围就显得较为全面和可控了。如"哈利·波特"系列这样的文本群，我们若以该系列所描绘的独特架空世界为搜集依据，就需要将 8 部小说、9 部电影、2 部剧本、3 部杂集和作者在网站上发表的"J. K. 罗琳档案"文本都纳入考虑，认为它们共同组成了"哈利·波特"系列的跨体裁文本系统①。当代的网络百科和官方网站在产品整理和发布上已经进行了许多工作，可作为我们研究的重要基础。

从现有材料看，一个多体裁文本系统总是先从某种体裁开始，然后再扩展到其他体裁的。这个初始体裁在很大程度上影响了（甚至决定了）文本系统的生态，包括作者的创作意图、创作活动的社会理解、参与资源交换的方式等。随着创作活动的持续，新的体裁逐渐加入到文本系统中来，并且进一步形塑这个文本系统的形态与生态。文化产业研究者将这种情况称为多元演绎，强调这种活动对传播渠道和市场的拓展作用②。这种认识问题不大，但还应该认识到不同体裁对文本系统的整体影响。体裁研究不仅要面对传播与受众等外部生态的问题，也要面对文学内容、生产方式等内部因素的问题，以及这些内部因素与外部生态的关系问题。

重视奇幻文学的社会化生产，不代表奇幻文学不能产生文化价

---

① 参见"哈利·波特"系列的官方网站 WIZARDING WORLD，https：//www. wizardingworld. com/。

② 向勇、白晓晴：《新常态下文化产业 IP 开发的受众定位和价值演进》，《北京大学学报》（哲学社会科学版）2017 年第 1 期，第 126 页。

值。恰恰相反，基于文化传统的"超自然"和"时空体"概念，使奇幻文学与文化价值的牵涉极其深广。超自然概念常把巫术和宗教囊括其中，自然而然地涉及世界观、人生观、价值观、伦理观等问题，从而和精神意义紧密地结合在一起。它还是人们对民族文化进行识别的重要标志，和民族主义、爱国主义等宏大概念连接在一起。即便当下的中国奇幻文学尚未产生有国家文化影响的作品，但我们仍要看到它在理论上存在这样的可能性。

本书的研究一方面要从文献法出发，从欧美奇幻文学系列作品中的经典案例入手，以多体裁文本系统为考察重心，记录与描述奇幻文学系列的文献体裁结构、内容核心结构即架空世界的宏观结构，以及这些结构与外部语境的关系，明确奇幻文学多体裁文本系统的文本性质、文化性质和社会性质。在这种考察中，我们能够发现奇幻文学文本的多样性，以及相应的社会生态的多样性。这种考察还能够揭示出奇幻文学是怎样通过某些核心体裁完成它的社会意义，建立它的经济循环，从而使自身适应资本主义产业需要的。

另一方面，本书要从架空世界、话语和体裁、社会权力三个层面切入共时分析，阐述奇幻文学的多体裁文本系统是怎样被创作出来的。这一框架主要来源于叙事学，来源于热奈特对事件层面和话语层面的独立分析。本书在这一分析框架的基础上增加了体裁层面，并对文本系统内部进行社会权力和生产群体结构分析。通过上述分析，本书可以明确：奇幻文学在创作过程中拥有哪些可资利用的客观规律，为什么奇幻文学的核心概念可以建立起相应的话语生产，这些话语分别起到了什么作用，又如何组合成为完整的文本或文化产品，并通过社会分工和权力赋予形成一套有权力圈层的文本系统。

第一章
欧美奇幻文学的舶来 *

时至今日，在中国，奇幻文学已经横跨影视、游戏、动画、漫画、通俗文学等多个产业领域，成为文化及相关产业体系中的一支重要的新兴力量。这是中国受众接触欧美奇幻文化与奇幻文学以后，根据本土传统进行选择性接受和再造的结果。但是，这支新兴力量总是处于主流文化之外，处于重重的误解和矛盾之中，未能为文化的整体繁荣发挥应有的作用。本章的主要任务，是考察欧美奇幻文化进入我国的过程和影响，以说明本书对欧美奇幻文学的集中探讨，在很大程度上是出于对当代中国大众文学与大众文化的关切。此外，对于欧美文化产品的舶来简史进行梳理，有助于消除主流文化对奇幻文化的误解，推动中国奇幻文学的社会生产与产业优化。

中国学界在奇幻文学研究方面起步较晚，其代表性成果，有屈畅的《巨龙的颂歌：世界奇幻小说简史》[1]、郭星的《符号的魅影：20世纪英国奇幻小说的文化逻辑》[2] 等。这些研究大多以小说文本为基础，讨论奇幻文学的艺术特点、心理基础、核心理念、社会影响等。这些研究为我们厘清奇幻文学的面貌做出了贡献，但它们较少触及文化产品的跨体裁运作，只从通俗小说或网络小说的角度进行了讨论。因此，这些研究仍然难以描绘出奇幻文学在大众文化中的整体轮廓，也难以说明奇幻文学进入中国文化市场的历史进程。

---

* 由于欧美奇幻文学被引入我国大陆和港澳台地区的情况有所差异，且由于港澳台地区相关资料搜集条件的限制，本章主要讨论欧美奇幻文学被引入大陆的情况。对港澳台地区相关情况和问题的研究，待日后资料成熟时再做补充和探讨。

① 屈畅：《巨龙的颂歌：世界奇幻小说简史》，古吴轩出版社，2011。
② 郭星：《符号的魅影：20世纪英国奇幻小说的文化逻辑》，南开大学出版社，2013。

笔者认为，欧美奇幻文学进入中国，大体有两次浪潮。第一次浪潮兴起于20世纪初期，主要是中国学者对西方文化的译介。在这个过程中，大量涉及西方超自然概念的文本类型，如神话、史诗、童话、民间故事等进入中国民众的视野，至今仍有强大的影响力。这次文化输入为中国民众打下了接受欧美奇幻文学的概念基础。到20世纪末，欧美奇幻文学第二次大批进入中国时，中国民众已经对欧美文化有了相当的了解，对于其中的超自然元素并不陌生。

从现有材料看，我国登载奇幻文学概念的媒体，首先是游戏杂志，其次是网站和小说单行本，后来又有影视作品的推波助澜。这种材料的时间排列，使本书得以建立起基本的材料框架，梳理出奇幻文化舶来的主要产品脉络。我们发现，游戏杂志在构建游戏行业自身文化的过程中打通了游戏与文学，使20世纪90年代后半叶进入我国的带有奇幻元素的电脑游戏成为构建中国奇幻文学最初的材料之一，然后中国奇幻文学才逐渐向更为"纯粹"的文学过渡。到2003年左右，我国的奇幻文学杂志开始涌现，标志着奇幻文化产品完全走进了文学领域。

游戏、小说、电影等不同的体裁协同作用，让奇幻文学在传播、重述和商业运营上都产生了新的方向。由于电子游戏对奇幻文化产品的介入，许多奇幻文学对超自然力量及其外在世界的表述，已经完全脱离了托多罗夫论奇幻文学时所强调的"犹疑"内核，成为规则化的、等级化的和工具化的游戏式表述，无论是作者还是读者对"超自然"和"架空世界"的认识和态度都发生了质的变化，而这种态度变化又影响了人们对超自然要素和架空世界的重述，使奇幻文学变得"游戏化"。在这个语境下，再用过往单纯的神话主义观点去看待奇幻小说，很可能会因为神话语境的瓦解和游戏语境的缺失产生误读。因此，要理解当代中国的奇幻文学，不能仅仅从奇幻文学本身入手，还应该考察对整个奇幻文化具有突出影响力的多种体裁。

本书把体裁作为建立奇幻文化舶来史的工具概念。这不仅是因为体裁分类连接着基础资料的分类系统，使它能够成为我们搜集和整理资料的有效标准①，也是因为体裁是社会观念，是交流的工具，也是预期的理解框架②。体裁关系着从作品内容到作品形态，从传播形式到受众群体等一系列的因素，"一头连着文本，一投连着社会"③。本书将体裁思想从上述对书面文学和口头文学的研究之中抽取出来，放进当代文本生产的产业化环境之中重新思考。这样就会发现，欧美奇幻文化产品的体裁形态及其历史转换，影响了中国奇幻文化产品的核心受众与生产群体，从而形塑了中国奇幻文学的今日面貌。因此，要研究欧美奇幻文化舶来对于中国奇幻文学生产的影响，首先要去追溯这个舶来过程中承载奇幻文化的主要体裁种类，以及这些体裁种类在奇幻文化舶来的潮流中消长变化的情况。

一 20 世纪的外来文化基础

奇幻文学是以超自然和时空体为核心概念的文学。其中，时空体作为人类感知周遭世界而得出的抽象概念，在中国和西方文化史中都有大量相关描述，不需要经过特别的文化翻译和概念引入。但是，超自然概念并非中国传统，西方超自然概念的具体表现亦非中国文化所固有，实需经过一番解释和熏陶才能为中国大众所接受。当然，这种接受并不是通过"超自然"这一概念及其外延概念的精确翻译发生的。大众往往不是通过这样的方法认识西方文化的。一方面，他们持有中华文化传统固有的相似概念，如"怪力乱神""神仙""鬼怪""巫觋""法师""法力"等；另一方面，他们通过大量使用这些词语的翻译文本，以及这些文本所采取的体裁形态，去认识欧美各类超自然概念的内涵。若非如此，大众便无法建立对欧美奇幻文学基本的文化理解。

① 于鲁·瓦尔克：《信仰 体裁 社会：从爱沙尼亚民俗学的角度分析》，董晓萍译，中国大百科全书出版社，2017，第5~6页。
② 王杰文：《从类型到类型的互文性》，载《表演研究：口头艺术的诗学与社会学》，学苑出版社，2016，第74页。
③ 祝鹏程：《文体的社会建构：以"十七年"（1949—1966）的相声为考察对象》，中国社会科学院出版社，2018，第4页。

这种基础理解，今天看来是通过两种历史潮流建立起来的。其中，"五四"新文化运动所带来的优秀外来文化，尤其是"五四"学者为介绍西方所引进和翻译的许多体裁概念和经典文本，由于被新民主主义文化和中国特色社会主义文化所继承，已经融入了当代主流文化和基础教育，自然而然地成为中国受众理解欧美奇幻文学和奇幻文化的最为广泛的基础。从现有材料看，在五四时期到抗战前后，西方超自然概念在神话、民间故事、儿童文学和经典小说中都曾经大量出现。限于篇幅，本节主要针对神话、民间故事和作家童话三类略作讨论，阐述中国社会对这些体裁的基本认识，以及这些体裁对超自然概念的文化塑造。

（一）神话

中国古来便有神话，却没有神话的概念。神话的概念是欧洲社会接受现代科技观后传至中国的舶来品。在此，我们不妨借用茅盾的观点，让读者对神话有个基本认识。茅盾说："我们所谓神话，乃指：一种流行于上古民间的故事，所叙述者，是超乎人类能力以上的神们的行事，虽然荒唐无稽，但是古代人民互相传述，却信以为真。"[①]在欧洲，现代科学观与现代神话观是伴生的，恰恰是现代科学观塑造的世界观排斥了传统的超自然叙事，这部分叙事才被加以语言学、人类学或民俗学的解释。

由于人文学者的努力，神话尽管不再被学术界认为是自然世界和人类世界的实际起源或历史事件，却仍然在当代社会中占据重要地位。文化史研究者将神话看作远古文化的承载物，是对远古人类文化的曲折反映；浪漫主义将神话当作民族群体进行文化认同的重要根基；马克思在欧洲文艺复兴这一精神传统的基础上，高度赞赏了神话所取得的艺术成就；心理学派认为神话中包含着人类心理的基本反映，以至于许多心理学现象都以希腊人物命名，如俄狄浦斯情结、皮格马利翁效应等。这些阐释为神话赋予了当代意义。

---

① 茅盾：《神话研究》，百花文艺出版社，1981，第3页。

"五四"以降，中国知识分子在接受现代科学观之余，陆续将现代神话观纳入了学习引介的视野。20 世纪 20 年代末，中国学者陆续推出了一批神话学著作，如黄石《神话研究》、谢六逸《神话学ABC》、茅盾《神话杂论》《中国神话研究 ABC》、钟敬文《楚辞中的神话和传说》、胡怀琛《中国神话》等；另有沈雁冰编译《希腊神话》、郑振铎编译《英国的神仙故事》、甘棠编译《印第安人的神话》、沈赜虞编《新儿童的世界神话》等。新中国成立以后，神话也被出版界放到相当重要的位置上。20 世纪 50 年代后，人民文学出版社陆续出版了《希腊的神话和传说》①、《古事记》② 等外国神话集。改革开放以来，关于世界神话的书已浩如烟海。这样一批著作，不仅向中国知识界介绍了神话的概念，也让中国读者熟悉了世界神话的主要内容，熟悉了欧美奇幻文学中常用的许多超自然概念。

由此，神话这一体裁赋予了超自然概念相应的社会地位和文化地位。它让某些超自然元素，如伏羲、女娲、龙、麒麟等在现代社会中保持着威严庄重的形象，让许多超自然概念成为民族的象征，成为中国文化不可或缺的构件。对神话的文化追认，赋予了相关的超自然概念相当的文化价值和文化地位，也使相关奇幻文学的创作与阅读成为民族文化认同的重要实践方式。

（二） 民间故事

民间故事是超自然概念在中国传播的重要载体之一。钟敬文主编的《民俗学概论》指出："民间故事就是人民创作并传播的、具有假想（或虚构）的内容和散文形式的口头文学作品，也就是社会上所泛指的民间散文作品的通称。"③ 广义的民间故事包括神话与传说，而狭义的民间故事则是指除神话与传说之外的，娱乐性较强的民间散文叙事体裁。

民间故事为什么能够承载大量超自然概念呢？原因可能有两方

---

① 斯威布：《希腊的神话和传说》，楚图南译，人民文学出版社，1958。
② 安万侣：《古事记》，周启明译，人民文学出版社，1963。
③ 钟敬文主编《民俗学概论》（第二版），高等教育出版社，2010，第 149 页。

面。一方面是民间故事本身便是为娱乐生活服务的虚构性叙事，信马由缰也好，天马行空也罢，都在体裁可接受的范围内，甚至是受众渴望见到的。另一方面是民间故事的历史属性，即大量文本承载着前现代社会的超自然观念。与神话类似，这些文本被当作文化史研究的材料或文化认同的基础，被当代社会记录和保存下来，从而也变成了超自然概念在当代的重要载体。世界民间故事研究还专门区分出一种幻想故事，这类故事"将神奇的幻想成分（妖魔鬼怪等超自然形象、奇异的变化、神奇的境界、各种宝物等）同现实生活交织在一起，反映主人公生活境遇由匮乏到满足的变化，或表现他的冒险经历与奇遇等"①。幻想故事恰是超自然概念的集中体现。

民间故事这一概念随"五四"以后民间文艺学的兴起进入中国。中国民间故事资源丰富，但专门针对民间故事进行研究的风潮，大体于此时才兴起。1928 年，法国诗人沙尔·贝洛（Charles Perrault）的《鹅妈妈的故事》被戴望舒完整译出②。该书虽是法国文人所作，但内容多由民间故事改写而来，包含《小红帽》《睡美人》《灰姑娘》等名篇。1934 年，魏以新译出《格林童话全集》，收录格林兄弟采集的民间故事 210 则，其中包含大量幻想故事，是新中国成立前格林童话全译本的代表作③。和贝洛不同，格林兄弟是将民间故事作为德国民族认同的根基来看待的，他们致力于保持这些故事的原始面貌，以至于大量超自然观念沉淀于《格林童话》的文本中，并随着书籍的中译传入中国。除了上述两部经典民间故事集，全面抗战前还有大量外国民间故事集被译介到中国，如奚若译《天方夜谭》④、徐培仁译《苏俄民间故事》⑤、沈志坚编译《匈牙利故事》（正、续）⑥ 等。这些故事大大丰富了中国民众对国外超自然概念的认知。

1949 年以后，民间故事被新中国知识分子赋予了很高的文化价

---

① 钟敬文主编《民俗学概论》（第二版），高等教育出版社，2010，第 191 页。
② 贝洛尔：《鹅妈妈的故事》，戴望舒译，开明书店，1928。
③ 雅各布·格林、威廉·格林编《格林童话全集》（1~6），魏以新译，商务印书馆，1934。
④ 《天方夜谭》（四册），奚若译，商务印书馆，1930。
⑤ 尼史本编《苏俄民间故事》，徐培仁译，上海三民公司，1929。
⑥ 沈志坚编译《匈牙利故事》（正、续），新中国书局，1933。

值。第一，学者们注意到民间故事的固有内容是有益于社会主义新文化的。民俗学者钟敬文指出，民间故事"看重劳动，看重集体力量，反抗压迫者、剥削者并讥讽他们的妖形鬼状，反对异族的侵略者，歌颂新的事物"，"是我们今天和明天都急切需要的东西"①。第二，民间故事在延安文艺传统中占据了很重要的地位，这种地位在新中国成立后也相应地被延续下来。宣传工作者们发现，民间故事用语单纯、明快、精炼、精辟、刚健、清新，非常适合群众的理解力②，很适合用来宣传。历史上的英雄，或新的革命英雄、抗战英雄往往被民间故事所颂扬，这些形象和故事在新民主主义革命战争和抗日战争中起到了鼓舞士气的作用，为老百姓所喜爱，也为宣传工作者所看重③。第三，民间故事的民族文化属性还使它成为构建中华民族共同体的重要材料。新中国成立后出版了大量少数民族故事，如《阿凡提的故事（维吾尔族民间故事）》④，《康定藏族民间故事集》⑤ 等。这些故事也被整理纳入国家性质的民间故事集，以体现新中国多民族统一国家的政治属性⑥。这些观点也构成了中国学者对民间故事的基本认识，塑造了这一体裁在今天的社会地位。

在某种程度上，民间故事被浪漫主义赋予了与神话相似的神圣性或权威性，民间故事也像神话那样把这神圣性或权威性转渡到超自然概念上去了。不过，民间故事还有它自己的重要特点，那就是它的娱乐性和参与性。神话不能随意改动，但民间故事却允许人们出于娱乐生活的需要而改动。每个人都能讲故事。这种娱乐性和参与性，使超自然概念得以从神话营造的神圣场合中解脱出来，进入街头田间的娱乐生活，也使这些概念可以被改动，可以被颠覆，由此成为民众文化热情和创造的聚集之所。

---

① 钟敬文：《口头文学：一宗重大的民族文化财产》，载《钟敬文民间文学论集》（上），上海文艺出版社，1982，第14页。
② 周文：《大众化的写作问题》，载大众读物社编《大众化工作研究》，新华书店，1941，第49页。
③ 周文：《大众化的写作问题》，载大众读物社编《大众化工作研究》，新华书店，1941，第31页。
④ 中国民间文艺研究会编《阿凡提的故事（维吾尔族民间故事）》，作家出版社，1959。
⑤ 西南师范学院中文系康定采风队编《康定藏族民间故事集》，人民文学出版社，1959。
⑥ 贾芝、孙剑冰编《中国民间故事选》，作家出版社，1958，第2页。

（三）作家童话

作家童话也是超自然概念传播的重要载体。外国儿童文学概念，在清末民初已被译介到中国。孙毓修、周作人等，都是译介相关概念的代表性人物。1913 年，周作人作《童话略论》，其中说道："童话（Marchen）本质与神话（Mythos）世说（Saga）实为一体。上古之时，宗教初萌，民皆拜物，其教以为天下万物各有生气，故天地神祇，物魅人鬼，皆有定作，不异生人，本其时之信仰，演为故事，而神话兴焉。其次亦述神人之事，为众所信，但尊而不威，敬而不畏者，则为世说。童话者，与此同物，是其区别。"①

本书在这里所说的作家童话，其实和民间故事密切相关，两者经常被统称为童话。周作人曾对两者做过区分，他说："天然童话亦称民族童话，其对则有人为童话，亦言艺术童话也。天然童话者，自然而成，具人种之特色，人为童话则由文人著作，具其个人之特色，适于年长之儿童，故各国多有之。"② 简单地说，周作人所谓天然童话，就是民间故事，是民众集体的、匿名的创作；所谓人为童话，就是作家童话，是由文人作家署名创作的。作家童话是作家文学的研究对象，而非民间文学的研究对象。基于与民间故事相似的历史来源，以及相似的虚构性和娱乐性，许多超自然概念也能够附丽于作家童话。美国学者杰克·齐普斯（Jack Zipes）在对 17 世纪末法国沙龙童话的研究中，描述了作家童话与民间故事的历史联系："尽管我们不能准确地说出文学童话作为一种被许可的游戏始于何时，它在 17 世纪末的确被经常提起，并且是从沙龙的'精神游戏'生发而来的。妇女们在谈话中会自发地提及民间故事，并使用到其中的某些母题。最后，他们开始把讲述这些故事作为一种文学史的娱乐和插曲，或者说作为一种发明出来以愉悦听者的餐后甜点。这种社会娱乐功能也伴随着另外一个目的，亦即对于自我认识以及恰当的贵族礼仪的表现。"③

---

① 周作人：《童话略论》，载《周作人民俗学论集》，上海文艺出版社，1999，第 39 页。
② 周作人：《童话略论》，载《周作人民俗学论集》，上海文艺出版社，1999，第 44 页。
③ 齐普斯：《作为神话的童话/作为童话的神话》，赵霞译，少年儿童出版社，2008，第 5 页。

齐普斯指出，这种规训功能是这类文学成为儿童读物的重要因素。

安徒生童话是作家童话中的代表性作品，曾受到周作人的高度评价。20 世纪 20 年代，周作人、郑振铎、刘半农等知名学者都翻译过安徒生的作品。尤其是 1925 年，适逢安徒生诞生 120 周年，郑振铎在《小说月报》上特辟两期"安徒生专号"，发表了大量相关评论、论文和译文，包括《安徒生作品介绍》、《安徒生传》、《安徒生评传》等，以及《蜂鸟》、《扑满》、《千年之后》等安徒生童话作品。1956 ~ 1958 年，叶君健整理出版了十六册《安徒生童话全集》，并在此后多次再版。王尔德童话也在同一时期被译介到中国。1909 年，周作人翻译了王尔德的《安乐王子》。1948 年，巴金翻译了他的《快乐王子集》，并在 20 世纪 50 年代两次再版。①

作为 19 世纪的欧洲作家，安徒生、王尔德等人当然已经脱离了周作人所说的那种童话产生的"民皆拜物"的思想环境，但是，他们的创作不排斥使用超自然概念，甚至使用这些概念创造出了许多堪称名篇的作品，如《海的女儿》《冰雪皇后》《渔夫和他的灵魂》等。直至今天，这些作品仍然是迪士尼动画电影重要的灵感来源。作为世界文学经典名篇，它们也是当代中国大众了解欧美超自然观念的重要渠道。

除了超自然概念，有的长篇童话还创造出了与现实世界隔离的虚构时空体，或可视作奇幻文学中架空世界的前身，比如英国作家卡罗尔（Lewis Carroll）的《阿丽思漫游奇境记》。1922 年，赵元任将《阿丽思漫游奇境记》译成中文，由商务印书馆出版②，此后直至1950 年，该书共出了 15 版，可见其影响力之大③。故事讲爱丽丝不慎掉入一个兔子洞以后，来到一个与现实世界隔绝的充满超自然力量的世界，并且在这个世界里进行了一系列神奇的冒险。这种"穿越"方式，一方面体现了世界民间故事所共有的地下世界母题，另一方面

① 马福华：《百年来西方童话在中国的翻译与传播》，《出版发行研究》2021 年第 1 期，第 99 ~ 102 页。
② 加乐尔：《阿丽思漫游奇境记》，赵元任译，商务印书馆，1922。
③ 卡罗尔：《挖开兔子洞：深入解读爱丽丝漫游奇境》，张华译注，吉林出版集团有限责任公司，2013，第 274 ~ 275 页。

也带着作家独创的奇思妙想。另一个相近的例子是美国作家鲍姆（Lyman Frank Baum）的《绿野仙踪》。1950 年，陈伯吹译《绿野仙踪》由中华书局出版①。该书此后也多次再版和重译。这个故事讲述了小女孩多萝西被龙卷风刮到奥兹国后的一连串神奇历险。鲍姆对奥兹国的塑造是系列化的，相关作品有十多部，比卡罗尔对奇境的塑造更具延续性。还有刘易斯（Clive Staples Lewis）的"纳尼亚"系列。这部作品进入中国的时间较晚，但主人公进入虚构时空体冒险的情节却与上述两部非常相似。这些时间上前后相继的作品，显示出虚构时空体在作家童话中的不断延续。

作家童话由于自身的属性，也为超自然概念赋予了独特的文化品质。作家童话，并不是光凭神话和民间故事这两种体裁能够成就的事物，它需要以精巧、深邃且具有个人风格的作品为基础，是文人个性的张扬与作品产权的私有共同作用的产物。作家童话为超自然概念在资本主义社会中的发展赋予了专业化的生长空间：一方面，作家可以通过创作超自然叙事获得社会成就，获得声望和金钱，这就为超自然概念在文学中的活力奠定了基础；另一方面，精雕细琢的作家童话为超自然概念在当代社会中的发展提供了专门化和颇具表现力的架构，并以此为基础构造了庞大的虚构时空体，"奥兹国"系列和"纳尼亚"系列都是这样做的。奇幻文学的经典《霍比特人》也曾以作家童话的面貌出现。1991 年，它以《小矮人闯龙穴》为名被中国少年儿童出版社引入中国。托尔金对这部作品的演绎，造就了奇幻文学史上具有开创意义的"魔戒"系列，而这又是另外一个故事了。

二　21 世纪的奇幻文学舶来

虽然奇幻文学因 20 世纪的外来文化基础而具备了某些主流文化的要素，但它目前仍然处于亚文化状态。这种状态，多多少少是因为奇幻文学在它第二次舶来，即这一文学种类正式进入中国时，所采取

---

① 包姆：《绿野仙踪》，陈伯吹译，中华书局，1950。

的体裁和载体是亚文化性质的。具体来说，这类文学在中国的第一个受众群体，恐怕主要是电脑游戏玩家。游戏行业在经济和文化两方面的发展要求，促使这一行业在引入大量欧美奇幻游戏的同时引入了奇幻文学，并推动了这一文学在中国生根发芽，逐渐进入通俗文学领域。奇幻文学正式传入中国的另一个推动力量来自电影行业，欧美奇幻电影的集中涌现裹挟着其文学基础一同来到中国。和当时拥有大量刊物的游戏行业不同，电影行业自成体系，并不通过纸媒培育和生产相关文学，但其市场传播力和资本吸引力很强。在欧美国家对奇幻文学影响深远的桌面角色扮演游戏也于此时进入中国。这样，计算机游戏、大众文学、电影电视和桌面角色扮演游戏就成为 21 世纪初奇幻文学舶来的四大推手，形塑了当代奇幻文学的主要社会认知。

（一）计算机游戏

在奇幻文学正式进入中国以前，计算机游戏是奇幻文化的主要体裁。要理解早期中国奇幻文学，必然不能脱离计算机游戏这个大背景。当然，并不是说主机游戏对于奇幻文学不重要①。恰恰相反，当代主机游戏也承载着奇幻文化，与奇幻文学存在相互转化的关系，只是由于材料搜集的限制，我们能够详细叙述的游戏更多地来自电脑端。

中国计算机游戏行业发轫于 20 世纪 90 年代中期，许多拥有重要影响力的计算机游戏和相关刊物都出现在这个时段，如发行于 1995 年的《仙剑奇侠传》②，发行于 1996 年的《金庸群侠传》③。这些游戏作品在数年时间里深受中国玩家好评，其续作在此后的 20 多年中不断涌现，在当下还保持着各自的影响力④。有学者统计，90 年代开始

① 所谓主机游戏，是在专门的游戏主机硬件上运行的游戏软件。当前市面上常见的游戏主机种类有 PlayStation、Xbox、Nintendo Switch 等。本章讨论的计算机游戏主要是指在家用计算机硬件上运行的游戏软件，往往不能直接在上述游戏主机硬件上运行。
② 金沙：《仙剑奇侠传》，《家用电器》1996 年第 7 期，第 24 页。
③ 上海慧峰计算机研究所：《〈金庸群侠传〉简介》，《上海微型计算机》1997 年第 1 期，第 47 页。
④ 如《仙剑奇侠传》自 1995 年发行后，于 1998 年再度发行 "98 柔情版"，2001 年发行《新仙剑奇侠传》，2003 年发行《仙剑奇侠传二》与《仙剑奇侠传三》，2004 年发行《仙剑奇侠传三外传·问情篇》，2007 年发行《仙剑奇侠传四》，2011 年发行《仙剑奇侠传五》，2013 年发行《仙剑奇侠传五前传》，2015 年发行《仙剑奇侠传六》，2021 年发行《仙剑奇侠传七》。资料来自大宇资讯集团软星科技有限公司官方网站，最后访问日期：2022 年 7 月 4 日。

发行的相关刊物有 47 种，其中大多数是在 1994 年以后出现的①。出现于 1994 年的《计算机游戏软件》与《家用电脑与游戏机》，出现于 1995 年的《大众软件》等刊物是中国游戏行业高度认可的主流媒体②，其影响力延续十年以上。可见，至少从 1994 年起，中国的计算机游戏市场开始逐渐兴旺。此后，随着经济形势的上升，计算机游戏的市场环境持续向好，计算机游戏的影响力也持续扩大。

　　20 世纪末至 21 世纪初的数年时间，是中国家用电脑持有量的高速增长期。根据国家统计局的统计（见表 1 - 1），2003 年全国平均城镇家庭年末每百户家用电脑持有量已是 1998 年的 7.35 倍，并且远远没有饱和。单从家用电脑的持有量来看，2003 年时，北京、上海和广东已有超过一半的城镇家庭持有电脑，这使它们成为计算机游戏体量最大和发育最快的市场。但是，这并不是说在那些家用电脑持有率低的地区，计算机游戏就没有影响力了。在那些家庭电脑持有量不高的城镇还存在着计算机游戏室或网吧，这使计算机游戏的影响力能够扩展到小城镇的居民中去。据笔者回忆，至少在 1997 年，计算机游戏室就已经出现在中南地区的小城市中，成了这些城镇青少年娱乐场所的一部分。当时，计算机游戏的主要载体是光碟。笔者翻查当时杂志上记录的游戏价目，一个游戏的价格在 40 元到 300 元这个区间之内③。这个数额完全是一线城市的普通家庭能够承担得起的。而实际的情况要更加复杂些，因为当时的光碟盗版非常猖獗，售价极为低廉。更重要的是，随着技术的飞速进步，一张光碟常常能够容纳好几种早期的游戏。再加上当时的防盗版机制很不成熟，计算机游戏基本无法克服盗版问题。换句话说，人们可以用 10 元甚至更低的价格，买到一个或更多的计算机游戏软件。低廉的价格使计算机游戏的影响力更大，在客观上使奇幻文化得到了进一步的传递。

---

① 邓剑：《中国当代游戏史述源——以 20 世纪的游戏纸媒为线索》，《新闻界》2019 年第 3 期，第 73 页。
② 《中国游戏产业大事年谱》，《电子商务》2002 年第 5 期，第 61 页。
③ 《龙门科技光盘类游戏软件一览表》，《电脑技术》1996 年第 9 期，第 37 页。

表 1 - 1　中国部分地区城镇家庭年末每百户家用电脑持有情况
（1998 ~ 2003 年）

单位: 台

地区	1998 年	1999 年	2000 年	2001 年	2002 年	2003 年
北京	15. 00	23. 50	32. 10	45. 30	55. 54	68. 31
上海	13. 20	19. 60	25. 60	37. 60	47. 25	60. 40
广东	12. 34	17. 20	25. 78	34. 59	44. 70	56. 02
全国平均	3. 78	5. 91	9. 72	13. 31	20. 63	27. 81

数据来源:《中国统计年鉴》（1999 ~ 2004 年），参见国家统计局官方网站。

从 1994 年到 2004 年，在流入中国的种类繁多的计算机游戏中，西方奇幻背景的游戏蔚为大观。有许多游戏以系列的形态推出，前后绵延 20 余年。暴雪娱乐公司（Blizzard entertainment）的代表作之一《暗黑破坏神》（Diablo），1997 年便被游戏媒体的相关文章介绍到中国[1]，发布后一直受到玩家们的广泛好评。暴雪娱乐公司后于 2000 年与 2012 年陆续推出了《暗黑破坏神 2》和《暗黑破坏神 3》，后者至今仍在运营之中。2007 年，《民俗研究》上刊载了《论民间文化元素在电脑游戏创作中的运用——以网络游戏〈暗黑破坏神〉为例》一文，使这一游戏为民俗学界所关注[2]。该游戏大量运用天使、恶魔、教堂、符文（Rune）等奇幻元素，构建出一个具有浓郁哥特风格的奇幻世界。暴雪娱乐公司的另一个系列《魔兽争霸》（Warcraft）同样是在这个时间进入中国的。此后的 20 多年中，该公司相继推出即时战略游戏《魔兽争霸 Ⅱ》、《魔兽争霸 Ⅲ》和网络角色扮演游戏《魔兽世界》[3]，至今仍被玩家奉为经典。这一时段进入中国的经典作品还有"魔法门"（Magic & might）系列、"创世纪"（Ultima）系列等。至于其他不成系列的奇幻游戏，更是种类繁多，不胜枚举。

时至今日，欧美游戏在中国的市场已经完全打开。除了传统的软件光盘市场已经成熟，网络化的游戏软件交易平台亦已成为游戏玩家

---

① 金卡尔:《暗黑破坏神》,《计算机时代》1997 年第 12 期, 第 45 页。

② 梅仕士:《论民间文化元素在电脑游戏创作中的运用——以网络游戏〈暗黑破坏神〉为例》,《民俗研究》2007 年第 4 期, 第 79 ~ 102 页。

③ 马金波:《〈魔兽争霸 Ⅱ〉之魔法指南》,《电脑技术》1997 年第 5 期, 第 39 页。

们获得欧美奇幻游戏资源的普遍途径。欧美游戏一旦在交易平台上线，中国玩家就能完成交易和下载等一系列操作。在这种互联网支持的全球游戏零售新模式之中，欧美奇幻游戏与中国玩家的距离之近，可称前所未有。而今观之，即便不去追溯老牌的"冰风谷"（Icewind Dale）系列、"无冬之夜"（Neverwinter Nights）系列和"博德之门"（Baldur's Gate）系列，也有如"永恒之柱"（Pillars of Eternity）系列、"猎魔人"（The Witcher）系列、"神界"（Divinity）系列等新生的欧美奇幻游戏在中国广受欢迎与好评。

游戏是奇幻文学进入中国市场的先声。这不仅是因为计算机游戏中承载着大量奇幻表述，也是因为部分关键要素往往直接源自奇幻小说的著名作品。如著名奇幻小说人物黑暗精灵崔斯特就曾经在计算机游戏"博德之门"系列中登场。但计算机游戏和奇幻文学确有隔阂，尤其是计算机游戏并不直接解释奇幻文化的概念，而只传递奇幻文化的要素。因此，即便这些要素为广大玩家所接受，"奇幻"概念却未能通过计算机游戏渠道来到中国。这时，纸面媒体发挥了它的传统作用，即一方面以主要思想阵地的身份引入了这一文学概念，另一方面也以主要文学载体的身份承载了大量译作。欧美奇幻文学作为一种先例和典范，激励了中国本土奇幻文学的诞生。

就像神话、民间故事和作家童话那样，计算机游戏也赋予了奇幻文学新的特质。一方面，计算机游戏为奇幻文化提供了更强的传播能力，吸引了大量青少年作为奇幻文学的潜在读者。喜欢玩游戏的青少年，与喜欢阅读的青少年在数量上恐怕也不能同日而语。此外，数字软件的传播方式在当今的时代，也远较书籍更为简便。渗透着奇幻文化的大量游戏作品培养出的玩家，对于奇幻文学的基础概念和基本要素耳熟能详、喜闻乐见，后成为这种文学的受众。这个群体既年轻又有活力，正是他们推动了游戏市场的繁荣和兴旺。游戏市场还催生了各类游戏媒体，促使游戏文化成型。这种游戏媒体和游戏文化，此后成了奇幻文学和奇幻文化的关键载体。

奇幻游戏的传播，也为奇幻文化圈培养了不少专业译者。一个典型的例子是王中宁。此人曾经参与《冰风谷》《博德之门II》等经典奇幻游戏的翻译，同时也是"冰风谷"系列和"龙族"系列奇幻小说的译者。我国分别于 2001 年和 2002 年出版了这两部作品①。另一个典型的例子是译者李镭。他既是奇幻游戏《魔法门之英雄无敌Ⅳ》和《魔兽世界》等的译者，也是奇幻小说《时光之轮》《血脉》的译者。

另一方面，游戏作品的参与感一般也高于文学作品。游戏以参与和互动为生命。文学对于互动和参与的重视，还远没有达到这种程度。玩家参与体验成为奇幻文化的一种现实，甚至会反映在奇幻文学上。也就是说，奇幻游戏既是奇幻文学创作的二次结果，也是奇幻文学的重要感性来源。正因如此，当我们现在看网络文学中的所谓"系统流""签到流"时，方才不会大惊小怪，觉得无法接受②。游戏互动规训了读者，让他们在游戏中接受了系统和签到的存在。得益于游戏媒体、游戏文化和网络内容平台，受众还拥有了施展才能和证明自我的便捷渠道，这让他们转换身份，充当起生产者。

（二）大众文学

游戏报刊是奇幻文化产品在中国从游戏向文学过度的关键桥梁。这种桥梁作用之所以产生，部分是因为这些媒体肩负着塑造行业文化的使命，而刊登大众文学则是它们承担这种使命的重要手段。20 世纪 90 年代末，许多电脑杂志注意到了游戏和大众文学之间的联系。这些杂志从游戏文化的角度进入，对相关文学作品进行介绍和阐释，涉及许多小说门类，主要是游戏小说，但也包括奇幻小说、武侠小说、科幻小说等。游戏报刊率先接受和传播了奇幻文学概念，使奇幻文化搭上了文学的列车，进入了出版行业的市场渠道，用两三年时间

---

① 参见李荣道《龙族》（一），王中宁、邱敏文译，华文出版社，2001；萨尔瓦多《冰风谷》（二），王中宁译，光明日报出版社，2002。

② "系统流"和"签到流"是当代中国网络小说中的一种情节套路。"系统流"是指故事角色与一套有超自然力量的"系统"频繁互动。这套系统会给角色发放任务，给予角色任务奖励，包括但不限于神奇宝物或武功秘籍。任务失败也有惩罚，如导致角色死亡。"签到流"则是故事角色在拥有"系统"的前提下，通过完成签到任务获得奖励，以此推进情节发展和人物成长的叙事模式。"系统流"和"签到流"的基础概念，如与任务界面互动、在任务界面上签到等，是依据游戏软件在日常生活中的功能建立起来的。

便走通了从介绍、翻译、登载到单行本发行的整个流程。在这个过程中，欧美奇幻文学被当作奇幻文学的范本，在报刊媒体和网络社区受到称誉，不断地被引介、翻译和传播。

游戏小说不是欧美奇幻小说的原典译文，而是中国玩家从他们的游戏经历和文学想象出发进行创作的成果，也是本土游戏文化的重要构件。有学者指出，如《计算机游戏软件》、《家用电脑与游戏机》和《大众软件》等主流游戏杂志都推出了文学专栏登载这类小说，它们"保持刊物的纸面特色，推动游戏与文字的深度融合，促生游戏小说这一当下最火热的小说类型在中国的诞生与本土化"①。这些作品的情节，有时候会发生在现实世界和游戏世界之间，角色会拥有玩家和游戏角色两重身份。这些游戏世界有的是真实存在的，如可爱多的《平静的湖》中的游戏世界的构思来自《网络创世纪》②。也有的作品干脆取消了现实世界与游戏世界的区隔描写，所有的事情完全发生在与游戏世界相似的架空世界，如《异尘余生》③、《利伯蒂的远征》④ 等。部分作品建构的架空世界几乎完全由西方奇幻元素构成，如陈焕昭的《魔法师日志》⑤、今何在的《若星汉天空下》⑥ 等。这些作品正是中国作者模仿欧美奇幻文学的先声。

在游戏小说蓬勃发展的同时，"奇幻"一词已经成为游戏报刊中频繁出现的重要用语，也成为杂志社统合稿件的明确概念。最为典型的例子就是《大众软件》1998 年增刊。按该刊前言所说："它是一本从游戏文化角度来阐述游戏的内涵和背景（的增刊）。它没有具体地谈某一个游戏，但是其中的每一篇文章又和游戏有千丝万缕的联系。"⑦ 全刊大约花了三分之一的篇幅，集中介绍与游戏相关的奇幻

---

① 邓剑：《中国当代游戏史述源——以20世纪的游戏纸媒为线索》，《新闻界》2019 年第 3 期，第 75~76 页。

② 可爱多：《平静的湖》，《大众软件》1999 年第 12 期、2000 年第 8 期。

③ 王小龙：《异尘余生》，四川科学技术出版社，2004。

④ 杰夫·格拉布：《利伯蒂的远征》，载杰夫·格拉布、特雷西·西克曼《星际争霸》，郭文、平献云译，四川科学技术出版社，2003。

⑤ 陈焕昭：《魔法师日志》，《大众软件》1998 年增刊，第 124~149 页。

⑥ 今何在：《若星汉天空下》，载《电脑商情报·游戏天地》编辑部编《电脑商情报·游戏天地（2001 精华本）》，海洋出版社，2002，第 279 页。

⑦ 《大众软件》1998 年增刊，前言。括号中的文字为笔者补入。

小说，包括："魔戒"系列、"蛮王柯南"系列、"龙枪"系列、"被遗忘的国度"系列、"浩劫残阳"系列、"沙拉娜之剑"系列、"时光之轮"系列、"时空裂隙之战"系列、"黑暗之剑"系列和"罗德斯岛战记"系列。

网络媒体是我国奇幻文学萌芽的又一重要领域。奇幻网站大量产生，造就了奇幻爱好者的网络社区，也成了奇幻文学发布和再生产的重要阵地①。现在，许多网站已经随着网络世界的变迁而消失了，如"龙与地下城中文站""紫晶的奇幻天地""NTRPG""龙骑士堡""老谢的奇幻小屋"等，但也有网站存活至今，如"纯美苹果园""奥德赛公会""天人之境""T．R．O．W"等，我们仍然能够从这些网站上看到不少奇幻译作或原创作品。欧美奇幻作品在网站上蓬勃发展，也推动中国奇幻文学成为网络文学的主要类型之一。

通俗小说单行本的出现，标志着中国奇幻文学在出版领域的基本成熟。2000年，由西藏人民出版社出版的单行本奇幻小说悄然流传于市面，有美国的"龙枪"系列和日本的"罗德斯岛战记"系列。此后该出版社又出版了"时空裂隙之战"系列、"黑暗之剑"系列和"沙拉娜之剑"系列的部分作品。这批小说的印刷和编辑质量不佳，也缺乏版权代理的信息。但无论如何，它们是外来奇幻小说进入中国出版领域的关键标志。

奇幻小说单行本与游戏出版业者也有联系。如游戏杂志《游戏批评》曾以以书代刊的形式，由内蒙古文化出版社和远方出版社出版了前9期。同时期，远方出版社还出版了"奇幻基地"书系4种，包括水野良《新罗德斯岛战记》②、麦奇莉普《御谜士三部曲》③、茅田砂胡《德尔菲尼亚战记》④、西克曼与魏丝《龙之翼》⑤；此外，还出版了李荣道《龙族》的前几卷⑥。在正版奇幻小说引进中起了巨大作用

① Dagou：《柴火烧得噼啪作响 I NTRPG》（上），机核网：https://www.gcores.com/articles/98773．
② 水野良：《新罗德斯岛战记》，远方出版社，2003。原书未注明译者。
③ 麦奇莉普：《御谜士三部曲》，严韵译，远方出版社，2003。
④ 茅田砂胡：《德尔菲尼亚战记》，远方出版社，2003。原书未注明译者。
⑤ 西克曼、魏丝：《龙之翼》，许文达译，远方出版社，2003。
⑥ 李荣道：《龙族》（一），王中宁、邱敏文译，远方出版社，2001。

的第三波公司①，其主要业务也是游戏。2001 年，以第三波公司正式代理出版《龙枪编年史》三部曲简体中文版为标志，奇幻小说走进了正规出版物市场。此后数年，第三波公司代理出版了大量经典奇幻小说，包括"龙枪"系列的《龙枪编年史》三部曲、《龙枪传奇》三部曲、《夏焰之巨龙》、《灵魂之战》三部曲②，"被遗忘的国度"系列的《黑暗精灵》三部曲、《冰风谷》三部曲、《血脉》四部曲③。由于当时本土游戏业发育尚不充分，不足以支持奇幻文化的本土化成长，第三波公司文学加游戏的运作方案并未持续地发展下去。但是，奇幻文学的种子已经在出版行业里播撒开来。其他出版机构也纷纷跟上，如东方出版中心出版了"时光之轮"系列④，汕头大学出版社出版了《刺客正传》三部曲⑤，以及重庆出版社出版了包含"冰与火之歌"系列、"第一律法"系列、"绅士盗贼"系列、"猎魔人"系列等多个系列在内的独角兽书系。本土原创作品随后陆续出版，外来奇幻文学与本土奇幻文学在图书市场上并存的局面随之形成。这种局面为中国奇幻文学提供了重要的变现渠道，也对当代奇幻文学的存在形式产生了相当大的影响。

欧美奇幻文学以大众文学的姿态在 21 世纪初进入中国，意味着这种外来文学形态在中国市场中的成熟。它拥有和作家童话相似的赋予创作者以作家这一社会地位与社会成就的能力，但在内涵和受众上

---

① 本书中所说的"第三波公司"，是指一系列以"第三波"命名并相互关联的商业机构，如"第三波软件（北京）公司""第三波出版国际股份有限公司""第三波资讯股份有限公司"等。由于这些公司关系复杂，加之文献无征，故本书暂以"第三波公司"总称之。

② "龙枪"系列奇幻小说属于桌面角色扮演游戏《龙与地下城》的"龙枪"系列产品的一部分，主要由美国作家西克曼与魏丝创作。后期由于众多作者加入写作，作品数量显得异常庞大。本章在此列举的是上述两位主要作者创作的核心故事系列，由众多三部曲和单个作品组成，由第三波公司作为版权代理出版，共有 10 卷之多。

③ "被遗忘的国度"系列奇幻小说属于桌面角色扮演游戏《龙与地下城》的"被遗忘的国度"系列产品的一部分，其创作年代在"龙枪"系列之后，参与作者的数量超过"龙枪"系列。本章在此列举的，主要是由畅销奇幻作家 R. A. 萨尔瓦多创作的与黑暗精灵崔斯特这个人物有关的作品。第三波公司从 2002 年开始用代理版权的方式委托出版这些作品的简体中文版，作品数量有 10 卷之多。

④ "时光之轮"系列是由美国作家罗伯特·乔丹（Robert Jordan）创作的系列奇幻小说，从 1990 年作品开始出版到 2007 年作者去世，该作品共出版了 11 卷。万卷出版公司于 2007 年引进了这部作品的第一卷《世界之眼》，东方出版中心于 2009 年再次引进了这部作品的头两卷。

⑤ 《刺客正传》三部曲是由美国作家罗萍·荷布（Robin Hobb）创作的系列奇幻小说，包括《刺客学徒》、《皇家刺客》和《刺客任务》三卷。汕头大学出版社于 2003～2004 年出版了该系列的全部作品。2017 年，上海社会科学院出版社又引进了同一作者的《刺客后传》三部曲。

又与作家童话大异其趣。它是以平民大众为读者对象的文学，故也不必如童话创作那样，"非熟通儿童心理者不能试，非自具儿童心理者不能善也"①。奇幻文学的创作者从成人大众中来，为成人大众而创作。奇幻文学本身便构成了成人大众在文化生产和消费上的循环，也隐约提供了内容创作者重要的社会上升渠道。

（三） 电影电视

奇幻文学的传播，也和影视行业的推波助澜密切相关。电影电视是奇幻文化传播的有力手段，其普及程度甚至要超过计算机游戏。现在已经很难考证出最早的奇幻电影拍摄于何时，但施瓦辛格主演的《蛮王柯南》表明美国奇幻文学至少在 20 世纪 80 年代就已产生电影改编。在欧美，奇幻文学改编的影视作品颇为常见，厄休拉·勒古恩（Ursula K. Le Guin）的《地海传奇》（*Legend of Earthsea*）、特里·布鲁克斯（Terry Brooks）的《沙拉娜之剑》（*The Sword of Shannara*）、泰瑞·古德坎（Terry Goodkind）的《探索者传奇》（*Legend of the Seeker*）等都有影视改编作品。

2001 年，彼得·杰克逊执导的电影《指环王：护戒使者》登陆我国，为中国奇幻文学迎来了全新的发展机遇。同年，在西方奇幻文学史中具有奠基意义的《魔戒》（*The Lord of the Rings*）三部曲简体中文版由译林出版社出版。尽管在 1993 年，该系列的《霍比特人》已经以《小矮人闯龙穴》的译名由中国少年儿童出版社出版②，但当时出版者对"魔戒"系列的认识仍然停留在儿童文学上，并未继续引入《魔戒》三部曲。至 2001 年，译林出版社结合影视作品登陆的声势引入了整个系列，同时也转换了对该系列作品的认识。译者明确指出"魔戒"系列是欧美奇幻文学中富有开创性意义的经典之作③。此后，一方面是奇幻小说不断在中国市场出现，如菲利普·普尔曼（Philip Pullman）的《黑暗物质》三部曲、克里斯托弗·鲍里尼

---

① 周作人：《童话略论》，载《周作人民俗学论集》，上海文艺出版社，1999，第 44 页。
② 托尔金：《小矮人闯龙穴》，徐朴译，中国少年儿童出版社，1993。
③ 郭少波：《译序》，载托尔金《魔戒：魔戒再现》，丁棣译，译林出版社，2001，第 5 页。

（Christopher Paolini）的《遗产》四部曲、罗琳（J. K. Rowling）的"哈利·波特"系列等；另一方面是由这些作品改编的奇幻电影在各大院线不断上映，如《龙骑士》（*Eragon*）、《黄金罗盘》（*The Golden Compass*）、《哈利·波特与魔法石》（*Harry Potter and the Philosopher's Stone*）等。由此，奇幻小说与奇幻电影逐渐在中国的大众文化市场中形成相互呼应的声势。

另一个重要的例子是美国 HBO 电视网的系列剧集《权力的游戏》（*Game of Thorn*）。这个剧集改编自美国奇幻小说家乔治·马丁（George Raymond Richard Martin）20 世纪 90 年代开始创作的"冰与火之歌"系列。2005 年，重庆出版社出版了该系列的第一卷《权力的游戏》中译本[①]，立即就引爆了国内的奇幻文学圈。此后，这个系列的后四卷在中国陆续发行，出版时间几乎与美国同步。2011 年，HBO 的《权力的游戏》剧集第一季播出，并在此后的七年时间里连出 7 季，不仅积累了很高的市场口碑，还连续斩获艾美奖、金球奖等国际著名奖项。尽管该剧并未被电视台转播，却通过字幕组网站和网络影视平台在互联网上大肆流行，在国内培养了大量忠实粉丝。重庆出版社分别于 2012 年和 2017 年两次再版这套作品。这在国内是比较罕见的现象。

奇幻影视对奇幻文学的影响是多方面的。第一，奇幻电影中辉煌壮丽的视觉奇观加强了奇幻文学的艺术吸引力。第二，随着"指环王"系列和"哈利·波特"系列电影的全球影响，奇幻影视还展示了奇幻文学的市场号召力，吸引了一大批投资者和创作者投身于此。第三，奇幻影视使奇幻文学进入了中国主流文化的视野。和长期身处亚文化市场的游戏行业不同，影视行业的政治地位和经济地位足以让它在主流文化中占有一席之地。这样一来，奇幻影视就成了奇幻文学通向主流文化的一座桥梁。但是，影视和文学的生产规律并不一致。尽管出于市场影响力和经济收益，影视行业非常重视奇幻品类的生产，却未必了解奇幻文学本身的生产规律。这种舍本逐末的追求

---

① 乔治·马丁：《冰与火之歌：权力的游戏》，谭光磊、屈畅译，重庆出版社，2005。

对奇幻电影和奇幻文学的市场声望产生了负面影响。

（四） 桌面角色扮演游戏

桌面角色扮演游戏（Tabletop Role-Playing Game，以下简称 TR-PG）是欧美奇幻文学舶来的又一重要形态，它的受众面很窄，影响却极为深远。桌面角色扮演游戏，被国内爱好者圈子俗称为"跑团"，是指一个小团体借助游戏规则书，开动各自的想象力，使用纸笔和骰子等工具，围着一张桌子，用台词来扮演虚拟角色，共同演绎某个故事的游戏。TRPG 等桌面游戏最重要的产品包括游戏规则书、游戏用具和游戏小说等，它们由出版渠道传入中国，但受众不多。网络时代在很大程度上促进了桌面游戏的传播，电子书和游戏辅助程序取代了实体规则书和游戏用具，使 TRPG 能够在社交软件上顺利运行。我们现在能够在中国看到的与奇幻文学密切相关的桌面游戏包括"龙与地下城"（Dungeons & Dragons，以下简称 D&D）[1]、"克苏鲁的呼唤"（Call of Cthulhu，以下简称 CoC）[2]、"黑暗世界"（World of Darkness，以下简称 WoD）[3] 等。

D&D 是公认历史最为悠久的 TRPG，其第一版规则大致发端于 1973 年[4]，1978 年又出版了高级龙与地下城（Advanced Dungeons & Dragons，以下简称 AD&D）核心规则书三件套[5]。此后分别于 1989

060

---

[1] Gary Gygax & Dave Arneson, *Dungeons & Dragons Book I Men & Magic*, Renton, WA: Wizards of the Coast, Inc. , 2013.

[2] Sandy Petersen, *Call of Cthulhu: Fantasy Role-playing in the Worlds of H. P. Lovecraft*, Brainerd, MN: Chaosium, Inc. , 1981. 它原本是 Chaosium 公司基础角色扮演游戏（Basic Role playing Game）的扩展内容，后来逐渐发展为该公司的品牌游戏，规则书现已出版第七版。参见 Sandy Petersen & Lynn Willis, *Call of Cthulhu: Horror Roleplaying in the Worlds of H. P. Lovecraft*, Brainerd, MN: Chaosium, Inc. , 2014.

[3] 参见 Mark Rein Hagen, *Vampire:* The Masquerade, Anniston, AL: White Wolf Game Studio, 1991. 这套游戏的官方称谓是"故事讲述者系统"（Storyteller System），"黑暗世界"（WoD）是玩家的俗称，名称来自游戏规则书《黑暗世界》（*A World of Darkness*）。参见 Graeme Davis, Rob Hatchm, Andrew Greeberg, Steve Crow, Ryan O' Rourke. Lee Gold, & Frank Frey, *A World of Darkness*, Anniston, AL: White Wolf, 1992.

[4] Gary Gygax & Dave Arneson, *Dungeons & Dragons Book I Men & Magic*, Renton, WA: Wizards of the Coast, Inc. , 2013.

[5] 此三件套包括三本核心规则书，即《玩家手册》、《地下城主指南》和《怪物图鉴》，被中国玩家戏称为"三宝书"。此后规则书每更新一版，游戏设计公司就会出版新的核心规则书三件套。最早的玩家手册参见 Gary Gygax, *Advanced D&D Players Handbook*, Lake Geneva, WI: TSR Games, 1978.

年、2000年、2008年和2014年推出了第二版到第五版核心规则书①。从1978年TSR公司（Tactical Studies Rules, Inc.）推出AD&D规则起，D&D核心规则书就已固定成为三件套：《玩家手册》（Player's Handbook）、《地下城主指南》（Dungeon Master's Guide）和《怪物图鉴》（Monster Manual）。

D&D核心规则书三件套叙述了一套基本完整的游戏规则系统。《玩家手册》说明游戏的基本玩法，提供了基本的种族类型、职业框架、技能种类、专长和魔法列表，让玩家建立自己的游戏角色。《地下城主指南》则帮助主持人搭建游戏舞台，告诉他们应当怎样推进故事，组织和激励游戏参与者等。《怪物图鉴》则描述了一系列怪物的形象和数据，包括西方幻想故事中常见的天使、恶魔、狼人、吸血鬼等，帮助主持人快速创造出各种非玩家角色和敌人。D&D核心规则书围绕不同的多面骰子建立了一套数学内核，通过骰子和数学系统模拟玩家的角色扮演行为和相关环境之间的互动，最终形成了一整套可以在桌面上运作的、依靠参与者想象和叙述进行的游戏系统，在用户群体中建立了统一的TRPG规则。这些系统和规则实际上是当代电脑角色扮演游戏的前身，只是后来交予计算机运算的数学过程，完全由游戏参与者负责而已。

无论是D&D，还是其他的种类，TRPG通常都会有两种位置：玩家和主持人。玩家通过游戏规则设计出自己的玩家角色，并且控制和扮演这个人物去推进一个冒险故事；主持人则负责设计和准备冒险故事的情节主线、故事发生的时空背景，以及玩家角色可能会遇到的非玩家角色。整个游戏就是在主持人和玩家的对话之间推进的。主持人在游戏开始时会交代故事背景，故事发生于何时何地，玩家角色为何去往该处，他们在该处有何可做，等等。玩家会告诉主持人，我的人物要做什么事情，比如进入酒馆打探消息，或者找个开阔的地方卖艺等。主持人会即时反馈玩家，告诉他其行动是否可行，通过时也会将

① "龙与地下城"第三版规则取消了"高级龙与地下城"（AD&D）的概念，故第三版规则及以后皆只称D&D，不再有AD&D的说法。

更多信息告知玩家。譬如说，镇上的酒馆空无一人，连酒馆老板也不在，玩家无从打探，或者此刻并非人们聚集在酒馆的时间，只有酒馆老板在此等。随着这样的互动反复进行，主持人会不断地将信息交到玩家手中，故事的情节也随着玩家的行动不断推进。玩家会接触到故事主线的线索，并循着线索推进故事，遭遇陷阱和敌人，发生损伤，爆发战斗，解答谜题，最后解决案件等。

　　为了支撑上述游戏，TRPG 形成了成熟的游戏互动系统。首先是口头叙事互动，用以推进故事的进程。正如上文所述，主持人会通过叙述告诉玩家，他们身处何时何地，周围有些什么人，发生了或正在发生什么事件，人们的态度或者观点，玩家的行动是否可行，等等。玩家也要通过叙述告诉主持人，自己的计划和具体行动。双方都要组织语言，形成口头文本来将自己的意思表达清楚。其次是数据赋予系统，它负责将现实中存在的人物和事物的属性转化成数据，使它在同一版游戏规则的主导下能够加入数学运算。比如说，角色承受伤害的能力，会使用 HP（Hit Point）来衡量。在 D&D 第三版游戏规则中，1级平民的 HP 是 1 点。在同样的规则里，一柄长剑能够造成的伤害是 1~8 点 HP，一柄短剑是 1~6 点 HP，这代表它们对于普通人都是致命的。游戏规则会提供游戏所需的一套基本数据，包括人物的基本素质、武器的伤害能力、盔甲的防御能力，以及某些法术的伤害能力等。最后是数学计算系统，它负责和数据衡量系统对接，并且通过某种方式得出数字，来判断行为的随机效用。譬如说，短剑的伤害是 1~6 点，是个随机数。但在具体的某个攻击中，这个数字是确定的，从 1~6 之中选择某个数字。选择这个数字的机制，是通过投掷六面骰子决定的。因此，玩家在用短剑造成伤害时，就会投掷六面骰子，判断这次攻击造成的伤害到底有多少。

　　在 D&D 第三版规则中，游戏中的攻击行为会按照下述流程进行。首先是口头叙事互动。玩家会告诉主持人，我要用短剑去攻击敌人。主持人会判断玩家和敌人之间的环境，是否可以使用短剑攻击。如果具备条件，那么他会许可这次攻击，并且让玩家投骰子确定攻击是否命中。这时，游戏就从口头叙事互动转向数据赋予系统。玩家的命中能力是由一整套游戏规定的数据和计算公式决定的：玩家力量的加值、玩家等级的加值、武器的加值、环境的加值等数据相加，最后得到一个攻击加值。和这个攻击加值相对，是对手的防御等级，包括防御基础值、盔甲加值、盾牌加值、敏捷加值等，数据相加，最后得到玩家的防御等级。最后，数学计算系统也会加入，决定这次攻击是否命中。具体来说，就是让玩家投一个 20 面骰子，从 1 到 20 之中得到一个骰子数。如果这个攻击骰子数加上玩家的攻击加值，能够超过对手的防御等级，那么攻击就命中了。接下来就会进入伤害计算环节，同样是通过数据赋予和数学运算来得到这次攻击所造成的伤害：玩家通过投掷与短剑伤害对应的骰子，加上自己种种能力和装备赋予的伤害加值，最后得到本次攻击的伤害值。主持人则会从对方的 HP 中扣去这个值，来判断攻击能够对敌人造成多大伤害，是否致死等。

　　叙事、数据和运算就这样被游戏规则绑定在了一起。尽管这个过程用语言表述起来比较烦琐，但是在游戏过程中语言交流和计算会更快。主持人和玩家之间会交谈几句，投两次骰子，做三次计算，整个攻击流程就完成了。除了攻击，走路、侦查、表演、施法等动作，也拥有各自的数据和计算方式。当然，并非所有的事情都要经过赋值和计算，比如说玩家吃饭、喝水、睡觉等没有难度的行动，可以纯粹通过主持人和玩家之间的语言交流完成。这个游戏将数学内核和故事讲述联系起来，构成了一套能够通过规则书、纸笔、骰子和口述进行角色扮演的桌面游戏系统。

　　D&D 及其他 TRPG 进入中国的方式，和计算机游戏或奇幻文学的流行是分不开的。一方面，20 世纪 90 年代在国内流行的计算机游戏中，有不少是从 D&D 的桌面游戏规则和相关游戏背景衍生而来的，如著名的《博德之门》《异域镇魂曲》《冰风谷》等。许多玩家通过计算机游戏认识和接触了 D&D，又进一步成为 D&D 的忠实粉丝。另一方面，前文谈到的奇幻网站正是 TRPG 在中国传播的前沿阵地。奇幻游戏或奇幻文学的爱好者通过这些网站聚集起来，以奇幻文化为中心形成了活跃的交流气氛。无论是翻译游戏资料、组织游戏活动还是讨论游戏经验，爱好者们都能够在这些网站上找到同伴，找到平台。

翻译游戏资料是国内 TRPG 圈子开展诸多活动的首要环节，也是奇幻爱好者圈子中最受人欢迎的工作之一。因而，这些奇幻网站也是奇幻文化资料中译文本的聚集地。当然，绝大多数奇幻网站对 TRPG 规则书或相关资料的翻译都是非正式的。相关译文没有授权，不能进行商业传播，只在爱好者圈子里、在游戏活动中通用。恰恰是这些文本在互联网上培养了大量 TRPG 爱好者，也孕育了奇幻文化和奇幻文学的潜在市场。

基于上述圈子的活动十分活跃，我国陆续推出了数版 D&D 核心规则书三件套：2002 年，D&D 第三版核心规则书中译本发行①；2008 年，D&D 第三版修正版核心规则书中译本出版②；2009 年，D&D 第四版核心规则书中译本出版③。此外，2017 年，《开拓者角色扮演游戏核心规则书》出版④。这是根据 D&D 授权规则改编后的 TRPG 规则，其数学模型与角色设计与 D&D 高度相似。D&D 核心规则书的两个译者群都带有深深的网络文化痕迹。D&D 第三版和第三版修正版的译者群体奇幻修士会主要来自我国台湾地区。这些译者靠 BBS 论坛和社群网站推进 TRPG 和奇幻文学的翻译活动，并将这类文学的影响延伸到大陆。D&D 第四版的译者群体则主要来自大陆，同样通过 BBS 论坛和网络社交软件聚集在一起。他们在 D&D 规则第四版发布以后很快就取得了电子文档，在英文版问世一年以后中译版即告出版。至于"开拓者"（pathfinder）核心规则书的中译本，虽译者署名为乐博睿项目组，但相关译文在该书出版的数年以前就已经出现在爱好者网站上了。到 2017 年，爱好者群体的翻译已经完全覆盖了"开拓者"TRPG 系统的数十本出版物，乐博睿项目组才出版了该系列的首部规则书。

不夸张地说，TRPG 对于奇幻文学实有奠基之功。TRPG 是奇幻文化中的重要环节，其作品和作者的影响力覆盖了整个奇幻文化生态

① 海岸巫师会：《龙与地下城玩家手册》，奇幻修士会译，万方数据电子出版社，2002。
② 特威特、库克、威廉斯：《龙与地下城玩家手册》，奇幻修士会译，汕头大学出版社，2008。
③ 罗布·汉纳索等：《龙与地下城·玩家手册》，严东旭等译，中国华侨出版社，2009。
④ 杰森·布尔曼：《开拓者角色扮演游戏核心规则书》，乐博睿项目组译，四川美术出版社，2017。

圈。D&D 系统下的"龙枪"系列，就是 TRPG 与奇幻小说协同生产、共同生存、相互支撑、合作共赢的典型案例。在这个项目中获得成功的许多策划或是作家，也都把创作延伸到了其他领域。如"龙枪"系列游戏的策划西克曼（Tracy Hickman）和格拉布（Jeff Grubb）创作了《星际争霸》游戏小说《利伯蒂的远征》和《黑暗降临之前》[①]；"龙枪"系列小说的作者之一理查·奈克（Richard A. Knaak）撰写了"魔兽争霸"系列的小说《巨龙时代》[②]。TRPG 活动也为中国奇幻文学提供或培养了重要的引介者。洪岳农、王中宁等人，既是奇幻小说"冰风谷"系列和"龙族"系列的翻译者，也是 D&D 第三版和第三版修正版的译者群"奇幻修士会"的成员[③]。

TRPG 设计和发布了大量系统化的奇幻叙事素材，满足了大量玩家的游戏叙事需求，也深入刻画和呈现了架空世界本身。大到大陆或宇宙级别的时空体，小到魔法戒指那样的神奇宝物，还有大量形态丰富、习性各异的怪兽和智慧种族，都在 TRPG 设计师的设计范围之内，也在 TRPG 产品的呈现范围之中。这是小说形态或短文形态无法做到的。如今，这些叙事素材已经大量进入中国网络文学，以至于起点中文网的奇幻类中专有 D&D 这一标签。TRPG 既提供奇幻游戏体验，也提供奇幻叙事实践本身。前者是 TRPG 与计算机游戏的相似之处，后者则是 TRPG 特有的性质。这种基于游戏和社交活动的叙事实践，也许比计算机游戏体验更能激发奇幻文学创作的灵感与活力。不过，TRPG 毕竟不是奇幻文学，TRPG 叙事和小说叙事仍然拥有不同的叙事目标与叙事风格。故此，TRPG 叙事对奇幻小说叙事有多大的支持作用，这仍然是个需要讨论的问题。

三 欧美奇幻文学的中国再造

现代民俗学认为，民俗文化的扩布总是伴随着改动，即民族文化

---

① 杰夫·格拉布、特雷西·西克曼：《星际争霸》，郭文、辛献云译，四川科学技术出版社，2003。

② 理查德·A. 纳克：《巨龙时代》赵永健、余美辉译，文汇出版社，2007。

③ 特威特、库克、威廉斯：《龙与地下城玩家手册》，奇幻修士会译，汕头大学出版社，2008，译序。

或地区文化会"对将要采纳的新文化，根据需要，作形态、意义和功能上的改造，并将其置入本民族本地区原有的民俗文化传统中"①。奇幻文学是大众文化，在跨文化传播过程中也伴随着类似过程。从表面上看，这种再造过程似乎是自然发生的。但是，这种过程还蕴含着更深层的社会文化因素。这些因素决定了欧美奇幻文学的全球传播必然激起中国受众的文化反应和文化创造，从而为 21 世纪中国大众文化赋予新的活力。为了将这些在跨文化传播中发挥重要作用的社会文化因素揭示出来，我们就有必要对欧美奇幻文学的中国再造过程进行讨论。

（一）翻译经典概念

奇幻文学的重要本土化进程之一，是奇幻文化经典词汇和经典概念在传入过程中不断地被翻译和解释。魔法（Magic）、神力（Divine）等超自然现象，龙（Dragon）、狮鹫（Griffin）、精灵（Elf）、矮人（Dwarf）等超自然生物，乃至城堡（Castle）、领主（Lords）、骑士（Knights）等欧洲古典战争要素，通过游戏、小说、电影等各种形式出现在人们的日常生活之中。这些外来词语和概念在某种程度上呈现不可译性：它们丰富的内涵根植于西方文明悠久的历史中，传统汉语并没有相应字词可以与之对应。因此，翻译者只能够从汉语固有的概念中挑选材料，构造相应的译文词语。

欧美奇幻产品中"Orc"一词的翻译问题是认识奇幻文学概念本土化进程的绝佳入口。"Orc"一词来自托尔金的"魔戒"系列，指一种丑陋、凶恶而强壮的类人种族。在 1937 年出版的《霍比特人》中，它们被称作"Goblin"②，也译作"Orc"③。在后续版本的序言中，托尔金明确了这两个词的使用方法，即一方面使用"Goblin"指代追逐主

① 钟敬文主编《民俗学概论》（第二版），高等教育出版社，2010，第14页。
② J. R. R. Tolkien, *The Hobbit*, New York: HarperCollins Publishers, 2011, p.57.
③ 托尔金说，"Orc"这个词在《霍比特人》中出现过一次，是对"Goblin"一词的翻译。原话见 J. R. R. Tolkien, *The Letters of J. R. R. Tolkien*, New York: HarperCollins Publishers, 2006, p.178。更具体地说，"Orc"这个词在《霍比特人》中以宝剑名"Orcrist"的形式出现，其英文翻译为"Goblin-cleaver"。故事原文见 J. R. R. Tolkien, *The Hobbit*, New York: HarperCollins Publishers, 2011, p.61。

人公一行的邪神爪牙，另一方面又使用 "Orc" 一词指称 "Goblin"
及 "Hobgoblin"①。"Goblin" 可能是现代英语词，托尔金在其《贝奥
武甫》现代译本中就使用过②。"Orc" 则非现代英语词③，它来自古英
语，意为恶魔（Demon）④。托尔金特意表示，使用这个词只是因为它发
音合适。托尔金在 1954 年出版的《魔戒》中大量使用了这个词，使它成
为奇幻文学中的一种经典的种族形象，后被许多奇幻文学及其衍生作品
借用。

　　在托尔金完成《魔戒》三部曲的创作以后，"Orc" 的形象便已
经十分鲜明。在托尔金的定义里，它是由邪神培育而繁殖于地底的类
人种族⑤，是邪恶力量和魔王索隆的爪牙和腐化堕落（Corruptions）
的象征⑥。他们在《霍比特人》中登场时就是又大又丑的袭击者形
象，很快就擒获了主人公比尔博。在《魔戒》三部曲中，他们首先
以进攻和占领矮人王国的邪恶大军的形象出现，又成为主人公弗拉多
的追杀者。对于这一形象的恐怖感观，也许可以在恐怖谷理论⑦中得
到解释。他们的身体和智慧都与人类非常相近，但比人类更加强壮、凶
蛮和残暴。他们像是被扭曲了的人类自身，由此便得以将读者困于恐怖
谷之底。

　　托尔金塑造的 Orc 是暴力的、满怀敌意的恐怖形象，这种形象在
后来的经典作品中得到了延伸。在第三版修正版 D&D 核心规则书中，
他们被这样形容："他们看起来像是有着灰皮肤和一头乱发的原始人
类。身躯佝偻、前额低，像猪的脸上两根下颚犬齿突出，就像野猪的
獠牙。兽人是具有侵略性的人形生物，不断掳掠抢夺及与其他生物战

---

① J. R. R. Tolkien, *The Hobbit*, New York: HarperCollins Publishers, 2011, p.1.
② J. R. R. Tolkien, *Beowulf: A Translation and Commentary Together with Sellic Spell*, New York: HarperCollins Publishers, 2016, p.16.
③ J. R. R. Tolkien, *The Hobbit*, New York: HarperCollins Publishers, 2011, p.1.
④ J. R. R. Tolkien, *The letters of J. R. R. Tolkien*, New York: HarperCollins Publishers, 2006, pp.177–178.
⑤ J. R. R. Tolkien, *The Silmarillion*, New York: HarperCollins Publishers, 2011, p.86.
⑥ J. R. R. Tolkien, *The letters of J. R. R. Tolkien*, New York: HarperCollins Publishers, 2006, p.178.
⑦ 一般认为，恐怖谷理论是日本机器人专家森昌弘提出的关于人类对机器人和类人事物的感觉的假
设。人类对于略微像人的事物的好感，比完全不像人的事物的好感更高。随着事物的形象不断地
接近人类，直到逼真程度达到某个临界点时，人类对于这类事物的好感会急剧下降，然后又会快
速上升。这一好感程度剧烈的变化表现于坐标曲线上，就被称为恐怖谷。

斗。长久以来同精灵与矮人的宿怨让他们一相见就会开打。"[1] 在计算机游戏《魔兽争霸》中，Orc 以人类世界的入侵者身份出现，部分原因在于这类游戏原本就需要展现非常强烈的对抗性。Orc 被选中作为人类阵营的另一端，其已有形象和文化底色应是一大原因。"魔兽争霸"系列在此基础上，还对 Orc 进行了全新的塑造：Orc 并非全部如此好战，他们入侵人类世界也是出于恶魔的蛊惑和阴谋[2]。D&D 和"魔兽争霸"系列的塑造，在不同程度上瓦解了托尔金创作中善恶对立的二元结构，展现了 Orc 可以理解、可以交流、可以结盟的一面。这种设计在拓展世界架构和玩家体验方面是有利的，同时也契合了当代的多元价值观。

现在，当我们谈及"Orc"一词，脑海中的印象往往是由多个作品或多个文本的描绘叠加而成的。当代社会丰富的娱乐生活和发达的内容产业造就了这一现象。像上文那样的追本溯源、刨根究底的工作，已多多少少地带了学术考究的性质。当然，这种工作的目的，是厘清这一奇幻文学经典形象的发展脉络，说明其具有稳定的历史基础。

与这种稳定的历史基础相对的，是我国出版和发行的各种奇幻文化产品对该词译法的多元性。2001 年至今，《魔戒》小说推出过三种简体中文译本：第一种是 2001 年译林出版社出版的丁棣、郭少波译本（以下简称丁郭本）[3]，第二种是 2002 年译林出版社出版的朱学恒译本，第三种是 2012 年上海人民出版社出版的邓嘉宛译本。在"魔戒"系列进入中国以前，该词有两种译法。一种是将该词翻译为"半兽人"，如 1998 年被引入中国的美国卡牌游戏"万智牌"（Magic）即从此例[4]；另一种是将该词翻译为"兽人"，如 1997 年被引入中国的

---

① 特威特、库克、威廉斯：《龙与地下城怪物图鉴》，奇幻修士会译，汕头大学出版社，2008，第 185 页。
② 克里斯·梅森等：《魔兽世界编年史》（第二卷），刘媛译，新星出版社，2017。
③ 在译林出版社的最初译本中，丁棣是《魔戒》三部曲的译者，郭少波是《魔戒》三部曲的校订者，但他也在译者序中署名。
④ 万智牌第五版简体中文版的许多牌面依此例翻译，如"Ocrish Conscripts"译作"半兽人民兵"，"Ironclaw Orcs"译作"铁爪半兽人"，"Brassclaw Orcs"译作"铜爪半兽人"，等等。参见《魔法风云会全集》，内部参考资料，第 203 页。

计算机游戏《魔兽争霸Ⅱ》（*Warcraft Ⅱ*）即从此例①。2001 年出版的丁郭本将"Orcs"音译为"奥克斯"②。这种译法不仅误将复数形式纳入音译，且与两种前例都不一致。似乎，译林出版社没有意识到游戏产品对于奇幻文学市场的影响，也没有想到奇幻文化在中国已经形成了受众群体。但该出版社很快就转变了态度，于 2002 年推出了朱学恒译本。朱学恒将"Orc"意译作"半兽人"③，与"万智牌"游戏译法一致。2013 年，邓嘉宛译本出版，她将该词音译为"奥克"④。邓嘉宛是朱学恒译本再版的校订者，也是译林版《精灵宝钻》的译者，从 2012 年开始重新翻译《魔戒》⑤。她过去主要做的是文学和基督教神学的翻译工作⑥，没有刻意接续已经存在的奇幻文学语境，而选择把并不精准的意译变回音译，重新凸显托尔金作品中"Orc"一词的独特性。

有趣的是，无论是朱学恒译本，还是邓嘉宛译本，都没有在该词的译法上占据权威位置，大量奇幻文本或译本仍然选择了"兽人"一词。这种译法的流行受到以下两种因素的影响。首先是《魔兽争霸Ⅱ》的续作《魔兽争霸Ⅲ》（*Warcraft Ⅲ*）及《魔兽世界》（*World of Warcraft*）的长时间与大范围流行，由此延续了《魔兽争霸Ⅱ》的译名传统。尤其是 2004 年公开测试的《魔兽世界》，开创了大型多人在线角色扮演游戏（Massively Multiplayer Online Role-Playing Game，MMORPG）的新时代，其游戏运营至今，文化影响也持续至今。在"魔兽争霸"系列游戏持续走红的同时，大量相关小说或文集也在我国面市，如多卷本"魔兽世界"系列官方小说⑦，以及三卷本《魔兽世界

---

① 参见马金波《〈魔兽争霸Ⅱ〉之魔法指南》，《电脑技术》1997 年第 5 期，第 39 页；北京欢乐星空有限公司《冰风之谷Ⅱ》（游戏手册），北京欢乐星空有限公司，2004，第 59 页。
② 托尔金：《魔戒：魔戒再现》，丁棣译，译林出版社，2001，第 395 页。
③ 托尔金：《魔戒：魔戒现身》，朱学恒译，译林出版社，2012，第 347 页。
④ 邓嘉宛：《附录三 名词索引》，载克里斯托弗·托尔金编《精灵宝钻》，邓嘉宛译，上海人民出版社，2015，第 455 页。
⑤ 邓嘉宛：《译后记》，载克里斯托弗·托尔金编《精灵宝钻》，邓嘉宛译，上海人民出版社，2015，第 495 页。
⑥ 克里斯托弗·托尔金编《精灵宝钻》，邓嘉宛译，上海人民出版社，译者简介。
⑦ "魔兽世界"系列官方小说由美国作家克里斯·梅森（Chris Metzen）、理查德·A. 纳克（Richard A Knaak）、克里斯蒂·高登（Christie Golden）等多人撰写，我国已由新星出版社引进出版《永恒之井》、《恶魔之魂》、《天崩地裂》、《战争之潮》、《部落的暗影》、《战争罪行》、《阿尔萨斯：迈向冰封王座》、《巨龙的黄昏》和《巨龙的黎明》等多部。

编年史》①。其次是"龙与地下城"系列在我国的扩散，使译名呈现系统化取向。2003 年，"龙与地下城"第三版规则书简体中文版出版，将"Orc"翻译成"兽人"②。需要特别指出的是，该书采用"兽人"译法，不仅是因前例与传统，更因该书中还有"Half-orc"一词，需保留"半兽人"的译名与之对应。2009 年，"龙与地下城"第四版规则书简体中文版亦遵此例③。这种情况在整个"龙与地下城"系列中普遍存在，以至于所有"龙与地下城"的相关作品，如计算机游戏《无冬之夜》《无冬之夜 II》《龙与地下城 online》，或是"龙枪"系列、"被遗忘的国度"系列或"艾伯伦"系列等，都不得不保留这种译法。"魔兽争霸"系列和"龙与地下城"系列共同支撑和推动了将"Orc"译作"兽人"的潮流。

迄今为止，对"Orc"一词或相关概念的大部分译法都有其合理性。丁郭本与邓嘉宛译本采取音译的方式，译作"奥克斯"或"奥克"，乃因该词是中国传统本无之物，采取音译可少去很多纠缠和误解，而其形象自有文本的整体内容来补足。朱学恒译本及 D&D 诸译文则采取意译法，译作"半兽人"或"兽人"等，盖以"兽"概括其强壮有力、残暴贪婪的性格，而以"人"表明其身躯似人、智慧似人的特征。

"Orc"一词在中文译法上的多元性，在诸多奇幻文学经典概念中绝非孤例。上文提及的"Goblin"一词也是如此。尽管托尔金将"Orc"和"Goblin"混用，但在其他奇幻文学或游戏中，两词被分别用以指代不同的类人种族，传入中国后又被分别翻译。在译林出版社 2002 年出版的《霍比特人》中，译者李尧以"妖精"一词翻译"Goblin"，乃直接调用了中国文化传统中的固有概念④。从儿童文学的角度看，李尧的翻译既将这一概念似人非人的形象传达出

---

① 美国作家克里斯·梅森等的《魔兽世界编年史》，由新星出版社引进出版，2016~2018 年共出了 3 卷，对魔兽世界的世界观进行了整体描绘，并讲述了魔兽世界主要的历史发展过程。

② 龙与地下城怪物图鉴设计组：《龙与地下城怪物图鉴》，维京工作室译，万方数据电子出版社，2003，第 184~185 页。

③ 迈克·米雷、斯蒂芬·舒伯特、詹姆斯·怀亚特：《龙与地下城怪物图鉴》，严东旭等，中国华侨出版社，2009，第 203 页。

④ 托尔金：《魔戒（前传）：霍比特人》，李尧译，译林出版社，2002，第 50 页。

来，也利于中国儿童在他们现有的文化传统中调用已有概念来理解和阅读外国著作。可惜的是，"妖精"这类传统词语和中国传统文化牵绊太深，反而不能传达异国文化的距离感，也不能表达出托尔金创造这一形象的独特贡献。同年同一出版社出版的《贝奥武甫》陈才宇译本将其翻译成"精灵"，似乎显示了别的考量。此外，"Goblin"在"万智牌"第五版中被翻译成"鬼怪"①，第七版以后则被翻译成"精灵"；该词在《魔兽世界》和《龙与地下城》中被统一翻译成"地精"②，但又在许多作品中音译成"哥布林"。与此相似，中国译者对于"Elf""Fairy""Nymph"等词也有多种译法。

　　总的来看，中国的译者们在翻译奇幻文学的经典概念时，可以说相当努力。采取意译法的译者尽力调用了不少中国传统话语资源。但是，这些经典概念既然是由奇幻文学和奇幻文化塑造的，就不可能只从词汇翻译的层面去解决文化翻译的问题。奇幻文化翻译的问题归根到底还是要从文本整体以及多个文本营造出来的奇幻文化的层面加以解决。

　　目前，随着大量共享多种经典概念的奇幻文本的流入，中国读者需要借助原文或超越翻译词汇，以分辨出那些这类产品最常见的和最重要的概念群。许多奇幻爱好者都经历过从不同的作品中将这些不同的译名归并到原词上的过程，我们可将其视作奇幻文学经典概念的梳理和形成过程。当然，这个过程也可以被文本化或者作品化，出版界也引进了部分国外成果，如东方出版中心出版的《魔幻家族》③，汕头大学出版社出版的《恶魔事典》④ 等。《魔幻家族》与《恶魔事典》并非小说，而是围绕词条形成的词典，专注于解说那些奇幻小说中的特殊词语及其内涵，也涉及它们在现实世界中的文化渊源。这就补足了小说译文无从容纳的概

---

① 《魔法风云会全集》，内部参考资料，第328页。
② 龙与地下城怪物图鉴设计组：《龙与地下城怪物图鉴》，维京工作室译，万方数据电子出版社，2003，第134页。
③ 大卫·戴：《魔幻家族》，罗晓华、甘铭译，东方出版中心，2004。
④ 北山笃、佐藤俊之：《恶魔事典》，高胤喨、刘子嘉、林哲逸译，汕头大学出版社，2006。

念翻译与文化翻译工作，这对营造中国奇幻文学的整体氛围是有利的。

（二） 仿制核心体裁

欧美奇幻文化的体裁形式深刻地影响了中国奇幻文化的体裁形式。作为产品种类的体裁与市场和行业直接对接，背后就是国家或地区在某个领域的社会生产与社会消费的方式。体裁仿制不仅是人们有意识的选择，也体现了人们下意识的惯性。体裁会约束甚至框定人们的行为方式、思维习惯和生活模式。相同的产品种类关联着行业门类，关联着日积月累形成的行业群体和生产规程，也关联着相应的文化传统。或者说，人们往往会出于产品模仿、职业习惯或行业思维等因素去选择同领域学习。这就构成了奇幻文化在中国实现再造的第二个部分，也就是仿制核心体裁。

在这里，我们还要强调媒体和体裁的关系。纸媒、影视媒体、电子媒体或网络媒体对奇幻文学一直有着相当重要的塑造作用。媒体营造了奇幻文学的表达空间、传播方式和受众人群，从而对奇幻文学所采取的形式和内容有着相当大的影响力。因此，中国奇幻文学对欧美奇幻文学核心体裁的仿制，在很大程度上受制于中国各种媒体的特殊环境和特殊状况，正如欧美奇幻文学在中国的传播也同样受到媒体因素的影响。因此，我们可以根据媒体分类对过去 20 年中国奇幻文学的活动成果略作梳理。

欧美奇幻文学是由游戏媒体引入中国的，中国奇幻文学也在游戏媒体中成长。在奇幻文学杂志诞生前，游戏媒体是奇幻文学的主要阵地，如《大众软件》《电脑商情报》等都登载过欧美奇幻文学译作或是中国奇幻文学作品。2001 年，卓越数码科技有限公司发布网络RPG《不灭传说》，当时正在该公司当游戏策划的今何在（曾雨），于《电脑商情报》上发表了游戏背景小说《若星汉天空下》的第一部《最后一个圣骑士》。在这部作品中，今何在已经具备了明确的奇幻文学意识，开始尝试创造架空世界。他说："我希望能创造出完备的世界与历史，我甚至模仿一些欧洲古英雄史诗的结构开始写一部简史。"①

以游戏杂志为载体的奇幻文学以短篇小说为主，长篇小说是比较罕见的。《若星汉天空下》虽是长篇，但后续内容没有在杂志上继续发表，而是转向了网络文学平台和单行本。这一方面可能是因为游戏杂志的篇幅有限，每一期不能登载太多奇幻文学的内容；另一方面也可能是因为当时国内奇幻文学创作并不发达，想要找一个靠谱的作家进行连载非常困难，游戏杂志的读者也未必就是奇幻文学的爱好者。在种种因素的影响下，游戏杂志最终还是选择了短篇奇幻小说。然而，短篇小说终究篇幅有限，不适合奇幻作家展现心中宏图。恰如今何在所说："一个短篇又不足以构造一个庞大世界，成为一个优秀的背景故事。"② 这就决定了奇幻文学必须在游戏杂志之外另找平台。

网络文学平台是中国奇幻文学迄今为止最重要的发展阵地。1998年"榕树下"网络文学公司正式上线，开启了我国的文学网站和文学论坛飞速发展的时代③，"龙的天空""幻剑书盟""起点中文网"等文学网站飞快涌现，并成为奇幻文学的重要载体。在 21 世纪头十年，较为著名的网络幻想作品有网络骑士的《我是大法师》、蓝晶的《魔法学徒》、树下野狐的《搜神记》、迦楼罗之火翼的《火翼与冰鳍的怪奇谈》、可蕊的《都市妖奇谈》等。这些网络作品有不少走向了纸媒刊登或出版，其作者群体也不断从业余创作转向专业创作。现在，奇幻文学已经成为各大网络文学网站刊载的较为重要的一类作品，其中的代表性作品如《诡秘之主》《放开那个女巫》《黎明之剑》等，都能够表现中国奇幻文学的不断成熟和进步。

网络文学平台的发展，对中国奇幻文学，尤其是长篇奇幻小说而言，恰如一场及时雨。一方面，它大大拓展了奇幻小说的发表渠道。奇幻文学作为外来文化，起初难以得到传统出版社或杂志社的认可。网络文学网站帮助创作者绕开传统出版渠道，抢先造就了奇幻文学的

---

① 今何在：《今何在先生谈〈若星汉天空下〉创作》，载《电脑商情报·游戏天地》编辑部编《电脑商情报·游戏天地（2001 精华本）》，海洋出版社，2002，第 345 页。

② 今何在：《今何在先生谈〈若星汉天空下〉创作》，载《电脑商情报·游戏天地》编辑部编《电脑商情报·游戏天地（2001 精华本）》，海洋出版社，2002，第 345 页。

③ 欧阳友权主编《中国网络文学二十年》，江苏凤凰文艺出版社，2019，第 3 页。

市场热度。这才使得传统纸媒看到了这类文学的市场吸引力，不少杂志社和出版社纷纷推出了自己的奇幻文学板块。另一方面，网络文学平台打破了奇幻文学的篇幅限制，使中国奇幻文学得以进一步发展成熟。网络文学平台为长篇小说创造了更加快捷和稳定的受众互动机制和经济循环机制，有力地推动了奇幻文学的发展和成熟。正是由于长篇小说的兴盛，中国的奇幻文学创作得以更加稳定和持续，从而强化了其专业化水平。中国作者对架空世界的营造和呈现能力，也在长篇奇幻小说的发展中得到提升——就像西方同行所经历的那样。

文学刊物作为主流文学的主要载体，接受中国奇幻文学的时间较晚。在这方面，应该承认科幻世界杂志社的开创性贡献。自 2000 年开始，《科幻世界画刊·惊奇档案》便有意识地登载和介绍国内奇幻文学。2001 年，科幻世界杂志社又推出了《科幻世界画刊》增刊《奇幻世界》。该刊号称"国内第一本奇幻精品杂志"，所有篇幅全部用以登载奇幻文学相关内容，尤其着重介绍了国内作者创作的"九州"系列。此后，科幻世界杂志社推出了奇幻文学专刊《科幻世界·奇幻版》①、《科幻世界·幻想小说译文版》等专门的奇幻文学刊物。在《科幻世界》之后，许多著名文学杂志也纷纷推出奇幻文学专刊，如古今奇幻杂志社的《古今武侠·奇幻版》、漫游杂志社的《新蕾·幻想志》等。另一个由中国奇幻作者组团推出的奇幻文学杂志系列也值得注意，包括《恐龙：九州幻想》、《幻想1+1》和《九州志》等。

奇幻刊物作为专业杂志，能够真正从文学发展的角度对奇幻文学展开思考和探索。2005 年，骑桶人、严岩、阿豚、三丰等奇幻文学编辑提出了"人民奇幻"的概念，指出（中国）奇幻应是以东方历史、文化和设定为背景的，同时拥有真挚动人的情感特质、真切的现实背景，以及直面现实的勇气等特质。骑桶人指出："那么什么才是'人民奇幻'最本质的特质？我认为或许应该是勇气，直面现实的勇气。为什么这样说？因为奇幻小说的初衷，往往是为了逃避和逃离，

---

① 该刊在 2004 年以后改名为《飞·奇幻世界》。

或者我们也可以说，类型小说的初衷，其实就是为了引领读者从逃避和逃离中获得快感。"① 他虽然没有梳理奇幻文学的学术史，见解却和托多罗夫等前辈学者有一致之处。高素质的专业奇幻文学编辑队伍、他们所提供的具备较高思想性的对话空间，以及这种对话空间推动的文学理念层面的探索和进步，是游戏刊物和网络文学平台无法提供的。

奇幻文学刊物发挥的另一个关键作用，是丰富了中国奇幻文学的形态，并推动了中国奇幻文化的发展。话语或体裁的多样性，是杂志和期刊的普遍特点。奇幻文学刊物虽也不能"免俗"——各种篇幅的小说可说是奇幻杂志的绝对主流，但部分奇幻刊物也尝试打破常规。为了呈现中国原创奇幻架空世界"九州"的背景设定，《飞·奇幻世界》曾经尝试推出"残章""龙渊阁""飞（非）一般九州""九州地理杂志"等一系列栏目。这些栏目中的文体非常多样，包括名词解释、传说故事等②。另一种有益的尝试，是登载有关奇幻文化的杂文或记叙文，如《飞·奇幻世界》曾登载魏文成的《龙龙正传》，专门介绍东方与西方文化中的龙形象③。这些文本虽不能像奇幻小说那样广受读者欢迎，却是对奇幻文学关键元素的直接营造，对于奇幻文学创作本身有重要意义。当然，这些文本是否适合放在文学杂志中，以及怎样才能被杂志的大多数读者接受，依旧是个悬而未决的问题。

作为奇幻文学载体的纸面媒体，当然还有出版社推出的小说单行本。在 21 世纪头十年，中国奇幻文学出版过一批质量较高的单行本，如雷风暴的《弓之道》、文舟的《骑士的沙丘》、黑压的《千魂夜恸》等，当然还有《缥缈录》《羽传说》《白雀神龟》《朱颜记》等"九州"系列作品。要特别指出的是，上述作品基本都是在其他媒体上成长起来的。单行本的出版意味着作品的开花结果，却很难看清奇幻文

---

① 骑桶人：《什么样的奇幻才是"人民奇幻"》，载骑桶人、阿豚主编《2013 年度中国最佳奇幻小说集》，四川人民出版社，2014，第 3 页。

② 参见《飞·奇幻世界》2005 年第 4 期、2005 年第 6 期。可惜的是，"九州"系列的设定文体始终没能固定下来。

③ 魏文成：《龙龙正传》，《飞·奇幻世界》2005 年第 3 期，第 100~103 页。

学成长的过程。至少和前面的许多媒体或载体相比，我们对于出版社的了解还太少。因此，出版社到底对于中国奇幻文学有怎样的意义，还有待进一步讨论。

欧美奇幻影视在全球市场的成功，也为中国影视界提供了相当的启发。奇幻小说与电影产业的密切联系，以及它们在市场运作上的协同方案，已经为我国业界所认知。陈凯歌导演的电影《无极》，是中国奇幻电影一次颇具开创性的尝试。2004年，《无极》在北京正式开镜。导演陈凯歌有意将此片与《蜘蛛侠》、《哈利波特》和《指环王》等大片相提并论，希望用它来展现中国电影的想象力和国际化水平①。恰如学者王一川所说的："在导演们的心目中，作家的想象和才情已经不够挥洒了，不足以承担当前全球化电影市场新的审美历险使命，而只能靠自己——为着全球化电影市场的成功而展开东方神话奇幻大制作。因为他们相信，只有这样才能承担其中国电影在'抗美'、'抗韩'中杀开生路的重任。"②

《无极》的商业果实不负众望，但这部作品并未赢得像《指环王》那样的艺术声誉，反而在评论界引起一片骂声③。陈凯歌的《无极》面对的是电影《指环王》、电影《蜘蛛侠》和电影《哈利·波特》，但不面对上述改编作品的任何来源作品，这种态度已在其访谈录中体现得非常明显④。无法否认的是，《无极》没有《指环王》、《哈利·波特》和《蜘蛛侠》那样沉甸甸的原著。《无极》不是没有做过文学化的尝试，但陈凯歌和郭敬明的组合对当时的奇幻圈子影响甚微，《无极》小说也没有市场声誉与文化沉淀。值得一提的是，2016年上映的郭敬明的另一小说代表作《幻城》的影视改编也未获成功：至2021年3月，豆瓣电影对该电视剧的评分仍仅有3.6分。可见对于中国影视界而言，奇幻文学其实不好把握。尽管影视界不断

---

① 陈凯歌、倪震、俞李华：《〈无极〉：中国新世纪的想象——陈凯歌访谈录》，《当代电影》2006年第1期，第52页。
② 王一川：《从〈无极〉看中国电影与文化的悖逆》，《当代电影》2006年第1期，第81页。
③ 陈吉德：《无极：无味至极》，《艺术评论》2006年第1期，第6~7页。
④ 陈凯歌、倪震、俞李华：《〈无极〉：中国新世纪的想象——陈凯歌访谈录》，《当代电影》2006年第1期，第52页。

尝试投资奇幻作品，但基本是以经济利益为考量的。与欧美影视领域不同，中国影视行业受奇幻文化的浸润时日尚短，接纳相关人才也较少。这当是中国奇幻影视的文化影响长期衰微的重要原因。

欧美影视生产大大扩展了奇幻文学的影响能力和经济体量，产生了新的全球经济增长点。中国影视业意图附尾其后，却不得不受到本土条件的制约。尤其是本土奇幻文学的发展不足，奇幻文学人才和相关知识也没有受到影视界的接纳。结果，这些奇幻电影的短期经济效益尚可，但长期文化影响就不行了，更没有办法像欧美国家那样带动文学的发展。在创作时期缺乏扎根文化传统和社会现实的深思与孕育，奇幻电影即便能够通过商业操作获得票房胜利，也无法激起观众的情感共鸣与文化认同。电影领域的快节奏和短期运作失去了文学领域的慢节奏和长期酝酿，就爆发不出《指环王》那样庞大的文化力量，似乎也很难带动文学的社会化再生产。

严格地说，欧美奇幻文学所采取的体裁，也是当代中国文学原本就有的体裁。但是，要将奇幻文学的内容放入某个合适的体裁中，事先不可不经过一番仔细的挑选。这种选择体裁的意识，在中国奇幻文学发展的初级阶段并非没有，但选项却比较有限。尤其是对于大众文学或商业写作而言，选择欧美已经具备的方式更加稳妥。即便如此，奇幻文学在中国的根基依然过于薄弱，不仅受众群体规模不大，而且思想沉淀较少，以至于仿制活动多少显得有些水土不服。再者，信息科技革命和媒体格局变迁，打破了奇幻文学在 20 世纪赖以发展的媒体环境。大众文学杂志的核心地位被网络文学平台所取代，生产结果的展示周期从一周或一月缩短到一天。网络文学时代，吸引流量的不是文字的精雕细琢，而是更新的源源不断。这些无可阻挡的变迁，让人们可以轻易地意识到，要靠欧美奇幻文学的方式在中国获得成功，其可能性微乎其微。于是，仿制核心体裁的局限性就凸显出来。

即便如此，中国奇幻文学在仿制核心体裁上所取得的成果仍然不能忽视，因为奇幻文学的核心体裁本身并没有随着媒体格局的天翻地覆而崩溃。实际上，奇幻体裁的变化比媒体的变化速度要更慢些：小说、游戏和影视作品仍然占据着中国奇幻文学的主流。如《诡秘之主》《黎明之剑》等优秀奇幻小说的出现，离不开中国作者对奇幻文学的持续探索。在游戏业界和影视业界，虽然还较缺乏令人信服的奇幻叙事作品，但其行业进步也有目共睹。这些成绩的意义，不仅仅在于推动了奇幻文学和相关体裁、相关行业的发展，更重要的是，基于对时空体或架空世界的表述需求，中国奇幻文学提供了一种探索、认知和书写外部文明和文明整体的大众形式，一种开放的、去中心化的心态的培养方式。这是全球化时代的产物，也是中国大众在全球化中"不忘本来，吸收外来，面向未来"的重要实践内容。

（三）建立多体裁文本系统

尽管并未明确提出多体裁文本系统这一概念，中国创作者对欧美奇幻文学的再造也进入了多体裁文本系统的层面。一方面，奇幻文学进入中国时，原本就是多种媒体、多种体裁相交融的。中国奇幻文学原本就在这种局面中发生，它的蹒跚学步自然也朝着多媒体、多体裁的格局发展。另一方面，奇幻文学自身的特质，即它对于超自然和架空世界的表达需求，也要求创作者不能囿于单个体裁，而要朝着多体裁文本系统的方向发展。因此，尝试建立多体裁文本系统，是中国奇幻文学成长的自然结果。目前来看，这类尝试大体包括两个层面。

创作者从内容层面出发，梳理奇幻概念框架，尝试建立基于自身文化基础而非西方文化基础的架空世界，并在此过程中渐渐形成多种体裁并存的文本群，是中国奇幻文学尝试建构多体裁文本系统的主要方式之一。2002年，奇幻爱好者便开始以网站和网络论坛为主阵地，搜集材料、发布设定文本，尝试运用概念框架自行建构架空世界。这样的例子，一度存在于桌面角色扮演游戏论坛，如纯美苹果园，或存在于网络奇幻文学论坛，如九州架空世界、天人之境等。某些知名的系列作品，如"魁拔""时之歌 project"等，也都显示了这样的雄心。这些创作活动，与中国奇幻文学受众群体的某些固有的心理特征和审美体验有关。

一方面，跨文化比较中凸显的民族主义心理，即觉得"既外国有之，则我亦应有之"的心态，促使中国受众模仿欧美奇幻文学，创造中国自己的架空世界。黄石曾在《神话研究》中说："西方有不少的学者，正在细心探究，成绩已颇有可观。倒是在事事均落人后的中国，却还没有人有那种耐心，那种兴趣去做这个工作。我觉得把这一块优美的学术园地，付之荒废，是在可惜。因此不揣学浅，立心去做一个'开荒牛'。"① 这段话，正是上述文化心理的典型体现。到了21世纪初，在国内产生过很大影响的九州架空世界，即以"东方奇幻架空世界"作为旗号。著名奇幻编辑骑桶人在讨论"人民奇幻"时，也强调其"东方色彩"②。虽未明言民族主义，但表达自己文化的倾向非常明显。可见这种心理一度推动过中国神话学的奠基工作，近年来也推动了中国原创架空世界的生产。

另一方面，东方架空世界的需求，还来自中国大众固有的接受和表述习惯。欧美奇幻文学也大量使用东方文化元素，如小说"超时空裂隙之战"系列便参考日本传统社会概念来构造异世界的社会结构，D&D第三版《玩家手册》亦参考中国武僧来设计游戏角色的能力模版。这种做法多多少少会让原本的文化成员感到似是而非。还有一种恰好与此相反的不和谐现象，即本土文化成员不能很好地扮演异文化角色，描述异国他乡的社会交往场景。早期中国网络奇幻文学取欧美文化为背景，而又不善营造场景者，往往只是将人物换一个西方名字，但言语行事中仍然洋溢着中国风气，如两人见面互道久仰幸会之类情形不一而足。这些在跨文化叙事或阅读中的不和谐不完美之处，也能够激起本土文化成员的文化生产欲望。既然不能很好地适应和表述西方文化与西方社会，那么将底色换作东方文化也就成了情理中事。

但是，东方奇幻架空世界到底怎样架构？在中国奇幻文学蹒跚学步时，这类尝试仍然没有离开西方框架。一方面，随着西方奇幻文学和奇幻概念的舶来，中国受众渐渐意识到这些概念背后存在着一个框架结构。另一方面，部分欧美奇幻文学也明确地将这类框架呈现出

---

① 黄石：《神话研究》，开明书店，1927，第231页。
② 骑桶人：《什么样的奇幻才是"人民奇幻"》，载骑桶人、阿豚主编《2013年度中国最佳奇幻小说集》，四川人民出版社，2014，第2页。

来，如"龙枪"系列的附图就呈现过克莱恩世界的星图和相关神祇[1]，以及和魔法师的法力相关的月相变化等[2]；在《魔戒》三部曲的序章及附录部分，托尔金亦对阿尔达世界有所呈现[3]。21世纪早期的奇幻引介，似乎并不包含对于某个架空世界的完整刻画，但是架空世界的概念仍然非常明确地出现在我们对奇幻文学的讨论中[4]。明确了这一概念本身，西方奇幻文学建构架空世界的概念框架也就大体能够从其作品中被提炼出来。

这种由奇幻概念构成的表述框架，随着欧美奇幻文学的舶来，深刻地影响着中国奇幻文学的生产。著名的九州架空世界搭建自己的概念框架时，也受到过西方框架的影响。从2004年"九州世界"七人设定组网络公布的设定文本看，其概念框架包括五个主要部分：创世、天文、地理、历史和种族[5]。2007年，制作方出版了"九州世界"第一本设定集《创造古卷》，其内部框架除了保留上述五部分，还增加了军事、组织、生物和人物赏析等部分[6]。具体来说，西方架空世界对于时间、空间和社会的宏观描述框架，基本被中国奇幻文学所继承。因为这种框架，至少以现代人的目光来看，是超越文化边界和文化认同的。但是，这一框架的下一级内容，却能体现东西文化的边界。这是中国奇幻架空世界要自行创作的部分。为了加深对西方奇幻文学影响的理解，我们不妨将"龙枪"系列的天文设计和"九州"系列的天文设计做一番对比。

"龙枪"系列是这样描写克莱恩诸神的："已知的克莱恩诸神共有二十一位，其中善神有七，恶神有七，中立诸神亦有七。所有已知的诸神皆现身于星空。六善神与六恶神组成黄道带，六位中立神祇化

在幻想的冰山下

---

① 玛格丽特·魏丝、崔西·西克曼：《龙枪编年史 秋暮之巨龙》，朱学恒译，龙门书局、第三波出版国际股份有限公司，2001，第512~513页。
② 玛格丽特·魏丝、崔西·西克曼：《龙枪编年史 冬夜之巨龙》，朱学恒译，龙门书局、第三波出版国际股份有限公司，2001，第478页。
③ 托尔金：《魔戒：魔戒再现》，丁棣译，译林出版社，2001，第3~20页。
④ 胡晓晖、陈新杰、胡雨瑾编选《2003中国奇幻文学精选》，长江文艺出版社，2004，第500页。
⑤ 遥控、水泡、今何在、江南、潘海天、斩鞍、多事：《世界设定9Z9Z版》。此为2004年9z9z.com公布的设定版本。笔者手头的版本转引自https：//jiuzhou.huijiwiki.com/wiki/原文，基础设定。
⑥ 妖风、狗狗编纂《九州·创造古卷》，北京赛迪电子出版社，2007。

身为游散诸星。余下三神，白魔法、黑魔法和红魔法之神，则化身为环绕克莱恩的三个月亮。"① 这种星相设计多少是遵循了希腊文化传统对于星空的想象的，认为星星与诸神有关。当然，希腊人眼中的星空仅是诸神在天空中留下的痕迹，克莱恩的星空则是诸神的直接显现。

"九州"架空世界同样将星空与诸神相连。《创造古卷》中说："星相学的一切理论都来源于对众神意志的表达即星神力量的研究。星相学家们明白自己乃至整个世界的出现都起源于一个伟大的精神。这个精神的碎片以星辰的面目出现，将意义赋予万物。每位星辰的神祇都代表一种庄严的规律与秩序，并以其星辰在天空中神圣的运行影响大地。……天空中最醒目的十二颗星辰被称作十二主星，它们分别是太阳、谷玄、明月、暗月、郁非、亘白、印池、填盍、岁正、密罗、寰化、裂章。对九州来说，十二主星具备超越其他星辰的强大力量。"②

一方面，"九州"系列和"龙枪"系列一样，在诸神与天文层面做了设计，即将诸神与天体当作奇幻世界中的一项固定结构或框架，再填充以内容。另一方面，在填充框架时，"九州"系列对星相做了东方化的处理。尽管据设计者自言，九州十二主星的设计主要受"龙枪"影响③，受中国传统文化的影响是较少的。但是，"星相"及相关观念皆为中国传统所固有。如汉代之《论衡》言："富贵所禀，犹性所禀之气，得众星之精。众星在天，天有其象，得富贵象则富贵，得贫贱象则贫贱，故曰'在天'。"④ 女子姻缘有起色，人们便说她"红鸾星动"，也是这一观念的体现。再者，十二主星的命名也带有东方化的色彩。"太阳"本为中国文化中的三光之首，其形其质与传统之相似处极多，自不必深论。司万物滋长的"岁正"，恰如中国传

---

① Margaret Weis & Tracy Hickman（eds.），*Leaves from the Inn of the Last Home*, Lake Geneva, WI: TSR, Inc.，1987, p.19.
② 妖风、狗狗编纂《九州·创造古卷》，北京赛迪电子出版社，2007，第9页。
③ 被访谈人：遥控，男，九州设定组成员。访谈人：谢开来，广东省社会科学院文化产业研究所助理研究员。访谈时间：2019年10月26日。访谈地点：上海市淮海路。
④ 黄晖撰《论衡校释》，中华书局，1990，第46~47页。

统中的岁星，是用于计算年岁之星①。而其余"郁非""亘白"等星，虽颇难查证于文献，但名称设计显得颇有古风，于是便能够接上中国的语言传统。这样，仿西方奇幻架空世界之大部类，填以传统文化相关内容，便成为当时构建中国原创奇幻架空世界的一种比较通行的方法。

中国奇幻文学的多体裁文本系统，便是在这种奇幻概念框架中诞生的。这是因为，抽象概念及其框架不能单独存在，而必须被话语、文本及相关的形式承载才能发展。小说当然是被公认的行之有效的形式，但仅发展小说又不太妥当。因小说以叙事为主，而不专以描述架空世界为业。故自小说中了解架空世界，不得不通读小说，再从许多叙事段落中抽提出相关信息，耗时耗力。而以小说设计架空世界，又不得不花费精力巧设情节，事倍而功半。故此，创作者们以各种语言形式推出所谓"设定"以弥补小说的短板。这样便形成了以奇幻小说为主，以多种体裁共存的设定为辅的文本系统。

但是，这种从内容创作需求延伸而来的多体裁文本系统，在进入社会生产领域后便遇到了障碍。一方面，大部分设定文本都无法像小说文本一样在市场中产生经济收益，以使作者的创作得到足够的经济支撑。出于提高劳动生产率的考量，设定的创作活动很容易被压制。如九州内部一度提出"以文代设"的口号，即以故事代替设定。另一方面，设定文本和小说文本的内容分歧，还容易产生话语权争夺和团队矛盾，其结果就是小说和设定不能有效结合。鉴于小说能够独自建立经济循环的优势地位，设定不得不呈现依附于小说的状态。但是，作为架空世界的直接描述，设定又必须是被普遍遵守的权威文本。对于很多创作者来说，与其承认设定，被设定束缚，不如撇开设定而拥抱创作自由。这样做的结果，要么是作者放弃架空世界本身，要么是以小说颠覆架空世界的现有成果。无论哪样，对于奇幻文学多体裁文本系统的核心都是具有破坏性的。总的来说，站在内容创作的角度，在良好的经济环境建立之前，在文本间的权力关系理顺之前，

---

① 妖风、狗狗编纂《九州·创造古卷》，北京赛迪电子出版社，2007，第9页。

中国创作者在多体裁文本系统上的探索仍然任重道远。

中国奇幻文学尝试建构多体裁文本系统的主要方式还有一种，即从整合跨媒体生态入手进行投资布局。比起从内容创作入手，这种方式成型较晚。欧美文化产业较早打破了行业隔阂，形成了出版业、游戏业和影视业结合的跨行业生产体系，而世纪之交的中国，游戏业和影视业仍然处在发育阶段，跨行业协作生产体系并不成熟。直到21世纪以后，互联网资本逐渐发展成熟，并开始进行所谓全产业链布局。其中一个标志性的事件是腾讯提出"泛娱乐"概念，意图整合网络文学、动漫、游戏、影视等多种媒体行业和全产业链。

上述泛娱乐全产业链布局的兴起，虽然并不等同于多体裁文本系统，但与21世纪活跃的内容衍生不无关系。同一个作品，从游戏改编成为文学，或从影视衍生成为游戏，类似的例子在国外很多，在国内也并不鲜见。如2002年，国产游戏《仙剑奇侠传》出版单行本小说；2005年，电视剧《仙剑奇侠传》上映。又如2007年，流潋紫的《后宫·甄嬛传》推出小说单行本；2011年，电视剧《甄嬛传》播出；2015年，《甄嬛传》手机游戏在IOS等平台上架。再如2011年，知名国产网络角色扮演游戏《剑侠情缘网络版叁》的衍生电视剧《剑侠情缘之藏剑山庄》上映；2015年，该游戏的衍生粤剧《决战天策府》首演；2018年，该游戏的衍生舞台剧《曲云传》首演。上文提及的"九州"系列，也推出过一系列的跨媒介内容衍生品：如2010年推出桌面纸牌游戏《战九州》和《九州无双》；2012年推出大型多人在线角色扮演游戏《九州世界Online》；2016年推出电视连续剧《九州·天空城》；2019年推出电视连续剧《九州缥缈录》；2020年推出电视连续剧《九州·天空城2》。

上述改编或衍生案例，无论其与奇幻文学相关或不相关，多少提振了国内资本对内容衍生作品的信心或期望。泛娱乐、超级IP等文化产业理念，在一定程度上优化了多体裁文本系统生产的外部环境，为整个文本系统的生产活动找到了更好的行业支撑和经济支撑。恰如有学者指出的那样："内容产品在这种开发模式下，前期风险得以有效降低，其边际成本也能得到有效减少，受众范围也能有效扩大，投资回报率也能得到明显提升，产品的长尾价值更容易实现，规模效应更容易达成。"[1]

然而，跨媒介产业布局整合也有它的局限性。其最突出的表现就在于其着眼点主要在经济产出，以至于无法对相关系列内容产品实现有效的品质控制。品控失败的结果会非常严重，恰如白晓晴所说的："我国市场上也出现过如《三生三世十里桃花》《杜拉拉升职记》等在口碑上劣于同名电视剧的滑铁卢产品，但是电影的失败也断送了其延续 IP 周期、建构故事世界的市场前程。"[2] 问题在于，国内对于内容产品的质量评判尚未形成有效标准，投资者或企业家们即便手腕高明，已经完全明了跨媒介故事世界本身的经济价值，也很难从经济发展策略触及故事世界的内容生产层面，很难对作品或产品中的文化概念和文本形态做出专业判断。

总的来看，我国奇幻文学和文化产业界对多体裁文本系统的构建，尽管在内容生产和商业运营两端都做过相当程度的尝试，但还没有形成能够贯穿两者的完整体系，形成以核心作品和架空世界为基础，跨越多种媒介和多种产品的繁荣生态。西方奇幻文学在其漫长的历史发展中，已经生成了这样的体系和生态。相关个案珠玉在前且为数不少，值得中国奇幻文学和相关研究者深入探索。

当然，这种探索并不是要仿造出同样的生产体系和文化生态，而要是揭示欧美奇幻文学系列何以拥有跨越数十年的生命周期，何以拥有能够生成海量文本的勃勃生机。固然，资本主义对生产和消费的无限追求是欧美奇幻文学繁荣生态的关键因素。但是，这种繁荣的生态是否能够越过意识形态的边界，在具备中国特色的文化生产和文艺创作的园地中重新展开，甚至青出于蓝呢？要回答这些问题，就必须对欧美奇幻文学的经典个案进行深入研究。

① 李斌：《IP 生态圈：泛娱乐时代的 IP 产业及运营实践》，中国经济出版社，2017，第 38 页。
② 白晓晴：《故事世界建构中电影的跨媒介互文》，《当代电影》2020 年第 9 期，第 108 页。

第二章
"魔戒"系列的肇始之功

"魔戒"系列是欧美奇幻文学中富有开创意义的经典之作①。
这个系列作品为 20 世纪的奇幻文学，尤其是史诗奇幻小说奠定了基
石，同时也是奇幻文学多体裁文本系统的开创者。"魔戒"系列的
文本系统是叙事文本与非叙事文本的结合，其所包含的体裁丰富多
样。从整体来看，这个文本系统的主体还是叙事文学，既包括通俗
小说，也包括不少模拟神话、传说、编年史等体裁创作的虚构叙事
文本。

托尔金说："整套故事始于创世神话——《创世录》。……此后
故事很快进展到《精灵宝钻征战史》，也就是《精灵宝钻》正传，来
到了我们所知的世界，不过当然被改换成了仍然带有半神话色彩的风
格——故事涉及一群具有理性的肉身生灵，其外表也多少和我们相
类。"② "故事的神话性逐渐消退，越来越像历史故事和浪漫传奇，人
类就在这时加入其中。"③ 托尔金在对架空世界的构建中利用了神话、
半神话、历史故事和传奇等体裁概念，构建了其架空世界的历史描述
架构。由此，托尔金的架空世界对于从世界起源到浪漫传奇的叙事才
能够充满现实感和说服力。实际上，神话、传说和故事这三种体裁的
关系，正是 20 世纪民俗学研究的核心问题之一。时至今日，托尔金
对于架空世界的叙述框架已经为西方流行文化所借用，并有了较长时

---

① 郭少波:《译序》，载托尔金《魔戒:魔戒再现》，丁棣译，译林出版社，2001，第5页。
② J. R. R. 托尔金:《托尔金给出版商的信（1951）》，载克里斯托弗·托尔金编《精灵宝钻》，邓嘉
宛译，上海人民出版社，2015，第14~15页。
③ J. R. R. 托尔金:《托尔金给出版商的信（1951）》，载克里斯托弗·托尔金编《精灵宝钻》，邓嘉
宛译，上海人民出版社，2015，第18页。

间的发展和变化。但是，国内的研究对于如何叙述架空世界的问题还没有进行过较深入的探讨，更没有涉及叙述框架和体裁系统的问题。"魔戒"系列的体裁多样性和历史意义，使它成为探讨奇幻文学多体裁文本系统的经典个案。

对"魔戒"系列展开多体裁文本系统研究，不仅有利于当代文化借鉴欧美已有经验，推动内容生产的合理化、系统化和市场化，提升中国社会的文化创造力、生产力和影响力，也有利于在新的大众文化语境中，将神话、传说等传统体裁作为生产方式，而不仅仅是内容或符号来源，纳入当代大众文化的生产当中，从而拓宽这类优秀传统文化传承创新的渠道。"魔戒"系列以通俗小说这一核心体裁，统合了多元体裁对时空体的表现力量，统合了体裁内容与社会文化期待，也统合了创作活动与现代市场语境。这三重统合还能通过具备虚构性和杂语性、长度合适、市场语境成熟的其他体裁实现。三重统合是现代内容产业进行跨体裁整合和运营的关键，也是架空世界走向社会化生产的必要条件。

一 "魔戒"系列的文献构成

"魔戒"系列的创作与出版是个高度连续、长期维持的工作。早在 1917 年，《精灵宝钻》中部分稿件的创作便已开始[1]，到 1955 年《魔戒》三部曲出版后，修订工作仍未结束[2]。"魔戒"系列的主要文献可按出版顺序排列如下。第一种，《霍比特人》（*The Hobbit*），1937 年出版。第二种，《魔戒》（*The Lord of the Rings*）三部曲，1954 ~ 1955 年出版。第三种，《精灵宝钻》（*The Silmarillion*），1977 年出版。第四种，《努门诺尔与中洲之未完的传说》（*Unfinished Tales of Númenor and Middle-earth*），1980 年出版。第五种，《中洲历史》（*The*

----

① 克里斯托弗·托尔金：《导言》，载克里斯托弗·托尔金编《努门诺尔与中洲之未完的传说》，石中歌、邓嘉宛译，上海人民出版社，2016，第 10 页。

② 克里斯托弗·托尔金：《导言》，载克里斯托弗·托尔金编《努门诺尔与中洲之未完的传说》，石中歌、邓嘉宛译，上海人民出版社，2016，第 12 页。

History of Middle-earth）十二卷本①，1983～1996 年出版，另附加《中洲历史索引》（*The History of Middle-earth Index*）一卷，2002 年出版。第六种，《胡林的子女》（*The Children of Húrin*），2007 年出版。第七种，《贝伦与露西恩》（*Beren and Lúthien*），2017 年出版。第八种，《刚多林的陷落》（*The Fall of Gondolin*），2018 年出版。上述八种文献构成了托尔金"魔戒"系列的主要文本系统。上述文献，除《中洲历史》及其索引外，皆在 1993 年以后陆续传入中国②。在托尔金去世后，"魔戒"系列还有几十部改编的游戏作品。

为了明确蕴含在托尔金"魔戒"系列文本系统中的多体裁结构，本书先将这些篇目从文献里拆出来做体裁分类。"魔戒"系列的文本系统有个明显的特点，给上述工作造成了麻烦：除了《霍比特人》和《魔戒》三部曲，其余文献皆出版于托尔金去世以后。托尔金的儿子克里斯托弗·托尔金从其父遗留的手稿中编订了这些文稿。因此，我们很难保证这些文稿中所含篇目的完整性。《精灵宝钻》或许应例外看待，因为它在托尔金生前已经写定并准备出版。但到《努门诺尔与中洲之未完的传说》出版时，这些文献已非常依靠编者的努力。编者声称："本书各个篇章的基础全然不同，它们合在一起，并不组成一个整体。本书只不过是一部关于努门诺尔与中洲的文集，各篇的文体、写作意图、完成程度和写作日期（以及我自己对它们的处理）都大相径庭。然而，我支持这些篇章出版的根据，虽然不如支持《精灵宝钻》的理由那样有力，但本质上并无不同。"③ 此后的十二卷

---

① 该系列文献各卷名称依次如下：第一卷《失落的故事之书之一》（*The Book of Lost Tales Part One*），第二卷《失落的故事之书之二》（*The Book of Lost Tales Part Two*），第三卷《贝烈瑞安德的歌谣》（*The Lays of Beleriand*），第四卷《中洲的变迁》（*The Shaping of Middle-earth*），第五卷《失落之路》（*The Lost Road and Other Writings*），第六卷《魔影重临》（*The Return of the Shadow*），第七卷《艾森加德的背叛》（*The Treason of Isengard*），第八卷《魔戒大战》（*The War of the Ring*），第九卷《索隆的败亡》（*Sauron Defeated*），第十卷《魔苟斯之戒》（*Morgoth's Ring*），第十一卷《精灵宝钻争夺战》（*The War of the Jewels*），第十二卷《中洲之民》（*The Peoples of Middle-earth*）。

② 2001～2002 年，译林出版社首度在中国出版《霍比特人》和《魔戒》三部曲；2004 年，该社又出版了《精灵宝钻》。2012 年，世纪出版公司拿到了"魔戒"的版权，除再版《霍比特人》、《魔戒》三部曲和《精灵宝钻》外，又推出了《努门诺尔与中洲之未完的传说》、《贝伦与露西恩》和《刚多林的陷落》。

③ 克里斯托弗·托尔金：《导言》，载克里斯托弗·托尔金编《努门诺尔与中洲之未完的传说》，石中歌、邓嘉宛译，上海人民出版社，2016，第 12 页。

本《中洲历史》的情况与此没有太大差别。

以现有出版材料看，"魔戒"系列的多体裁文本系统包含306篇完整或不完整的文本，可依体裁大体分为十类①。我们暂时将托尔金死后才取得授权改编的数十部游戏作品排除在统计之外，而将目光集中在托尔金本人的创作上。这样能够使我们排除现代数字内容产业的干扰，突出托尔金那个年代奇幻文学的文本特质。本书的分类统计是较粗糙的，很难精确反映各篇文本的性质，毕竟体裁的划分很难确凿无疑。但这种分类已经可以展现出该文本系统内部的体裁多样性，以及与这种多样性相联系的多种功能。这十类体裁的情况大体如表2-1所示。

表2-1 "魔戒"系列出版文献所含篇目的体裁分类

单位：篇

体裁	篇数	体裁	篇数
小说	171	地理志与地图	8
神话与传说	69	叙事诗	6
笔记	25	族谱	4
民族志	12	历法	2
编年体	8	对话体	1

第一类是小说，共171篇，主要来自《霍比特人》、《魔戒》三部曲和《中洲历史》第六卷至第九卷。这些篇目依照或参考小说的语言样式而作，通俗平易，能够呈现强烈的场景感。其中《霍比特人》与《魔戒》三部曲在托尔金生前就得到了出版商的认可，在市场上获得了巨大的成功。尤其是《魔戒》三部曲，被奉为欧美奇幻文学的开山之作②，在市场上被大量作品模仿，其影响力绵延数十年，

---

① 该统计主要依据HarperCollins出版社出版的文献5种，包括《霍比特人》、《魔戒》三部曲、《精灵宝钻》、《努门诺尔与中洲之未完的传说》及十二卷本《中洲历史》。《胡林的子女》、《贝伦与露西恩》及《刚多林的陷落》3种文献的内容基本囊括在《精灵宝钻》、《努门诺尔与中洲之未完的传说》及十二卷本《中洲历史》之中，为避免篇目重复故不纳入统计。笔者主要以出现于文献目录的篇目标题来计算篇目的数量。次级标题若在正文之中出现，但目录中不包含，则不计算在内。此外，笔者还排除了目录中的索引篇目。

② 郭少波：《译序》，载托尔金《魔戒：魔戒再现》，丁棣译，译林出版社，2001，第3~4页。

至今仍然拥有强大的生命力。

　　第二类是神话与传说，共 69 篇。主要分布于《精灵宝钻》、《努门诺尔与中洲之未完的传说》和《中洲历史》第一、第二、第四、第五、第十、第十一卷中。对于民俗学者而言，神话与传说属于两种不同的散文叙事体裁，但在托尔金的文本中似乎难以切割。托尔金在《精灵宝钻》中把它们放在一起，以神话描述世界的诞生与诸神的创造，而后用历史故事和浪漫传奇描述诸王与英雄[①]。托尔金创作的神话与传说在时间与内容上略有区别，但在语言形式上非常接近。它们都使用庄重的，甚至带有仪式性的语调去描述世界与历史的宏大变迁。这也许与他常年研究史诗有关。

　　第三类是笔记，共 25 篇。有不少文本难以归入某一体裁，也只好姑且以笔记称之。或者说，我们以笔记指称那些未能构成文体的篇目。笔记的形式多样且细碎，甚至有可能是未完成的。这类文本的内容非常丰富，有很大一部分是论述语言的，如《昆雅语和辛达语名词的组成要素》《如尼文附录》《洛德姆的阿督耐克语报告》等；有描述物品或魔法宝物的，如《兰巴斯》《帕蓝提尔》等；还有对作品或文献的说明，如《神话的蜕变》《有关维拉本纪的时间与事件推断》《作品的理论研究》等。这些未能构成文体的话语在对阿尔达世界这一时空体的建构过程中同样起着重要的作用。

　　第四类是民族志，共 12 篇。这类文本主要论述某些种族或民族的文化和风俗。托尔金借助欧洲神话和民间故事，创作了许多现实世界不存在的类人种族，如精灵、矮人、霍比特人等，又借助人种概念来描绘类人种族的历史。如《第三纪元的语言和种族》《西尔凡精灵的辛达族君主》《埃尔达的社会准则与风俗》等便汇集了这类信息。这些文本独立于故事之外，借助当时英国已经成型的民族志形式，对小说和神话传说中出现的族群做专门论述，如介绍《魔戒》故事中出现的恩特、奥克、食人妖等智慧种族，或者阐述埃尔达精灵的发育

---

① 　J. R. R. 托尔金：《托尔金给出版商的信（1951）》，载克里斯托弗·托尔金编《精灵宝钻》，邓嘉宛译，上海人民出版社，2015，第 18 页。

过程、婚姻与家庭关系、命名方式等。民族志文本描绘了许多角色的社会文化背景，并在某种程度上使读者可以理解或预测类似角色的形象与行动。

第五类是编年体，共8篇。这类文本同样属于散文叙事体，与神话传说相当接近，只是在每段叙事前加上了年份以标记时间。有的文本是较独立的事件纪年，如《阿门洲编年史》和《灰精灵编年史》；有的文本是对三个纪元重要事件的时间标定，如从第一纪元到第三纪元的三种《纪年传说》；还有一些文本，如《最早的维林诺编年史》和《最早的贝烈瑞安德编年史》，则更像是以事件记录形式对《诺多史》的丰富。

第六类是地理志与地图，共8篇。这些文本专门用来记录空间信息，从描绘宇宙面貌的《世界的面貌》，到描绘古代国家的《努门诺尔岛国概况》与《罗瑞恩的疆界》，再到描绘具体城市的《泷德戴尔港》，都属于这类文本。地图在这类文本之中很常见，如《努门诺尔岛国概况》就附有地图。还有3篇独立的地图与注解，即《第一张精灵宝钻地图》、《第一张魔戒地图》和《第二版地图》。这些地图为跨越庞大时空的叙事提供了充实的空间概念。

第七类是叙事诗，共6篇，集中于《中洲历史》第三卷。这些韵文体叙事诗反映了欧洲的叙事文学传统，也反映了托尔金本身的爱好与工作。叙事诗所描绘的内容，既有波澜壮阔的历史事件，如《诺多族的出奔》《刚多林的陷落之歌》，也有爱情故事，如《蕾希安之歌》。实际上，在《魔戒》三部曲小说中也穿插着大量诗歌。这里的叙事诗也许只是由于篇幅足够长，故而得以独立成篇。从体量来看，诗歌在"魔戒"系列整个的文本体系中也扮演着重要的角色。

第八类是族谱，共4篇，包括《家族谱系》2种、《谱系表》和《埃兰迪尔的后裔》。这些文本显示了整个文本系统中重要人物的血缘关系，既是家族史，也是人物背景的重要组成部分。应该注意到，"魔戒"的故事建立在欧洲中世纪文化的基础上，血缘意味着历史、传统、荣誉甚至超自然力量。故此，族谱对于故事中贵族人物的身份具有无可替代的文化意义。

第九类是历法，共 2 篇，一种是《魔戒：王者归来》中的附录，另一种收录于《中洲历史》第十二卷，实际上是对前者的补充说明。这些文本阐明了中洲人记录日期的方式，以及这些方式所依据的天象物候的循环。历史变迁的影响也反映在历法和纪年当中，成为表现架空世界的突出手法。

第十类是对话体，只有 1 篇，即《芬罗德与安德瑞丝的辩论》。在欧洲文化中，对话体看似平易，实则相当庄重。柏拉图《理想国》就是欧洲对话体的经典文本，讨论了当时的哲学、政治、艺术和教育思想。《芬罗德与安德瑞丝的辩论》在某种程度上继承了《理想国》的传统，以人类智者和精灵智者的对话，展现了两个种族对于创生、死亡、历史等重大话题的代表性观点。

"魔戒"系列文本系统中的体裁多样性，首先与托尔金的创作动机和个人学养有关。托尔金与忠实于有限几个体裁的大多数作家不同，他能够在众多民间文学体裁和学术写作体裁中游刃有余。这种跨体裁能力与他的学者身份是分不开的。在托尔金的时代，神话、传说、史诗、故事等正是语言学家、历史学家和民俗学家共同关注的话题。托尔金搜集过相关材料，也正是从相关材料中获得了创作的灵感与形式。尽管托尔金的个人特质在很大程度上决定了"魔戒"系列文本系统的体裁多样性，但这种多样性却不完全来自某个作者的个人特征。它是时空体意识走向架空世界构建的伴生性现象，有其客观性和必然性。

二 阿尔达世界的宏观结构

在《霍比特人》和《魔戒》三部曲中，随着霍比特人比尔博、弗拉多的旅行和甘道夫的奔波，大量国家和地区被揭示出来。有时候，甘道夫等知识渊博者的语言中，还会提到努门诺尔等弗拉多等人未曾涉足的地域。克里斯托弗·托尔金曾为《魔戒》绘制地图《第三纪末期的中洲西部》，标出了故事中出现的主要国家和地区。读者能从中了解中洲的辽阔，以及在魔戒大战中抗击黑暗力量的都有哪些国家。这些叙述对于当地的地形地貌、风土人情的描绘或许并不详尽，但仍然在读者的脑海中构成了一个想象出来的阿尔达（Arda）世界。

托尔金曾明确提出仙境故事的核心是仙境，并为仙境赋予了非常强烈的时空体性质。他说："在通常的英语用法中，仙境故事并不是关于妖精（fairies）或精灵（elves）的故事，而是有关妖精国度（Fairy）的故事，是有关仙境（Faëire），也就是妖精（fairies）所身处的领域或者国家的故事。仙境除了精灵和妖精，除了矮人、女巫、巨魔、巨人或龙之外还有很多东西：它包含了大海、太阳、月亮、天空，还有大地和它之上的一切事物——树与鸟、水与石、红酒与面包，还有我们自身——中了魔法的、沉醉其间的凡人。"① 托尔金还指出，仙境应该具备被幻想和意志即刻影响的力量，使人得以成为"次创造者"（sub-creator）②，使人可以建造出具备内部持续真实的架空世界③。

基于上述理念，托尔金创造了阿尔达世界。"阿尔达"是托尔金创造的精灵语单词，意为"大地"④。这一架空世界也是"魔界"系列文本系统的核心，是所有文本共同的指向。把握阿尔达世界的基本结构，最可靠的办法是阅读托尔金撰写的数百篇文本。但是，这样散乱不堪的海量文本阅读起来费时费力，很难形成清晰的整体印象。再者，托尔金在撰写它们的时候也没有明确的框架，因此也不可能借助作者的理念表述来达成上述目的。怎么办呢？

在此，笔者尝试建立一个由超自然结构、时空体结构和社会群体结构构成的架空世界描述框架。这一框架基于学术史对奇幻文学和叙事文学的判断，即认为奇幻文学是架空世界的落脚点，由此将奇幻

---

① J. R. R. Tolkien, "On fairy stories," in *The Tolkien Reader*, New York: Ballantine books, 1966, p.38.

② J. R. R. Tolkien, "On fairy stories," in *The Tolkien Reader*, New York: Ballantine books, 1966, p.49.

③ J. R. R. Tolkien, "On fairy stories," in *The Tolkien Reader*, New York: Ballantine books, 1966, p.60.

④ J. R. R. 托尔金：《创世录》，载克里斯托弗·托尔金编《精灵宝钻》，邓嘉宛译，上海人民出版社，2015，第36页。

文学的核心概念作为架空世界的核心结构。此外，既然叙事是奇幻文学的关键内容，叙事体裁构成奇幻文学的核心体裁，那么作为叙事要件的社会群体，也可被当成架空世界的核心结构看待。在以叙事文学为核心的奇幻文学范围内，笔者相信这一描述框架是足够可靠的。

（一）超自然结构

超自然结构在很大程度上生成了架空世界的可述性，即让这些事物看起来"值得一说"，使整个故事听上去"值得一说"。正是由于超自然概念在奇幻文学中的这些特殊价值，超自然结构便成了奇幻架空世界之三元结构中的首要部分。托尔金所创造的阿尔达世界中当然也有这类关键结构：一方面，这些超自然事物显示出阿尔达世界的特点和独立性；另一方面，它们也对整个世界的运转和发展有着巨大的影响力，在相当程度上决定着整个世界的历史进程和地理面貌。

神祇是阿尔达世界中最重要的超自然结构之一。宇宙、世界、精灵和人类都依照诸神的意志得以创造。这一设计类似于基督教教义中的神创论，可能与托尔金本人的基督教信仰有关。依《维拉本纪》："起初，那位精灵语称为伊露维塔的独一之神一如，自其意念中创造了众爱努，他们在祂面前创作了一首大乐章。宇宙从大乐章中诞生，因伊露维塔将爱努之歌化为可见的景象，他们见它如同黑暗中的一团光亮。"[①] 在宇宙诞生后，伊露维塔便揭示了即将诞生的"伊露维塔的儿女"，即精灵和人类，并在宇宙中为他们找了一处居所。部分爱努神被这处居所吸引，从心中生出渴望，便在此创造了阿尔达[②]。《维拉本纪》说："众爱努在其中旷日持久地劳作，直到'大地王国'阿尔达如期落成。于是，他们取了适合大地的形体，降临其间，居住

---

① J. R. R. 托尔金：《维拉本纪》，载克里斯托弗·托尔金编《精灵宝钻》，邓嘉宛译，上海人民出版社，2015，第43页。
② J. R. R. 托尔金：《创世录》，载克里斯托弗·托尔金编《精灵宝钻》，邓嘉宛译，上海人民出版社，2015，第36页。

其中。"① 阿尔达诞生后，伊露维塔所创造的精灵和人类便在阿尔达上先后出现。爱努诸神中的两位，奥力和雅凡娜，还创造出了同为智慧生物的矮人，并且催生了树人②。

诸神不仅创造了宇宙、世界和智慧生物，还决定了整个世界的运行秩序。托尔金说："造物主和维拉（或称为大能者，英语中译作诸神）出场。我们可将维拉视为天使一样的神灵，他们的职责是在他们的领域内行使代理权（只可统治和管理，无权创造、制造或改造）。他们是'神圣者'，也就是说，他们在世界被造'以前'就已存在，起初处于世界'之外'。他们的力量与智慧，源于他们对创世戏剧的'认知'，这场戏剧他们先是作为预演来观看（某种程度上类似我们阅读别人创作的故事），后来则作为'现实'来经历。"③ 爱努降临到宇宙中以后，就与宇宙共享生命，化作了"维拉"。托尔金在这里所说的"创世戏剧"，就是前文所言的大乐章。爱努大乐章由伊露维塔和爱努诸神一同奏响，是创世的预演和预言。爱努大乐章中的一切都体现在阿尔达世界的现实当中，其本身便能够被视作现实发展的规律和秩序。

伊露维塔不仅创造了世界，规定了它运行的轨迹，还创造了维拉诸神的对立面，即所谓"魔苟斯"（Morgoth，在昆雅语中意为"黑暗大敌"）。魔苟斯原本也是维拉诸神之一，被称为米尔寇，且是众维拉中能力最强者。他在与造物主伊露维塔合奏爱努大乐章时就起了异心。他不仅破坏诸维拉创造世界的活动，而且还试图同阿尔达之王曼威争夺世界的统治权。他对精灵的恶行使其他爱努倍感愤怒，从而诱发了诸神战争。战争结束后，他被关入神的监牢，直到他假意忏悔为止。魔苟斯脱困而出以后，先和他的爪牙毁坏了照耀世界的圣树，使世界陷入黑暗，然后又杀死了诺多之王芬威（Finwë），夺取了诺多精

在幻想的冰山下

① J. R. R. 托尔金：《维拉本纪》，载克里斯托弗·托尔金编《精灵宝钻》，邓嘉宛译，上海人民出版社，2015，第43页。
② J. R. R. 托尔金：《精灵宝钻征战史》，载克里斯托弗·托尔金编《精灵宝钻》，邓嘉宛译，上海人民出版社，2015，第65页。
③ J. R. R. 托尔金：《托尔金给出版商的信（1951）》，载克里斯托弗·托尔金编《精灵宝钻》，邓嘉宛译，上海人民出版社，2015，第15页。

灵的至宝——精灵宝钻。诺多族第二任至高王费艾诺（Feanor）决定为父亲芬威报仇，由是开启了长达一千两百年的精灵宝钻争夺战。战争结束后，魔苟斯被诸维拉推出世界边墙，落入永恒虚空。但是其爪牙索隆（Sauron）仍留在阿尔达世界继续作恶。

索隆原本是侍奉奥力的迈雅从神。奥力是掌管所有造就阿尔达的物质的维拉，负责塑造大地，通晓一切工艺。索隆在侍奉奥力时，就在迈雅从神的群体中负有盛名。但他此后为魔苟斯所诱惑，参与了魔苟斯的全部邪恶计划。精灵们至此便管他叫"索隆"，这个词在昆雅语中意为"令人憎恶的"。在魔苟斯被逐出阿尔达后，索隆接管了东方的黑暗势力。他诱惑各族工匠锻造出十九枚魔戒后，又悄悄锻造出至尊魔戒，妄图通过至尊魔戒的力量控制其他持戒者，继而统治世界。不过，这一阴谋很快被识破，精灵和索隆之间遂爆发大战。索隆诱骗人类王国努门诺尔去攻打西方精灵的住所阿门洲，导致了努门诺尔王国的毁灭。人类和精灵对抗索隆的战争从第二纪元持续到第三纪元，才得以摧毁至尊魔戒，将索隆逐出阿尔达。反过来看，索隆的恶行也成了塑造第二、第三纪元历史的关键力量之一。

爱努诸神的正邪对立，是超自然世界中的经典二元结构。结构人类学认为，这种二元对立普遍存在于人类的思维当中，也存在于神话、传说和民间故事之中。无论是正义还是邪恶，爱努诸神都只继承了造物主伊露维塔的部分力量而不是全部，故此他们都不能全知全能，不能代表万事万物，也不能进入彻底和完全的和谐之中。于是，矛盾和冲突必然滋生其中。从叙事的角度讲，这种对立结构能够生成转换和意外，也能反映现实生活，因而能够推动情节的发展。反过来讲，若是一切归于全能的伊露维塔，既不存在矛盾和转换，也不存在先后与面向，叙事本身便无法展开。

尽管保留了浓厚的宗教思想——神祇的影响不可忽视，但托尔金的创作仍然突出了凡人的意志，以及这种意志在历史进程中的作用。一方面，伊露维塔让人类成为能够掌控自己命运、做出自己选择的智慧种族。另一方面，维拉诸神在隐遁以后也决定不再直接干涉世界。智慧生物仍然需要和黑暗大敌抗争，却不再能够从维拉诸神那里得到直接的援助。维拉诸神会派出巫师，说服精灵、人类和矮人等智慧种族联合起来对抗索隆。《霍比特人》和《魔戒》三部曲中反复出现的甘道夫就是这样的身份①。甘道夫是神在人间的代言和化身，却很少展现奇迹和魔法。除了在关键时刻使用法力对抗超自然的邪恶力量，甘道夫更像是说客或者外交家。在他的引领下做出抉择，付诸实践，最终击败黑暗大敌的，到底还是精灵、人类、矮人和霍比特人等凡俗种族。凸显人类的意志，让人类的意志而不是神祇的意志贯穿于故事之中，应是托尔金乃至欧美奇幻文学对欧洲人文主义传统的接续。

　　托尔金对阿尔达世界的魔法有独特表述："我使用'魔法'一词时，含义并非一成不变。事实上，精灵女王（Elven Queen）加拉德瑞尔听到两个霍比特人既用它形容大敌的谋划和行动，也用它描述精灵的类似作为，将两者混为一谈时，她不得不提出异议。对于该词的用法我未能达成前后一致，因为没有词汇可以用来形容后者（须知，所有人类的故事都无法摆脱这种混淆的影响）。而（我故事里的）精灵正是在示范这两者的区别。精灵的'魔法'是'艺术'，他们将艺术从人类的诸多局限中解放出来：更轻易、更迅速、更完整（成品完美地符合想象）。它的目的不是'力量'，而是'艺术'；不是控制、暴虐扭曲'造物'，而是次创造。只要世界存在，'精灵'便'不朽'，因此时光流逝、世事无常当中，他们更关注不死所带来的悲伤和负担，而不是死亡本身。持续以各种面目出现的'大敌'，总是'自然地'关注绝对的'控制'，因此成为魔法与机械的主宰。问题在于，这种令人毛骨悚然的邪恶可以是，也确实是发乎于显而易见的善，即造福世界与他人的渴望——只不过要依照造福者自己的计划而行，并要迅速达到目的。"②

　　魔法的作用被区分了善与恶，由此被赋予了更多道德的意味，体现了托尔金的世界观。托尔金说：""机械'一词，我指的是不去发

---

① 参见 J. R. R. 托尔金《伊斯塔尔》，载克里斯托弗·托尔金编《努门诺尔与中洲之未完的传说》，石中歌、邓嘉宛译，上海人民出版社，2016，第503页。
② J. R. R. 托尔金：《托尔金给出版商的信（1951）》，载克里斯托弗·托尔金编《精灵宝钻》，邓嘉宛译，上海人民出版社，2015，第13~14页。

展我们与生俱来的内在力量或天赋，而使用任何外在的设计或装置（器械），或更有甚者，出于'控制'这一堕落动机来使用这些天赋：在真实世界里横行霸道，以强权来压迫他人的意志。'机械'是我们更明显的现代形式，通常我们很难意识到，它其实与'魔法'密切相关。"[①] 无论是《精灵宝钻》，还是《霍比特人》，又或者是《魔戒》，托尔金意义上的"魔法"都在故事中占据了特别关键的位置：所有故事的核心总是会出现"精灵宝钻"或"至尊魔戒"这类拥有神奇力量的宝物，而它们正是托尔金意义上的魔法的典型。精灵宝钻和至尊魔戒皆来源于智慧生物的创造活动，但是又在很大程度上影响了人们的选择，以至于对阿尔达世界的整个历史产生了巨大的影响。

精灵宝钻源于心向光明的精灵，其诞生源于艺术创作和对美的追求，但它的魅力诱惑了包括黑魔王索隆在内的爱努和精灵。围绕着精灵宝钻，猜忌、争夺、复仇和战争充斥了整个第一纪元。魔戒源于秉性黑暗的索隆，诞生于控制他人乃至控制世界的强烈欲望和高超技术。这种内在的侵略性和扩张性直接导致了第二纪元末和第三纪元末的全面战争。精灵宝钻和至尊魔戒对世界的影响力，乃至托尔金定义中的魔法对于世界的影响力，都反映着马克思主义哲学所强调的"异化"现象，即人的生产和产品反过来支配和控制了人本身。于是，凡人的意志和魔法的诱惑之间的对抗，又成了"魔戒"系列中反复出现，并最能够体现人类内在光辉与黑暗的主题之一。

（二）时空体结构

巴赫金辩证地表达了时间和空间在时空体中的关系问题。他说："在文学中的艺术时空体里，空间和时间标志融合在一个被认识了的具体的整体中。时间在这里浓缩、凝聚，变成艺术上可见的东西；空间则趋向紧张，被卷入时间、情节、历史的运动之中。时间的标志要展现在空间里，而空间则要通过时间来理解和衡量。这种不同系列的

---

① J. R. R. 托尔金：《托尔金给出版商的信（1951）》，载克里斯托弗·托尔金编《精灵宝钻》，邓嘉宛译，上海人民出版社，2015，第13页。

交叉和不同标志的融合，正是艺术时空体的特征所在。"①

时空体中的时间和空间，在过去的叙事学研究中不是平衡发展的：早期的叙事学更加看重时间。一方面，这是因为当时的叙事学者主要以小说为研究材料，叙事方式被束缚在语言之中，而语言首先是天然地被时间绑定的。一个句子，我们从第一个词说到最后一个词，从第一个音说到最后一个音，这是个时间过程。另一方面，叙事的时间维度也非常显著。叙事学将事件这一叙事的基本单位定义为"状态转换"，本身就是强调时间性的。在内容层面上，叙事作为一连串事件有关系的串联，同样包含着时间的先后顺序。正是在时间的顺序中，我们才能够体认到因果，并且进一步确认或体味出事物的意义。

历史是托尔金写作中最重要的时间表述之一，其结构高度体现了托尔金的"史观"。由于历史这一宏观框架的存在，托尔金的微观叙述才得以被整合到架空世界中去。因此，理解阿尔达世界的时间结构，首要在于理解其历史框架——三大纪元。这一框架是经长时间的创作、增补和完善形成的。1917 年，托尔金写了《刚多林的陷落》；1938 年，他再次撰写简略版本，试图将其嵌入《精灵宝钻》②，而后者又是"一个庞大故事的架构"，"它在很久之前就已成为一种固定的传统，成为日后作品的背景"③。在托尔金去世后，其子克里斯托弗·托尔金从父亲的遗稿中整理出《精灵宝钻》一书，除"精灵宝钻征战史"之外，还将"创世录"、"维拉本纪"、"努门诺尔沦亡史"和"魔戒与第三纪元"编入书中。他说："这两篇故事（指'努门诺尔沦亡史'和'魔戒与第三纪元'两篇）之所以收入书中，是遵照了我父亲的明确意愿：有了这两篇故事，整部历史才得以从开天辟地的'创世录'讲到第三纪元的结束，那时诸位持戒人从米斯泷德的海港启

① 巴赫金：《小说的时间形式和时空体形式》，载《巴赫金全集》（第三卷），白春仁、晓河译，河北教育出版社，1998，第 274~275 页。
② 克里斯托弗·托尔金：《导言》，载克里斯托弗·托尔金编《努门诺尔与中洲之未完的传说》，石中歌、邓嘉宛译，上海人民出版社，2016，第 10~11 页。
③ 克里斯托弗·托尔金：《前言》，载克里斯托弗·托尔金编《精灵宝钻》，邓嘉宛译，上海人民出版社，2015，第 1~2 页。

航离去。"①《努门诺尔与中洲之未完的传说》基本上也遵照了这个思想，将不同篇目按三个纪元辑成三辑，对三大纪元的历史叙述进行补充。依照上述文献，本书将阿尔达世界三大纪元的历史概述如下。

最初，伊露维塔和维拉诸神创造和形塑了阿尔达世界。维拉诸神在中洲大陆的南北竖立起照耀大陆的巨灯，迁移到大陆中央的阿尔玛仁岛上居住。维拉工匠奥力创造了矮人，伊露维塔让他们在地下沉睡。黑暗大敌米尔寇摧毁灯柱，中洲陆地被破坏，阿尔玛仁也被毁灭。维拉诸神离开中洲，在阿门洲建立了新的国度维林诺。他们在此创造出梵拉双树，让它们照耀西方大陆。伊露维塔创造的精灵在黑暗的中洲苏醒，矮人也随之苏醒。众神为解救精灵，发动众神之战击败米尔寇，并号召精灵前往阿门洲的维林诺。许多精灵应召前往，但只有凡雅精灵、诺多精灵和法尔玛瑞精灵三支抵达了阿门洲。在阿门洲，诺多精灵费艾诺造出三颗精灵宝钻，封存了双圣树的光芒。邪神米尔寇由于嫉恨双圣树之光，遣巨蛛摧残了双圣树，继而窃取精灵宝钻，逃回中洲。费艾诺发下誓愿，他和他的七个儿子必将夺回精灵宝钻，阻挠者必将被他们追击至天涯海角。他们率领诺多精灵来到阿门洲东岸，为渡海而强夺了泰勒瑞精灵的船只，导致了精灵相弒的惨剧。维拉诸神听闻此事后关闭了维林诺，又从垂死的双圣树上摘下太阳和月亮照耀世界。人类随着太阳首次升起而苏醒。

就这样，第一纪元随着日月的初生和维林诺的隐藏开启。诺多精灵在中洲西岸的贝烈瑞安德登陆，为夺回精灵宝钻进行了一系列的征战。其中有五次战役被冠以名字。最早的一次称为"星下之战"，发生在诺多精灵刚刚回到中洲以后，日月尚未升起之前。魔苟斯的军队突击了还没有站稳脚跟的诺多精灵，然后很快被诺多精灵击败。费艾诺在这场战役中被炎魔勾斯魔格击倒，不久逝世。其后是"荣耀之战"，魔苟斯再次对散居于贝烈瑞安德的诺多精灵发起攻击，但被精灵联军全歼。此战以后，精灵联军确立"安格班合围"，将魔苟斯的大本营围

---

① 克里斯托弗·托尔金：《前言》，载克里斯托弗·托尔金编《精灵宝钻》，邓嘉宛译，上海人民出版社，2015，第4页。

困数百年之久。其间，矮人和人类也加入精灵一方。其后是"骤火之战"，魔苟斯让桑戈洛锥姆火山爆发，摧毁了安格班外围的守军。恶龙之祖格劳龙带领诸炎魔与数量庞大的兽人摧毁了安格班防线，使合围告终。

"骤火之战"后，人类领袖之一贝伦来到了辛达精灵的国度多瑞亚斯，爱上了精灵公主露西安。他为与露西安结合，从魔苟斯手中夺下一颗精灵宝钻。费艾诺的长子迈兹洛斯从此事中看到了击败魔苟斯的希望。他联合精灵、矮人和人类组建了迈兹洛斯联盟，主动出击。不过，魔苟斯在战前就已派遣其麾下的人类混入联盟。战事爆发后，魔苟斯让这支人类部队背叛了联军，导致联军三面受敌，最终彻底崩溃。此战史称"泪雨之战"。此战后，诺格罗德的矮人因贪墨精灵宝钻而引发了矮人和精灵的首次战争。矮人洗劫了明霓国斯，但在回程途中被击溃。精灵宝钻在战后被贝伦夺回，又被送到贝伦之子迪奥手中。费艾诺众子随即去信讨要精灵宝钻，未遂。于是他们奋起进攻，覆灭了多瑞亚斯。迪奥夫妇在此战中被杀。精灵宝钻被迪奥之女埃尔汶带走。如此一来，人类、精灵和矮人皆互生仇隙。埃尔汶的丈夫埃雅仁迪尔得知多瑞亚斯的惨剧后，觉得中洲已无希望，便起航前往维林诺，祈求诸维拉伸出援手。维拉依请派遣大军征讨魔苟斯，开启"愤怒之战"。魔苟斯的军队在维拉的大军面前灰飞烟灭，安格班被攻陷，其余的两颗精灵宝钻也被夺回。魔苟斯被推出阿尔达世界，落入永恒虚空，永远不能回归。第一纪元由此结束。许多诺多精灵都在此战结束后回到了阿门洲。不过，由于费艾诺的儿子们在夺回精灵宝钻过程中犯下的罪行，宝钻无法被他们所长久持有。宝钻一颗成了天上的星辰，一颗落入大地裂隙，一颗则被投入大海。

在第二纪元的初始，米尔寇最强大的爪牙索隆延续了黑暗大敌在东方的统治。他将米尔寇的旧部收入麾下，并提议精灵锻造了十九枚力量之戒。索隆又锻造出至尊魔戒，企图用它控制所有持戒者，进而统治中洲。精灵们立即察觉到了他的阴谋，和他展开了旷日持久的战争。索隆的兵锋一路西进，抵达了海上的努门诺尔王国。努门诺尔人的祖先是与维拉共同抗击黑暗大敌的人类。他们在大海中央的努门诺尔岛定居，创造了辉煌的努门诺尔王国。索隆诱惑了努门诺尔王，让他去征服诸神的国度维林诺。努门诺尔王依言而行，遂招天罚。维拉诸神将努门诺尔舰队和努门诺尔岛抛入深渊。幸免于难的努门诺尔人来到中洲，建立了阿尔诺和刚铎两大王国，和索隆展开了长时间的斗争。在这一纪元的最后，人类和精灵的联盟击败了索隆的军队，阿尔诺之王伊熙尔杜从索隆的手上斩落至尊魔戒，摧毁了索隆的躯体。第二纪元随着此战终结而终结。伊熙尔杜带着至尊魔戒返回阿尔诺，半路遭到了兽人的伏击。至尊魔戒遗失于河中，伊熙尔杜则死于兽人的毒箭。索隆的黑暗势力被瓦解了，人类和精灵的王国也付出了巨大牺牲。

    第三纪元开始后，阿尔诺王国在伊熙尔杜死后逐渐衰落，只剩刚铎王国苟延残喘。精灵锻造的三枚戒指未被索隆染指，精灵们依靠它们在中洲保有繁荣。索隆在长久的蛰伏后重新凝聚成形，并且开始搜索至尊魔戒。《霍比特人》和《魔戒》三部曲正是在这个背景下展开的。前者讲述霍比特人比尔博·巴金斯受矮人王索林·橡木盾雇用，帮助矮人从恶龙史矛革爪中重新夺回孤山王国宝藏。在此过程中，比尔博得到至尊魔戒，把它带回故乡保存了六十年。《魔戒》三部曲则讲述索隆复苏后，比尔博·巴金斯的侄子弗拉多·巴金斯将魔戒送到末日火山销毁，使正义力量在魔戒大战中获胜。至尊魔戒被摧毁后，精灵三戒被带到西方的不死之地，第三纪元也随之结束。

    阿尔达的历史是贯穿着超自然结构的历史。一方面，伊露维塔的预演，以及爱努诸神的意志贯穿于阿尔达世界的历史，并且决定了世界历史的主要方向。每一个纪元的开始和结束，也都与神祇有关。第一纪元终结于魔苟斯的失败与流放；第二纪元和第三纪元则终结于索隆的失败与流放。另一方面，魔法的力量始终影响着历史的兴衰起伏。标志性的魔法宝物总是处于每个纪元的矛盾中心。第一纪元的战乱始于精灵宝钻的铸造；第二纪元的争斗始于魔戒的铸成；第三纪元终结于至尊魔戒的毁灭。阿尔达世界的整个历史，可以被看作受到超自然力量支配的历史。超自然结构中的重要部分——神祇与凡胎、光明与黑暗、创造与控制，都清晰地体现在这三大纪元的历史结构之中。

    阿尔达世界的空间不像列斐伏尔提及的那样，"首先会表现出自己没有意义，会表现出它空洞的特征，而最后，通过这种中性、这种明显的空洞性，还会表现出某种在整个社会层面上的东西"①。阿尔达世界的整个空间，从宇宙之初就被伊露维塔赋予了意义：它是伊露维塔的子女的居所，即精灵和人类的居所。阿尔达世界不是没有地理结构：它同样有山脉与河流，有森林与草原，有大陆与海洋。但阿尔达世界的地形地貌不遵循板块漂移学说，不遵循地质学或地球学的宏观规律，而遵循神创论。也正如时间结构与超自然结构的关系那样，阿尔达世界的宏观空间结构也明显地表现着与超自然结构相似的二元对立。

阿尔达世界最大的两块陆地是中洲和阿门洲。中洲原本是世界的中央，众维拉居住于此，创造于此。精灵和人类也都被预定在中洲苏醒。但随着黑暗大敌米尔寇夺取中洲，维拉诸神迁移到西方的阿门洲，建立蒙福之地维林诺，并号召精灵向维林诺迁徙。至于人类，他们被诸神禁止进入维林诺。即便是曾与诸神共同作战的那一支人类，也仅仅只是获得了中洲和阿门洲之间的一块"预定之地"，即努门诺尔岛。到了第三纪元，努门诺尔灭亡，努门诺尔人的后裔便迁移到中洲西岸，建立了阿尔诺王国和刚铎王国。在阿尔达世界的整个空间结构上，依着东方和西方的空间关系，就出现了圣地和凡世的区隔，也出现了光明与黑暗的两极。到了《魔戒》三部曲主要描绘的第三纪元，阿尔达世界的地理结构大体如图 2 – 1 所示。

	阿门洲		中洲		
	阿门洲西部		中洲西部	中洲东部	
西部圣地	维林诺	澳阔泷迪港	阿尔诺王国，刚铎王国，幽谷，夏尔	黑暗之地摩多	东部凡世
	爱努诸神，凡雅精灵，诺多精灵	法尔玛瑞精灵	人类，诺多精灵，辛达精灵，南多精灵，阿瓦瑞精灵，霍比特人	索隆及其爪牙	

图 2 – 1　阿尔达世界的宏观空间结构及其居民

---

① 列斐伏尔：《空间与政治》（第二版），李春译，上海人民出版社，2015，第18页.

阿尔达世界的宏观空间结构，是被居住在空间内部的社会主体所区分出来的。爱努诸神、精灵诸族、人类各国和黑暗大敌的空间位置关系，是从东到西的渐变关系。这些族群是否响应神召或遵从神意，也使原本中性的空间拥有了圣地、凡尘和魔域的区别。不死之地维林诺和黑暗国度魔多作为善神与恶神的居住地，在空间上成为神圣与堕落的两极。精灵各族群是否响应善神号召前往维林诺，决定了他们的居所与不死之地的远近。人类与爱努诸神的关系亦决定了他们所处的空间位置。总的来说，精灵和人类位于善神与恶神之间。无论是善神与恶神的争斗，还是正义与邪恶的交锋，人类和精灵无可避免地被卷入到世界两极的斗争当中去，这些族群的空间属性也会随之变迁。

（三） 社会群体结构

社会群体结构必须作为宏观结构中的独立层面来看待，尽管它与超自然结构、与时空体结构深刻地勾连在一起。社会主体是叙事的核心成分，也是架空世界与社会大众产生共情共感的关键结构。在纯粹的叙事文学中，超自然和时空体的艺术影响力往往要通过社会主体才能生动地展现。如果离开社会主体，架空世界也就成了荒无人烟之地，一切引人入胜的故事便无从发生。要发挥社会主体的共情功能，创作者不能止步于超自然和时空体对社会主体的影响层面，他还必须清晰地展现其社会位置，将其人生境遇和情感以血肉活脱的方式描绘出来。

架空世界对社会主体的宏观刻画主要是从社会群体切入的。尽管也有对世界产生深刻影响的个体，但这些个体要影响世界的宏观面貌，往往也离不开群体的力量。社会群体的内部关系和外部关系，塑造了社会主体的形象。正如马克思指出的那样，人的本质是一切社会关系的总和。蕴含在社会群体结构中的社会关系，尤其是那些深刻的、结构性的社会矛盾，往往构成推动故事前进的内在动力。

种族或族群，是"魔戒"系列塑造社会群体形象的重要落脚点。欧美奇幻文学中的许多经典种族形象，如精灵、矮人、兽人和半兽人等，都在"魔戒"系列中奠定了基础。有的种族在欧洲传统神话传说中也存在，但后来的许多作品采用的往往是托尔金笔下的形象。这些形象已成为当代奇幻文学中的刻板印象，在大量游戏和小说中反复出现。当然，许多作品常常会对这些种族的形象做出自己的改动，这使它们在日积月累之下变得比托尔金的原作更加丰富与多元。

伊露维塔是阿尔达世界的社会群体中最具支配力和影响力的社会主体。作为造物主，伊露维塔是整个世界的起源，历史的发展和空间的形塑都由他的意志决定。考虑到托尔金的信仰，伊露维塔十有八九是上帝在阿尔达世界的投射。这样看来，伊露维塔具备非常强烈的独一性质。即便如此，伊露维塔仍然具备群体性和社会性。当然，作为该宇宙唯一的真神，或者作为托尔金笔下可能的上帝的化身，不是群体和社会造就了伊露维塔，而是伊露维塔造就了群体和社会。爱努由伊露维塔创造，经常聆听和遵从他的旨意。即便进入阿尔达世界成为维拉以后，爱努们也会向伊露维塔祈祷，与他直接交流。精灵和人类被诸神称为"伊露维塔的儿女"，与伊露维塔处于某种拟亲属关系之中。

爱努诸神被托尔金定义为"神圣者"，"他们是祂（笔者注：指伊露维塔）意念的产物，在万物得造之前就与祂同在"[1]。爱努诸神由伊露维塔指挥着，参与了爱努大乐章。而后，伊露维塔照着大乐章的预演创造了现存的宇宙。有的爱努选择进入其中，与这个宇宙共享生命，融为一体。这样一来，这些爱努就成了维拉。维拉的产生意味着与阿尔达世界同呼吸共命运的诸神的产生。托尔金说："我们可将维拉视为天使一样的神灵，他们的职责是在他们的领域内行使代理权（只可统治和管理，无权创造、制造或改造）。"[2] 维拉诸神使阿尔达世界出现了与现实世界的人类相似的社会和情感。

依据《维拉本纪》，被尊称为王者的维拉有七位，被尊为女王的维拉，亦称维丽的，也有七位。七位王者分别是：阿尔达之王、阿尔

---

① J. R. R. 托尔金：《创世录》，载克里斯托弗·托尔金编《精灵宝钻》，邓嘉宛译，上海人民出版社，2015，第31页。
② J. R. R. 托尔金：《托尔金给出版商的信（1951）》，载克里斯托弗·托尔金编《精灵宝钻》，邓嘉宛译，上海人民出版社，2015，第15页。

达气息的主宰曼威（Manwë），众水的主宰乌欧牟（Ulmo），阿尔达所有物质的造就者奥力（Aulë），森林的主宰欧洛米（Oromë），灵魂的主宰纳牟（Námo），想象与梦境的主宰伊尔牟（Irmo），勇者托卡斯（Tulkas）。七位女王分别是：曼威的妻子、星辰之后瓦尔妲（Varda），奥力的妻子、大地之后雅凡娜（Yavanna），纳牟的姊妹涅娜（Nienna），伊尔牟的妻子埃丝缇（Estë），纳牟的妻子、纺织女神薇瑞（Vairë），欧洛米的妻子、青春永驻的瓦娜（Vána），托卡斯的妻子奈莎（Nessa）。在诸维拉之下还有诸迈雅，他们"是维拉之民，亦是维拉的仆从和助手"[1]。维拉诸神从中洲迁往阿门洲后，在阿门洲建立了维林诺，并号召精灵从中洲跨海前来。此后，维林诺便成了维拉、迈雅和精灵共处的国度。

精灵是伊露维塔的"首生儿女"，又称"昆迪"。伊露维塔曾说："昆迪是大地上最美的生灵，比起我其他的儿女，他们将拥有、孕育并创造出更多的美，他们将在这个世界里获得更多福乐。"[2] 精灵长生不死，其智慧能随着时间不断增长，但肉体仍然能够被毁灭。在他们死后，其魂魄会到纳牟（又称曼督斯）的亡者殿堂中去。在相当程度上，精灵的族群是在响应诸维拉号召西渡阿门洲的"伟大旅程"中被划分出来的。启程西迁的精灵被称为埃尔达，包括凡雅、诺多和泰勒瑞三族。最先到达阿门洲的是白皙美丽的凡雅族；其次是精擅知识与工艺的诺多族。这两者都登上了阿门洲的土地，与维拉共同居住在维林诺。泰勒瑞族中的法尔玛瑞精灵中途出现波折，最后抵达。他们居住在阿门洲东海岸的托尔埃瑞西亚岛上，在那里建立了澳阔泷迪港，并得以眺望维林诺。泰勒瑞族的部分成员在迷雾山脉放弃西迁，成了南多精灵；部分精灵追随精灵领袖埃尔威，在多瑞亚斯建立了王国。不愿意西迁的精灵被称为阿瓦瑞，他们留居中洲。

虽然维拉和精灵共同居住在维林诺，但是两个族群的关系仍然充

---

① J. R. R. 托尔金：《维拉本纪》，载克里斯托弗·托尔金编《精灵宝钻》，邓嘉宛译，上海人民出版社，2015，第49页。
② J. R. R. 托尔金：《精灵宝钻征战史》，载克里斯托弗·托尔金编《精灵宝钻》，邓嘉宛译，上海人民出版社，2015，第63页。

满张力。按《精灵宝钻征战史》所述，在维拉刚刚发现众精灵时，这些精灵便对维拉不太信任，似乎已经受到了黑暗大敌的蛊惑和恐吓。阿瓦瑞精灵对诸维拉在众神之战中的恐怖形象心怀恐惧，因此不愿前往维林诺。即便是维林诺的精灵也会对维拉产生猜疑的心理。一个典型的例子是，诺多精灵费艾诺创造出精灵宝钻以后，"不肯让众维拉与埃尔达看见精灵宝钻，而是把它们留在佛米诺斯，锁在铁铸秘室里"①。到其父被杀，精灵宝钻被夺，费艾诺更公然违抗维拉的放逐令，出现在诺多族聚居的提力安城，号召诺多精灵放弃维拉的保护，离开维林诺，紧追魔苟斯，夺回精灵宝钻。这些故事，展现了两个族群之间的张力。

　　人类是伊露维塔的"次生儿女"。伊露维塔"定意使人类的心灵寻求超脱世界，并在世界之中不得安息。但他们将拥有一项长处，他们能在世间诸多力量和机缘当中，决定自己的命运，不受爱努的大乐章所限，而大乐章定下了其余众生万物的命运。因着人类的作为，万物从形到实都将完善，而世间事无巨细，都将达到圆满"②。人类的美丽与智慧低于精灵，他们拥有生老病死，死后的魂归之处也充满不确定性。人类的族群也是被超自然力量的两极所划分出来的。依《努门诺尔人沦亡史》所述，人类在中洲出生后就被魔苟斯的魔影笼罩，很快落入其掌控。只有伊甸人听说西方有魔影无法遮蔽的大光，于是西迁至中洲西岸。他们进入贝烈瑞安德，与精灵和维拉并肩作战。魔苟斯受逐后，这支人类被赐予努门诺尔之地，成为努门诺尔人，又称杜内丹人。他们是与维拉关系最近的人群，拥有超长的寿命。到努门诺尔毁灭，一部分杜内丹人成了索隆的爪牙，另一部分则在中洲西岸建立阿尔诺和刚铎两国，继续与黑暗大军对抗。《魔戒》三部曲中的阿拉贡就是杜内丹人的王室成员。在第三纪元结束后，他成了阿尔诺－刚铎联合王国的国王。

---

① J. R. R. 托尔金：《精灵宝钻征战史》，载克里斯托弗·托尔金编《精灵宝钻》，邓嘉宛译，上海人民出版社，2015，第106页。

② J. R. R. 托尔金：《精灵宝钻征战史》，载克里斯托弗·托尔金编《精灵宝钻》，邓嘉宛译，上海人民出版社，2015，第63页。

人类刚刚苏醒时与精灵比较疏远。因为许多精灵当时都迁到了维林诺。维林诺以外的精灵和人类相遇，有不少成了人类的老师和同伴。诺多族回归中洲后，人类与精灵并肩作战，结下了深厚的情谊。他们也将彼此认作近亲，因为他们都是伊露维塔的儿女。人类由此习得了埃尔达精灵的智慧。其后，由于索隆的离间，精灵和人类之间产生嫌隙。但人类与精灵仍然共同生活在中洲，保持着较密切的关系。

人类与维拉的关系则远不如埃尔达精灵和维拉的关系那样密切。"维拉没有去希尔多瑞恩（笔者注：即人类最初苏醒之处）引导人类，也没有召唤他们移居维林诺。人类对维拉不是热爱，而是恐惧，他们不明白大能者目的何在，跟诸神分歧不合，也跟世界争斗不休。"① 人类英雄图奥的儿子，半精灵埃雅仁迪尔是第一个登上维林诺的凡人，但他只有选择成为精灵才能继续留在维林诺。

矮人也是托尔金塑造出的经典形象。但是，矮人不是伊露维塔向诸爱努宣示的子女。依据《精灵宝钻征战史》："矮人当初是奥力在中洲的黑暗当中创造的，因为奥力极其渴望伊露维塔的儿女来临，能有学习者让他传授自己的学问和技艺，以至于不愿苦等伊露维塔的构思实现。"② 不过，直到伊露维塔祝福他们以后，矮人才获得了自主的意识。奥力创造出七位矮人始祖时，伊露维塔定下的"首生儿女"精灵尚未苏醒。于是，伊露维塔要矮人沉睡在岩石下的黑暗中，直到精灵醒来后才能在大地上出现。奥力创造的矮人强壮而坚韧，性情十分固执。他们的寿命远超人类，但仍有限。与奥力相似，他们喜欢工艺和造物，喜欢挖掘大地。矮人是在魔苟斯统治下的中洲醒来的，周围总是危机四伏，因此十分尚武，同时擅于处理钢铁、制造武器。

在米尔寇被维拉囚禁时，矮人就与辛达精灵展开了交往。辛达精灵欢迎矮人，但双方的友情比较淡薄。辛达精灵的统治者辛葛以珍珠为报酬，邀请矮人为他设计了地下洞府，即"千石窟宫殿"明霓国

---

① J. R. R. 托尔金：《精灵宝钻征战史》，载克里斯托弗·托尔金编《精灵宝钻》，邓嘉宛译，上海人民出版社，2015，第140页。
② J. R. R. 托尔金：《精灵宝钻征战史》，载克里斯托弗·托尔金编《精灵宝钻》，邓嘉宛译，上海人民出版社，2015，第65页。

斯。辛达精灵后来参与了这座宫殿的兴建工作，使它成为中洲有史以来最美的君王居所。他们还从矮人那里学会了武器的锻造技术。诺多精灵返回中洲以后也遇到了矮人。双方都惧怕和憎恨魔苟斯，便结为同盟。双方都因此受益匪浅：诺多精灵与矮人展开贸易，获得了大量财富；矮人也学到了很多工艺技术。诺多精灵的工艺和宝石深深地吸引着矮人们。矮人帮诺多王子芬罗德建造了纳国斯隆德，还替他打造了著名的矮人项链瑙格拉弥尔。正是这条项链使矮人和精灵的关系出现了罅隙。辛达精灵之王辛葛曾雇用矮人工匠将精灵宝钻镶嵌在这条项链上，但矮人工匠为精灵宝钻所吸引，杀死了辛葛。逃走的矮人工匠还蛊惑了诺格罗德的矮人王，引发了矮人与精灵的大战。这段往事催生了精灵和矮人之间的紧张关系。

和维拉诸神对立的爱努，是拥力而生的强者、宇宙的黑暗大敌米尔寇，又称魔苟斯。按《维拉本纪》所说："他与曼威出自同源，伊露维塔赐给他极大的能力，其他维拉拥有的力量与知识，他都拥有一些，但他将它们用于邪恶目的，把力气挥霍在暴力和专横之中。……他骄傲自大，唯我独尊，藐视一切，因此自荣光中堕落，成了只知破坏、残酷无情的恶神。"[1] 米尔寇的形象和基督教传说中的堕天使路西法非常相似。米尔寇也曾尝试反叛造物主伊露维塔，但其主要对手却是曼威和其他维拉。他到达阿尔达以后，非常热切地要与他们争夺阿尔达的统治权。在统治中洲时，米尔寇吸引了许多爪牙，包括腐化的神灵维拉劳卡，即巴洛炎魔；他也腐化了不少迈雅从神，最著名的就是索隆。米尔寇被逐后，索隆接手了黑暗势力，延续了黑暗势力在中洲东部的统治。

兽人，又译作奥克，是魔苟斯著名的爪牙，也是黑暗大军最常见的成员。依据《精灵宝钻征战史》，早先落入米尔寇手中的精灵被囚禁于地穴，被施以残酷手段，被折磨至身心败坏而遭奴役。"就这样，米尔寇怀着对精灵的妒恨与嘲讽，繁殖出了丑陋邪恶的奥克种族，他

---

[1] J. R. R. 托尔金：《维拉本纪》，载克里斯托弗·托尔金编《精灵宝钻》，邓嘉宛译，上海人民出版社，2015，第51页。

们后来与精灵势不两立，成为死敌。奥克有生命，照着伊露维塔儿女的方式滋生繁衍。"① 托尔金明确指出米尔寇不能创造，只能够用腐化和堕落来达成目的②。兽人中有"乌鲁克"和"斯那嘎"之分，分别指士兵和奴隶两个群体③。虽然共同侍奉黑暗大敌，但奥克之间的关系并不友善。托尔金说："这些生物满心恶毒，甚至互相仇恨，该种族的各个部落和聚居地都迅速发展出了自己的野蛮方言，导致奥克语在不同部落之间的交流中几无用武之地。"④

作为邪恶大军的主要成员，兽人几乎与所有的种族都有仇怨，彼此关系恶劣。即便是兽人的头子魔苟斯，也仅仅是支配着兽人，并没有得到他们内心的爱戴。托尔金说："奥克在黑暗的内心深处厌憎这个主人，他们怀着恐惧侍奉他，他却仅造就了他们的悲惨痛苦。"⑤ 不过，作为黑暗大军的成员，兽人在黑暗势力中多多少少也有些同盟，比如食人妖，或者堕落的人类与矮人等。

霍比特人在第三纪元对抗索隆的活动中扮演了关键角色。如果不是霍比特人能够抵御至尊魔戒的侵蚀，至尊魔戒也就不可能被摧毁。托尔金在《魔戒》的楔子中对这个种族有详细介绍。他们身高两呎到四呎，脚上长着厚毛，居住在地洞中，热爱安逸，但也非常坚忍。霍比特人在远古时代就已出现，但具体记录已经失落。在托尔金笔下，霍比特人的夏尔纪年始于第三纪 1600 年，始于他们在夏尔地区的开垦活动。霍比特人内部相当和平。托尔金这样写道："夏尔几乎没什么'政府'。各个家族基本都是自己管理自家事务。种植植物并吃掉它们占去了他们的大部分时间。涉及其他问题时，他们通常很慷慨，也不贪婪，而是心满意足，适可而止。"⑥

---

① J. R. R. 托尔金：《精灵宝钻征战史》，载克里斯托弗·托尔金编《精灵宝钻》，邓嘉宛译，上海人民出版社，2015，第 75 页。

② J. R. R. Tolkien, *The Letters of J. R. R. Tolkien*, New York: HarperCollins Publishers, 2006, p.178.

③ J. R. R. 托尔金：《魔戒》（第三部），邓嘉宛、石中歌、杜蕴慈译，上海人民出版社，2013，第 518 页。

④ J. R. R. 托尔金：《魔戒》（第三部），邓嘉宛、石中歌、杜蕴慈译，上海人民出版社，2013，第 518 页。

⑤ J. R. R. 托尔金：《精灵宝钻征战史》，载克里斯托弗·托尔金编《精灵宝钻》，邓嘉宛译，上海人民出版社，2015，第 75 页。

⑥ J. R. R. 托尔金：《魔戒》（第一部），邓嘉宛、石中歌、杜蕴慈译，上海人民出版社，2013，第 13 页。

霍比特人和人类是近亲，长时间居住在人类国度内。他们遵从阿赛丹王国的法令，尽管其首都已经近千年没有国王。"然而霍比特人仍然认为，野蛮民族和邪恶生物（比如食人妖）都'没有聆听过国王教化'。因为霍比特人遵循古时君王的一切重要法令，而且他们都是自愿遵循法令，因为照他们的说法，那些都是规矩，既古老又公正。"① 霍比特人进入夏尔后偏安一隅，与精灵或矮人交往不多。比尔博和弗拉多与精灵、矮人之间的友谊，在霍比特人中较罕见。

托尔金塑造出来的精灵、矮人、兽人和霍比特人等智慧种族，构成了阿尔达世界极具特色的社会结构。传统的通俗奇幻文学，如"蛮王柯南"系列，更多地偏向于描绘人类群体之间的关系。托尔金虽也继承了这一传统，但也另开新局。托尔金谈及《精灵宝钻》、《霍比特人》和《魔戒》的关系时，曾经这样说过："开端那些严肃的传说，是以精灵的视角心性来看待万物，因此作为中段故事的《霍比特人》实际上采纳了人类的观点——结尾的故事则交织融合了二者。"② 他通过多个神祇和多个智慧种族的塑造从人类中心主义的藩篱中解脱出来，构建了由神祇、异族和人类共同构成的多中心框架，作为架空世界叙事的社会结构。这种构造思想和方法，对后来的奇幻文学有着深远的影响。精灵、矮人和兽人等形象，至今还在奇幻文学中保持着强劲的活力。

三 多体裁文本系统的表现力

托尔金始终将作为时空体的仙境与作为体裁的仙境故事密切地结合在一起。这种以体裁支撑时空体的思想，也体现在《精灵宝钻征战史》的创作之中。托尔金说："在很久很久以前（我的雄心壮志打那时起就瓦解已久），我就有心创作一套或多或少相互衔接的传

① J. R. R. 托尔金：《魔戒》（第一部），邓嘉宛、石中歌、杜蕴慈译，上海人民出版社，2013，第13页。
② J. R. R. 托尔金：《托尔金给出版商的信（1951）》，载克里斯托弗·托尔金编《精灵宝钻》，邓嘉宛译，上海人民出版社，2015，第12页。

说，涵盖的内容上至恢宏的宇宙创生，下至浪漫的仙境故事（fairy-story）——前者由后者通往红尘俗世，后者又自波澜壮阔的背景中汲取夺目的光彩——我惟愿把它献给英格兰，我的祖国。"[1] 托尔金将《精灵宝钻征战史》定义为传说（legend），并向其中渗入了故事（story）和罗曼史（romance）等概念[2]，表现出了明确的多元体裁意识。

巴赫金认为时空体能够决定体裁和体裁类别[3]。尽管他的研究材料主要是小说，但如果仔细分析神话与传说，就会发现此观点也适用于这些体裁：传说、神话、故事和小说分别指向不同的时空体性质。"魔戒"系列开创了一种重要的奇幻文学生产模式，即借助包含多种民间文艺体裁的架空世界叙述体系和框架进行文学创作。托尔金选择神话、传奇或故事等体裁来描绘仙境，一方面是基于经验，即这些叙事体裁总是被用以描述对时空的认识，在不同的历史阶段中作为成熟完备的社会生产方式出现；另一方面可能是由于这些叙事体裁各自的时空体性质，或者由于它们在不同时间和空间跨度中对于时空体具有不同层次的表现力量。在本部分，我们主要讨论后者。

神话（myth）在托尔金开始创作的那个年代已有明确定义。据1914 年版《民俗学手册》："神话是起因故事。这些故事尽管荒诞不经，但讲故事的人都相信它，真诚地用它来说明宇宙、生与死、人和动物、人种、物种的区分、男女的不同工作、神圣的典礼、古代的习俗以及其他神秘的自然现象。"[4] 神话总是映射着时间的开端，其所映射的空间往往宏大到穷尽人们的想象。比如希腊神话中的《神谱》讲述了神祇的诞生与三代神祇的更替，《工作与时日》讲述了五代人类的创造与更替等。这种宏大的时空体描述为神话独有。神话致力于

---

① J. R. R. Tolkien, "To Milton Waldman, " in *The Letters of J. R. R. Tolkien*, New York: HarperCollins Publishers, 2006, p.144. 此处译文参考了世纪文景版《精灵宝钻》邓嘉宛的译本。

② J. R. R. Tolkien, "To Milton Waldman, " in *The Letters of J. R. R. Tolkien*, New York: HarperCollins Publishers, 2006, pp.144 – 149.

③ 巴赫金：《小说的时间形式和时空体形式》，载《巴赫金全集》（第三卷），白春仁、晓河译，河北教育出版社，1998，第 275 页。

④ 查·索·博尔尼：《民俗学手册》，程德祺、贺哈定、邹明诚、乐英译，上海文艺出版社，1995，第 211 页。

完整地描绘出宇宙、世界、自然和社会的结构和秩序。尽管传说或传奇也会提及这类时空，却很少详细描绘。托尔金借用了当时的学术定义，用神话描述整个时空体的开端。

在托尔金早期创作的《失落的故事之书》中，他以《爱努的大乐章》描述阿尔达世界的创生①，讲伊露维塔创造爱努诸神，又与爱努诸神共奏乐章以创造世界。米尔寇原本也是伊露维塔所造的诸神之一，却反叛伊露维塔与诸神领袖曼威而堕落成为黑魔头。这个神话原本嵌套在精灵智者鲁米尔（Rúmil）与英国旅人埃里欧尔的对话中，记录于《精灵宝钻》的早期版本，即《神话概要》（*Sketch of the Mythology*）中②。在故事的开端，米尔寇反抗曼威，推倒了照亮世界的巨灯，又使洪水淹没诸神居住的岛屿，由此引出精灵宝钻的故事。其后，托尔金又创作了《创世录》（Ainulindalë），形成了独立的创世神话③，又在晚期的《精灵宝钻征战史》中补入了对维拉诸神的叙述④。这部分后来以《维拉本纪》（Valaquenta）的形式独立出来，作为对维拉诸神的专门叙述⑤。《精灵宝钻征战史》的开端则回到与《神话概要》相似的情节⑥。这些叙事构成了阿尔达世界历史的开端。

传说（legend）也译作传奇⑦，其学术定义在托尔金的时代业已明确。据 1914 年版《民俗学手册》："传奇是叙事，不是解释任何事物，只是简单地叙述某件人们认为曾发生过的事，例如，洪水、迁移、征服、造桥、建城。它们常常叙述历史人物和历史事件，尽管可

① J. R. R. Tolkien & Christopher Tolkien, *The Book of Lost Tales Part One*, New York: HarperCollins Publishers, 2015, pp. 52–60.
② J. R. R. Tolkien & Christopher Tolkien, *The Shaping of Middle-Earth*, New York: HarperCollins Publishers, 2015, pp. 11–41.
③ J. R. R. Tolkien & Christopher Tolkien, *Morgoth's Ring*, New York: HarperCollins Publishers, 2015, pp. 1–44.
④ J. R. R. Tolkien & Christopher Tolkien, *Morgoth's Ring*, New York: HarperCollins Publishers, 2015, pp. 143–152.
⑤ J. R. R. Tolkien, *The Silmarillion*, New York: HarperCollins Publishers, 2013, pp. 13–24.
⑥ J. R. R. Tolkien, *The Silmarillion*, New York: HarperCollins Publishers, 2013, pp. 27–28.
⑦ 参见茅盾《神话杂论》，载《神话研究》，百花文艺出版社，1981，第 3 页。此外，《精灵宝钻》邓嘉宛译本与《民俗学手册》皆译为"传奇"。但当代民俗学或民间文学教材，如钟敬文主编《民间文学概论》、万建中《民间文学引论》、王娟《民俗学概论》（第二版）等皆用"传说"一词。考虑到这些教材对"传说"的概念阐述与"传奇"相似，本书除直接引文外皆使用"传说"一词翻译"legend"。

能不精确，甚至毫无根据，也可能谈到遥远国家的人物和地方。有些传奇叙述一个传说的英雄的业绩，认为他确实存在，但并不说明他创造其他事物，这种传奇可以归之为英雄故事。还有一系列的传奇，叙述的可能是历史人物的生平和冒险经历，这就形成了长篇传奇。"①传说围绕族群的重要人物、重要事件和重要事物展开，其宏阔程度仍能与历史媲美。有时传说的时空体会成为神话时空体的延续。托尔金在叙述阿尔达世界的历史时，也将神话和传说接续使用。

托尔金将《精灵宝钻征战史》定义为传奇或"传奇式的"（legendary）②，这个文本的内容承接《创世录》或《维拉本纪》，用以继续延展阿尔达世界的历史。叙事文本以传说为主体，其视角是以精灵为中心的。不过，维拉众神与迈雅众神活跃在《精灵宝钻征战史》之中，为整个叙事添上了无法抹去的神话色彩。此外，还有《贝烈瑞安德及其诸国》这样的地理志式篇章。就篇幅的多寡来看，《精灵宝钻征战史》仍然以历史传说为主，以二十四章的篇幅叙述了第一纪元的历史。第二纪元和第三纪元的历史则由《努门诺尔沦亡史》和《魔戒与第三纪元》展开。这两篇文本篇幅更短，叙事更加精炼，已由传说故事朝历史的方向发展。《精灵宝钻》中的神话与传说都趋向于长时段描述，主要描绘世界环境和智慧种族社会的历史变迁，集中笔力阐明事情发展的经过，只对部分关键性的细节和语言进行详细描写，由此能够更快地描绘出历史进程的轮廓。阿尔达世界三个纪元纵贯成千上万年的宏大历史，只有精炼的史笔才可能在有限的篇幅之内完成讲述。依靠史笔呈现的宏大历史叙事，使得奇幻小说具备了史诗的品格。

小说是托尔金用以描绘"魔戒"系列时空体的重要体裁。小说虽然和神话传说一样，都是散文叙事体裁，但在托尔金的文本系统中，小说有自己独特的功能。《霍比特人》及《魔戒》三部曲作为通

---

① 查·索·博尔尼：《民俗学手册》，程德祺、贺哈定、邹明诚、乐英译，上海文艺出版社，1995，第212页。

② J. R. R. Tolkien, "To Milton Waldman, "in *The Letters of J. R. R. Tolkien*, New York: HarperCollins Publishers, 2006, p.147.

俗小说，主要表现了魔戒大战的具体经过，细致地刻画了这个使阿尔达世界从第三纪元转向第四纪元的关键历史事件。它们会频繁地描写人物的表情、对话、小动作等能够唤起读者感性的细节，刻画弗拉多和其他关键角色的个人经历和内心情感。正如布罗代尔（Fernand Braudel）认为长时段和短时段应该相互区分，而不是相互取代那样①，"魔戒"系列文本系统中的神话传说和小说亦无法相互取代。只有前者才能穿梭于漫长的时光里，描绘出世界被塑造和改变、神祇降临与迁徙、帝国兴起与衰落、正邪争斗与消长的宏阔画卷；只有后者才能走进时间长河的浪花间，贴近人物的知觉与心灵、角色的语言与行动、少年的旅行和成长、英雄的坚持与选择。

　　小说在欧美文学语境中被认为是虚构的。这种强烈的虚构性在现代语境中定义了阿尔达世界的时空体性质。今人以自然科学精神看待神话与传说，认为它是虚构的，古人却赖神话传说以理解自然，理解地方的风土人情。故神话和传说虽为虚构，但其时空体免不了与现实世界相连。托尔金模拟神话传说体裁撰写的《失落的故事之书》也具备这种特点，作品描述的时空体仍然处在地球上，具体来说他描绘的就是大不列颠和爱尔兰两座岛屿。小说不必具备神话与传说那样的解释功能，它描绘的时空体不必与现实世界交叠。19 世纪刘易斯·卡罗尔的《爱丽丝梦游仙境》就是这样。故事里的仙境与现实由兔子洞相连，就像名画《泊尔塞福涅的归来》中冥府与人间通过洞穴相连那样，但我们已然不知道这个仙境（Wonderland）的确切位置了。美国作家鲍姆以《绿野仙踪》为开端所描绘的奥兹国也具备相同的特点。这部作品在 1900 年已经出现，那时候托尔金才不到10 岁。

　　《霍比特人》所描绘的时空体比《爱丽丝梦游仙境》或《绿野仙踪》更加遥远。后两者的主人公至少被小说描绘成现实世界的人物，她们从现实世界旅行到架空世界，又从架空世界回到现实世界。但

---

① 费尔南·布罗代尔：《历史学与社会科学：长时段》，载《论历史》，刘北成、周立红译，北京大学出版社，2008，第29~30页。

《霍比特人》故事的开头就是"在一个地洞里住着一个霍比特人"[①]。主人公及其所在的时空体被抛出了现实世界，在故事的末尾也不存在往现实世界的回归情节。后期的《精灵宝钻》放弃了《失落的故事之书》末尾本有的对不列颠岛与爱尔兰岛地理位置的描述，《魔戒》三部曲所描绘的魔界大战成为历史的末段。阿尔达世界由此更加远离现实世界，成为一个更加独立封闭的虚构时空体。阿尔达世界这种独立封闭的特点，是小说而不是神话或传说赋予的。因为，神话与传说在传统上被认为与现实世界密切相连，而小说却被认为可以基于自身虚构而成为独立自洽的文艺作品。这种独立自洽的时空体特性正是奇幻文学架空世界的基本特征。可以说，正是小说这种体裁使架空世界这一核心概念得以完全形成。

托尔金将神话、传说和小说等多种叙事体裁相结合以展开阿尔达世界的历史。这里所说的历史，当然是托尔金自己虚构出来的，与现实世界中追求真实性的历史不同。但是，托尔金所使用的神话与传说是人类社会用来描述历史的传统方式。神话与传说在传统社会中，尤其是在无文字的社会中具有近乎历史的地位。即便是现代，神话与传说仍然与历史处于部分纠缠的状态之中。当代民俗学者还认为，传说与历史存在互动关系，传说在拥有社会权威以后就会转化成为历史[②]。小说本为虚构体裁，与历史的客观真实追求不相容，但在承认架空世界独立自洽的语境下，小说所言在其虚构的世界中反而能够具备确凿无疑的虚拟真实性，由此便也成为架空世界中"真实的历史"。

虚构的历史概念将神话、传说与小说三种体裁统一起来，构成了阿尔达世界具有整体性的时间画卷。那些存在成百上千年的事象常常自然而然地嵌入故事里，成为剧情发展的关键。擅于描绘长时段与中时段的神话与传说，以及擅于描绘短时段的通俗小说，使这幅画卷产生了类似远景、中景和近景的层次感。这种层次感不仅构成了艺术上的独特感受，也构成了描绘时空体的经典方法。当代历史学家当然也

115

---

① J. R. R. Tolkien, *The Hobbit*, New York: HarperCollins Publishers, 2011, p.3.

② 施爱东:《五十步笑百步：历史与传说的关系——以长辛店地名传说为例》,《民俗研究》2018 年第 1 期，第 155 页。

用多时段理论来呈现历史，但他们不能选择神话与传说这类体裁。于是，神话、传说与小说的多时段结合就成了奇幻文学文本系统特有的艺术呈现与表达技术。这种结合对后来的奇幻文学影响甚大，它不仅可以像"魔戒"系列文本系统这样以多种篇目结合的方式表现出来，也可以表现在某部长篇通俗小说的内部，或表现在某部游戏作品的内部。

神话和传说原本就是拥有时空描述性质的文本，它们原本被用以解释世界从何而来、人类为何诞生、山川河流为何如此等问题。在19世纪末20世纪初，浪漫主义风潮盛行，各国神话传说作为人文知识或文艺作品流传一时。在这个时代，神话与传说丧失了对自然界解释的权威性质，转而被认为是人文研究材料，能够反映过往社会或原始社会的思想状态。人们学会了区分自己所在的现实时空与神话传奇所指向的虚拟时空。托尔金将神话与传说放进小说，使虚拟时空之中的神话与传说成为描述小说时空的便利工具。人们依照接受异国神话和遥远传说的方式，接受神话与传说对阿尔达世界的描述。体裁和文本的分工，使小说能够从无休止的时空叙述中解脱出来，更专注于故事情节的安排和人物形象的塑造。就像现实世界的神话与传说曾经为真实存在的人们所讲述或信仰那样，阿尔达世界的神话与传说似乎也为真实存在的人们所讲述和信仰。神话与传说成了文明与社会存在的"证据"，以区别于小说的方式，暗示了阿尔达世界的"真实性"。

托尔金还使用了更为专业的文本形态，如编年体、族谱和历法，来呈现时空体的时间向量。这些文本不具备像神话、传说或小说那样的艺术表现力：编年体对事件的表现较为精简，族谱和历法则基本不表现情节。但是，这些文本有助于把握时间信息，如事件发生的具体顺序、家族血缘、天时物候与地方文化的关系等。编年体作为现实世界的历史记录方式被托尔金反复使用。三种《纪年传说》被用以梳理三个纪元的重要事件，而《维林诺编年史》《贝烈瑞安德编年史》《阿门洲编年史》《灰精灵编年史》等则着重梳理了维拉诸神和精灵各族在传说时代的大事件，奠定了《精灵宝钻》等神话与传说所呈现的事件框架。托尔金以纪年或族谱这类精简方式处理时间信息，其作用还不仅仅在于呈现。对于创作者而言，这种内容精简的文本形态不仅便于快速把握信息，同时也便于改写与调整。如编年体可以用小篇幅排列出事件的时间顺序，这样也就形成了神话和传说这类长时段与中时段叙事的情节骨架。从而，这些文本形态被赋予了表现技术的意义。

在阿尔达世界的空间呈现过程中，地理志发挥了关键作用。"地理志"一词虽来自中国古代史学固有的地学传统，但西方史学中也有相似概念，即地志学或描述地理学（chorography），古希腊历史学家波里比阿就是其代表人物①。中国地理志与西方地志学都要描述一定地理区域内的自然特征和人文特征。基于此，本书将"魔戒"系列文本系统中符合这一特征的文本皆称为地理志。尽管地理志脱胎于史学，但又专以记录和描述空间信息为己任，遂可在神话、传说、小说与编年体等主要记录时间信息的体裁之外，成为呈现空间信息的重要补充。

小说等叙事体裁由于其内在的百科性，也在相当程度上展现了阿尔达世界的空间面貌。这种百科性是巴赫金在讨论希腊小说时提出来的。他说："小说中要（有时是很详细地）描写不同国家、城市、各种建筑、艺术作品（如绘画）、民俗习惯、异乡奇兽和其他稀世之珍的某些特点。与此同时，小说还引进在各种宗教、哲学、政治、科学题目上的议论（有时是长篇议论）（如关于命运、征兆、爱神的威力、人的欲念、眼泪等等）。……因此，就内部成分来说，希腊小说力求达到一定的百科性，而后者是这一体裁本来所固有的特点。"②若我们由此回到托尔金的小说中，就会发现无论是《霍比特人》还是《魔戒》，叙事都是随着主人公的漫长旅途展开的。比尔博、弗拉多、阿拉贡或甘道夫的足迹不说遍布中洲，但也足够惊人：从霍比特人聚居的夏尔，到辛达精灵居住的幽谷；从索隆统治的魔多，到杜内

---

① 保罗·佩迪什：《古代希腊人的地理学——古希腊地理学史》，蔡宗夏译，商务印书馆，1983，第115页。
② 巴赫金：《小说的时间形式和时空体形式》，载《巴赫金全集》（第三卷），白春仁、晓河译，河北教育出版社，1998，第278页。

丹人的国家刚铎；从历史悠久的南多精灵聚落洛丝罗瑞恩，到失落的矮人都城墨瑞亚。随着主人公一路上不停地接触新鲜事物，百科性便凸显出来，阿尔达世界的空间叙述也得以持续。这种情形，在《精灵宝钻征战史》等非小说叙事体裁中也存在。

"魔戒"系列文本系统中地理志所描述的空间范围，与神话、传说和小说等体裁涉及的时空体范围是对应的，也有从宏观到微观的描述。最宏观的《世界的面貌》描述阿尔达世界在宇宙中的位置；最微观的《泷德戴尔港》描绘中洲西部的一座重要的古代港口；位于中间层面的《努门诺尔岛国概况》和《罗瑞恩的疆界》则主要描述国家的情况。在地理志外还有三种地图——《魔戒》的两个版本和《精灵宝钻》的一个版本，它们跨越国家来描绘大陆的局部空间，标识出那些故事发生的地点。这种叙事与空间描述的结合在奇幻文学中发展成为一种特别的传统。地图和地理志由此成为奇幻文学的必要组成部分。

阿尔达世界丰富的社会信息，常常集中在民族志（ethnography）中。民族志的基本含义，"是指对异民族的社会、文化现象的记叙，希罗多德对埃及人家庭生活的描述，旅行者、探险家的游记，那些最早与土著打交道的商人和布道的传教士以及殖民时代'帝国官员'们关于土著人的报告，都被归入'民族志'这个广义的文体"①。一般认为，在马林诺夫斯基的《西太平洋上的航海者》问世以后，现代人类学中的民族志方法与规范正式成型，但在马林诺夫斯基之前，民族志亦为一种欧洲人记录他者社会资料的传统体裁。这使得托尔金能够借助该概念，对架空世界中的类人社会进行专门的文化描述。

小说等叙事体裁的杂语性，也使它们成为表现社会群体信息的重要渠道。巴赫金认为，小说话语形式的多样性具有社会性②，是小说表述社会群体结构的关键。巴赫金说："长篇小说是用艺术方法组织

---

① 高丙中：《总序》，载马林诺夫斯基：《西太平洋上的航海者》，弓秀英译，商务印书馆，2016，第1页。
② 巴赫金：《长篇小说的话语》，载《巴赫金全集》（第三卷），白春仁、晓河译，河北教育出版社，1998，第40~41页。

起来的社会性的杂语现象，偶尔还是多语种现象，又是个人独特的多声现象。统一的民族语内部，分解成各种社会方言、各类集团的表达习惯、职业行话、各种文体的语言、各代人各种年龄的语言、各种流派的语言、权威人物的语言、各种团体的语言和一时摩登的语言、一日甚至一时的社会政治语言（每日都会有自己的口号，自己的语汇，自己的侧重）。"① 作为语言学家的托尔金很可能不认识巴赫金，但他仍有意在小说中依据不同的社会群体来塑造语言和话语。托尔金在《魔戒》附录中以《第三纪元的语言和种族》一篇，专门介绍精灵、人类、矮人、兽人和霍比特人等不同族群使用的语言。这些内容在小说中也有体现，从而使小说的杂语性在"魔戒"系列的文本中得以凸显。

即便有叙事体裁珠玉在前，民族志资料对于托尔金的创作来说，也是必不可少的。托尔金出版的主体故事，无论是《霍比特人》、《魔戒》三部曲还是《精灵宝钻》，都很难说是以人类为中心的。《霍比特人》的主人公是霍比特人和矮人，《魔戒》三部曲的主人公中仅有阿拉贡是人类。这种非人类中心主义思想和托尔金对于仙境故事的构想有关：仙境中充满了异族，最后才是凡人②。因此，他必须通过某种方式将这些异族呈现出来。叙事当然是其中重要的一种，而以民族志对异族社会进行专门描述显然是他找到的另一种方式。民族志对异族社会的描述，能够帮助异族角色，如精灵莱戈拉斯或矮人金霳等，建立起独立与合理的社会观和文化特色。在民族志的叙述中，角色所属异族社会不再屈从于故事情节，从而在一定程度上获得了文化独立性。通过民族志写作，还能够从一定程度上构建族群之间的社会关系。这种宏观社会关系既能够为神话与传说的创作服务，也能够成为小说中人物关系的大背景。

需要注意的是，编年体、地理志和民族志等都是描述现实世界的

① 巴赫金：《长篇小说的话语》，载《巴赫金全集》（第三卷），白春仁、晓河译，河北教育出版社，1998，第40~41页。
② J. R. R. Tolkien, "On fairy stories," in *The Tolkien Reader*, New York: Ballantine books, 1966, p.38.

体裁，它们诞生和发展于成熟的专业领域，并且都以追求客观真实性为己任。托尔金将这些文体从社会科学中提取出来，挪用到文学时空体的呈现和构建中。这种看似简单的活动的结果不仅是一种被文本呈现出来的艺术效果，这种多体裁结合的文本系统还代表一种以虚构文学为基础的构造时空体的具体方法。奇幻文学不仅通过小说获得了虚拟时空体的合法性，而且还借助以往的纪实体裁获得了架构与描述时空体的方式。这一方式仍然对当代奇幻文学产生着重要的影响。

"魔戒"系列文本系统的多体裁特性，可以解消叙事体裁内部的故事呈现和时空体呈现之间的矛盾。在创作之初，托尔金以神话、传说等叙事文学来呈现架空世界。这类体裁虽然能同时呈现故事和呈现时空体，但二者的目的不同。在叙事体裁中，后者须为前者服务。随着时空体意识的增强，体裁内部的时空体呈现要求提高了，时空体呈现能力却受限了。单个叙事体裁的时空体呈现能力无法满足架空世界的呈现要求，甚至叙事体裁本身也不能够满足这种呈现要求。托尔金在《魔戒》第二版前言中说："我考虑了所有的评论和问询，倘若仍有遗漏，可能是因为我没能整理好笔记。但是，许多问询都只能在附录中回答——其实最好是出版附加的一卷，其中要囊括许多我没有收录在最初版本里的材料，特别是更详细的语言学方面的内容。"[1] 可见，小说已不能容纳托尔金要表达的信息。这些信息需要以更加独立的篇目和形式才能表达出来。这就使奇幻文学从单体裁朝多体裁拓展，从叙事体裁向非叙事体裁拓展。这种体裁的拓展过程不是死板的、线性的，而是基于托尔金的创作能力和创作需要不断调整的。

四　从通俗小说走向大众接受

体裁除了具有语言文本的模式和相应的表达作用，还意味着成熟完备的社会生产环境。多体裁文本系统不仅意味着时空体的表现方

---

[1]　J. R. R. 托尔金:《英国第二版前言》，载《魔戒》(第一部)，邓嘉宛、石中歌、杜蕴慈译，上海人民出版社，2013，第 v 页。

式，也意味着这种时空体生产切入社会生产的方式。尽管在很长时间里，托尔金的创作都基于兴趣，基本不与社会环境做经济交换，但自《霍比特人》出版以后，这种情况有了显著的改变。这种转变的关键就是文本系统借助体裁概念切入社会生产，成为社会生产的组成部分。这种切入包括两个层面。一是通过体裁概念切入社会理解，使文本符合大众的心理期待。二是通过体裁概念切入产业经济，使文本生产进入资本主义和工业化的生产模式，使经济利益驱动生产活动。"魔戒"系列在这两个层面的切入方式令人印象深刻，可以被作为奇幻文学基于通俗小说切入社会生产的经典案例来看待。

（一）架空世界的虚构基础

叙述学者强调："叙述是否能引发兴趣，是由三个方面因素共同决定的：一是……所叙述的事件本身是否异常；二是如何说，即叙述的方式造成文本的叙述性；三是'阐释社群'的理解方式与认知满足。"[①] 我们在上文已经讨论了前两个方面的因素，即文本系统表达架空世界之异常，以及文本系统怎样表达架空世界之异常的问题。接下来的问题在于，社会群体怎样理解与认识文本系统和架空世界。

文本系统完成对时空体的表达不代表它能够被外部社会接受。但是，奇幻文学的文本系统多多少少是具备这种自持状态的。创作者通过文本系统向社会呈现价值，社会通过市场或其他渠道回馈创作者与文本系统自身。这种自持状态要在体裁这一层面得以完成。体裁不仅仅关乎文本的结构及其表意活动的规律，更关乎作者、文本与社会的互动方式。体裁不仅存在于文本之内，表现为内容与形式的某种固定模式或形态，它还存在于社会群体意识之中，表现为人们的心理预期和社会行为。

从现有材料看，"魔戒"系列文本系统中尽管体裁众多，但不是每种体裁都能够从自身传统切入社会理解。神话、传说、编年体、地

---

① 赵毅衡：《广义叙述学》，四川大学出版社，2013，第169页。

理志等体裁虽在描述时空体的过程中发挥了重大作用，但"魔戒"系列文本系统的虚构性使这些原本"纪实"的体裁难以为社会所接受。"魔戒"系列的文本系统与社会语境之间大范围的、长期持续的互动与交流，首先是建立在通俗小说这一体裁之上的，通俗小说在整个文本系统中发挥着不可取代的作用。

托尔金于 20 世纪头十年创作的一系列神话传说合称为《失落的故事之书》，收录于《中洲历史》第一卷和第二卷。这个系列的文本可被看作"魔戒"系列文本系统的开端。在《失落的故事之书》中，托尔金主要借用神话与传说体裁来呈现架空世界。神话与传说是人们在传统社会中刻画描述彼岸世界的核心体裁。世界各大古代文明的神话中时常要描绘冥府，如泊尔塞福涅下冥府、吉尔伽美什下冥府等。流传于爱尔兰的凯尔特神话传说，也经常描绘那些山丘下的仙境或异界（Faery)[①]。民间故事也会参与这类概念的描绘，也会提及如巨魔（Troll）或恶龙（Dragon）等超自然要素。到了 18 世纪末期，这些描绘仙境和超自然要素的神话、传说和民间故事等，受到了科学观念的冲击。那些无法证实的生物被科学观念排斥在客观现实之外，它们被认为是虚构的超自然生物。

于是，现代社会转变了接受这些故事的方式，即将它们从历史真实中剥离出来，把它们看作提供审美和娱乐体验的艺术作品；现代社会也把这些体裁当作民族文化的优秀遗产，当作唤醒民族意识的工具。隆洛特的《卡勒瓦拉》、格林兄弟的《格林童话》、叶芝的《爱尔兰民间故事》，都是这类民族主义与浪漫主义思潮影响下诞生的代表性成果。欧洲浪漫主义者通过对神话、传说和史诗的搜集和编订来建立民族和国家意识。在托尔金走上创作道路之前，这些浪漫主义者的成果就已浩如烟海，拥有无人能够忽视的地位。爱尔兰诗人叶芝还将神话传说和民间故事纳入自己的创作，撰写了《凯尔特的曙光》等著名作品[②]。

---

① 詹姆斯·斯蒂芬斯：《爱尔兰凯尔特神话故事》，余一鹤、瞿慧译，北京联合出版公司，2017，第 26 页。

② 郭星：《符号的魅影：20 世纪英国奇幻小说的文化逻辑》，南开大学出版社，2013，第 30 页。

依照托尔金的自述，"魔戒"系列文本系统发端于某种基于民族主义的语言艺术观。他说："我从早年起就为我心爱的祖国如此贫乏而感到悲伤：它没有属于自己的（扎根于本国语言和风土的）故事，即便有，也不具备我所追求的那种品质。"① "神话和仙境故事必然融汇着反映并包含道德和宗教真理（或谬误）的元素，但这些元素不可直白言明，也不可能用基本'真实'世界中的已知形式来述说。"② 在托尔金看来，基于英语的神话与仙境传说，如亚瑟王的传说，并不具备这样的特质，反而是基于希腊语、凯尔特语族、罗曼语族、日耳曼语、斯堪的纳维亚语、芬兰语的文学经典能够满足条件。

这种结论可能来自托尔金的语言学和中世纪文学研究。19 世纪末期正是语言学者研究神话的高峰期，其中最著名的成果要数英国人麦克斯·缪勒的《比较神话学》。托尔金在 1911 年进入牛津埃克塞特学院主攻古典学③，逐渐成长为一名专攻语言学和文学的职业学者。1925 年，托尔金被聘为牛津大学盎格鲁－撒克逊语教授，第一个学期教授的是《盎格鲁－撒克逊诗文读本》与《贝奥武甫》④，并且在 1926 年完成了一个《贝奥武甫》的现代英语散文译本⑤。得益于他受到的专业训练，托尔金既精通英国古典文学，也熟悉欧洲其他地域的神话传说，并且在两者之间产生了比较心理。托尔金眼中的英国古典文学的某种缺失，就这样在与来自希腊、爱尔兰和北欧等地的神话的比较中凸显出来，并且激发了他的民族主义心理。

英国在 19 世纪已经成为全球帝国，支配着大量海外殖民地，既不像德国那样需要民族意识来走向统一，也不像芬兰那样要以民族意识来反抗殖民者。故此，虽然 19 世纪英国的人类学和民俗学都得到了很好的发展，却不像德国或芬兰那样将民族国家与民间文学紧密地

---

① J. R. R. 托尔金：《托尔金给出版商的信（1951）》，载克里斯托弗·托尔金编《精灵宝钻》，邓嘉宛译，上海人民出版社，2015，第 11 页。
② J. R. R. 托尔金：《托尔金给出版商的信（1951）》，载克里斯托弗·托尔金编《精灵宝钻》，邓嘉宛译，上海人民出版社，2015，第 11 页。
③ 科林·杜瑞兹：《魔戒的锻造者：托尔金传》，王爱松译，黑龙江教育出版社，2015，第 50 页。
④ 科林·杜瑞兹：《魔戒的锻造者：托尔金传》，王爱松译，黑龙江教育出版社，2015，第 129 页。
⑤ Christopher Tolkien, "Preface," in J. R. R. Tolkien, *Beowulf, A translation and commentary*, New York: HarperCollins Publishers, 2011, p. Vii.

捆绑在一起。再者，英国也不像希腊和北欧那样拥有独立的创世神话。所以，从社会条件、政治条件和文化底蕴等多方面来考量，英国在创世神话和仙境传说方面的搜集成果与当时浪漫主义的典型搜集成果有较大差距，也不是偶然现象。但托尔金生活在欧洲民族冲突激荡的 20 世纪初，需要处理民族自豪感和现实的落差。结合前文看来，似乎正是这种心理需要推动托尔金创作了"魔戒"系列早期的文本《失落的故事之书》。

《失落的故事之书》讲英国旅人埃里欧尔（Eriol）踏上了一座奇妙的岛屿托尔埃瑞西亚（Tol Eressëa），遇到了精灵夫妇林多和薇瑞。精灵夫妇向这个英国人讲述了精灵国度的一系列故事，包括世界的创造、维拉诸神的到来、黑魔王米尔寇的恶行、精灵的诞生和精灵城市的建立等①。在故事的最后，居住在托尔埃瑞西亚的精灵决定和大陆上的精灵联合起来反抗黑魔王的邪恶爪牙，他们向众水的主宰乌欧牟祈求巨鲸乌因（Uin）的帮助，将托尔埃瑞西亚岛拖到了靠近大陆的位置，也就是英格兰的位置；乌欧牟的臣属奥西（Ossë）气愤于托尔埃瑞西亚离开了他很早以前设置的位置，想要把这座岛拉回原位，结果把岛屿的西边拖裂了一块，就是今天的爱尔兰②。这些带有典型创世神话色彩的文本，正是《精灵宝钻》的雏形。《精灵宝钻》中某些重要角色的名字，如米尔寇、乌欧牟等，以及重要章节的名称，如《诺多族的出奔》《维林诺的隐藏》《刚多林的陷落》等，已出现于《失落的故事之书》中。"魔戒"系列文本系统以这些神话传说为开端，然后缓缓延伸到其他的体裁上去。依照上述证据——托尔金的自陈、他的学术背景、当时的学术思潮以及他最初的作品，我们可以相信他确实是在用创作来传达某种基于创世神话和仙境传说的概念。从他后续的创作看，这一思想一直影响着"魔戒"系列的整个文本系统。

---

① J. R. R. Tolkien & Christopher Tolkien, *The Book of Lost Tales Part One*, New York: HarperCollins Publishers, 2015; J. R. R. Tolkien & Christopher Tolkien, *The Book of Lost Tales Part Two*, New York: HarperCollins Publishers, 2015.

② J. R. R. Tolkien & Christopher Tolkien. *The Book of Lost Tales Part Two*, New York: HarperCollins Publishers, 2015, pp. 283–285.

尽管《失落的故事之书》等神话传说是在浪漫主义思潮的背景下创作出来的，但它们与《格林童话》的生产方式大有不同。前者是托尔金独立创作而成的，后者则是格林兄弟搜集整理而成的。两种生成文献的方法直接关系到它们的可信程度。于是，《失落的故事之书》几乎不可能取代浸润着民间文化和地方色彩的《格林童话》。民间故事集通常会表明故事的采集地和讲述人，或者干脆就在故事的标题上写明这种来源。这么做当然是为了让读者将这些历史悠久的故事与某个特定地域或民族联系起来。但《失落的故事之书》没有这样的功能，它是托尔金独立创作出来的，在发表之前完全没有流传过。如果说采集自民间的神话传说表达了民族对于自身历史的固有认识，能够获得民族成员的认同，那么托尔金创作的神话与传说则完全不能体现这种历史认识，也不具备民族认同的功能。

这决定了当时的社会很难从神话与传说的角度，像接受《格林童话》那样接受这些神话传说。托尔金在创作《魔戒》时，就已经产生了要将《魔戒》和《精灵宝钻》一起出版的念头。但是，他的老合作者乔治·艾伦和昂温出版公司（George Allen and Unwin）对于《精灵宝钻》的出版持犹豫的态度。1949 年托尔金完成《魔戒》与《精灵宝钻》以后，将它们寄给了威廉·柯林斯出版公司的编辑米尔顿·沃尔德曼（Milton Waldman），后者曾经向他表示过对于这两本书的兴趣。1950 年，托尔金敦促斯坦利·昂温（Stanley Unwin）出版二书遭拒，他转求沃尔德曼，但仍遭拒绝。1952 年，托尔金还是将书稿给了乔治·艾伦和昂温出版公司，但只有《魔戒》得以出版①。直到《魔戒》三部曲畅销全球后，出版商和社会大众才对《精灵宝钻》、《努门诺尔与中洲之未完的传说》和《失落的故事之书》等神话传说文本形成新的理解方式。这些作品由此才被出版市场接纳。

或者可以这样说，在市场境遇方面，"魔戒"文本系统中的通俗文学与神话传说有天壤之别。最先出版的作品《霍比特人》本来是

---

① J. R. R. 托尔金：《托尔金给出版商的信（1951）》，载克里斯托弗·托尔金编《精灵宝钻》，邓嘉宛译，上海人民出版社，2015，第 18 页。

讲给孩子听的故事，托尔金原本并没有明确的出版计划，但它的打印稿被托尔金分发到周围人的手上，获得了很好的评价。在这个过程中，稿件落到了一位出版社员工的手上。这位专业人士写信给托尔金，建议他将这份稿件出版。1937 年，这部作品得以出版，且马上大卖①。1938 年，《霍比特人》的美国版问世，它让托尔金在当年获得了纽约时报最佳童书奖②。《霍比特人》的市场成绩，或许还要加上好朋友刘易斯的鼓励，促使托尔金开始撰写其续作《魔戒》三部曲。尽管由于战争等不确定因素，《魔戒》三部曲直到 1954 才陆续出版，但其销售成绩也非常亮眼。据说，该书在英国第一次印刷的印数是 3000 本，在美国第一次印刷的印数是 1500 本；到 1965 年，美国第一次印刷《魔戒》未授权平装本时，其印数已达 150000 册③。郭星指出："在 1965 年至 1968 年的 3 年中，《指环王》一共销出了 300 万套，超过了同期《圣经》的销售量，并在此后一直保持稳定的高销量。"④

通俗小说是"魔戒"系列文本系统走向大众的关键。《魔戒》三部曲之所以能够在通俗小说市场中获得商业胜利，当然有作品内容和思想内涵上的原因。郭星认为："20 世纪 60 年代，以托尔金的《指环王》为代表的奇幻小说在追求特行独立生活方式的文化氛围中获得了爆发式的发展。托尔金的作品风行于英美各大校园。吸引青年人的正是托尔金作品中所表现出来的对现代社会的批判态度。"⑤ 这一观点，在超自然叙事和幻想文学的研究者中颇有共识。

本书讨论的焦点是小说体裁在流行过程中将整个文本系统推向大众视野的这一现象。有资料显示，在小说发行以后，《精灵宝钻》等从属于这一文本系统的其他体裁和文本也打开了销量。科林·杜瑞兹指出，《精灵宝钻》在英国和美国第一次印刷的印数都是 375000 册，而

---

① 迈克尔·怀特：《魔戒的锻造者：托尔金传》，吴可译，上海译文出版社，2004，第 166~169 页。
② 迈克尔·怀特：《魔戒的锻造者：托尔金传》，吴可译，上海译文出版社，2004，第 176 页。
③ 科林·杜瑞兹：《魔戒的锻造者：托尔金传》，王爱松译，黑龙江教育出版社，2015，第 201 页。据上述文献，"统计数字来自韦恩·G. 哈蒙德《J. R. R. 托尔金书目提要》，温彻斯特：圣保罗文献出版社；特拉华纽卡斯尔：橡树丘图书公司，1993"。
④ 郭星：《符号的魅影：20 世纪英国奇幻小说的文化逻辑》，南开大学出版社，2013，第 119 页。
⑤ 郭星：《符号的魅影：20 世纪英国奇幻小说的文化逻辑》，南开大学出版社，2013，第 119 页。

在 1979 年出版首个平装本之前，其精装本的印数已达到 2515000 册①。结合 20 世纪 50 年代《精灵宝钻》的出版波折来看，该书在 70 年代的畅销离不开"魔戒"系列小说近 30 年畅销打下的市场基础。托尔金在此时已成为一位名作家，小说的火车头作用足以带动整个"魔戒"系列文本的销量。恰好《精灵宝钻》与《魔戒》三部曲又是相互关联的故事，故几乎所有《魔戒》的粉丝都会为它买单。

小说的虚构性生成了整个文本系统的社会接受基础。这种虚构性不仅对托尔金的创作有意义，对大众读者的接受方式也很关键。以小说作为理解基础，读者便能理解《精灵宝钻》中的神话与传说完全是反映小说世界的东西，这些文本所映射出的历史文化传统也如同小说世界那样纯属虚构。于是，借着小说这个体裁的虚构性，以及其虚构性在大众心目中的合法地位，描绘纯粹虚构的架空世界的其他体裁，便得以和现实世界中的同类体裁区别开来。因为小说的虚构时空体已然呈现，而其他体裁也能描绘这一虚构时空体，读者便不会将这些体裁的指涉目标与现实时空相互混淆。在虚构时空体因小说变得深入人心以后，指涉这一时空体的其他体裁的虚构性，便也在人们的心目中获得了合理的解释与合法的地位。

《失落的故事之书》与《精灵宝钻》中神话与传说的内容差异，体现了"魔戒"系列文本系统向虚构性靠拢的趋向。托尔金在《精灵宝钻》中删除了英国旅人埃里欧尔的内容，也删除了对英格兰与爱尔兰岛屿的解释，实际上也就删除了整个神话传说体系与现实世界的明确联系。由此，文本系统所描绘的时空体得以进一步走向小说式的虚构。这也进一步理顺了这些神话传说与现实的关系，也就是在小说的基础上建立了一种新的能够被大众和社会普遍接受的关系。

（二）以通俗小说为经济基础

通俗小说使奇幻文学进入了产业化生产阶段。神话、史诗、传说

---

① 科林·杜瑞兹：《魔戒的锻造者：托尔金传》，王爱松译，黑龙江教育出版社，2015，第 201 页。据上述文献，"统计数字来自韦恩·G. 哈蒙德《J. R. R. 托尔金书目提要》，温彻斯特：圣保罗文献出版社；特拉华纳纽卡斯尔：橡树丘图书公司，1993"。

和童话的创作始于工业社会之前，通俗小说却与印刷出版业的工业化进程如影随形。在通俗小说中，奇幻文学形成了与工业生产相匹配的生产模式——史诗奇幻，而《魔戒》正是史诗奇幻的开创之作。但是，在强调架空世界创造的狭义奇幻文学成熟以后，通俗小说的生产模式也显示出了它的局限性，即其生产模式很难容纳处于大众娱乐市场之外的专业文本，由此限制了奇幻文学采用通俗小说以外的体裁对架空世界进行描述。直到 TRPG 生产模式出现以后，架空世界对奇幻文学与奇幻文化庞大的推进力量才被释放出来。

在 19 世纪末到 20 世纪中叶，通俗小说就已经开始被用以承载奇幻文学。从传入中国的奇幻文学作品看，通俗小说是最常见的体裁，初期主要通过报刊、单行本、BBS 或文学网站传播。传统上，报社、杂志社和出版商面向大众的精神文化需求和日常娱乐需要，其产品在获得市场认可后，它们便可以从广告投资和书刊零售中获利，也可以通过衍生品授权来获利。商业模式使出版商对奇幻小说产生了两个要求：第一，奇幻小说必须在某种程度上能够被市场接纳，能够满足大众需求，成为具有价值和交换价值的商品；第二，奇幻通俗小说最好具有较强的可延展性，能够在不断扩写中拓展商业价值。这两个要求反映了资本主义生产矛盾的两面：一方面要面向市场的有限需求，另一方面又要面向资本的无限扩张。这两个需求对于大多数出版商而言必要又切实，以至于它们构成了对于作品和作者的筛选机制，乃至形塑了通俗小说的产业面貌。

通俗小说为"魔戒"文本系统提供了成熟的市场传播渠道，这是该文本系统内其他体裁所不能完成的任务。英美通俗文学在 20 世纪初已经具备了产业化的生产方式和传播体系，这意味着一个足够广大和稳固的读者群体，以及与该市场群体相适应的文本生产系统。雷蒙德·威廉斯（R. Williams）指出："到了 1900 年代，具有现代特征的读者大众的各种组织形式已经被摸索出来，并且固定下来，它们的优点和缺点都很明显。"[1] "在 20 世纪 50 年代，我们才第一次有了一

128

---

[1] 雷蒙德·威廉斯：《漫长的革命》，倪伟译，上海人民出版社，2013，第 179 页。

个占人口大多数的书籍读者大众（可与之对比的是，1910 年有了一个占人口大多数的周报读者大众，在 1918 年后不久有了一个占人口大多数的日报读者大众）。"[1] 在 20 世纪以前，印刷资本主义在欧洲已经开拓了大众阅读市场，"魔戒"系列出现的年代则是这一市场从小众走向大众的关键时期。1954 年《魔戒》三部曲全部出版后，它所面对的是恰好已经成型的真正的大众市场。

小说是大众市场中最流行的体裁。罗贝尔·埃斯卡皮（Robert Escarpit）指出："小说在 20 世纪成为突出的文学体裁，成为作家和读者的交际过程中进行得最多的体裁。这个作用在过去的时代里曾赋予其他体裁：史诗、正剧、悲剧、抒情诗，这些体裁也都在自己的时代中经历过类似的衰落。小说在当前最为脆弱，因为对它的需求最大。"[2]

这种庞大的需求量也体现在写作者的工作方式上。储卉娟指出，19 世纪印刷资本主义催生了两种文学生产风潮：一种以伦敦西区的格拉布街为中心，以乔治·西默农（Georges Simenon）和阿加莎·克里斯蒂（Agatha Christie）等作家为代表，他们拥抱商业化写作，重视劳动生产率和写作模式化，出版的书籍常常数以百计，情节程式比较匮乏；另一种以纽约西区的格林威治村为中心，其代表人物包括亨利·詹姆斯（Henry James）、爱伦·波（Edgar Allan Poe）等，他们拒绝商业化写作，坚持浪漫主义的写作观，将写作看作自我表达和自我塑造，甚少顾及市场和读者的反应[3]。

两种对立的写作风潮，能够帮助我们理解 20 世纪奇幻通俗小说的生产。不过，笔者不认为在奇幻文学这个领域内，市场化的创作和非市场化的创作是非此即彼、完全对立的。这两者在奇幻文学中同时存在，甚至在历史上还彼此推动。恰恰是在通俗小说生产模式所激荡出来的两种风潮中，我们才能够理解奇幻通俗小说文本系统的现有

---

① 雷蒙德·威廉斯：《漫长的革命》，倪伟译，上海人民出版社，2013，第 180 页。
② 罗贝尔·埃斯卡皮：《文学社会学》，丁沛选编，浙江人民出版社，1987，第 145 页。
③ 储卉娟：《说书人与梦工厂：技术、法律与网络文学生产》，社会科学文献出版社，2019，第 84~88 页。

形态。

托尔金的小说创作当然不是商业化写作，但他也面对着那个具有大量需求的小说市场。奇幻译者屈畅指出，在 20 世纪后半叶，以托尔金的《魔戒》为基础，欧美奇幻小说诞生了"史诗奇幻"的创作模式，这种模式结合了世界、英雄和命运三大元素，推动奇幻文学进入模式化生产①。他说："自 20 世纪 80 年代到今天，史诗奇幻作为'支柱产业'，维持了近 30 年的奇幻产业平衡，并始终保持稳步发展，带来了我们今天看到的辉煌和奇幻胜景。据粗略统计，目前美国一年大约要新上市 300 本纯奇幻小说（不含再版和带幻想色彩的作品），纯奇幻小说作为整体在美国文化市场上能占到约超百分之十的份额，而纯奇幻小说种类里有一半都是史诗奇幻。"②

史诗奇幻巨大的可延展性，回应了资本主义对小说文本及其商业价值无限扩展的需求，确保了它在出版商眼中的重要地位。屈畅认为，在史诗奇幻的生产框架下，"'砖头书'和长系列大行其道。这从根本上说是史诗奇幻的客观需求，它需要那么多篇幅去彰显'三元素'，去铺陈，去把宏伟的构想发挥到极致——反过来，这里也有出版社趁机牟利的原因"③。本书认为，不管是史诗奇幻还是非史诗奇幻，奇幻文学表达架空世界的需求本身，就回应了通俗小说生产模式永无止境的延展需求。架空世界对于时空结构的不断铺陈，意味着故事舞台的持续扩张。这种扩张既是通俗小说展开叙述的必要手段，也是它延展自身的重要方式。这种手段和方式甚至可以追溯至某些非常古老的作品，如《奥德赛》。在 19 ~ 20 世纪的通俗小说中，使用转换舞台或探索时空的手法开始或延展故事的作品绝非罕见，诸如凡尔纳的《海底两万里》或威尔斯的《时间机器》，都是其中的经典之作。

"魔戒"系列的成功基于其文本系统通过核心体裁实现了三重统合，即统合了多元体裁对架空世界的表现力量，统合了体裁内容与社会文化期待，也统合了创作活动与市场经济。通俗小说作为首先建立

---

① 屈畅：《巨龙的颂歌：世界奇幻小说简史》，古吴轩出版社，2011，第 95 ~ 96 页。
② 屈畅：《巨龙的颂歌：世界奇幻小说简史》，古吴轩出版社，2011，第 96 页。
③ 屈畅：《巨龙的颂歌：世界奇幻小说简史》，古吴轩出版社，2011，第 96 页。

三重统合的核心体裁被人们放到了舞台中央，而其他体裁则被人们区分出来，以其描绘时空体的功能被统称为"设定"。通俗小说作为已经被市场接纳和广泛认识的文学体裁和产品模式，更容易通过出版商或杂志社的筛选，而设定部分常常会依附于通俗小说，在通俗小说已经流行开来后再作为商品进入贩卖渠道，部分起到自我维持的作用。这样，就形成了基于通俗小说的奇幻文学产业模式：其生产结果至少是通俗小说，但也能够形成多体裁文本系统。

"魔戒"文本的外部循环、它被大众读者理解的方式、它与社会生产建立关系的渠道，以及它与市场发生联系的路径，基本是建立在小说这一体裁上的。小说的虚构性带来了作家创作神话的新的理解方式，小说的出版商为文本系统提供了成熟的出版渠道。小说的畅销也带动了整个文本系统的畅销。通俗小说对整个文本系统的巨大影响，使我们免不了将它理解为奇幻文学的代表性体裁。事实上，奇幻小说确实能够脱离文本系统中的其他体裁单独存在。但阿尔达世界若纯以小说构建出来，应会耗费大量的篇幅和时光。这种耗费，恐怕一个作者用尽一生也无法承担。

然而，"魔戒"的文本生产在小说与设定之间体现出了明显的偏向。它很难容纳处于大众娱乐市场之外的专业文本，由此限制了通俗小说以外的体裁。从出版商的角度来看，小说文本是必要的，因为它是创作成果走向大众化和市场化的基础渠道；设定文本是非必要的，因为它们在小说的生产模式中不直接提供经济与声望收益。所以，大多数奇幻小说的设定文本都不能像《精灵宝钻》那样得以单独出版。但奇幻文学很快产生了新的、基于桌面角色扮演游戏的生产模式，设定文本通过新的体裁进入社会理解，建立了新的商业模式。奇幻文学的生产者在这种模式中也能够获得足够的市场收益。

更重要的问题在于，那些能够实现三重统合的核心体裁，如通俗小说和桌面角色扮演游戏，到底具有什么特性。基于本书的分析，核心体裁应具有以下三种特征。第一，它必须具有虚构性，以生成叙述学上的二度区隔。核心体裁的虚构性和二度区隔是社会接受那些原本不具备虚构性的体裁的基础。百科性和杂语性使小说能在一种体裁之内有限地统合各类体裁、各类话语的表现力量，但这种特性并非是必要条件。第二，它必须具有足够的长度和合适的话语形式，能够在完成其体裁基本功能的同时，将架空世界适度地铺陈开来。如话剧或歌剧等所在时空和所述时空均有限的体裁，不适合用来铺陈架空世界。长篇小说、长篇漫画、电视剧或系列电影等却能做到这一点。第三，它必须为整个文本系统提供成熟的市场渠道和完备的产业条件。这样，核心体裁才能够为架空世界的持续生产活动提供足够的社会影响和经济支撑，使架空世界及其多体裁文本系统具备牢固的生态基础。

第三章
"龙枪"系列与大众化叙事

奇幻文学的多体裁文本系统成熟于托尔金的"魔戒"系列。在"魔戒"系列问世之前，这套围绕奇幻文学的多体裁文本系统即便存在也未能公之于众。在"魔戒"系列问世以后，这套文本系统基本成型，神话、传说、通俗小说、编年体、地理志、民族志等体裁成为描述架空世界的方式，通俗小说则成为奇幻文学多体裁文本系统中的核心体裁。此后，奇幻文学的多体裁文本系统继续发展，又产生了基于桌面角色扮演游戏（以下简称 TRPG）的大众化叙事生产模式。

和通俗小说相似，TRPG 亦具有能够满足虚构性、可适度铺陈时空和能够提供市场渠道等特点，可以实现三重统合，由此成为奇幻文学多体裁文本系统中的另一个核心体裁。TRPG 创造性地使用游戏模组和游戏互动来生产和表达架空世界。这种新现象至少从两个方面颠覆了传统奇幻文学的生产面貌。一方面，TRPG 扩展了奇幻文学的创作实践群体：在这类游戏中，所有的玩家都要参与口头叙事，与同伴共同构筑奇幻文学文本。另一方面，核心时空体通过商标等形式被资产化，商业组织取代了个人成为多体裁文本系统创作的主体。用于描述架空世界的文本逐渐走向专业化和商品化。TRPG 所催生的用户生成内容模式与多体裁文本系统的全面产业化，正是它推动奇幻文学蓬勃发展的关键动力。

TRPG 与通俗小说的组合生产始于"龙枪"系列①。"龙枪"系列

---

① Steve Miller et al. , *Dragonlance Classics 15th Anniversary Edition*, Renton WA: Wizards of the Coast, Inc. , 1999.

的项目负责人是崔西·西克曼和玛格丽特·魏丝。20世纪80年代初，两人入职 TSR 公司后组织团队共同创造了"龙枪"系列①。TSR 公司是当时 TRPG 业界的龙头，它为"龙枪"系列的项目团队提供了非常成熟的产业环境。该项目团队从 1984 年到 1986 年陆续推出了 14 个系列游戏模组和《龙枪编年史》三部曲，游戏产品和小说作品都围绕同一个故事展开，两者共享人物和主要情节，并各自构成一个完整的史诗故事。其后，游戏和小说在叙事上分道扬镳，但双方都围绕着一个时空体，即围绕着克莱恩世界展开，就像"魔戒"系列的所有文本几乎都围绕着阿尔达世界展开一样。和"魔戒"系列相似，"龙枪"系列的创作活动也延续了数十年。但"龙枪"系列是商业主体引导下的组织生产，不仅参与创作的人数众多，其产品种类也很多，包括游戏规则书、游戏模组、月历、小说、短文、模型和玩具等②。

在"龙枪"系列所有的产品种类中，TRPG 占据着主导地位。正如西克曼所说："首先，在那些大部头的小说和文集之前，龙枪是一个角色扮演游戏。它是玩家和他们的角色能够决定世界命运的地方。"③ 但通俗小说却成了这个系列的市场爆点。《龙枪编年史》的译者解释说："龙枪编年史的出现，在市场上成功地填补了当时 TRPG 玩者迫切需要的文学空间。当这一群人在进行角色扮演游戏的时候，他们需要一些具有想象力的文学作品来帮助他们投入，营造出一个成功的环境。龙枪满足了他们的需求。"④ 由于 TRPG 互动系统要依靠口头叙事系统来带动，叙事便成为这个游戏的所有玩家无法脱离的游戏实践。从 D&D 诞生的时刻起，TRPG 就已经成为奇幻通俗小说的重要承载。D&D 的兴起与奇幻文学在美国的流行很难脱开关系。在早期

---

① Tracy Hickman, "Foreword," in Margaret Weis et al., *Dragonlance Champion Setting*, Renton WA: Wizards of the Coast, Inc., 2003, p.4.

② 朱学恒：《龙枪的诞生》，载玛格丽特·魏丝、崔西·西克曼《龙枪传奇 时空之卷》，朱学恒译，西藏人民出版社，2000，第3页。

③ Tracy Hickman, "Foreword," in Margaret Weis et al., *Dragonlance Champion Setting*, Renton WA: Wizards of the Coast, Inc., 2003, p.4.

④ 朱学恒：《序》，载玛格丽特·魏丝、崔西·西克曼《龙枪编年史 秋暮之巨龙》，朱学恒译，龙门书局、第三波出版国际股份有限公司，2001，第3页。

"龙与地下城"的设计公司 TSR 发行《巨龙志》第一期时，就已开启了 TRPG 刊物刊登小说的先例[1]。当时"魔戒"系列已成为奇幻文学经典，该刊也不断向托尔金致敬，不仅登载了游戏新品《五军之战》的广告，还登载了霍比特人的角色规则[2]。"龙枪"系列的出现，使 TRPG 和奇幻文学的协同生产成为现实。TRPG 将奇幻文学纳入自身的生产体系，使桌面游戏市场与通俗小说市场对接，不仅形成了产业互促，也大大扩展了 TRPG 的产业空间。

在"龙枪"项目团队的努力下，奇幻文学形成了基于 TRPG 的生产模式，并且获得了巨大的成功。"当 1984 年第一本小说出版之后，龙枪编年史突如其来地横扫市场，龙枪整个系列产品很快从货架上被抢购一空，销售量不停地上升，各方的嘉评和拥戴如潮水般涌进 TSR 公司。两位原本毫无名气的人，一夕之间成为《纽约时报》畅销书排行榜上的作家。"[3] 此后的"被遗忘的国度"系列，也通过同样的模式大受欢迎。

然而，这种模式的成功并不简单。20 世纪 90 年代计算机游戏进入中国后，如美国的《星际争霸》（*Starcraft*）、韩国的《龙族》（*Dragon Raja*）都在尝试"游戏＋文学"，但两者都没有爆发出像"龙枪"系列或"被遗忘的国度"系列般的生产力。造成这种差别的原因是多样的，其中很重要的一点在于，上述两个案例都缺乏"龙枪"系列或"被遗忘的国度"系列那样大众参与的叙事机制，而叙事机制又恰好是 TRPG 生产模式的关键所在。最显明的一点在于，叙事活动凸显了设定文本的必要性，从而打开了设定文本的市场需求。通过叙事机制，设定文本成为 TRPG 生产模式的核心产品，它不仅能像通俗小说那样为文本系统建立外部市场环境，还对整个奇幻文学的文本系统产生了深远的影响。

---

[1] "Dragon Rumbles or How Did We Get into This, and What Are We Going to Do Now That We're Here?" *The Dragon*, Vol1, No. 1 (June 1976), p.3.

[2] "五军之战"是奇幻作家 J. R. R. 托尔金《霍比特人》中最宏大的战争场面之一，而"霍比特人"则是托尔金在其"魔戒"系列中创造的最深入人心的种族形象之一。参见 Gary Gygax, "Hobbits and Thieves in Dungeon!" *The Dragon*, Vol1, No. 1 (June 1976), p.15.

[3] 朱学恒：《序》，载玛格丽特·魏丝、崔西·西克曼《龙枪编年史　秋暮之巨龙》，朱学恒译，龙门书局、第三波出版国际股份有限公司，2001，第 3 页。

在"龙枪"系列这一个案面前，奇幻文学研究者很容易对小说与游戏的关系充满兴趣，甚至产生研究冲动。但游戏和小说的关系研究应该怎样进行呢？笔者认为，本书所使用的核心概念，如文献、文本、体裁及其社会功能等，既可以用来分析小说，也可以用来分析游戏。更明确地说，本书尝试用体裁概念来理解和分析游戏这一文化现象。尽管体裁（Genre）在传统上是个文学概念，但当代语言学者将这个概念扩展到社会行为层面，如新修辞学派认为定义体裁的依据是话语所能完成的行动，悉尼学派提出"体裁是指运用语言来行事的方式"，ESP学派则指出"一种体裁包含着一种类别的许多交际事件，这些事件具有一组相同的交际目标"[①]。在这些语言学家看来，文学只是行事或交际的某个部分。除了诗歌、小说、戏剧等传统文学体裁，学术论文、法律条文等都可以进行体裁分析[②]。那么，游戏也是由话语支撑起来的社会行为或交际事件，它理应获得体裁的身份。

游戏常常饱含着文学的元素，这是它能够被视作体裁的一种附加理由。弗雷顿认为，游戏可以通过戏剧元素让玩家在体验中投入情感，她指出："最基本的喜剧元素，比如挑战和玩，在所有游戏中都能找到。一些更复杂的戏剧技巧，比如前设、角色和故事，通常被用于解释和增强正规系统中更加抽象的元素，为玩家建立更深的情感连接，并在总体上丰富游戏的体验。"[③] 她强调，故事预设、角色、故事、构建世界和情节发展都是可以融入游戏的戏剧元素，这些要素必须和玩法结合来引发玩家的情感共鸣[④]。剧本、故事、角色和台词等文学要素，在角色扮演游戏、文字冒险游戏等游戏种类中占据着核心

---

① 丁建新：《文化的转向：体裁分析与话语分析》，南开大学出版社，2015，第1~2页。在当代语言学中，专门针对体裁（Genre，在语言学中又译作语类）展开研究的主要有三个流派：新修辞学派，以米勒（Carolyn R. Miller）为代表人物；悉尼学派，以悉尼大学的韩礼德（Michael A. K. Halliday）和马丁（James R. Martin）等为代表人物；ESP（English for Specific Purposes）学派，又译作专门用途英语学派，以密歇根大学学者斯威尔斯（John Swales）和新加坡国立大学学者巴蒂亚（Bhatia）为代表人物。

② 参见杨瑞英《英语学术论文的体裁分析——理论与应用》，科学出版社，2014；韩征瑞《体裁分析视域下的中国法律话语研究》，暨南大学出版社，2016。

③ 特雷西·弗雷顿：《游戏设计梦工厂》，潘妮、陈潮、宋雅文、刘思嘉、秦彬译，电子工业出版社，2016，第97页。

④ 特雷西·弗雷顿：《游戏设计梦工厂》，潘妮、陈潮、宋雅文、刘思嘉、秦彬译，电子工业出版社，2016，第105~120页。

的位置。此外，即便是在卡牌、战棋和经营类游戏中，恰到好处的句子和文案也会时刻显示出文学的力量。譬如在《文明Ⅵ》（Sid Meier's Civilization Ⅵ）中，每当玩家获得畜牧技术，丘吉尔的名言就会响起："我喜欢猪。猫鄙视人类，狗仰视人类，而猪对人类一视同仁。"这不失为一种有趣的文学体验。

基于游戏中的文学元素，我们可以把某些游戏理解成综合性文艺体裁，就好像戏剧那样。叙事学者玛丽－劳尔·瑞安也曾做过类似界定，她说："究竟什么是电脑游戏？是更广泛的活动类型的一个子集，其特征是依赖具体的技术媒介，自身又分为各种文类。"[①] 不过本书更关注游戏的文类特点，亦即体裁特点，而非媒介特点（尽管两者并非无关）。和戏剧相似，不少游戏也通过文字、造型和声音等多种方式来呈现其内容。而在更狭义的层面上，许多游戏拥有与小说相似的杂语性。它们能够以不同的话语方式来做表达，指涉或映射不同的社会群体。因此，就像通俗小说那样，某些大型游戏拥有成长为多体裁文本系统的潜力，它也能包容和映射这个文本系统中的不同体裁。

游戏的互动机制，使它和别的文艺形式具有了明显的区别。我们不难发现游戏的互动性和文学性之间的冲突。这种冲突，就好像舞台剧的歌舞化与文学性之间的冲突，或影视剧的奇观化与文学性之间的冲突那样，是体裁特点张扬之后的结果。人们有时候会沉迷于游戏行为而忘记去读取游戏文本的含义。但这并不意味着两者之间存在着你死我活的斗争，这些要素在相当长的时间里仍旧会共存共处。更重要的是，游戏的互动系统与文学性的奇幻表述之间还有可能存在促进关系。但若要论证这一点，就要涉及具体的游戏机制。

一 "龙枪"系列的文献构成

在 D&D 的发展过程中，TRPG 界尝试将各种各样不同的小说背景纳入游戏内容之中。如 1984 年，铁王冠有限公司（Iron Crown,

---

① 玛丽－劳尔·瑞安：《故事的变身》，张新军译，译林出版社，2014，第 27 页。

LTD.）在《霍比特人》和《魔戒》三部曲的基础上发行了《中洲角色扮演》游戏规则，并且在《巨龙志》第 90 期上做了大幅广告。1993 年，这套游戏规则又发售了第二版①。也是在 1984 年，TSR 公司推出了"龙枪"系列的第一个游戏模组和第一本通俗小说，意味着奇幻文学生产开始介入桌面游戏生产内部。当时"魔戒"系列不仅出版了《霍比特人》和《魔戒》三部曲等小说文本，《精灵宝钻》、《努门诺尔与中洲之未完的传说》以及《中洲历史》第一卷等文本也已出版。"魔戒"系列文本系统已被初步呈现在大众面前，其运用多体裁从不同时段和跨度展现时空体的方式，为"龙枪"系列的文本生产提供了重要参考。

"龙枪"系列的另一个重要基础来自 TRPG 本身。TRPG 是一种建立在稳定话语形式上的模拟社会互动。首先，支撑这种游戏的一系列书面文本有固定的形式和明确的功能。不仅 TRPG 的实际过程是由体裁呈现出来的，其背后也有一套固定的体裁作为支撑。这些体裁还被纳入种类确定的文献之中，作为商品出现在市场上。其次，在游戏互动中，玩家借助上述文本资料，用口头叙述和游戏工具来扮演某个角色，并通过这个角色来推动故事的完成。整场游戏以口头文本呈现，还能够在必要的时候被媒体工具记录下来。这种文本或话语形式稳定、功能明确，其本身就能够被视为一种体裁，即国内圈子俗称的"跑团记录"。

"龙枪"系列的架空世界尽管出现得很早，但仍有珠玉在前，以供其借鉴参考。1983 年，TSR 公司推出了《灰鹰世界幻想游戏设定集》（*World of Grayhawk Fantasy Game Setting*）套装，包含 80 页的《灰鹰世界指南》和 48 页的《注释记录》②。这一设定集由"龙与地下城"的创始人吉盖克斯（Gary Gygax）撰写，是对"龙与地下城"核心规则所描述的灰鹰世界的一次系统性呈现。设定集介绍了奥尔斯大陆（Oerth）东部的东奥尔瑞克地区，也就是吉盖克斯和玩伴们在游戏叙事中所描绘的主要舞台，设定集描述了主要的天体、历法、天

138

---

① S. Coleman Charlton Design & Development, *Middle-Earth Role Playing Second Edition*, Charlottesville, VA: Iron Crown Enterprises, Inc., 1993.

② Gary Gygax, *World of Greyhawk Fantasy Game Setting*, Lake Geneva, WI: TSR, Inc., 1983.

气、植被、地方简史、族群（包括人口、性格和服饰等）、古代与现代的语言，以及该地区的各政区。这套设定集的编写，也为"龙枪"系列架空世界的设计及表述提供了坚实的基础。

"龙枪"系列的首部游戏模组出现在"灰鹰世界"之后，其开创性的贡献在于与通俗小说的良好结合。"龙枪"系列文本系统主要由扩展规则书、游戏模组和通俗小说这三类文献构成。当然，"龙枪"系列还有其他次要文献种类，如计算机角色扮演游戏（Computer Role-Playing Game，以下简称 CRPG）、卡牌游戏、漫画、动画等。但前述三类文献发生较早，数量较多，生产持续时间较长，已能支持 TRPG 生产模式的主要环节。支撑 TRPG 的主要体裁也基本已被这些文献收录。要了解"龙枪"系列文本系统的体裁构成，就要对这三类文献进行考察。但是，完整且细致地考察有很大难度。"龙枪"系列文本系统的体量过于庞大，它是商业组织数十年持续生产形成的结果，完整地搜集整理并非易事。我们对"龙枪"系列文本系统的文献搜集是有限度的，基本上集中在 1984～2007 年这个时间范围内，并且基本不涉及跑团记录。在这段时间里，"龙枪"系列经历了"龙与地下城"TRPG 三个规则版本的完整周期，足以反映 TRPG 生产奇幻文学的主要方式，也能够反映出"龙枪"系列从兴盛走向衰落的主要历程。

我们把当前能够搜集到的"龙枪"系列的各类出版文献汇总起来，其数量情况大体如表 3－1 所示。在"龙枪"系列文本系统中，通俗小说文献占据了数量上的绝对优势，这种情况与"魔戒"系列是类似的。游戏模组文献与扩展规则书文献的数量大体相当，但前者略多些。"龙枪"系列文本系统作为欧美桌面游戏文本系统的经典案例，其文本体量和体裁多样性不是孤例。创作主体和版权方在 D&D 规则下建立起来的架空世界，除了"龙枪"系列的克莱恩世界，还有"被遗忘的国度"的托瑞尔行星、"艾伯伦"系列的艾伯伦世界等。围绕这些时空体，也都形成了文本数量庞大、体裁种类繁多的文本系统。"龙枪"文本系统也可以被理解为一套由文本承接的生产方式。这种生产方式深刻地影响着欧美游戏产业，也使欧美游戏界形成了围绕时空体进行文本生产的传统：不仅仅是桌面游戏遵循这种传统，电子游戏也在某种程度上延续着这种传统。上述三类文献虽不能完全在电子游戏中直接显现出来，但其大部分内容和功能已体现在游戏内部。

表 3 – 1   "龙枪"系列文本系统文献数量统计

文献种类	文献数量
扩展规则书	45 种
游戏模组	49 种
通俗小说	149 种

　　"龙枪"系列的文本系统不是由某一个天才、知识分子或文学家生产的，而是由专业公司组织生产的。也就是说，"龙枪"系列采取了社会化的创作方式。基于这种方式，"龙枪"系列文本系统的体量远远大于"魔戒"系列，我们很难再像上一章那样将主要出版文献的体裁篇目提取出来，做分类统计后再一一讨论，但我们可以针对每一类文献的体裁结构进行探讨。表 3 – 1 所展示的这三类文献的数量对比，基本上能够反映出该文本系统内部多种体裁并存的状态，其中游戏模组文献与通俗小说文献都可以被看作单独的体裁。但扩展规则书的情况较为复杂，尽管它在后期形成了较为固定的编纂体例，但它是由多种体裁组合而成的。由于体裁构成了文献功能的主要载体，我们有必要对每类文献进行体裁分析。

（一）扩展规则书

　　我们现在看到的"龙枪"系列扩展规则书包括 4 个版本的游戏规则，共计 45 种。AD&D 第一版规则下的设定集有 3 种，包括《最后归宿旅店文集》①、《龙枪世界地图集》②、《龙枪史诗中的艺术》③。

---

①　Margaret Weis & Tracy Hickman (eds.), *Leaves from the Inn of the Last Home*, Lake Geneva, WI: TSR, Inc. , 1987.

②　Karen Wynn Fonstad, *The Atlas of the Dragonlance World*, Lake Geneva, WI: TSR, Inc. , 1987.

③　Mary Kirchhoff (ed.), *The Art of the Dragonlance Saga*, Lake Geneva, WI: TSR, Inc. , 1987.

AD&D 第二版规则下的设定集有 7 种，包括《塔兰达斯指引之书》①、《怪物大全：龙枪专集》②、《长枪故事》③、《龙枪战役玩家指南》④、《克莱恩的诸矮人王国》⑤、《龙枪的历史》⑥、《最后归宿旅店复文集》⑦。第五纪元史诗游戏规则下的设定集有 20 种，分别为《第五纪元戏剧冒险游戏》2 册，即《第五纪元之书》⑧、《黄昏与黎明》⑨；增刊套装《钢铁的英雄》2 册，即《夜与昼》⑩、《风暴渐升》⑪；增刊套装《反抗的英雄》2 册，即《斗篷与匕首》⑫、《克莱恩上的风暴》⑬；增刊套装《希望的英雄》2 册，即《内中魔法》⑭、《王冠与毒蛇》⑮；增刊套装《秘法的英雄》2 册，即《一个月亮，而非三个》⑯、《杀戮之霜》⑰；增刊套装《光之城堡》2 册，即《沐浴光明者》⑱、《黑暗中的光》⑲；增刊套装《最后的高塔》2 册，即《高塔的秘密》⑳、《魔法中的冒险》㉑；增刊套装《怒风之翼》2 册，即《龙之知识》㉒、《安塞隆上空的翅膀》㉓；以及《命运卡牌》㉔、《帕兰萨斯》㉕、《怪物全书》㉖、

① David "Zeb" Cook, *The Guidebook of Taladas*, Lake Geneva, WI: TSR, Inc., 1989.
② Rick Swan, *Monstrous Compendium Dragonlance Aendix*, Lake Geneva, WI: TSR, Inc., 1990.
③ Harold Johnson et al., *Tales of the Lance*, Lake Geneva, WI: TSR, Inc., 1992.
④ Jonathan Ariadne Caspian (eds.), *Player's Guide to the Dragonlance Campaign*, Lake Geneva, WI: TSR, Inc., 1993.
⑤ Douglas Niles, *Dwarven Kingdoms of Krynn*, Lake Geneva, WI: TSR, Inc., 1993.
⑥ Margaret Weis & Tracy Hickman (eds.), *History of Dragonlance*, Lake Geneva, WI: TSR, Inc., 1995.
⑦ Margaret Weis & Tracy Hickman (eds.), *More Leaves from the Inn of the Last Home*, Renton WA: Wizards of the Coast, Inc., 2000.
⑧ William W. Connors, *Book of Fifth Age*, Lake Geneva, WI: TSR, Inc., 1996.
⑨ Sue Weinlein Cook, *Dusk or Dawn*, Lake Geneva, WI: TSR, Inc., 1996.
⑩ Skip Williams, *Night and Day*, Lake Geneva, WI: TSR, Inc., 1996.
⑪ Skip Williams, *The Rising Storm*, Lake Geneva, WI: TSR, Inc., 1996.
⑫ Steve Miller, *Cloak and Dagger*, Lake Geneva, WI: TSR, Inc., 1997.
⑬ Steve Miller, *Storm over Krynn*, Lake Geneva, WI: TSR, Inc., 1997.
⑭ Duane Maxwell, *The Magic within*, Lake Geneva, WI: TSR, Inc., 1997.
⑮ Duane Maxwell & Steve Miller, *The Crown and The Serpent*, Lake Geneva, WI: TSR, Inc., 1997.
⑯ Steven Brown, *One Moon, Not Three*, Lake Geneva, WI: TSR, Inc., 1997.
⑰ Steven Brown, *The Killing Frost*, Lake Geneva, WI: TSR, Inc., 1997.
⑱ Steve Miller, *The Light-Bearers*, Lake Geneva, WI: TSR, Inc., 1998.
⑲ Steve Miller & Miranda Honer, *A Light in the Darkness*, Lake Geneva, WI: TSR, Inc., 1998.
⑳ Skip Williams, *The Secrets of the Tower*, Lake Geneva, WI: TSR, Inc., 1997.
㉑ Skip Williams, *Adventures in Magic*, Lake Geneva, WI: TSR, Inc., 1997.
㉒ Douglas Niles, *Dragonlore*, Lake Geneva, WI: TSR, Inc., 1998.
㉓ Douglas Niles, *Wings over Ansalon*, Lake Geneva, WI: TSR, Inc., 1998.
㉔ Steven Brown et al., *Saga, Fate Deck*, Lake Geneva, WI: TSR, Inc., 1997.
㉕ Steven "Stan!" Brown, *Palanthas*, Lake Geneva, WI: TSR, Inc., 1998.
㉖ Steven "Stan!" Brown, *Bestiary*, Lake Geneva, WI: TSR, Inc., 1998.

《第五纪元叙事指南》①。D&D 第三版规则下的扩展规则书共有 15 种，分别为《龙枪战役设定集》②、《凡人年代》③、《长枪战争》④、《大法师之塔》⑤，《克莱恩怪物全书》⑥、《克莱恩怪物全书》（修订版）⑦、《泰索荷夫的地图袋：凡人年代》⑧、《泰索荷夫的地图袋：长枪战争》⑨、《泰索荷夫的地图袋：龙枪传奇》⑩、《群星圣教会》⑪、《双子传奇》⑫、《安塞隆诸族》⑬、《安塞隆诸骑士团》⑭、《克莱恩的龙》⑮、《最后归宿旅店的失落文集》⑯。

　　"龙枪"系列扩展规则书作为游戏产品，主要为桌面游戏活动服务，包括提供各类游戏规则、叙事素材，以及部分叙事素材的游戏数据资料。这些文献被统称为"设定"（setting）。1983 年 TSR 公司出版的《灰鹰世界幻想游戏设定集》就已使用了该词，这个设定集描绘的架空世界也是"龙与地下城"的第一个官方架空世界。"龙枪"系列早期的扩展规则书采用"文集"（Leaves）、"指南"（Guide）等概念，直到 2003 年《龙枪战役设定集》（*Dragonlance Campaign Setting*）方将"Setting"一词作为文献名称使用。中国采用"设定"一词翻译"Setting"主要是在 21 世纪以后，并且可能受到日语的影响，因为"设定"一词在日本轻小说中也具有作品背景的含义。"龙枪"

① William W. Connors, *A Saga Companion, A Guide to Telling Tales of the Fifth Age*, Lake Geneva, WI: TSR, Inc. , 1998.
② Margaret Weis et al. , *Dragonlance Campaign Setting*, Renton WA: Wizards of the Coast, Inc. , 2003.
③ Margaret Weis & Jamie Chambers, *Age of Mortals*, Lake Geneva, WI: Sovereign Press, Inc. , 2003.
④ Tracy Hickman et al. , *War of the Lance*, Lake Geneva, WI: Sovereign Press, Inc. , 2004.
⑤ Margaret Weis et al. , *Towers of High Sorcery,* Lake Geneva, WI: Sovereign Press, Inc. , 2004.
⑥ Cam Banks & Andre Laroche, *Bestiary of Krynn*, Lake Geneva, WI: Sovereign Press, Inc. , 2004.
⑦ Cam Banks & Andre Laroche, *Bestiary of Krynn Revised*, Margaret Weis Productions, Ltd. , 2006.
⑧ Tasslehoff's Map Pouch, *The Age of Mortals*, Lake Geneva, WI: Sovereign Press, Inc. , 2004.
⑨ *Tasslehoff's Map Pouch, The War of the Lance,* Lake Geneva, WI: Sovereign Press, Inc. , 2006.
⑩ *Tasslehoff's Map Pouch, Legends,* Williams Bay, WI: Margaret Weis Productions, Ltd. , 2007.
⑪ Sean Evieiette et al. , *Holy Orders of the Stars,* Lake Geneva, WI: Sovereign Press, Inc. , 2005.
⑫ Tracy Hickman et al. , *Legends of the Twins,* Lake Geneva, WI: Sovereign Press, Inc. , 2005.
⑬ Cam Banks et al. , *Races of Ansalon,* Williams Bay, WI: Margaret Weis Productions, Ltd. , 2006.
⑭ Sean Evieiette et al. , *Knightly Orders of Ansalon,* Williams Bay, WI: Margaret Weis Productions, Ltd. , 2006.
⑮ Cam Banks et al. , *Dragons of Krynn,* Williams Bay, WI: Margaret Weis Productions, Ltd. , 2007.
⑯ Margaret Weis (ed.), *Lost Leaves from the Inn of the Lasthome,* Williams Bay, WI: Margaret Weis Productions, Ltd. , 2007.

系列扩展规则书在表述克莱恩世界的历史、地理、种族、职业、技能、专长、法术、城镇、国家时均有固定的文本形式。这些形式有的来自核心规则书，有的来自社会或历史上已成型的体裁，有的来自特殊需求和创新创造。

"龙枪"系列受"魔戒"系列影响至深。如"龙枪"系列遵照D&D 的种族框架，沿用了来自托尔金的精灵（Elf）和矮人（Dwarf）的种族形象。"龙枪"系列对克莱恩世界的表述方式，也受到"魔戒"系列对阿尔达世界的表述方式的影响。如果我们将"魔戒"文本系统中的主要体裁都拿出来，与"龙枪"系列扩展规则书中的内容做一番对比，会发现两者之间颇为相似。我们依照"魔戒"文本系统的八大体裁种类，对出版于 1987～2003 年的适用于三个规则版本的"龙枪"扩展规则书的章节进行分类统计，可得到表 3 - 2。

表 3 - 2　　三种龙枪系列扩展规则书的章节数量与体裁分类

体裁	最终归宿旅店文集（1987 年）	长枪故事（1992 年）	龙枪战役设定集（2003 年）
通俗小说	1 节	0 节	0 节
神话传说	2 节	1 节	7 节
笔记	5 节	2 节	12 节
民族志	1 节	2 节	14 节
地理志	1 节	1 节	2 节
编年体	1 节	1 节	2 节
叙事诗	2 节	0 节	0 节
历法	0 节	1 节	0 节
其他	6 节	6 节	20 节

不难发现，"魔戒"系列的主要体裁在"龙枪"系列扩展规则书中都有出现，神话传说、笔记、民族志、编年体等体裁更是被大规模运用。《长枪故事》显著地体现了上述特征[①]。该书第一部分讲述克莱恩世界的历史，先使用编年体叙述克莱恩世界从星辰诞生之年代、

---

① Harold Johnson et al. , *Tales of the Lance*, Lake Geneva, WI: TSR, Inc. , 1992.

梦幻之年代、光明之年代、正义之年代、力量之年代到黑暗之年代六个时间段的历史进程;再用历史叙述体来描述创世、圣人战争、凡人诞生、第一次巨龙战争等关键性事件①。第二部分是"安瑟隆地理志"(Geography of Ansalon),先介绍安瑟隆大陆的区域构成、大陆各地区气候、引起地形和气候变迁的"大灾变"事件(Cataclysm),随后详细介绍大灾变以后各地区的地理情况。第三部分介绍安瑟隆的种族,借用了民族志的写法,先后描述了野蛮人、矮人、精灵、侏儒、坎德人、牛头人等的外观、个性、历史、行政结构、技术和武器等。这些规则书通过组合传统体裁,让它们为游戏活动服务。如《双子传奇》先使用编年体阐述《龙枪传奇》三部曲的时间线,又借助地理志描述小说故事的重要地点,最后在此基础上提出契合上述时空信息的冒险点子,以帮助主持人设计冒险故事②。此外,神话、叙事诗等体裁,也在"龙枪"系列的规则书中多次出现,成为支持用户构造冒险故事和角色的重要材料。

与"魔戒"系列的文本相比,"龙枪"系列扩展规则书作为桌面游戏产品有它自己的规则。"龙枪"系列桌面游戏主要是在 D&D 规则下进行的。基于特定功能与相应内容,D&D 核心规则书在各个版本之间形成了持续沿袭的编纂体例。如《玩家手册》几乎总会由游戏规则、人物属性、职业、技能、专长、魔法等章节构成。《地下城主指南》和《怪物图鉴》的编纂也是如此。这种在各版本规则之间承袭的体例,也凸显了 D&D 游戏规则的某些核心理念。再者,每个版本的核心规则书,也会根据各个规则的数字衡量系统和数学运算系统的差异,形成该版本内的表述规范。如第三版规则中,一个法术的表述包括 11 个部分:名称、学派、等级、成分、施展动作、距离、目标、持续时间、豁免、法术抗力和效果描述;第四版规则中,一个法术的表述则包括 13 个部分:名称、职业、技能种类、感官描述、恢

在幻想的冰山下

---

① 历史叙述体是西方史学中的一种传统体例,类似于我国史学传统中的"纪事本末体"。
② 参见 Tracy Hickman et al. , *Legends of the Twins*, Lake Geneva, WI: Sovereign Press, Inc. , 2005, pp.32-37. 对照参考玛格丽特·魏丝、崔西·西克曼《龙枪传奇》(第一至第三卷),朱学恒译,西藏人民出版社,2000。

复时间、伤害种类、施展动作、所需成分、特殊要求、目标、攻击种类、命中效果和其他描述。尽管版本与版本之间，法术的描述规范并不相同，但在版本内部，所有扩展规则书的描述都会遵循核心规则书的表述方式。规则书将具有功能的文本形式编辑起来形成较稳固的体例。尽管这些文本形式尚未被外部社会广泛认可，但在用户群体内部已经形成了规范。大部分用户都能够理解这些形式的意义，并且在自己创作游戏规则时也或多或少地遵照这些体裁、形式或体例。

（二） 游戏模组

按游戏设计师崔西·西克曼的观点，"随着专家级龙与地下城系统的演化，所需要说的故事经过适当的安排，变成了我们所称呼的'模组'。游戏模组是小规模的冒险设定，可以让玩者了解地点、设定以及如何透过规则和其他人物互动。在早期，这些模组都是以地下城为主要场景的设定，提供了广大的迷宫让玩者的另一个自我可以在里面冒险、与怪兽搏斗、收集实物"[1]。需要注意的是，为了保证玩家角色不会未卜先知地在故事开头就知道结局，游戏模组通常只会向主持人开放。并不是所有主持人在主持游戏的时候都需要模组，但游戏模组中往往蕴含着成熟的讲述模式和经典的场景设计，因此常常成为主持人叙事时的重要参考。

"龙枪"系列是首个明确使用冒险模组叙述史诗故事的作品[2]，在多数游戏文本中它都被称为"龙枪萨迦"（Dragonlance Saga）。第一个游戏模组《绝望之龙》（Dragons of Despair）是与"龙枪"系列第一部小说《秋暮之巨龙》同年出版的，模组中的主要人物和情节主线与小说前半部分基本一致[3]。"龙枪"系列模组与"龙枪"系列扩展规则书类似，生产创作历时长久，产品数量庞杂。从现有的搜集情况看，第一版 AD&D 规则下共有模组 17 种，包括系列史诗模组

---

① 崔西·西克曼：《前言》，载玛格丽特·魏丝、崔西·西克曼《冬夜之巨龙》，朱学恒译，西藏人民出版社，2000。
② 崔西·西克曼：《前言》，载玛格丽特·魏丝、崔西·西克曼《冬夜之巨龙》，朱学恒译，西藏人民出版社，2001，第 2 页。
③ Tracy Hickman, *Dragons of Despair*, Lake Geneva, WI: TSR, Inc. ,1984.

《绝望之龙》①、《焰舌之龙》②、《希望之龙》③、《凄凉之龙》④、《神秘之龙》⑤、《冰霜之龙》⑥、《光芒之龙》⑦、《战争之龙》⑧、《诡计之龙》⑨、《梦境之龙》⑩、《荣光之龙》⑪、《信仰之龙》⑫、《真实之龙》⑬、《胜利之龙》⑭，独立模组《侏儒100，巨龙0》⑮，短模组集《克莱恩迷雾》⑯、《克莱恩世界》⑰。第二版 AD&D 规则下共有模组 26 种，按系列以英文字母和数字进行编码，如 DLE01、DLA02 或 DLR03 等，含 DLE 系列模组 3 种，即《寻龙途中》⑱、《龙之魔法》⑲、《龙之守藏》⑳；DLA 系列模组 3 种，即《龙之黎明》㉑、《龙之骑士》㉒、《龙之休憩》㉓；DLR 系列模组 3 种，即《域外之地》㉔、《塔兰达斯：牛头人》㉕、《未被歌颂的英雄》㉖；DLC 系列模组 3 种，即《龙枪经典》卷 1 至卷 3，辑录了从《绝望之龙》到《胜利之龙》12 个经典系列模组，并根据规则更替做了数据升级㉗；DLQ 系列模组 2 种，即《骑

① Tracy Hickman, *Dragons of Despair*, Lake Geneva, WI: TSR, Inc. , 1984.
② Douglas Niles, *Dragons of Flame*, Lake Geneva, WI: TSR, Inc. , 1984.
③ Tracy Hickman, *Dragons of Hope*, Lake Geneva, WI: TSR, Inc. , 1981. 该书出版年份原文献作 1981 年，但它是与前后两个模组相连续的模组，真实出版年份应在 1984 年到 1985 年之间。
④ Tracy Hickman & Michael Dobson, *Dragons of Desolation*, Lake Geneva, WI: TSR, Inc. , 1984.
⑤ Michael Dobson, *Dragons of Mystery*, Lake Geneva, WI: TSR, Inc. , 1984.
⑥ Douglas Niles, *Dragons of Ice*, Lake Geneva, WI: TSR, Inc. , 1981.
⑦ Jeff Grubb, *Dragons of Light,* Lake Geneva, WI: TSR, Inc. , 1985.
⑧ Tracy Hickman & Laura Hickman, *Dragons of War,* Lake Geneva, WI: TSR, Inc. , 1985.
⑨ Douglas Niles, *Dragons of Deceit*, Lake Geneva, WI: TSR, Inc. , 1985.
⑩ Tracy Hickman, *Dragons of Dreams,* Lake Geneva, WI: TSR, Inc. , 1985.
⑪ Douglas Niles & Tracy Hickman, *Dragons of Glory,* Lake Geneva, WI: TSR, Inc. , 1986.
⑫ Harold Johnson & Bruce Heard, *Dragons of Faith*, Lake Geneva, WI: TSR, Inc. , 1986.
⑬ Tracy Hickman, *Dragons of Truth*, Lake Geneva, WI: TSR, Inc. , 1986.
⑭ Douglas Niles, *Dragons of Triumph*, Lake Geneva, WI: TSR, Inc. , 1986.
⑮ James W. Ward & Jean Blashfield, *Gnomes-100, Dragon-0*, Lake Geneva, WI: TSR, Inc. , 1987.
⑯ Mike Breault, *Mists of Krynn*, Lake Geneva, WI: TSR, Inc. , 1988.
⑰ Douglas Niles & Michael Gray, *World of Krynn*, Lake Geneva, WI: TSR, Inc. , 1988.
⑱ Rick Swan, *In Search of Dragon*, Lake Geneva, WI: TSR, Inc. , 1989.
⑲ Rick Swan, *Dragon Magic*, Lake Geneva, WI: TSR, Inc. , 1989.
⑳ Rick Swan, *Dragon Keep*, Lake Geneva, WI: TSR, Inc. , 1989.
㉑ Deborah Christian, *Dragon Dawn*, Lake Geneva, WI: TSR, Inc. , 1990.
㉒ Rick Swan, *Dragon Knight*, Lake Geneva, WI: TSR, Inc. , 1990.
㉓ Rick Swan, *Dragon's Rest,* Lake Geneva, WI: TSR, Inc. , 1990.
㉔ Bennie Haring & Terra, *Otherlands*, Lake Geneva, WI: TSR, Inc. , 1990.
㉕ Colin McComb, *Taladas. The Minotaurs*, Lake Geneva, WI: TSR, Inc. , 1991.
㉖ Tim Beach, *Unsung Heros*, Lake Geneva, WI: TSR, Inc. , 1992.
㉗ Mike Breault (ed.), *Classics Volume Ⅰ*, Lake Geneva, WI: TSR, Inc. , 1990. Elizabeth Anne Tomabene (ed.) , *Classics Volume Ⅱ*, Lake Geneva, WI: TSR, Inc. , 1993. Mike Breault (ed.), *Classics Volume Ⅲ*, Lake Geneva, WI: TSR, Inc. , 1994.

士之剑》①、《弗林特的斧子》②；DLS 系列模组 4 种，即《新的开始》③、《树木领主》④、《橡树之主》⑤、《野精灵》⑥；DLT 系列模组 1 种，即《新的故事：大地重生》⑦；"混沌战争"系列模组 2 种，即《混沌之种》⑧、《混沌之卵》⑨；"战役线"系列模组 2 种，即《森林的面纱》⑩、《泰坦的崛起》⑪；独立模组《混沌收割者》⑫、《龙之时代》⑬；短模组集《巢穴之书》⑭。第三版 D&D 规则下共有模组 6 种，含"凡人年代"系列 3 种，即《命运的钥匙》⑮、《哀伤的幽灵》⑯、《勇敢的代价》⑰；"长枪编年史"系列 3 种，即《秋之巨龙》⑱、《冬之巨龙》⑲、《春之巨龙》⑳。上述游戏模组共计 49 种。

　　由于文本的高度形式化、规范化和功能化，模组已经可以被看作一种体裁。它是已经设计成熟的游戏内容，为主持人提供故事的主线剧情、重要人物形象和数据、每个区域的信息及其中的故事线索等。这种文本形式也被后来同一规则或相似规则下的游戏模组所采用。1984 年出版的《绝望之龙》与 2003 年出版的《雪夜怪谈》具有相同的形式特征，除去开篇的模组简介、设定、预设角色、重大事件等辅助部分之外，主体部分的文本形式是一以贯之的。即先依照故事的进

① Colin McComb & Thomas M. Reid, *Knight's Sword*, Lake Geneva, WI: TSR, Inc. , 1992.

② Tim Beach, *Flint's Axe*, Lake Geneva, WI: TSR, Inc. , 1992.

③ Mark Acres, *New Beginnings*, Lake Geneva, WI: TSR, Inc. , 1991.

④ John Terra, *Tree Lords*, Lake Geneva, WI: TSR, Inc. , 1991.

⑤ Blake Mobley, *Oak Lords*, Lake Geneva, WI: TSR, Inc. , 1991.

⑥ Scott Bennie, *Wild Elves*, Lake Geneva, WI: TSR, Inc. , 1991.

⑦ Jonn Terra, *New Tales, The Land Reborn*, Lake Geneva, WI: TSR, Inc. , 1993.

⑧ Douglas Niles, *Seed of Chaos*, Lake Geneva, WI: TSR, Inc. , 1998.

⑨ Douglas Niles, *Chaos Spawn*, Lake Geneva, WI: TSR, Inc. , 1999.

⑩ William W. Connors & Miranda Horner, *The Sylvan Veil*, Lake Geneva, WI: TSR, Inc. , 1999.

⑪ Richard Dakan, *Rise of the Titans*, Lake Geneva, WI: TSR, Inc. , 2000.

⑫ Simon Collins, *Chaos Reaver*, Lake Geneva, WI: TSR, Inc. , 2001.

⑬ David "Zeb" Cook, *Time of the Dragon*, Lake Geneva, WI: TSR, Inc. , 1989.

⑭ Skip Williams & Nicky D. Rea, *Book of Lairs*, Lake Geneva, WI: TSR, Inc. , 1993.

⑮ Christopher Coyle, *Key of Destiny*, Lake Geneva, WI: Sovereign Press, Inc. , 2004.

⑯ Cam Banks, *Specter of Sorrows*, Lake Geneva, WI: Sovereign Press, Inc. , 2005.

⑰ Cam Banks, *Price of Courage*, Lake Geneva, WI: Sovereign Press, Inc. , 2006.

⑱ Clack Valentine & Sean Macdonald adapt, *Dragons of Autumn,* Lake Geneva, WI: Sovereign Press, Inc. , 2006.

⑲ Cam Banks & Sean Macdonald adapt, *Dragons of Winter*, Williams Bay, WI: Margaret Weis Productions, Ltd. , 2007.

⑳ Sean Macdonald et al. adapt, *Dragons of Spring*, Williams Bay, WI: Margaret Weis Productions, Ltd. , 2007.

展顺序，将展开主要情节的舞台或场景划分为章节，每个章节又区分为若干个小房间或小场景。在这些小场景中，模组告知主持人怎样描述场面，怎样让玩家与场景中的人物交互。关键的人物与可能的情节被多个场景组织和串联起来，形成完整的框架来支持口头叙事互动。

由此，一个 TRPG 模组可以被理解成一个具备互动性和多种可能性的故事框架。尽管模组中常常会写定大体的剧情和结局，但单个故事的完成仍然要依靠叙事活动。玩家和主持人在这种叙事互动中做出选择和演绎后，故事的情节才能确定下来。而游戏的乐趣也蕴藏在上述选择和演绎的过程中，且不能够为通俗小说等其他非互动体裁所取代。

（三）通俗小说

1984 年，"龙枪"系列的首部通俗小说《秋暮之巨龙》出版，很快便登上了《纽约时报》畅销书排行榜①。此后，整个系列逐渐发展成为拥有数十种子系列的庞然大物。据笔者不完全统计，该系列通俗小说的数量至少有 150 种②，含《龙枪编年史》系列 3 种、《龙枪传奇》系列 3 种、《雷斯林编年史》系列 2 种、《失落编年史》系列 3 种、《新生代》系列 2 种、《灵魂之战》系列 3 种、《黑暗信徒》系列 3 种、《野蛮人》系列 3 种、《贝津的游览指南》系列 3 种、《混沌之战》系列 5 种、《经典》系列 4 种、《魔法守护者》系列 4 种、《达蒙史诗》系列 3 种、《新世纪巨龙》系列 3 种、《矮人王国》系列 3 种、《矮人家园》系列 3 种、《精灵王国》系列 3 种、《放逐精灵》系列 3 种、《亚苟斯》系列 3 种、《索兰尼亚的崛起》系列 3 种、《石语者》系列 3 种、《食人魔泰坦》系列 3 种、《牛头人战争》系列 3 种、《塔兰达斯三部曲》系列 3 种、《冰墙》系列 3 种、《会面》系列 6 种、《第五纪元的故事》系列 3 种、《凡人年代》系列 5 种、《英雄》系列

---

① 朱学恒：《序》，载玛格丽特·魏丝、崔西·西克曼《龙枪编年史 秋暮之巨龙》，朱学恒译，龙门书局、第三波出版国际股份有限公司，2001，第3页。

② 本部分的小说作品统计主要根据"龙枪"系列 25 周年纪念册（电子书）、维基百科"龙枪"系列词条和亚马逊网站电子书整理，两份主要材料仅有作者名与书名，缺乏注释所必需的出版社和出版年份。

第一辑 3 种、《英雄》系列第二辑 3 种、《国王祭司》系列 3 种、《反派》系列 6 种、《战士》系列 7 种、《失落的历史》系列 6 种、《失落的传奇》系列 3 种、《序曲》系列第一辑 3 种、《序曲》系列第二辑 3 种、《康的军团》系列 2 种、《时光之砧》系列 4 种、《林莎三部曲》系列 3 种、《巨龙文选》3 种、《多彩文集》4 种，还有短篇故事集《克莱恩魔法传》、《坎德人，溪谷矮人和侏儒》、《爱与战争》、《伊斯塔王权》、《大灾变》和《长枪战争》。自 2001 年起，《龙枪编年史》系列、《龙枪传奇》系列、《新生代》系列、《灵魂之战》系列等十多种作品被译成中文在我国出版。

通俗小说加入 TRPG 的文本系统，最初是对游戏模组叙事进行的补充。按西克曼所说："龙枪编年史中的第一本小说《秋暮之巨龙》是和前四个游戏模组制作时一起撰写的。我们一开始认为这本书应该和模组中的剧情一模一样，甚至忠实地呈现每一个事件。"[①] TRPG 的游戏模组和通俗小说的构造逻辑都是叙事，即对于人物、场景、时间和事件的有序组合。这种内在逻辑上的相似性，使通俗小说和 TRPG 很快走到了一起。从实际情况看，"龙枪"系列小说的作者中有不少人都参与过规则书和游戏模组的写作，除了两位主创西克曼和魏丝，还有道格拉斯·尼尔斯（Douglas Niles）、卡姆·班克斯（Cam Banks）、多恩·帕林（Don Perrin）等。当然，小说和游戏模组各具特点。小说对于场景、人物和情节的描写更加细致、完整、精确。因为它是作家以书面语撰写的，一切都能够在事先做好准备、评判和校正。但模组和它支持的口述文本则不同，尽管模组中也有部分文字是直接作为台词使用的，以使主持人可以通过朗读来描绘场景，但在绝大多数情况下，主持人需要现场口头组织语言，与玩家不断进行互动。在这种场合下，口头语言常常比书面文本更富有活力，却又更加粗糙并且转瞬即逝。小说补充了游戏模组的许多不足。它更加完整、恒久，篇幅也更为紧凑，可以自行掌握叙述节奏，以在更短的时间内

---

① 崔西·西克曼：《前言》，载玛格丽特·魏丝、崔西·西克曼《冬夜之巨龙》，朱学恒译，西藏人民出版社，2000，第 3 页。

叙述同样的故事，而不像游戏那样常常陷入人际互动的扯皮之中。

不过，通俗小说和 TRPG 并不总是和谐相处的。"龙枪"系列的缔造者西克曼反复回忆这种体裁之间的矛盾和他们处理这种矛盾的方式。"游戏玩起来很好玩，写出来却不见得是篇好小说。"[①] "龙枪编年史的第一本小说，当我在十年内第一次重看时，是个很有趣的经验。玛格丽特和我挣扎着要替模组和小说撰写出故事的景象又浮现在我眼前。我更回想起小说中有许多剧情是靠着模组的设计过程而激发出来的。游戏中有太多的人物，不适合在小说中一一登场。那是我们俩合作的第一本小说；就许多方面来看，也可以证明我们俩在之后的岁月中进步了多少。"[②] "在第一本小说之后，我们获得了更大的自由度；可以选择要忽视、或是建构在游戏中的相同剧情上（或者是将冒险队伍分散）。这对我们来说是种更有创意的过程，也自在多了。"[③]看上去，西克曼和魏丝在创作过程中逐渐掌握了 TRPG 与小说之间的距离和差异，才推动了"龙枪"系列小说的进一步发展。因此，对TRPG 和小说之间的差异略作分析，也是一种有价值的讨论。

第一，TRPG 时空体的焦点不全在叙事文学上。通俗小说归根到底是叙事活动与叙事成果，在 19 世纪已经成为一个专业的叙事领域。TRPG 的反馈机制虽然包含叙事，但其参与者不一定具备优秀的叙事能力。这种能力是种罕见的天赋或美丽的偶遇，不能期待大部分玩家或主持人拥有或碰见。更加稳定的反馈是由游戏机制本身和游戏公司提供的。前者如通过战斗拿到宝物和经验、看到自己的人物有所成长、在故事中扮演重要角色、在虚拟的世界中有所作为等；后者则包含新的人物构造资源，如新的人物能力或精美的插画等。当玩家的注意力集中在这些东西上时，要求游戏叙事保持完整或美感就很困难。

第二，TRPG 叙事拥有强烈的口头性和互动性，其时空体的生成

---

① 崔西·西克曼：《前言》，载玛格丽特·魏丝、崔西·西克曼《冬夜之巨龙》，朱学恒译，西藏人民出版社，2000，第 3 页。

② 崔西·西克曼：《前言》，载玛格丽特·魏丝、崔西·西克曼《冬夜之巨龙》，朱学恒译，西藏人民出版社，2000，第 3 页。

③ 崔西·西克曼：《前言》，载玛格丽特·魏丝、崔西·西克曼《冬夜之巨龙》，朱学恒译，西藏人民出版社，2000，第 3 页。

方式与通俗小说有明显差异。TRPG 叙事必须在口头互动中完成，这就意味着小型的聚会空间和多人参与的聚会活动。TRPG 叙事不像小说文本那样能够依靠个人活动完成，而需要依靠小团体的口头互动来完成。现代互联网技术部分消解了多人交流的空间和口头性质。通过互联网软件和设备，人们可以采用文字聊天的方式，在相隔万里的地方实现链接。但 TRPG 叙事仍然要有集体和共时的条件，以满足互动需求。

第三，TRPG 叙事具备强烈的现场性，时空体的生成也被这种现场性所影响。TRPG 叙事需要现场来生成，这是它作为游戏所具备的时空特征决定的。这种叙事不像通俗小说那样需要将叙事文本固定下来，也不需要产生经典传世之作。TRPG 叙事像许多口头文艺那样，故事无从写定，没有标准版本，只在重复叙述中，随着叙述场景的生灭而生灭，事后也难以追溯。这样，TRPG 所述时空体就产生了两个层次：一层是被规则书和游戏模组等固定文本呈现的写定时空体，另一层是随着现场叙事文本产生和变化的口述时空体。后者部分基于前者产生，体现了 TRPG 文本系统内部的权威与权变。

第四，TRPG 叙事不能依靠单纯的语言文字，还需要工具辅助。这些工具对于 TRPG 叙事有时还起着关键的作用。比如说，在 TRPG 叙事中，大量具有随机量和挑战性的事件或情节需要由骰子投点决定结果，而其成功率又与骰子的面数及游戏规则中设计的难度有关。又如，TRPG 在战斗时需要使用简易地图和棋子等，这些地图继承了兵棋游戏的地图传统，拥有比较丰富的地形变化，远不是国际象棋或围棋那样的简单空间，于是人物在空间中的移动和变化就成为叙述的重要内容之一。也就是说，骰子或地图对 TRPG 叙事起着决定性作用。

基于上述差异，TRPG 叙事和小说叙事虽然在某些情况下能够互通，但绝不能混为一谈。TRPG 呈现时空体方式的特点，及其在这种方式上与通俗小说的差异，不仅对时空体呈现的结果和效用至关重要，而且造就了 TRPG 与通俗小说完全不同的产业生态，包括不同的生产组织、不同的社会价值、不同的叙事成本、不同的产品形式、不同的盈利渠道、不同的心理期望等。

二 克莱恩世界的宏观结构

和阿尔达世界相似，克莱恩世界也具备三元宏观结构。《龙枪战役设定集》明确提出："克莱恩世界里的几乎每个生物都被卷入世界进程之中，并在世界与民众的形塑中扮演有用的角色。"[①] 这种对中心化的强调提升了宏大叙事和宏观三元结构在整个文本系统中的重要性。阿尔达世界中最重要的宏观结构，如超自然结构中的神祇和魔法、时空体结构中的历史与地理、社会群体结构中的神祇谱系和族群结构，都被克莱恩世界继承下来。当然，克莱恩世界去除了阿尔达世界背后的基督教情结，神祇与世界及人类的关系都被重新处理，也具有自己的特色。

（一）超自然结构

神祇是克莱恩世界超自然力量的焦点、渠道或者来源。神祇会给予凡人祝福或引导，赐予或剥夺凡人的超自然力量。牧师们以对真神的信仰为源泉才能施展神术，法师们亦需以魔法三神为魔力之源才能施展奥术。神祇还统领着超自然生物的代表——龙。神祇之间一旦发生冲突，超自然力量之间的斗争必然随之而来。神祇可以说是克莱恩世界最为关键的超自然力量之一。

克莱恩世界的神话这样形容诸神创世。最初，世界是一片混沌。混沌自身便是一位神。而后，至高神（The High God）来到了混沌之中，在混沌中创造出了形体、意义和目的。混沌与至高神共同完成了整个创世构想。至高神将这一构想宣告，从虚空中呼唤创世的助手。这构想一经宣告，在虚空彼岸便有了回应。回应者就是光明的帕拉丁（Paladine）和黑暗的塔克西丝（Takhisis）。帕拉丁和塔克西丝之间既相互联系，又有不可调和的冲突。至高神为了填补两者之间的空隙，

---

① Margaret Weis et al. , *Dragonlance Campaign Setting*, Renton WA: Wizards of the Coast, Inc. , 2003, p.185.

防止两者内耗而亡，搜索万界，找到了吉力安（Gilean），并将创世构想托付给他。于是，吉力安变成了记载创世构想的书册，书册中伟大的知识让他成为神。①

接着，至高神便隐遁进入虚空，帕拉丁、塔克西丝与吉力安继续承担创世的任务。三神又宣读创世构想，这次从虚空中传来诸多回应，克莱恩的诸神纷至沓来，参与世界的创造。李奥克斯（Reorx）造出锤子，重塑了混沌。他敲击混沌时飞溅的火花照亮了世界，变成了星辰。他用混沌造出星座、行星和月球，然后又造出了克莱恩世界。帕拉丁和塔克西丝引导李奥克斯塑造了大地，他们造出陆与海，分开天与地。诸神纷纷赐福克莱恩。于是，植物繁衍，森林茂密，四季轮替，美丽纷呈，万物依序，各行其道②。接着，诸神创造了活物。起先，诸神造出万物的精魂。一说，这些精魂原本是李奥克斯击打混沌时溅出的火花，即空中的繁星。诸神为精魂赋予形体、生命、欲求和自由的意志，又将克莱恩作为他们的居所。在早期设定中，最初三个智慧种族是精灵、人类和食人魔：精灵是善神的宠儿，人类受中立诸神偏爱，而食人魔则最受邪恶诸神所爱③。

诸神参与了克莱恩世界的几乎每一次历史巨变。在《龙枪编年史》三部曲中，长枪英雄们从头到尾都在与黑暗之后塔克西丝麾下的恶龙军团对抗，到最后更要亲手阻止恶神之首降临人间。《灵魂之战》三部曲讲诸神依照与诸神之父的约定离开克莱恩后，塔克西丝秘密滞留克莱恩，并且想要统治世界。诸神在大法师雷斯林的引导下回到克莱恩，将塔克西丝打为凡人，使世界重新恢复秩序。诸神还常以化身临凡，亲力亲为推动世界局势的发展。如《龙枪编年史》中白金龙帕拉丁化身为老法师费资本，《夏焰之巨龙》中锻造之神李奥克斯化身为道根·红锤。他们与故事中的英雄们一起旅行，并肩作战，共同面对世界的危机。

---

① Harold Johnson et al. , *Tales of the Lance*, Lake Geneva, WI: TSR, Inc. , 1992, pp.13–14.

② Harold Johnson et al. , *Tales of the Lance*, Lake Geneva, WI: TSR, Inc. , 1992, p.14.

③ Margaret Weis & Tracy Hickman (eds.), *Leaves from the Inn of the Last Home*, Lake Geneva, WI: TSR, Inc. , 1987, pp.15–16.

克莱恩诸神继承了阿尔达诸神的结构，但又有所发展。第一，克莱恩诸神保留了传统文学中光明与黑暗的两极对立。克莱恩诸神从两大阵营转变成三大阵营，形成了更加稳定的三角结构。中立七神以"善恶皆存"为信条，为这一平衡提供了切实的保障。这个结构保证了光明与黑暗两方的持续斗争，保证了超自然力量的宏观矛盾，为宏大叙事做出了重要铺垫。第二，克莱恩诸神在善良与邪恶的二元对立之外，加上了秩序与混沌的二元对立。如《龙枪战役设定集》说："所有神祇都在至高神的带领下共同为宇宙带来秩序；而混沌则永远反其道而行之。"① 这种双重对立与 D&D 第三版核心规则九大阵营系统是对应的。第三，克莱恩虽然也有神上之神，即至高神与混沌，但他们与伊露维塔大不相同。他们都不像伊露维塔那样全知全能、完美无缺。至高神在创世结束后便感到疲乏，就此隐遁，而混沌更可以被捕获、被击败。如《夏焰之巨龙》说混沌父神被囚禁在灰宝石中，一朝从灰宝石中脱困而出，意图毁灭世界。克莱恩诸神与凡间英雄并肩作战，迫使父神放弃灭世计划，从此远离克莱恩。

魔法是克莱恩世界中最贴近凡人的超自然力量。设定集《长枪故事》这样解释魔法的诞生：在第一个纪元，世界由于诸龙和诸神的两次大战而满目疮痍。为了保住和平，三大阵营的诸神决定各自养育一个孩子，并让这三个孩子结为血脉兄弟。这三个孩子为克莱恩带来了新的祝福，也就是魔法②。魔法三神作为克莱恩最年轻的神祇就此诞生。这三位神祇分别是力量之手索林纳瑞、蒙面少女露妮塔瑞和湮灭之暗努塔瑞，他们在天空上显现为银月、红月和黑月。凡人法师依靠魔法三神获得施法能力。纵然三神一度离开世界，而凡人法师在此期间发现了不依靠三神的野魔法，但这一魔法的源头同样是魔法三神。

克莱恩的魔法诞生自诸神，反映着诸神内在的善恶结构。也就是说，克莱恩存在善良的魔法、中立的魔法和邪恶的魔法，也有秩序的魔法和混乱的魔法。银月索林纳瑞是善良的魔法神，负责掌管宁静和

154

---

① Margaret Weis et al. , *Dragonlance Campaign Setting*, Renton WA: Wizards of the Coast, Inc. , 2003, p.116.

② Harold Johnson et al. , *Tales of the Lance*, Lake Geneva, WI: TSR, Inc. , 1992, p.16.

建造的魔法；红月露妮塔瑞是中立的魔法神，掌管幻象和变形术；黑月努塔瑞是邪恶的魔法神，掌管支配和破坏的魔法①。法师（Wizard）从三位魔法之神那里获得施法能力，他们也遵守魔法之神的禁忌和誓愿，区分为白袍、红袍与黑袍三大阵营。与谨守秩序的法师不同，术士（Sorcerer）不从三大魔法之神那里获取法术，而是直接使用铸就了克莱恩的魔法力量，也就是原初魔法②。这种魔法又被称为野魔法，其力量由饱含混沌本性的灰宝石激发而出③。这样一来，魔法也就具备了善良与邪恶、秩序与混沌的双重对立结构。

一方面，克莱恩的魔法既然是诸神对世界的祝福，便自然地被赋予了美好的品格，呈现着超自然的美丽。最为典型的例子是《龙枪编年史》中的蓝色水晶杖。这个魔法物品是平原野蛮人河风为了让部落酋长承认自己与酋长之女金月的爱情，独自前往失落的城市经历重重艰险所得。它是医疗女神米莎凯失落了数百年的神迹，不仅仅能够治愈凡人的疾病与创伤，更在恶龙大军侵袭世界时为克莱恩各族带来了新的希望，帮助他们重拾对真神的信仰。另一个例子是屠龙枪，它是骑士修玛用以击败黑暗之后的武器，能够帮助善良的人们对抗恶龙。但在《修玛传奇》中，屠龙枪的威力并不来自它自身，而在于持枪者的信念。只有纯净的信念和信仰才能让屠龙枪产生击败恶龙的力量。和精灵宝钻或力量之戒一样，蓝色水晶杖和屠龙枪都在故事中具有关键地位。

另一方面，魔法力量的危险性也是"龙枪"系列的表述重点。如在《龙枪传奇》中，魔法师雷斯林使用魔法穿梭时空回到大灾变之前，吸取古代失落的知识，妄图把自己变成神明。卡拉蒙为了阻止弟弟雷斯林的疯狂计划，同样用时空传送装置回到一千年前的世界中心伊斯塔。在那里，雷斯林和卡拉蒙遭遇了大灾变——当时的教皇狂妄地祈求诸神让他登上神位，但愤怒的诸神从天上抛下燃烧的山脉将

① Harold Johnson et al. , *Tales of the Lance*, Lake Geneva, WI: TSR, Inc. , 1992, p.15.
② Margaret Weis et al. , *Dragonlance Campaign Setting*, Renton WA: Wizards of the Coast, Inc. , 2003, p.53.
③ Margaret Weis et al. , *Dragonlance Campaign Setting*, Renton WA: Wizards of the Coast, Inc. , 2003, p.93.

大陆撕成碎片。在故事的后半段，卡拉蒙不小心被传送到未来，见证了雷斯林封神计划的成功，但也见证了雷斯林登神所带来的克莱恩世界的整体毁灭。通过两次时空旅行，读者能够看到一种强烈的对照：在雷斯林封神之路的途中是伊斯塔教皇祈求封神的灾难性后果，在雷斯林封神之路的尽头同样也是灾难性后果。通过旅行和追逐，卡拉蒙等人最终让雷斯林从追求封神的执念中摆脱出来，重新思考魔法和神力等超自然力量，从而拯救了世界。

当然，并不是所有的魔法都有深刻的寓意：魔法在 TRPG 中被视作战斗和冒险的工具。由于工具性质，D&D 系统对魔法的伦理性描述减少了，而功能性和条件性描述则非常细致。第三版 D&D《玩家手册》用了近一半的篇幅叙述魔法：不仅各个职业使用魔法的类别和方式不同，施法本身也涉及大量游戏规则和计算方法。魔法系统涵盖奥术与神术两大种类，又可以分为八大派系和多种子类，各职业群体可使用魔法的种类繁多。每道法术均有依名称、派系和子类、成分、作用距离、目标、持续时间和具体效果的顺序进行叙述的详细文本。D&D《地下城主指南》还叙述了多个种类的魔法陷阱、魔法环境和魔法物品。

从工具性的角度入手，魔法能够制造精彩场景，或者推进情节进展。半精灵坦尼斯的斩龙剑就是个很好的例子。这柄剑是古代精灵专门为了屠龙设计的利器，能够对龙造成较大的伤害。这柄剑还有一个特点：当龙与剑的距离在 30 尺以内时，宝剑会"嗡嗡"地鸣叫，让300 尺以内的龙都听到[1]。半精灵坦尼斯在刚刚得到这柄剑的时候，并不知道它有这样的功能。于是他带着这柄剑，打算从睡龙的眼皮底下溜过走，结果不仅惊醒了睡龙，还引来了另一条龙[2]。斩龙剑的这一特点似乎是在向《魔戒》中的刺叮剑致敬，后者也具有类似的示警功能，会在兽人靠近时发出蓝光[3]。但《龙枪编年史》的改动营造

---

[1] Margaret Weis et al. , *Dragonlance Champion Setting*, Renton WA: Wizards of the Coast, Inc. , 2003, p.166.

[2] 玛格丽特·魏丝、崔西·西克曼：《龙枪编年史 秋暮之巨龙》，朱学恒译，龙门书局、第三波出版国际股份有限公司，2001，第475~476页。

[3] 托尔金：《魔戒（前传）：霍比特人》，李尧译，译林出版社，2002，第62页。

了相当的戏剧性效果。出人意料的魔法创造出的意想不到的场景，恰好是叙事艺术所热烈欢迎的。

在"龙枪"系列中，龙是架空世界的符号与主题，扮演了特别关键的角色。龙是欧美幻想故事中拥有强大力量的终极坏蛋，是骑士的对手，也是恶魔的化身。正如奇幻作家萨尔瓦多所说："没有任何东西能够与龙的梦魇相提并论，这种庞然有力的危险把一切都掩埋在它的阴影之下。"[1] "龙枪"系列中的龙是善与恶双方强大力量的代表。一说，巨龙由至高神创造出来，以作为统领地上所有动物的王者[2]。另一说，巨龙是帕拉丁和塔克西丝按照自己的形象创造出来的[3]，就像《圣经》中人是上帝按自己的形象创造的那样。善神之首帕拉丁被称为白金龙，率领善良阵营的金龙、银龙、青铜龙、黄铜龙和红铜龙；恶神之首塔克西丝又名五色龙后，率领邪恶阵营的红龙、黑龙、蓝龙、绿龙和白龙。善龙与恶龙之间的战争正是世间善恶对抗的超自然体现。人类、精灵、矮人等智慧种族在介入这种争斗之后，也逐渐找到了自己的位置：他们创造了屠龙枪，持枪骑上善龙就能击败恶龙。龙骑士们随着龙群在空中飞舞的宏伟场面，成了"龙枪"系列奇幻战争中的标志性场景，构成了克莱恩世界的特色。

（二）时空体结构

和"魔戒"系列相似，"龙枪"系列也将历史作为架空世界表述的首要部分。"Saga"一词随着商标烙在了"龙枪"系列几乎所有的官方文本上。"龙枪"系列呈现了安瑟隆大陆自创世以来的宏大历史，并以这种宏大历史作为自己独特风格的重要标志。作为"龙枪"系列的起始，作品中的故事和漫长的世界历史相互衔接，能够形成一种史诗般的壮阔感。当然，并非所有的"龙枪"小说都与世界级的历史潮流有关，但描绘历史潮流的转折仍然可以被看作"龙枪"系

---

① Robert Anthony Salvatore, "Foreword," in Cam Banks et al., *Dragons of Krynn*, Williams Bay, WI: Margaret Weis Productions, Ltd., 2007, p.4.

② Margaret Weis & Tracy Hickman (eds.), *Leaves from the Inn of the Last Home*, Lake Geneva, WI: TSR, Inc., 1987, p.16.

③ Harold Johnson et al., *Tales of the Lance*, Lake Geneva, WI: TSR, Inc., 1992, p.13.

列文学创作的关键思想之一。关键的小说、模组和规则书，也常常是以历史叙述为开端的。历史渗透在"龙枪"系列几乎所有类型的文本之中，熔铸了这个系列的特点与个性。因此，历史可以说是克莱恩世界最重要的时间结构。"龙枪"系列描绘的历史是纷繁复杂的，不同的文本之间会有出入。依据官方资料的表述，克莱恩的历史大体可分为七个纪元。

第一纪是星辰诞生之年代。"这个纪元仅能从传说、诗歌和圣典中知晓。克莱恩世界在这个时代铸成，凡人也在此时被创造出来。"[①]至高神绘下了新世界的蓝图，其余诸神应召而至。李奥克斯造出星球，塑造了大陆和海洋，其余诸神纷纷祝福此处，使此地万物皆备，且有不可名状之美。接着，巨龙由帕拉丁引导着李奥克斯的手造出，又被塔克西丝所玷污。塔克西丝的恶行引发了诸龙战争（All-Dragons War）。混乱横扫了世界的每个角落，几乎快要重塑世界。诸神不忍世界受伤，便从克莱恩退回天堂，让战争止熄。在天堂中，诸神为怎样处置众精魂爆发了战争，即诸圣战争（All-Saints War）。至高神听到了开战的动静，从虚空中返回。他给诸神定下规矩：每个阵营的神祇可以给这些精魂一个礼物。诸善神为精魂赋予肉体，使他们可以成为世界的主人。诸恶神以疾病、欲求和死亡诅咒他们，使他们会出于恐惧而为邪恶效力。中立诸神给予精魂自由的意志，以及掌握自身命运的能力。这样，克莱恩便诞生了食人魔、精灵和人类。他们是克莱恩世界之子。[②]

第二纪是梦幻之年代。"这是一个神话与传说的时代，超凡的正义英雄抗击邪恶，人类在此时经历了教训。这些教训会在以后的纪元中凸显出其重要性。"[③] 食人魔在山中首先建立文明和城市。他们奴役了平原上仍处于野蛮社会的人类，把他们变成苦力。食人魔在人类劳工的血泪中用冰冷的岩石建立了强大的国家。但是，由于人类奴隶

① Margaret Weis et al. , *Dragonlance Champion Setting*, Renton WA: Wizards of the Coast, Inc. , 2003, p.6.
② Harold Johnson et al. , *Tales of the Lance*, Lake Geneva, WI: TSR, Inc. , 1992, p.4.
③ Margaret Weis et al. , *Dragonlance Champion Setting*, Renton WA: Wizards of the Coast, Inc. , 2003, p.6.

的叛乱和反抗，食人魔文明最终衰落了。人类重新回到了野蛮的社会中。锻造者李奥克斯召集了一批充满创造力并且崇拜其锻锤技艺的人类。李奥克斯将他们带到北方，让他们当自己的助手。久而久之，这些人变成了一群矮小的工匠。精灵受到食人魔的启发，发现了团结一心的价值。他们联合起来，试图在南方的魔法森林中建立自己的文明。但那里原本是巨龙的家园。于是他们发动了第一次巨龙战争，历史进入了第三个纪元。①

第三纪是光明之年代。希瓦纳斯（Silvanos）家族联合其他精灵家族召开第一次至高议会，其间立下盟誓，准备开战。联军意图将巨龙赶出他们选定的地方，但巨龙的抵抗十分猛烈。魔法三神赐予精灵五颗巨龙之石，捕获了诸巨龙的灵魂。精灵将这些巨龙之石深埋于世上最高的山脉之下，从而赢得了第一次巨龙战争。接着，他们召开了第二次至高议会，建立了希瓦那斯提（Silvanesti）王国，所有的精灵家族都被赐予土地。由此，精灵便仿照古时的食人魔建立了自己的文明。

由于插手第一次巨龙战争，魔法三神被逐出了克莱恩大地。他们让谎言王子希杜克骗锻造者李奥克斯锻造灰宝石。他们声称这颗宝石能够保证他们远离克莱恩。于是，李奥克斯照做了。灰宝石被放在红月亮露妮纳瑞上面，被魔法三神注满了自身精华。接着，希杜克又诱骗了李奥克斯手下的一个匠人，让他把灰宝石从红月亮上偷走。那匠人失手了，灰宝石掉到大地上，催生了野魔法。许多匠人为此羞愧不已，他们退入陡峭的岩穴中，建立了卡尔萨斯王国。李奥克斯勒令匠人们追捕灰宝石。此时，灰宝石已为人类领主盖加斯所获。他组织起人类和食人魔联军保卫他的财产。匠人一方则联合了部分痴迷野魔法的精灵，与盖加斯开战。灰宝石在两军对垒时再次逃逸，并将在场的诸族变成了地精、牛头人、坎德人和侏儒。匠人们也由于灰宝石的影响变成了矮人。

灰宝石逃逸以后，矮人们在卡基斯（Khalkist）山中建立了矮人

---

① Harold Johnson et al. , *Tales of the Lance*, Lake Geneva, WI: TSR, Inc. , 1992, p.5.

王国索拉丁（Thoradin）。九十年后，索拉丁矮人挖出了精灵们埋下的五颗巨龙之石。由于灰宝石的魔法，巨龙之石重返地面，巨龙们随之苏醒，开启了第二次巨龙战争。为了结束战争，三位野法师在矮人贤者的带领下施展了强大的魔法，让大地吞噬了巨龙。巨龙被击败了，但强大的魔法最终失控，死者数以千计。出于对这场战争的愧疚，索拉丁关闭了大门。数百年后，一支山丘矮人在卡洛里斯（Kharolis）山脉南麓建立了新的矮人国度索巴丁（Thorbardin）。

野蛮人的国家厄尔苟斯也在第三纪的末尾建立。这个王国与精灵爆发了弑亲战争，与矮人爆发了山脉战争。直到西部精灵的领袖基斯－卡南与人类和矮人签署剑鞘协约，战争才走向结束。不过，西部的希瓦那斯提精灵已在战争中宣布了独立，并且迁移到大陆东部的森林中建立了奎灵那斯提（Qualinesti）。[①]

第四纪是正义之年代。新纪元的第一个百年，在奎瓦林（Quevalin）一脉统治期间，厄尔苟斯和其他国家蓬勃发展，共享和平。在这一脉的统治结束后，厄尔苟斯的暴君们就开始谋求扩张。在滥权和重税的双重压迫下，王国东部爆发了起义。高明的指挥官维纳斯·索兰纳斯（Vinas Solamnus）率领大军前去平叛。他很快扫平了维嘉德地区的叛乱，但也察觉到了叛乱的真正原因——帝国的腐朽。于是索兰纳斯和他的大部分军队加入了起义军。索兰纳斯被起义者视作救星。在他的努力下，起义军围困了首都，国王被和平定罪，帝国承认了北方诸国的独立。内战结束后，索兰纳斯延续了剑鞘协约，与矮人和精灵重归和平。索兰纳斯还创建了索兰尼亚（Solamnia）骑士团，一个为善行而战的组织。这个骑士团成为世界的守护者。此后，桑克里斯、索兰尼亚和伊斯塔（Istar）三国便从独立城市与诸国家中崛起。索兰尼亚繁荣兴盛，厄尔苟斯逐渐衰亡，希瓦那斯提走向隐遁，而伊斯塔则成了世界的贸易中心。

在这一纪元的第六个世纪，塔克西丝展开了一个新的计划。她借助蜥蜴人（Lizard People）的帮助，找到了索拉丁矮人从地下挖出的

在幻想的冰山下

---

① Harold Johnson et al., *Tales of the Lance*, Lake Geneva, WI: TSR, Inc., 1992, pp. 5–6.

龙蛋。索拉丁矮人觉得它们只是些珍贵的宝石，但有心人把它们搜集起来集中孵化。三百五十多年后，如此繁殖出来的雏龙遍布世界，数以百计的成年巨龙重现世间，拉开了第三次巨龙战争的序幕。恶龙狂怒而至，很快就征服了几个小国，然后对上了索兰尼亚。灾难从天而降，善良的人民命悬一线，整个大陆都摇摇欲坠。就在这场战争中，在帕拉丁的指引下，年轻的索兰尼亚骑士修玛和银龙葛妮丝共同铸造了第一把屠龙枪，并持之投入战斗。他们的胜利鼓舞了其他善龙，更多的屠龙枪被造了出来。最终，塔克西丝也倒在屠龙枪之下。她同意与她麾下的恶龙一起离开克莱恩。但随着塔克西丝的离去，修玛和葛妮丝也逝去了。①

第五纪是力量之年代。在这个纪元之初，索巴丁的矮人赶走了占据索拉丁矿坑的食人魔，使索拉丁重见天日。由于和伊斯塔关系密切，索拉丁成了世界钱币、金属和工具的主要供应者。在索兰尼亚骑士团的准许下，索巴丁矮人还建造了边陲王国卡约林（Kayolin）、山上王国希罗（Hillow），以及生命之树扎克哈拉克斯（Zakhalax）。而精灵王国希瓦那斯提和奎灵那斯提则渐渐退出了历史舞台。在这个纪元之初，伊斯塔的贸易标准扩散到了全世界，而伊斯塔也随之成为世界的道德中心。为了解决贸易摩擦和食人魔侵扰等问题，精灵将伊斯塔拉入剑鞘协约，不久之后矮人也加入进来。索兰尼亚受到伊斯塔贸易的影响，变得更为依赖这座城市。他们加入了伊斯塔对抗野蛮人的战斗，并且重签了剑鞘协约。

经过这一系列的活动，伊斯塔成了整个世界贸易、税收和艺术的中心。在宣称自己是世界道德中心的同时，伊斯塔拥立了第一位教皇（King Priest）。克莱恩最好的艺术家们来到伊斯塔，为赞颂伊斯塔的荣光而建立了教皇的神庙。尽管索兰尼亚承认伊斯塔推广善行的努力，但希瓦那斯提却对伊斯塔的傲慢日益不满。这时，便有人注意到了末日的征兆。随后，伊斯塔开始压迫不服从教皇权威与神圣的人们。精灵们愈发不满，于是他们退回森林，断绝了与人类的贸易。伊

---

① Harold Johnson et al. , *Tales of the Lance*, Lake Geneva, WI: TSR, Inc. , 1992, pp. 7–8.

斯塔教皇的统治愈发严酷，统治机构颁布了僵化的恶行法条，以严刑峻法处置触犯者；他们不断加强伊斯塔的神权统治，要求宗教渗透到伊斯塔人生活的所有方面；他们开始迫害法师，围攻大法师之塔，直到其中两座被毁灭，其余法师被放逐；他们颁布了思想控制的法令，允许归附的法师对伊斯塔的所有人施展心灵法术。随着伊斯塔教皇的行为，伊斯塔的牧师们逐渐丧失了神赐的施法能力，然而伊斯塔教皇仍不知悔改。最终，教皇企图自身封神以号令诸神。愤怒的诸神从天空中抛下燃烧的山脉，将安瑟隆大陆撕成碎片，大陆的文明中心伊斯塔被血海吞没。诸神由此抛弃了地上的信徒，不再回应他们的祈祷，人类文明由此衰落。①

　　第六纪由此进入绝望之年代。黑暗之后塔克西丝在大灾变后找到了尚未尽毁的伊斯塔神庙。她将神庙的奠基石化作通往深渊的传送门，并且将它移到奈拉卡的一座偏僻的山谷中，妄图再次回到克莱恩并统治世界。但是，这个山谷意外地被贝伦兄妹发现了。贝伦撬走了神庙奠基石上的一块宝石，使它变得不再完整。黑暗之后见深渊传送门无法运作，只好暗中积蓄力量召集恶龙，培育龙人军队，让她的爪牙搜索贝伦。她还偷走了善龙的蛋，并以此要挟善龙使之放弃抵抗。

　　《龙枪编年史》三部曲描绘的故事便发生在这一历史转折之中。奎苏人河风和金月重新发现了女神米莎凯的神迹，呼唤失落的诸神回归世界。长枪英雄找回屠龙枪，挫败了黑暗龙后塔克西丝的阴谋，克莱恩重拾遗落数百年的真神信仰。《龙枪传奇》三部曲的故事发生在《龙枪编年史》之后，讲述了长枪英雄、大法师雷斯林意图封神的故事。几位主人公穿梭时空回到力量之年代，亲眼见证了伊斯塔教皇祈求封神所引发的大灾变，也见证了雷斯林封神成功以后世界毁灭的惨状。雷斯林由此放弃封神之念，使克莱恩的秩序重归平衡。而《夏焰之巨龙》则讲述了灰宝石重现人间，混沌之神从中破封而出并打算摧毁整个世界，但最终被凡人英雄封印。作为混沌之神被封印的代价，诸神必须离开克莱恩世界，并带走了原有的神力和魔法。克莱

①　Harold Johnson et al. , *Tales of the Lance*, Lake Geneva, WI: TSR, Inc. , 1992, pp. 8-9.

恩世界由此进入下一个纪元。

第七纪是凡人之年代。"在现在这个年代,克莱恩的人们学着引导自己的未来。他们发现,至高无上的可以被拉下王座,被踏入泥中的也能扶摇直上,俯视众生。"① 由于诸神的离去,法师或祭司失去了原有的魔法,而使用混沌力量的术士和秘术师(Mystic)开始崛起。天生强大的巨龙逐渐成为克莱恩的主宰,吸取残留在世界上的魔力化身为巨龙霸王。黑暗之后塔克西丝化身凡人秘密滞留凡世,组织了唯一真神教派。人类英雄,包括长枪英雄的后裔们奋起抗争。在经历了一系列的悲壮失败后,大法师雷斯林终于听到了坎德人英雄泰索荷夫的呼唤。雷斯林的灵魂直驱诸神之前,告诉他们克莱恩的位置和处境。由于黑暗之后违背了至高神从第一纪元便定下的约束,诸神召开议会削落了塔克西丝的神格。塔克西丝一遭贬落,便立即被精灵国王西瓦诺谢杀死。为了维持善恶力量的平衡,善神之首帕拉丁自愿成为凡人。从此以后,诸神便重新回到了克莱恩,旧的魔法重现世间。②

上述历史主要来自 1992 年出版的、基于第二版规则的《长枪故事》,以及 2003 年出版的、基于第三版规则的《龙枪战役设定集》。在叙述克莱恩世界的年代划分时,各年代的名称、年数会略有差异。后者删除了光明之年代与正义之年代。这两个年代的历史被整合纳入梦幻之年代的历史。整个历史由此便分为五个纪元:星辰诞生之年代、梦幻之年代、力量之年代、绝望之年代与凡人之年代。"龙枪"系列的历史贯穿着超自然力量的起伏和文明的兴衰,其结构与"魔戒"系列有颇多相似之处。

克莱恩世界的宏观空间结构也是克莱恩时空体结构的重要内容。龙枪小说的主人公们为了躲避战火或抗击敌人遍游大陆。作者常会用充满感性的笔触来描绘旅途中所到之地的风情和历史,如精灵城市奎灵诺斯、矮人王国索巴丁等。这种为了对抗全局性危机而展开的世界

① Margaret Weis et al. , *Dragonlance Champion Setting*, Renton WA: Wizards of the Coast, Inc. , 2003, p. 6.

② Margaret Weis et al. , *Dragonlance Champion Setting*, Renton WA: Wizards of the Coast, Inc. , 2003, p. 118.

之旅，已经成为史诗奇幻的某种叙事传统或模式。在罗伯特·乔丹的《时光之轮》、水野良的《罗德斯岛战记》、李荣道的《龙族》等作品中，都能够看到这种迈向广阔空间的救世之旅。奇幻作家孜孜不倦地通过地方史描写构建出一个又一个风情独特的异域，使它们成为冒险故事的舞台。

《长枪故事》、《龙枪战役设定集》和《长枪战争》等文献都有地理专章。安瑟隆大陆是"龙枪"系列叙事的主要舞台，尽管它一度被大灾变重塑，但其大体结构并没有太大的改变。值得注意的是，安瑟隆大陆并不是克莱恩世界的全部大陆，它仅是星球的一部分。星球其余的部分笼罩在迷雾之中，并没有被揭示出来。我们谈克莱恩世界的宏观空间结构时，主要是介绍安瑟隆大陆的地理情况。如果按地球的标准来看，安瑟隆大陆位于南半球，南端是冻土气候，往北渐次出现过渡带气候、温带气候、沙漠气候、疏林草原气候和赤道带气候。整个大陆可以分为南北两部分。大陆南部的最南端毗邻冰墙冰川（Icewall Glacier），其北是巨大的尘埃平原（Plains of Dust）。在平原的东西两端，分别有两座巨大的森林，东边的叫奎灵那斯提，西边的叫希瓦那斯提，其中坐落着精灵的国度。奎灵那斯提的东部有一座巨大的高山，矮人王国索巴丁就在其中。希瓦那斯提的西北部坐落着整个大陆最高的卡基斯山脉，其中隐藏着另一个矮人王国索拉丁。卡基斯山脉几乎占据了安瑟隆大陆中部的整个狭长地带，西起大灾变后出现的新海，东至大陆东岸的巴力佛湾。

卡基斯山脉北麓延伸到了大陆北部的腹地中，其西还有一条巨大的山脉——达加山脉。达加山脉以西是索兰尼亚平原，索兰尼亚骑士们的国度坐落于此。在索兰尼亚西北部的山脉尽头，毗邻北方勃兰查拉湾的是帕兰萨斯大图书馆。吉力安的化身、历史学家阿斯特纽斯居住于此。索兰尼亚平原北部是北方废土，其东是奈拉卡。这里一度是塔克西丝神庙的所在地，也是黑暗势力的大本营。奈拉卡再往东叫科恩。科恩以东便是伊斯塔血海。那是旧日的世界文明中心伊斯塔塌陷以后形成的海洋，一个巨大的旋涡不停搅动着红土，使海水呈现红色，故名血海。安瑟隆大陆的西部是新海，新海的西部坐落着两座大岛，分别被称为北亚苟斯和南亚苟斯。在大灾变之前，亚苟斯二岛和大陆本是一体的。大灾变以后，新海出现，将亚苟斯和大陆区隔开来。

不同的文献、不同的地图版本，对安瑟隆大陆的呈现都有不同之处，但上述主要结构是不变的。不难发现，安瑟隆大陆的地理结构，不像阿尔达世界那样，不依照神圣与世俗、光明与黑暗的二元对立结构来分配空间，族群与族群、势力与势力之间交错混居在整片大陆上。整片大陆，几乎完全是凡人的领域，神祇则全部住在星空之中，住在天堂的神国之内。由此，在"龙枪"系列中，空间上的旅行和迁徙，几乎完全脱离了"魔戒"系列那样的伦理道德和社会秩序，仅保留了展开故事和叙事的实际功能。

超自然空间是"龙枪"系列空间结构的重要节点，是超自然和宏观秩序在空间上的体现。不同于"魔戒"系列，"龙枪"系列中的许多超自然空间与尘世空间是不连续的，凡人不能通过车船等常规方式到达超自然空间之中。如在《长枪故事》中，诸神各有神国，善神之首帕拉丁居住在七重天堂（Seven Heavens），恶神之首塔克西丝则居住在九重地狱（Nine Hells），其余各神亦各有居所①。在《龙枪战役设定集》中，诸善神居于创造穹顶（The Dome of Creation），恶神居于无底深渊（The Abyss），中立诸神居于隐秘谷（The Hidden Vale）。无底深渊是创造穹顶的"地基"，创造穹顶则保护克莱恩世界不受以太大洋（The Great Ethereal Sea）的巨浪侵袭，隐秘谷处于这两处的中间，无所不在又无所在，三者共同构成克莱恩世界的外位面②，并交汇于灵魂之门（Gate of Souls）。克莱恩还有地、水、火、风四大元素位面和正负两大能量位面构成的内位面，以及星界、灵界和影界构成的中介位面。③

从上述超自然空间的结构来看，"龙枪"系列其实也具有"魔

---

① Harold Johnson et al. , *Tales of the Lance*, Lake Geneva, WI: TSR, Inc. , 1992, p.111, p.116.
② 位面（Planes）在D&D系统的世界观中指构成多元宇宙（Multiverse）的独立时空体。一般来说，人类生活的地方被称为主物质位面。在主物质位面之外，还有星界、灵界、影界等其他位面。这些位面与中国传统中的阴间相似，是与人世相邻相关的他者世界，其存在能够解释许多超自然现象。
③ Margaret Weis et al. , *Dragonlance Champion Setting*, Renton WA: Wizards of the Coast, Inc. , 2003, p.117.

戒"系列那样的空间秩序。尽管克莱恩世界没有体现出阿尔达世界那样的二元对立结构，但这种结构体现在了它的超自然空间中。包裹着克莱恩世界的以太大洋或其外围意味着混沌，而克莱恩本身便是至高神开辟的秩序。白金龙帕拉丁和五色龙后塔克西丝作为相依又相对的两极，其神国也是相互依存和相互对立的。还应该指出，这种体现双层两极结构的超自然空间安排，不是一开始就有的。因为《长枪故事》对克莱恩诸神神国的安排相对混乱，直到《龙枪战役设定集》按照 D&D 第三版核心规则的宇宙观将"龙枪"系列的宇宙观整合以后，这样具有明确秩序的超自然空间结构才得以形成。

"龙枪"系列中的超自然空间各具特性，并对于"龙枪"系列的叙事相当重要。超自然空间在超自然规律中的影响力巨大，或者说，它们在超自然结构中所处的关键地位，使产生于其中的事件能充当宏大叙事的转折点。如《龙枪编年史》中的伊斯塔神庙奠基石，它被黑暗之后塔克西丝带到大陆北方的山谷奈拉卡，在那里形成了一座邪恶的神殿：那里既是长枪战争中黑暗力量的大本营，也是黑暗之后重新降临凡世的大门。正是由于长枪英雄设法毁灭了奠基石，黑暗之后亲身临凡才被阻止，世界才被拯救。又如《龙枪传奇》三部曲中，大法师雷斯林和他的哥哥卡拉蒙正是借助无底深渊穿梭时空的。雷斯林弑神也是在无底深渊中实现的，因为黑暗之后塔克西丝必须要在自己的神国中才能被杀死。

（三） 社会群体结构

社会结构也是克莱恩世界宏观结构的重要组成部分。克莱恩世界的社会结构，一方面继承了阿尔达世界的超自然分类和族群分类，另一方面还加上了职业分类。后者是"龙枪"系列作为桌面角色扮演游戏所特有的社会分类，但也影响了该系列小说的内容。这一社会分类作为欧美角色扮演游戏的基本概念，也从桌面、纸面走向屏幕和赛博空间，成为计算机角色扮演游戏的基础概念之一。当代网络文学受到游戏文化的多种影响，也常使用这一概念。"龙枪"系列中的社会结构，体现着职业这一分类概念的早期形态。在"龙枪"系列的文本系统中，超自然分类、种族分类和职业分类常常交织在一起，共同呈现克莱恩世界的整体社会结构。

克莱恩诸神作为整个世界最具影响力的超自然结构，同样是其社会结构的核心部分。首先，诸神依据伦理倾向区分成三大阵营。善良阵营由善神之首、龙主帕拉丁（Paladine, The Dragon's Lord）率领，其余包括帕拉丁之妻、医疗之手米莎凯（Mishakal, Healing Hand），思维导师马哲理（Majere, Master of Mind），正义之剑吉力－乔里斯（Kiri-Jolith, Sword of Justice），海王哈巴库克（Habbakuk, Fisher King），生命之歌勃兰查拉（Branchala, Song of Life），力量之手索林纳瑞（Solinari, Might Hand）；邪恶阵营以黑暗之后塔克西丝（Takhisis, Queen of Darkness）为首，率领黑暗复仇者沙苟那斯（Sargonnas, Dark Vengeance）、黑风魔吉安（Morgion, Black Wind）、死亡之主彻莫什（Chemosh, Lord of Death）、昏暗之海泽波音（Zeboim, Darkling Sea）、谎言王子希杜克（Hiddukel, Prince of Lies）、湮灭之暗努塔瑞（Nuitari, Devouring Dark）；中立之神以虚空吉力安（Gilean, Void）为首，其下有流火希里昂（Sirrion, Flowing Flame）、锻造者李奥克斯（Reorx, Forge）、野兽奇斯列夫（Chislev, The Beast）、生命之树泽维林（Zivilyn, Tree of Life）、胜利之翼席纳尔（Shinare, Winged Victory）、蒙面少女露妮塔瑞（Lunitari, Veiled Maiden）。①

克莱恩世界中的神和人联系紧密。三大阵营的诸神自凡人的精魂甫一诞生，就因这些精魂产生了分歧。"诸善神希望将诸灵引入正道，与其共同支配宇宙；诸恶神想要奴役诸灵，让其听命于己；中立诸神则谋求平衡，赐予诸灵自由的意志，让他们能够自行决定行善还是行恶。"② 关于诸灵的分歧是诸圣战争的导火索。最后，至高神出来制止了战争，凡人得到了自决善恶的自由。这样一来，有情众生便能依诸神的阵营被划分开来，成为善恶不同的三大群体。

凡人通过牧师、教会、魔法和仪式等多种渠道与诸神产生联系。

---

① Harold Johnson et al. , *Tales of the Lance*, Lake Geneva, WI: TSR, Inc. , 1992, pp.110–124.

② Margaret Weis & Tracy Hickman（eds. ）, *Leaves from the Inn of the Last Home*, Lake Geneva, WI: TSR, Inc. , 1987, p.15.

《龙枪战役设定集》描述每一位神祇时，都会依序表述其神名、别名、神格、神国、符号、偏好色、圣徽、阵营、神职、信徒、牧师阵营、领域、偏好武器、祭袍风格、简介和教义。在这十六项内容中，只有少数项目用于描述神祇本身，其余都在描述其在凡间的教会和信徒。在"龙枪"系列中，不少凡人都接受过神祇赐予的启示和力量，接受过诸神的信条、教义、预言或谕示，有的还具有特别的崇高而强烈的使命感。《龙枪编年史》三部曲从牧师金月历经劫难寻回蓝色水晶杖，将医疗女神米莎凯的神迹带回世间开始。金月和蓝色水晶杖的存在，给予了长枪英雄们反抗塔克西丝和恶龙大军的信心和勇气。《灵魂之战》三部曲中，唯一真神的使者米娜以种种神迹影响了奈拉卡骑士团。她以神力治好了骑士副官的断臂，又以神秘的睿智识破了敌军的诡计，带领队伍取得了辉煌的胜利。米娜的魅力、威望和功绩使她成为奈拉卡骑士团的指挥官，而这一地位又使骑士团服务于唯一真神。这种以教会与教士为中介的神人关系，是阿尔达世界中所不具备的，却是"龙与地下城"系统乃至史诗奇幻中最重要的社会结构之一。

"龙枪"系列的文本系统花费了很多精力去描写各种智慧种族。被托尔金创造出来的经典族群形象，如精灵（Elf）、矮人（Dwarf）等，在克莱恩世界里亦扮演了重要角色。此外，"龙枪"系列还在克莱恩世界中加入了食人魔（Ogre）、牛头人（Minotaur）等神话传说中的种族，塑造了一批鲜明的异族角色，为故事增添了亮色。尽管克莱恩凡尘中的各族可以自择善恶，但对不同神祇的崇拜、对相应阵营伦理的遵循，以及对相关技艺的发展仍然是各族群重要的文化，也决定了克莱恩世界中各大族群的基本关系。

克莱恩世界中的精灵与阿尔达世界中的精灵非常相似，"龙枪"系列甚至直接采用了"魔戒"系列中"首生子女"（Firstborn）的概念①。《最后归宿旅店文集》中写道："自诸精魂中创生出许多种族。

① Harold Johnson et al. , *Tales of the Lance*, Lake Geneva, WI: TSR, Inc. , 1992, p. 63. 托尔金对精灵是首生子女的描述载《精灵宝钻》，见 J. R. R. Tolkien. *The Silmarillion*, New York: HarperCollins Publishers, 2011, p. 44。

首先是精灵，他们最受善神宠爱。精灵是世界的形塑者，他们使用善良的魔法，以自己的意志驯服自然。精灵在所有精魂中寿算最长——虽然他们改变世界，自己却改变甚少。"① 可见，两个系列中的精灵都是善神的宠儿，也都同样美丽，但"魔戒"系列中的精灵更加完美，他们力量强大、寿算无穷、充满智慧，表面上甚至趋近于我们理想中的"完人"；"龙枪"系列中的精灵则已褪去光环，在身体、人格和力量上更加趋近于"凡人"。

在经典精灵形象的基础上，"龙枪"系列重塑了这一种族的历史和族群。"龙枪"系列没有像"魔戒"系列那样将"美丽"这一概念放在首位，反而着重描述了精灵的"保守"。精灵与诸善神的密切关系，造就了精灵文明的骄傲与保守底色，也影响了精灵族群分蘖的轨迹。最初，所有的精灵都生活在自然之中。在文明的曙光到来以后，一部分精灵没有选择建立城市文明，而选择了与自然和森林融为一体，过着原始的生活。这些精灵被称为卡苟那斯提（Kagonesti）精灵，他们既尊崇善良诸神与中立诸神，也相信万物有灵②。另一部分精灵则选择建立文明，成了希瓦那斯提精灵。《龙枪战役设定集》中写道："希瓦那斯提精灵骄傲又自大，眼里几乎没有其他种族的成员，包括其他分支的精灵。希瓦那斯提精灵对于'下等'人的文化持有极端的偏见，也容不下其他的风俗和信仰。希瓦那斯提精灵不喜欢改变。他们的社会延续了 3000 年以上，并且鲜有变化。即便变化出现了，往往也是强加上去的。希瓦那斯提精灵善于批判，难以信任他人，很少和外人保持友谊。"③ 为了追求更加自由的生活方式以及更加友好互助的族群间关系，奎灵那斯提精灵又从希瓦那斯提精灵中独立出来，经过漫长的迁徙后建立了新的家园④。可以说，每一次精灵

① Margaret Weis & Tracy Hickman (eds.), *Leaves from the Inn of the Last Home*, Lake Geneva, WI: TSR, Inc. , 1987, pp.15 - 16.

② Margaret Weis et al. , *Dragonlance Champion Setting*, Renton WA: Wizards of the Coast, Inc. , 2003, pp.16 - 17.

③ Margaret Weis et al. , *Dragonlance Champion Setting*, Renton WA: Wizards of the Coast, Inc. , 2003, p.19.

④ Margaret Weis & Tracy Hickman (eds.), *Leaves from the Inn of the Last Home*, Lake Geneva, WI: TSR, Inc. , 1987, p.27.

族群的分蘖，都是对于其保守排外的社会风气的扬弃和变革。

对于人类，"龙枪"系列也做了新的安排。根据《最后归宿旅店文集》，"善恶诸神皆渴望人类的灵魂，但最眷顾人类的是中立诸神。人类能够自择善恶。他们在短暂的生命中为力量与知识而奋斗，想得快，做得也快，经常不考虑后果。人类也因此为整个世界提供了动力"①。

在克莱恩世界里，人类还衍生出了一个新的种族，那就是侏儒。侏儒原本是世界锻造者李奥克斯眷顾的人类，他们学习神的技艺，支援神的工作。但是，这些人类后来偏离了中立之道，滥用了李奥克斯传授的东西。于是，李奥克斯诅咒了他们。"由于他们的欲求流于琐碎，故此他们的身量也变得短小；由于他们总将手艺用于琐事，故而这些人即便永远沉浸于技艺之中，也不能完成为他族所知晓的伟业，他们的发展与进步不会为人知晓。"②

受到盖加斯灰宝石的影响，部分侏儒变成了矮人。克莱恩世界的矮人就是这样诞生的。"矮人充满了对财宝的贪欲，充满了对物质财富进行加工的冲动；他们的好奇心不怎么能驱使他们，他们的思维也古板僵化。"③克莱恩的矮人和阿尔达的矮人在性格、技艺、习惯和居所等方面没什么两样：他们同样热爱财宝，同样是优秀的工匠民族，同样行事隐秘、性格固执，也同样善于建造巨大的地下城市和矿坑。

坎德人也是被灰宝石从侏儒中创造出来的种族，更加体现了灰宝石的混沌本质。在克莱恩世界之外，坎德人这个种族是"龙枪"系列的设计师从 **D&D** 核心规则中的半身人转化而来的④：他们与霍比特人一样矮小、赤足、善于投石⑤，在某些后期版本里他们足部多毛且不喜穿鞋⑥。

① Margaret Weis & Tracy Hickman (eds.), *Leaves from the Inn of the Last Home*, Lake Geneva, WI: TSR, Inc. , 1987, p.16.

② Margaret Weis & Tracy Hickman (eds.), *Leaves from the Inn of the Last Home*, Lake Geneva, WI: TSR, Inc. , 1987, p.49.

③ Margaret Weis & Tracy Hickman (eds.), *Leaves from the Inn of the Last Home*, Lake Geneva, WI: TSR, Inc. , 1987, p.57.

④ 参见玛格丽特·魏丝、崔西·西克曼《龙枪编年史 秋暮之巨龙》，朱学恒译，龙门书局、第三波出版国际股份有限公司，2001，第20页。重点参考尾注部分。

⑤ 参见威廉斯、特威特、库克《龙与地下城玩家手册》，奇幻修士会译，汕头大学出版社，2008，第19~20页。

⑥ 参见 Jason Bulmahn, *Pathfinder Roleplaying Game Core Rulebook*, Redmond, WA: Paizo Pubishing, LLC, 2009, p.26.

"halfling"一词在"魔戒"系列中也指半身人。"龙枪"系列赋予了坎德人新的特点：他们大胆、好奇、可爱，私产和所有权等观念非常淡薄，却有着永无休止的强烈好奇心，喜欢天真地"借用"他人物品。他们一旦穿梭时空回到过去，便能拥有改变未来的能力。这种能力是人类、精灵或矮人等秩序诸神的造物所不具备的。有趣的是，虽然坎德人没有强有力的组织，却仍然在力量之年代赢得了与世界霸主伊斯塔的贸易战。坎德人泰索荷夫·伯福特（又名泰斯）是"龙枪"系列中最具魅力的人物之一。这一人物贯穿了《龙枪编年史》三部曲、《龙枪传奇》三部曲和《夏焰之巨龙》。正是在他的帮助下，雷斯林封神、混沌神灭世和塔克西丝窃取世界等世界危机才得以解除。天真的坎德人还给沉重的故事加了轻松顽皮的气氛，他们不时对朋友显露出的天真而关切的话语，常常成为黑暗中闪烁着的光芒。

克莱恩的诸恶神也有自己的眷族。最初，诸恶神的眷族是食人魔。"最初，食人魔是诸族中最为美丽的，但是他们只想满足自己的欲望。他们很容易就会被需求所奴役，于是饥渴吞没了他们，他们的美丽也就消失了。食人魔自私又残酷，喜欢折磨弱者。"[1] 堕落之后的食人魔几乎是人类的两倍高，拥有超人的强壮，却缺乏聪明的头脑。到了绝望之年代，食人魔开始诅咒黑暗之后：他们相信，龙后在他们最需要她的时刻抛弃了他们[2]。于是，两边的关系变得不怎么友好。

除了食人魔，诸恶神还有别的眷族。在第二次和第三次巨龙战争中，蜥蜴人都曾对黑暗之后的阴谋施以援手，甚至组成大军冲锋陷阵。但是到第三次巨龙战争结束以后，蜥蜴人就消失在克莱恩的历史舞台上了[3]。在"龙枪"系列的开端，也就是长枪战争中，龙后将恩宠放到了龙人身上。这些人形的恶龙来自腐化的龙蛋：龙后将这些龙蛋从善龙那里偷走，然后又将它们腐化成为龙人，来组建自己邪恶的

---

① Margaret Weis & Tracy Hickman（eds.），*Leaves from the Inn of the Last Home*, Lake Geneva, WI: TSR, Inc., 1987, p.16.

② Margaret Weis et al., *Dragonlance Champion Setting*, Renton WA: Wizards of the Coast, Inc., 2003, p.40.

③ Harold Johnson et al., *Tales of the Lance*, Lake Geneva, WI: TSR, Inc., 1992, pp.7–8.

军队。此外，黑暗之后的配偶，黑暗复仇者沙苟那斯十分眷顾牛头人。然而，牛头人虽然大规模地崇拜沙苟那斯，却将他称为大角沙迦斯（Sargas，The Great Horned One），并且坚持沙迦斯与沙苟那斯不能混为一谈。尽管牛头人经常出现在黑暗之后的军队里，但其本身并不邪恶，而是倾向于守序①。

克莱恩诸族的关系，在相当程度上受到正邪对立的影响。在"龙枪"系列中，区分三大阵营的基石在于社会主体对社会关系的不同诉求。诸善之首帕拉丁的信条是"善者自省"（Good redeem its own），诸恶之首塔克西丝的信条是"恶者自饲"（Evil feed on itself），而中立之神吉力安的信条则是"善恶必两存而相持"（Both good and evil must exist in contrast）②。"善者自省"的含义，在于认识到自己作为凡人的缺陷，并且发现群体中其他成员，尤其是弱势成员的价值。"恶者自饲"的含义，在于不断追求自身欲望，要么以自身力量达成目的，要么通过社会秩序满足愿望。"善恶必两存而相持"则意味着善恶双方都需要对方来定义和建立自身，因此二者对立统一，缺一不可。

克莱恩世界的各智慧种族处在三大阵营的大框架内，便也受到上述信条的影响，且其行事也反映了上述信条。黑暗之后为了满足自己的愿望，一次又一次地掀起征服世界的战争，食人魔、蜥蜴人、牛头人、龙人，乃至许多人类纷纷归附于她，结成庞大的势力让战火燃遍大陆全境。热爱正义和自由的族群——精灵、人类和矮人，或是这些族群中的英雄，则会团结起来反抗压迫，破除塔克西丝统治世界的阴谋，让世界重归平衡。第二次和第三次巨龙战争、长枪战争和灵魂之战，情况也都大体如此。光明与善良的一方也曾将势力范围覆盖整个世界。伊斯塔曾经将整个大陆都纳入了自己的联盟，并压制了所有的邪恶种族。但是，由于失去了黑暗一方的映照，光明一方也就失去了

---

① Margaret Weis et al., *Dragonlance Champion Setting*, Renton WA: Wizards of the Coast, Inc., 2003, p. 43.

② Margaret Weis et al., *Dragonlance Champion Setting*, Renton WA: Wizards of the Coast, Inc., 2003, pp. 184 – 185.

自省的能力。于是，伊斯塔的世界秩序最后崩溃于人类教皇的自我膨胀和自甘堕落，世界再度回到平衡状态。在克莱恩漫长的历史中，几乎所有的族群都被纳入了正义与邪恶的二元框架之内，在这种"正邪冲突—恢复平衡"的循环之中重复着乱与治、分与合。

尽管几乎所有种族都被囊括在阵营结构之内，各智慧种族的性格特点仍然是决定族群之间关系的重要因素。精灵、侏儒、矮人等种族都偏向于隐遁世外，与世无争。但人类进取的性格以及邪恶种族的贪欲，还是会让他们有意或无意地形成侵犯。故此，基于种族各自的性格，族群与族群之间也会展开生存竞争，会产生摩擦、误解或仇恨。克莱恩历史上精灵与人类之间的弑亲战争就是这样的例子。战争的导火索，是一名精灵王子在人类和精灵的边界摩擦中身亡。这次事件引发了影响两个族群的大战争。战争的名字很容易让人联想到《精灵宝钻》中诺多族弑亲的悲惨故事：虽然这场战争中没有精灵宝钻和杀父之仇，但其悲剧色彩却非常相似。残酷的战争催生了克莱恩各族之间的和平协定——剑鞘协约。这份协约在伊斯塔人的努力下几乎覆盖了所有非邪恶族群，成为光明一方联合起来的支柱。

"龙枪"系列中另一个非常重要的社会结构是"职业"群体。这里的"职业"概念与我们日常生活中所谈的职业有所差异。不同的职业不仅意味着专业训练与专业技能的区别，还指向故事世界和游戏世界中英雄与常人的区别，指向叙事作品中拯救者与被拯救者，英雄、反英雄与超级反派的角色分工。作为以剑与魔法（Sword and Sorcery）为特色的奇幻文学经典，"龙枪"系列最具特色的职业有两类，一类是法师（Wizard），一类是骑士（Knight）。这些角色概念分别赋予了角色不同的社会身份。

克莱恩世界的法师是魔法力量的操纵者，是精神力量的象征。他们能够反映传统社会对于魔法的看法和叙述，如呼唤闪电和火焰、魅惑、变形、驱魔、诅咒等。作为艺术形象，这一群体承载着现实世界对于超自然力量的大多数想象和期望，也借鉴了传统文学作品中的巫师形象，如亚瑟王传说中的大法师梅林（Merlin）。法师们常常是智者或贤者，拥有丰富的知识和优秀的思考能力。通过长时间的学习和训练，这些凡人就能用精神、咒语、手势和法器唤起超自然力量。魔法力量对于克莱恩世界的法师来说，是信仰，是追求，是技艺，是工具，也是束缚和诅咒。他们立下誓言，不再依赖武器和盔甲的力量，一心专注智慧与魔法之道。比起始终对魔法持谨慎态度的托尔金，"龙枪"系列的创作者将魔法常态化了：在"魔戒"系列中，以甘道夫为代表的巫师们的咒语和魔法屈指可数；但"龙枪"系列中的法师们却不太吝啬自己的施法技艺，他们用魔法来驱散追兵、解脱困境、吓退敌人，甚至穿越时空、比肩神明。

安瑟隆大陆上最重要和覆盖范围最广的法师组织要数高等法师会（The Order of High Sorcery）。"高等法师会来自社会的每个部分，从小街道上用巫师技艺施展骗术的人，到希瓦那斯提的魔法师之家里那些经历过无数代的魔法修习者。对于魔法规律的普遍理解和认识让高等法师教团与同类共处时超越了种族、文化甚至阵营。"[①] 法师大多来自人类和精灵两个种族，矮人、侏儒和坎德人等其他种族虽然也有魔法天赋者，但他们与魔法的适配性不强，不常进入高等法师会。高等法师会相机传授魔法技艺，但会小心谨慎。他们深知魔法的危险性。魔法学徒若要真正走向成熟，就得通过高等法师会举行的试炼。试炼有死亡的风险，而成功者会成为高等法师会的一员，接触到更强大的知识和力量。在组织的整体规则下，高等法师仍然遵从阵营法则，并且以三种袍色表明心迹。白袍法师行善，黑袍法师行恶，红袍法师守中。这种跨种族的职业组织既保证了法师这一群体的生存和发展，也建立起了高度的群体身份认同。这种群体身份认同在角色扮演游戏中，是特别重要的。

这个神秘而强大的社会群体常常使其他社会成员感到恐惧、嫉妒和怨恨。就像现实世界的历史一样，在克莱恩的历史上，猎巫运动一度被教会组织起来，极大地影响了法师群体的正常发展。克莱恩世界的整体变动、魔法之神的离去和归来，以及魔法力量之源的变化，也

---

① Margaret Weis et al. , *Dragonlance Champion Setting*, Renton WA: Wizards of the Coast, Inc. , 2003, p. 71.

对法师这个群体造成了很大的影响。但这个群体始终屹立不倒，在大陆上展现了非常顽强的生命力。

骑士也是安瑟隆大陆上极具代表性的职业群体。亚瑟王与圆桌骑士的传说广为流传，骑士本身也是中世纪最重要的符号之一。在克莱恩，索兰尼亚骑士团的活跃几乎贯穿了历史全过程：从第二次巨龙战争开始到灵魂之战结束，索兰尼亚骑士参与了所有的正邪交锋之战。他们是传统文化中骑士精神和力量在安瑟隆大陆上的体现，是兼具高贵品质和强健肉体的英雄，也是"龙枪"系列的关键符号——屠龙枪的发现者和使用者。

索兰尼亚骑士以"荣誉即吾命"为信条，努力要求自己的行为符合相关准则（Measure）。信条和准则赋予了索兰尼亚骑士勇气，给他们提供指引，使他们一直处于向善和守序的阵营中。传统上，骑士团的成员来自索兰尼亚的年轻贵族，尤其是那些拥有骑士团传统的、历史悠久的家族。不过，在长枪战争以后，骑士团开始接受非索兰尼亚贵族家庭出身的成员。新晋骑士被称为王冠骑士，他们是骑士团的基础，其准则以忠诚和服从为核心。如果他们能够完成"骑士美德"的神圣挑战，在挑战中展现出骑士团的精神与荣誉，就能得到骑士议会的晋升，成为圣剑骑士或玫瑰骑士。圣剑骑士是资深的骑士团成员、正义之剑吉力－乔里斯的信徒，以英雄和勇气为准则，而这意味着为信仰而牺牲的强大意志。玫瑰骑士是骑士团的领导阶层，也是最高的一级，所有的玫瑰骑士皆由圣剑骑士晋升而来。他们的准则是公正与智慧。[1]

在长枪战争与混沌之战之间，塔克西丝的追随者艾瑞阿肯仿照索兰尼亚骑士团建立了奈拉卡骑士团。整个骑士团由百合骑士、骷髅骑士和荆棘骑士三大阶层构成，皆为黑暗之后效命。奈拉卡骑士以意愿、血誓和骑士法典为三大基石：意愿即"世界一统"；血誓为"致力意愿，否则死"；骑士法典则相对复杂，它以意愿为原则，又追求

① Margaret Weis et al., *Dragonlance Champion Setting*, Renton WA: Wizards of the Coast, Inc., 2003, pp. 54-61.

面面俱到。"艾瑞阿肯明了所有凡人的弱点。他设计了一套针对军事情况做规范的行动准据，但也可以延伸到骑士团中每个成员的日常生活。每名骑士都必须严格遵守法典，但是每个个案都是分别作考量，并且有破例的可能。"① 奈拉卡骑士团一出现，就以索兰尼亚骑士团为对手。二者领地接壤，信条又针锋相对，故常常互不相让。但是在混沌之战期间，面对强大而狂怒的父神，其余诸神不得不抛弃他们之间的争端，奈拉卡骑士和索兰尼亚骑士走到一起并肩作战，才使得世界免于被毁。因此，奈拉卡骑士虽然致力于建立极权化的世界秩序，但也有反英雄的潜质。

三 桌面角色扮演游戏的互动变革

"龙枪"系列多体裁文本系统中最具特色的体裁就是 TRPG，值得就其表现力进行重点讨论。至于文本系统中的其他体裁，一方面学术界也不乏相关研究，另一方面我们已在对"魔戒"系列的分析中做过讨论，故此处略过不谈。要将 TRPG 放在多体裁文本系统框架中讨论，我们首先要面对的一个问题是：TRPG 是不是和这个系统中的其他体裁一样，是一种能够表现架空世界的艺术表现形式呢？

从前人的研究看，游戏可以呈现独立的虚构时空体。早在 20 世纪 30 年代末，荷兰学者赫伊津哈（Johan Huizinga）就在《游戏的人：文化中游戏成分的研究》中做了相关阐述。一方面，赫伊津哈指出游戏具有区别自身和日常生活的特性："在场地和时段两方面，游戏都和'平常的'生活截然不同。由此可以看到游戏的第三个特征：其隔离性与局限性。游戏是在特定时间地点范围内'进行'的。游戏自有其进程和意义。"② 另一方面，他还指出高级形式的游戏具有再现功能，"在这样的表演里，一种看不见，非真实的现实呈现出迷人的、真实而神圣的形式。仪式参与者相信，他们的动作再现并产生了

176

① 玛格丽特·魏丝、崔西·西克曼：《龙枪传承》，朱学恒译，龙门书局、第三波出版国际股份有限公司，2002，第455页。
② 约翰·赫伊津哈：《游戏的人：文化中游戏成分的研究》，何道宽译，花城出版社，2016，第13页。

一种特定的美的形式，产生了一种更高层次的秩序，高于他们日常生活的一套新东西，尽管如此，'用再现方法来实现'的游戏，仍然在各个方面保留着基本的形式特征。这样的游戏还是在特定的场地里完成的，其边界明确，且以盛宴的形式展开，也就是说，它是欢快而自由的。这是一个神圣的空间，是暂时自足而自如的世界，明确划定了疆界的世界。然而游戏结束之后，其效应却不会丧失。相反，它继续向外在的平常世界放射光芒，对全社会的安全、秩序和繁荣产生有益的影响，直到下一轮的游戏季节到来"①。

赫伊津哈指出，游戏是被人类用语言或造型等手段形塑出来的感官对象，又能凭借感官给人类以精神和文化体验，是凝练的感官艺术，并已经具备从时空上和内容上将自己与周遭区分开来的能力。这种时空与内容的独立性，与虚构文学的二度区隔相似。虚构文学是通过双重区隔实现的：文本首先要将自己从所在时空体中独立出来，然后将所述时空体从所在时空体中独立出来。若文本自身不独立，则无法在受众心目中建立独立认知；若所述时空与所在时空不独立，则文本内容无异于新闻报道，受众也会将文本所述的时空与自身所在的时空混为一谈。也就是说，二度区隔是将所述时空体从所在时空体中隔离出来的必要条件。从理论上说，游戏和小说一样，具有虚构时空体的能力，可以参与对架空世界的建构和表现活动。

游戏的特点在于强烈的即时互动性。互动性也是时空体具有社会文化功能的重要基础。人类与自然的关系，以及人类与社会的关系，原本就是人类文化生成的基石。通过互动机制，虚拟时空体就能展现上述两种关系，以发挥其社会文化功能。一方面，这种互动性体现在参与者与时空体之间。游戏在设计上鼓励参与者与时空体之间产生交互体验。D&D 中经常出现的陷阱与宝藏等，就是参与者与时空体互动的重要形式。另一方面，这种互动性又体现在人们之间的社会互动上。如 TRPG 玩家角色之间的合作与竞争，或者 CRPG 基于互联网或

---

① 约翰·赫伊津哈：《游戏的人：文化中游戏成分的研究》，何道宽译，花城出版社，2016，第18~19页。

局域网技术的多人联机模式。前文谈及的 MMORPG 等网络游戏，实际上是后者的高度发展。多人互动在很大程度上取决于时空体的设计，譬如说面对共同的敌人或共同的难题，又或者需要争夺同样的稀少资源。

目前，不少学者或专家仍用看待小说等静态文本的眼光看待游戏，不太关注互动问题。这样就容易产生疏漏或误读。如郭星认为："奇幻小说与电脑游戏相结合为这种游戏提供了一个有一定情节意义的背景，让玩家感觉自己参与到了叙事的进程当中，在一定的情景当中获得一种建构意义的幻觉。但事实上，玩家参与的依然是一个纯粹的符号游戏，没有叙事也更加不产生意义。"① 可是，如果依据这种看法，仅将游戏看作承载表意符号的静态文本，那么入选第二批国家级非物质文化遗产名录的围棋是不是也不产生意义呢？实际上，游戏与小说的表意机制差别很大，产生意义的方式也各不相同。问题的关键在于，游戏的意义生成与表达必须将互动和玩家纳入考量。在这一点上，也许民俗学的成果更值得注意。20 世纪 90 年代末，民俗学者便已经提出民间游戏具有教育少年儿童、调剂大众生活、增强群体意识等多种功能，而这些功能都离不开游戏的互动方式②。遗憾的是，老一辈学者对于游戏互动的分析基本不涉及 TRPG。

欧美学者从 20 世纪 90 年代末开始关注互动问题，也产生过开创性成果。这种成果早先是从叙事学出发的。如艾斯本·阿尔萨斯（Espen Aarseth）在文本分析的基础上提出了七种受众与文本的互动变量，包括动态特征（Dynamics）、决定权（Determinability）、即逝性（Transiency）、视角（Perspective）、准入机制（Access）、连接机制（Linking）和用户功能（User Functions），七种变量共能衍生出 576 种互动组合③。这近似于游戏文本的互动类型框架。玛丽-劳尔·瑞安在阿尔萨斯的基础上，详细解析了其中的用户功能和视角两大变量，

178

---

① 郭星：《符号的魅影：20 世纪英国奇幻小说的文化逻辑》，南开大学出版社，2013，第 129 页。
② 钟敬文主编《民俗学概论》（第二版），高等教育出版社，2010，第 289 页。
③ Espen J. Aarseth, *Cybertext, Perspectives on Ergodic Literature*, Johns Hopkins University Press, 1997, pp. 61–65.

提出了内在型与外在型、探索型与本体型两组二元对立的互动模式①。阿尔萨斯和瑞安的研究都以计算机游戏为对象，和桌面游戏有差距。计算机游戏的互动是人机互动，而桌面角色扮演游戏的互动却是人际互动。不过，上述学者对于互动问题的探讨，仍然能帮助我们分析TRPG 的互动性质。

　　TRPG 脱胎于兵棋游戏。根据《德国陆军兵棋推演》，"兵棋（war game）由'军事象棋游戏'（military chess game）发展而来，是对传统象棋的改造，其规则的历史可以追溯到 17 世纪中期"②。英国作家威尔斯（Herbert George Wells）在 1913 年出版的《小小战争》被认为是现代兵棋游戏的重要来源之一。一方面，"兵棋推演与众不同的特征在于，除了偶尔会有参谋人员和通信人员参演之外，不会有实兵部队参与其中"③。也就是说，兵棋游戏叙述的可以是没有在经验世界中发生过的虚拟情节。另一方面，兵棋推演需要在特殊的空间，也就是兵棋推演地图上进行。"兵棋推演地图一般采用 1∶5000或更大的比例尺，装裱在结实的纸板上。这些地图可以通过区分不同颜色或采用浮雕的形式，描述德国境内所有值得关注并且具有启发性的区域，包括边境区域。与每张兵棋推演地图配套使用的通常是 1∶100000 比例尺的地图和标有单位番号的有色石墨块。"④

　　1971 年，D&D 的创始人加里·吉盖克斯与杰夫·佩伦（Jeff Perren）合作出版了兵棋游戏规则《链甲》⑤。在这套游戏规则中，吉盖克斯更改了原本兵棋游戏中棋子只能承受一次攻击的规则，使棋子能够承受多次攻击才能被杀死。受到当时流行的奇幻文学的影响，吉盖克斯还在游戏中加入了不少超自然要素，如巨龙、精灵、巫师等。戴夫·安纳森（Dave Arneson）修改了《链甲》规则，将游戏所述的空间放置在地下城中，加入了角色的成长升级系统，并设置了游戏主持

① 玛丽－劳尔·瑞安：《故事的变身》，张新军译，译林出版社，2014，第 103 页。
② 刘源编译《德国陆军兵棋推演》，国防大学出版社，2013，第 9 页。
③ 刘源编译《德国陆军兵棋推演》，国防大学出版社，2013，第 2 页。
④ 刘源编译《德国陆军兵棋推演》，国防大学出版社，2013，第 10 页。
⑤ Peter Archer, "introduction," in Peter Archer (ed.), *30 Years of Adventure: A Celebration of Dungeons & Dragons*, Renton, WA: Wizards of the Coast, Inc., 2004, p.1.

人即地下城主这一游戏职位。这个被更改的《链甲》变体规则，被整理和发展成《龙与地下城》规则。1974 年，这套规则被转化成为游戏产品开始贩卖，很快获得了成功①。D&D 互动的三大特点——兵棋游戏、角色扮演和现场叙事，几乎完全体现在它的历史流变当中，并且在相当大的程度上形塑了游戏的整体样貌。

第一，D&D 仍然具有兵棋游戏的一面。英雄和怪物在地下城中交战的游戏场景，游戏使用模型和网格地图对这类场景的再现，以及对于攻击方式、攻击距离和范围等变量的强调，显然延续着兵棋游戏的传统。不过，D&D 将兵棋游戏的关注焦点拉向了微观和小队战术。地下城在兵棋游戏的场景空间中加入了区隔和串联系统，使游戏能够控制和延展所述空间。兵棋游戏的通盘战场被分割成为封闭的房间，这就意味着游戏能够分多次叙述空间有限的场景，使游戏进程与叙事活动变得更加容易掌控。叙述和呈现一个房间里的事情，比叙述或呈现整个战场的事情要容易得多。当房间与房间串联起来时，空间得以扩大，游戏和叙事也得以延长。即便 D&D 叙事在成熟以后已经超越了地下城空间，但这种场景区隔思想仍然体现在其游戏模组和架空世界的设计之中。

第二，D&D 加入了角色构建与角色扮演，这是游戏互动焦点微观化的结果。玩家的视角可以进入游戏世界内部，其互动行为改变游戏世界，但互动决策的结果具有一定的随机性。原本兵棋游戏重在模拟兵团战斗，以游戏中的一次攻击模拟现实中的一场进攻活动。D&D 的角色则将游戏攻击行动还原到单次攻击行为的层面，叙事由此得以深入到单人打斗和小队战术。由此，D&D 将棋子转化成为角色，并设计出了角色的构建系统。一方面，玩家需要设计出角色在故事中的能力，也就是玩家借助角色改变游戏世界的能力。另一方面，玩家还需要创造出角色的经历、性格、社会关系和行动取向。角色还能够成长和升级，这意味着游戏中的棋子或活动单位能够长期续存，能够承

---

① Shannon Appelcline, *Designers & Dragons: The '70s*, Silver Spring, MD: Evil Hat Productions LLC., 2014, p.14.

受玩家更多的关注和情感，也能够在游戏中给予玩家足够的精神反馈。这种成长和升级也体现在数据方面，提升后的数据能够提升行动的成功率，降低互动决策的不确定性。

第三，D&D加入了现场叙事互动。现场叙事大大丰富了游戏的表现能力。现场叙事互动使角色扮演和兵棋游戏得以熔为一炉：已在传统体裁中发展成熟的奇幻叙事话语，使游戏进程得以在统一的表现形式中不断推进。地下城主这一设置的诞生，使游戏出现了专门的全局叙事者，其叙事超越了玩家的微观视角，且可以随时在宏观与微观之间转换。这对于游戏叙事继承口头文学遗产具有关键性意义。基于上述特质，D&D可以在宏观叙述和微观叙述上跳跃和拉伸。这种时空体上的相似性，大大提升了TRPG与奇幻小说的叙事兼容性。现场叙事互动，无论是口头的还是非口头的（比如说，用聊天软件和网络工具来玩TRPG），在一定程度上决定了这个游戏的互动特点：游戏文本成为高动态文本，文本自身和文本内容都不固定；文本的展开由玩家与主持人的互动来决定；文本依照时间线性展开，不能像书本一样跳序翻阅；大部分文本是有条件开放的，玩家必须将剧情推进到某种程度，才能得到下一步的内容。

这三大特征被英雄叙事这一主题统合起来。英雄叙事是D&D游戏最重要的主题之一，也是世界性的叙事传统，英国、法国、俄罗斯、中国、日本等国都有自己传统的英雄叙事，并且已被学界明确地揭示出来。角色扮演、棋盘战斗和口头叙事与这一主题非常贴合，三者组合起来能够很好地表现出这一主题：英雄伟岸的形象、英雄战斗的英姿以及英雄的救世功业都能在其中得到体现。反过来说，英雄叙事这一主题的叙事倾向与叙事需求，也引导着D&D的表现能力进一步专门化。比如说，在英雄与战斗等主要方面的表现力不断强化，而在文学、经济、政治斗争等次要方面的表现则走向简化；又比如说，文本高度规范化、格式化且数据化，以方便大众查找和在游戏中使用。由于TRPG在"龙枪"系列文本系统中处于核心体裁的地位，发挥着三重统合作用，"龙枪"系列文本系统对于时空体和社会群体结构的整体表现，也都受到TRPG表现倾向的强烈影响，呈现与"魔戒"系列的显著差异。

"龙枪"系列文本系统中的时空体，一方面是由传统体裁，如神话、传说、编年体等共同构建的，另一方面又都被统合到了设定文本的框架之内，为 TRPG 服务。这使得 TRPG 互动影响了设定文本的时空体表现方式：总的来说，就是呈现轻时间而重空间的特点。这是因为，在"龙枪"系列的整个文本系统中，由时间秩序支配的文本，如小说、游戏模组等，已经充分地展现了克莱恩世界的时间；设定文本描绘空间信息，在很大意义上是为了填补上述核心体裁所留下的空余。尽管设定文本为游戏互动做出的改变使它与完全静态的传统体裁有了一定的差异，但我们仍然能够从设定集中辨识出编年体、地理志等传统体裁的影子。

比起"魔戒"系列，"龙枪"系列的历史叙事是相当简化的。即便是诸多设定集中通史叙述章节最长的《长枪故事》，也没有使用《精灵宝钻》那样的大部头长篇幅来讲述历史，而是仅用了 20 多页。对于 D&D 系统的历史表述来说，优美的文笔和曲折的情节显得不那么重要，其笔法更为精炼、概括和迅速，许多重大的事件寥寥数行便叙述完毕。这种非文学化倾向和 TRPG 本身有关。所有的历史表述都要经过主持人或参与者的转述才能进入游戏叙事，而许多游戏玩家不会花太多时间长篇大论地在娱乐活动时讲述历史。更为重要的是，"龙枪"系列的时间结构要为玩家和互动留出空间。历史的延续和铺陈，意味着英雄的成熟、功业的建立、悬念的落空。舞台一旦被历史占据，作为英雄角色的玩家们就失去了表现的可能，D&D 作为游戏也就走向了终结。因此，"龙枪"系列的历史叙述不能过于细致，至少要在微观上留下余地。

"龙枪"系列的小说作品不是个人生产的，而是由商业主体组织生产的，其成果有上百部，在数量上远超"魔戒"系列。其中，确实有部分小说涉及克莱恩世界的重要历史转折。但是，一来，小说作品并非以史笔而作，它更注重描绘超短时段中的事件和人物；二来，小说叙事所表述的历史和游戏叙事所表述的历史不同。《龙枪编年史》确定下来的游戏与小说的关系是：游戏模组是故事的原型，小说是游戏模组的可能性延伸。这种办法将游戏叙事和小说叙事进一步区分，即西克曼所说的，"可以选择要忽视，或是建构在游戏中的相同剧情上（或者是将冒险队伍分散）"[1]。"龙枪"系列小说只是在大体上确定了游戏部分的历史叙述，在细节上未必能够得到游戏部分的完全认可。一旦认可，反而会对游戏活动造成麻烦。

"龙枪"系列对于空间部分的设计更加重视。TRPG 玩家的冒险活动在很大程度上依赖于在空间中的游走，就像希腊小说或骑士小说的主人公经常做的那样。对空间的探索和与空间的互动，由此成为叙事内容的重要来源。空间切换意味着新的环境、机关、器物、人群和怪物，实际上也就是冒险的进展。TRPG 的时空体正是为这类叙事服务的。

规则书或设定集除了对整个安瑟隆大陆的描述，还将大陆划分为三十多个区域进行具体描述。每个区域先列出首都或首府城市、人口的种族构成、通用的语言、政权的形式和主要领导者等信息，然后简述该地在地形地貌、地方史、气候、政权、贸易、地标等方面的情况和特征[2]，有时还会加入生活与社会、重要地点和重要人物数据等专项内容[3]。这种叙述方式在《灰鹰世界幻想游戏设定集》中便已具雏形，此后成为 D&D 系统进行地理叙述的基本格式。规则书或设定集的地理部分，主要还是围绕着冒险游戏的需要展开的，并不需要将一个区域的地理信息完全描绘出来。贸易数据和信息告诉主持人，玩家角色能够在这个区域中买到什么东西，或者能够通过买卖获得多少钱。政权信息则会让主持人明白，玩家在这个区域内会受到什么样的社会制约，如果发生冲突他们又将面对什么，等等。当地的重要人物数据，也因此变得可以理解。当这些重要人物和玩家发生互动和博弈时，这些数据能够为游戏的运作提供参考：地方势力将会采取什么样的方式与玩家互动？玩家能够战胜地方势力吗？这些问题，都能够在

---

① 崔西·西克曼：《前言》，载玛格丽特·魏丝、崔西·西克曼《冬夜之巨龙》，朱学恒译，西藏人民出版社，2000，第 3 页。

② Tracy Hickman et al., *War of the Lance*, Sovereign Press, Inc., 2004, pp. 28–54.

③ Margaret Weis et al., *Dragonlance Champion Setting*, Renton WA: Wizards of the Coast, Inc., 2003, pp. 136–183.

规则书提供的地理信息中得到一定的解决。

"龙枪"模组也涵盖了大量地理信息，构成了地理描述的重要部分。正如上文所说，模组以空间分布的方式，将人物、信息和事件切分开来。人物只有在这些空间中游走，才能够将整个故事顺利地推进到最后。即便在许多年后的今天，计算机角色扮演游戏仍然会在空间中设计所谓"剧情出发点"或"剧情触发区域"。这意味着，和 TR-PG 相似，电脑游戏中的主要人物在进入某一区域之后，既有程序会被立即触发，向玩家展现某个特定的事件或者遭遇。"龙枪"的模组脱离了早期 D&D 的设计习惯，玩家的活动范围大大超越了"地下城"，而在整个大陆的不同区域中展开漫长的旅途。在《绝望之龙》中，玩家的角色们启程之后，需要穿过圣城海文、精灵领地、黑暗森林到达古代废墟沙克沙罗斯。他们会在旅途中看到不同的景观，遇到不同的敌人，认识各地的风貌，并从中寻找推进主要任务的线索。模组文本为旅程提供了基础信息，而规则书中的地理部分，则会给主持人和玩家更大的发挥空间。

在社会群体的表现方面，"龙枪"系列比"魔戒"系列多了一重变化，即需要设计玩家角色的群体归属或社会身份。建构这一社会身份的意义，不仅在于确立玩家的扮演欲和归属感，也在于主持人怎样将玩家导入冒险故事之中。故此，TRPG 的社会群体结构，便要为这种身份建构活动提供足够的概念工具。通常来说，"种族"和"职业"两个社会结构概念，都是玩家建构角色社会身份的重要工具。

种族赋予了角色某种天生的品质与地位。在相当程度上，种族为角色赋予了他或她在族群政治中的位置。种族也代表着某种玩家能力，如更加敏捷的肉体、更加敏锐的思想，或者更长的寿命。这些属性对于英雄身份及其作战能力的建构同样重要。"龙枪"系列对种族的描述已经形成了基本定式。这种定式，首先建立在 D&D《玩家手册》对各个种族的基本描述范式上，如从种族性格、体形与外貌、与其他种族的关系、阵营、居住地、宗教、语言、姓名、家族姓氏、冒险理由到种族特性与数据。《龙枪战役设定集》基本按此体例记述种族，只增加了各种族居住地的详细情况，并且增补了克莱恩世界独有的或经过特殊调整的智慧种族和亚种。

职业概念赋予了角色后天的品格。在 TRPG 的规则书中，对于职业的描述常常会被放到重中之重的位置上。它是一整套比较固定的能力搭配，代表一个范围较明确的社会群体，是游戏设计者和玩家理解和呈现角色的大框架，也是影响游戏体验最重要的因素之一。在D&D 规则中，职业表述和种族表述一样已经变得相当模式化了，数据部分按照固定的规则甚至公式设计出来，表述部分也依照基本相同的格式进行。《龙枪战役设定集》中的职业叙述顺序如下：简介、冒险原因、特色、阵营、宗教信仰、社会来源、与其他职业的关系，然后是职业数据，包括生命骰、擅长的武器和盔甲、施法能力、独特的职业能力等，通常会附有职业升级表格。

与种族表述不同，职业表述与奇幻小说的关系显得错综复杂。在某些时刻，职业和人物所从事的工作是吻合的，如雷斯林·马哲理的职业是"施法者"（Magic User），他在小说中也确然是个典型的魔法师形象。但有时候职业和生计是分离的，如卡拉蒙·马哲理和提卡·马哲理的职业都是战士（Fighter），但两个人在相当长的时间里是旅店老板和老板娘。从游戏规则来看，人物的职业需要是固定的；但从小说情节看，人物会因为各种各样的原因改变他们的职位和身份。我们很少看到欧美奇幻小说使用职业这个概念①。这类作品更多是去描述某个角色或者某个群体的身份，如索兰尼亚骑士、高等法师等。不过，也不应该认为职业概念和小说没有关系。恰恰相反，职业表述中出现的许多信息都会出现在小说的情节之中。譬如小说《灵魂熔炉》就是描写雷斯林·马哲理如何学习魔法，最终通过大法师之塔的试炼从而成为高等法师的。在这里，高等法师既是身份也是职业。又比如，《龙枪编年史》中雷斯林施展过的许多魔法，包括法术名称、法术效果甚至施法材料等信息，我们都能从规则书中法师的法术列表和法术详述中查到。也就是说，小说作者也会根据游戏规则，使用职业

---

① 不过，近几年的日本轻小说和网络小说掀起了一股游戏化的风潮，职业这个概念作为奇幻世界中每个人都拥有的天赋身份，大量出现在这些小说中。

概念描绘人物。

　　游戏角色还有一重重要的社会建构，就是其家庭出身和地方出身。《龙枪编年史》系列的一大宣传重点，就在于故事的主人公们，如半精灵坦尼斯、战士卡拉蒙、魔法师雷斯林等"出身平凡"。《龙枪编年史》系列的叙事内容以冒险为主，不涉及这些角色的成长史，但这部分叙述在此后的设定集和小说中得到了补足。《最后归宿旅店文集》中专有一篇《英雄相遇》，花了较大篇幅讲述主人公们的生平故事①。魏丝甚至专门写了两部《雷斯林编年史》（The Raistlin Chronicles）去介绍大法师雷斯林的一生。在规则书或设定集中，家庭出身和地方出身的游戏数据支撑较少，但这并不意味着它们不重要：这是留给玩家进行人物设计的互动空间。恰恰是因为玩家设计人物的这一行为很重要，所以不能在规则书或设定集中给予限定，必须在设定文本中做出留白。关于留白问题，我们会在后文中详细讨论。

　　TRPG 的互动形式，深刻地塑造了"龙枪"系列文本系统对于架空世界的表现方式。在上文中，我们分别讨论了游戏模组文本和设定文本的互动特点和表现特点。但是还有一个重要的问题被忽略了，那就是游戏模组和设定文本之间的关系问题。作为动态文本的游戏模组和作为静态文本的设定文本之间，怎样相互配合与协调？这一问题不仅仅是表现形式的问题，而且是一个内容兼形式的问题。我们将会在下一章中，对此问题详加讨论。

四　从互动叙事走向大众参与

　　"龙枪"系列虽被版权方认为是以 TRPG 为主，但从整个奇幻文学的发展来看，TRPG 部分是其文本系统中最后出现的部分。"龙枪"系列的绝大部分体裁早已被纳入"魔戒"系列的文本系统之中了。这些传统体裁获得社会理解的方式，以及它们进入社会生产的方式，

186

---

① Margaret Weis & Tracy Hickman（eds.），*Leaves from the Inn of the Last Home*, Lake Geneva, WI: TSR, Inc., 1987, pp. 33–47.

已为当时社会所固有，"龙枪"系列对此未做太大的改动。故此，本部分对于这类体裁不再重复探讨。而 TRPG，以及这一体裁与其他传统体裁结合的方式，才是我们讨论的重点。

"龙枪"系列受 TRPG 的影响，在微观视角中长期发展，内容不断地朝精细化发展。这种发展要求的强大的生产能力是个人所不具备的。"龙枪"系列的精细化内容，是建立在其特殊的社会化生产模式上的。只有社会化的生产模式才能够对这种精细化的内容要求做出回应；反过来看，不断精细化的内容需求也支撑了社会化的大规模生产。从这个角度看，"龙枪"系列的生产方式和它的表现能力是高度吻合的。

（一）TRPG 的社会文化基础

以 D&D 为嚆矢的 TRPG 脱胎于兵棋游戏，在威尔斯出版《小小战争》的时代，就已经进入了民间生活。D&D 转化成为 TRPG 后能够顺利切入社会生产，具有三种传统文化基础：兵棋游戏、角色扮演和故事讲述。有人认为 D&D 可以把玩家划分成四大类型，战棋玩家（Wargamer）、霸主玩家（Powergamer）、演员玩家（Roleplayer）和诗人玩家（Storyteller）。除了霸主玩家，其余三种恰好可以被看作兵棋游戏、角色扮演和故事讲述在 D&D 游戏中的反映。霸主玩家则反映了 D&D 在上述三种基础上的创新点，也就是单个角色的能力建构和数据化。

从兵棋游戏的角度看，D&D 仍然保留了部分棋类游戏的重要特质。TRPG 和兵棋游戏一样使用棋盘和棋子模拟冲突和战斗场景，在这个层面上前者对传统文化的接续表现得非常明显。所以，人们与这类游戏实际上有长期的相处经历，对其具有固有的认识和观点。当代中国学者认为："棋牌游戏对于参与者的智力开发很有帮助，可增强一个人的计算能力、记忆能力、创意能力、思想能力、判断能力以及注意力。"[①] 同时，"凡事把握好度，适度的棋牌游戏益脑，沉迷游戏

---

① 林继富主编《中国民间游戏总汇·棋牌卷》，湖南文艺出版社，2016，第 4 页。

则伤身"①。这些观点用在 TRPG 上亦无不可。兵棋游戏当然是棋类游戏中的一个独立类别，它对战争机制的模拟、对军事训练的加值、对战争史研究的带动等，都构成了社会对它的独特理解和期待。

D&D 在兵棋游戏的基础上，重点强化了角色扮演成分，创造了角色扮演游戏（以下简称 RPG）。RPG 虽然是 D&D 的创新突破，但并非没有社会文化基础。社会学家认为角色扮演是个社会化过程，如乔治·米德（George H. Mead）认为人类在童年时有角色置换（Role Taking）行为，会通过将自己想象为处于他人的角色或地位，从而发展出从其他人的角度看待自我与世界的能力②。以拉尔夫·特纳（Ralph Turner）的研究成果为代表的角色理论认为，由于外界总想搞清楚某个人的角色是什么，因此那个人也有必要通过行为举止或种种暗示去告诉别人，自己在某个角色上的适应程度③。扮演或获取角色是伴随着社会行为产生的，本身就是人类无法脱离的文化的一部分。人类社会当然也存在将角色扮演从社会生活中独立出来的现象，如戏剧、说唱等文艺活动，常常会带有角色扮演的性质。

D&D 以英雄叙事为重要主题，还指向一种更为重要的文化基础，那就是遍布于人类各个文明的故事讲述传统，在酒馆、咖啡馆、炉火旁或其他社交场合讲故事也是欧美传统生活的组成部分。这种活动也被民俗学家重点关注，成为欧美现代学术的研究对象。如果说兵棋能够被视为战争或战争史的游戏化，那么 D&D 就能够被视为民间故事或英雄传说的游戏化。D&D 的故事情节往往类似于《桃太郎》，即主人公出门找到三个伙伴，组成小队一起去鬼岛讨伐恶鬼。比起战争史，这样的故事更加容易在大众中流传，也更加容易被人们讲述。欧美学术界还为这类故事的情节框架提供了重要的学术成果参考，如1949 年坎贝尔出版的《千面英雄》、1973 年汤姆逊修订的《故事类型索引》等。

---

① 林继富主编《中国民间游戏总汇·棋牌卷》，湖南文艺出版社，2016，第 5 页。
② 戴维·波普诺：《社会学》（第十一版），李强等译，中国人民大学出版社，2007，第 61 页。
③ Jonathan H. Tuner, *The Structure of Sociological Theory* Seventh Edition, Beijing: Peking University, 2004, p. 387.

以萨迦（Saga）作为特色的"龙枪"系列将 D&D 的故事推进到宏大叙事的领域中。美国学者安德松（Rasmus Bjorn Anderson）认为："冰岛语词汇'萨迦'（意为'讲述'）既指叙事散文中呈现的所有内容，同时也用于描述过去人物和事件的确切历史记录，但它也包含了大量半神话和纯虚构的传说故事，这类神话萨迦和真实史传萨迦一样，是以同样的叙事方式进行讲述的。"[1] 他认为萨迦有两类，一类是历史著作，如阿里·索吉尔松的《冰岛人之书》，是对北欧民族通史和冰岛专门史的记录，尽管在形式上还没有和口头传说剥离；另一类是虚构萨迦，如《咏者弗里乔夫萨迦》，其主人公是否真实存在于历史已不可考[2]。萨迦故事通常是由不署名的作家创作的，主人公往往出身高贵、本领高强，会在故事中南征北战，击败强敌，完成令人瞩目的英雄伟业。比起《格林童话》那样的民间故事，萨迦的创作更为专业化，指涉的时空与社会更加广阔。

"龙枪"系列当然不是真正的萨迦，而只是在桌面游戏的框架下借助了萨迦的部分特点。萨迦与"龙枪"系列的相似性，主要体现为以下三点。一是宏观历史，即项目团队中的专业设计师与作家将虚构神话与虚构编年史连缀起来，形成整个架空世界的长时段历史叙事，然后将冒险模组和小说放在这一长时段框架之中；二是英雄角色，力图展现主人公们在光明与黑暗的斗争中的勇敢、高贵、仁慈和善良的闪光品格，以及他们在这些斗争中所发挥的关键作用；三是专业生产内容，即两者都是由专业的作家或设计师而不是普通民众生产出来的相对精良的作品，容易成为典范或模仿的对象。

D&D 将兵棋游戏、角色扮演和故事讲述三重文化基础重新组合，将 TRPG 带到平民大众之中，产生了强烈的文化冲击。尤其是 D&D 提供给玩家扮演的角色并非当代社会实有的角色，而是存在于具有超自然因素的传统欧美社会中的角色，如骑士、魔法师、海盗等。这些

---

① 拉斯姆斯·比约恩·安德松：《序言》，载拉斯姆斯·比约恩·安德松《北欧维京英雄传奇》，刘珈、孙甜等译，北京联合出版公司，2017，第Ⅲ页。
② 拉斯姆斯·比约恩·安德松：《序言》，载拉斯姆斯·比约恩·安德松《北欧维京英雄传奇》，刘珈、孙甜等译，北京联合出版公司，2017，第Ⅲ～Ⅵ页。

幻想角色与当代城市生活及社会教育期望等都有差距，突然在市民娱乐生活中被放大，难免产生激烈的反应。D&D 在美国也曾成为负面新闻的靶子或舆论事件的焦点。如 1979 年埃格伯特失踪案就被认为与 D&D 有关，部分人认为少年埃格伯特在角色扮演游戏中混淆了游戏角色与社会角色，却忽略了这个案件本身的家庭因素，如失踪者的家庭压力和性取向等①。D&D 的威胁论或许并没有成为美国社会的主流观点，因为 D&D 作为美国文化元素，至今仍然出现在大众文化产品甚至童书中，如美剧《生活大爆炸》或《小奥尔多成长记：小艺术家的烦心事》②。

　　D&D 为故事讲述提供了游戏化框架和出版机制。参与者不仅能够扮演主持人，通过游戏和朋友分享自己的故事，还可以撰写游戏模组，投稿并出版，将自己的故事变为官方文本。这种开放系统将游戏玩家纳入游戏的生产体系中。每个愿意写作、投稿或出版的故事讲述者都有资格为这个庞大的官方文本体系添砖加瓦。由此，D&D 建立了一种基于桌面游戏网络的 UGC（User Generated Content，用户生产内容）模式。"龙枪"系列则以 PGC（Professional Generated Content，专业生产内容）模式，建立了 D&D 框架下萨迦叙事的游戏化范例。尽管这些模式在互联网时代被热议，但 D&D 在游戏模组出版上早就建立了相似的模式。

190　　更详细地说，D&D 或 TRPG 作为桌面游戏的创举主要有三。第一，它打破了时空间断对游戏持续性的限制。只要游戏角色依然存在，游戏就可以一场接着一场地连续下去，而不像象棋或围棋那样每一场都是独立的游戏。第二，它创造了能够持续延展的产品系列。玩家购买规则书以后，还可以购买不同种类的游戏模组和扩展规则书，后两者为游戏提供了丰富多样的故事框架和游戏信息。这样，游戏便具备了重复使用和持续更新的特点，也符合资本持续扩张的本性。第三，它形成了大众产品进入官方产品序列的准入机制。这当然是建立

① 大卫·库什纳：《地下城主的崛起》，D. E.·樱庭若雪译，四川美术出版社，2019，第88~95页。
② 卡拉·欧什内克：《小奥尔多成长记：小艺术家的烦心事》，夏倩译，浙江文艺出版社，2015，第75~78页。

在持续延展的产品系列的基础上的。主持人角色和规则书信息为大众的文本生产活动服务，而这种生产活动的优秀成果又能够被其持续延展的产品系列所吸收。后两点让 D&D 成为大众进行文本生产且具有市场回馈能力的实践系统。欧美奇幻文学在这样一个系统的支持下得到了爆发式的持续发展。这种发展不仅是经济上的，同时也是产品和内容上的。

英国学者阿米特（Lucie Armitt）说，像"魔戒"系列这样的奇幻文学作品之所以广受欢迎且经久不衰，关键原因之一就是它通过传奇空间（Epic Space）展开了一幅广阔的世界画卷：它足够独特，能够通过英雄、友谊和堕落等视角来反映我们已知的世界；同时它也足够通俗，能够让我们从最符合自身时代的曲折的视角来瞬间补全那些未曾被提及的细节①。阿米特所说的传奇空间不仅可以激发读者的想象，还能够将读者从内容的接受者转为生产者，更精确地说，是细节的阐释者或演绎者。这种对作品进行再阐释和再演绎的现象在文学史上十分常见。许多传说故事就是经过长时间的阐释和演绎发展而来的，它们随着社会历史的变迁而变迁，也因地方民众的需求常常做出调整，游走于民间社会与上层社会，辗转于舞台和笔墨之间，产生出大量异文。有研究者认为，这些异文促进了民间创造力的发展。黎亮指出："将多篇童话异文同时提供给孩子，他们很容易学会想象，学会发现故事之间的生长缝隙，当他们开始选择以他们喜欢的方式来重新讲述它，创造便开始了。"②

但是，单个的传说故事，不足以建构起架空世界那样的宏大时空，也不具备架空世界那样宽阔的空间，任由人们的思维和语言驰骋。被架构出来的空间与空白，能够提升架空世界的可接受性。因为它正是吸引人们付诸实践、表达自我、实现自我的动因。TRPG 互动框架中蕴含的、由架空世界展开的阐释空间，正是大众积极开展叙事实践的重要源泉。这种叙事实践的激发机制，根植于人类文化传统和

---

① 阿米特：《奇幻小说》，上海外语教育出版社，2009，第 10~11 页。
② 黎亮：《中国人的幻想与心灵：林兰童话的结构与意义》，商务印书馆，2018，第 265 页。

文化心理，并在现代社会被 TRPG 纳入了大众文化产品中。在这种文化传统的支持下，奇幻文学的内容生产力得到了极大的提升。

（二）TRPG 互动叙事的社会生产模式

在 D&D 进入市场时，美国已经具备了成熟的桌面游戏市场和头部企业。1953 年，查尔斯·罗伯茨（Charles S. Roberts）出版了他的第一款纸版兵棋《战术》，在市场上大获成功，当年出版了 2000 份。1958 年，查尔斯组建了阿瓦隆山公司，依托该公司发展历史桌面兵棋。到了 20 世纪 60 年代，兵棋俱乐部和兵棋杂志开始兴起，如克里斯·瓦格纳（Chirs Wagner）创立的《战略战术》（*Strategy & Tactics*）就是兵棋杂志的代表。到了 70 年代中后期，美国民间兵棋公司进入繁荣时代，新公司如雨后春笋般不断涌现。[①]

吉盖克斯在 D&D 初创时期，曾经把定稿投给圭登游戏公司（Guidon Games）。这家公司是《链甲》的发行者，也是吉盖克斯的前东家。但吉盖克斯投稿的时候，圭登游戏公司正在裁员，也没有兴趣发行 D&D 规则。据说他也把游戏定稿投给了阿瓦隆山公司，但人们对于这一观点有所争议，如果吉盖克斯真的这么做了，那么他应该就是遭遇了失败。1973 年，吉盖克斯和朋友多恩·凯耶（Don Kaye）合伙创建了 TSR 公司，次年开始发售 D&D。这款产品最初是个三件套，直到 1974 年底大概印了 1000 多份，其中一半在夏天的时候卖了出去。[②]

从上述历史看，脱胎于兵棋游戏的 D&D 出现并成熟于 20 世纪 70 年代并非偶然。D&D 借助了已经成型的桌面游戏销售网络，甚至公司的名字——战术研究规则（Tactical Studies Rules）公司，也表现出了显著的兵棋风格。在某种程度上，D&D 也继承了部分兵棋游戏的产品形式，如规则书、骰子、小模型和地图等。这些产品形式至今仍

---

① 何昌其主编《桌面战争——美国兵棋发展应用及案例研究》，航空工业出版社，2017，第 24、26 页。

② Shannon Appelcline, *Designers & Dragons: The '70s, Silver Spring*, MD: Evil Hat Productions LLC. 2014, pp.13-14.

然为欧美兵棋游戏所使用，如著名的"战锤"（Warhammer）系列。

TRPG与架空世界的结合，提供了一种将大众实践包容在内的奇幻文学生产方式，并带动了一条集合口头叙事、桌面游戏、文学生产、游戏制作等多个领域的产业链。一方面，由于游戏中叙述互动系统的存在，游戏参与者在游戏过程中会产生大量文本。一切事物的呈现和发生都依靠表述。主持人必须通过语言表述，把自己的意图和游戏体验传达给玩家。玩家也必须自己组织对话和描述，通过语言来发挥角色的能力，表达角色的行动来完成任务、战胜困难，使故事发展成为他们所希望的那个结局。另一方面，主持人和玩家都需要书面文本的帮助，来设计和规划冒险故事和游戏角色，以保证叙述互动的顺利进行，甚至取得游戏博弈中的优势。主持人需要撰写书面文本作为游戏时的手边材料。尤其是如果他想脱离已经出版的官方模组，来讲述自己故事的时候。他需要准备基本的剧情主线、主要人物或怪物的数据卡。有时候，主持人会尝试创造自己的架空世界，他们也会描述这个世界的背景架构，包括大陆的地形、国家的分布、社会的基本情况等。他们还常在官方规则的基础上形成自己的游戏规则，俗称"房规"。他们需要将这些房规写下来，好让参与者知道这些特殊规定。所有的玩家都需要准备自己的人物卡。人物卡上会详细地列出这个玩家使用的游戏角色的各种信息，包括人物的基本属性、他所使用的武器、他能使用的魔法、持有的装备和物品、他的种种专长和技能等，有时候还包括这个人物的背景故事。这张人物卡根据游戏规则建立，并且会在游戏不断推进的过程中逐渐成长和丰富。

这些叙事实践的流行催生了旺盛的文本需求，而旺盛的文本需求又在市场环境中进一步刺激了文本生产。叙事即将拥有逻辑关系或时间关系的素材重新组织成为具有特定表现形式的故事，然后使用语言等方式将这个故事文本化并传递出去①。在D&D叙事中，由于游戏世界和游戏角色都是虚构的，参与者很难纯粹用自身经历来完成素材的

---

① 米克·巴尔：《叙述学：叙事理论导论》（第三版），谭君强译，北京师范大学出版社，2015，第3页。

构建和组织。这就意味着，他们需要借助游戏公司设计的更加专业且具有权威性的叙事素材。而叙事素材正是整个 TRPG 系统中游戏模组和扩展设定集两大部分的重要功用之一。游戏设计公司为了满足游戏参与者的叙事需要，也为了维持自身存在和盈利，在相当长的时间内不断出版或发布新的叙事素材：或是提供新的冒险故事，或是推出新的游戏数据，或是丰富现有的架空世界。正是通过叙事机制，TRPG 的生产商不仅生产了叙事规则和叙事素材，也生产了对于叙事素材的需求。这种产品与产品需求的互促，正是资本主义生产的理想互动之一。

游戏参与者也成为文本的民间生产者。这种生产不局限于口头互动文本，还会延伸至游戏模组和扩展设定集领域。主持人和游戏玩家在进行游戏互动之余，也会尝试改进游戏规则，创作游戏故事，描绘游戏角色。在多数情况下，这些散碎成果得不到出版，但在官方反馈体系的整合下这些成果也有机会转化成为商业产品。D&D 的出版公司拥有自己的杂志，包括《巨龙志》（*The Dragon*）和《地城志》（*Dungeon*）①，前者刊登游戏规则和小说等，后者主要刊登冒险模组。这些杂志接受玩家的投稿，并且以刊登的形式表达官方在某种程度上的认可。在 D&D 发行 30 周年时，版权方还主动发起"架空世界"的设计活动，吸收玩家智慧形成新产品，最后艾伯伦世界脱颖而出，形成了《艾伯伦世界设定集》及新的系列产品②。当代互联网和信息技术也支持民间生产成果的低成本发布，以至于当前的奇幻专题网站上存在着大量第三方产品。这些产品的存在宣示着民间生产随着技术跃进的进一步繁荣。

必须指出，D&D 作为桌面游戏对于用户创造内容（UGC，又名UCC）现象的贡献。中国学者注意到这一现象，还是在网络时代。他们认为，是社交媒体为用户或读者走向创作提供了有利的条件。向勇认为："通过社交媒体，故事在创作之初就可以直接跟受众接触，搜集

① 《巨龙志》第一期于 1976 年发刊，《地城志》第一期于 1986 年发刊。
② Keith Baker, *Eberron Campaign Setting*, Renton WA: Wizards of the Coast, Inc. , 2004, p. 7.

受众感兴趣的话题、事件，受众可以随时参与故事的创作过程，可以随意改变、分割故事，影响故事的最终结果。通过众包（Crowdsourcing）这种新的互联网产生的组织形式，通过 UCC 这种用户使用互联网下载和上传并重的使用方式，产生海量的原创内容。"① 实际上，在 20 世纪 80 年代以后，通过桌面游戏引发的大众叙事，以及纸面媒体对这种大众叙事的吸纳和支撑，就已经显现了网络时代 UGC 的雏形。

在 TRPG 文本系统的社会生产中，互动叙事这一机制发挥了巨大的黏合力，将游戏设计者和用户紧紧结合在一起。使用相同的规则，描述相同的世界，既催生了官方生产与民间生产的结合，也催生了产品生产与需求生产的结合。在上述生态中，游戏设计公司通过编写和发行规则书、刊物和相关出版物，乃至制作周边或授权等业务获取资金。与通俗小说相比，这种规则书的销量不高，但单价可以是小说的数倍。一本通俗小说售价会在 10 美元以内，但一本规则书能够卖到 50 美元甚至更高。游戏的周边，包括模型、骰子、工具盒等衍生品的价格更会高至数十至上百美元。TRPG 也通过不断推出新产品维持自身，但由于其文本系统的生产模式强而有力，同时作为基于设计公司等职业组织的集体创作，其产品更新速度比小说系列要快，文本总量也大得多。

TRPG 在欧美奇幻文学走向成熟的过程中起了关键作用。一方面，TRPG 的文本系统大量吸纳和转化已有的体裁资源，同时不断创造出新的文本形式，使架空世界的专用文本在编纂体例和形式体裁上持续标准化、模式化，其产业化生产为欧美奇幻文学提供了丰厚的叙事素材；另一方面，基于 TRPG 的奇幻小说大量涌现，其生产过程厘清了 TRPG 和通俗小说之间的关系，由此产生的良性互动促进了奇幻文学的整体繁荣。当然，并不是所有的欧美奇幻小说都有 TRPG 模式。许多欧美奇幻名作，如《时光之轮》《冰与火之歌》等在初创时期是较为纯粹的通俗小说。但是，TRPG 所引发的大量实践活动，使

---

① 向勇：《文化产业导论》，北京大学出版社，2015，第223页。

托尔金和"魔戒"系列所开创的架空世界设计在欧美社会逐渐普及与成熟。这种对社会环境和文化氛围的营造力量，是通俗文学模式无法取代的。

当然，TRPG 在市场推广方面也有它自己的问题。这不仅仅是因为 TRPG 的物质载体庞杂又昂贵，更因为要掌握这个游戏需要大量的阅读时间。因此，即便在信息化时代人们已经可以通过计算机技术减少其物质载体方面的负担，如玩家们用 PDF 文档取代了厚厚的规则书，用计算机程序取代了难以携带的骰子，用精美的电子图像取代了容易损坏的小模型和地图，但是 TRPG 的阅读量需求并未有本质上的改变。这使 TRPG 的受众门槛变得很高，也使它在传播中处于劣势的地位。但是，TRPG 文本系统对计算机角色扮演游戏（CRPG）的纳入，扭转了这种劣势。

第四章
"博德之门"系列与数字化革命

早在 20 世纪 80 年代，计算机角色扮演游戏（Computer Role Playing Game，以下简称 CRPG）就已经开始描绘奇幻世界了。最著名的例子包括 1986 年出版的《魔法门》（*Magic and Might*）和 1988 年出版的《光芒之池》（*Pool of Radiance*）。后者由 AD&D 规则改编而来，见证了战术模拟公司（Strategic Simulations，Inc.）的黄金年代[①]。承载奇幻文学的计算机游戏非常多样，包括角色扮演、即时战略、模拟战棋等。20 世纪 90 年代，计算机游戏在中国流行开来，这些游戏通过正规出版物或盗版光碟等途径传播，对中国的奇幻文化圈做了启蒙。

欧美奇幻 CRPG 在时间上继起于 TRPG，往往是 TRPG 在计算机或游戏主机上的延伸，其基本互动方式就是构建人物，推进冒险，完成故事。游戏玩家要在规则中建构自己角色的人物特点，通过游戏内互动完成自己的"使命"，让人物从故事的开头走向故事的结局。这种互动构成了整个游戏的时间历程，使游戏拥有了从开始到结束的一个过程。许多 CRPG 继承了 TRPG 串联叙事时空体的方式，先使用图像和语言构建出场景，然后再由场景拼接成整个故事的空间部分，并将时间历程安排到诸空间之中。CRPG 也继承了 TRPG 的数学系统，使用骰子决定随机量，用计算来模拟现实事件。有的 CRPG 基本上直接继承了 TRPG 的数学系统，如计算机游戏《灰鹰之邪恶元素神殿》

---

① Matt Barton & Shane Stacks, *Dungeons and Desktops: The History of Computer Role-Playing Games, Second Edition*, London: CRC Press, 2019, p.153.

完全复制了 D&D 第三版规则的数学系统；有的 CRPG 几乎脱离了以往 TRPG 的固有数学系统，但使用数学系统衡量事件结果和行动成功率的基本思想没有改变。

计算机游戏是让计算机根据人的操作做出反应的产品。特雷西·弗雷顿（Tracy Fullerton）说："在设计你的游戏的时候，另一个需要考虑的就是单玩家、游戏系统，还有其他玩家之间的交互结构。"[1] 弗雷顿用了十个词或词组来形容游戏目标，包括掠夺、追捕、竞速、排列、救援、脱逃、行为禁止、探索、解谜、益智[2]。从这一系列词语看，可以认为游戏中的人机互动或多人互动是人类行为的延伸。在计算机游戏中，互动通过逻辑系统、数学系统、文字技术、图像技术和网络技术实现。计算机游戏中的奇幻表述也是通过相应的手段建立起来的。通过立绘、台词、界面、选择枝和操作系统，玩家们能够感受到游戏人物和事件所传达出的价值观，并为自己的行为和体验赋予意义。这种互动看上去好像脱离了现实的社会空间，但计算机游戏并不意味着互动行为所具有的意义失效了。即便许多超自然符号已经脱离了信仰与神圣的外衣，但它们仍然能够在沉重现实的间隙中，为人们带来人生额外的新鲜体验。这些体验甚至还能够成为他们的青春记忆和叙事素材[3]。严格地说，CRPG 的文本系统并非传统意义上纯粹基于语言文字的文本系统，而是包括音乐和图像等非语言要素的广义文本系统。CRPG 使用计算机程序将言语、文字、音乐和图像进行组合，形成了可在计算机或其他主机上运行的、可与玩家完成互动的完整程序。这种游戏程序就是 CRPG 产品的基本形式。

近年来，对使用计算机技术构建的时空体的讨论在国内学界并不鲜见。不少学者对这类虚拟空间中的文化生产做了论述。如胡杨、董小玉的《数字时代的虚拟文化空间构建——以网络游戏为例》选择网络游戏作为分析数字时代虚拟文化空间建构的载体，认为网络游戏

---

① 特雷西·弗雷顿：《游戏设计梦工厂》，潘妮、陈潮、宋雅文、刘思嘉、秦彬译，电子工业出版社，2016，第60页。
② 特雷西·弗雷顿：《游戏设计梦工厂》，潘妮、陈潮、宋雅文、刘思嘉、秦彬译，电子工业出版社，2016，第69~74页。
③ 小马裤腿：《我的金庸群侠传》，《电脑技术》2005 年第 3 期，第 44~45 页。

是具有沉浸交互文本叙事、完整世界观、鲜活角色形象以及生产语言、服饰等网络亚文化的典型的虚拟文化空间范本①。陈波、陈立豪的《虚拟文化空间下数字文化产业模式创新研究》认为，计算机技术能够构建起一种虚拟的社会空间和文化环境，能够重新组织文化产业的发展形态②。上述研究关注的主要是基于互联网技术的虚拟空间，但对虚拟时空体在互联网时代来临前后的发展脉络缺乏细究。固然，赛博空间极大地消除了人类社会互动的空间阻碍，是虚拟文化空间研究的重要起点，但虚拟文化空间研究若被互联网和社会关系框定就未免过于狭窄了。因为，除了人类之间的关系，人类与外部环境的关系以及人类与自身的关系，同样是开展文化研究的重要入口。

　　如果考察计算机游戏的发展史就会发现，虚拟文化空间的社会空间和文化环境不是同时呈现的。也就是说，在互联网技术和网络游戏大规模普及之前，计算机虚拟空间在很长一段时间内是不直接容纳社会互动的：这种虚拟空间不体现人类之间的关系，只体现人类和外部环境以及他们自身的关系。陈波和胡杨等人的研究虽然注意到了文化生产的空间从线下走到了线上，但还没有讨论社会空间和文化环境的差别和历史关系。这个从线下到线上的过程，同样存在于从 TRPG 到 CRPG 的发展历程中，且出现过文化环境与社交空间的分离阶段。这个分离阶段暗示着虚拟文化空间，或 CRPG 乃至大型多人在线角色扮演游戏（MMORPG）的时空体能够被更为细致的分析框架阐明。TRPG 的奇幻文学和叙事学基础还让我们注意到，民间文学和叙事学都一再谈到虚拟世界及其区隔的问题。对于虚拟文化空间的讨论完全可以和上述学术史展开对话。这样的对话可以让我们借助前人成果，发现从互联网技术和社交空间等视角出发不容易发现的问题。

　　从奇幻文学文本系统的角度来看，CRPG 表现时空体的方式，亦即其生成时空体可知性和互动性的方式，既对通俗小说和 TRPG 有所

---

① 胡杨、董小玉：《数字时代的虚拟文化空间构建——以网络游戏为例》，《当代传播》2018 年第 4 期，第 37 页。
② 陈波、陈立豪：《虚拟文化空间下数字文化产业模式创新研究》，《中国海洋大学学报》2020 年第 1 期，第 106~107 页。

继承，又有作为计算机互动媒体的新特点。神话、史诗或小说所述的时空体不直接容纳他者，即不容纳读者以外的社会主体，却能框定叙事并呈现文化性质。在这点上，CRPG 所展现的虚拟时空体与这些传统叙事体裁非常相似。当然，CRPG 与传统叙事体裁不同，允许玩家通过化身与时空体环境互动。由此，CRPG 的时空体既能够以文本框定叙事，也能够以互动延展叙事，而无论是框定还是延展都能呈现其文化性质。在这里，我们把由 AI 控制的非玩家角色也视为无主体意识的文化环境，而不是社会互动的对象。这些角色是由计算机程序而不是现实人类控制的，玩家与这些角色之间的互动很难说是社会互动。

如果将 CRPG 也看作文本，那么我们就能够像对待通俗小说和 TRPG 两种体裁一样，以架空世界为中心建立起相关文本系统，然后在这个系统中建立起 CRPG 与奇幻文学的关系。在版权产业的整体运转中，CRPG 文本与 TRPG 文本或通俗小说文本共同形成文本系统并不鲜见。CRPG 在整个文本系统中，可能是后发的，即从其他版权产品衍生而来的，如"博德之门"（Baldur's gate）系列；也可能是先发的，即从它开始延伸出文本系统中的其他部分，如《魔兽世界》（*World of Warcraft*）。

我们将"博德之门"系列作为 CRPG 经典案例进行个案分析。"博德之门"系列是欧美角色扮演游戏的代表作之一，它在中国奇幻爱好者圈子里具有很高的知名度，其影响力绵延数十年，直至 2020 年还在推出新作品。"博德之门"系列很好地延续了 D&D 规则及其资料框架。该系列游戏是 D&D 规则内的"被遗忘的国度"系列的授权衍生游戏，在时空体的表现和社会生产方式上，较大程度地继承了以"龙枪"系列为起始的 D&D 框架。但是，作为 CRPG，"博德之门"系列在时空体表达上也有很大的改动。这种改动在继承 D&D 的共同基础上，通过 CRPG 与 TRPG 形态的对比，能够更好地凸显出来，让我们更好地理解 CRPG 文本系统的特点。

"博德之门"系列的时空体和"龙枪"系列的时空体有两个非常重要的不同。第一，它是围绕互动叙事形成的非中心化时空体。"被遗忘的国度"系列构建了托瑞尔世界这一宏观时空体，而"博德之门"则是基于托瑞尔世界衍生出的互动叙事所表述的中观时空体。"博德之门"系列更像是一套游戏模组，而不是游戏设定集。它不会像《龙枪战役设定集》那样去描绘世界的整体轮廓，让读者形成对克莱恩世界的大体印象，这是《被遗忘的国度战役设定集》的任务。"被遗忘的国度"系列和"博德之门"系列所描绘的时空体是分头发展的：前者吸取了"龙枪"系列的经验和教训，以宏观空间而非时间为主要导向；后者则继承了叙事时空体的传统，主要受到微观叙事时间的支配。"博德之门"系列的空间被游戏互动和微观时间串联起来，只展现了托瑞尔世界的一隅。然而，恰恰是这一视角，为我们研究时空体的表现问题提供了新的补充："龙枪"系列的游戏模组也存在类似非中心化叙事时空体和微观视角，但我们在介绍"龙枪"系列时主要集中于设定集所展现的宏观结构，未对相关中观结构进行论述。这一疏漏，可通过对"博德之门"系列的研究补足。

第二，"博德之门"系列的时空体又是动态的，是随着叙事和互动不断变化的。在阿尔达世界中，由于没有互动方式，整个时空体都是写定文本，我们也就无法分析静态与动态的问题。克莱恩世界和托瑞尔世界都涉及动态与静态的分野。我们在对 TRPG 的分析中已经涉及动态特征（Dynamics）这一维度了。TRPG 文本是动态文本，文本自身和文本内容都不完全固定。CRPG 剔除了口头性的变化，但动态文本的性质本身没有改变。游戏等动态文本和小说等静态文本处于描绘同一个架空世界的文本系统中，未必就能和谐相处：动态文本可能侵蚀静态文本，静态文本也可能禁锢动态文本。怎样协调两者及其反映的时空体，或者说，怎样在设定集静态文本和游戏模组动态文本这两者之间划定边界、制定规则，是我们在描述克莱恩世界时没有论及的问题。

对"博德之门"系列的研究，需要将这一系列的时空体和文本系统放在"被遗忘的国度"系列的时空体和文本系统当中，才能看到游戏叙事时空体与架空世界宏观结构的关系，看到数字多媒体文本与传统文本之间的关系。通过对数字文本的详细考察，我们还能够发现 CRPG 的文本形态、互动形态、生产方式和传播方式都与传统体裁大不相同。

一 "博德之门"系列的文献构成

"博德之门"系列宏大的冒险故事和充实的地方文化信息离不开其版权来源——"被遗忘的国度"系列，一个与"龙枪"系列相似的、以架空世界为核心的 TRPG 文本系统。作为 TRPG，"被遗忘的国度"系列于 1986 年被 TSR 公司从玩家手中收购而来，是继"灰鹰"系列和"龙枪"系列之后，该公司的第三个架空世界系列，其文本系统与生产方式类似前作，但可延展性更好，生产时间更长。在"博德之门"游戏立项之前，大量关于游戏背景的文本就已经存在，至少有 6 部小说、12 种设定集或桌面游戏模组①。依照国外爱好者网络社区的统计，从 1985 年到 2019 年，"被遗忘的国度"系列已出版了 TRPG 文献（设定集与模组）245 种、通俗小说文献 305 种②。其出版物种类与出版时间的关系如图 4-1 所示。

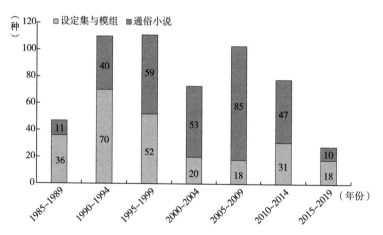

图 4-1　"被遗忘的国度"系列 TRPG 与通俗小说出版情况
（1985~2019 年）

---

① 小说如 1988 年出版的《碎魔晶》（*The Crystal Shard*），作者为萨尔瓦多（R. A. Salvatore）；TRPG 产品如 1987 年出版的《被遗忘的国度战役套装》（*Forgotten Realms Campaign Set*），设计者为格拉布（Jeff Grubb）、格林伍德（Ed Greenwood）和马丁（Karen S. Martin）。
② 参考 FANDOM 社区 The Forgotten Realms Wiki，网址: https://forgottenrealms.fandom.com/wiki/。

"被遗忘的国度"系列中有大量 CRPG 作品。最早的当属 1988 年战术模拟公司发行的《光芒之池》(*Pool of Radiance*)。这部作品是 D&D 首部授权改编的计算机游戏作品，发行不久就在业界引起了轰动，为此后 D&D 计算机游戏改编奠定了基础①。至 1991 年，战术模拟公司先后推出了《光芒之池》系列的三部续作《天蓝色镣铐的诅咒》(*Curse of the Azure Bonds*)、《银刀之秘密》(*Secret of the Silver Blades*) 和《黑暗之池》(*Pool of Darkness*)。2001 年，育碧娱乐软件公司还基于 D&D 第三版规则推出了《光芒之池：迷斯卓诺遗迹》(*Pool of Radiance：Myth Drannor*)。

1991 年，战术模拟公司推出了网络角色扮演游戏《无冬之夜》(*Neverwinter Nights*)。2002 年，BioWare 公司发行了同名作品《无冬之夜》，并先后推出五部资料片《古城阴影》(*Shadows of Undrentide*)、《幽城魔影》(*Hordes of the Underdark*)、《拥王者》(*Kingmaker*)、《女巫觉醒》(*Witch's Wake*) 和《阴影护卫》(*Shadow Guard*)。2006 年，Obsidian 娱乐制作的《无冬之夜Ⅱ》发售，这个系列先后推出了两部资料片，即《背叛者的面具》(*Mask of the Betrayer*) 和《泽希尔的风暴》(*Storm of Zehir*)。

除"博德之门"、"光芒之池"和"无冬之夜"等系列之外，"被遗忘的国度"系列还包含许多其他计算机游戏产品，如"魔眼杀机"(*Eye of the Beholder*) 系列、"蛮荒边境"(*Savage Frontier*) 系列、"冰风谷"(*The Icewind dale*) 系列等。此外还有不少非电脑平台的视频游戏作品，如"黑暗联盟"(*Dark Alliance*) 系列、"剑湾传奇"(*Sword Coast Legends*)、"深水城战士"(*Warriors of Waterdeep*) 系列等。D&D 规则下的"被遗忘的国度"系列自 20 世纪 80 年代末至今，已支持过 50 多种视频游戏的生产。

"博德之门"系列是"被遗忘的国度"系列的一条经典分支，其制作和影响已持续了 20 年以上，主要由三代作品构成。第一代作品《博德之门》发布于 1998 年，1999 年又发布了资料片《博德之门：

---

① 陈灼：《上帝掷骰子：欧美角色扮演游戏史》，文汇出版社，2006，第 82 页。

剑湾传奇》(*Baldur's Gate：Tales of the Sword Coast*)。第二代作品始于2000 年发布的《博德之门 2：安姆的阴影》(*Baldur's Gate Ⅱ：Shadow of Amn*)；次年，资料片《博德之门 2：巴尔的王座》(*Baldur's Gate Ⅱ：Throne of Bhaal*) 发布[①]；2013 年，官方又发布了重制增强版和新资料片《黑坑》(*The Black Pits*)[②]。第三代作品《博德之门Ⅲ》于 2020年 10 月由拉瑞安工作室发布先行体验版，作为这一系列的续作。该系列还于 1999~2001 年出版了同名系列小说，统称《博德之门》三部曲。以上 8 种 CRPG 与 3 种小说构成了"博德之门"系列文本系统的主干。

那么，应该怎么理解这 8 种 CRPG 作品的体裁性质呢？我们认为，"博德之门"系列 CRPG 继承了 D&D 的 TRPG 核心机制，是 TR-PG 扩展规则书和游戏模组的综合体。一方面，该系列 CRPG 实现了TRPG 规则书的计算机软件化。它允许玩家通过游戏界面和数据库支持，从姓名、性别、种族、职业、技能、专长、法术、外观、声音等多方面建立和培养角色。玩家也能够通过游戏获取经验值不断成长。人物在专长、法术等方面的选项多达数十种甚至上百种，用以发展出不同的战斗或战术能力，以在战棋游戏中发挥作用。传统 TRPG 使用的棋盘、棋子和骰子完全被图像和程序代替。另一方面，该系列CRPG 让玩家能够通过图像界面推进主线故事，即实现了游戏模组的软件化。最常见的故事推进方法是开启和选择对话。玩家需要选择适当的角色进行交谈，交谈的内容预先经过设计，玩家必须从不同的选项中选择合适的台词来满足剧情推进的需求。适当的话语会让玩家获得帮助，反之则可能招来敌人。有时候，游戏必须通过战斗来推进剧情，玩家不得不使出浑身解数来击败某些强大的敌人，继续推进故事。在这个过程中，玩家对于架空世界的体验变得更加细腻和生动，他们能够通过角色代入来体验游戏对人物的塑造和表现，理解人物和

---

① 参见陈灼《上帝掷骰子：欧美角色扮演游戏史》，文汇出版社，2006，第 265~266 页。在计算机游戏领域，"资料片"一词是对"Expansion Pack"的翻译，这在国内圈里已是约定俗成的。此处所说的"资料片"，即"Expansion Pack"，而非影视作品。

② 根据 Steam 游戏平台信息，《博德之门》增强版发布于 2013 年 1 月 17 日，《博德之门Ⅱ》增强版发布于 2013 年 11 月 16 日。

社会群体的历史遗迹、喜怒哀乐，与他们发展亲密关系。

CRPG 的媒介特征，即软件打包和展开运行的双重状态及其转换能力，形塑了它的文献形态。无论它在计算机终端上展开以后用了多少素材和多少种方式来表达，它本身的外在形式都能够转变成一种高度统一化和精简化的打包形态。换言之，游戏软件运行以后提供给玩家的无论是音频、视频、操作界面还是其他，游戏软件本身都能够作为数据包被某种轻便的载体——光盘、储存卡或者硬盘承载。由于数字技术的支持，CRPG 的双重区隔与传统叙事产生了重要差别。CRPG 使文本系统走向了高度集成化：同样是长篇冒险故事，"龙枪"系列 TRPG 需要使用十多种文献，而"博德之门"系列 CRPG 则只需要几张光盘。这种游戏软件造成的集约性质不仅改变了表现时空体的方式，也使它的传播形态和社会经济形态与 TRPG 产生了重要区别。

"博德之门"系列作为衍生产品，并不处于"被遗忘的国度"系列的核心位置。作为 CRPG，"博德之门"系列与"被遗忘的国度"系列几乎完全是由两个不同的社会组织生产出来的，尽管我们相信这两个生产主体在生产过程中有过高度合作，但这并不能改变"博德之门"系列的边缘性特点。"龙枪"系列游戏模组的游戏叙事反映着克莱恩世界历史发展的关键时空与核心事件，"博德之门"系列却并非如此：它只反映局部地区的局部事件。这反而为我们提供了新的视角，即从游戏模组系列的中观角度而不是架空世界的宏观角度，去考察其超自然、时空体和社会群体的构成，以及它们与宏观三元结构的关系。

二 托瑞尔世界宏观结构的多元发展

"博德之门"系列的时空体，是"被遗忘的国度"系列的架空世界多元化发展的结果。因此，要了解"博德之门"系列的时空体，就不得不谈到"被遗忘的国度"系列构建的架空世界——托瑞尔世界。和克莱恩世界相比，托瑞尔世界是去中心化的宏观世界。"龙枪"系列描绘的是高度集中化的世界，因为"克莱恩世界里的几乎每个生物都被卷入世界进程之中，并在世界与民众的形塑中扮演有用的角色"①。但托瑞尔世界却难得有一个统一的世界进程。这不代表费伦没有产生世界级影响的大事件，但这些大事件具有地域范围，不像"龙枪"那样总是上升到全世界的程度。托瑞尔世界的去中心化机理，也蕴含在其三元宏观结构的每一个具体的组成部分中。在超自然结构上，善神之首或恶神之首消失了，取而代之的是多个具备内部竞争力的神系。在时空结构上，统一的世界历史被分别发展的帝国和地区拆解，地方史、地方政体和地方领袖的重要性被凸显出来。社会群体的宏观构架也受到相应的影响：尽管种群政治和种群关系仍然重要，但其矛盾关系常常融入地方政治之中。

托瑞尔世界宏观结构的去中心化，映射着创作群体的权力结构问题。与"灰鹰"系列或"龙枪"系列不同，"被遗忘的国度"系列是1968年格林伍德（Ed Greenwook）为短篇奇幻故事自行创设的，1980年后逐渐依据 AD&D 官方规则进行调整，并且容纳了相当多玩家的构思和创作②。也就是说，"被遗忘的国度"系列的生产组织从开始就不像"龙枪"系列那样，是个由公司制度构建起来的、拥有中央权力的正式组织。这一区别反而是 TSR 公司的设计师们所看重的地方。如"龙枪"系列的设计者之一格拉布说："在这里，拥有各式各样天赋的个体能够全力贡献于它的创造与发展。通过冒险模组、资源书、短篇故事和其他种类的书籍所发展起来的不是一个视角，而是多个视角的结合。"③ 那么，怎样容纳多个玩家、多个视角的创作，而避免矛盾呢？"被遗忘的国度"系列采取了空间拓展和空间切割的方式。如初版设定集所说："被遗忘的国度的空间非常广大，完全能够容纳将来的玩家角色和游戏战役。"④ 这种生产去中心化的结果，便是托

在幻想的冰山下

206

---

① Margaret Weis et al. , *Dragonlance Campaign Setting*, Renton, WA: Wizards of the Coast, Inc. , 2003, p.185.

② Ed Greenwood & Jeff Grubb, *DM's Sourcebook of the Realms*, Lake Geneva, WI: TSR, Inc. , 1987, p.4.

③ Ed Greenwood & Jeff Grubb, *DM's Sourcebook of the Realms*, Lake Geneva, WI: TSR, Inc. , 1987, p.4.

④ Ed Greenwood & Jeff Grubb, *DM's Sourcebook of the Realms*, Lake Geneva, WI: TSR, Inc. , 1987, pp.4-5.

瑞尔世界内容的地方化：更多的社会生产力被导向地方文化的生产。

权力与权威是集中的还是分散的，直接影响内容生产的结果。中心化的生产方式与宏观结构的生产相得益彰，每个生产单位都被社会权力或权威组织起来，为一个宏大的中心结构服务。这种社会权力或权威不仅仅保证了各个单位的生产方向，更保证了这个宏大中心结构的内在合理性和一致性。如果中心权力或权威的约束力量减弱了，内容生产单位的创作方向和内容便会走向多元化。对于要求一致性的宏观结构而言，这种多元化会导致整个架空世界的形象走向矛盾和模糊。

托瑞尔世界的多元化发展体现在两个方面。一是区域时空体的多元化发展。托瑞尔世界的设计师或创作者将大量精力投入对各区域独特文化的描述，而不是对架空世界整体文化的描述。二是叙事时空体的多元化发展。"被遗忘的国度"系列的创作者们不断推出桌面游戏模组、计算机游戏和小说等叙事产品，这些叙事虽然也依托于托瑞尔世界的宏观结构，但在时空体的构建上往往自出机杼，也产生了多元化的结果。"博德之门"系列的时空体，正是这一类叙事时空体多元化发展的果实。它与中心化的宏观时空体和多元化的区域时空体交互影响，既建构着其他两者，也被其他两者建构。

（一） 超自然结构

作为 D&D 旗下的品牌，"被遗忘的国度"系列的超自然宏观结构与"龙枪"系列非常相似，神祇、魔法和怪兽构成了托瑞尔超自然力量的主体。作为世界形象的基本成分，它们是相当固定和统一的：神祇和魔法等超自然力量必须遵守统一的规律。但是，这些超自然力量被广阔的地理空间切分开来，被置于较为均衡的区域配置当中，由此保证了托瑞尔世界超自然力量的地方化和多元化发展。

托瑞尔世界有自己的诸神，但诸神在世界中扮演的角色，与"魔戒"系列和"龙枪"系列都有差异。托瑞尔诸神不像阿尔达世界和克莱恩世界的神祇那样基本上都是世界的创造者和引导者。神上之神艾欧（Ao）自己完成了整个托瑞尔世界的创造①，他制定了升神的法则，规定了诸神的神圣职责②。但是，艾欧本身对于凡间漠不关心，不像其他神那样回应信徒的祈祷。费伦的其他神祇，一部分是亘古以来构成世界的，如月亮女神苏伦（Selune）、黑夜女神莎尔（Shar）、大地女神裳提阿（Chauntea）、魔法女神密斯瑞尔（Mystryl）等；另一部分是由凡人升任的，如谎言王子希瑞克（Cyric）、魔法女神密斯特拉（Miss-trah）、法师之神阿祖斯（Azuth）等。托瑞尔诸神不对世界拥有天然的权力，因为托瑞尔世界本来就不是托瑞尔诸神的造物，而是艾欧的造物。他们对于托瑞尔的权责主要来自艾欧。

托瑞尔诸神还有部分权责来自凡人信徒。这一变化事件在托瑞尔世界被称为"动荡之年"（Time of Troubles）、"诸神之战"（The God-swar）或"圣者浩劫"（The Avatars Crisis）。由于大多数神祇玩忽职守，只顾争权夺利，对自己的信徒漠不关心，神上之神艾欧在这一年对所有神祇降下惩罚。他强令诸神离开自己的领域，化作圣者（Ava-tar）降临凡间。因为归家的道路已封闭，圣者们不得不在凡世游荡，与凡人交往，苦寻归家之路。在这段时间里，不少神祇于凡间身亡，也有凡人因此升格为神。圣者浩劫结束后，托瑞尔世界的神谱为之一变。由于艾欧的法令，诸神与信徒的关系发生了变化，神祇的神力部分来源于信众。凡人的信仰也成了诸神争夺的对象之一。这个故事显示了托瑞尔诸神之间混乱的竞争关系，也构成了"博德之门"系列的重要背景。③

托瑞尔诸神也有善良与邪恶之分，有秩序与混乱之别。但是，善恶阵营的诸神并没有一个首脑，诸神各有职责，各有立场。这也导致了单个神祇的力量是有限的。托瑞尔诸神包括托瑞尔神系、人类神系、精灵神系、矮人神系、侏儒神系、半身人神系、兽人神系等，神

① Ed Greenwood et al. , *Forgotten Realms Campaign Setting*, Renton, WA: Wizards of the Coast, Inc. , 2001, p. 260.
② Ed Greenwood et al. , *Forgotten Realms Campaign Setting*, Renton, WA: Wizards of the Coast, Inc. , 2001, p. 258.
③ Ed Greenwood et al. , *Forgotten Realms Campaign Setting*, Renton, WA: Wizards of the Coast, Inc. , 2001, p. 264.

祇的力量总体处于多边平衡当中，难以见到大一统的局面。

托瑞尔世界的魔法由魔法之神维系。按《被遗忘的国度战役设定集》所述："魔网是魔法女神密斯拉（Mystra）的本体。密斯拉掌握着整个托瑞尔世界的魔法运行，但她也无法完全封闭所有魔法能量的流动。所有的施法者（不论奥术或神术），都必须透过魔网这个渠道获取足够的能量来施展法术。最后，魔网还是个根据神秘规律编织的结构体，它也是奥艺（奥术施法）与神能（神术施法）的组合公式。不管是法术书中的文本还是单一法术的构成要件，它们其实都是魔网的一部分。魔网不只是魔法能量流通的管道，它同时也是施法者塑造法术的工具。"[①]

除了标准魔网，费伦还有影魔网。影魔网掌握在黑夜女神莎尔（Shar）手中，其功能与魔网非常相近。"在与月亮女神苏伦（Selune）的永恒战争之中，黑夜女神莎尔创造了影魔网，用以抗苏伦所创造的魔法女神和魔网。如果说魔网是一张由散布于现实世界之中传送施法能量的网线通道构成的大网，那么影魔网就是这张网的网眼。这两张网提供了两种截然不同的施放法术的能量通道和方法论。"[②]影魔网的存在，使魔网不再是施展法术的唯一途径，也就避免了因为魔网而产生的中心化效应。

魔法力量的高度发达，是托瑞尔世界去中心化的基础之一。魔网为托瑞尔的凡人提供了稳定而强大的超自然力量。一方面，托瑞尔世界的魔法比克莱恩世界的魔法更加稳定，不像后者那样随着魔法之神的退却和回归三番五次地改变规则。魔网是托瑞尔世界中的魔法之源。另一方面，托瑞尔世界的魔法操纵者一度发展出超乎想象的魔法文明。古代大法师用传奇魔法维持永恒的生命，创造出飞行的城市，甚至一度夺取了魔法之神的神位。当然，这些庞大的古代文明和强大的魔法最后都走向了消亡。然而，仍有不少强大的古代魔法师和古代

---

① Ed Greenwood et al. , *Forgotten Realms Campaign Setting*, Renton, WA: Wizards of the Coast, Inc. , 2001, p. 54. 此处译文参考了奥德赛公会 TIF 工作室的译本。

② Ed Greenwood et al. , *Forgotten Realms Campaign Setting*, Renton, WA: Wizards of the Coast, Inc. , 2001, p. 57. 此处译文参考了奥德赛公会 TIF 工作室的译本。

魔法留存于世。魔法为凡人提供了比肩诸神的力量。这使得影响世界的能力不再集中于诸神，而分散到了更多的主体那里。

在对魔法的整体设计之外，托瑞尔世界又为各个地区设计了不同的魔法文化。托瑞尔世界不存在克莱恩世界的高等法师会那样的世界性施法者组织，施法者在不同地区发展出了不同的魔法文化和魔法文明。精灵有精灵高等魔法，矮人有符文魔法，科米尔王国有能征善战的战法师，拖雷帝国有专精于单个魔法派系的红袍法师。许多地区的魔法力量都发展出了自己的特色，并且通过合纵连横，共同形成了一个多边的平衡结构：多个正义的魔法力量和邪恶的魔法力量势均力敌，长期处于斗争与共存当中。

"博德之门"系列也为游戏角色设计了特殊的超自然力量。如在《博德之门Ⅱ》中，主人公继承了邪神巴尔的神力，从而具备了比常人更加强大的超凡力量。主人公可以化身为杀戮者，得到更强的攻击能力。在《博德之门Ⅲ》中，主人公被植入了外星生物的幼体，获得了心灵感应和心灵控制的能力。就像英雄史诗中一再强调主人公的神奇之处那样，这类游戏的主人公也被加以类似的设计。但在奇幻文学中，问题的核心在于，当超自然能力已经成为常态，主人公必须超越这种常态，才能使自身的能力和形象得到凸显。故此，"博德之门"系列以及许多同类游戏都强调对于这类特殊超自然能力的设计。这一规律也体现在中国当代的网络幻想文学中，常被表述为"主角的外挂"。

"博德之门"系列的超自然结构，遵从着"被遗忘的国度"系列在神祇、魔法等D&D标准框架下衍生出的多神系、双魔网等独特而稳定的设计。只有采用这些设计，才算具备了托瑞尔世界的时空特征。这些由超自然规律构建出来的时空特征也构建了"博德之门"系列游戏叙事的重要主题，即对力量的追逐和审思。

由于围绕着TRPG进行构建，托瑞尔世界的超自然规律在相当程度上是被工具化了的。无论是信仰还是魔法都会表现为游戏角色的数据和能力，成为角色的支配对象。追求角色成长和数据增长的TRPG互动规则，还会进一步强化玩家对这类超自然力量的追求，鼓励玩家进一步工具化地使用它们。这种工具化现象,不仅体现在游戏互动之中,也体现在架空世界的设计上。"龙枪"系列对此已经有所体现,"被遗忘的国度"系列则表现出更加明显的倾向。

第一,神祇被拉下全知全能的神坛,被世俗化成为故事的角色或要素。对于叙事来说,这似乎是个必要的过程。完美的全知全能者既不需要改变也不需要揭示,这对于情节发展来说非常不利。在那些不完美的角色身上,反而蕴含着更强的情节推动力。在"魔戒"系列中,托尔金描绘了并非全能的次级神,《精灵宝钻征战史》早期的情节正是由他们推动的。"龙枪"系列和"被遗忘的国度"系列也都采取了类似的手法,实际上设计了两个阶层的神祇,并且由次级神祇来推动剧情的发展。"被遗忘的国度"系列的神祇是这几个系列中最世俗化的一群,他们相互之间充满了人间的情绪和争斗。在这个世界里,神人关系也失去了传统社会中的崇高:神祇忙着争权夺利,神上之神不得不在神祇和信徒之间建立利益关系,才能够让神祇关心信徒。这样的设计使信徒和神祇都要从信仰那里获得力量和权势,以致信仰本身成了获取力量的工具。

第二,魔法在这一规律中也失去了其神秘性、严肃性和不确定性,逐渐转为世俗生活的工具。托瑞尔世界或克莱恩世界中由于游戏化而被数据化的魔法,是可以被玩家放心使用的魔法。或者说,允许玩家相对安全和自由使用的魔法,是 D&D 游戏体验的重要构件。魔法失去了它在"魔戒"系列中呈现的肃穆氛围,失去了那种对工业化和力量的谨慎态度的折射。在克莱恩世界中,魔法仍然保留着某种非理性化的特质:最初发现屠龙枪的修玛,必须通过内心无比坚定的信念,才能发挥这件神兵利器的强大威力;索兰尼亚骑士索斯爵士放弃了拯救克莱恩世界的机会,于是他死后遭到诅咒成为亡灵,直到他重新寻回人性并拒绝黑暗之后的征召,才获得了救赎与安眠。但是,托瑞尔世界基本取消了这些设计,魔法成为类似于物理、化学般客观而稳定可靠的规律,成为可以被人类理性思考和利用的工具。

"博德之门"系列的叙事主题正是随着超自然力量的工具化展开的。故事讲死去的杀戮之神巴尔在凡间留下多名子嗣,这些子嗣不仅天生身负巴尔的神力，还能吞噬他人所负的神力。于是，许多强大的巴尔后裔为了获得力量开始杀戮同类，甚至有人坚信所有同类死亡以后，自己便能支配巴尔的全部力量，取代巴尔登临神座。但具有讽刺意味的是，这些杀戮之神的后裔在屠戮兄弟姐妹的过程中，实际上也被杀戮之神定下的规则和留下的力量支配了。游戏叙事的最后似乎也呼应了这一主题：主人公在保护自己的过程中，不断地击败他的兄弟姐妹，最终将巴尔的所有神力汇于一身，于是要面对是否登神的选择。这种超自然力量对人的支配，不像"魔戒"系列那样体现于魔法力量本身，体现于至尊魔戒这类魔法造物对人的超自然诱惑。巴尔神力对人的支配，恰恰是由人类本身所具有的追求力量的欲望促成的，是人类对于工具失去敬畏后愈发膨胀的贪欲导致的。就像马克思主义所说的资本的异化那样，魔法等超自然力量为人所支配，又反过来支配了人。

（二）时空体结构

"博德之门"系列的时空体同时依托于架空世界宏观时空体和地区中观时空体，是游戏叙事在托瑞尔和西哈特兰两大时空体的基础上延伸出来的时空体。"博德之门"系列的主线叙事专注于自身，不专门介绍托瑞尔和西哈特兰。这两者的信息，被创作者以多种方式填入了游戏的枝节当中，让玩家不太容易发现三者之间的关系。不过，要了解"博德之门"系列的时空体结构，还是需要把三个时空体放到一起来看。

1. 托瑞尔世界的宏观时空体

托瑞尔世界的时空体结构继承和发展了克莱恩世界重视空间的特点。比起托瑞尔世界的历史，托瑞尔世界的空间结构要复杂得多。第一版到第四版"被遗忘的国度"设定集中，地理章节几乎全部在历史章节的前面。仅第二版"被遗忘的国度"设定集套装就用了三分之一的篇幅来介绍托瑞尔世界的空间构成[①]。可以认为，托瑞尔空间结构的重要性，已经体现在了文献结构和文本数量上。

---

① Ed Greenwood & Jeff Grubb, *A Grand Tour of the Realms*, Lake Geneva, WI: TSR, Inc. , 1993.

托瑞尔世界的大小和地球类似。"被遗忘的国度"系列的主要舞台位于北半球的一块大陆上。这块大陆的西部名叫费伦（Faerûn），东部叫卡拉－图（Kara-Tur），南部叫扎卡拉（Zakhara）。费伦是整个"被遗忘的国度"系列的中心，它的东部是宽广的部落之地（Hordeland），北部被高耸的冰霜覆盖，西部是无痕海（The Trackless Sea），南部是巨海（The Great Sea）[①]。在无痕海的对岸，还有一块未知的大陆，名为马兹特克（Maztica）。总的来说，托瑞尔世界的陆地分布和地球非常相似，读者不难从中发现欧洲、亚洲、非洲、美洲等重要文明所在地的痕迹。"被遗忘的国度"系列的中心空间费伦，毫无疑问正是托瑞尔上的"欧洲"之所在。

依照 1993 年出版的《伟大的诸国度之旅》，费伦的中心地带哈特兰（Heartlands）由八个区域构成：谷地，哈特兰的粮仓所在；科米尔和桑比亚，在哈特兰针锋相对的两大王国；月亮海，位于谷地东北部的内湖；瀚土，在桑比亚东部，与桑比亚隔海相望的富饶之地，通往东方的重要门户；巨龙海岸，位于科米尔和桑比亚东南部，是辽阔的内海坠星海的海岸线；西哈特兰，从科米尔西部到宝剑海岸的辽阔地带，目前处于无序和混乱之中；深水城，位于宝剑海岸的最北端，是北地最伟大的城市。在中心地带以外还有九个区域，包括位于宝剑海岸之西、无痕海之中的群岛王国；位于深水城和西哈特兰之北的蛮荒北地；位于科米尔和谷地西北，作为奈瑟瑞尔帝国遗址的埃诺奥克大沙漠；位于谷地和月亮海以北，被冰雪覆盖的世界之巅——酷寒之地；在瀚土之东，占据坠星海东北岸，充斥着魔法与背叛的绝境东域；在绝境东域之南，坠星海最东端的古老帝国；位于坠星海南岸，由失落的王国、富饶的城市和古代森林组成，小国和雇佣兵势力混战不休的维尔洪领地；位于西哈特兰以南，由安姆、泰瑟尔和卡林珊三个国家组成的沙之帝国；位于整个费伦最南部，遥远的光辉南方。[②]

---

① Ed Greenwood & Jeff Grubb, *A Grand Tour of the Realms*, Lake Geneva, WI: TSR, Inc., 1993, p.4.

② Ed Greenwood & Jeff Grubb, *A Grand Tour of the Realms*, Lake Geneva, WI: TSR, Inc., 1993, pp.19-20.

随着游戏设计的不断发展，费伦的地区划分也在不断细化。至
2001 年《被遗忘的国度战役设定集》出版时，费伦已经被划分成为
近 40 个区域①。这些区域要么继承自 1993 年出版的《伟大的诸国度
之旅》中 17 个区域的划分法，要么是从上述 17 个区域中进一步细化
出来的。如绝境东域在这时已经被设计为数个国家，包括阿戈拉隆、
因布图、莱瑟曼、塞尔等。

早期的"被遗忘的国度"设定集甚至缺乏完整的历史叙述章
节②。较为完整的历史章节出现在 2001 年出版的《被遗忘的国度战役
设定集》（采用第三版 D&D 规则）③，以及 2008 年出版的《被遗忘的
国度战役指南》（采用第四版 D&D 规则）④，但其中仍有较多的断层
或空白。这种重空间轻时间的倾向在相当程度上取决于 TRPG 的互动
性质。但是，"被遗忘的国度"设定集的发展也表明，历史设计可以
被简化但不能是空白。

按 2001 年《被遗忘的国度战役设定集》所述，托瑞尔世界的历
史是这样开始的。最初，世界由艾欧创造，大地女神裳提阿便是托瑞
尔大地的生命形态。其后，由光与暗中诞生了月亮女神苏伦与黑夜女
神莎尔，又由她们的争斗诞生出战争、疾病、暗杀、死亡、太阳、魔
法等领域的诸神。在诸神混战的时代，大地上有五个最为强大的智慧
种族兴起了。第一个是蜥蜴人的祖先，第二个是巨龙，第三个是洛卡
鱼人的祖先，第四个是林中妖精的祖先，第五个便是人类。这五个种
族被合称为创造者种族（The Creator Races）。半身人、侏儒和巨人与
创造者种族同时诞生，但并没有强大到成为创造者种族。其时，又有
其他世界的种族来到托瑞尔，包括矮人、树人、精灵和夺心魔。精灵
和矮人最早在托瑞尔上建立起了庞大的帝国，这一时代被称为最初兴

214

① Ed Greenwood et al. , *Forgotten Realms Campaign Setting*, Renton, WA: Wizards of the Coast,
Inc. , 2001, p. 29.

② Ed Greenwood & Jeff Grubb, *DM's Sourcebook of the Realms*, Lake Geneva, WI: TSR, Inc. ,
p. 1987.

③ Ed Greenwood et al. , *Forgotten Realms Campaign Setting*, Renton, WA: Wizards of the Coast,
Inc. , 2001, pp. 260–266.

④ Bruce R. Cordell et al. , *Forgotten Realms Campaign Guide*, Renton, WA: Wizards of the Coast,
Inc. , 2008, pp. 41–44.

盛（The First Flowering），奠定了各种族文明的基础。

最初，精灵以永聚岛和月影群岛为根据地，发展出精灵高等魔法，建立了辉煌的文明。但所有的精灵政权都沉沦于持续三千年的皇冠战争。战争结束后，精灵女神尤释涅（Araushnee）堕落成为蜘蛛女神罗斯（Lolth），其信徒黑暗精灵被驱赶到幽暗地域。只有两个精灵王国在这场浩劫中幸存，精灵文明由此衰落。奈瑟瑞尔人在被精灵教以魔法的技艺以后，依靠奈瑟卷轴上的知识，造出了极其兴盛的浮空城市，并且建立起幅员辽阔的奈瑟瑞尔帝国。这一帝国毁灭于费林魔葵对土地的污染，以及大奥术师卡尔萨斯为了拯救国家而尝试取代魔法女神的行动。卡尔萨斯封神失败使费伦大陆上的魔法短暂失效，奈瑟瑞尔帝国的浮空城几乎全部坠落，只有四座城市幸免于难。奈瑟瑞尔帝国的疆土因费林魔葵化为沙漠，帝国本身也走向了灭亡。像奈瑟瑞尔这样毁灭或消亡的古代帝国，在托瑞尔世界中还有很多，如伊马斯卡帝国、纳菲尔帝国、洛曼萨帝国，以及穆尔霍兰德、卡林珊和琼达斯等，它们共同构成了当代费伦文明的基础。不过，由于不存在统一大陆或一脉相传的帝国或文明，费伦便很难形成一部连续的世界通史。这种情况多少折射了欧美国家自身的历史发展情况。总之，多样的地方史是托瑞尔世界叙述晚近历史进程的主流。

不过，即便如此世俗化，超自然力量的历史仍然具备世界性的影响力。"博德之门"系列的叙事时空，恰恰建立在动荡之年的背景下。临凡的杀戮之神巴尔被凡人希瑞克所杀，这一事件成为"博德之门"系列叙事的基础和开端。

2. 西哈特兰的地区时空体

"博德之门"系列的主要舞台是西哈特兰（Western Heartlands）及其周边地区。从系列的第一部作品到第三部作品，主角的旅程曲折漫长，时空体与叙事也相伴展开，基本上涵盖了整个费伦的西部海岸线，从"博德之门"所在的宝剑海岸开始，向南到达中部的国度安姆，继而到达南方海岸边的国家卡林珊。

《博德之门Ⅱ》是这样介绍西哈特兰的："西哈特兰的历史中包含了无数的战争，以及许多帝国的灭亡。在古代，有消逝王国伊尔法兰、失落的人类王国，以及传奇性的奈瑟瑞尔。在近代，这块土地由于砂陆帝国的北侵而染满了鲜血。带着龙矛的邪恶人类及地精大军互相争战，佣兵团也在一个接一个的军事领袖手下来来去去。之后还有大道旅店和匕首浅滩的攻防战。就连在动荡之年，人们也没有忘记这块荒地：邪神巴尔就死在波斯卡桥，直到今日，流过桥下的河水仍然有毒。西哈特兰的城市强大独立，而且多样。他们对贸易很感兴趣，喜爱商场远大于战场。这块区域还以许多特色著称，例如自由和机会。没有哪个国家敢宣称他们的军队能占领整个哈特兰，也没有哪个军阀可以让这块地方完全臣服于他的麾下。小型的城堡和要塞陆续建立，但它们不是被入侵者消灭，就是在一两个世代后被遗弃。这些城塞及失落的地下城散布在各处，成为冒险者们最佳的探索地点。"①

西哈特兰在设定集中也有自己的地方史。"最近几个世纪以来，这片地区很少有大的战役，除非有人把动荡之年的时候，两位神祇巴尔和希瑞克在巴里斯凯尔桥发生的那场战斗也计算在内。希瑞克杀死了巴尔，窃取了他的神力——谋杀的神职。在深水城崛起之前的几个世纪，西哈特兰最大的王国是伊尔法兰，一个可以和迷斯卓诺相匹敌的精灵王国。费勒姆和人类王国在伊尔法兰之后短暂地统治了这里，但是从那之后，再也没有单独的力量能够控制整个地区。在伊尔法兰陨落之后，由推崇贸易文化的深水城、安姆以及领主联盟的其他成员组成的历时长久的文明从西哈特兰地区崛起。"② 对于"博德之门"系列来说，最重要的莫过于邪神巴尔死于此地的一段历史。这段历史也被嵌入当地的地理信息和文化之中。"在巴里斯凯尔桥下面，巴尔的死亡之处，河水污浊而令人作呕，发黑的河水向西流淌，直到数英里以外的巨魔之爪滩处才稍微变得干净了点，变成了棕色的泥浆，但至少还算正常了一点。"③ "由于希瑞克和巴尔的战斗以巴尔的死亡而

① 《西哈特兰的历史》，引自 CRPG《博德之门 II：安姆的阴影》，译文由奇幻修士会翻译，发表于网站"最深的地下城 Undertopia"，发表时间为 2004 年 8 月 24 日。
② Ed Greenwood et al. , *Forgotten Realms Campaign Setting*, Renton, WA: Wizards of the Coast, Inc. , 2001, p. 228. 此处译文参考了奥德赛公会 TIF 工作室的译本。
③ Ed Greenwood et al. , *Forgotten Realms Campaign Setting*, Renton, WA: Wizards of the Coast, Inc. , 2001, p. 225. 此处译文参考了奥德赛公会 TIF 工作室的译本。

告终，这座桥下游的河水变得漆黑，污秽难闻，而且不适合饮用。'去喝桥西边的水！'在这一带是句常见的诅咒。"①

毫不夸张地说，巴尔的葬身之地已变成西哈特兰的一大地标，而巴尔的死亡便成了形成西哈特兰地标的标志性事件。尽管"博德之门"系列的叙事跨越了从北方的博德之门到南方的卡林珊的漫长时空，但故事真正的开始之地却一直安静地存在于西哈特兰的腹地之中。

3. "博德之门"系列的叙事时空体

"博德之门"系列的叙事时空体由游戏叙事展开：游戏的各个章节由不同的空间（地图）组成，玩家进入地图之后以人机互动推进情节发展。这种 CRPG 时空体的组织方式在相当程度上保留了 TRPG 游戏模组的组织方式。当然，CRPG 时空体以静态的图像描绘空间轮廓，不再像口头叙述那样随生随灭了。这又使其文本的动态性有所减弱。

《博德之门》的叙事是这样展开的："主角是一个孤儿，从小在费伦大陆上最有名的博学之镇——大图书馆烛堡长大。某天，养父葛里安收到好友伊尔明斯特的来信后，让主角赶紧收拾行囊准备出发。这个从小在烛堡长大的年轻人，一生之中只有两个亲人，一位是待之如亲子的葛里安，另一位是葛里安的养女爱蒙。没想到，葛里安和主角刚出烛堡门，即被仇家赶来刺杀，葛里安不敌战死，主角则被他临死前传送至远处。"② 此后，游戏的主人公便踏上了复仇之旅。他追寻线索一路来到宝剑海岸南部最大的城市——博德之门，并在这座城市中找到了谋杀其养父的凶手——沙佛洛克（Sarevok Anchev）。沙佛洛克支配着一个叫"铁王座"的武装势力，准备刺杀博德之门的两位大公爵——珍娜斯（Liia Jannath）和贝尔特（Belt），好让自己可以取而代之。主人公在公爵面前揭穿了沙佛洛克的罪行，使他不得不当场逃遁。主人公一行追入位于城市地下的巴尔神殿，最终使得罪魁

---

① Ed Greenwood et al., *Forgotten Realms Campaign Setting*, Renton, WA: Wizards of the Coast, Inc., 2001, p.226. 此处译文参考了奥德赛公会 TIF 工作室的译本。
② 陈灼：《上帝掷骰子：欧美角色扮演游戏史》，文汇出版社，2006，第 173 页。

授首，大仇得报。

　　《博德之门》仅仅是"博德之门"系列的开始，到了《博德之门Ⅱ：安姆的阴影》中，主角的真正身世才被揭开：原来，他是邪神巴尔的后裔，与许多兄弟姐妹一样天生怀有巴尔的神力。他之所以不断被人追杀，是因为巴尔后裔的死亡会使巴尔的神力汇聚到其他幸存者的身上，而最后一位幸存者会得到完整的神力，就此封神。沙佛洛克也是巴尔的后裔之一，他在幼年时就被巴尔教会选为祭品。主人公的养父葛里安带领竖琴手捣毁了他所在的教会，沙佛洛克于是被"铁王座"的首领收养。魔法师温斯基（Winski Perorate）向沙佛洛克揭示了他真正的身世，并将他导向了邪恶的封神之路。尽管沙佛洛克的封神之路被挫败了，但其他的巴尔后裔却没有放弃夺取巴尔的神位。在《博德之门Ⅱ：安姆的阴影》中，魔法师艾瑞尼卡斯将主人公和妹妹爱蒙一同抓进地牢，试图通过法术实验吸收主人公的巴尔神力和灵魂。因为他也是巴尔的后裔之一。待主人公奋力打破牢笼逃出监狱，艾瑞尼卡斯又带走了他的妹妹爱蒙。艾瑞尼卡斯的阴谋得逞以后，主人公不得不为了自己的灵魂追踪艾瑞尼卡斯。《博德之门Ⅱ：巴尔的王座》则讲述了几位强大的巴尔后裔联合起来组成五人会，麾下兵锋横扫剑湾，大肆抓捕和杀戮其他的巴尔后裔。主人公不得不再次出征，将这一组织完全捣毁，挫败了其首领的封神之梦。

　　《博德之门》第一代故事的主要舞台是博德之门—— 一座以港口为中心的商业都会。按第三版《被遗忘的国度战役设定集》所述："作为剑湾沿岸两座最伟大的城市之一，博德之门坐落于冲萨河的北岸，距离冲萨河流入宝剑海的入海口大约二十英里。这座城市正好位于安姆和深水城之间，通过商业贸易繁荣兴旺起来。贸易是没有阵营之分的，所以包罗万象就成为博德之门的一项美德，但这并不表示来访者可以在这里做出危害他人或他人财产的行为。戴着两边装饰红色条纹的独特黑色头盔的卫兵巡视着这个城市。他们把大部分的精力集中在上城区，这片区域是最初建立的城区；其次才是较新的城区，靠近河边的下城区，包围在较矮的城墙之中。"① 这座城市从"被遗忘的国度"系列第一版设定集起就已存在，此后为设计者所不断发展。《沃罗的剑湾指南》以充满了文化触感的笔调和 19 页的篇幅，详细地描述了这座城市，包括城市中央的巨大港口、与城市西岸对望的岩堡、高大而紧凑的石制建筑，还有好几座闻名遐迩的旅馆或酒店等②。当然，"博德之门"系列描绘的重要城镇不止博德之门一个，还包括图书馆之镇烛堡（Candlekeep）、贸易城镇贝尔茍斯特（Beregost）、钱币之城阿斯卡特拉（Athkatla）、黑暗精灵城市乌斯特·拿萨（Ust Natha）、精灵城市索丹尼斯拉（Suldanessellar）和撒拉都什（Saradush）等。这些空间被游戏的叙事主线串联起来，部分因为游戏叙事而发生改变。

"博德之门"系列的游戏叙事几乎不改变托瑞尔世界的宏观结构，而仅仅改变其中观或微观部分。如《博德之门Ⅱ：安姆的阴影》中的乌斯特·拿萨，玩家的任务剧情会直接干涉这座城市的黑暗精灵家族政治，直接导致阿杜蕾丝宗母的覆灭。又如《博德之门Ⅱ：巴尔的王座》中的撒拉都什城，从游戏开始这座城市就在遭受火巨人雅嘎－舒拉（Yaga-Shura）及其军队的围攻，最后会毁灭于战火。然而，这些被游戏改变的城市基本没有出现在官方设定集中。从 1987 年到 2000 年，在三个版本的"被遗忘的国度"设定集中，这些城市都是缺失的。换言之，这些城市是"博德之门"系列游戏添加的设计。

玩家在"博德之门"的整个系列中更像是在拯救自己的途中顺便拯救了博德之门，或者拯救了索丹尼斯拉。这一旨趣与"龙枪"系列似乎大相径庭：后者正是要让玩家参与克莱恩世界的历史进程，并通过英雄角色的奋战拯救整个世界。"博德之门"系列通过空间上的切割、留白与增删，让玩家的互动行为不去改变世界的宏观框架。无论游戏叙事是否改变世界，世界的宏观时空都是设计者或版权方控

---

① Ed Greenwood et al. , *Forgotten Realms Campaign Setting*, Renton, WA: Wizards of the Coast, Inc. ,2001, p. 225. 此处译文使用了奥德赛公会 TIF 工作室的译本。

② Julia Martin（ed.）, *Volo's Guide to the Sword Coast*, Lake Geneva, WI: TSR, Inc. , 1994, pp. 8 – 26.

制的：一方面，设计者可以通过官方叙事推动时空体产生不可逆的变化，并让玩家参与宏观世界变迁的历史；另一方面，设计者也可以通过在宏观结构中留白的方式，去容纳玩家和客户心中澎湃的创造力，为改变留出空间。

（三）社会群体结构

在社会群体的宏观结构上，"被遗忘的国度"系列和"魔戒"系列、"龙枪"系列非常相似，也具备神祇谱系、智慧种族等架构，并几乎完全体现在了"博德之门"系列中。除了传统的人神关系和种群政治，"被遗忘的国度"系列还发展了对于大型势力和地方组织的设计。

角色扮演游戏的叙事很擅长建构社会群体。因为群体归属原本就是社会身份和传统叙事的核心内容，比时空体更为重要。人是社会的动物，人的本质是社会关系的总和。叙事可以不花费篇幅去营造时空体，叙事情节也可以不对时空体做太多的改造，但是，游戏叙事却不能不告诉玩家，他们自身的角色以及他们所遇到的角色属于或不属于哪些群体，他们的所作所为会导致自身群体和对象群体产生怎样的变化：玩家们的社会处境是变好了还是变坏了，玩家们所消灭的敌人是否让雇用他们的人觉得物有所值，等等。这些社会群体的变化往往就是叙事情节本身。

影响力覆盖多个区域的大型组织是托瑞尔世界地区时空体和叙事时空体的重要组成部分。根据《被遗忘的国度战役设定集》所述："在费伦广阔的土地上，存在着数以百计的公会、阴谋集团、社会团体，以及骑士团。一些组织致力于与邪恶奋战，如同圣武士一般严于律己，慎重地许下善意和保护的誓言。但是大部分组织都是那些野心勃勃、富有，并且通常残忍无情之人的联盟，他们唯一的兴趣就是推进他们隐秘的阴谋，不论挡在他们前进道路上的是什么人或者什么事。"①

---

① Ed Greenwood et al. , *Forgotten Realms Campaign Setting*, Renton, WA: Wizards of the Coast, Inc. , 2001, p.272. 此处译文参考了奥德赛公会 TIF 工作室的译本。

《被遗忘的国度战役设定集》中的组织专章介绍了 12 个组织。比较常见的大型组织包括：以深水城为基地的情报组织竖琴手，博德之门的保卫机构焰拳佣兵，以散提尔堡为根据地的黑帮组织散塔林会，誓言保卫科米尔的紫龙骑士等。"被遗忘的国度"系列设计了这些组织的基本架构，包括其活动区域、活动目的、组织徽记和成员结构等。以散塔林会为例，《被遗忘的国度战役设定集》是这样介绍它的："散塔林会，也被称作暗黑联络网（Black Network），是一个意图对从月之海（Moonsea）到剑湾北部（Sword Coast North）之间的广袤土地进行独裁的邪恶组织。这个组织最初是一个秘密团体，多年以来，其成员一直公开在月海地区，特别是他们最大的运作基地散提尔堡（Zhentil Keep）附近活动。住在散塔林会要塞附近的居民们现在已经渐渐习惯了带有这个组织徽记的大篷车队，但是却始终生活在害怕有朝一日会看到在带有同样徽记的战旗的引导下，散塔林会的军队滚滚而来的恐惧之中。"①

　　费伦的大型组织基本上都处于多边平衡之中，经常作为主干衍生出游戏叙事的支线情节。如在《博德之门Ⅲ》中，玩家会遇到散塔林会的好几个窝点。玩家可以接受窝点负责人的委托，帮助他们找回失去的货物并且拿到酬劳，也可以对这帮凶人施以正义的铁锤，直接端掉这些非法据点。这些事件不是《博德之门Ⅲ》的主线叙事，而是支线叙事。这类叙事的体量通常较小，对于宏观结构的影响不大。玩家就算端掉了散塔林会的窝点，散塔林会本身不会毁灭，窝点也可以重建，费伦多边势力的平衡不会被打破。但支线叙事不意味着无关紧要：它反而是游戏时空体描绘自身的重要手段，一方面保持主线叙事的连贯和完整，另一方面又能够丰富整个时空体的社会构成。

　　地区组织也是"被遗忘的国度"系列和"博德之门"系列构建地区时空体和叙事时空体不可或缺的材料。《博德之门》的游戏叙事与博德之门这一城市的治理结构有关。博德之门由四位大公爵统治，

---

① Ed Greenwood et al. , *Forgotten Realms Campaign Setting*, Renton, WA: Wizards of the Coast, Inc. ,2001, p.281. 此处译文参考了奥德赛公会 TIF 工作室的译本。

大公爵无论性别和种族，都是由城市委员会直接授予头衔的。按第二版《被遗忘的国度战役设定集》，四位大公爵包括恩塔·银盾（Entar Silvershield）、莉阿·珍娜斯（Liia Jannath）、贝尔特（Belt）和焰拳佣兵的指挥官伊尔坦（Eltan）①。沙佛洛克作为"铁王座"在博德之门的首脑，虽然在城市中也享有很大的权势，但他只有刺杀珍娜斯和贝尔特成功以后，才能使四位大公爵出现空缺，否则便无法成为城市的统治者。游戏的主人公成功阻止了沙佛洛克刺杀大公爵的计划，也拯救了博德之门这座城市。由此，博德之门的统治群体作为费伦势力多边平衡的一个重要部分，经历了一次危机和复原。

　　这种危机和复原的过程，也是游戏叙事协调自身动态文本与设定集静态文本的一种常见方法。游戏叙事在时空体中生成一次变化（发生危机），然后通过再次变化（解除危机）使时空体回到危机之前的状态。这个复原过程在许多传统童话故事中也存在，比如青蛙王子变回王子、睡美人从梦中醒来等。相似的过程，也可以在 TRPG 的游戏模组中看见。如 TRPG 游戏模组《坠入阿弗纳斯》开始于一场巨大的灾难：大城市艾尔托瑞尔一夜之间神秘消失，只在原地留下一个巨大的坑洞。依照设定集文本，这座大城市位于冲萨河上游的悬崖上，俯瞰整条河流，是博德之门贸易路线的重要节点。艾尔托瑞尔由最高骠骑王德尔特兰统治。此地的领主致力于建立西哈特兰最为安全、守序且能干的商业组织和农业团体，并且有两百名骑士作为这一目标的力量保障②。随着《坠入阿弗纳斯》的叙事进展，玩家会发现艾尔托瑞尔坠入了九层地狱的首层——阿弗纳斯，而他们的任务就是将它重新带回地面世界③。游戏叙事结束后，艾尔托瑞尔解除了危机，它仍然能够充当博德之门贸易路线上的重要节点，西哈特兰的政治经济生态不会改变，世界的宏观结构也不会有大的变迁。也就是说，生成危机，

---

① Ed Greenwood & Jeff Grubb, *A Grand Tour of the Realms*, Lake Geneva, WI: TSR, Inc. , 1993, p.87.

② Ed Greenwood et al. , *Forgotten Realms Campaign Setting*, Renton, WA: Wizards of the Coast, Inc. , 2001, p.227.

③ Adam Lee et al. , *Baldur's Gate, Descent into Avernus*, Renton, WA: Wizards of the Coast LLC, 2019.

再解除危机，时空体便自然地回到了稳固的宏观结构中。

"博德之门"系列也通过在设定集的留白中进行增删的方式，去构建游戏叙事独有的社会群体结构。最典型的莫过于《博德之门Ⅱ：巴尔的王座》中的五人会。五人会由五个最强大的巴尔后裔组成，其麾下的军队一度横扫整个宝剑海湾。这个组织的主要目的是消灭其他弱小的巴尔后裔，并且将死去的邪神巴尔复活。巴尔教会的主脑阿梅丽珊——也是五人会的成员之一——向这个组织的成员保证，一旦他们消灭了所有的巴尔后裔，巴尔便会重生，而他们也将因他享有力量和权势。但实际上，阿梅丽珊真正的目的在于利用五人会杀死所有的巴尔后裔，然后独享巴尔的全部神力。游戏主人公的冒险在五人会的活动中展开：随着主人公与五人会成员的一次次冲突，阿梅丽珊的阴谋浮出水面，并且随着主人公的浴血奋战最终破灭。

主干与衍生、危机与复原、留白与增删这三种方法，很大程度上化解了固定呈现和互动设计之间静止与运动的矛盾。一方面，描述和呈现的对象需要相对静止，否则描述和呈现就会因为不能反映对象的状态而变得毫无意义。通过文本描述，时空体得以呈现固定轮廓，在受众心目中留下相对稳定的形象。另一方面，互动的对象需要根据玩家行为产生变化，否则玩家就不能从对象那里得到应和，互动也就无从谈起。通过互动设计，架空世界实现了在玩家心目中的对象化，即使玩家通过互动行为将自己、角色和架空世界联系起来。于是，通过描述与互动的共同作用，玩家得以建立对架空世界的真情实感，进入那种"年深外境皆吾境，日久他乡即故乡"的状态。但是，描述和互动凑到一起，就会出现变与不变的矛盾。"龙枪"系列和"被遗忘的国度"系列解决这一矛盾的方式，就是将静态和动态分别放在设定集和模组中，然后在静态描述中留白，在动态设计中加入危机与复原机制，使动静二者不仅相对分明，且在动静交汇处能够协调运作。而时空体的切割，或者说"博德之门"系列中的空间切割，在描述、留白、危机与复原的动静结合中，起到了控制生产规模和生产成本的作用。

三　计算机角色扮演游戏的表现革新

CRPG 文本有两种完全不同的呈现方式。一种是打包状态，文本被储存器所承载。玩家知道文本就在储存器上面，但无法感知文本内容。另一种是展开状态或曰读取状态，即软件被计算机终端读取以后，在屏幕、音响等多媒体输出端口展现的文本状态。这种双重文本状态及其转换过程，赋予了 CRPG 强大的集成能力和传播能力，也影响了人们对 CRPG 的个体认知。

在展开状态下，CRPG 对叙事时空体的展现方式从讲述式转变为模仿式。讲述式与模仿式的区别在哪里呢？一般来说，前者使用语言作为叙述工具，代表性体裁包括小说和口头故事；后者以视觉或听觉作为叙述工具，代表性体裁包括电影和戏剧①。TRPG 文本不具备这种具象化性质，因为传统文本是更加抽象化的：人们在进行叙述或表达时，往往不能或不需要调动事物本身，而是使用语言或其他抽象符号来描述具体事物，所述时空体的形象需要通过想象补足。CRPG 在其初生时期也主要采用讲述式，即使用语言文字进行叙事。但电子文本的打包能力突破了使用符号的必然性。这使 CRPG 可以更广和更深地调用事物的信息——形象、声音或其他性质，并把这些信息加入当前的表意活动。

到了创作生产"博德之门"系列的时期，计算机多媒体技术已经发展到了相当的阶段，"博德之门"系列的叙事工具从文字转为图像和声音，所述时空体的表达方式从讲述式变为模仿式。CRPG 文本可以被视作一个由技术景观构成的具象时空体。这一时空体是数字视听艺术的结晶，甚至会让人误以为那就是时空体本身，而不是屏幕后面的光电信号刺激人类生物感官以后产生出来的知觉。对于 CRPG 的制作与雕琢遂成为对时空体本身的制作与雕琢。随着计算机媒体艺术的快速发展，CRPG 文本和玩家所在时空体的感官差距在不断缩小，

---

① 玛丽 - 劳尔 · 瑞安：《故事的变身》，张新军译，译林出版社，2014，第 13 页。

游戏美术越做越真。许多 CRPG 大作都致力于发展最先进的技术和最新潮的呈现方式。这使得 CRPG 抓住玩家感官的能力大大增强。

"博德之门"系列主要使用模仿式展现时空体，用图像与声音描绘城市和乡村中各种各样的区域和场景。第一代游戏《博德之门》用了十多个区域来描绘博德之门这座城市的壮丽景象，包括高大坚实的城墙和堡垒、巍峨富丽的神殿，还有其他洁净又多彩的建筑。到《博德之门Ⅲ》，游戏场景营造已经到了非常精细的程度，建筑物表面的纹理、人物的五官等，都做到了栩栩如生。制作团队制造出游戏空间，制造出游戏中的事物和人物，使它们或他们构成城池与国家，然后规划出它们或他们的空间轨迹，为它们或他们附上虚拟的时间属性。玩家的人物能够在市内和各类建筑之中行走、游历和冒险，通过与人物、物品或空间本身互动来推进叙事。

"博德之门"系列的中观时空体在客观上迎合了计算机视听技术的发展。计算机视听技术应用到角色扮演游戏上，一方面大大提升了游戏体验，另一方面也大大提升了制作成本。因此，将游戏制作限定在一个相对有限的时空体内部，而不是放到一个宏伟的大世界中去，是更加符合经济逻辑的做法。在 20 世纪八九十年代，也不是没有描绘宏伟世界的角色扮演游戏，但其表现方式是高度抽象化的。随着技术的进步，角色扮演游戏的视听艺术越来越朝着微观方向发展。由此，中观世界便越来越成为微观冒险的主要平台。至少在《魔兽世界》推出以前，非全球性的时空体仍然是欧美角色扮演游戏的主要时空背景。这种内容地方化，当然也体现在与其时代相近的其他 CRPG 中，除了"博德之门"系列，还有同属于"被遗忘的国度"系列的"冰风谷"系列游戏、"无冬之夜"系列游戏等。我国的许多 CRPG，如《梦幻西游》《剑侠情缘网络版叁》等，在空间设计上对上述游戏也参考颇多。

CRPG 展现奇幻时空体时也不抛弃传统体裁。当代 CRPG 尽管插入了许多内容，如《巫师三》里的昆特牌、《轩辕剑七》的涿鹿棋、《剑侠情缘网络版叁》里的大量古籍等，但无论插入了多少个小游戏、多少文献内容，这些游戏仍然被人们认为是一个游戏，而不是几个游戏的组合，或游戏与书的组合。CRPG 的篇幅上限由此变得十分模糊。当代 CRPG 大作的体量可达数十 GB，这足以储存万卷诗书。载体对于 CRPG 篇幅的限制大大减小，生产周期和经济周期对 CRPG 篇幅的影响凸显了出来。一个 CRPG 作品的物质单元，与其说是像书本那样被载体切割出来的，不如说是被制作公司的生产周期和经济周期切割出来的。

　　CRPG 的这种包容性，使"博德之门"系列得以整合多种体裁和多个文本。许多传统体裁常常不被 CRPG 纳入主线叙事，而是被拆解成一本或数本书，存放于各个场景之中，等待玩家去发现。如《博德之门Ⅱ》中《深水城的历史》写道："在如今，已经很少有人知道这个伟大市真正的历史了，它起源于一千多年以前，当时北地被南方人嘲笑为'蛮荒北地'。在那个年代，北地覆盖着大片高大的上古绿树，居住着矮人、地精（位于最北部的山脉和丘陵）以及精灵（位于其他散处各地的森林）。有少数的原始人类部族居住在宝剑海岸附近，他们藉着捕鱼、打猎、采集，在春秋两季用毛皮向南方乘船过来的商人交换珠宝以及金属用品，偶尔也会换取武器。在春季，这些商船主要是来砍伐及搬运巨大树木，以建造船只，这种巨大的树木在遥远南方已不复存在。在秋季，商船会来砍伐木材修理船只，或是在贸易不景气、船舱装不满的时候充当货物。大部分的贸易商都是来到一个水很深的天然港湾，延伸入海的岩石山脉像手臂一样伸出成海岸峭壁，后方则有一个岩石小岛保护着。"[①] 在《博德之门Ⅱ》中，《深水城的历史》共有 5 段，上述只是篇幅最短的一段。据奇幻网站"最深的地下城 Undertopia"所做的资料整理，《博德之门Ⅱ》中这类文本描述共有 28 种[②]。这些传统体裁以其较低的成本，成为表达架空世界宏观时空体或区域中观时空体的核心工具。

　　由于人机互动与人际互动的差异，CRPG 虽然继承了 TRPG 关于

---

① 《深水城的历史》，文本引自 CRPG《博德之门 2：安姆的阴影》。中文译文由奇幻修士会翻译，发表于网站"最深的地下城 Undertopia"，发表时间为 2004 年 8 月 24 日。

② 目前，"最深的地下城 Undertopia"网站已经下线，但有人曾打包该网站的所有数据并提供下载服务，使它成为"龙与地下城"爱好者硬盘中的一种资料包。

角色扮演、英雄叙事和数学系统等许多内容，但互动模式还是发生了许多转变。如果我们以阿尔萨斯的互动文本分类框架去考察，相较于"龙枪"系列 TRPG，"博德之门"系列的互动文本保留了 D&D 的 TR-PG 版本在决定权、即逝性、连接机制和用户功能四个方面的特征，但在动态特征、准入机制和视角方面有所变化。

在动态特征方面，与 TRPG 文本相比，CRPG 文本相对静态。计算机游戏程序在定型以后，不能像 TRPG 那样随时补入临场反应和新增资料，只能等待游戏制作团队或运营团队统一的程序升级。游戏程序往往也不存在活生生的主持人，玩家需要根据固定的计算机程序来获得行为的反馈。人脑在 TRPG 中的灵活处理在 CRPG 中几乎消失。于是，文本的动态特征，从 TRPG 活动中能指和所指皆无定数，且两者之间不相互绑定，转变成了 CRPG 中的多重选择，即能指和所指固定搭配为几条选择枝，玩家需要从选择枝中做出选择来推进剧情。

CRPG 文本的准入机制改变了，并且引起了游戏叙事的时间性变化。CRPG 会随着玩家的人机互动，衍生出更确切的叙事文本及其相应的时空体，由此完成叙事和时空体的互动架构。这种已经形成的时空体和文本能被软件记录下来，玩家可以通过储存和读取功能在所述时空体的时间流中跳跃。这个过程可以被理解为 CRPG 中常见的存档与读档。这在传统的 TRPG 中显然是做不到的：依靠口头文本的主持人不会允许玩家轻易"读档"，他在能力上也难以完整地复原已经变化了的叙事或战局。针对这类特殊的时间问题，考斯基马（R. Koskimaa）借用了留瑟布林克（Marjoric C. Luesebrink）的概念，认为在超文本的分析中应该加入界面时间和认知时间，前者指读者与文本相互作用（如阅读文本、观看电影）的物理时间跨度，后者则是读者想象性地建构或重建诗歌或叙事内容中的时间跨度[1]。考斯基马还提出了另外两个概念：用户时间，即用户阅读赛博文本所花的时间，以及系统时

① 考斯基马：《数字文学：从文本到超文本及其超越》，单小曦、陈后亮、聂春华译，广西师范大学出版社，2011，第52页。

间，即赛博文本系统的时间①。应该注意到，只有在具备人机互动和准入机制的媒介文本的基础上，才能够讨论数字文学研究中特殊的时间性问题。

"博德之门"系列的视角和D&D式的TRPG不尽相同。玩家往往是从小队的角度开展叙事的，而不是像后者那样，主持人将每个玩家当作单独的角色，对他们的活动做出专门的回应。因此，"博德之门"系列使用的并不能算是完全意义上的角色视角，因为玩家在游戏世界中不仅可以使用好几个人的视角，也可以使用小队的整体视角。之所以产生这种变化，主要是因为CRPG的叙述时空体仍然是战棋游戏棋盘的扩大和升级，于是它便持续地保留了玩家作为棋手的视角。而这一视角在TRPG的非战斗叙事中，常常是被隐去而不可见的。

探讨"博德之门"系列与TRPG的差异，还应该考虑到两者在叙事实践上的巨大鸿沟。阿尔萨斯以七大变量建构起来的互动文本分类框架，是以纸面文本和电子文本为基础的，并不考察口头文本和叙事实践。而CRPG和TRPG的比较研究却需要把这个领域纳入考量，才能够理解CRPG在奇幻文学文本系统中的位置和功能。计算机游戏带来的实践和体验更多地集中于视觉、听觉和手部操作。所有的计算机游戏都可以通过鼠标和键盘上有限的几个键完成：玩家的行动由程序和图像完成，对白也经过事先设计，其中几乎没有玩家创造文本的空间。也就是说，玩家不用再像玩TRPG那样组织语言推动叙事，甚至组织台词去进行角色扮演。《博德之门》作为单机CRPG，玩家能够体验到的文本内容是游戏制作公司封存进程序的，他们既没有必要也没有空间去组织语言和生成文本。玩家的叙事实践和互动体验不是通过组织话语和创造文本来实现的。

CRPG的互动方式排除了叙事文本的口头创作，其叙事时空体的展开速度就大大加快了。计算机在数据处理上的绝对优势，又进一步加快了游戏叙事在战斗遭遇中的速度。这种双重叙事加速使CRPG在

---

① 考斯基马：《数字文学：从文本到超文本及其超越》，单小曦、陈后亮、聂春华译，广西师范大学出版社，2011，第235页。

表现重心上发生了偏移，战斗越来越向着游戏体验的核心位置移动，而传统叙事所强调的角色塑造和情节编排则产生了边缘化的倾向。如果我们考察"被遗忘的国度"系列的计算机游戏作品史，这点想必是不难发现的。在 D&D 系列计算机游戏中，如"冰风谷"系列、"无冬之夜"系列等，已经越来越将游戏的重心放在战斗上。即便"博德之门"系列保持了在人物和情节设计方面的高水准，但它仍然非常强调对于战斗的设计和互动。由此，在 CRPG 内部，战斗遭遇的地位的上升，在某种程度上压缩了传统叙事艺术的发展空间。

　　CRPG 之所以强调战斗遭遇还有个重要的原因，即许多内容生产者都致力于挖掘计算机本身的内容生产能力。当前 CRPG 的内容一部分是人工劳动赋予的，如台词的撰写、剧情的编排、素材的选用、特定场景的构建、主题和意义的设计等；另一部分是计算机运算赋予的，如电脑角色的行动、随机地图的生成。大体来说，战斗遭遇多属于后者，即在设计好程序和素材以后，可以由计算机程序直接生成内容、和玩家直接互动的部分。因此，强调或延长战斗遭遇，意味着增加计算机程序运算在内容生产中的分量。这样生产内容的好处，是能够得到大量标准化产品或服务，或者说以计算机自动化技术拉长了整个游戏的时空体，从而延长了玩家的游戏体验，同时减少了人工成本的支出。这种依靠程序生产的倾向，使 CRPG 更像是工业流水线产品而非文艺作品。

　　《博德之门》中的所有非玩家角色都能够在计算机的控制下与玩家展开战斗。只要预先设计好敌方角色的基本能力和行动逻辑，计算机就能在游戏过程中即时生成敌方行动，与玩家共同完成一场战斗。D&D 在桌面游戏时代就已经完成了游戏规则的标准化和模块化，为其产品由 TRPG 向 CRPG 转化，尤其是战斗遭遇的自动化生产提供了丰厚的基础。《博德之门 II 增强版：黑坑》高度体现了程序化和自动化的内容生产思路，剧情将玩家引导到某个类似角斗场的场景中，而游戏的主要内容就是玩家在此进行的十五场战斗。CRPG 技术发展到现在，程序化生产已经能够覆盖整个战斗场景及其内部战斗遭遇的生产。在"博德之门"系列中，战斗场景还不完全是程序生成的，尤其是关于地图空间的部分。在 TRPG 游戏模组中，每一张地图都是人工设计出来的，而"博德之门"系列仍旧保留了这一传统。因此，依托于地图设计的战斗遭遇仍然可以说是人工设计出来的。但目前的部分 CRPG，如《暗黑破坏神 3》等，已经能够自动生成随机地图。也就是说，玩家的整场冒险遭遇都是计算机程序运算的结果，人在其中发挥的作用仅仅是提供素材和程序。

CRPG 的程序化生产，以及程序化生产出来的大量战斗场景，构成了 CRPG 区别于 TRPG 的一大特色。CRPG 玩家放弃构建叙事文本，转向虚拟时空中的征战与砍杀，不能不说是 CRPG 被大量战斗场景淹没的结果。这一现象的背后，不仅隐藏着制作方对计算机程序或自动化技术生产内容的偏爱，更隐藏着资本持续追求以最低成本得到最大产出的内在性格。然而，当今社会上许多对于所谓"电子鸦片"的批判，缺乏对于"滥用计算机程序"这一内在机理的认知和反思，而仅仅把错误归因于"游戏"。这不能不说是一种遗憾。

四　从数字媒体走向互联网新经济

一方面，CRPG 不像 TRPG 那样可以直接激发大众叙事来推动奇幻文学的发展。CRPG 所提供的不是让人们讲述和创作叙事文本的直接动力，而是对于奇幻时空体的直观体验：这种体验也能够成为奇幻文学创作的材料。另一方面，CRPG 在数字时代所具备的崭新的经济模式，使它能够更好地发挥核心体裁的经济支撑作用。在前文中，我们讨论了通俗小说和 TRPG 这两种核心体裁的社会经济基础，现在我们再来考察本书讨论的最后一种核心体裁——CRPG 的社会经济基础。

（一）CRPG 的社会文化基础

CRPG 作为文化娱乐产品，其基础在于它面向社会大众的文化娱乐价值。这种价值还不是官方文件中所呼吁的那种良性社会价值，而是能够让购买者在文化娱乐市场中做出选择的使用价值。这种使用价值是 CRPG 的经济循环赖以建立的必要条件，要以深厚的社会文化为基础。只有具备充分的社会文化基础，CRPG 才能够被大众在心理和生活上接受。CRPG 的社会文化基础比较复杂，主要包括以下几个因素。

首先，TRPG 当然是 CRPG 的重要基础。在美国，CRPG 继起于 TRPG，受到过 TRPG 相当的影响。"博德之门"系列甚至可以说是 D&D 游戏系统和"被遗忘的国度"架空世界向计算机移植的产物。因此，TRPG 本身为美国大众接受 CRPG 做了长时间的铺垫。那么，在那些 TRPG 并不流行的社会群体或国家中，是否就不用考虑这个基础了呢？答案是肯定的也是否定的。一方面，TRPG 产品，包括规则书、游戏模组、骰子和小模型等，可能确实不存在于这些群体的文化之中；但另一方面，蕴含在 TRPG 内部的互动机理，尤其是角色扮演和英雄叙事，却是全球性的，并且在某种程度上是构成人类社会文化的基础要件。社会学家认为，角色扮演就蕴含在人类社会化的过程之中，是每个人成长必然经历的过程。因此，在那些没有接触过 TRPG 产品的社会群体中，TRPG 或 CRPG 所赖以存在的互动机理和文化基础仍然存在着。

其次，现代社会的一系列结构性变动，都推动着社会娱乐从人际互动转向人机互动。城市化潮流派生出的陌生人社会，以及核心家庭的生活方式，都挤压了社会交往的存续空间。传统社会无机团结的裂解、家庭群体中代际差异的生成等，扩大了人与人之间的精神距离，增加了社会交往的难度。市民阶层和中产阶层数量的增加，大众知识水平、阅读能力和购买力的提升，催生了大众文化娱乐市场的成型，也为接纳和传播计算机大众产品做好了准备。一方面是人际互动的难度提升和必要性下降，另一方面是人机互动的技术和大众商品生产越来越发达，于是人们越来越趋向于在娱乐生活中选择人机互动。

玩家从 TRPG 转向 CRPG 后，游戏活动的社会成本往往会下降。一场 D&D 标准的桌面游戏聚会，需要五个成员、一个能够说话和摆放地图的空间，以及 4~6 小时的游戏时间。主持人和玩家需要为这场游戏进行前期准备，如阅读规则书、撰写人物卡。主持人还需要熟悉游戏模组，甚至加上自己的改造。有的主持人甚至喜欢自己撰写游戏模组，而不是直接使用官方出版物。故此，TRPG 需要投入相当的时间和精力。反观以"博德之门"系列为代表的 D&D 系列 CRPG，既不需要组织起五个爱好相同的朋友，也不需要一个够大够空的聚会空间，更不需要主持人去准备游戏模组。玩家只需要一个能够放下计算机和自己的小空间，花点儿时间创建好自己要用的人物，然后就能够利用计算机展开冒险。除去计算机占用的空间和消耗的电量，这几乎和读一本小说同样便利。这种较低的社会成本，是单机游戏能够在现代社会蓬勃发展的重要原因。

不过，互联网技术的进步，又让 CRPG 在人机互动的基础上重新转向了人际互动。互联网以一种尽可能忽视物理空间距离的新方式组织起了城市大众的社会交往。早期的互联网聊天软件和相关技术，如 ICQ、BBS 等都使用文字作为社会交流的基本工具，早期的在线游戏 MUD（Multi-User Dungeon，多使用者迷宫）也是基于文字工具实现的在线角色扮演游戏。被 D&D 发展起来的"地下城"（Dungeon）就从物理空间挪到了网络空间，成为一种新的社交活动平台。此后，随着计算机多媒体技术的发展，在线角色扮演游戏从文字界面的文本形态转向多媒体，于是出现了当前市面上可见的大型多人在线网络角色扮演游戏（Massive Multiplayer Online Role-Playing Game，以下简称 MMORPG）。

MMORPG 发展成为线上社交平台的例子并不鲜见。如在 21 世纪初发展起来的、有着十数年生命的《魔兽世界》，还有《梦幻西游》《剑侠情缘网络版叁》等国产 MMORPG，都一度维持着活跃的线上社交。或者说，线上社交原本就是 MMORPG 的重要内容之一。遗憾的是，"博德之门"系列在互联网上的转型并不十分成功，目前仅在《博德之门3》早期体验版上有在线合作模式，但只能容纳四人，看起来仍然是 D&D 或 TRPG 的计算机移植，与 MMORPG 式的社交平台还有较大差距。不过，这个系列到底能够将线上人际互动做到什么程度，现在下判断似乎还为时尚早。

CRPG 的上述文化基础，让它在出现和发展时得以为当代社会所接受。反过来看，CRPG 一旦切入当代社会的文化娱乐生活，成为都市大众日常生活习惯的一部分，它便有了塑造社会文化的力量。当前，由计算机游戏发展出的人机互动，正逐渐朝着商业竞技的方向发展，部分游戏已经建立了全球性的产业链，并成为世界大型体育赛事的项目。这其中，到底是大众赋予了计算机游戏新的意义，还是计算机游戏改变了社会运作？恐怕两者在此过程中是兼而有之的。在 21 世纪头十年，中国的游戏杂志致力于发展游戏文化，实际上已开始了为游戏赋义和被游戏赋形的进程。但是，这一进程随着纸媒刊物的衰落，并没有形成整个社会都为之瞩目的潮流。与中国游戏业带来的惊人利润相比，游戏文化仍然依靠少数几个游戏媒体勉力维持，此实为可叹之状态。

（二）数字化产品的经济变革

"博德之门"系列在社会生产方式上与通俗小说或 TRPG 模组大有不同。通俗小说和 TRPG 模组最后的呈现主要依靠语言的形式：前者是书面语言，后者是口头语言，它们归根到底是讲述式的，是依附于时间轴的语言艺术。这些体裁所呈现的精湛程度取决于少数几个人对于语言艺术的掌握和发挥。但"博德之门"系列这样的 CRPG，其叙事是模仿式的，呈现给受众的既是时空体，也是时空体中多种人类劳动的结合体，除了语言艺术，还有视觉艺术、听觉艺术等。CRPG 文本的这种特性，使它可以发展成为容纳高附加值的文化产品。

欧美国家在单机 CRPG 方面有很长的发展历程，已经就 CRPG 这种形态发展出了高附加值的产品形式和经济模式。具备高投入、高质量和大体量特点的计算机游戏产品俗称 3A 大作，其投资体量和制作团队体量庞大，能够媲美甚至超越好莱坞电影。由于这些游戏产品的时空体特性，其内容体量普遍比好莱坞电影要大得多。比较典型的欧美 3A 大作有《刺客信条》《黑暗之魂》《上古卷轴》等。"博德之门"系列在投入、质量和体量方面，比上述产品要略逊一筹，但仍然遵循高附加值的发展模式。目前正在开发中的《博德之门Ⅲ》也具备3A游戏的特质。架空世界有助于3A游戏产品有效拓展内容体量和附加值容量，也能够推动技术门槛和独有文化符号的形成，故时常与这类作品相伴而生。上述几种3A大作，虽然没有发展出"被遗忘的国度"系列那样浩如烟海的文本量，但也都具有自己独有的架空世界。3A大作是数字技术和传统文学艺术高度结合的结晶，能够赢得较高的社会声誉和较大的市场影响，这些都是高投入带来的高回报。不幸的是，和所有文艺产品一样，3A大作也具有较高的市场风险和不确定性。

为了对抗市场风险，3A大作通常要进行大规模的宣传营销才能获得足够稳定的回报。互联网和全球化时代的来临，为这类产品的市场拓展提供了全新的机会。一方面，计算机游戏也可以像好莱坞电影那样直接面对全球市场做宣传和发行，保证了广大的受众面，这大大提高了产品的市场预期。另一方面，也是更为重要的一个方面，通过互联网分销，计算机游戏的供应链和变现渠道发生了重大变革，甚至影响到了游戏形态本身。具体来说，游戏软件的分销模式或变现渠道在网络时代产生了三种重要变革。

一是销售渠道网络平台化。当前的游戏软件销售已经可以完全依靠网络游戏平台，如Steam、Taptap等进行。用户足不出户就能够通过互联网下载游戏软件。庞大的现金流也帮助许多游戏大作解决了语言隔阂问题。于是，通过互联网游戏平台，所有游戏软件都能够直接面对全球用户，还省去了软件载体成本和部分分销成本，这无疑大大地增强了游戏软件的市场能力，其总体经济收益也得到了惊人的提升。

二是网络游戏的时间付费模式，即将游戏软件免费开放给所有用户下载，但用户按登录游戏的时间来计算费用。在软件付费模式下，游戏公司是否能获得收入取决于用户是否购买了游戏软件。由于电脑技术发展速度很快，游戏软件的生命周期不长，迭代速度相对较快。尤其是新的显示技术出现以后，老游戏很快就会被市场淘汰。游戏厂商要追赶游戏产品迭代的速度，就必须不断地制作新的游戏软件进行发售。采用时间付费模式以后，生产新游戏的速度变慢了。用户会对某个游戏不断投入时间和金钱，甚至组合成为稳定的活跃社区，为游戏厂商提供稳定收入。一旦游戏厂商放弃某个游戏产品，这个用户群体便会烟消云散，此前的稳定收入也会被切断。由此，游戏厂商要做的就是努力延长用户的游戏时间，或增强游戏的用户黏性。于是，厂商致力于不断更新相同的游戏软件，增强其美术效果，延长其游戏文本，优化其用户体验。

三是网络游戏的虚拟货物付费模式，即生产者免费向用户提供软件和游戏时间，但在游戏软件中贩卖可供用户使用的虚拟货物。游戏软件遂不再作为商品，而是作为众多商品的贩卖和使用场所。在软件付费模式下，一个游戏软件可能卖到数十元或数百元；而在虚拟货物付费模式下，游戏软件中的付费商品却能够卖到成千上万元。同时，虚拟货物付费不与用户游戏时间直接相关。在时间付费模式中不可能出现的短时大额消费，在虚拟货物付费模式中却随处可见。游戏公司的资金流量大大增加，资金流速也大大加快。如《英雄联盟》《风暴英雄》等游戏就很好地体现了上述特点。

计算机游戏经济的互联网化和全球化过程，几乎贯穿了"博德之门"系列的发展史。《博德之门》发售时，融汇全球的分销发行网络尚未完全建立，于是该作并未立即打入中国市场。《博德之门Ⅱ：安姆的阴影》发售时，中国的海外游戏代理发行已经比较成熟了，故《博德之门Ⅱ：安姆的阴影》和《博德之门Ⅱ：巴尔的王座》对中国玩家产生过相当大的影响，也在市场中积累了很高的声誉。到《博德之门Ⅲ》发布早期体验版时，计算机游戏的分销已经进入了互联网平台时代，Steam平台已经能够完成《博德之门Ⅲ》早期体验版的分销了。但是，《博德之门Ⅲ》并没有进入时间付费和虚拟货物付费模式：前者与"博德之门"系列单机游戏的历史定位相悖，而后者则不符合早期体验版的产品定位。《博德之门Ⅲ》的完整版本完成以后，也许会以可下载内容的形式在线上售卖部分虚拟货物，毕竟其同类游戏，如《拥王者》（*Pathfinder*）、《永恒之柱Ⅱ》（*Pillars of Eternity Ⅱ*）等都有过类似举动。不过，这些产品的主要经济模式仍然遵循着3A大作的逻辑，还没有倒向虚拟货物付费模式。

在线时间付费和虚拟货物付费从根本上改变了计算机游戏的商业模式，使盈利点从游戏软件销售转移开来，并且实现了爆发性增长。这种商业模式的变革也带来了游戏行业内劳动生产率计算方式的变革：在线时间和虚拟货物直接与收入挂钩，从而改变了游戏文本的形态和制作方的生产重心。生产全新游戏的必要性减少了，游戏厂商于是转而致力于加强单个游戏的变现能力。制作方通过更新版本或发行资料片，更新游戏体验，不断延长单个游戏文本，或者制作更多富有吸引力的道具、外观和角色。这样一来，叙事文本和非叙事文本都获得了自己的变现渠道，甚至后者的市场需求和市场预期比前者更高。叙事文学对 CRPG 生产的重要性似乎下降了。于是，我们就需要从新的角度来理解通俗小说与 CRPG 的关系，甚至从新的角度来理解以 CRPG 为核心体裁建立起来的文本系统。

此时，"博德之门"系列就凸显出了它的局限性。作为 D&D 旗下的 CRPG 系列，"博德之门"系列的文本系统到底难以脱离 TRPG 的影子，甚至它的整个文本系统都可以被看作"被遗忘的国度"文本系统的一个分支，它是在通俗小说和 TRPG 基础上发展出来的 CRPG。仅从"博德之门"系列观之，我们很难推断 CRPG 和奇幻文学的经济关系。"博德之门"系列以 CRPG 取得了市场声誉后，也曾推出过通俗小说或设定集，但其效用并不十分明显。更关键的问题在于，我们无从判断这些通俗小说和设定集的发展基础到底是"博德之门"系列 CRPG，还是"被遗忘的国度"系列或 D&D。

要考察欧美 CRPG 与通俗小说及 TRPG 等奇幻文学其他核心体裁的关系，还需要从其他的个案中寻找证据，如"魔兽争霸"（Warcraft）系列。《魔兽世界》（*World of Warcraft*）称得上是过去 20 年中最具影响力的 MMORPG，它属于暴雪娱乐（Blizzard Entertainment）公司推出的"魔兽争霸"系列。第一代《魔兽争霸》产品是独立版权作品而非授权作品，主要建立在即时战略游戏规则的基础上，不像 TRPG 那样重视角色扮演和英雄故事。到《魔兽争霸Ⅲ》以后，制作方才在游戏中加入角色扮演游戏元素，包括多主线的剧情模式和角色扮演游戏地图等。"魔兽争霸"系列的架空世界"艾泽拉斯"通过几代作品得到了打磨和完善。2004 年，《魔兽世界》正式上线，其架空世界遂成为一个可供玩家漫游的、附带文化信息的虚拟时空体。由此，"魔兽争霸"系列发展成为包括 CRPG 在内的、横跨多种媒体的文本系统，包括通俗小说、即时战略游戏、TRPG、MMORPG、卡牌游戏以及电影等。

至晚在即时战略游戏《魔兽争霸Ⅲ：混沌之潮》发售以后，"魔兽争霸"系列官方小说和 TRPG 规则书就出版了。2001~2018 年，由理查德·纳克（Richard A. Knaak）和克里斯蒂·高登（Christie Golden）等人创作的《魔兽争霸》官方小说系列至少出版了 26 种单行本。这些小说作品的故事涵盖了《魔兽争霸》系列游戏所涉及的恢宏的时空与繁多的角色。另有 3 种小说单行本与《魔兽》电影有关，但其内容基本不脱离《魔兽争霸》故事主线。《魔兽争霸》TRPG 规则书自 2003 年起由阿尔萨斯（Arthaus）出版社出版。最初的规则书系列名称为"魔兽争霸角色扮演游戏"（Warcraft：The Roleplaying Game），此系列共出版了 6 种。2005 年，新的系列"魔兽世界角色扮演游戏"（World of Warcraft：The Role playing Game）又出版了 7 种。前后相加共出版了 13 种。此外，针对整个"魔兽争霸"系列，版权方还出版了《魔兽世界编年史》（三卷本）、《魔兽官方菜谱》等。

像"魔兽争霸"系列这样从计算机游戏衍生出通俗小说或 TRPG 的文本系统，在欧美大众文化产业中并非孤例。与之最接近的例子，就是同为暴雪娱乐公司旗下的"星际争霸"（Starcraft）系列。虽然这一系列仅有两部，但其官方小说的数量繁多。另一个近期的例子是"巫师"（The Witcher，又译作猎魔人）系列，此系列首先由波兰作家安德烈·斯帕克沃斯基（Andrzej Sapkowski）撰写了奇幻小说，其后故事被波兰游戏制作者改编成为游戏，而后游戏的走红又促进了小说的系列化生产[1]。

从上述案例观之，奇幻 CRPG 仍然能够与通俗小说或其他体裁同

---

[1] 安德烈·斯帕克沃斯基：《猎魔人：白狼崛起》，小龙译，重庆出版社，2015，第 3 页。

处于以架空世界为内核的文本系统中，共同营造一种文化氛围和一个商业品牌。从社会文化的逻辑上看，CRPG 尤其是其中包含着的鲜活的游戏体验，都足以激发人们的创作和叙事激情，对于奇幻文化与奇幻文学的传播具有积极作用。在条件成熟的情况下，这种激情便会在通俗小说等其他领域开花结果。从商业逻辑上讲，尽管在欧美国家的文化娱乐市场中，通俗小说的经济收益很难和 CRPG 的经济收益相提并论，但版权方仍然愿意生产多种文本来构建、增强或延展品牌的社会形象。CRPG 的经济收益和品牌战略也使它有了足够的资金支持。

第五章
欧美奇幻文学故事世界的宏观结构

超自然、时空体与社会群体是欧美奇幻文学架空世界的三大宏观结构，在奇幻文学和架空世界中各有意义和作用。超自然是奇幻文学和架空世界的逻辑起点，是三重区隔和犯框的中心，是奇幻文学陌生化和可述性的源泉。社会群体是社会关系的主体化、人物化与形象化表现，是奇幻文学和架空世界表现社会文化性质，形成情绪感染力和文化影响力的主要渠道。时空体是架空世界的基础属性，是超自然结构和社会群体结构的塑造对象，又是奇幻文学和奇幻叙事的生产框架。三元宏观结构对于架空世界的构建和文本系统的生产具有方法论意义：架空世界正是在三者的互动中产生出来的。本章从巴赫金的时空体理论出发，通过讨论超自然和社会群体两大结构对时空体结构的影响和塑造，来明确三大宏观结构对架空世界生产的意义。

架空世界由人类文化活动生成，不能够自主存在、无限延展。架空世界的生产主要源自两种人类活动。一种是人类对于异域时空体的想象和描绘。托尔金笔下的阿尔达世界便是这种活动的结果。不过，这种活动不是从托尔金开始的，而是早就存在于人类文化传统中的惯习。从世界各古文明的冥府神话中，我们不难察觉这类活动的悠久历史。另一种是人类对文本或作品的创作和完善。无论是小说还是游戏，其创作和呈现过程都蕴含着对时空体的构建和呈现活动。时空体可能并非这类文本本身的目的，却仍然和它们相伴相生。如早先的TRPG 并不追求架空世界，但架空世界却在这类活动中应活动需要而被塑造出来。架空世界反映着文化想象和文学活动赋予它的不同塑造力量或发展倾向。

一方面，架空世界遵循着人类对于现实时空体的体认和观念，遵循着人类文化中的自然观、世界观、历史观和社会观。我们在前文中构建的架空世界三大宏观结构中的超自然结构和社会群体结构，正是在这一层面塑造架空世界的。超自然反映着欧美社会传统的自然观和世界观，也关联着架空世界中与其相适应的时空结构和社会结构。社会群体，作为人类认识自然和改造自然的主体，也为时空体赋予了社会文化属性，包括命名、符号含义、社会功能、权力归属和艺术形象等。就这样，具有超自然和社会属性的时空体在文化想象层面成为塑造架空世界的关键力量。

另一方面，架空世界既然是被文本和作品形塑出来的，便要遵循文本和作品的体裁规律或艺术规律。巴赫金将时空体看作内容兼形式范畴，揭示了时空体与体裁形式或艺术形式之间的密切联系。叙事文学以及架空世界文本系统中的其他文艺体裁所生成或呈现的时空体，首先是文艺作品的内容时空体。这一时空体作为文艺的必要构件，深深地被文艺活动的历史形态和现实需要影响着。时空体作为架空世界的构建结果，又将文艺活动的影响传递到了架空世界之中。作为奇幻文学文本系统的内容核心，架空世界不仅像巴赫金的小说研究所揭示的那样，是被单个体裁的单个作品塑造出来的；它在现代通俗文学生产和整个文化产业领域中，也被不同的创作者以不同的话语、不同的体裁、不同的产品共同塑造，是多个作品时空体的集合。

欧美奇幻文学架空世界的宏观结构诞生于欧美文化的土壤中。它虽可以给予中国大众文学和文化产业相当程度的指导，但不能被直接移植到中国的文化和产业土壤中来。纵然架空世界的三元结构作为宏观框架具备跨文化的效力，其中超自然和社会群体对时空体的影响力也具备超越文化隔阂的性质，但超自然和社会群体两大宏观结构的具体内容深深地根植于不同国家、不同民族的文化当中。因此，欧美奇幻文学中，许多关于超自然和社会群体的具体概念，如魔法师（Sorcerer）、妖精（Fairy）等，在中国并不具有唤起文化认同的效力。还有许多次级框架概念，如魔法（Magic）、种族（Race）、职业（Class）等，也不符合当代大众对传统中国的文化想象。因此，中国奇幻文学要完成架空世界的本土化，至少需要以中国传统文化资源重新构建超自然和社会群体两大构件。当然，具体怎么构建中国奇幻文学的架空世界，是超出本书讨论范围的问题，不妨留待以后详加探讨。

一　超自然的现代意义

当代中国社会是受到以马克思主义为代表的辩证唯物主义思想影响的社会，超自然现象及相关文本容易被边缘化。脱离了超自然的现代意义，奇幻文学难免会被认为是在内容上与现实主义传统相悖的文学，架空世界难免被认为是脱离现实社会的无端幻想，它们真正的社会价值和文化意义也难免被这样的误解所掩盖，不利于当代中国文化借鉴和消化外来经验发展自身。再者，由于架空世界到底要依靠创作者和生产者有限的时间与精力，要依靠核心体裁和设定体裁有限的篇幅与结构展现出来，所以它不可能像现实世界那样，远远地超出人们的认知能力和劳动能力。正如赵毅衡所说："逻辑与艺术不是创造一个世界，而是用符号再现构筑一个世界。实在世界与叙述世界有个本体论意义上的差别：再现是媒介化的，经验实在并不存在于媒介之中；无论多么精细庞大的再现，其细节量都是有限的。"[1]

然而，实际上，架空世界是以社会文化需要为动力的人类劳动的结果，是符合我们的现实需求、价值体认和劳动能力的产物。虚无主义在架空世界的领域中，反而产出不了任何东西，而盲目热情则容易在这一领域陷入空耗的陷阱。架空世界的规模化建构活动，是一个需要长期投入社会资源和人力物力的过程，是规模化的意识形态生产，也是社会财富的分配过程。欧美奇幻文学系列的漫长寿命和庞大体量已经直白地告诉了我们这一点。因此，对于架空世界的建构甚至应该持审慎的态度，不断明确其现实基础，追问它到底建立在哪些需求、价值、能力和投入之上，追问它得以构建起商业模式的现实基础。这

---

[1]　赵毅衡：《广义叙述学》，四川大学出版社，2013，第179页。

样才能在架空世界的建构中把握好一个"度"，确保其发展动力和现实意义。故此，在讨论三大宏观结构之前，我们先要阐明超自然的现代意义。

超自然概念是北欧民俗学重点关注的研究对象之一，也是现代民间信仰研究的重要工具。民俗学者瓦尔克指出："宗教是一种超自然现象。许多神学家和宗教学者都认为，宗教的共同本质是神秘的、超现世的现实，即超越于我们所认识事物的他者。宗教史学家已经表明，在不同的文化中，这种超自然的现实拥有不同的形式，在人类文明史的发展中，对它的理解也处于动态的变化之中。"① 超自然概念进入叙述就成了超自然素材，在人类持续的文化活动中不断构建出叙事文本。围绕超自然素材形成的神奇故事是世界民间故事三大部类之一②。欧美大众文化与大众娱乐还以超自然素材为核心发展出了独立的通俗文学类别，即奇幻文学。这类文学在 21 世纪初被中国接受和改造，至今仍在我国网络文学中占据很大比例。

超自然事物常常被现代社会放入文学艺术领域，与自然科学所描述的现实世界遥遥相对。许多描述超自然事物的文本不再被认为具有自然科学意义上的真实性。但现代人文学者仍对超自然现象及其相关叙事抱持浓厚的兴趣。他们的基本观点是，超自然现象是社会文化的产物，而语言和叙事在其构建和传承中能起到重要作用。换言之，不是超自然现象产生了超自然叙事，而是超自然叙事创造了超自然现象。现代神话学从多个角度表明了上述立场。早在 19 世纪，以学者缪勒为代表的语言学派就认为神话起源于语言的谬误。英国的文化人类学派则认为，神话、传说、史诗或民间故事中的超自然事物是原始人类观念的遗留。马克思说："任何神话都是用想象和借助想象以征服自然力，把自然力加以形象化"。③ 20 世纪以后，欧美人类学和民俗学中的功能学派、心理分析学派和结构主义学派等，也对神话的缘起和发展做了不同的人文解释。

① 于鲁·瓦尔克：《信仰故事学》，董晓萍译，中国大百科全书出版社，2019，第26页。
② 普罗普：《故事形态学》，贾放译，中华书局，2006年，第3~4页。
③ 郑祥福、周志山、陈向义选编《马克思主义经典原著选读》，浙江大学出版社，2018，第105页。

通过现代学者的努力，超自然叙事在现代社会中逐渐转入两条轨道：它要么成为人文研究的材料，成为学者揭示人类社会自身奥秘的工具；它要么成为当代社会大众文化娱乐活动的一部分，进入通俗小说、TRPG、CRPG 等的生产和消费模式之中。当然，这并不是说过去基于信仰的超自然叙事就消失无踪了。超自然叙事进入科学研究和大众娱乐，是大众信仰退却的结果，但退却不代表消失。现代都市里仍然流传着奇谈和鬼怪故事，严谨的研究者很难将它们与信仰完全割裂开来。现代社会的超自然叙事不仅存在于这三个相互区别的领域，即宗教信仰、科学研究和大众娱乐之中，也存在于三者错综复杂的关系之中。

中国民俗学者很早就将大量承载着超自然素材的传统文本纳入研究。钟敬文等老一辈学者将这些文本作为民族文化财产看待，认为它们能够反映人民群众所处的社会环境与生活愿望①。21 世纪以来，民间文学研究扩展到大众文化领域，相关学者对电影、动画、计算机游戏、导游词等文本中出现的神话母题展开探讨，从民族传统的角度肯定了超自然概念在当代社会的文化价值，如叶舒宪《再论新神话主义——兼评中国重述神话的学术缺失倾向》②、杨利慧《全球化、反全球化与中国民间传统的重构——以大型国产动画片〈哪吒传奇〉为例》③、田兆元《神话的三种叙事形态与神话资源转化》④ 等。这些成果回应了中华优秀传统文化的继承与弘扬需求，却不能完全解释为何欧美奇幻文学与电影在中国市场广受好评的现象，也不能解释当代中国网络文学和网络游戏大量使用欧美超自然要素的情况。若要理解这些现象，认识神话母题在民族传统之外对当代大众文化生产的其他驱动力，就有必要从新的角度考量超自然概念对文本生产的意义。

---

① 钟敬文：《口头文学：一宗重大的民族文化财产》，载《钟敬文民间文艺论集》（上），上海文艺出版社，1982，第 1~20 页。
② 叶舒宪：《再论新神话主义——兼评中国重述神话的学术缺失倾向》，《中国比较文学》2007 年第 4 期。
③ 杨利慧：《全球化、反全球化与中国民间传统的重构——以大型国产动画片〈哪吒传奇〉为例》，《北京师范大学学报》（哲学社会科学版）2009 年第 1 期。
④ 田兆元：《神话的三种叙事形态与神话资源转化》，《长江大学学报》2019 年第 1 期。

当代学者谈论的超自然概念，主要建立在以往对自然世界和人类自身的认识和解释上，涉及巫术、宗教、哲学、神秘学等领域，与自然科学是互斥关系。凡超自然的客观事物与规律，往往不能为自然科学所证实；凡自然科学所证实的事物与规律，则又为超自然领域所拒绝，而被纳入自然世界中去。早在19世纪末，《金枝》就将巫术、宗教和科学比作人类思想历史图景中的三种纺线①。今天我们将巫术、宗教与科学区分看待，与西方学者建立的这种三分法有很大关系。

但是，在自然科学建造出来的世界图景流传开来以前，超自然作为自然的对立面并不具有今日之含义。科技史家彼得·哈里森（Peter Harrison）指出，基督教内部也存在自然与非自然的两分传统："教父们提到了两种相互关联的与神交流的模式——一是《圣经》这本书，二是自然之书。虽然自然界迥异于神，但造物以各种方式默不作声地证明着自己的神圣来源。在某种意义上，世界是神的形象的承载者，虽然由于宇宙及人类居住者的堕落状况，这种形象模糊不清和难以辨别，但有了《圣经》所提供的指导，自然之书的语言是可以理解的。阅读《圣经》和自然一并成为中世纪冥思活动不可或缺的一部分。"②哈里森认为，自然之书这一观念的影响从中世纪一直持续到17世纪，在科学的诞生中扮演了极为重要的角色。在科学观念走上支配地位以前，在当时仍然处于支配地位的基督教观念里，自然的对面显然不是科学，而是《圣经》。李约瑟对西方文明关于自然法（Laws of Nature）的观念做了如下描述："正如人间的帝王立法者能够颁布成文法典让人们遵守，天界最高的理性造物主必定也颁布了一系列法典让矿物、晶体、植物、动物和星体遵守。"③ 于是，超自然便指向了作为自然世界的创造者和支配者的神。所谓"宗教是一种超自然现象"，不仅可以理解为宗教外乎于自然，也可以理解为宗教高乎于自然。

244

---

① 詹姆斯·乔治·弗雷泽：《金枝》（下），徐育新、汪培基、张泽石译，大众文艺出版社，1998，第635页。
② 彼得·哈里森：《科学与宗教的领地》，张卜天译，商务印书馆，2019，第89~90页。
③ 李约瑟：《中国科学传统的不足与成就》，载《文明的滴定：东西方的科学与社会》，张卜天译，商务印书馆，2016，第23页。

超自然是被一定的社会意识建构起来的概念。这个概念会随着某种处于支配地位的意识形态对自然的定义而明确起来。巫术、宗教与科学都可以被看作这类处于支配地位的意识形态的代称。一旦自然观被确切的意识形态铸造出来，超自然观念便如影随形地呈现。当科学成了自然形象的形塑者时，超自然概念便成为科学概念的他者。马林诺夫斯基曾很好地陈述过这种他者观："人事中有一片广大的领域，非科学所能用武之地。……这领域永久是在科学支配之外，它是属于宗教的范围。……在这领域中欲发生一种具有使用目的的特殊仪式活动，在人类学中综称作'巫术'。"① 奇幻文学通过超自然建立起来的主题，与超自然作为现代科学之他者的观念，即在西方文化传统中的各种信仰大有关联。

现代民俗学及相关学科对超自然进行了重新解释。英国人类学派认为，神话、传说、史诗或民间故事是原始人类的心理遗留，可以揭示人类社会的共同性②。文学家高尔基（Maxim Gorky）指出，"在民间故事中具有训诫意义的首先当推'虚构'"，虚构和幻想能够培育人的直觉，在艺术中也起决定性作用③。心理学者贝特尔海姆（Bruno Bettelheim）则认为，在童话中，无所不在的善与恶会被赋予形体成为人物，邪恶被符号化为强大的巨人、恶龙和女巫等，而孩童正是因为体验到了这种具体的善恶之争，体会到了英雄的道德困境，而获得了心智上的成长④。超自然概念不再被用以认识和解释自然世界，却成为学者从文化史、艺术史、心理学、教育学等多种角度揭示人类社会奥秘的工具。

中国学者也常常从传统文化的角度讨论神话。这一方面是在响应传承与弘扬中华优秀传统文化的号召，另一方面也具有深厚的国际学术背景。德国哲学家赫尔德认为，本土语言和民间文化是形成国家认

① 马林诺夫斯基：《文化论》，费孝通等译，中国民间文艺出版社，1987，第48页。
② 查·索·博尔尼：《民俗学手册》，程德祺、贺定定、邹明诚、乐英译，上海文艺出版社，1995，第2~3页。
③ 高尔基：《论民间故事》，载刘锡诚编《俄国作家论民间文学》，中国民间文艺出版社，1986，第308~309页。
④ Bruno Bettelheim, *The Uses of Enchantment*, New York: Alfred A. Knopf, 1989, pp.8-9.

同的重要因素，这种思想促成了《格林童话》的搜集与出版①。格林兄弟的搜集活动在法国、芬兰、爱尔兰等地被广泛效仿，史诗、神话、传说和神奇故事都是这种搜集工作的主要对象。作为这类活动的典型成果，叶芝（W. B. Yeats）出版了《爱尔兰神话故事》（*Irish Fairy Tales*），隆洛德出版了芬兰史诗《卡勒瓦拉》（*The Kalevala*）。《安吉拉·卡特的精怪故事集》的序言写道："精怪故事（Fairy Tales）的内容忠实记录了平民百姓的实际生活。"② 浪漫主义者认为，随着工业化与城市化的脚步，民间与地方的文化传统已然渐行渐远，但只要及时回到乡村中搜集民间文学，就还能触及本国文化的根源，也能从中构建出民族国家的认同基石。部分超自然相关概念，如精怪（Fairy），在这种搜集活动中起了核心作用，也由此被认为是民族传统的重要组成部分。这种基于浪漫主义思想的、涉及大量超自然概念的民间文学搜集活动还从欧洲传到中国，在中国民俗学的学科形成期发挥了很大作用③。

超自然概念在取得这种思想上的合理性以后，便得以介入大众文化的生产。德国史家沃尔夫冈·贝林格（Wolfgang Behringer）指出，早在16世纪，巫术幻想便开始刺激人们进行有意识的文化生产，而超自然概念的活力在当代文化产业的语境中更加蓬勃。他说："就像自从五百年前'近代'开始以来，艺术家们对丰富的空想元素着魔一样，'文化产业'史无前例地强调巫术的积极方面。童话世界的女权主义构建者们，比如玛丽安·纪默·布蕾利（1930年生），或者利用巫师知识的作者，比如 J. K. 罗琳，在今天比创造了'浪漫的巫术释义'的雅各布·格林和儒勒·米莱什名气更大。一方面，沃尔特·迪士尼（1901—1966）对巫师人物的改编仍然保留着有害魔法自身潜在危险的概念，而孩子们的书籍，比如《小巫师》，在内容上把孩提时代的反叛潜力和万能的幻想结合在一起，这类内容的书籍有可能会

---

① Keith Bosley, "Introduction," in Elias Lönnrot, *The Kalevala*, Translated by Keith Bosley, Oxford: Oxford University Press, Inc., 2008, pp. xiv–xvi.
② 安吉拉·卡特编《安吉拉·卡特的精怪故事集》，郑冉然译，南京大学出版社，2011，第5页。
③ 洪长泰：《到民间去：中国知识分子与民间文学，1918—1937》，董晓萍译，中国人民大学出版社，2015，第22~23页。

改变巫术的形象。根据马赛洛·特鲁兹的妙语，今天的宗教巫师更有可能被邀请参加聚会，而不是被烧死在火刑柱上。"① 荷兰学者哈内赫拉夫（Wouter J. Hanegraaff）则指出："社会学家和宗教史家们已经开始把隐蔽知识看成现代性的一种重要表现。事实证明，关于宗教即将消亡的预言至少是不成熟的；情况已经越来越清楚，神秘潮流或隐秘潮流乃是现代文化的一个永久特征。"②

欧美奇幻文学显然继承了欧美社会将超自然概念作民俗主义处理的传统，并且在当代超自然形象的塑造方面扮演了相当重要的角色。从浪漫主义传统出发，神话、神奇故事和奇幻文学中的超自然要素被受众理解为文化传统，便能消解工业化和全球化带来的焦虑和愁绪，让普罗大众感觉历史的根脉仍未断绝。不但托尔金在"魔戒"系列的创作中体现了这种思绪③，厄休拉·勒古恩（Ursula K. Le Guin）也持相似观点："也许电子网络已经淹没了我们的生活，于是我们向幻想世界去寻求更多的安全，以免被乡愁压倒。"④ 欧美奇幻文学还给第三世界国家的民众带来了强烈的文化冲击，营造了他们在全球化时代中的文化心理：一方面，学习西方文化成为热潮；另一方面，继承和发展民族艺术与民族文化的呼声高涨。全球化与反全球化的持续互动强化了大众回归文化传统的心理，更夯实了超自然素材的受众基础。中国奇幻文学对欧美奇幻文学的模仿、对欧美超自然概念的翻译以及对中国传统超自然概念的再运用，正是在这两种趋势的交互激荡中涌现的实践。

从以上的历史回顾中，我们不难发现超自然概念的传承和流布常常要以主题为载体，即依靠社会大众对于某一问题或状况的关切和探讨。前文回顾了 21 世纪初中国奇幻文学界对于欧美文化中部分超自然概念的翻译混乱，这恰恰说明奇幻文学乃至超自然概念的传播并不依赖于其范畴内部的次级概念的精确传递。那种能够跨越文化隔阂的

---

① 沃尔夫冈·贝林格：《巫师与猎巫：一部全球史》，何美兰译，北京大学出版社，2018，第289页。

② 乌特·哈内赫拉夫：《西方神秘学指津》，张卜天译，商务印书馆，2018，第11页。

③ J. R. R. Tolkien, "To Milton Waldman," in Humphrey Carpenter (ed.), *The letters of J. R. R. Tolkien*, New York: HarperCollins Publishers, 2006, p.144.

④ 厄休拉·勒古恩：《地海故事集》，段宗忱译，江苏文艺出版社，2014，第302页。

力量，也许更多地来自两个文化圈共同的关切和期望。无论是浪漫主义、民族主义还是民俗主义，都在自己的议题下对传统超自然概念进行了阐释和增删，才使这些概念得以符合当时的社会语境。奇幻文学对于超自然概念的塑造和演绎，同样依赖于这些主题及其社会关注。当然，奇幻文学不用历史学或人类学的方式探求魔法现象中人类文化的本真性，从魔法那里抽象和转化出严谨的概念和精确的文本。奇幻文学的创作，是要将抽象的主题转换为能够给人以感性认识和触动的文本，并在此过程中完成对主题的解析、阐释和呈现。

神祇作为传统社会的信仰对象，是欧美奇幻文学的关键结构之一。我们在对"魔戒"系列、"龙枪"系列和"博德之门"系列的详细阐述中，已经明确了其丰富的神谱，以及神祇们在这些世界中所具备的巨大影响力。当然，神祇是欧美文化的根底之一，也是传统超自然概念不可缺少的要素。神祇的形象和概念不完全是由当代奇幻文学描绘出来的。在传统中，人们对于神祇的性质即神性，拥有一系列固有的认识。正如德国神学家鲁道夫·奥托（Rudolf Otto）所言："对每一种有神论的上帝概念，尤其是对基督教的上帝概念，用精神、理性、目的、善良意志、最高全能、统一、自性这样一些性质来对神性加以指称和确切描绘，乃是至关重要的。"[1] 欧美奇幻文学对神祇主题的分析和演绎依照文化传统展开，也在现代语境下对这一主题做了调整。

托尔金作为虔诚的基督徒，将基督教的神和天使都放进了阿尔达世界之中。他早已言明，全知全能的伊露维塔就是上帝的化身，而维拉众神便类似于天使[2]。他们共同预演创世，又共同创造世界。堕落的维拉魔苟斯则是魔鬼的象征，邪恶的索隆自然是魔鬼的头号爪牙。不过，与基督教传统不同的是，中洲本身既没有教会也没有神父，中洲人类也没有与神对话、向神祈祷的习惯。无论是精灵还是人类，都在相当程度上猜疑着维拉诸神，而后者的猜疑还要甚于前者。中洲人

---

① 鲁道夫·奥托：《论"神圣"》，成穷、周邦宪译，四川人民出版社，1995，第1页。
② J. R. R. 托尔金：《托尔金给出版商的信（1951）》，载克里斯托弗·托尔金编《精灵宝钻》，邓嘉宛译，上海人民出版社，2015，第15页。

类的整个历史都处于对魔苟斯及其爪牙的顺从和反抗之中，就像现实世界中的人们几乎时时刻刻都要面对"魔鬼的诱惑"那样。

《魔戒》三部曲从微观角度展现了这种人神关系：索隆支配着势力庞大的邪恶军队，人类要么顺从其黑暗统治，要么举起武器奋起反抗。读者几乎看不到伊露维塔和维拉诸神的在场。但是，这并不是说神祇在这次历史的转折中缺位了：维拉派遣了五位迈雅从神化身巫师前往人间，其中就包括甘道夫和萨茹曼。所以，甘道夫正是神祇在人间的代表，甘道夫在人间的行事就暗示着神祇在人间的行事。这种神祇化身为人的情况，在西方文化传统中绝非鲜见，如耶稣便被认为是神在人间的化身。

有意思的是，尽管甘道夫作为神祇化身在《魔戒》中扮演了关键角色，但他并不处于舞台的中央。他挑选了护持魔戒的人，也与邪恶势力英勇战斗，但他既不执掌凡间的权势，也不代替凡人做出决定。甘道夫在许多关键时刻都是缺场的。他没有陪伴弗拉多前往末日火山销毁魔戒，也没有随洛汗国王退入盔谷抵御黑暗大军。不是神，也不是甘道夫，而是霍比特人内心深处的善良，以及他们对生活的热爱，帮助弗拉多一行熬过了穿越黑暗国度旅程中的至暗时刻，最终促成了魔戒的销毁。在这些人类内在的光芒闪耀的时刻，甘道夫往往并未置身其中，他只是这些光芒的挖掘者、引导者，并且总是相信这些光芒的存在。

《魔戒》并不聚焦于神祇及其化身的力量，而是延续启蒙主义的传统聚焦于人类的价值这一主题，这使它与传统宗教文学有了巨大的差别。但"魔戒"系列并没有解消神祇的神圣性，反而使用基督教信仰来对抗现代社会丛生的焦虑和混乱。作者托尔金作为两次世界大战和欧洲工业变革的亲身经历者，对此显然体会深刻。他所创造的阿尔达世界是令信徒感到安然的：一切都处于仁善而全能的伊露维塔的预计之中，就像信徒总是处于神的怀抱和照拂中那样。即便身处中洲的人们无从体会当中的奥秘，现实世界中的读者却能将自身代入其中，使阿尔达世界成为一处心灵得以在神的怀抱中休憩的绿洲。当然，"魔戒"系列中神祇所引发的对于人类心灵价值的揭示，使这些文学作品在今天的人类命运共同体中仍然具有思想价值。

到了"龙枪"系列和"博德之门"系列，神祇这一主题的神圣性就被瓦解了。即便神圣性本身就是个模糊的概念，这种瓦解仍然能够被我们直观地认识到。因为，在这些叙事作品中，尽管神祇的形象在许多方面超越了人类，尽管他们仍然是人们崇拜和遵从的对象，却已失去了那种凛然不可侵犯的气质，变得能够被凡人击败、杀死，甚至利用。神祇于是被世俗化为巨大力量和权势的持有者，或者一种更高层次的生命体。凡人与神祇之间也不再具备本质的隔阂与差别，凡人可以登上神位，神也可以被贬为凡人。

"龙枪"系列也使用化身的方法来表现神祇的形象。"龙枪"系列中的费资本，就是善神之首的凡人化身，尽管他仍然承担着引导凡人英雄的责任，其形象却不如甘道夫伟岸。甘道夫作为迈雅神化身之人，几乎是理想中的人类形象，充满了智慧、勇气和德行。但费资本却呈现为一个疯疯癫癫的老法师，就连在施法的时候也免不了犯糊涂。这两位神明化身的差别，当然也体现着两个时代大众文学的倾向。是塑造完美的人还是有缺陷的人，这一选择的变化原本就体现在美国大众文艺的发展之中，而费资本的塑造者显然选择了后者：神圣性的瓦解与这一选择相伴随行。但是，"龙枪"系列仍然部分地保留着神祇形象的神圣性，帕拉丁自我牺牲、放弃神位的决定体现出了高洁的道德情操，其形象也由此得以向神圣的方向升华。

相比之下，"博德之门"系列中的神祇化身完全被物化或利益化了。邪神巴尔的化身在游戏叙事中几乎完全褪去了神圣性：除了一河污水，它在世间留下的只是力量的碎片。五人会复活巴尔并侍奉于侧的公开理念只不过是一个谎言，背后是教会主脑阿梅丽珊自身登临神座的凡人私欲。甚至可以说，托瑞尔世界的信仰关系都被设计者做了利益化的设计：神祇必须收集凡人信仰以壮大神力；无信仰的凡人死后将成为亡者之城的一块城砖，信仰神祇则有可能得到教会的庇护或取得强大的力量。于是，关于信仰神祇的问题，就被这一机制粗暴地代换为可供计算的利益问题。这对于注重思想性的叙事文学而言很难理解，却符合 TRPG 玩家的互动原则。玩家必须增强角色能力以便在战斗中取得优势，而角色的信仰在此时也成了玩家能力的兑换渠道之一。

当代大众奇幻文学对神祇的演绎，常常是在瓦解神祇的神圣属性，或者脱离神祇信仰的情况下进行的，"龙枪"系列和"博德之门"系列仅仅只是其中两例。我们还能够从其他的个案中发现相似的情况。如萨尔瓦多的"黑暗精灵"系列将黑暗精灵的蜘蛛女神信仰当作主人公崔斯特的反叛对象，主人公只有逃脱这一邪神信仰才能获得内心的宁静与救赎。又如尼尔·盖曼的《美国众神》以新旧两代神祇的冲突为线索，展现美国人在传统社会与现代社会中的世界观与价值观冲突。这样一来，奇幻文学中的神祇，尽管依然像神话中的神祇那样，是推动故事发展的重要角色，却脱去了传统神话中的信仰因素。当代奇幻作家将演绎重点转入对现代社会相关问题的探讨，比如信念、道德、力量等。

魔法或巫术（Magic）是欧美奇幻文学的另一个关键结构，也是传统的信仰研究的重要对象。早在19世纪末20世纪初，欧洲的民俗学家和人类学家就已经推出了一批经典研究成果。巫术研究的学术传统延续到当下，受到欧美学者的广泛重视。学术界用理性和抽象的方式阐述了魔法或巫术的性质。如法国人类学家莫斯（Marcel Mauss）曾经提出巫术的三大要素：巫师、仪式和精灵的力量，并且将它视作一个包含了力量与环境的综合观念[1]。英国学者罗纳德·赫顿（Ronald Hutton）则将巫术定义为："为了达到某种特定的目的，人类对超自然力量或隐藏在自然界中的精神力量进行控制、操纵和引导的任何形式化行为。"[2]

奇幻文学的作者生活在现代社会，和传统社会中的魔法或巫术不能说是零距离，但通过现代学者的研究成果，他们能够在架空世界中重现和演绎魔法这一关键结构。和神祇相比，魔法还具备一项优势，那就是自近代以来，它不仅在浪漫主义和民族主义的语境中被当作现

---

[1] 马塞尔·莫斯、昂利·于贝尔：《巫术的一般理论 献祭的性质与功能》，杨渝东、梁永佳、赵丙祥译，广西师范大学出版社，2007，第126~127页。
[2] 罗纳德·赫顿：《巫师：一部恐惧史》，赵凯、汪纯译，广西师范大学出版社，2020，第7页。

代意识的基石，而且逐渐游离于天主教权威的笼罩之外，成为一种相对可以自由言说的概念。正如贝林格所说的那样，巫术或魔法是近代以来欧洲文化生产的宠儿，相关的作品或产品多如恒河沙数。这些作品或产品中的巫术形象，也是当代奇幻文学中魔法形象的基础。奇幻文学对于魔法主题的演绎也是在现代社会的语境中进行的。

科学技术是当代奇幻文学对于魔法演绎的重点之一。关于巫术与科技之间的关系，在 20 世纪早期就为学界所注意。莫斯指出："当巫术变得越来越个体化，并且在对其各种目标的追逐中变得越来越专门化的时候，它就渐渐地跟技术接近了。……巫术就像我们的技术、手艺、医药、化学和工业那样发挥着作用。本质上，它是一门务实的艺术，巫师往往要利用他们的知识、他们的机敏、他们手上的技巧等。"[1] "巫术跟技术的这种联系也出现在它跟科学之间。它不仅是一门实践的艺术，同时也是一个观念的储藏室。它认为知识极其重要——是它的一个主要支柱。实际上，我们已经一遍又一遍地看到，对巫术而言，知识是怎样成为力量的。不像宗教那样有一种朝向形而上学的趋势，巫术——我们已经说明它更关注于具体事物——着重于对性质的理解。它迅速地建立起关于植物、金属、现象、一般性的存在和生命的索引表，并成为关于天文、物理和自然科学的知识早期的数据库。"[2]

当然，莫斯也注意到了巫术与科技的区别，但他将巫术当作一种整体社会事实看待，这使巫术成了社会文化研究的合法对象。但当魔法进入奇幻文学领域以后，巫术与科技之间的差异似乎被抹平了，超自然和自然科学的互斥关系也被颠覆了。奇幻文学乃至架空世界的虚拟性，允许魔法在架空世界内部产生直接的现实作用，如生火、飞行、隐身或变形等。经过这种转化，魔法与科技之间的最大差别，即是否符合客观规律这一差别，便被抹消了。魔法和科技得以相互置

---

① 马塞尔·莫斯、昂利·于贝尔：《巫术的一般理论 献祭的性质与功能》，杨渝东、梁永佳、赵丙祥译，广西师范大学出版社，2007，第 165~166 页。
② 马塞尔·莫斯、昂利·于贝尔：《巫术的一般理论 献祭的性质与功能》，杨渝东、梁永佳、赵丙祥译，广西师范大学出版社，2007，第 167 页。

换，魔法师或施法者被看作科技的专家。于是，对于魔法主题的演绎，得以呼应现实世界中人们对于科学技术的种种观念和看法。

就像前文说的那样，托尔金正是从这一角度来演绎魔法的。阿尔达世界的整个历史，都体现着他对于人和魔法之间关系的哲思，也折射着人类与技术或力量之间的支配或被支配关系。他一度将魔法比作机械，并且对于机械充满警惕乃至感到抗拒。托瑞尔世界的历史发展也体现了基于魔法的某种技术悲观主义。奈瑟瑞尔帝国和伊马斯卡帝国都建立了辉煌的魔法文明，也都因魔法而灭亡。密瑟能核（Mythallar）技术大大提升了奈瑟瑞尔人生产和使用魔法物品的能力，使他们最终得以建立起一座座巨大的浮空城。但对魔法的广泛应用伤害了费林魔葵。于是这个邪恶物种对帝国展开报复，不断将帝国的土地变成沙漠，将奈瑟瑞尔人推向了毁灭的边缘。为了拯救危难中的国家，大法师卡尔萨斯施展了封神魔法，企图获得魔法之神庞大的力量，但是这一举动导致费伦世界的魔法失控，反而加速了奈瑟瑞尔帝国的灭亡。伊马斯卡帝国使用魔法打开了通往异世界的传送门，从那里抓捕了大量奴隶。结果异世界的神祇应奴隶们的祈求而来，最终摧毁了伊马斯卡帝国。托瑞尔世界的这段历史，未尝不是对亚特兰蒂斯传说的再造。两大古代帝国悲剧的起因，无一不包含着对于技术的滥用，这还应被看作现代人面对科学技术飞速发展所产生的隐忧之表达。在新一轮的科技革命中不断地呼唤和构建科技伦理，恰恰是我们这个时代的重大命题。

魔法的科技化也使它可以表现某些更加微观的主题，如人的天赋或人的自我塑造。这一主题颇像是人与技术的关系这一宏观问题的微观化，在某种程度上也确实如此：个体对于自身能力的追求、培养和把控，理应被视为人与技术的关系的一部分。架空世界对魔法的科技化，使学习魔法越过了欧美传统对它的道德谴责，成为合理合法的个人诉求，甚至成为英雄成长的必要过程。于是，英雄获得超凡力量的传统情节，和现代社会个人学习和成长的道路，就在奇幻文学和架空世界的国度里交汇在了一起。

在传统故事中，英雄获得技艺主要有两种方式。一种是事件式的，即英雄经过某个事件，如来到某种奇境、通过某种试炼、战胜某种敌人、得到某种宝物，接着便获得了超凡的力量。如希腊英雄珀耳修斯要杀死墨杜萨，才能以其头颅获得令人石化的能力①。又如《尼伯龙根之歌》中的西格弗里特，因为杀死巨龙并沐浴鲜血而刀枪不入②。与之相似的还有《法弗尼尔之歌》中的西古尔德，他尝到法弗尼尔的血后就获得了听懂鸟类说话的能力③。另一种是生活式的，即英雄受到某个导师的教导，经历一番学习生涯方才习得绝艺。如凯尔特传说中的英雄芬恩从两个女德鲁伊那里学会了跑步、跳跃和游泳，又从强盗费厄库尔那里学会了武艺，最后从诗人范格斯那里学会了智慧和学问④。有的时候，事件式和生活式会在同一个故事中融汇起来。如凯尔特神话中的英雄库丘林到阴影群岛去向全能的女战士和女先知斯卡萨奇学艺，首先接受了斯卡萨奇之女尤娥萨奇的武力挑战，并且赢得了尤娥萨奇的欢心；他按照尤娥萨奇的指点去做，斯卡萨奇果然毫无保留地传授了武艺，这样库丘林才得以展开他的学艺生涯⑤。有意思的是，不少英雄史诗都缩短甚至略过了英雄成长和学艺的过程，如《尼伯龙根之歌》、《罗兰之歌》或《贝奥武甫》等，似乎都不愿意在相关情节上花费篇幅。爱尔兰的传统英雄叙事似乎是个例外。

和传统英雄史诗不同，现代奇幻文学偏爱描绘学艺生涯。这也许是因为普惠性的学校教育深深地塑造着现代大众的生活经验，塑造着消费能力旺盛的青少年文娱市场。"龙枪"系列中的《灵魂熔炉》写大法师雷斯林在幼年时期就被大法师安提摩达斯看重，进入魔法学校学习。少年雷斯林瘦弱而聪敏，一面忍受周围同学的嘲弄，一面吸纳魔法知识和技艺；他试图通过魔法天赋建立自我，同时在他强壮而开朗的双胞胎哥哥卡拉蒙那里找回自尊⑥。在厄休拉·勒古恩（Ursula K. Le Guin）的《地海巫师》中，主人公雀鹰先是跟随大法师欧吉安

---

① 阿波罗多洛斯编撰《希腊神话》，周作人译，长江出版社，2018，第99~100页。

② 《尼伯龙根之歌：德国民间史诗》，曹乃云译，广西师范大学出版社，2017，第23页。

③ 《埃达》，石琴娥译，译林出版社，2017，第321页。

④ 詹姆斯·斯蒂芬斯：《爱尔兰凯尔特神话故事》，余一鹤、瞿慧译，北京联合出版公司，2017，第29~56页。

⑤ 佚名：《夺牛记》，托马斯·金塞拉英译，曹博汉译，湖南教育出版社，2008，第30~31页。

⑥ Margaret Weis, *The Soulforge*, Renton, WA: Wizards of the Coast, Inc., 1999.

当学徒，又到柔克岛的巫师学院继续学习，却因为年少轻狂而释放出了可怕的黑影兽①。雷蒙·费斯特（Raymond E. Feist）的"魔法师"系列写城堡里的孤儿帕格被老魔法师库甘看中而成为魔法师学徒，但他尚未出师就被异国的敌军俘虏；异国的法师发现了帕格的魔法天赋和学徒身份，将他纳入了法师组织，让他重新接受训练②。当然，更加著名的例子要数 J. K. 罗琳的"哈利·波特"系列。

这些作品，首先将学习魔法作为正当的学习知识和技艺的过程来看待，并回应了一系列具有现实意义的命题，即人应该怎样面对和发展自己与众不同的天赋，应该怎样驾驭自己的天赋而不是为天赋所吞噬。这些命题，许多时候是和英雄叙事结合起来的，但它们内含的对于人的天赋、技能、成长和自我的反思，却又超出了传统英雄叙事的领域。这些身处魔法学校而又颇具天赋的人物，正映射着能够长时间在学校教育中发展自身的现代大众。

奇幻文学的魔法主题还衍生出一个在当代社会中具有重要意义的命题，即社会排斥。这当然和欧美社会的历史记忆有关。现代学者对于猎巫的研究，揭示了巫师或女巫这一边缘群体的历史处境。据贝林格（Wolfgang Behringer）的《巫师与猎巫：一部全球史》所述，欧洲的猎巫现象从公元前 2 世纪左右就有记录③；到了 19 世纪和 20 世纪，我们仍然能够在非洲、南亚和东南亚地区发现类似的现象④。学者常将猎巫现象定义为社会出于恐惧而进行的迫害。如英国学者布里吉斯（Robin Briggs）指出："随着情景的不同，存在于社区和个人层面上的对巫术的恐惧此起彼伏。毁灭性的天气、泛滥成灾的害虫、牲畜疾病的传播以及类似的不幸可能将村庄或者更大的地区推向焦虑的顶峰。尽管有少量事件得到了很少的证明，但是此外似乎并没有什么关于这些现象必然会发生的迹象，至少在迫害的狂潮这方面是如此。……但是，也有可能流传这样一种故事，那就是恶毒的人将油脂涂在

---

① 厄休拉·勒古恩：《地海巫师》，蔡美玲译，江苏文艺出版社，2013。
② 雷蒙·费斯特：《魔法师·大师》，马骁译，四川科学技术出版社，2009。
③ 沃尔夫冈·贝林格：《巫师与猎巫：一部全球史》，何美兰译，北京大学出版社，2018，第57页。
④ 沃尔夫冈·贝林格：《巫师与猎巫：一部全球史》，何美兰译，北京大学出版社，2018，第238页。

别人的门上或者用其他类似的方法来传播传染病；1545 年和 1571 年发生在日内瓦的两次恐慌中，就有共计 65 人在这样的背景下被处以死刑。"[①]

奇幻文学中的魔法主题很自然地与那些被历史学者挖掘出来的、作为无辜被害者的巫师或女巫的形象结合了起来。历史研究中所展现的大量无端指控的场景被加诸奇幻文学中的巫师或女巫身上。尽管在架空世界中，他们确有能力施展法术，但这并不代表他们就是天生的犯罪者。这样，我们便能了解"龙枪"系列中所描绘的教会和民众围攻大法师之塔事件的背后，实则蕴含着厚重的文化背景和历史记忆。

《灵魂熔炉》对这类场景进行了细致的描绘。其中说到大法师雷斯林的父亲吉伦收留了一个名叫朱蒂丝的寡妇，她信仰一位名叫贝尔卓的神。贝尔卓的名讳不在真神之列，但这并不阻碍朱蒂丝的信仰。在雷斯林 16 岁那年，吉伦在伐木工作中受了重伤，被运回家中时已经奄奄一息。朱蒂丝坚信贝尔卓会让吉伦自动恢复，但吉伦最终不治身亡。于是朱蒂丝愤怒地指控，是雷斯林和他的姐姐做了坏事，才导致贝尔卓没有救治吉伦。她的指控让雷斯林的生母罗莎缪大受伤害。愤怒的雷斯林想要以魔法摧毁这个污蔑自己的女人，却被哥哥卡拉蒙劝阻。卡拉蒙内心的善良阻止了弟弟变成朱蒂丝所说的那样。最终，朱蒂丝被当地人撵走了，因为她既不是当地人，她的信仰在当地也没有基础。

在上述场景中，盲信者和巫师之间的矛盾关系是显而易见的，这一关系也同时存在于克莱恩世界和现实世界的历史之中。作者并没有将这一矛盾继续催化，而是将表现的焦点持续地集中在大法师雷斯林的人格成长上。理性的现代人不相信巫术，自然会认为对于施行巫术的指控纯属子虚乌有，并同情那些被指控为巫师或女巫的人。这种同情也容易被转移到奇幻文学中的巫师身上去。所以，读者会很自然地

---

① 罗宾·布里吉斯：《与巫为邻：欧洲巫术的社会和文化语境》，雷鹏、高永宏译，北京大学出版社，2005，第 120 页。

同情雷斯林。在同情之余，当我们思考这些惨剧何以发生时，就会走向社会排斥这一命题。屈服于恐惧，自傲于信仰，凌驾于弱者，盲从于群体和权威，都是导致社会排斥和社会不公的重要原因。在多人群杂居、多元文化并存的现代社会，思考社会排斥背后的原因，减少社会排斥导致的社会撕裂，是维持社会长治久安的必要之举。

奇幻文学还将巫师这一欧美历史上饱受社会排斥的群体，在架空世界中塑造成为一种蕴含着现代意义的形象。奇幻文学将魔法科学化，在理性上确立了巫师群体在架空世界中的价值基础。在此价值基础上，奇幻文学又将教会或神权的受害者、反抗邪恶的智者和文化英雄等形象叠加于巫师群体的形象之上。当代奇幻文学的这套做法，即便不是从欧美社会的现代思想史中借鉴而来的，也不能与这种思想史撇开关系。贝林格指出，著名的民族主义者雅各布·格林将女巫重新界定为"聪慧女人"，认为她们保持了各自民族古老的智慧和传统。法国著名作家儒勒·米什莱（Jules Michelet）将格林的"聪慧女人"理念转变为"人民的女医生"，将她们塑造成反封建压迫的战士，称她们是法国革命或法兰西民族国家的先驱[1]。米什莱在《中世纪的女巫》中这样写道："一千年来，人类拥有的唯一医生就是女巫。皇帝、国王、教皇和较为富有的贵族，确实有自己的医生，其中既有来自萨勒诺的，也有摩尔人的；不过，对于当时可以称之为'世界'的各个国家中的普通百姓而言，他们却无医可寻，只能去'萨迦'（saga）即接生婆那里问诊。倘若无法治愈病人，接生婆就会遭人辱骂，被人们称为女巫。但在一般情况下，人们都称之为'善良夫人'或者'仙女夫人'，也正是我们给仙女所起的名字。"[2] 可见，早在19世纪，欧美社会中的巫师形象一度被塑造为现代化进程的殉难者或先锋，凝聚着人类追求真理和自由的执着和勇气。在此基础上，奇幻文学对于巫师形象及其含义的不断重现，哪怕抛开艺术成就不论，仍然有助于社会大众建立一种积极向上的文化氛围。

---

[1]　沃尔夫冈·贝林格：《巫师与猎巫：一部全球史》，何美兰译，北京大学出版社，2018，第279页。
[2]　儒勒·米什莱：《中世纪的女巫》，欧阳谨译，上海社会科学院出版社，2019，第4页。

对于神祇、巫术和巫师等超自然概念的现代性阐释本来就是欧洲现代转型的一个有机组成部分。所以，奇幻文学中的超自然主题尽管来自传统社会，却能在现代社会中具备相当进步的思想意义。中国在现代化进程中接受了"德先生"和"赛先生"，故而人们也能够理解奇幻文学中被科学化的魔法和作为反封建斗士的巫师。在这一基础上，不难理解为什么欧美奇幻文学可以被中国大众接受。但是，使用中国传统推动中国奇幻文学的创作，不能走欧美奇幻文学的老路，即不能用相同的方法去处理中国传统中的超自然主题：中国的巫术和巫师并未完成其现代正面形象的转化，巫术在大众心目中还不是现代科学的早期代表，巫师也没有被塑造成推动社会现代化的文化英雄。在中国，神祇和巫术的关系也和西方大不相同。故此，对于中国传统中的超自然概念和相关主题，还应该在中国文化的基础上再做研究。

二　超自然与时空体性质

奇幻文学关于时空结构的创作理念在架空世界那里实现了飞跃。作为超自然和时空体两大结构的有机结合，架空世界这一概念前所未有地拓展了奇幻小说的时空体，使其显示出了前所未有的宽广和自由。奇幻文学的架空世界极大地推动了文本生产，这成为它适应当代通俗小说规模化生产模式的核心构件，也造就了它在全球文化娱乐市场中的非凡活力。

但是，对于奇幻文学有着如此重要意义的架空世界到底是如何生成的呢？从学术史看，这一问题至少可以从两个层面获得答案。第一个层面属于历史和文化领域：超自然和时空体的既有性质使它们联合起来，并在现代社会中生成了独立的虚构世界。第二个层面属于文艺学领域：巴赫金的时空体理论揭示了时空体在叙事文学中的重要功能，而这一功能推动了奇幻文学核心体裁的生产，也推动架空世界自身走向了壮大。

要理解奇幻文学的架空世界何以产生，首先要理解超自然与时空体之间的关系。我们在前文中已经列举过不少超自然概念，但讨论最多的超自然概念无非两个：一个是神祇，另一个是魔法。在此，我们仍然需要重申这两大超自然概念的重要性，因为这两个概念本身就与时空体概念联系在一起。对于神祇和魔法的深思，常常自然而然地便能将周围的环境卷入其中。这种倾向，是我们赋予神祇和魔法的某种性质决定的。

现代学者早已在他们的研究中发现，巫术以特定的时空体观念为基础。在20世纪初，莫斯就指出巫术作为一个综合的观念，也意味着一种神秘的环境："在这个神秘的环境中，事情就不再像它在我们这个理性的世界中那样去发展。距离不会妨碍接触。期望和想象可以马上变成现实。这是一个精灵的世界，同时也是一个为精灵所充斥的世界。既然一切都是精灵的，那么一切也都可以变成精灵。不过，虽然这种力量是没有止境的，这个世界也是超验的，但是事情的发生还是要依据法则，依据事物之间必然的联系，依据符号、语言与被表征的物体之间的联系，依据一般的感应法则，依据可被整理为一个与我们在《社会学年鉴》上发表的分类体系相类似的品行法则。"① 法国学者列维-斯特劳斯持有相似的看法，他说："巫术活动在他看来似乎是对宇宙客观秩序的补充：它把与自然因果序列相同的必然性赋予操纵巫术的人，在巫术中实行者相信自己只是把补充的环节插入这个以仪式形式表现出来的自然因果序列中。因此他认为他是从外部观察仪式，而且仪式似乎不是出于自己之手似的。"② 这些学者认为，巫术或魔法的观念建立在一种对周围环境的理解和认识上。换言之，只有在相应的环境和宇宙中时，巫术才能够被认为是合理的和有效用的。

神祇和时空体的关联在神话传说中多有论及。在古希腊，空间和时间甚至就是神祇本身。赫西俄德（Hesiod）的《神谱》言道："最先产生的确实是卡俄斯（混沌），其次便是盖亚，所有一切的永远牢靠的根基，以及在道路宽阔的大地深处的幽暗的塔耳塔罗斯，爱神厄

---

① 马塞尔·莫斯、昂利·于贝尔：《巫术的一般理论 献祭的性质与功能》，杨渝东、梁永佳、赵丙祥译，广西师范大学出版社，2007，第126页。
② 克洛德·列维-斯特劳斯：《野性的思维》，李幼蒸译，中国人民大学出版社，2006，第203页。

罗斯——在不朽的诸神中她最美，能使所有的人和所有的神销魂荡魄呆若木鸡，使他们丧失了理智，心里没了主意。从混沌中还生出厄瑞波斯和黑色的夜神纽克斯；由黑夜生出埃忒耳和白天之神赫莫拉，纽克斯和厄瑞波斯相爱怀孕生了他俩。"[1] 希腊的诸神体现了自然神信仰的一个比较普遍的侧面，即自然和人格的融合。这一点早就被欧美学者认识到了。马克思在《〈政治经济学批判〉导言》中说："任何神话都是用想象和借助想象以征服自然力，支配自然力，把自然力形象化；因而，随着这些自然力之实际上被支配，神话也就消失了。"[2]当然，自然神并非神祇的全部：无论是具备社会神职的神祇，如厄罗斯，或是一神教的神明，如上帝，都不能直接体现时空体的内容。但信仰对象仍然被理解为与时空体密切关联的东西。前文所介绍的自然之书的理念，便是对上帝与时空体之密切关系的例证。

许多传统的超自然概念，尤其是魔法和神祇，都与特定的世界观或宇宙观有关。正如哈内赫拉夫所说的："西方神秘学所包含的所有历史潮流均以某种方式关注世界的本性、世界与神的关系以及人在两者之间所扮演的角色等问题。"[3]泛灵论的世界观在超自然概念中具有关键的地位，因为精灵、魔鬼或精魂常常是巫术仪式作用的核心因素，也和神祇保持着某种关联。神秘学研究中所说的各个部分不需要中间环节或因果链就能相互关联，并且渗透着无形生命力的活的世界[4]，也为超自然概念的合理性奠定了基础。炼金术建立在对微观世界，即物质构成的认知上。"关于物质及其构成的理论——莫西佐斯的'灵魂和身体'，贾比尔的'汞和硫'，盖伯的'最小部分'，帕拉塞尔苏斯的'三要素'，经院学者的原初质料和实体形式，范·赫尔蒙特的'种子'，以及所有其他理论——都支持着炼金术的目标，指导着实际的实验室工作。"[5]可以说，基于超自然观念的想象渗透在传统社会对现实的认知当中。

---

① 赫西俄德：《工作与时日 神谱》，张竹明、蒋平译，商务印书馆，1991，第29~30页。
② 李克文主编《马克思主义原著选读》，陕西师范大学出版社，1990，第157~158页。
③ 乌特·哈内赫拉夫：《西方神秘学指津》，张卜天译，商务印书馆，2018，第86页。
④ 乌特·哈内赫拉夫：《西方神秘学指津》，张卜天译，商务印书馆，2018，第6页。
⑤ 劳伦斯·普林西比：《炼金术的秘密》，张卜天译，商务印书馆，2018，第94页。

人们还依照超自然逻辑建构了非现实时空，天堂或冥府就是这样的例证。无论是天堂还是冥府，都来源于人们对于灵魂的信仰。基督教的天堂和地狱，还要加上对于神、天使、魔鬼和死后审判的概念。这些空间独立于物理现实之外，是人们无法通过日常生活、地理勘探或自然观测确证的；这些空间中的规则也不同于人类的日常生活与切身感受。冥府和地下世界，以及关于这类时空体的叙事，在架空世界的生成史上有着重要意义。关于冥府的想象和叙事，孕育了奇幻文学架空世界的雏形。

首先，冥府是具有超自然规则的时空体。冥府中存在着诸多阳间没有的禁忌，这在希腊罗马的传统叙事中有不少体现。赫拉克勒斯下冥府前要先受戒，因为只有受戒的人才能与冥府的神接触，再安全地从冥府回来，而不受戒的人将躺在冥府的泥土里[①]。珀耳塞福涅被冥王擒去冥府作新娘，幸得宙斯解救才得以被释还阳。但珀耳塞福涅临走前食用了冥王给她的一颗"石榴子"。冥河之神卡戎之子阿斯卡拉福斯又在宙斯那里作证，说确有此事。于是，宙斯不得不判珀耳塞福涅每年有三分之一的时间要回冥府去[②]。《埃涅阿斯纪》中，女巫提醒特洛伊英雄埃涅阿斯，要安全地出入冥府，需要珀耳塞福涅圣树上的一根金枝[③]。这些禁忌或超自然规则的存在，为冥府赋予了非日常和非现实的氛围，使它区别于现实的空间。这与架空世界的超自然宏观结构非常接近。

其次，冥府是一个展开冒险的遥远时空体。许多冥府神话的主人公要下到冥府去，在冥府中经历磨难或达成功绩，然后回到人世来。苏美尔神话中的天空女王印南娜（又名伊什塔尔）下冥府，被死亡女神埃里什基加尔褪去了华服，吊在刑柱上成了一具尸体，直到智慧之神吉恩让仆人带给她生命之食和生命之水，她才复活上升到地面[④]。希腊的大力神赫拉克勒斯著名的十二功绩之一就是带回地狱三头犬刻

---

① 阿波罗多洛斯编撰《希腊神话》，周作人译，长江出版社，2018，第130页。
② 阿波罗多洛斯编撰《希腊神话》，周作人译，长江出版社，2018，第44~45页。
③ Vergil, The Aeneid, translated by Shadi Bartsch, New York: Random House, 2021, p.189.
④ 萨缪尔·诺亚·克拉莫尔:《苏美尔神话》，叶舒宪、金立江译，陕西师范大学出版社总有限公司，2013，第109~110页。

珀尔斯。赫拉克勒斯在冥府中经历了一系列的冒险，比如对死去的美杜莎拔剑相向，拯救被困在地狱中的雅典国王忒修斯，又将阿斯卡拉福斯受罚扛着的重石搬开，还在角斗中战胜了冥界的牧牛人墨诺托斯，最后才擒住三头犬，将它带回阳间去①。

像冥府这样具有超自然规则的、以供冒险的遥远时空体，广泛地存在于欧美各国的传统叙事中。普罗普指出，民间故事中存在极远之国，"那里由一个骄傲而威严的公主统治着，那里有恶龙盘踞。主人公来此是为了寻找被劫的美女、稀奇古怪的东西、吃了能长生不老的苹果、活命的疗伤水，以及能使人青春常在永葆健康的东西"，这个国度有时在地底，有时在山上，有时在水下②。坎贝尔（Joseph Campbell）认为，在英雄之旅这一叙事模式中存在如下段落，即"一旦跨越阈限，英雄便进入变幻不定、难以捉摸的梦一样的地方，在这里他必须经受住一系列的考验"，如赛姬的地狱之旅③。董晓萍指出，中国西北少数民族叙事中也有地下世界，在柯尔克孜族史诗《玛纳斯》和新疆史诗故事群中都能发现它的身影④。

冥府和阳间、极远国度与现实世界尽管相互区别、相互隔离，但又在某种程度上是统一的。正如郭于华所言："无论如何生与死、人鬼之间的联系是难以挣断的，两界之间有界限但并非隔绝。死者要享受后辈的香火、供奉；生者又受到死者的监视与佑护。"⑤ 就像生与死统一于人类自身那样，冥府与阳间也统一于完整的世界观，而联系着两个部分的超自然观念就是灵魂。传统的、基于超自然概念的虚构时空，常常和现实时空统一于一个世界观，并且两者可以被超自然概念联系起来成为一个整体。

传统的冥府时空体通过神话主义进入了现代叙事，并且最终和奇幻文学连在了一起。梅列金斯基（Мелетинский）在《神话的诗学》

---

① 阿波罗多洛斯编撰《希腊神话》，周作人译，长江出版社，2018，第130~131页。
② 普罗普：《神奇故事的历史根源》，贾放译，中华书局，2006，第366~367页。
③ 约瑟夫·坎贝尔：《千面英雄》，黄珏苹译，浙江人民出版社，2016，第83~84页。
④ 董晓萍：《跨文化民俗体裁学：新疆史诗故事群研究》，中国大百科全书出版社，2018，第410~41页。
⑤ 郭于华：《死的困扰与生的执著：中国民间丧葬仪礼与传统生死观》，中国人民大学出版社，1992，第87页。

中指出，托马斯·曼在《魔山》中就将主人公所进入的时空体比作天堂或冥府，他说："汉斯·卡斯托普来到山中（即'上升'），与通常所说的'下降'（即降至冥府）相对应。然而，神话中也可以看到诸如冥府在天上、在山上等概念。塞特姆布里尼曾问汉斯：'来这里作客吗？就像奥德修斯到冥府那样。'"① 以"下降"意指冥府的传统，在欧美文化中有相当悠久的历史，柏拉图在《理想国》中写苏格拉底"下到佩莱坞港"时就有体现②。当然，无论是魔山还是佩莱坞港都意指"冥府"，其时空体并不拥有超自然性质以及实质上的冒险内容。不过，奇幻小说构建的时空体对冥府的意指，已经超出了梅列金斯基所说的神话主义的范畴了。这一点，在英国作家卡罗尔的《爱丽丝梦游仙境》中很明显地被体现出来：主人公是通过兔子洞到达仙境的。这里的仙境不仅指向了传统的冥府时空体，也是实际意义上的超自然时空体和冒险之地。也许是《爱丽丝梦游仙境》珠玉在前，托尔金的《霍比特人》中也用了类似的手法将读者带入中洲世界。

> 从前有个霍比特人，住在地洞里。不是那种肮脏、潮湿、散发着烂泥味儿、到处都是虫子壳儿的地洞。也不是那种干燥的沙土洞。沙土洞里没有任何白蛇，甚至连可以让你坐下来休息或者吃点东西的凳子也没有。这是霍比特人居住的地洞，也就是说，一个很舒适的洞。③

但是，无论是泛灵论的世界观，还是附魔（enchantment）的世界观，都与现代自然科学呈现给我们的那种祛魅（disenchantment）的世界观相悖。现代大众至少在表面上或大多数时候接受了更具权威性的后者，于是他们便会选择将前者从他们对现实世界的确实看法中排挤出去，或至少部分地排挤出去。于是，奇幻文学中的"虚构的世

---

① 梅列金斯基：《神话的诗学》，魏庆征译，商务印书馆，1990，第357页。
② 刘小枫：《柏拉图笔下的佩莱坞港——〈王制〉开场经读》，《社会科学研究》2010年第2期，第15页。
③ J. R. R. 托尔金：《魔戒（前传）：霍比特人》，李尧译，译林出版社，2002，第1页。

界"被当代人的世界观从"虚构的现实"中排挤出去，成为"虚构之虚构"，成为"架空世界"。奇幻文学的第三重区隔，也就这样在世界观的冲突之中自然地产生出来。超自然概念既然是现实世界和架空世界的重要区隔，也就自然成为建构架空世界整个时空体的重要依据。架空世界的历史正是在这类观念的影响下被书写出来的。

"魔戒"系列延续了基督教传统的神创论史观。整个宇宙和世界完全是由伊露维塔创造出来的，并且在创造之前，伊露维塔和爱努众神已在爱努大乐章中完成了对创世和宇宙发展进程的预言。接着，世界的发展和变化，便依照伊露维塔的意志和预言所指的轨迹向前运转，直至终结。而在阿尔达世界更为具体的历史中，宏观层面的神创论褪去了它的色彩，两个至关重要的魔法器物贯穿了三大纪元的历史叙事：关于精灵宝钻的征战史贯穿了第一纪元，魔戒的锻造与重现则塑造了第二、第三纪元的历史主线。

"龙枪"系列的克莱恩世界尽管也是诸神创造的，但它基本舍弃了创世预言的部分，将历史发展的方向抛向了不确定。不过，克莱恩世界的历史仍然受到神祇的行为的强大影响，或者可以说，克莱恩世界的历史贯穿着善恶诸神的争斗史。塔克西丝夺取克莱恩的阴谋是全局性和持续性的，不是只影响世界的哪一个部分或者哪一段时间。于是，"龙枪"系列形成了一种秉持着通史史观的历史叙述。它不是以一个文明为中心去叙述其历史，而是对整个世界的宏观潮流做记录。神祇作为关键的整合因素使世界文明在它的童年时代就进入了全球化。魔法作为神祇的产物和人类的工具，也成为这种全球化的重要维系因素。

"被遗忘的国度"系列中的托瑞尔世界也是这样，超自然的伟力在相当程度上塑造了其时空的形态。一方面，超自然伟力的兴衰支配着古代文明的兴亡，无论是奈瑟瑞尔帝国还是伊马斯卡帝国都是如此。另一方面，超自然伟力的空间分布也影响着世界政治和文明的格局，如红袍法师组织维持着拖雷帝国的运作和扩张，而莱瑟曼女巫们支撑着莱瑟曼地区的独立和自由。在托瑞尔世界，超自然伟力并不是被组织在一个具有秩序的框架当中的，这就避免了它们成为世界的整合因素，反而使它们成了维持世界多元化或多极化的基石。

当然，超自然概念并不是时空体展开的唯一依据。尽管在奇幻文学中超自然因素是被强调和凸显的，但时空体本身仍然要符合社会大众的认知。架空世界同样是被地球上的现实体认、生活经验、自然科学和社会科学所塑造出来的，这些内容也构成了架空世界书写的重要内容。如安瑟隆大陆的气候主要是按照地球上南半球的气候叙述的。所谓南半球气候，意味着热带雨林气候，从北向南依次展开①。当然，南半球气候也意味着球形行星围绕恒星旋转的天体结构，意味着地轴偏斜角的存在等基础因素。在架空世界的叙述中，这些因素往往是隐性的，不会被刻意描绘或强调出来。从文艺的角度来说，架空世界的展开要依赖亚里士多德诗学所说的摹仿。巴赫金说："恰是从这个能创造和描绘的历史世界里种种现实的时空体中，才生发出作品（篇章）所描绘的世界中那些被反映和被创作的时空体。"② 这种摹仿规则保证了架空世界的艺术机理，同时也保证了架空世界的文本篇幅不会过度庞大。基于现实世界的设计，可以依靠三言两语说明白；依据超自然概念和作者独特想象的设计，却往往要占据大量篇幅。架空世界总是这两种设计的结合。前者对整个世界的填充能力，往往远超后者。

架空世界在奇幻文学活动中产生，不仅是因为超自然概念与时空体基于内在性质的自然融合，还取决于它在文学生产活动中的地位和效用。尽管架空世界自身就能在某种程度上满足审美和娱乐需要，但它并不能完全独立于文学活动。巴赫金认为，时空体是个形式兼内容的文学范畴，时空体的性质能够约束小说的历史形态。时间是叙述者感知和安排所述事件或素材的天然坐标轴。法国学者热奈特（Gérard Genette）认为，叙事问题应包括时间范畴，即"表现故事时间和话语时间的关系"③。赵毅衡也指出，叙述文本必须"可以被接收者理

---

① Harold Johnson et al. , *Tales of the Lance*, Lake Geneva, WI: TSR, Inc. , 1992, p. 29.
② 巴赫金:《小说的时间形式和时空体形式》，载《巴赫金全集》（第三卷），白春仁、晓河译，河北教育出版社，1998，第 455 页。
③ 热拉尔·热奈特:《叙事话语 新叙事话语》，王文融译，中国社会科学出版社，1990，第 9 页。

解为具有时间和意义向度"①。当时间坐标轴被架空世界的创作理念从现实世界的桎梏中解放出来时，它能够变得极为宽广。空间转换对于叙事同样重要。普罗普在《故事形态学》中已经表明，在神奇故事展开时即会伴随"主人公离家"的情节，再伴随"主人公转移，他被送到或被引领到所寻之物的所在之处"的情节②。施畅认为，地图在幻想文学中的意义不仅仅在于提供指引或帮助理解，它更是召唤冒险的呼声和参与创作的平台③。上述成果肯定了展开时空对于开展叙事的重要作用。

奇幻文学的架空世界作为一种时空体，不仅是叙事活动中不可或缺的部分，同时也意味着奇幻文学某种组织和形成叙事内容的方法。因此，架空世界是伴随着核心体裁的生产而被生产出来的：核心体裁的生产活动对主题和基调的控制，足以决定宏观时空体的基本性质。架空世界一旦被生产出来，其时空体性质又足以约束其他核心体裁的叙事形态和生产活动。架空世界被超自然结构和核心体裁生产共同赋予了宏观时空体性质，它不能等同于巴赫金通过分析小说得到的那些时空体类型，却又和那些类型及其体裁类别多多少少地联系着。

在巴赫金的小说史类型分析中，他将骑士小说的时空体称为"传奇时间里的奇特世界"④，它与奇幻文学的时空体最为相似。巴赫金首先确定了传奇时间的性质，他说："在一切传奇时间里，都存在有机遇、命运、上帝等的干预。要知道这个时间本身就出现在正常的现实的符合规律性的时间序列发生断裂的地方（在形成的空隙中）。在那里，这一规律性（不管它是怎样的）突然受到破坏，事情发生了突然的始料不及的曲折。在骑士小说里，这样的'突然间'似乎变成了正常的事，成为某种决定一切的因素、几乎是司空见惯的因素。……骑士小说的主人公热衷于探险，把奇遇看成自己最如意的环境。对他来

---

① 赵毅衡：《广义叙事学》，四川大学出版社，2013，第7页。
② 普罗普：《故事形态学》，贾放译，中华书局，2006，第35、45页。
③ 施畅：《地图术：从幻想文学到故事世界》，《文学评论》2019年第2期，第55~56页。
④ 巴赫金：《小说的时间形式和时空体形式》，载《巴赫金全集》（第三卷），白春仁、晓河译，河北教育出版社，1998，第349页。

说，世界的存在是以奇特的'突然间'为标志的。"[①] 关于奇特世界的性质，巴赫金这样叙述道："主人公和他所活动的奇特世界似乎是用一块整料雕出的，两者之间没有裂痕。不错，这个世界并不是祖国，它的任何地方都一样是他乡（但并不强调这一点），主人公从一个国家转到另一国，与不同的君主见面，涉洋渡海。但不管到了什么地方，世界却是统一的，到处都尊崇同一种荣誉，对功勋和耻辱都有相同的认识；主人公能够在整个这一世界里赞扬自己和别人；到处颂赞的都是同一些光荣的名字。"[②] 总的来说，整个时空体都为骑士的冒险历程服务。在这一历程中，骑士总要应对接连不断的奇遇或陷阱，并借此建立可资夸耀的功勋和成就。

奇幻小说的架空世界与骑士小说的时空体形态有颇多相似之处。或者可以说，骑士小说及其时空体形态为奇幻小说及架空世界的创造提供了历史经验。架空世界的超自然宏观结构，一方面能够创造出接连不断的奇遇，为主人公建立功勋奠定基础；另一方面又决定了在时空体内部广泛通行的规律，为主人公的功勋和成就建立跨地域的统一性，因而是构造传奇时间和奇特世界的重要元素。超自然结构在架空世界内部赋予抽象事物形象，赋予宏观时空焦点，使它们得以进入像小说、童话、传说或民间故事那样的微观叙事，传奇时间和奇特世界也往往在这些形象登场或焦点出现时产生出来。

魔苟斯、索隆和塔克西丝这类魔王形象，正是宏观时空体中的邪恶、阴谋、强权和力量凝聚而成的。奇幻文学将它们转化为具有肉体、人格和爪牙的魔王，使他们的意志和阴谋可以在叙事中被实践、被揭示、被挫败，使他们自身可以被击败或被消灭。这些叙事内容，往往随着魔王的统治力或影响力的扩散，抑或是英雄的成长之旅，被分布到一个广阔的空间之中。于是，当作品和体裁将叙事内容串联起来，就构成了奇幻文学典型的传奇时间和奇特世界。可以说，像《龙

---

① 巴赫金：《小说的时间形式和时空体形式》，载《巴赫金全集》（第三卷），白春仁、晓河译，河北教育出版社，1998，第347页。

② 巴赫金：《小说的时间形式和时空体形式》，载《巴赫金全集》（第三卷），白春仁、晓河译，河北教育出版社，1998，第349页。

枪编年史》三部曲或《修玛传奇》这样的所谓集合了世界、英雄和命运三大要素的史诗奇幻[1]，正是骑士小说的历史传统在架空世界中生根发芽的结果。当然，这些作品的时空体已经不再具有夸耀功绩的成分。这一成分在中世纪的贵族社会中具有重要作用，却不适合现代奇幻文学的对象群体。架空世界和史诗奇幻相互伴生的历史现象，是巴赫金时空体理论在奇幻文学中的一个有力例证，也明确了超自然时空体构建在奇幻文学生产中所具有的构建整个叙事类型或宏观主题的方法论意义。

但是，将架空世界纯粹地定义为"传奇时间里的奇特世界"又有失偏颇，因为这种定义忽略了奇幻文学叙事中非史诗奇幻的那一面。架空世界是被文本系统，而不是哪一个或哪一类单独的文本、体裁所建构起来的，它所包容的那些叙事作品的时空体种类应该是多元的，不能单纯地认为架空世界的时空体属于哪一类小说。在欧美奇幻文学的上一个黄金时代，架空世界主要是被史诗奇幻描绘出来的，其宏观结构也受到史诗奇幻的高度影响。但是，史诗奇幻在"被遗忘的国度"系列中就已经走向了瓦解，因为托瑞尔世界已经非常地方化了，而这种地方化同样是其超自然因素或超自然伟力导致的。

萨尔瓦多的作品，如《黑暗精灵》三部曲、《血脉》四部曲等，都算不上是英雄拯救世界的叙事。这些故事中的英雄所击溃的灾难往往是局部性的，是一个连着一个的，而不是整体性的。主人公自身的解脱、自由和成长，构成了这些系列的轴心。也就是说，到了"被遗忘的国度"系列，史诗奇幻的中心地位就随着时代的发展渐渐消退了。奇幻版本的"传奇时间里的奇特世界"，让位于另一种时空体。这类时空体接近希腊小说中的"传奇时间里的他人世界"[2]：主人公需要脱离故乡，进入一个又一个异域他乡经受考验。《黑暗精灵》三部曲中的崔斯特就是这样，他不能忍受蜘蛛女神统治下黑暗精灵的残酷社会，于是从黑暗精灵的城市逃向地表世界。这样，他就进入了

---

① 屈畅：《巨龙的颂歌：世界奇幻小说简史》，古吴轩出版社，2011，第6页。
② 巴赫金：《小说的时间形式和时空体形式》，载《巴赫金全集》（第三卷），白春仁、晓河译，河北教育出版社，1998，第279页。

"传奇时间里的他人世界"，击溃了一个又一个敌人，踏过了一个又一个险境。这些胜利并不能被视作功绩或者成就，它们的意义在于扫除追寻自我道路上的障碍，或表明主人公顺利地通过了考验。在这个意义上，不少奇幻小说也可以被当作考验传奇小说来看待。

但是，奇幻文学作为现代大众文学，其时空体生成的历史环境已经和希腊小说的历史环境全然不同，故其时空体本身也不会是真正意义上的"传奇时间里的他人世界"。主人公尽管常常葆有初心，但作品仍然体现着其成长和变化。也就是说，传奇时间不是传统意义上的、脱离生理时间和历史时间的时间，它被彻底地融入生理时间和历史时间中去了。主人公的奇遇于是具备了转化为功绩的可能。再者，超自然伟力的介入，还使得异域他乡具有了某种内在的一致性或连续性。主人公的灾难，往往来自同一个魔王或者梦魇。由于这两个因素的变化，在奇幻文学架空世界的内部，考验传奇小说的时空体就能和骑士小说的时空体融合起来。由此，属于同一个架空世界的系列作品，既可能采取骑士小说的风格，也可能采取考验传奇小说的风格，更有可能是两种风格的融合。

确切地说，奇幻文学的架空世界是被宏观超自然结构赋予了传奇性、异域性和统一性的时空体结构。一方面，超自然使架空世界被读者从一般虚构文学的"虚构现实"中辨识出来，成为自成一体的异域。另一方面，超自然宏观结构又使这个时空体在结构上获得了某种统一的因素。这种具有异域性和统一性的空间，在叙事作品中依据时间错落展开，很容易就让叙事时间染上了传奇性的色彩。当然，对于架空世界内部的某个人物来说，他可能自出生起就处于架空世界的一隅，以他的见识根本感受不到架空世界的异域性和统一性，以他为主要视角的叙事作品可能滑向日常生活时间而非传奇时间。但是，对于架空世界的主要受众，也就是现代社会中的大众来说，架空世界无法摆脱其异域性和统一性的特点，而这两种特点在叙事中又往往通过传奇时间展开。故此，架空世界的核心体裁，无论是通俗小说还是角色扮演游戏，便总是带着这三种时空体的特质。

希腊小说时空体的百科性与他人世界的异域性一道，被奇幻文学时空体继承下来。其中的一个重要原因在于以情节描述他人世界颇费力气，于是作者或文本偶尔需要暂时从情节中跳脱出来，用百科性的话语描绘事物而非以情节来凸显他人世界的特点。奇幻文学对百科性还有新的发展。这一性质突破了小说体裁的局限，催生了更为专门的文本、文体及概念。这种百科性的文本尽管是围绕小说文本产生的，但已开始从小说内部独立出来，采取附录或别集的形式存在，如"地海"系列的《地海风土记》①。从托尔金开始的多体裁文本系统，也是这种百科性衍生出的专门化文本生根发芽的结果。在 TRPG 的奇幻文学文本系统中，这类体裁已经成为商业化文本体系的有机组成部分，在架空世界的社会化生产过程中标准化、规模化地涌现。在多体裁文本系统的共同构建中，架空世界成了结合多个作品之所述时空体的综合时空体。架空世界衍生出这些时空体的方式，很可能不同于传统文艺创作，即作者不是以直接的文艺作品的形式来构建这些时空体的，而是以应用体裁的形式，如地理志、地方史等形式，先将所述时空体构建出来，然后再依据所述时空体构建出文艺体裁的时空体。这种以应用体裁塑造时空体，又以时空体反过来塑造文艺体裁的办法，是架空世界时空体生成文本的特殊方法论，且在它的社会化生产中具有重要意义。

三 社会群体与时空体呈现

社会属性是人类认知时间和空间的必要构件。尽管从唯物主义的观点出发，时间和空间是先于人类的意识和认识产生的，但人类出于组织生产和生活的需要，赋予了时间和空间相应的社会属性，并鲜明地体现于日历、日程表、编年史、政区图、规划图等社会文本之中。正是由于此类现象的存在，列斐伏尔（Henri Lefebvre）才说："人们并不把空间看成是思想的先验性材料，或者世界的先验性材料。人们

---

① Ursula K. Le Guin, "A Description of Earthsea," in *The Books of Earthsea*, London: Gollancz, 2018, pp. 897–924.

在空间中看到了社会活动的展开。人们区别了社会空间和几何空间，即精神空间。"①

所以，对于架空世界的整体性书写，会不可避免地卷入社会性的内容，卷入人类社会对于这个时空体的认识和改造。我们往往要把时空体和社会群体结合起来，才能理解或呈现该时空体的基本属性。由疆域、历史、国民、国体、政体等构成的国家，是典型的时空体和社会群体结合的概念。法国史学家布罗代尔在《地中海与菲利普二世时代的地中海世界》中，提出将整段历史时间区别为地理时间、社会时间和个人时间：前者是人同他周围环境的关系史；其次是社会史、集体和集团史；最后是个人规模的事件史②。他将这三个层次的时间综合起来书写历史，产生了超乎传统历史即个人时间的深层洞见，并且在欧美史学界产生了很大的影响。架空世界的时空体呈现，当然没有必要像专业的历史学家那样严谨精确，但它实际上也注意到了这些层次。架空世界的地图表述已然涵盖了地理时间和社会时间：《灰鹰世界幻想游戏设定集》中的资源地图和政区地图明显地表现了这一点③。人类社会对于时空体的认知习惯，决定了只有将社会群体填充在整个架空世界之中，这个虚拟时空体才显得完整。

社会群体也是架空世界文本系统中创造叙事文本的基石。一方面，当代叙述学家认为，人是叙述行为必然包含的因素，因为叙述要包含叙述者和受述者④。这两者至少要是现实世界中的人，也可以是卷入故事内部的人物。另一方面，还有叙述学家认为，"不卷入人物的事态变化，不是叙述的对象，不是情节"⑤。人物作为叙述者、受述者和行动者，体现了人类自身在叙事中的作用。当然，也有叙述学家强调，事件的行动者不一定是人⑥。兔子、狐狸、老虎、神仙、妖

① 列斐伏尔：《空间与政治》（第二版），李春译，上海人民出版社，2015，第31页。
② 费尔南·布罗代尔：《地中海与菲利普二世时代的地中海世界》（第一卷），唐家龙、曾培耿等译，商务印书馆，2017，第8~10页。
③ E. Gary Gygax, *Guide to the world of Greyhawk, Volume Ⅲ*, Lake Geneva, WI: TSR, Inc., 1983.
④ 杰拉德·普林斯：《叙事学：叙事的形式与功能》，徐强译，中国人民大学出版社，2013，第7页。
⑤ 赵毅衡：《广义叙述学》，四川大学出版社，2013，第166~167页。
⑥ 米克·巴尔：《叙述学：叙事理论导论》（第三版），谭君强译，北京师范大学出版社，2015，第3页。

怪等也可以成为叙事中的人物。这些人物尽管不是人类，却被赋予了人类或人类社会的属性：它们被叙述者或受述者理解成弱小或强大的人物、狡猾或愚笨的人物、善良或邪恶的人物，等等。作为人物的人类也会被如此理解。尽管小说等体裁还要求突出人物的复杂性，但这种复杂性仍然是由上述这些基本面向构成的。正如普林斯（Gerald Prince）所说的："叙事不仅表现状态与动作之时间序列，它还表现那些就人的特性和/或人化的世界而言有意义的状态和动作。"[①]

马克思说："人的本质不是单个人所固有的抽象物，在其现实性上，它是一切社会关系的总和。"[②] 读者只有理解人物在社会中的位置，才能够理解人物本身。在文艺作品中，人物的社会关系往往通过两种方法表现出来。第一种是沿用成见，即直接使用已经具备社会评价的人物，如"恺撒大帝"或"孔乙己"；或者将某个群体或个体的社会评价直接叠加在人物身上，如"我的老板是个资本家"或"我的朋友是只狐狸"。第二种是演绎塑造，即通过人物的行动和语言，通过他在架空世界中和社会上的行为，使读者或受众自然而然地形成对他们的社会评价。这种表现方式，决定了创作者需要在作品内部创造出社会群体及其结构。当然，这个结构也不是凭空创造的，而是创作者从现实社会的生活中提炼出来的。英国学者威廉斯（Raymond Williams）指出："《美丽新世界》、《一九八四》、《华氏 451 度》都是很有力的社会小说，在这些小说里，一种从当代社会中抽绎出来的模式在另一个时间和空间里获得了完整而具体的表现。"[③] 这些小说所采取的就是第二种方式。

对于具有架空世界的奇幻文学而言，其核心体裁中人物的社会关系主要还是通过演绎塑造的方式呈现的。这就是巴赫金的社会诗学所说的："文学对其他意识形态的反映和折射，对其意识形态内容的获得，不是来自固定的意识形态系统，而是来自其意识形态活生生的形

---

① 杰拉德·普林斯：《叙事学：叙事的形式与功能》，徐强译，中国人民大学出版社，2013，第145页。
② 卡尔·马克思：《关于费尔巴哈的提纲》，载中共中央马克思恩格斯列宁斯大林著作编译局编译《马克思恩格斯全集》（第一版，第三卷），人民出版社，2016，第5页。
③ 雷蒙德·威廉斯：《漫长的革命》，倪伟译，上海人民出版社，2013，第297~298页。

成过程。"① 创作者需要将某种基本的社会结构搭建起来，如家庭、阶层、城市、种族等，然后将人物放入这些社会结构之中。当人物在这样的结构中行动时，其社会关系和人物形象便会自然地凸显。当然，奇幻文学只有基于现实人类社会结构，才能将架空世界中的社会结构和人物形象加以呈现，它还需要参考现实社会结构赋予人物基本的社会身份，如士兵、将军、父亲、儿子等。所以，基于叙事文学呈现人物与情节的需要，叙事文本必须将社会群体纳入其表达之中。

这样，社会群体就以两种途径在架空世界的三大宏观结构中获得了合法地位。一方面，社会群体只有成为架空世界的组成部分，大众才能够对时空体产生更为丰富的理解。另一方面，社会群体只有帮助叙事文学生成的人物和事件，才能够让架空世界被核心体裁所接纳，获得现实世界的社会认可与经济支持。尽管我们在梳理奇幻文学定义的时候，并不将社会群体作为界定奇幻文学的核心概念，因为任何叙事文学中都需要社会群体，社会群体并不能突出奇幻文学的特点，但是，由于社会群体的必要性，它应该被看作架空世界三大宏观结构之一。接下来的问题是，架空世界中到底应该有什么样的社会群体呢？

从现有的作品来看，种族是奇幻文学和架空世界设定集中着力呈现的一类社会群体。它们会出现在创世神话中，出现在设定集的种族专章以及历史和地理章节中。作品在对种族进行分类时往往有两个层面，首先区分人类和其他类人种族，然后才是对人类内部的分类或对某个类人种族内部的分类。奇幻文学基本不会解释这种分类的理由是什么，至少在本书的研究中没有找到相关的解释文本。但种族这一社会群体作为一种具有模式性的现象在奇幻文学中反复呈现，不应该被认为是偶然现象。

托尔金在"魔戒"系列中，已经将精灵、矮人、霍比特人、奥克等类人种族构建出来了，这些类人种族和人类相结合，形成了架空世界特殊的种族结构。种族作为一个社会群体的集合概念，产生于托尔金对于类人种族的构建，而这种构建又和托尔金的整体创作意图密

① 程正民：《跨文化研究与巴赫金诗学》，中国大百科全书出版社，2016，第148页。

不可分。这些类人种族是托尔金再造民族传统的结果，也是仙境时空体的外在表现。它们赋予了奇幻文学架空世界鲜明的特点，或在超自然方面，或在社会文化方面，使架空世界具有了可以被理解和演绎的异域风情。

精灵在奇幻文学中的经典形象尽管是由托尔金创造的，但托尔金的这种创造实际上是对英国文化传统的再造。精灵（Elf）是个英语词，但其来源却十分复杂。托尔金如此说道："像精灵（elf）这样的英语词，受到法语的长时间影响（它来自 fay 和 faërie 这些词，这也是 fairy 一词的来源）；但在后来的时代，虽然它仍被用于译文之中，精灵（elf）和妖精（fairy）两词却从德语、斯堪的纳维亚语和凯尔特故事中吸收了大量意涵，也吸收了胡尔笃民（huldu-fólk）、达奥因－希（Daoine-sithe）和威尔士仙灵（tylwyth teg）的许多特征。"[1]

无论如何，精灵或妖精被认为是英国传统信仰的重要组成部分。英国学者基思·托马斯（Keith Thomas）在《16 和 17 世纪英格兰大众信仰研究》中写道："在 17 世纪，妖仙神话开始定型成与现代大致类似的形式。妖仙被说成是一种小人，居于森林或古墓中，组有自己的王国。有时候它们在草地的蘑菇上跳舞，并容许某些选定的人看见。它们偶尔也要掠夺，并可能突然攫取一个无人看护的婴儿，然后留下一个替换的丑孩。它们也可能咬、掐或用其他方法折磨一个粗心大意的家庭主妇或者不修边幅的女仆。"[2] 托马斯还指出，妖仙神话提及妖精会惩罚主妇或女仆，实际上是为了强调某些社会准则，如应该保持家庭情结或个人卫生，而社会机器正需要依赖这些准则来运转[3]。也就是说，对于精灵的信仰一度是有机地融入英国的社会生活中的。到了 19 世纪，这类生物也被卷入欧洲浪漫主义思潮，成为民族意识建设的素材。爱尔兰的叶芝就编辑过《爱尔兰的妖精与民间故

---

[1] J. R. R. Tolkien, "On fairy stories," in *The Tolkien Reader*, New York: Ballantine books, 1966, p.35.

[2] 基思·托马斯：《16 和 17 世纪英格兰大众信仰研究》，芮传明、梅剑华译，译林出版社，2019，第 787 页。

[3] 基思·托马斯：《16 和 17 世纪英格兰大众信仰研究》，芮传明、梅剑华译，译林出版社，2019，第 790 页。

事》①。如前文所述，托尔金创作《精灵宝钻》也是基于类似的目的，但方式和叶芝大不相同。

从某种意义上说，阿尔达世界就是一个精灵的国度——作为社会群体的精灵和作为时空体的阿尔达世界是相互成就的。《爱努大乐章》中已言明，阿尔达世界是造物主伊露维塔为其子女所造②。精灵作为伊露维塔的首生子女，作为生灵首先在大地上醒来。这一阐释之所以重要，是因为基督教传统对于妖精这类地方信仰对象所持的压制态度。托尔金本人是个虔诚的基督徒。他要将基督教信仰之外的，并非上帝创造的，或在基督教中没有正式身份的妖精，重新塑造成上帝的造物，亦即唯一至高的那位神的造物。根据叶芝的说法，过去对妖精的描述包括：不能升入天堂又不能坠入地狱的堕天使，地上的神祇和丹努之子等③。托尔金则将妖精改造为造物主的"首生子女"，即精灵，指出他们和人类一样受到造物主的爱。在托尔金的设想中，有的精灵还被邪神抓捕去，最终被腐化成为邪恶大军的主力，即奥克或曰兽人。反过来说，精灵本身是未堕落的生灵。精灵不同于人类，他们从维拉诸神那里学到了魔法技艺。于是，精灵就成了整个时空体的魔法赋予者。不仅贯穿了整个第一纪元的精灵宝钻是精灵的魔法造物，贯穿第二和第三纪元的力量之戒也大半是精灵的魔法造物。

精灵还是人类的兄弟姐妹，在人类面前展露魔法的力量，并和人类并肩作战，共同面对邪恶大军。精灵和人类的兄弟关系，使人类成为整个仙境的一部分，也和精灵建立了天然的联系。人类遂成为仙境的叙述者——就像仙境故事和妖精故事的讲述一般都是从人类的视角出发那样。在"魔戒"系列小说中担任主人公的霍比特人，按照托尔金的说法，是人类的近亲④。霍比特人和人类一样，没有精灵那样的魔法力量。他们反映的是人类的另一个侧面：最大限度地压抑了对

① W. B. Yeats (ed.), *Fairy & Folk Tales of Ireland*, London: Arcturus, 2018.
② J. R. R. 托尔金：《精灵宝钻》(修订注释本)，邓嘉宛译，译林出版社，2012，第7页。
③ W. B. Yeats (ed.), *Fairy & Folk Tales of Ireland*, London: Arcturus, 2018, p.18.
④ J. R. R. 托尔金：《魔戒》(第一部)，邓嘉宛、石中歌、杜蕴慈译，上海人民出版社，2013，第5页。

于权力和力量的渴望，并将整个人生都投入到日常生活中去。他们尽管居住在一片固定的土地上，但是既没有政府也没有警察。霍比特人既不征服什么，也不支配什么。也许正是因为这样，对于精灵和人类都有巨大诱惑力的魔戒，并不能诱惑霍比特人。霍比特人的这一特点使他们成为魔戒的持有者，成为能够带着魔戒穿梭于日常生活与冒险历程，或穿梭于凡世、仙境和魔域的人。结果，霍比特人和人类就成了精灵的镜子，映照出精灵魔力的神奇。于是，在以霍比特人和人类为主要叙述者的《霍比特人》和《魔戒》三部曲中，精灵以及和精灵有关的一切事物，如具有惊人美貌与魔力的凯兰崔尔夫人，以及神奇的精灵面包与精灵斗篷，不断巩固着精灵这一群体作为美丽和神奇的代名词的形象。

精灵的形象赋予了阿尔达世界特色鲜明的、充满魔法气息的整体氛围。如果没有精灵，阿尔达世界和它的整个历史便会褪去它的魔力，在读者面前变得黯然失色。反过来说，有了精灵，这里便充满了人类可以触碰的神奇色彩，能够使读者深陷其中。这一形象也影响了奇幻文学的总体面貌："龙枪"系列和"被遗忘的国度"系列中的精灵，在相当程度上继承了这一形象。当然，由于巫师群体在这两个时空体中普遍存在，精灵不再是唯一的魔法施展者和神奇赋予者群体。我们也能够找出不少挑战传统精灵形象的作品，如"浩劫残阳"系列将精灵描述成野蛮的游牧部落，而"龙腾世纪"系列中的精灵则失去了自己的文明。他们没有城市，成了人类文明中的弱势群体和流浪儿。尽管如此，精灵仍然作为奇幻文学架空世界中的标志性种族之一，持续地活跃在当代流行文化之中。

精灵也赋予了阿尔达世界史诗的色彩。精灵的族群经历，尤其是大规模的迁徙史和征战史，与阿尔达世界的历史血脉相连，又贯穿于它的宏观地理结构。精灵的迁徙史从中洲精灵回应维拉诸神的号召前往阿门洲开始。这次迁徙亦称"伟大旅程"，首先在精灵中区分出了埃尔达精灵与阿瓦瑞精灵，又根据抵达阿门洲的时间和情况，在埃尔达精灵中区分出了凡雅族、诺多族和泰勒瑞族。泰勒瑞族启程最晚，中途又多波折，许多群体留居于半路，故其族群分蘖也多，包括法尔玛瑞族、辛达族和南多族。大规模的迁徙活动，反映了精灵各族群的精神倾向，形成了精灵聚居地的空间隔离。这种空间隔离，随着漫长的历史沉淀，又影响了精灵各族群的族群认同，影响了他们在语言和文化上的多元化发展。对于族群、语言和地区之间关系的叙述，在20世纪的历史语言学研究中相当重要①。托尔金作为语言学者必然十分熟悉现实世界中的这类迁徙史叙事。他将这类叙事和相关语言谱系运用到了时空体创作中，提升了精灵族群迁徙史的现实感，也丰富了阿尔达世界时空体的内容。当然，托尔金的创作条理清晰，和纷繁复杂的现实情况确有距离，但这反而更适合大众通俗读物。

精灵族群的征战史与迁徙史前后接续，表现了更为丰富的社会群体关系，以及更为激烈的矛盾冲突。诺多精灵重返中洲从魔苟斯处夺回精灵宝钻的经过，是托尔金《精灵宝钻征战史》的主要部分。正是由于这段历史，阿门洲的精灵得以和中洲的矮人及人类大规模接触。战争是政治的延伸，精灵族群的征战史以鲜明和激烈的方式凸显了这一族群与其他族群之间的敌友关系，也生动地说明了这种关系的产生和发展过程。征战史还引出了魔苟斯和索隆这两个超自然黑暗力量的源头。他们不仅整合了阿尔达世界的黑暗势力，也在客观上整合了阿尔达世界的战争叙事。几乎所有大规模的正邪之战最终都会指向他们，于是阿尔达世界的征战史便被他们连缀成了具有连续性的宏观叙事。无论是征战史，还是迁徙史，都是人类社会早年神圣叙事的重要部分。20世纪初，英国学界对此已有明确的认识②。"魔戒"系列中用这种族群迁徙史加上征战史，或许还要加上族群诞生史，产生浓烈的史诗色彩的现象，也许是托尔金有意为之。

族群诞生史、迁徙史和征战史的接续，是奇幻文学中值得注意的现象，"魔戒"系列中的《精灵宝钻征战史》和"龙枪"系列中的《阿斯特纽斯的寰宇编年史》都做了这样的接续。但是，这种三史接续并非欧洲史诗的普遍形态。通常，欧洲史诗如《罗兰之歌》、《熙

---

① 江荻：《20世纪的历史语言学》，《中国社会科学》2000年第4期，第156页，

② 查·索·博尔尼：《民俗学手册》，程德祺、贺哈定、邹明诚、乐英译，上海文艺出版社，1995，第213页。

德之歌》、《尼伯龙根之歌》或托尔金曾深入研究的《贝奥武甫》，都很少涉及诞生史和迁徙史，而更多地集中于征战史。这也许与欧洲文明史的断层不无关系，但即便是面对连续的中华文明，书写者也很难在历史叙述中厘清族群诞生史。故此，诞生史、迁徙史和征战史的整合，更偏向于理想中的而非现实中的史诗形态：这种形态要求书写者熟知族群的整个历史，并将漫长而庞大的历史进程转化成为有限的文本。这样的书写者很难存在于现实世界中，故这样的史诗形态也很难存在于历史的范畴之内。像《古事记》这样具有高度连续性的作品，现代学者主要是将它当作神话而不是历史来看待的。

族群诞生史、迁徙史和征战史的接续，往往不是核心体裁的叙事主线：通俗小说和游戏模组的叙事主线往往是微观的而不是宏观的。因此，宏观历史要先被转化成某种具体的族群记忆或历史记忆形态，譬如古老的文献、诗歌或遗迹，再以片段的形式介入核心体裁的微观叙事主线，与主人公和大众读者的外部视角接续起来。这样一来，族群记忆就成了时空体宏观结构与核心体裁微观叙事的连接点，连通了整个时代的洪流和每个个体的脉搏。比尔博与弗拉多要先展开他们的旅程，才能与矮人古城或精灵诗歌碰撞，从而展现中洲历史的厚重感。"龙枪"系列中的平凡英雄们也需要先离开旅馆，才能在银龙的带领下遇见屠龙枪的古老传说。精灵和银龙，这些具有漫长寿命的超自然种族，恰好是这种族群记忆的优秀携带者和叙述者。他们或它们能把年代久远的故事带到人类无数代更迭之后的时空里，作为历历在目的生涯回忆和盘托出。

社会群体的历史书写和集体记忆的片段介入，就这样成了架空世界时空体的生产和表现方法。它们分别服务于宏观叙事与微观叙事，服务于非核心体裁与核心体裁，又相互联系着。通俗小说中插入集体记忆并非鲜见，但将专门化的历史书写与片段化的集体记忆结合起来，则超出了通俗小说的传统。在"魔戒"系列中，历史书写围绕着族群和王国展开，这是符合欧洲浪漫主义理想的。被宏大的族群历史书写撑开的架空世界，为通俗小说的叙事提供了一个广阔的舞台。

但是，架空世界对社会群体的历史书写，并不非要以种族或王国作为主体。在奇幻文学后来的发展中，关于族群的历史书写，逐渐被其他社会群体的历史书写代替。此时，职业作为社会群体和角色扮演游戏中的共用概念，代替族群概念在时空体的具体呈现中扮演了重要角色。

"职业"（Class）这个词在英语中的意思非常丰富，既可以作为名词解释为班级、课程、阶级、阶层，也可以作为动词解释为归类。在欧美奇幻文学的语境中，职业首先是个角色扮演游戏术语，"玩家人物的职业影响其擅长做的事，例如：战斗、施法、实用技能等。创造人物时，你得先决定职业（或至少和种族一起决定）。选择职业之后，你才能判断如何分配属性值，进而选择适合该职业的种族"[①]。职业意味着具备某类技能和特长的人物特性，这些特性会决定玩家在游戏中的行为方式和行动能力，进而影响玩家在游戏中的社会地位和社会分工等。职业作为游戏规则，常常赋予人物超越常人的能力，将玩家角色与大众区分开来，使角色成为英雄、反英雄或者超级反派。欧美奇幻小说追求写实的艺术风格，一般会在直接描写中隐去"职业"概念。但是，这些作品中呈现的某种社会身份群体，在角色扮演游戏中会被转化成职业。这样，职业就从单纯具有某种技能或特长的社会群体，变成了具有某种特定身份的社会群体。由此，职业这一概念激发了大量关于社会群体和社会身份的游戏或概念设计。

关于职业的这种变化，可以从"龙枪"系列对索兰尼亚骑士团的设计中看到。1984 年，也就是"龙枪"系列小说和游戏模组首次出版时，在小说《秋暮之巨龙》中已经出现了索兰尼亚骑士史东这一角色[②]，但在游戏模组《绝望之龙》中史东的职业仍然是战士（Fighter）[③]。1987 年出版的《最后归宿旅店文集》在历史叙述中描写了索兰尼亚骑士团的丰功伟绩，但还是未将索兰尼亚骑士当作职业来描写。索兰尼亚骑士作为单独的职业出现，应是更晚的事情。1992

---

① 特威特、库克、威廉斯：《龙与地下城玩家手册》，奇幻修士会译，汕头大学出版社，2008，第21 页。

② 玛格丽特·魏丝、崔西·西克曼：《龙枪编年史　秋暮之巨龙》，朱学恒译，龙门书局、第三波出版国际股份有限公司，2001，第 37~38 页。

③ Tracy Hickman. *Dragons of despair*, Lake Geneva, WI: TSR, Inc. , 1984, p.15.

年,《长枪故事》对索兰尼亚骑士做了专章的职业表述①。2003 年,《龙枪战役设定集》又将这一职业做了适应第三版规则的改写。将奇幻小说中的社会群体转换成为游戏职业,在"龙枪"系列中是普遍存在的现象:除了索兰尼亚骑士团,奈拉卡骑士团、高等法师会和群星圣教会等对克莱恩世界产生巨大影响的社会群体或者说社会组织,也都被"职业化"了。

我们应该注意到,这些超国家组织,如索兰尼亚骑士团、奈拉卡骑士团、高等法师会和群星圣教会等在克莱恩世界中的地位:它们形塑了克莱恩世界的时空体,就像精灵形塑了阿尔达世界的时空体那样。索兰尼亚骑士团由传奇英雄索兰纳斯创立,自创立之时起就成为克莱恩世界中对抗邪恶力量的中坚组织,并且贯穿了"龙枪"系列主要作品的始终。"龙枪"系列的标志之一 ——屠龙枪,正是索兰尼亚骑士修玛发现的。在"龙枪"系列的开山之作《龙枪编年史》中,主人公们追随有关修玛的古老传说重新找到了屠龙枪,才击败了黑暗之后的恶龙军团。索兰尼亚骑士团的长时间存在和巨大影响力,将安瑟隆大陆变成了骑士规则和骑士功勋能够通行的时空体。高等法师会和群星圣教会的存在,又创造了一个凡人得以修习和操纵魔法的大环境。这些社会群体即便没有专门的迁徙史、征战史,但有诞生史、发展史和集体记忆,并且能够在架空世界的总体历史书写中占据一席之地。这意味着它们也像种族一样,在架空世界的表现过程中担任了重要角色。当然,种族仍然是克莱恩世界的重要形塑力量,种族记忆和种族的历史书写仍然是克莱恩世界的重要表现方式。但这些被游戏职业化了的社会群体和社会组织,至少在克莱恩世界的时空体塑造和表现中具有和种族同等重要的地位。

我们还应该注意到,职业和它背后的社会群体,是一种比种族或族群更加灵活的概念。族群概念,无论是种族、民族还是民系等,都天然地意味着历史和传统,意味着宏大的时空。它在当代民族国家的意识形态框架中扮演着某种凛然不可侵犯的角色。纵然奇幻文学中存

---

① Harold Johnson et al. , *Tales of the Lance*, Lake Geneva, WI: TSR, Inc. , 1992, pp. 81–86.

在某些滑稽可笑的种族，如坎德人和溪谷矮人，但族群概念本身是严肃的。这就意味着，创作者需要下相当大的功夫才能把一个族群设计得像模像样。即便创作者没有像托尔金那样描绘出完整的诞生史、迁徙史和征战史，人们对于族群的认识仍然牵扯着对这些历史的想象。但是，职业群体却没有这样的负担，它的历史可长可短，包含的个体数量可多可少，影响范围可大可小：它是从架空世界中诸多依赖后天资质而非先天属性形成的社会群体中抽取出来的一个概念，具有高度的可塑性。由此，职业群体可以比族群更加细致地反映架空世界中较为微观的部分。于是，当架空世界的整体历史像"被遗忘的国度"系列那样走向拥有诸多断层的历史，或者像"艾伯伦"系列那样走向近代史的时候，当族群概念的厚重受限于架空世界整体时空框架的有限时，职业概念便成了丰富架空世界的有力工具。

种族和职业是 TRPG 生产设计中非常活跃的部分，常随大众市场和社会需求而发生变化。架空世界的历史和地理面貌一般是比较稳定的，生产和改动这些内容的空间也很有限。但种族和职业的设计在 TRPG 的生产周期中却经常更新。D&D 发展到第三版以后，架空世界中的职业往往数不胜数，几乎每本规则书中都会推出一系列的职业。这种风气也扩展到其他与 D&D 相似的游戏系统中，比如说"开拓者"（Pathfinder）系列。目前已经完结的"开拓者"系列第一版中，仅基础职业就有近 50 种，每种基础职业还都有大量的职业变体。对种族的设计，尽管没有对职业的设计这样丰富，但是随着多版《怪物图鉴》的不断推出，玩家可以扮演和面对的智慧种族数量也非常庞大。CRPG 由于生产成本和制作周期的问题，不能像 TRPG 那样大量设计职业，但它仍然将职业作为重要概念。如《魔兽世界》这类大型 MMORPG 版本更新时，常常也有关于种族和职业的新内容。

在宏观时空中呈现为社会群体的种族和职业，在角色扮演游戏中主要表现为社会身份和人物能力的综合体。这一综合体是玩家在游戏规则内构建人物的主要框架，在很大程度上决定了玩家的游戏体验。故此，对于种族和职业的不断丰富与更新，实际上正是有关社会身份和人物能力的游戏体验的不断更新和丰富。通过种族和职业等游戏概念，玩家得以超越其固有的社会地位和日常生活，获得更为丰富的人生体验。读者阅读小说时产生的角色代入感也能让他获得类似体验，但小说的带入是压抑自我的代入，是将自我塞入他人的角色中去。而角色扮演游戏中的种族和职业概念却提供了容纳自我的空间，允许人们去构建意愿中的"自我"。和架空世界的其他宏观结构相比，种族或职业这类社会群体概念能够通过角色扮演游戏给玩家带来更为切身的感受，这样，社会群体就把微观视角和宏观视角连通了。这些概念也就成了玩家和架空世界设计者共同关注的焦点，并且反过来推动了游戏公司对这类概念的设计，使相关文本生产走向标准化与规模化。

在种族和职业之外，欧美奇幻文学还凝练出一种特殊的社会身份和社会群体，以回应奇幻小说和角色扮演游戏在叙事和相关时空体层面上的模式性，这就是冒险者（Adventurer）。D&D 第三版修正版《玩家手册》开篇便说道："你的人物是个冒险者，一个为了追求财富与荣耀而展开史诗般冒险的英雄。其他人物加入你的冒险队伍一同探索地城、并肩作战，面对可怕的龙或食人巨魔等怪物。这些任务就像是一个以人物行动以及 DM 铺陈情境所共同创作的故事。"[1] 实际上，冒险者并不是在现实社会中广为人知的群体，而是在游戏中使用的概念。即便是在欧美奇幻小说中，作者也很少使用这一名词来形容主人公。不过，在日本轻小说和漫画、动画作品中，这倒是一个常见概念。冒险者这一概念就像职业一样，在整个奇幻文学体系中具有重要意义。

冒险者，从角色扮演游戏的角度来看，是穿梭于不同冒险情境或冒险故事之间的人。他们作为叙事主体，将不同的冒险场景和冒险遭遇串联起来，使这些散碎的时空体被冒险叙事整合成为具备完整性的叙事作品时空体。所以，这一游戏身份蕴含着 D&D 角色扮演游戏的共同点。同时，这一身份也和 D&D 固有的叙事模式相连接，而后者又是从欧美的叙事传统中提炼出来的。尽管我们很难说这一模式是来

---

① 特威特、库克、威廉斯：《龙与地下城玩家手册》，奇幻修士会译，汕头大学出版社，2008，第4页。DM 指 Dungeon Master，是 D&D 中的游戏主持人。

自哪位确定的学者的提炼，但这一模式与普罗普、巴赫金、坎贝尔等学者提炼的叙事模式非常相似：主人公离开家园开始旅行，在旅行的途中打败妖怪，获得财宝或者爱情，最后衣锦还乡。它与这些传统叙事建立的时空体类型相契合，也与史诗奇幻的时空体类型相契合。若从巴赫金的时空体理论去理解，冒险者与这些时空体的传奇性、异域性和统一性相契合，他们自己就是构成这种统一性的一部分。

冒险者这一概念，不仅可以从叙事模式及其相关时空体类型中提炼出来，也可以从社会群体与社会身份中提炼出来。D&D 规则书在种族和职业部分总有相关提示，如"半精灵常发现自己被不寻常的伙伴吸引，前往进行奇怪的活动。半精灵像精灵一样憧憬旅行，因而成为冒险者"①，或"大部分战士把冒险、劫掠或危险任务视为天职。有些战士受到赞助者的金钱援助，有些则是希望通过历险而大赚一票。某些文明的战士利用战斗技巧来保护弱小。无论他们一开始的动机为何，战士们通常都能在战斗与冒险中获得乐趣"②。也就是说，在角色扮演游戏中，无论是何种族或职业，都可以被赋予冒险者身份。

与冒险者有关的社会群体也存在于角色扮演游戏之外。这些群体不会被冠以冒险者的名号，但总有某类人习惯于踏上冒险的旅程。骑士小说中的骑士就是这样一类人。古代史诗中征战四方的部族首领和伟大战士，侦探小说中不断追寻线索和真相的侦探和助手们，同样是这样一类人。这些文学形象，是创作者基于叙事文学塑造出来的高于现实的结果，但他们也来自社会现实并部分地反映了社会现实。骑士和侦探，作为人类社会中的特定群体，在身份和技能上高度适应那种具有传奇性、异域性和统一性的时空体。这种适应性使他们能够在这类时空体中走得更远，并且为整个时空体赋予激越昂扬的氛围。所以，这类群体总是能够为这些叙事时空体走向大团圆结局做出积极的

---

① 特威特、库克、威廉斯：《龙与地下城玩家手册》，奇幻修士会译，汕头大学出版社，2008，第18页。

② 特威特、库克、威廉斯：《龙与地下城玩家手册》，奇幻修士会译，汕头大学出版社，2008，第37页。

贡献。民俗学者施爱东指出，大团圆是全世界民间故事的共通规律，是具有人类性的元结局①。作为大团圆结局的推动力量，这类群体以其对奇幻文学时空体的适应性，保证了相关叙事作品在大众中的传播和流行。

奇幻文学中的冒险者与职业身份不是天然绑定的。许多进入冒险时空体的角色，并非出于自身意愿，而是命运或曰意外导致的。巴赫金对希腊小说的分析早就为我们揭示了这一点。不少欧美奇幻文学的主人公不具备冒险者的能力，却意外地获得了冒险者的社会身份，并且要以这个身份与架空世界进行互动。英国作家特里·普拉切特（Terry Pratchett）的"碟形世界"系列就很擅长利用这种身份错位。如《魔法的色彩》（*The Colour of Magic*）中的保险业务员双花（Two-flower），从另一片大陆来到魔法城市安克摩珀克（Ankh-Morpork）观光，结果卷入了一系列的冒险；又如《圣猪老爹》（*Hogfather*）中的死神，不得不扮演圣诞老人的角色去派发礼物。这些角色带着他者的目光进入其他社会群体或角色的时空体中，不仅有助于处于现实世界中的读者更好地代入故事，也能够产生更加强烈的戏剧性。但是，他们往往需要属于这一时空体和这一社会的向导或领路人，来帮助他们将这个新的时空体中的信息和意义有效地组织起来。所以，《魔法的色彩》中有向导灵思风，《圣猪老爹》中则有圣猪老爹的助手，他们都担当了引领者的角色。

在很多时候，主人公会被冒险旅程和冒险需要影响，甚至接受新的社会规训以适应他的冒险者身份或相关身份。《龙枪传奇》中的卡拉蒙在展开旅行时已经当了多年的旅店老板，冒险生活使他不得不重新接受训练，重拾年轻时的强壮体魄和精湛技艺。奇幻文学往往要营造某种带有规训性的时空体，如学校或训练营。旅店老板卡拉蒙就是在角斗士训练营中重新变回战士卡拉蒙的。《地海巫师》的主人公雀鹰也是进入学院才完成他从学徒向法师转变的历程。还有更具代表性的例子，如"哈利·波特"系列。J. K. 罗琳将规训时空体和冒险

---

① 施爱东：《故事法则》，三联书店，2021，第75页。

时空体很好地拼接或融合起来，使"哈利·波特"系列中的主人公们在两者之间不断地穿梭：他们能够很快地从魔法课堂之类的规训时空体进入密室之类的冒险时空体。"哈利·波特"系列的架空世界又支持了这两者的拼接与融合：如果我们把到处都是神秘事物的霍格沃兹城堡，以及门钥匙和飞路粉考虑进去的话，不难得到这样的结论。

　　社会群体与时空体的互动互生关系，有效地推动着架空世界的不断丰富。一方面，架空世界的时空体，尤其是涉及社会时间和社会空间的部分，毫无疑问需要社会群体来填充。另一方面，社会群体的存在、活动与发展，尤其是涉及超自然的部分，需要异域时空体作为支撑。社会群体无论是以群体的宏观形态，还是以个体社会身份的微观形态进入叙事体裁，都能够通过叙事时空体成为架空世界的塑造力量；而叙事时空体又反过来塑造着作为其关键要素的社会群体和社会身份。像种族、职业、冒险者这样被角色扮演游戏从社会现实中抽取出来的社会群体或社会身份概念，在叙事时空体与架空世界的营造中，同时具有鲜明的模式性和方法论意义。创作者沿着它们所连接的叙事传统，沿着它们所代表的社会生活样式和轨迹，能够自然而然地将叙事时空体铺陈开来。

第六章
欧美奇幻文学的话语和体裁

随着架空世界成为奇幻文学系列作品的核心，奇幻文学的文本系统也走向了体裁多元化。譬如说，"哈利·波特"系列除了 J. K. 罗琳所著的 8 部小说、2 部剧本和 3 部杂集，还有克里斯·哥伦布（Chris Columbus）和大卫·叶茨（David Yates）等人导演的 9 部电影作品。"魔兽争霸"系列小说的作者包括理查德·纳克（Richard A. Knaak）和克里斯蒂·高登（Christie Golden）等多位，但系列小说并非其最初体裁，而是从电子游戏作品改编而来的。在当代大众文化中，小说似乎已经不再是奇幻文学的唯一形式，个别作者也不再是系列作品的核心创作者。被那些篇幅庞大的系列作品反复提及和表现的，往往是那些个性鲜明的架空世界。如果我们以架空世界或时空体作为奇幻文学的核心，就有必要重新定义研究方式。尽管针对单个体裁的研究在当代奇幻文学研究中仍然可行，但随着奇幻文学体裁的多元化，以及这些体裁之间日益紧密的互文关系和日益频繁的互动，单体裁研究已经显出了局限性。

从历史发展看，奇幻文学源于通俗小说。正是通俗小说而非别的体裁首先在大众文化娱乐的领域里建造了架空世界。不过，一旦认真考察当代奇幻文学，就会发现欧美奇幻文学中超自然概念生成的文本形态的多样性，绝不止小说一类。这种情况，多多少少要归功于托尔金的突破性工作。正是他将原本用于记录现实世界的许多体裁，如神话、地理志、编年体等，用在了对架空世界的描绘上。这些体裁与通俗小说之间明显的互文关系形成了整个文本系统在表意上的向心力。到了"龙枪"系列，由于 TRPG 的加入，这种互文关系在玩家的口头叙事中成为文本系统内生的一种生产力：叙事时空、叙事实践和经济循环被创作者用不同的体裁更好地搭建起来，并且通过玩家的叙事活动反哺整个文本系统。从当代欧美奇幻文化产品的构成看，超自然和架空世界等核心概念所生成的文本形态是多样的。或者说，大众文化娱乐中用于容纳超自然概念的体裁十分多样。一个边界清晰的文本系统，如"龙枪"系列的文本系统，不仅包含篇幅长短不一的通俗小说，还包括诗歌、历史年表、人物志、地理志、游戏模组甚至菜谱①等。怎样理解这些多元化的体裁呢？

笔者认为，要理解奇幻文学体裁的多元化，除了要理解架空世界的结构，还要理解多元话语。这里所说的话语（Discourse），就是被创作者创作出来的语言单位的具体组合。创作者常常需要先把素材变成话语，然后再使话语组织成完整的文本和体裁。我们认为，在奇幻文学的文本系统中，超自然素材同时产生叙事话语和素材话语。这些话语组织起来成为多元体裁，然后共同组成了文本系统。上一章讨论了架空世界在素材层面的生成问题，以及三大宏观结构与架空世界时空体的关系问题。本章要接着讨论架空世界在多元话语和多元体裁层面的生成问题，以及不同话语和不同体裁之间的关系问题。这对于明确奇幻文学文本系统的内部结构至关重要。

讨论这些问题有个现实背景，那就是当前国内产业界对于小说、影视、游戏等能够直接产品化的核心体裁文本，与设定等不能直接产品化的非核心体裁文本之间关系的认识长期混乱。撰写设定文本，尤其是架空世界的设定文本，是一项费时费工的长期任务，且不能直接产生经济效益和社会效益。那么，为什么不省略掉这部分成本，直接生产核心体裁呢？"九州"系列在其创作过程中一度出现过"以文代设"的呼声，也就是用小说取代设定。但现实并没有如此发展。设定

---

① 笔者见过三种奇幻文学系列的相关菜谱。包括"龙枪"系列的《提卡菜谱》，参见 Margaret Weis & Tracy Hickman（eds.），*Leaves from the Inn of the Last Home*, Lake Geneva, WI: TSR, Inc.，1987, pp. 240–255；"魔兽争霸"系列的《魔兽世界官方菜谱》，参见 Chelsea Monroe-cassel, *World of Warcraft: The Official Cookbook*, San Rafael: Insight Editions, 2016；"哈利·波特"系列的《哈利波特非官方菜谱》，参见 Dinah Bucholz, *The Unofficial Harry Potter Cookbook*, Avon, MA: Adams Media SIMON & SCHUSTER, Inc.，2010.

文本的生产不仅没有被取代，反而在当前的动漫、影视和游戏行业中得到越来越多的重视。厘清叙事文本和设定文本之间的关系，乃至多体裁文本系统内部各体裁之间的关系，还需要依靠学术研究。

欧美奇幻文学的产业化生产与多体裁文本系统皆成型于其通俗小说阶段。现代奇幻文学形成了以通俗小说为主体，多种体裁形式相结合的文本系统。说奇幻文学以通俗小说为主体，首先是因为奇幻文学初期的表达方式和商业模式主要建立在通俗小说的传统上。通俗小说的主体地位，还在于奇幻文学特殊的表达需求与通俗小说相契合。通俗小说有足够长的篇幅和较大的体量，可以较充分地表达超自然因素和架空世界的面貌，展现其艺术魅力。当然，奇幻文学并未止步于通俗小说，它也大量采用神话、传说、故事、诗歌等文学形式，还借用了地图、星图、设计图等形式去传递架空世界的更多信息。

奇幻通俗小说，尤其是架构了架空世界的奇幻通俗小说，其内容的宽广程度往往超越了传统通俗小说的表达界限。20世纪时，经典通俗小说的叙述仍旧是面向文化内部的，或面向现实世界的叙述。这类小说的故事背景可以通过现实世界的其他渠道获得。譬如说，1924年，E. M. 福斯特的《印度之行》（*A Passage to India*）面向英语读者讲述了一个印度的故事。尽管印度对于英国人而言接近于异域，但读者仍然能够通过各种文献和报道了解印度。小说的时空背景，是由现实世界中的其他信息源支撑的。但是奇幻小说的架空世界理念打破了这种关系。架空世界在理论上不属于已知的客观世界的时空，它的一切信息源头取决于创作者。在这种情况下，为了更好地表达自身的作品背景，作者不得不通过各种方式去补足这种信息的缺失。小说能够做时空描述，但它并非专注于此。其他体裁或表达方式，可以将其时空背景或历史信息更好地表达出来或记录下来。

由此，我们强调在奇幻文学的文本系统中，以叙事话语为主的通俗小说仅仅是超自然概念文本转化的成果之一，叙事话语也仅仅是超自然素材朝话语转化的结果之一。即便是在奇幻小说之中，也常常夹杂着抒情诗歌或概念说明等文字。尽管从历史上看，其他转化方式与成果都是由通俗小说生产模式下的叙述及其成果衍生而来的，但多元文本的衍生是相互的：叙事话语能够衍生出非叙事文本，非叙事话语也能够衍生出叙事文本。当代文化产业强调的"故事驱动"为历史与固有观念所束缚，却忽略了非故事因素的驱动力。有学者提出："故事在某些创作语境中又被称为世界观，具有共鸣性的内容表达。"① 他们注意到了非故事因素的重要性，却简单地把它们与故事混为一谈。

叙事学早就在对叙事文本的研究中发现了非叙事成分。热奈特的《叙事话语》从叙述时间的角度做了相关论述。热奈特认为，小说中的事件时间与叙述时间常常存在差异，通常有四种表现形式②。普林斯在此基础上提出叙事速度的五种类型：省略、概述、场景、拉伸、停顿③。假设叙事文本叙述的是起止时间相同的事件，那么这五种类型就表示篇幅上从短到长、着墨上从少到多、叙述上从略到详、速度上从快到慢的五种叙述。五种叙事速度类型的前四种都具备叙事性，因为在这些叙述中时间可以流动，状态之间可以转换，事件于是得以发生。停顿则可以用非叙事性的眼光来看待，因为在这类叙事中时间停滞了，事物不能从一种状态转移到另一种状态，而只能保持在某个状态。尽管停顿可以夹杂在场景或其他类型的叙事之中，与它们共同构成叙事性文本，或者停顿与停顿之间可以构成叙事性段落，但单独的停顿段落却不能叙事。热奈特指出，停顿会使叙事自行中断而让位给另一类话语④。叙事话语的研究，完全可以在热奈特、托多罗夫等学者开辟的叙事学领域内进行，以阐明超自然要素生成叙事话语的基本原理。非叙事话语的研究就没有这么便利了，但这些话语又不能忽略不计。巴赫金的小说研究提出的杂语性和百科性，实际上已经揭示了小说体裁内部非叙事话语的重要作用。当然，巴赫金还没有触碰到多体裁文本系统这一现象。而这正是本章的研究所关注的。

---

① 向勇、白晓晴：《新常态下文化产业 IP 开发的受众定位和价值演进》，《北京大学学报》（哲学社会科学版）2017 年第 1 期，第 126 页。

② 热拉尔·热奈特：《叙事话语 新叙事话语》，王文融译，中国社会科学出版社，1990，第 59 页。

③ 杰拉德·普林斯：《叙事学：叙事的形式与功能》，徐强译，中国人民大学出版社，2013，第 57 页。

④ 热拉尔·热奈特：《叙事话语 新叙事话语》，王文融译，中国社会科学出版社，1990，第 212~213 页。

笔者认为，在奇幻文学架空世界的语境中，首先是架空世界的某种内在品质推动了叙事话语与非叙事话语的共同生产，然后多元话语之间的相互作用又形成了奇幻文学从多元话语走向多体裁文本系统的内在动力。依据这一框架，本章的讨论分为三部分。第一部分，阐明奇幻文学从核心概念到多元话语的生成机制，着重阐述民俗化和陌生化两个问题。第二部分，讨论在奇幻文学中占据关键位置的两种话语，即叙事话语和素材话语的性质和作用。第三部分，考察叙事话语和素材话语何以共存于核心体裁之中，又是怎样从核心体裁中独立出来演化成多体裁文本系统的。

一　奇幻文学的话语生成

　　首先，我们要讨论奇幻文学的核心概念，即超自然和架空世界在大众文化娱乐生产语境中被转换成为话语的普遍机制。有关超自然和架空世界的话语和奇幻文学话语不是等同关系。但是，在奇幻文学诞生时，超自然话语已经融入其中，并且和架空世界话语一起为奇幻文学注入了灵魂。因此，研究奇幻文学的话语生成，关键是要研究超自然话语和架空世界话语在奇幻文学语境中的生成问题。

　　我们对于话语生成的研究仍然需要从体裁入手。因为尽管话语在很多时候是独立于体裁存在的，但独立于体裁的话语往往是弥散的，不能成文且难以留存，而那些依照体裁成文的话语则可以很好地留存下来，成为学术研究的对象。另外，体裁本身也是话语产生和组织的一种普遍规范。所以，透过体裁，我们既可以看到话语本身，也可以看到话语被组织和被接受的方式。超自然话语组成的文本文献，既有叙事体裁的，也有非叙事体裁的。叙事体裁，包括神话、传说、史诗、民间故事等，其中神奇故事就是围绕超自然概念形成的[1]。非叙事体裁的文本常以传统知识叙述的面貌出现，如宗教审判用的《女巫

---

[1]　普罗普：《故事形态学》，贾放译，中华书局，2006，第3～4页。

之锤》，或者记载炼金术的《翠玉录》，即便是《不列颠百科全书》这样的著作也记录过现在被认为是超自然的事物，如吸血鬼、狼人、巫术或独角兽①。当然，在描述或记录这类事物的文献中，那些采取了叙事体裁的，由于其文学价值在中国流传更广，而那些采取了非叙事体裁的文献则较少进入我们的视野。因为，从科学的眼光看来，后者是对自然世界的错误记录或解释，不再被作为自然知识的权威文本使用。现在，人们认识这些超自然事物主要还是通过文学渠道，尤其是通过叙事文学这一载体。

故事将古代社会的神话、史诗与现代社会的通俗小说联系起来，使超自然概念和话语可以在多种文学体裁和社会生产方式中流动。如前文所述，超自然概念在人类社会现代化的进程中，渐渐从有关自然世界的知识中脱离出来，进入了人文研究和大众文化娱乐的领域。超自然话语也随着超自然概念的流动经历了同样的过程。在大众文化娱乐领域内部，超自然话语在通俗小说的生产中得到了发展，然后逐渐将根系扎到了其他体裁的生产之中。这种流动的方向，反映了超自然话语的生产方式和接受方式的变化，也使我们能够更加深入地理解超自然话语在奇幻文学中的生成机制。

笔者认为，超自然与架空世界之所以在当代大众文化娱乐生产中被广泛使用、反复挖掘，与超自然概念的民俗化转变和陌生化性质有关。超自然概念的民俗化转变与超自然概念的形成过程有关，它使超自然概念可以被当代大众支配、调用和重组，进而推动了架空世界的生成。超自然概念只有被民俗化以后，才能成为大众文化娱乐生产中的叙事素材。超自然概念的陌生化性质保证了它在成为叙事素材以后，由相关话语组织成的文本能具备审美价值，这也保证了其生产活动的持续展开。民俗化转变与陌生化性质，是超自然概念介入当代大众文化娱乐文本生产过程的两个相互关联的必要条件，也是超自然概念得以成为奇幻文学核心概念的关键特质。

---

① 美国不列颠百科全书公司编著《不列颠百科全书 250 周年纪念版》，中国大百科全书出版社，2019，第 45~46、80~81 页。

（一）民俗化

　　超自然概念的民俗化是个历史过程，和科技史、民俗学史和通俗文学史都有关联。在巫术与宗教丧失其支配地位的过程中，超自然概念的民俗化转变便随之到来：这不仅意味着超自然概念变成了民俗学和相关学科的研究对象，也意味着超自然概念被这类学科建构出了社会意义和传播形态。神话、史诗、传说、萨迦、民间故事等一度承载超自然概念的口头体裁，以及民间社会对巫术或宗教仪式的实践活动，构成了民俗学推动超自然概念民俗化的核心领域。这种民俗化转变主要涉及两种变化：一是超自然概念的社会权威性下降，二是进入现代传播媒介。随着科学观念在全球的扩布，超自然的民俗化转变在世界范围内同时发生。民俗学、人类学与民间文学等学科的学术活动在这一转变过程中起了关键作用。在科学家、民俗学家和通俗作家的努力下，超自然概念在现代社会成为可被大众吸收和改造的叙事素材，成为大众文化娱乐生产的重要资源。

　　社会权威性下降，是超自然概念民俗化转变的第一种变化。随着科学思想的逐渐成熟，巫术与宗教认识和解释自然世界的方式和理念丧失了其主导地位。在相信自然神话的原始社会中，人们认为自然万物受到神祇的支配，自然界的种种现象和变化都与神有关。基督教遵从神创论，一方面关心事物的性质和事物之间的关联，另一方面为这些性质与关联赋予了宗教意义。哈里森（Peter Harrison）叙述了科学在宗教内部发展，又与宗教分道扬镳的历史过程。"17 世纪的一些重要自然哲学家（特别是牛顿）都认为，自然的规律性显示了神持续的直接活动。"[1] "从 19 世纪中叶开始，关于科学与宗教的讨论渐渐呈现出我们熟悉的样貌。不仅如此，它们的关系越来越被描述为一种冲突。"[2] 这种冲突恰好暗示了科学与宗教在社会权威性上的争夺，

---

[1]　彼得·哈里森：《科学与宗教的领地》，张卜天译，商务印书馆，2019，第 127 页。
[2]　彼得·哈里森：《科学与宗教的领地》，张卜天译，商务印书馆，2019，第 224 页。

其结果则是众所周知的。民俗学在这一过程中起到过推波助澜的作用，包括对超自然文本或现象进行科学解释①。苏联和中国所倡导的马克思主义意识形态，更加削弱了宗教与超自然概念原有的社会地位。

超自然概念社会权威性的下降，意味着它可以成为大众拆解、重构和修改的对象。当代大众被允许拆解宗教经典，甚至鼓励重述神话，还会被社会赋予相关作品的知识产权。这种情况在神话或宗教处于意识形态支配地位的时代是很难想象的。在欧洲新教改革以前，信徒与上帝交通需以神职人员作为中介，解释《圣经》被天主教会所垄断②。中国也存在类似情况。如张光直讲："《国语·楚语》解释《周书·吕刑》上帝'命重黎绝天地通'故事，详述巫觋的本事和业务，是'神降之嘉生，民以物享'；民神之通亦即地天通。颛顼名重黎绝地天通，于是天地之通成为统治阶级的特权，而通天地的法器也便成为统治阶级的象征。"③ 在过去的时代，超自然为社会权力阶层所掌控。解释人神关系的权威不在民间，而在某个社会特权群体中。当然，民间也会流传种种超自然故事，对于神、天使与魔鬼有自己的说法④。但这些故事多流传于口头，不被社会视作正式知识，也不被认为是哪个人的创作。

超自然概念之所以能够被纳入当代社会大众文化娱乐，前提就是超自然概念及其相关领域的社会权威性的削减。这种削减还为超自然概念带来了某种能够超越现实社会的性质。当代社会既然不把超自然概念及其文本当作对真实世界的描绘，那么超自然概念及其文本便可以借此远离那些对于现实的争议。这样，超自然文本就有借口绕过社会权力的疆界，去触及某些具备敏感性的社会话题。恰如托多罗夫所说："奇幻使我们得以越过很多边界，假如没有奇幻，这是不可能实

---

① 井上圆了：《妖怪学》，蔡元培译，上海文艺出版社，1992。另参见阿兰·邓迪斯《21 世纪的民俗学》，王曼利译，《民间文化论坛》2007 年第 3 期。
② 王美秀、段琦、文庸、乐峰等：《基督教史》，江苏人民出版社，2006，第 162~163 页。
③ 张光直：《谈"琮"及其在中国古史上的意义》，载文物出版社编辑部编《文物与考古论集》，文物出版社，1986，第 255 页。
④ 于鲁·瓦尔克：《信仰 体裁 社会：从爱沙尼亚民俗学的角度分析》，董晓萍译，中国大百科全书出版社，2017，第 39 页。

现的。"①

进入现代传播媒介，是超自然概念民俗化转变的第二种变化。早在 16 世纪，印刷版《圣经》便已出现，被大量复制的翻译本还成为宗教革命的重要诱因与实践成果②。一方面，口头传统中的超自然概念在民俗搜集活动中被文本化，从而具备了出版印刷的基础。在 17 世纪末，法国作家沙尔·贝洛就出版了《鹅妈妈的故事》，其中包含《小红帽》《灰姑娘》等故事名篇③。齐普斯指出："17 世纪，不是贝洛一人，而是许多个作家群，尤其是聚集于各类沙龙的贵族妇女们，为童话的兴起创造了条件。童话被体制化，成为一种以有教养的成人听众为对象的'合适'的文体。"④ 卡尔维诺（Italo Calvino）也认为，这种工作使"童话故事由口述传说过渡成为书面文学，又从书面文学回归到口述传说"，并且"确立了这种原本可能已被遗忘的叙述文学的地位，并将它普及开来"⑤。也是在 17 世纪，丹麦和瑞典都有意识地从历史研究的角度搜集民俗，到 18 世纪还将民俗当作启蒙运动的基础材料；19 世纪的民族主义与浪漫主义思潮接续了这种搜集活动，并促使芬兰和挪威也加入到搜集者的队伍中来；这些活动造就了北欧国家制度化的民俗档案⑥。清末民初，中国的口承故事文本也被纳入现代媒介，不仅开拓了专业空间，也为这些文本进入大众文艺做了铺垫⑦。从 20 世纪 80 年代开始的中国民间文学三套集成的搜集活动，也在超自然概念的文本化和媒介化上起了很大作用。另一方面，这种已经书面化的超自然概念文本经由印刷技术或其他媒体技术被大规模复制和传播。到了 20 世纪后半叶，视听媒体技术进一步丰富了人们记录和传播相关文本的手段，而包括互联网与物联网在内的信息技术革命更在超自然概念的全球化传播中起了强有力的作用。

---

① 兹维坦·托多罗夫：《奇幻文学导论》，方芳译，四川大学出版社，2015，第 119 页。

② 彼得·哈里森：《圣经、新教与自然科学的兴起》，张卜天译，商务印书馆，2019，第 130 页。

③ 沙尔·贝洛：《鹅妈妈的故事》，戴望舒译，译林出版社，2012。

④ 杰克·齐普斯：《作为神话的童话/作为童话的神话》，赵霞译，少年儿童出版社，2008，第 4 页。

⑤ 伊塔诺·卡尔维诺：《夏尔·佩罗的〈鹅妈妈的故事〉》，载《论童话》，黄丽媛译，译林出版社，2018，第 168 页。

⑥ Ulrika Wolf-Knuts（ed.），*Input & Output, The Process of fieldwork, Archiving and Research in Folklore*, Turku: the Nordic Network of Folklore, 2001, p.11.

⑦ 董晓萍：《现代民间文艺学讲演录》，广西师范大学出版社，2007，第 27~28 页。

现代传播媒介赋予超自然概念的传播速度与传播距离，是前现代社会完全不能比拟的。神话、史诗或民间故事在口头环境和传统社会中也能实现长距离传播与拼接，但信息的传播速度到底还是依附于人的旅行速度。当代信息技术以电磁波和光信号的传播速度为基础，已经实现了全球范围内的即时信息交互，容许人们在互联网空间中搭建信息的储存、下载和交流渠道。文字和语音识别系统极大地提升了纸面文本、口头文本转化为电子文本的速度，使超自然概念文本借助互联网传播的可能性大大提高。当代大众只要持有计算机终端或移动终端，足不出户就能够从百科网站或电子书网店搜集到大量相关文本，跨越地域、文化圈甚至语言的区隔获得超自然概念。

近代以来，大量西方超自然概念随着现代传播媒介传入中国。民国时期中国学界对外国文学的翻译活动，以及对神话和童话等文体的介绍工作，大大提高了中国大众对西方超自然概念的认识。新中国成立后，民间文学成为社会主义文化建设的重要组成部分，对外国神话、民间故事以及童话的引介活动得到了延续、发展和繁荣，奠定了当代大众了解西方超自然文本的基础。21 世纪前夕，西方奇幻文学和相关产品，如游戏、电影等，大量进入中国，又开阔了中国大众对欧美超自然概念的认知视野。网络时代所带来的新事物，如 BBS、网站、搜索引擎、网络百科、电子书等，还为相关文本和信息提供了新的储存空间和传递渠道，大大扩充了中国大众在进行文化娱乐活动时所能够调用的超自然概念。这种传播也激起了人们对于神话等传统体裁的新兴趣。

此外，民俗化转变还有一个重要过程，即现代意义与超自然概念的结合。关于这方面的情况，本书在第五章已做了较充分的论述。此处仅强调现代意义与超自然概念的结合，也是民俗化转变的重要变化之一，其余不再赘述。

作为前现代社会的思想遗物，超自然概念的范围十分广大。必须指出的是，并不是所有的超自然概念都被民俗学或相关学科进行过转化。民俗学作为一门现代学科的历史，较超自然概念的历史要短得多。但是，民俗学等现代学科为超自然概念赋予的当代活力却是实实在在的，许多相关学术成果都是超自然概念能够在当代文化娱乐中如此活跃的前提条件。

（二）陌生化

在当代奇幻文学生产中，超自然概念可以被转变成为具有陌生化性质的素材。"陌生化"（острнение），又译作"反常化""奇特化"，这一概念一般被认为来自苏联文艺学家什克洛夫斯基（Viktor Shklovsky）发表于1914年的《词语的复活》一文[1]。什克洛夫斯基说："艺术的目的是提供作为视觉而不是识别的事物的感觉；艺术的手法就是使事物奇特化的手法，是使形式变得模糊、增加感觉的困难和时间的手法，因为艺术中的感觉本身就是目的，应该延长；艺术是一种体验事物的制作的方法，而'制作'成功的东西对艺术来说是无关重要的。"[2] 什克洛夫斯基的"陌生化"思想从语言艺术着手，将文本形式和受众知觉联系起来。他的讨论更接近叙事学的故事层面和文本层面，对于素材层面不大重视。

但这并不代表陌生化理论必然局限于语言或话语层面。张冰认为，陌生化"就是对现实和自然进行创造性的变形，使之以异于常态的方式出现于作品中。在这样做的时候，陌生化的一个最突出的效果，是能够打破人们的接受定式，还人们以对艺术表现方式的新鲜感，让人们充分地感受和体验作品的每一个细部"[3]。这样看来，陌生化也并非停留在语言层面。西村真志叶的《中国民间幻想故事的文体特征》从素材形成入手探讨了陌生化手法，指出幻想故事中的日常用品主要通过重新定义和违反常规两种方式，被转化成为神奇的魔物[4]。西村所谈的"魔物"，便是本书所谈的"超自然概念"的具现。

赵毅衡从"可述性"（narratability）和"叙述性"（narrativeness）角度探讨过类似问题。他认为，叙事是否能够引发兴趣，是由三个方

① 张冰：《陌生化诗学：俄国形式主义研究》，北京师范大学出版社，2000，第163页。
② 维·什克洛夫斯基：《艺术作为手法》，载茨维坦·托多罗夫编选《俄苏形式主义文论选》，蔡鸿滨译，中国社会科学出版社，1989，第65页。
③ 张冰：《陌生化诗学：俄国形式主义研究》，北京师范大学出版社，2000，第176页。
④ 西村真志叶：《中国民间幻想故事的文体特征》，中国社会科学出版社，2018，第35页。

面的因素共同决定的：一是可述性，即所叙述的事件本身是否异常；二是叙述性，即文本的叙述方式的成功程度；第三是文本受众的理解方式和认知满足①。按照这一框架，前述学者对陌生化的讨论先后涉及了叙述性和可述性两个方面：什克洛夫斯基对陌生化的定义原本在叙述性和文本层面，但张冰和西村真志叶等人又对陌生化做了概括和延伸，使陌生化能够覆盖到可述性和事件层面。这就使超自然素材也能够被纳入可述性和事件层面的陌生化讨论之中。

但是，无论是赵毅衡、张冰还是西村真志叶的讨论，都不重视陌生化增加感觉困难和时间的特性，也略过了文本的生成或生产。这恰好是本书重点关注的问题。超自然素材的陌生化性质，一方面在于超自然素材能够克服熟悉感而产生可述性，另一方面也在于超自然素材延长了感觉的时间和文本的篇幅。对于当代文化产业来说，正是超自然素材的陌生化性质使文本得以产生与延长，奇幻文学才能够满足资本主义对于持续生产与无限扩张的欲望，才能够由此被整合进入文化产业的多个领域内部，形成时空跨度广大的多元文本系统和生产模式。也就是说，超自然素材的陌生化性质，即产生可述性和产生文本这两个方面的性质，是其推动奇幻文学产业化的重要基础。

在此，还需留意叙事文学对时空体的生产和塑造作用。美国叙事学者瑞安对叙事文本心理表征的界定，已经清晰地将这种作用囊括其中。她说："叙事文本必须创造一个世界且以人和物品栖居这个世界。逻辑上讲，这一条件意味着叙事文本是基于断言个体存在的命题，基于将属性赋予这些存在的命题。""文本所指涉的世界必须经历由习惯性物理事件所引起的状态改变；或是意外（'碰巧'）或是蓄意的人类行动。这些变化创造时间维度，并将叙事世界置于历史流变之中。"② 叙事文本的创造需要包含对一个可言说的时空体的创造。这一存在于文本内容中的时空体，在小说这类体裁内在的虚构属性的影响下，会被人们默认为是与现实世界颇有区别的。这一现象也被赵毅

① 赵毅衡：《广义叙述学》，四川大学出版社，2013，第169页。
② 玛丽－劳尔·瑞安编《跨媒介叙事》，张新军、林文娟等译，四川大学出版社，2019，第7页。

衡以"双重区隔"的概念描述出来,即符号再现与经验世界的隔离,及文本所述世界与文本所在世界的隔离①。由此,叙事文本对于时空体或叙事世界的生产,本身就暗示着对于陌生化的生产。

叙事学者方小莉认为,奇幻文学通过超自然形成了第三重区隔,即所述现实自然规律与所处现实自然规律的隔离,并且在文本中产生了独特的"犯框"现象②。这种犯框,便是围绕第三重区隔的边界做的表述:如摩擦神灯、念动咒语、挥舞魔杖等。若站在现实区隔与描绘边界的立场上回望超自然,会发现超自然恰是被文本从现实中区隔和划分出来的他者。所谓幻想,以及奇幻文学的创作活动,亦在很大程度上聚焦于区隔与边界,而不是聚焦于超自然本身。奇幻作家们会将自然与超自然并列起来,形成强烈对比。在这个过程中,他们或许会对某种超自然因素或某个超自然社会做出仔细的描绘。但是,很少有人会完全在超自然秩序的基础上,脱离现实秩序建立空中楼阁。超自然总是需要与自然对比才能呈现。所以,无论是 19 世纪还是 20 世纪,对于这种边界的叙述都是奇幻文学的重中之重。即便到了 21 世纪,情况也依然如此。

加拿大学者苏恩文(Darko Suvin)界定科幻文学的方式在此值得一提。苏恩文认为,科幻小说"其必要充分条件是间离和认知的在场及其相互作用","其叙事时空体(时空定位)与叙述动因人一方面与作者——以及理想读者——所述社会的主流标准是完全相左的,而另一方面在认知性上却又是符合唯物主义因果律的"③。从赵毅衡和方小莉的观点看,科幻文学存在与奇幻文学相似的三重区隔现象,即所谓间离;同时,科幻文学也存在相关的呈现和解释现象,即所谓认知。故此,间离与认知这对概念也适用于奇幻文学。问题在于,奇幻文学使用完全不同的符号和表征生成间离效果,也使用非唯物主义因果律的解释体系来形成认知。更确切地说,科幻文学的间离和认知能够统一于自

---

① 赵毅衡:《广义叙述学》,四川大学出版社,2013,第 76 页。
② 方小莉:《奇幻文学的"三度区隔"问题研究——兼与赵毅衡先生商榷》,《中国比较文学》2018 年第 3 期,第 27~29 页。
③ 苏恩文:《科幻小说面面观》,郝琳、李庆涛、程佳等译,安徽文艺出版社,2011,第 39 页。

然科学的秩序,而奇幻文学的离间和认知则统一于超自然的秩序。此外,奇幻文学由于脱离了与自然科学伴生的理性和权威的基本要求,在表现上更容易进行形象化和直观化改造。这对于大众文学来说属于优势。

超自然元素引发的现实区隔还能形成完整的、与现实世界判然有别的时空连续体。这种时空连续体在人类的文化传统中,常常表现为天堂、仙境或冥府等。由于超自然元素的存在,奇幻文学的作者可以进一步加大作品中的时空连续体与现实之间的距离,形成在名义上与我们身处现实完全不同的架空世界。从这一角度看,架空世界是以超自然为边界的,是现实区隔与边界描绘高度发展的结果。架空世界进而造成了一种新的隔离。我们在日常生活中司空见惯的事物,或者在现实世界的历史中存在的事物,未必存于架空世界之中。即便这些事物符合现实世界的自然规律和社会规律,却因为整个时空体的隔离变得似有还无。架空世界的出现,使奇幻文学的边界表达活动,以及相关话语和文本生产走向了专业化和规模化。这不仅是职业作家和娱乐资本乐于见到的,大众在解决温饱问题以后也乐于参与其中。这契合了二战后娱乐业高度发展的欧美社会的情况。

基于超自然和架空世界两大核心概念,奇幻文学获得了一类特殊的陌生化素材。这种素材能够克服熟悉感,这是陌生化的基础属性,也是其可述性的源泉。超自然和架空世界都处于人们日常生活和常规认识的彼岸,其自身就意味着脱离常轨和打破熟悉感。这些陌生化素材当然不能完全超出认识,并且往往是由已知概念构建起来的。正如西村真志叶所说:"幻想故事的魔物,主要诞生在日常和非日常的交叉之中。陌生化把虚构和现实衔接起来,并把幻想的基础放在后者上面。"[1] 当这些超自然成分嵌入现实性叙述后,便连我们耳熟能详的字眼也变得新奇起来。若我们了解"王子",那么"青蛙王子"便能让人浮想联翩。传统的超自然概念,如鬼魂,人们耳熟能详,其影响横跨世界各民族。但鬼魂到底是怎样的事物?似乎没有人能够给予确切的答案或描绘。因为在这个既定的概念下,鬼魂的样貌在民间故事

---

[1] 西村真志叶:《中国民间幻想故事的文体特征》,中国社会科学出版社,2018,第36页。

中千差万别。那些在奇幻文学中反复出现的陌生化素材也会激发人们的好奇心与想象力。即便托尔金已经完成了《魔戒》三部曲，但人们还是无法抵达中洲，无法熟悉中洲，于是，对中洲的好奇心似乎就此无法消逝。

现代奇幻文化产业还会利用这种可能性空间，产生出大量不同文本与内容，进而增强了相同概念的不确定性。比方说，在"龙枪"系列中，龙的形象早已超越了欧洲传统中的恶龙形象，分蘖出了善恶不同、习性不同、外观不同、能力不同的十种巨龙。随着长时间的发展，D&D系统中龙的种类已经远超此数。在20世纪作家洛夫克拉夫特创造的克苏鲁神话体系中，超自然成分由于太过脱离人的认识与理性，甚至无法被很好地描述，过度接近或深入神秘事物的人都会陷入疯狂。混沌与疯狂本身就成了克苏鲁式的超自然概念。超自然叙述在不确定性与可能性之间不断延长和扩展，也将超自然事物的不确定性变得越来越明显。

但是，陌生化素材并非要造成自身识别的困难。尤其是在幻想故事或通俗小说中，陌生化素材往往会快速凸显自身，给予读者较明确的认知。当代奇幻小说不像托多罗夫所说的那样，"必须迫使读者将人物的世界视作真人生活的世界，并且在对被描述事件的自然和超自然解释中犹疑"[①]。无论是《魔戒》还是《纳尼亚传奇》，故事里的魔法就是魔法，巫师就是巫师。托尔金花了许多工夫，把阿尔达世界清晰呈现出来，其目的绝不是把超自然概念变得更加难以识别。被陌生化和模糊化的是那些蕴含在方外世界和魔法王国之中的现实：那些寓于霍比特人、精灵和矮人身上的人类性格，寓于邪恶主君和魔法力量之中的人的异化。

对于陌生化素材的叙述，往往是对现实世界进行曲折性的表述，实际上也就延长了文本的叙述时间和人们的感知时间。文本就随着这种描述活动而产生。以2010年美国科幻小说作者协会颁布的星云奖

---

① 兹维坦·托多罗夫：《奇幻文学导论》，方芳译，四川大学出版社，2015，第23页。

最佳短篇故事《小马驹》（*Ponies*）为例①。这个故事的大体情节如下。芭芭拉获邀去参加"切割"聚会。这个聚会要求女孩带自己的马驹前往，并切割下它们身上的某些特征。所有的马驹都有翅膀、角，并且会说话，聚会的规矩是拿掉这三个特质中的两个。芭芭拉带着自己的马驹桑尼前去参加这个聚会。桑尼向她表示可以切掉角和翅膀，但希望留下说话的能力。芭芭拉和桑尼前去参加聚会，在其他女孩的监督下切掉了桑尼的翅膀和角。领头的女孩又要求芭芭拉拿走桑尼的声音。芭芭拉尝试拒绝，却仍然拿起了刀。桑尼转身逃跑，但它失去了翅膀和角，不能起飞也不能战斗，于是被其他更大的马驹追上。马驹们把桑尼围起来施暴，桑尼就此消失无踪。女孩们的聚会活动继续展开，芭芭拉想去加入她们，却被拒绝了。因为她已经没有马驹了。

插入陌生化要素，故事就变得值得一说。但对于故事的理解仍然需要回归现实。尽管作者没有言明，但《小马驹》故事却隐喻地指向下列现实：个体的人进入社会群体以后，为了适应群体而必须舍弃掉个体的某些特质。在许多情况下，群体会向个体施暴，要求个体完全融入其中。这种群体对个性的暴力是人们进入社会时习见的，也是当读者读到《小马驹》这样的作品时，能够从其陌生化素材之中挖掘出来的现实体验。固然，不是所有的奇幻小说都像《小马驹》那样充满浓厚的现实寓意，也不是所有作者都喜欢借着陌生化素材来展现自然与现实，但人们总会从故事中体味实感。奇幻文学使用陌生化素材，将这种遵循现实规律的一般事件转化为不遵循现实规律的奇特事件。文本恰好就是在这种转化过程中诞生的。

陌生化性质意味着可述性和奇幻文本之间建立了一种"可述性—奇幻文本"循环。一方面，陌生化性质不断为奇幻文学提供可述性，使文本在眼球经济的市场需求中不断产生；另一方面，奇幻文学作品不断地模糊着陌生化素材在整个文化环境中的面目，所造成的不确定性又不断地凸显素材的可述性。超自然素材当然也存在陈词滥调，但

---

① 凯济·约翰逊：《小马驹》，陈旭译，载《科幻世界·译文版》2011年第10期，第110~111页。

人类对世界文化多样性的不断发掘，以及大众口味的持续更新仍然能够不断扩展超自然概念的外延，使相关素材保持其陌生化性质。

陌生化素材以上述循环创造了庞大的可述性和文本的生长空间，恰好适应了资本追求无限增殖的性格，尤其适合现代产业的快速发展。史诗故事里英雄的坐骑往往是马，但神奇故事里英雄的坐骑却可以是独角兽、狮鹫、鹭马、翼龙等多种生物，其形象和人物关系由此得以产生多种变化。奇幻文学致力于使用超自然和架空世界概念来创造出那些与现实截然不同却又能够反映现实的故事素材。《魔戒》的序言和附录部分就集中地反映了这类工作。奇幻文学借助超自然和架空世界概念在既根植于现实又迥异于现实的模糊地带，形成了一片可供创作者自由想象、尽情发挥的生产空间。在改造传统的基础上，当代文化产业中的陌生化素材生产出现了更多的可能性。基于独特性的陌生化和基于独创性劳动的版权生产与此相得益彰：在漫无边际的可能性中创作出来的独特素材，在文本化之后就能够被认为是独创性劳动的证据，知识产权也就随之生成。超自然概念由此被卷入资本主义世界的大众文化生产之中。

陌生化素材使文本生产在某种程度上绕开了俄国形式主义学派所强调的文学语言问题，从而扩宽了文本生产的门径，将大众实践纳入奇幻文本生产。大众作者在全球化时代的文化交融和信息爆炸中获得了与传统社会完全不同的素材，描绘出完全不同的新故事。他们通过网络平台绕过传统的产品审核体系，在眼球经济的流量模式中获得经济收益。这种情况尤其明确地体现在网络小说的生产领域。尽管大众并不都具备职业作家的文字水平，但每个人在网站或论坛中都获得了公开发表作品的权利和渠道。只要素材与故事足以吸引大众和投资商，产业链条上就可能有技艺娴熟的生产者和改编者来生成新的文本及其叙述性。内容创意，即所谓"脑洞"遂成为网络文学的主要生长方向和评判标准，这就将大众实践纳入了文化产业的潮流之中。

全球化与民俗化的持续互动，唤起了大众市场回归文化传统的心理需求，也奠定了奇幻文学中那些基于文化传统的陌生化素材的受众基础。在工业化、全球化和信息化时代，用传统概念来强调民族文化传统成了常见的现象。不但托尔金在"魔戒"系列的创作中体现了这种思绪，厄休拉·勒古恩也持相似观点。她说："也许电子网络已经淹没了我们的生活，于是我们向幻想世界去寻求更多的安全，以免被乡愁压倒。"① 现代民俗学者使用"民俗化"或"反全球化"等概念讨论这种现象，并且认为该现象与全球化既相互矛盾也互相促进②。工业化时代将巫术与宗教的思维方式抛诸脑后，却激发了欧美国家的民俗主义思潮和文化产业对传统超自然概念的重述。奇幻文学中的超自然要素被受众理解为文化传统，便能消解工业化和全球化带来的焦虑和愁绪，让普罗大众感到历史的根脉仍未断绝。欧美奇幻文学还为正在工业化的第三世界国家的民众带来了强烈的文化冲击，营造了他们在全球化时代的文化心理：一方面，学习西方文化成为热潮；另一方面，继承和发展民族艺术与民族文化的呼声高涨。中国网络文学对欧美奇幻文学的模仿，以及对中国传统超自然概念的再运用，正是在这两种趋势的交互激荡中涌现的实践。动漫游戏业中的再造传统已被民俗学者纳入讨论，但对欧美奇幻文学本土模仿的研究却尚无相应成果。

陌生化素材创造出的大量奇观，在出版业和影视业创造的全球化眼球经济中如鱼得水，吸引了大体量资本介入。早期的奇幻文化生产者在文学和绘画领域落脚，尤其是在影视产业和影视技术尚未成熟的时代，现代媒体生产的奇观尚不能满足大众的视觉想象。但随着技术和产业的进步，生产奇观电影的时代在 20 世纪末到来了③。奇幻文本的影视化和游戏化接踵而至。如"指环王""哈利·波特""权力的游戏""漫威宇宙"等享誉全球的超级 IP，都借助超自然概念和影视工业来营造视觉奇观，构成了其产品序列中最引人瞩目的金字塔尖。陌生化概念的奇观化潜质，正是能够容纳大量资本的影视业和游戏业附丽其上的关键因素。影视业带来了宏阔的全球化市场和庞大的资本体量，使围绕奇幻文化产生的超级 IP 成为资本主义文化产业的典范

---

① 厄休拉·勒古恩：《地海故事集》，段宗忱译，江苏文艺出版社，2014，第302页。

② 董晓萍：《全球化与民俗保护》，高等教育出版社，2007，第2页。

③ 周宪：《论奇观电影与视觉文化》，《文学研究》2005 年第 3 期。

产品。

巨型生长空间、大众实践参与、民族文化心理和大体量资本成为陌生化素材在现代文化产业环境下走向大规模生产的四个关键支柱。陌生化性质显然在这些支柱确立的过程中扮演了极其关键的角色：它是可述性、文本和奇观的源泉。那么，是不是只要具有陌生化性质的素材，即便不是超自然或架空世界的相关素材，也能够获得上述支柱的支持呢？那些沉淀在历史文化与地方文化中的素材，它们同样具备陌生化性质，同样能满足民族情绪或乡土情怀，是否可以像超自然素材那样形成体量庞大的社会生产和文本系统呢？

这种可能性是存在的。实际上，来自历史文化与地方文化的素材，即便不具备超自然属性，也仍然是当代奇幻文学创作极为重要的原料。一方面，正是充满历史风味和地方特点的素材构成了架空世界的广阔时空。也就是说，架空世界的概念将超自然素材、历史素材和地方素材整合进了奇幻文学的生产框架之中。这种陌生化素材的整合再次扩展了奇幻文学在可述性、文本、传统文化和奇观等方面的生产潜力。另一方面，架空世界还让历史素材与地方素材在想象和创作的国度中绕开了现实世界的权力纠纷和文化争议。架空世界宣称自己不描绘现实，那么地方文化和历史真实中的争议便不能阻挠它的生产了。

二 叙事话语和素材话语

无论是大众小说还是角色扮演游戏，奇幻文学的核心文本总是具备鲜明的叙事性质。因此，陌生化素材与叙事文本之间的关系是奇幻文学中的一对核心关系。简单来说，陌生化素材是叙事文本的生成基础，而叙事文本是陌生化素材的呈现方式。但是，如果仅仅围绕叙事文本与核心体裁，就难以解释奇幻文学的文本系统中大量非叙事文本与非核心体裁的存在。因此，要深入理解这对核心关系对整个文本系统的影响，还要理解叙事文本内部的话语结构，理解叙事话语和素材话语在叙事文本内部以及在整个文本系统中的纠缠状态。

叙事话语是叙事文本的基本语言成分。这类话语常是以句子为最小单位来呈现叙事情节的。当我们把叙事看作情节的连缀时，情节就成了叙事的最小单元。在叙事学家那里，这个单元也被称为事件（event），按照米克·巴尔（Mieke Bal）的观点，它指的是"从一种状况到另一种状况的转变"①。这一状况转变，由于既需要表示事物的主语，又需要表示变动的谓语，再加上时间和空间的信息，于是很难由基本的语义单元完整地表示出来。对于英语来说这个语义单元是词，对于汉语来说则是字和词。所以，叙事内容的基本单位，即情节或事件，往往要以由字词组成的句子表达出来。故此，叙事话语的最小单元也是句子。理解了情节和句子的组合，便理解了叙事话语的基本单位。

情节需要依照时间或逻辑关系连缀起来才能形成完整的故事。但是，故事到底怎样才算得上是完整的？学术界对这一问题做过许多假设，即认为需要满足某种固定的情节框架才能完成整个故事。亚里士多德（Aristotle）提出了悲剧情节的完整和长度问题："悲剧是对一个完整划一，且具一定长度的行动的摹仿，因为有的事物虽然可能完整，却没有足够的长度。一个完整的事物由起始、中段和结尾组成。"②"作品的长度要以能容纳可表现人物从败逆之境转入顺达之境或从顺达之境转入败逆之境的一系列按可然或必然的原则依次组织起来的事件为宜。长度若能以此为限，也就足够了。"③尽管亚里士多德的观点还比较朴素，但对后代却有很深的影响。现代故事学、叙事学的研究为叙事文本的情节框架提供了更加丰富的学术依据。

现代故事学对故事的情节模式多有总结。芬兰学派广泛对比了世界各地民间故事的情节，其学术传统从 19 世纪延续至今，形成了久负盛名的《国际民间故事类型》④。不过，芬兰学派并未将故事抽象为单一的情节框架，而是按照文化史的研究需要分出了 500 个以上的情节组合类型。普罗普的《故事形态学》完成了神奇故事情节框架

① 米克·巴尔：《叙述学：叙事理论导论》（第三版），谭君强译，北京师范大学出版社，2015，第 3 页。
② 亚里士多德：《诗学》，陈中梅译注，商务印书馆，1996，第 74 页。
③ 亚里士多德：《诗学》，陈中梅译注，商务印书馆，1996，第 75 页。
④ Hans-Jörg Uther, *The Types of International Folktales, A Classification and Bibliography Based on the System of Antti Aarne and Stith Thompson*, Vol. 1–3, Helsinki: Academia Scientiarum Fennica, 2004.

的凝练，形成了通用于所有神奇故事的单一程式。普罗普的研究，以及俄国形式主义直接影响了法国叙事学者托多罗夫。后者在此基础上完成了《〈十日谈〉语法》和《叙事语法：〈十日谈〉》，总结出了逃脱惩罚故事和转化故事两种框架，还提出了建立文学文本"叙述学"的主张①。不过，普罗普和托多罗夫的研究主要基于民间故事或经典文学，不太适用于当代大众文学。美国叙事学者查特曼（Seymour Chatman）说："将普罗普和托多罗夫的方法移用于任何叙事宏观结构是有问题的。大部分叙事结构不具备必要的、支配一切的复现。现代小说与电影的世界并不是俄罗斯民间故事或《十日谈》那样非黑即白的二元价值世界。"② 美国叙事学者和剧本作家吸纳前人成果，以电影剧本为对象总结情节模式，得到的成果颇多，如布莱克·斯奈德（Blake Snyder）提出的十五部分剧本结构③、罗伯特·麦基（Robert Mckee）提出的五部分结构④，等等。这些成果诞生于大众文化市场和电影工业之中，比民间故事情节模式更加接近本书的研究对象，恰可作为我们探讨奇幻文学叙事内容的基底。

罗伯特·麦基认为："故事是一个由五部分组成的设计：激励事件，故事讲述第一个重大事件，一切后续情节的首要导引，它使其他四个要素开始运作起来——进展纠葛，危机，高潮，结局。"⑤ 激励事件、进展纠葛、危机、高潮与结局五个部分在素材层面呈线性排列，从前到后的排列顺序蕴含着故事的逻辑和意义。这个模型指出了单线叙事的基本节奏，但没有过多地框定具体情节，留下了充分的余地。这个模型当然也有自己的限度，即它是以电影剧本为中心架构

---

① 怀宇：《托多罗夫的结构美学体系》，载茨维坦·托多罗夫《诗学》，怀宇译，商务印书馆，2016，第99~100页。
② 西摩·查特曼：《故事与话语：小说和电影的叙事结构》，徐强译，中国人民大学出版社，2013，第77页。
③ 布莱克·斯奈德：《救猫咪Ⅱ：经典电影剧本探秘》，汪振城译，浙江大学出版社，2011，第6页。这十五个剧本结构成分包括：开场画面、主题呈现、铺垫、推动、争论、第二幕衔接点、B故事、游戏、中点、坏人逼近、一无所有、灵魂黑夜、第三幕衔接点、结局、终场画面。
④ 罗伯特·麦基：《故事：材质、结构、风格和银幕剧作的原理》，周铁东译，天津人民出版社，2014。
⑤ 罗伯特·麦基：《故事：材质、结构、风格和银幕剧作的原理》，周铁东译，天津人民出版社，2014，第206页。

的，代表了具有主线的大情节的电影作品的共性①。反过来说，对于多线的、漫长的、散碎的体裁和文本而言，这个结构就不太适用了。不过，无论是在电影还是在史诗奇幻中，拥有大情节的故事仍占据大多数。同时，主线叙事也是多线叙事的基础。所以，麦基的故事结构仍然具有较广泛的参考意义。

陌生化素材能够贯穿于激励事件、进展纠葛、危机、高潮与结局等多个部分之中，其叙述由多个事件共同完成。在民间故事和奇幻文学中，作为陌生化素材的魔法就经常具有这样的贯穿性。在《灰姑娘》中，神仙教母用魔法为灰姑娘做赴宴的准备，施法变出南瓜马车，又变出马匹、马夫和侍从，最后变出灰姑娘的晚礼服与水晶鞋。灰姑娘必须在午夜12点以前离开舞会，否则身上的晚礼服就会消失。故此她一到时间就赶紧逃走，慌乱之中遗落了水晶鞋，最终被王子重新找到。神仙教母的魔法促成了灰姑娘和王子的相见与再会，在故事中形成了完整的前后呼应，将故事推向了圆满的结局。在"哈利·波特"系列中，从主人公出生起，魔法就塑造了他的身世和体表特征。魔法杀死了他的双亲，在他的额头上留下了特殊的疤痕，又使他成为魔法界广为人知的英雄。在主人公的成长过程中，魔法又成为他的青春期烦恼，为他提供了特殊的能力和身份。主人公由于魔法失控而引发的家庭意外事件，成为他进入霍格沃兹魔法学校，踏入魔法世界的契机。魔法成为推动故事开启、发展和结束的内在机理。托多罗夫指出，超自然的事物和时空体打破了平衡状态，成为整个故事的开端，也成为故事结尾的核心线索②。若离开魔法及相关时空，灰姑娘和哈利·波特的故事不会发生。这类能够生成故事情节框架的陌生化素材，我们可以将其视为奇幻文学的核心素材。

陌生化素材也可以构成激励事件、进展纠葛、危机、高潮与结局等部分中的一环。灰姑娘故事的异文之一——民间故事《苔衣姑娘》有如下段落："她让其他所有的仆人昏睡过去，她只是在走动的时候

① 罗伯特·麦基：《故事：材质、结构、风格和银幕剧作的原理》，周铁东译，天津人民出版社，2014，第44~45页。
② 兹维坦·托多罗夫：《奇幻文学导论》，方芳译，四川大学出版社，2015，第122页。

悄悄碰了每个人一下，然后她们就立刻中咒睡着了，而且自己是醒不过来的，只有会相同魔法的人才能解开咒语，不管这魔法是像她这样通过魔衣得到的，还是另有什么来头。"① 这次魔法事件是为了让苔衣姑娘拥有一段独处时间，这样她就能够把她秘藏的晚礼服换上，改头换面前去参加宴会，回来之后也不会被任何人发现。这个沉睡咒只推动情节向前走了一步，是苔衣姑娘与庄园少爷在宴会上相见的铺垫。讲述者甚至没有解释魔法的来源。奇幻小说中也常见类似的例子。《龙枪编年史》中，主人公的团队遇到了一群地精弓手，魔法师向他们施展了睡眠魔法。文本描述了魔法师施法时的紧张局面，他施展法术的专注状态、手部动作、法术材料、咒语发音、法术结果，施法以后法师的虚弱状态，最后还用注释对这个睡眠魔法做了简短说明②。这段叙述有一页多长，在热奈特定义的叙述时间中属于典型的场景。这个魔法的作用在于让主人公们摆脱追兵。追兵消失后，对魔法的描写就停止了。这类能够生成故事情节一环的陌生化素材，我们可以将其视为奇幻文学的推进素材。

陌生化素材不仅为叙事话语提供了可述性，也为叙事提供了内在逻辑和外在实体；反过来看，叙事话语在表现事件或情节的同时，也不得不将陌生化素材一同呈现。叙事话语不仅呈现单个的超自然素材，也呈现多个超自然素材之间的相互关系。尽管很难说没有素材游离在这些关系之外，但以建构主义思想为主导的经典作品会尝试将主要的超自然素材统一起来反复呈现。如"龙枪"系列中的这段《巨龙之祷文》。

> Out of the darkness of dragon,
>
> out of our cries for light
>
> in the blank face of the black moon Soaring,
>
> a banked light flared in Solamnia,
>
> a knight of truth and of power,

---

① 安吉拉·卡特编《安吉拉·卡特的精怪故事集》，郑冉然译，南京大学出版社，2011，第68页。
② 玛格丽特·魏丝、崔西·希克曼：《龙枪编年史 秋暮之巨龙》，朱学恒译，龙门书局、第三波出版国际股份有限公司，2001，第71~72页。

who called down the gods themselves,

and forged the mighty Dragonlance, piercing the soul

of dragonkind, driving the shade of their wings

from the brightening shore of krynn. [1]

这段《巨龙之祷文》是《龙枪编年史》的开头，也是克莱恩世界的历史。诗歌中的意象，如巨龙、月亮、诸神、骑士、龙枪等，都是贯穿于整个《龙枪编年史》三部曲甚至整个"龙枪"系列的核心要素，与整个世界的历史变动深刻相关。巨龙、诸神和月亮正是故事中超自然力量的来源。由于邪神与恶龙妄图支配人类、统治世界，善神便将龙枪赐予骑士，让人类与善龙联合起来击退恶龙与邪神。总之，多个素材往往会被叙事话语的所述事件及其内部逻辑组织在一起，形成一个巨大的网络。

这种超自素材素相互连接而形成的网络是当代奇幻文学的基石。架空世界的轮廓正是被这种网络勾勒出来的。或者说，架空世界的主要形象能够成为整个超自然要素网络的共同指向。只有这个被故事区隔出来的时空连续体才能够包容所有被创作出来的超自然要素及其附属概念，使它们被一个概念、一个词语、一个符号连接起来。由此，架空世界及其所指向的陌生化素材网络，便成了奇幻文学作品可述性的主要载体。在这个意义上，奇幻文学的可述性与文本之间的生产循环，便也成了架空世界与文本之间的生产循环。当架空世界被勾勒出来以后，叙事话语的目的就出现了变化。在架空世界呈现以前，叙事话语的目的要么是展现现实世界，要么是展现故事本身；但架空世界浮现以后，叙事话语的目的便可以转移到展现架空世界上去。虚构叙事呈现虚构素材，虚构素材又生成虚构叙事，素材与叙事之间便形成了一种互构关系。这种关系在非虚构叙事中是很难存在的，因为现实

---

[1] 参见 Margaret Weis & Tracy Hickman (eds.), *Leaves from the Inn of the Last Home*, Lake Geneva, WI: TSR, Inc., 1987, p.12, 或参见 Margaret Weis & Tracy Hickman, *Dragons of Autumn Twilight*, Renton WA: Wizards of the Coast, Inc., 2000。前者与后者的《巨龙之祷文》略有不同，后者更早且更详细。此处节选的部分，是两书中几乎相同的段落。龙门书局、第三波出版国际股份有限公司于2001年出版的朱学恒译本纳入了这段诗歌。此处为表意精确，采用英文原文。

素材并不完全依赖非虚构叙事呈现，反而非虚构叙事要以现实为准绳。

正是由于陌生化素材是奇幻文学核心体裁叙事话语的一个有机组成部分，对于陌生化素材本身的描述话语便显得不可或缺。我们将这类描述陌生化素材的话语称为素材话语。更确切地说，奇幻文学的素材话语，就是那些描述与超自然和架空世界有关的时间、空间、事物、人物、规律、形象等具有陌生化性质的客体的话语。并且，为了把它从叙事话语中独立出来，我们姑且将描述事件的话语排除在素材话语之外。为什么我们要将素材话语独立出来呢？这是因为，素材话语基于陌生化素材表达自身的需要，已成为奇幻叙事体裁中能够与叙事话语相提并论的重要组成部分。这种对素材话语的创作热情，以及叙事话语与素材话语的经常性交织，使得叙事文本在容纳超自然要素时需要特别考虑长度上的平衡。一方面，它要持续叙事，将故事节奏保持在精彩与适宜的区间内；另一方面，它又要制造停顿，以展现超自然事物的内在机理和迷人魅力。任何一方的过度膨胀都会导致文本的长度或内容失衡，并可能引发灾难性的后果：要么是故事拖沓繁冗，尾大不掉；要么是概念模糊混乱，不知所云。叙事话语和素材话语在一个文本之内，难免会因各自的增长而形成对抗。

这类现象在叙事学的学术史上不是没有被察觉到。热奈特就指出，在一种叙事体裁之内，省略、概要、场景、拉伸和停顿常常相互交替，叙事话语与非叙事话语相互纠缠，故事里必不可少的节奏效果就在这种交替与纠缠之中产生[1]。托多罗夫认为："叙事文都包含两类情节：描述状态的情节和描述从一种状态过渡到另一种状态的情节，前者相对稳定而且是重复性的，后者是动态性的。于是，叙事话语的两个主要谓语构成部分便是形容词和动词，前者是描述平衡或不平衡状态的'谓语'，后者是描述状态之间转换的'谓语'。"[2] 不是所有叙事学家都赞同托多罗夫的这种两分法，如米克·巴尔就不承认第一种情节是构成故事的单元，他认为第二种情节才是构成故事的单

① 热拉尔·热奈特：《叙事话语 新叙事话语》，王文融译，中国社会科学出版社，1990，第54页。
② 怀宇：《托多罗夫的结构美学体系》，载茨维坦·托多罗夫《诗学》，怀宇译，商务印书馆，2016，第99~100页。

元，这种情节也就是他所说的事件。总的来说，热奈特和托多罗夫都注意到了叙事文本中描述事物性状的话语，但是他们还没有从叙事话语中提取出素材话语这个概念。

素材话语，作为虚构文学的产物，从叙事文本及叙事体裁中独立出来，具有自己的经济基础和社会功用，乃至产生协调社会化生产的作用，都是在流行文化和社会娱乐的领域中发生的，较少为主流文学研究所关注。在奇幻文学中，尤其是在非叙事体裁中，许多素材在话语层面平铺直叙，与形式主义追求的"文学性"或"曲折化"等概念相距甚远，更像是效率和功利的产物。但是，素材话语与叙事话语不可分割，而且它往往是影响奇幻小说整体节奏的重要部分。要完成整个文本的创作，就必须考虑两者的平衡关系。

在叙事文本中，素材话语要跟着叙事前进，并受制于它在整个文本结构中的地位。奇幻文学的特殊之处，在于常常需要停顿，以对陌生化素材进行细致描写和解释，从而延缓文本的叙事速度。尤其是能够生成整个故事框架的核心素材，更加需要较为详细的素材话语以呈现自身。且看《龙枪传承》中的一段。

> 帕林穿着白袍，低下头靠近各派系的首领，态度适切的眼睛看着地面。他刚满二十岁，甚至连学徒都不算，最快也要二十五岁才有资格担任学徒。这是克莱恩上的魔法师们选择接受试炼的年纪，也就是对他的初期魔法技能和胆识最终的测验。在他们研习更进一步和更危险的学识之前，他们必须要先跨过这个门槛才行。由于法师会操弄无比的力量，所以这个试炼是要除去那些技能不精或是对魔法没有保持严肃态度的人们。它非常有效，失败就是死亡的同义词。没有任何反悔的机会。一旦（此处原文有误，多了"一旦"两字。——笔者注）任何种族的年轻男人或者女人，精灵、人类和食人魔都一样，只要他们决定进入大法师之塔，接受试炼，他或她就必须将全心全灵都献给魔法。[1]

---

[1] 玛格丽特·魏丝、崔西·西克曼：《龙枪传承》，朱学恒译，龙门书局、第三波出版国际股份有限公司，2002，第130页。

这个段落来自"龙枪"系列，也是奇幻文学中典型的停顿段落。作者停下来描写主人公的年纪、这个年纪在法师群体中的相应地位，以及主人公即将面临的特殊挑战——法师试炼。这段专门的描写，和法师试炼的特殊意义有关。一来，法师试炼作为克莱恩世界所有法师的"成年礼"，具有生成重要社会结构的作用。整个法师群体都要通过法师试炼产生。这就赋予了法师试炼这一素材沉甸甸的意义。二来，法师试炼作为一种历史性的结构贯穿于主人公帕林的家族史。帕林的祖母虽具有法师天赋，却没有接受法师教育和法师试炼，一生饱受天赋的折磨。帕林的叔叔雷斯林经历了正规的法师教育，却在法师试炼的幻象世界中杀死了自己的双胞胎哥哥，也就是帕林的父亲卡拉蒙。法师试炼还开启了雷斯林对力量的执着追求，这种追求甚至一度让他丢弃了人类的情感。三来，法师试炼作为陌生化的核心素材构造了整个故事的情节框架，作为法师的"成年礼"和帕林家族史中的关键事件，它赋予了整个场景强烈的戏剧张力，也保证了故事结尾的力度。主人公帕林在试炼中拒绝了力量的诱惑，呈现了善良的品格，也因此通过了这场试炼，获得了正式的法师身份。

推进素材也会生成这样的暂停文段。即便推进素材没有贯穿整个叙事框架的重要性，但出于文本的节奏和情趣，推进素材也能够得到较为详细的描写。在《哈利·波特与密室》中，主人公的课堂上出现了一种陌生的超自然生物——康沃尔郡小精灵。授课老师用笼子把它们装起来，再用罩子罩住，拿到课堂上给学生观摩。书中有如下段落。

> 这些小精灵是铁青色的，大约八英寸高，小尖脸，嗓子非常尖利刺耳，就好像是许多虎皮鹦鹉在争吵一样。罩子一拿开，它们就开始叽叽喳喳，上蹿下跳，摇晃着笼栅，朝近旁的人做各种各样的鬼脸①。

这类具有说明性质的话语常常夹杂在奇幻文学的叙事之中。前一

---

① J. K. 罗琳：《哈利·波特与密室》，马爱新译，人民出版社，2000，第57页。

句的描述为读者提供了康沃尔郡小精灵的第一印象。事件发展在这里停了下来，进入了热奈特所说的暂停状态。后一句描写小精灵在罩子打开以后的凶暴反应，叙事于是重新以场景展开：小精灵冲出来在教室里闹翻了天，授课教师却无力阻止。换言之，作者用整段叙事交代了这种超自然生物的惹祸能力。当然，更重要的是，作者借助这段故事交代了这个反黑魔法教师本人的无能。在通俗小说里，大多数情况下，叙事话语与说明话语——直接说明与间接说明，就是这样紧密地交织在一起的。

陌生化素材不仅给作者提供了发挥的空间，也给予了他们写作的必要性和欲望。超自然概念一旦被纳入创作而成为素材，作者便会情不自禁地通过文字或其他方式将它描摹出来，予以定型。有的作者对这种活动的热情甚至超越了小说创作：创作陌生化素材及素材话语才是创作者本来的目的，而小说却是附带的结果，或仅仅是创作的某个部分而已。

陌生化素材总是飘忽不定、不同寻常的。素材话语需要展示陌生化素材的面貌，说明其性质，却很难找到实物作为举世公认的准绳。鬼之所以难画，是因为没有人见过鬼。陌生化素材由于罕见或罕有人知，故而不好表述。作为陌生化素材的超自然概念更是子虚乌有。所以，陌生化素材的具体含义要么取决于文化的阐释，要么取决于创作者的阐释。无论这种含义到底取决于哪种阐释，读者都不会对其完全了解。这种读者认知与概念意义之间的距离，正是作者施展拳脚的空间，也是素材话语的沃野。

超自然素材在文本中到底需要呈现和阐释到什么程度呢？我们可以从作者和读者两个角度分别考虑这个问题。从作者方面看，超自然素材需要明确其基本面貌，才能支撑叙述进行下去。因为奇幻文学的故事主干和超自然素材网络必须首先围绕核心要素来建立。只有先奠定核心要素的基础，创作才能随着推论和演绎继续延伸。当然，这类文本有可能被作者另外放置，不写入叙事作品。从读者方面看，读者群体对超自然素材相关概念的熟悉程度非常重要。超自然因素更多地表现为事件或意义的变数，好让读者保持长久的好奇心和陌生感，以促动他们的阅读欲和购买欲。在很多情况下，作者有意识地要在作品中把握文化概念和超自然素材之间的距离，既不能太近也不能太远。

如果我们考察民间故事文本，就会发现呈现超自然素材的素材话语往往不会太长。一方面是因为这些故事根植于文化传统内部，故事中的超自然概念与人们的生活文化相互接续。即便不进行解释，人们也会自然而然地知道它所指或暗示的是什么。另一方面，传统文化中的民间故事不是孤立存在的。即便它不对文本内部的超自然概念进行解释，这种解释也会以其他的话语形式或信息传达形式呈现出来。人们生活中的教谕或仪式，都能够传达超自然概念的含义。民间故事的记录者们通常会记录下讲述者所叙述的文本，不向其中添加文化信息；也有部分文学家会对故事加以整理和改写，但也很少解释文化概念。这些文化概念和信息，往往是由民俗学和民间文学的研究者通过民俗志来搜集与呈现的。

奇幻文学与神奇故事的生产思路大相径庭，素材话语的地位也大不相同。奇幻文学不仅生产陌生化手法，也生产陌生化素材。奇幻文学作者常常一边使用传统概念，一边主动进行阐释创作。他们也创造超自然概念，以呈现更强的陌生感和更高的原创性。这两种做法都离不开非叙事话语的支撑。如果陌生化素材只能依靠叙事话语呈现，那难免会使叙事主干显得枝节横生。故此，素材话语必然要发挥叙事话语无法发挥的作用，用直接描述和说理来控制呈现陌生化素材的篇幅，以维持故事主干的明确和稳固。也就是说，在奇幻文学的生产中，素材话语具备与叙事话语同等的重要性。在陌生化素材网络的搭建中，或者架空世界的宏观构建中，素材话语的重要性甚至会超过叙事话语。

三 叙事体裁和非叙事体裁

体裁是整个作品、整个表述的典型形式[①]，话语只有满足体裁要

314

---

① 巴赫金：《文艺学中的形式主义方法》，载《巴赫金全集》（第二卷），李辉凡、张捷、张杰、华昶等译，河北教育出版社，1998，第284页。

求才算得上结构完整，因为受众会从体裁层面判断作品是否满足自己的期待①。体裁为话语提供了明显的、具有功能的形态，也使它能够进入某种固定的社会语境之中。只有被转换成为体裁，话语才能成为作品意义上的商品，文本的创作者才能够顺利被社会赋予知识产权。所以，体裁化是产业化的基石。围绕着超自然素材建立起来的叙事话语与非叙事话语，正是在体裁的帮助下定型的。有了体裁的示范和规约，多元话语才能够被社会视作完整的作品文本。

由于体裁是文本的完整规范，在文本中纠缠在一起的、互构共生的叙事话语和素材话语就不得不采取各种方式以适合体裁的规范和要求，或以体裁固有的方式发挥它们的表现力。有时候，它们按照社会文化规范与作者的巧思结合起来成为核心体裁，在大众市场上获得社会经济基础。但是，当核心体裁无法容纳两者的增长也无法满足架空世界的表述需求时，叙事话语和素材话语就会从核心体裁中走出来，构建别的叙事或非叙事体裁，成为属于设定的那部分体裁和文本。欧美奇幻文学的多体裁文本系统，便在这样的机理下发展出来。故此，在完成话语层面的分析以后，我们还需要进入体裁层面的分析，才能够了解话语和体裁之间的关系，了解奇幻文学文本系统在体裁层面的生成机理。

（一）叙事体裁

叙事体裁尽管对超自然和架空世界有强大的表现力，也支撑了奇幻文学核心体裁的呈现，却不是构建虚构素材和架空世界的完美样式。叙事体裁是在叙事话语和素材话语的纠缠与互构中完成的。从原则上说，叙事体裁要保证叙事话语的长度，以确保剧情的完整和节奏的适中。依据体裁的不同，叙事话语与素材话语所占的比重也不同。民间故事和通俗小说是比较依赖于语言文字的体裁，它们留给叙事的空间较为充足，但有的体裁却并非如此。歌剧、舞剧等体裁虽属叙事类，却要将大量时间与篇幅留给艺术表演，留给那些强调人物情绪或

---

① 赵毅衡：《广义叙述学》，四川大学出版社，2013，第169页。

调动观众情绪的素材话语。有的时候，语言层面的话语还要让位给音乐或形象层面的话语，于是素材话语对情绪和内心的强调，或许会呈现为漫长的拖音和舞蹈。这样能让艺术家充分地展示技艺。有时候，艺术家甚至认为这类表演应该脱离叙事，如罗西尼就持这样的观点。"罗西尼认为歌剧音乐在某种意义上应该是理想化的、独立的，而不表示任何的文字或诗歌文本。……事实上，有人认为那些罗西尼的歌剧中占主导地位的、反复的装饰音演唱根本没有象征意义：它没有表达任何可以用言语表达的事物，没有讲述人物或者人物的心理状态，只是为了让音乐悦耳。"① 这种选择是符合表演艺术经济模式的选择。叙事话语的长度由此受到挤压，需要更为简洁明快。叙事体裁内部的叙事话语的篇幅，小说常大于话剧，话剧又常大于歌剧或舞剧。

对于奇幻文学而言，其多体裁文本系统是以通俗小说为核心体裁发展起来的：通俗小说的经济基础，以及它的虚拟性和表现力滋养了整个多体裁文本系统。如果从话语层面分析就会发现，多体裁文本系统始于叙事话语和素材话语在通俗小说的体裁和生产方式中的互构共生：素材话语生成叙事话语及其框架，而叙事话语又表现着素材话语，并且两者在奇幻文学中都呈现高度繁荣的景象。小说不仅呈现精巧的叙事结构，也能呈现恢宏的架空世界。并不是所有的叙事体裁都能做到这一点，最极端的例子如歌剧，由于这一体裁专注于激昂情感的表现，叙事表现和架空世界表现的空间就变得狭小了。

小说的长度在叙事话语和素材话语的共同繁荣中起了关键作用。具有架空世界的奇幻文学以长篇通俗小说的形式为主，不是没有道理的。舞台剧、电影、中短篇小说、小型游戏等短体裁强调把握故事节奏，素材话语的篇幅就会受到故事节奏的限制。作者必须控制素材话语的篇幅，才能保证故事节奏适中。故此，短篇体裁往往不适合展现复杂概念，即不适合超自然素材的演绎和创造。电视剧、长篇小说和大型游戏等长体裁虽也重视故事节奏，但由于整体篇幅较长，便有更

---

① 卡罗琳·阿巴特、罗杰·帕克：《歌剧史：四百年的视听盛宴和西方文化的缩影》，赵越、周慧敏译，中国画报出版社，2020，第42页。

多的空间来容纳枝节。素材话语在这些体裁中可以用更大的篇幅展现和铺陈超自然素材，使故事得以在其基础上继续发展。在漫长篇幅的背后，还隐藏着承载这一体裁的媒介的可控性，即受众可以自由安排阅读或欣赏文本时间的长短。无论是纸媒还是数字媒体都具有这样的特质，但是舞台表演就难以如此。所以尽管亚里士多德说戏剧越长越好[①]，但实际上的演戏时间仍然受制于人们的生活样式和生活安排。

　　小说的杂语性，也在叙事话语和素材话语的互构增长中发挥了核心作用。我们在上文中已多次提到杂语性这一特质。巴赫金在《长篇小说的话语》中指出，小说内部包括五种修辞类型：作者直接的文学描述（包括所有各种各样的类别）、对各种日常口语叙述的摹拟（故事体）、对各种半规范（笔语）性日常叙述（书信、日记等）的摹拟、各种规范的但非艺术性的作者话语（道德的和哲理的话语、科学论述、演讲申说、民俗描写、简要通知等），以及主人公带有修辞个性的话语[②]。小说具有包容各式各样的体裁和话语形式的能力。许多用以描写素材的专门体裁的话语段落，便能够因为小说的这种杂语性而进入小说作品的话语排布中。巴赫金还进一步指出，"小说正是通过社会性杂语现象以及以此为基础的个人独特的多声现象，来驾驭自己所有的题材、自己所描绘和表现的整个实物和文意世界"[③]。这种杂语性以及伴随杂语性的对话，在巴赫金看来恰恰是小说体裁的基本特征。因此，被组织进小说内部的来自不同体裁的话语片段，恰恰是让小说体现基本特征的基本构件。

　　奇幻小说的百科性由庞大的异域时空体和小说的杂语性结合产生。在以史诗奇幻为代表的长篇奇幻小说中，这种百科性是构建其叙事框架的基础之一。被异域中的种种事物构建出来的一场场危机、考验与冒险，都需要素材话语在一定程度上对陌生化素材进行呈现。奇幻小说的百科性由此而生，并且在话语层面表现为一种特殊的、以超

① 亚里士多德：《诗学》，陈中梅译注，商务印书馆，1996，第75页。
② 巴赫金：《长篇小说的话语》，载《巴赫金全集》（第三卷），白春仁、晓河译，河北教育出版社，1998，第40页。
③ 巴赫金：《长篇小说的话语》，载《巴赫金全集》（第三卷），白春仁、晓河译，河北教育出版社，1998，第41页。

自然和架空世界为核心的陌生化素材的杂语性。

由此，构建架空世界的风潮起于小说并不是偶然的，而是小说这一体裁的杂语性和百科性决定的。其他的叙事体裁，如史诗或口头故事，都不具备杂语性和百科性的特质。有的长篇史诗被冠以某某文化百科全书的名号，却缺乏让素材话语和架空世界充分成长的空间。我们应该注意到，托尔金在构建阿尔达世界的早期，如撰写《刚多林的陷落》时，并没有使用小说体裁。但托尔金之前或之后的作者，以及与托尔金同时代的作者，如《爱丽丝梦游仙境》的作者刘易斯·卡罗尔、"纳尼亚"系列的作者 C. S. 刘易斯、"蛮王柯南"系列的作者罗伯特·霍华德等，都是以长篇小说展现架空世界的。托尔金作为构建架空世界的先行者，也是使用长篇小说这一体裁后才获得成功的。

奇幻文学的第二个核心体裁是 TRPG。TRPG 模组的设计师既有意将其表现为叙事文本，又有意将其表现为叙事素材。在表现为叙事文本时，TRPG 模组能够使人理解故事的既定框架和大致样貌。读者可以从模组文本中发现明显的叙事文本和素材文本，从中了解故事中的关键事件、场景、角色和物品。在表现为叙事素材时，TRPG 模组又会告诉读者事件将会怎样发生、角色的动机和行为方式、事物的运作规律等。所以，在 TRPG 模组中，叙事话语和素材话语是相对均衡的，且素材话语主要用以表现外在时空体而不是内在情绪。

TRPG 同样具有表现架空世界所需要的长度。TRPG 模组不直接承担把握节奏的任务，这点与通俗小说大不相同。叙事节奏是由游戏参与者在口头叙事活动中呈现的。TRPG 模组需要做的是在遭遇场景内部提供触发事件，或者互动的角色或物品。所以，在 TRPG 模组中，叙事话语不像在通俗小说中那样重要。即便不给玩家多少故事情节，他们也能通过跟怪兽战斗来获得乐趣。情节和叙事话语是要留给玩家自行构建的东西。与此相对，素材话语的重要性变得更加突出，因为这些话语表明了参与者游戏互动的基础，即能做什么以及能怎样做。换言之，TRPG 活动文本中的素材话语，是用以催发叙事话语和叙事活动的。这种特殊的功能对奇幻文学文本系统内其他体裁的生长产生了巨大的推动作用。

TRPG 模组对 TRPG 活动文本仅起到框架的作用，而后者主要呈现为开放的口头文本。整个文本的长度，主要受限于游戏中人际互动的总体时间，这一时间通常会被活动的组织者和参与者划分为连续的和多场的形式，理论上可以长达数十小时甚至上百小时。人际互动框架，具体来说就是游戏的主持人和玩家之间的对话，成为 TRPG 活动文本的基本框架，口头语言在文本中占据主流地位，但主持人和玩家很可能从规则书或其他可用文献中补入多种可用的话语片段。于是，超出游戏模组的新的素材话语得以加入进来，作为形塑游戏进程的重要部分。这使口头文本在内容上可以连接到作为多种体裁综合体的规则书上。

于是，TRPG 的开放机制，即要求玩家参与活动文本的创作，乃至鼓励玩家参与游戏模组的创作的机制，不仅深刻地影响了 TRPG 活动文本的"长度"，也以新的方式赋予了 TRPG 与小说类似的杂语性和百科性。架空世界的形象，被游戏模组和规则书同时勾勒出来：前者作为后者的表现样式，后者作为前者的内容基准，同时发挥呈现作用。通俗小说在这个体系里，也发挥了表现样式的作用，但并不能取代 TRPG 口头文本。因为通俗小说的文本，相对于 TRPG 来说仍然是封闭的。一部小说作品往往是由一两个作者创作出来的东西。TRPG 活动文本的开放性，以及 TRPG 模组文本的开放性，使受众产生了构建文本的需要。TRPG 的流行，使集中了大量素材话语的、作为整个文本系统杂语性和百科性集中体现的规则书具备了广泛的市场基础；TRPG 规则书的繁荣，又使得奇幻文学的多体裁文本系统进一步发展起来，使它脱离了托尔金那样的个人手工式生产，成为一种具备成熟商业模式的社会化生产。

CRPG 对整个角色扮演游戏的话语结构进行了变革，声音艺术、形象艺术的侵入，消除了语言艺术对文本的垄断。素材话语和叙事话语的形式被大量替换。即便如此，对于超越多媒体呈现能力的信息仍然要依靠语言来表达。素材话语和叙事话语在 CRPG 内部的重要性尽管被数字多媒体技术削弱了，但并未完全消失。这样，杂语性与百科性，在 CRPG 中便以更加多元的形式得以呈现。此外，CRPG 的长度和节奏控制，从 TRPG 的人际互动框架转向了人机互动框架，但仍然保留了其内部话语能够勾勒出架空世界轮廓的可能性。也就是说，CRPG 的内部话语，同样能够满足杂语性、百科性和足够的长度三个基本条件，因而成为兼顾叙事和架空世界表述的体裁。CRPG 的虚构性和商业属性，又进一步使它成为整个文本系统的核心体裁。

在奇幻文学中，神话也是一种重要的叙事体裁。神话原本是关于神的故事，却很难界定其明确而通行的话语结构。有的神话文本专注于叙事话语，有的神话段落却充斥着素材话语。比如，苏美尔神话对天空女神印南娜下冥府的描述就细致地讲到了印南娜身上佩戴的七件物品，以及这七件物品是如何在冥府中失去的。这种细致的讲述也许和宗教或仪式有关，但具体情况我们目前不得而知。总之，我们很难从话语形态上去分辨和框定神话：有的时候它是散文，有的时候它又是韵文；它有时候纯粹是在说故事，有时候却又在说物或人；有时候它是神圣庄严的诗歌，有时候又是炉边的故事；有时候它被融在严肃的政治教谕中，有时候又被融在导游词或短视频里。不过，无论如何，神话仍然是由叙事话语和素材话语相互纠缠构成的。且看下面的一则奇幻文学中的"神话"。

侏儒神话

在其他一切出现之前，有一个被称为混沌的机器。这个机器无限巨大而且无比复杂，但它什么事儿也做不了，只是不停地徒然运转着。李奥克斯，伟大的铸造之神，看出了这一点，于是说："我们的设计有一点瑕疵，这个机器什么都不做。我们应该改进一下这部机器，并且加上一些新的零件，这样它就能节省劳力，并且让生活更加轻松。"

李奥克斯的第一项改进是把一个巨大的齿轮放在机器的中央。他用大锤击打机器的一部分，把它敲成齿轮，这期间四溢的火花就变成了星星，为李奥克斯照亮。最后这个齿轮完成了，为了使它更有效率，李奥克斯并未把它仅仅造成一个圆片，而是造成一个球体。当然，所有齿轮都需要齿和槽，所以李奥克斯就这么造出了山脉和山谷。

这时，就像一切庞大的户外工程中总要遇到的那样，雨点开始稀稀拉拉落下来了。李奥克斯生气地把水道引入球形齿轮以控制水的流动。这些通道就变成了河流。很快，李奥克斯发觉他需要一些水槽来储存这些水，所以他在上面挖出了我们现在称为海洋的水盆。

但水面继续上涨，李奥克斯不高兴地造了些海洋生物来喝水。但光喝水并不能使这些生物满足，它们啃起齿轮来。于是李奥克斯造出海洋植物让动物们果腹。不一会儿，海洋植物爬上岸来，动物们也跟着上了岸，花草树木、飞禽走兽就这样出现了。这下李奥克斯可真慌起来了，觉得自己应该彻底摧毁这个齿轮。

就在此时，一些其他的神从这里经过。"李奥克斯，你在造什么呀？"他们问道，试着要瞥一眼李奥克斯的新发明。李奥克斯为自己草长兽窜的齿轮感到羞愧，不让其他神看到它。"走开，它还没完工呢，"李奥克斯说。一个叫作塔克西丝的狡猾神祇看到了从熔炉里溅出的星星，于是说："你没在用这些火花，是吧，李奥克斯？它们不过是些副产品，对吧？把它们给我吧。"但帕拉丁说："别把它们给她，她只会把它们都污染，把它们给我吧。"

于是一场关于谁该拥有李奥克斯火花的争论在众神之间爆发。最后，神上之神出现在这里，说道："要是你们打算为了它们争来争去——管它是不是副产品——你们中没有一个能得到它们。我会用它们做成一个住在李奥克斯的世界上的人。如果你们愿意的话，诸神中每个家族——善良、邪恶、中立——可以送一件礼物给这些火花做成的生物。但没有谁可以控制他们。"

帕拉丁，善良诸神的家长，赋予这些精神以肉体，这样他们就可以像神一样操纵这世界。塔克西丝，邪恶诸神的家长，给予这些精神以痛苦——饥饿、口渴、疾病和死亡——希望这样她就可以通过他们的渴求与恐惧来控制他们。吉力安，中立诸神的家长，赋予这些精神以自由的意志，这样他们就可以在善良与邪恶之间自由选择。当这些礼物都被赠予后，神上之神在世界上创建了克莱恩的各个种族。

这个齿轮明显地被破坏了，它依然转动着，但很显然没法像李奥克斯期望的那样带动整个宇宙。他摇了摇头，长叹一声，希望自己当初没碰过这个机器。①

神话在奇幻文学中经常表现为自由的散文体，这一点和小说类似。但现实社会中的神话和小说是互斥的。神话往往为发掘古籍古迹而得，被认为是远古文化的直接记录，被视为民族历史和民族文化的基石。一旦神话开始小说式的大肆演绎，多半就意味着大量的个人化演绎，神话的严肃性和神圣性就被取消了，神话也就不再被认为是文化上的神话，而仅仅被认为是故事上的神话，或者干脆就被认为是小说。神话和小说在生产方式上的差异，导致两者的文本形态大有不同。这种形态上的差异，使神话很难具备小说那样的杂语性：神话中素材话语的样式通常需要和文本的主体样式保持统一，不能像小说那样中间忽然插入一封信件或一段研究报告。这使得神话描述素材的话语手段，不能像小说那样丰富和有效。

但是，神话在整个架空世界的文本系统中，又具有特别重要的意义。一来，对世界宏观结构的叙事化表述，往往会以神话的形式呈现，尤其是以创世神话或造人神话的形式集中地呈现。在奇幻文学的文本系统中，神话往往是陌生化素材网络的叙事化呈现：这既是它的创作方法论，又是它的文本特点。神话采用了故事这一平易近人的形式，表达了主要陌生化素材的基本结构，表达三元宏观结构的相互关系，从而勾勒出架空世界的基本轮廓。二来，神话作为民族文化的代表，是架空世界宏观结构中族群框架和多元文化框架的搭建材料。一个种族的神话，集中地体现着一个种族的世界观和文化特点。多个种族神话的拼合，就是架空世界多元文化的呈现。"龙枪"系列与"魔戒"系列都采用了多来源叙述法，其历史叙述文本不断表示其所说的神话和历史来自不同来源，各个种族的创世神话面貌大不相同，

---

① Harold Johnson et al., *Tales of the Lance*, Lake Geneva, WI: TSR, Inc., 1992, p.109. 该处中译本采用了网络流行的版本，但其最初来源已无法确定。

显示出了多元化的倾向。这种叙述能够为作者和读者双方都留下足够的空间，使各种不同的观点和看法能够在架空世界中共存。从这两个意义上讲，神话尽管没有小说那样的杂语性，却具备着神话自身意义上的"百科性"。我们上文引用的那则充斥着机械论式世界图景的侏儒神话，已经将这两点明确地展现出来了。因此，一个架空世界，一个奇幻文学文本系统，常常将神话看作建构自己和展现自己的核心构件。

作为对叙事体裁论述的收尾，我们还要谈谈历史作为文体集合在奇幻文学文本体系中的情况。历史作为对架空世界时间轮廓的描述，对于奇幻文学来说必不可少。从现有的材料来看，欧美奇幻文学中的历史记述形式主要有两类：编年体和叙事散文体。它们的话语结构各不相同，各自蕴含着独立却又相互交融的历史渊源，对于时空体或架空世界的表现力也不同。

编年体，或曰编年纪事，是奇幻文学记录架空世界历史的常见形式。这类文体可以追溯至希腊时期。苏联古典学家卢里叶（Solomón Yakovlevich Luré）指出，编年纪事是古希腊伊奥尼亚诗学的四个源头之一[①]。希腊编年纪事的中译成果并不流行，笔者没能找到合适的译本，所以很难对它的话语结构进行分析。不过，欧洲的编年纪事传统很长，我们不难从后来的文献中了解它的样貌。12世纪初拉夫连季（Lavrenti）编《往年纪事》就是一个比较典型的例子[②]。《俄国文学史》将编年体纳入俄国文学的范畴，并指出了其叙事构造的发展："最初，事件的记录非常简短，并且同每个王公的统治有着关联：某年王公即位，某年敌人侵入俄罗斯国土，某年王公出击敌人，某年大公逝世。如果编年史始终只是这样一些简短乏味的纪实，那就仅仅有历史意义，却不会有文学意义了。然而我们的编年史家不久便希望非但记录事件，还要描写它。他们开始给叙述添上文学的形式，时常把事件的记录变成一种描绘生动的，引用了口语、民间俗谚和谐语之类

---

① 所罗门·雅科夫列维奇·卢里叶：《论希罗多德》，王以铸译，华夏出版社，2019，第132页。
② 拉夫连季编《往年纪事》，朱寰、胡敦伟译，商务印书馆，2011。

的包罗万象的故事。"①

叙事散文体的发端则要追溯到西方"历史学之父"希罗多德。在希罗多德的笔下，历史文本充分地发挥了散文体的自由性质，并且获得了后代文艺学者所谈论的杂语性和百科性。卢里叶说："希罗多德故事的特色是把多种多样的体裁随意混合到一起。如同调色板上各种各样的颜色一样，希罗多德在自己的著作中调动所有这些体裁，把它们运用到一幅具有令人惊异的艺术感情和节拍的图画上：在传说类型的插话里，他用民间故事的体裁；在精神高度昂扬的地方，他用荷马的体裁；在悲壮、动人心弦的地方，他用阿提卡肃剧的体裁；在各种意见相互冲突并需要逻辑证据的地方，他用智术师派修辞学的那些特殊手法。"② 这种体裁混合的式样也在后来的历史编纂中出现。如修昔底德在《伯罗奔尼撒战争史》中插入演说段落；后世的编年史家也会在编年史中插入"别的作者所写的故事、传记、书信和说教"③。

编年体和叙事散文体的传统，交互地影响着奇幻文学记录架空世界历史的文本样式，使架空世界的历史文本呈现多元的样式。一方面，奇幻文学用编年体框定简约的叙事话语，依照年份顺序对架空世界的历史事件进行记录。《被遗忘的国度设定集》和《艾伯伦设定集》，都较为严格地采用了这种方式记录历史。这种记录贴近原始的编年体，其形式强调了记录和叙述的效率，在 TRPG 中也留下了让玩家和读者发挥的余地。另一方面，奇幻文学也采用叙事散文体的方法描述历史。最为经典的作品要数《精灵宝钻征战史》。托尔金在这部题为"历史"的作品中，也采用了与希罗多德相似的体裁混合法讲故事，不仅为整个文本赋予了艺术魅力，也使这部作品继承了希罗多德式的杂语性和百科性，从而得以较为完整地展现架空世界的形貌。当然，像托尔金那样以专著的形式呈现架空世界历史的是少数。历史在许多设定集中表现为章节和段落，这就需要在散文叙事体中采取相

---

① 布罗茨基主编《俄国文学史》（上卷），蒋路、孙玮译，作家出版社，1954，第20~21页。
② 所罗门·雅科夫列维奇·卢里叶：《论希罗多德》，王以铸译，华夏出版社，2019，第178页。
③ 布罗茨基主编《俄国文学史》（上卷），蒋路、孙玮译，作家出版社，1954，第21页。

对简约的文风，在内容上尽量收窄至军事、政治或宗教等少数几个重点领域。此外，奇幻文学还拓展了编年体的写法，将年谱转变为时间段落描述，即打破以一年为限的时间段落，将时段扩展至多年，然后再以散文叙事体描述那些时间跨度长短不一的事件。多卷本《魔兽编年史》对这一形式做了充分的发挥，将艾泽拉斯世界呈现为一幅繁复精致又气势恢宏的画卷。

架空世界的虚构历史，尽管在文体上借鉴了历史学的许多传统，但仍然在形式上与现实的历史学成果大有不同。其中，最为明显的一点在于，分析性的话语在架空世界的历史文本中只能呈现某种艺术效果，并不是真正的"分析"。因为，分析是我们从事物的表象出发走进其深层的一种方法，但架空世界的虚构历史在认识上不完全需要这种方法，我们可以直接从设计者那里获得"真相"。毕竟，设计者所呈现的事物在架空世界的语境中完全可以被当作真实。所以，追求呈现时间轮廓的架空历史文本几乎没有必要进行史料分析。当然，史料分析段落在架空世界的历史文献中多多少少还是存在的。毕竟这些段落可以呈现不同社区的社会观点，体现社会文化的多元性。

（二）非叙事体裁或体例

叙事体裁对叙事文本的长度和节奏的约束，约束了文本内部叙事话语和素材话语的互构和增长。因此，建构架空世界所需要的大量素材话语，只好摆脱叙事体裁和文本的束缚，在别的文本、体裁或形式中完成自己的任务。托尔金在小说《魔戒》的开篇花了整整一个序章来进行素材说明。这章的内容包括霍比特人简介、烟草的历史、霍比特人聚居地的风土民情、魔戒落入霍比特人之手的过程，最后还介绍了霍比特人聚居地的地方文献史。在《魔戒》三部曲的末尾，托尔金又制作了六种附录，包括帝王本纪及年表、编年史、族谱、夏尔历法、文字和语言、第三纪元的语言和种族。在哈珀柯林斯出版社出版的 1991 年版中，《魔戒》序章长达 21 页，附录总共长达 146 页。托尔金选择将这些话语独立成章，应该是经过了认真考量：一是部分叙事话语与故事主干关系不大，插入故事主干后会使故事节奏显得拖沓，如人类王国的帝王本纪与年表等，因此有必要与故事主干切割开来，成为独立的章节；二是叙事话语和小说体裁已不能满足架空世界的表述需要，故有必要以素材话语和应用体裁予以呈现，如霍比特人的详细情况、精灵语的语言特点和字母表等。像托尔金这样在通俗小说中另立附录，专以阐明超自然素材的做法，在奇幻小说中颇为常见。勒古恩《地海故事集》中的《地海风土志》、罗伯特·乔丹《时光之轮》中的《名词解释》等都属此类。更为专门的非核心体裁，不仅体现在十二卷本《中洲历史》中，也体现在奇幻 TRPG 和 CRPG 出版的大量规则书和资料集中，包括民族志、地理志、对话体，还有大量体裁模糊的笔记。

从"魔戒"文本系统到"龙枪"文本系统，或者说从以通俗小说为核心的文本系统到以 TRPG 为核心的文本系统，还发生了一个重要变化，即非叙事文本的形式化程度增强，更多内容需交由固定的体例来呈现。地理志、民族志等散文体在扩展规则书中也常作为常规部分出现，形成了一种固定的体例。如《龙枪战役设定集》中的地理志，对各地方的介绍即由首府、人口、政府、语言、贸易、阵营、社会生活、主要地理特征、重要地点和它的地方史九个部分构成。民族志部分亦同，对各人种或类人种族的介绍由性格、物理特征、社会关系、阵营、领土、宗教、语言、名字、冒险信息和种族游戏数据十个部分构成。这种规范性趋向使这些内容更加具有社会协调性。一方面，"龙枪"的创作者非个人而是集体，这样明确的内容框架有助于建立创作规范；另一方面，这类体例化的文本更加方便读者快速查找。因此，尽管散文式的笔记在"龙枪"文本系统中仍然占据相当重要的地位，但该文本系统的生产更倾向于将笔记体例化。这样一来，我们便能够用体裁形式的眼光，去看待以素材话语为主要内容的文本。

由此，素材话语在叙事体裁之外就产生了三种流向：第一种是构成已有的应用体裁，如地图、地理志、人种志或怪物大全；第二种是构建成为新的文本形式，如规则书对于神祇教会和魔法种类的章节；第三种则保持着散文笔记的样式，留存在规整的形式之外。一般而言，前两种方向集中了那些更加"有用"的素材话语。这些话语被使用的频率更高，从而在文本的反复建构中，自然地获得了更加便于理解和协调的形式。描绘超自然结构的神祇和魔法、描绘宏观空间结构的地理信息，以及描绘宏观社会结构的社会群体信息，都在奇幻文学的文本系统中采取了高度形式化的样式，被非叙事体裁容纳其中。

围绕客观现实事物构建出来的非叙事体裁，要以事物的结构和人类的认知为文本结构的两大基本依据。但在奇幻文学的语境中，客观现实的束缚力减弱了。于是，在素材话语和应用体裁的塑造中，人的主观因素成为应用体裁话语结构的主导。陷入主观对于尚未成熟的创作者来说是有危险的：主观思想漫无目的的扩张以及创作者对于创作本身的热爱，免不了会让一部分人陷入无边无际的素材话语创造之中，从一个物件到下一个物件，从一个文本到下一个文本，直到生命、时间、金钱都虚耗到相当的程度才幡然醒悟。为了避免这种情况，创作者必须把握素材话语的边界和约束。这种边界和约束，不仅仅来自他对现实世界中相关事物及文本体裁的认知，更来自他对奇幻文学和自身目的的认知。在多数情况下，素材话语以及以素材话语为中心的非叙事体裁的生产，是以下列四个因素为主要边界和动力的。

第一个因素是人类对事物的基本认知。这是说，超自然和架空世界的陌生化素材，以及相关素材话语的内容不能过于超脱人类认知，而是要在人类认知的基础上合理地构建和反映陌生化素材的面目和性质。超自然和架空世界，在很大程度上遵循着人类的文化传统，正是这些传统构成了我们对陌生化素材的基础认知。素材话语和相关应用体裁对陌生化素材的描绘，既要与这一素材的认知基础保持合适的距离，又不应完全脱离这个基础，否则就很难得到社会文化的认可。

第二个因素是文本和体裁的实际功用。也就是说，素材话语和关于陌生化素材的文本和体裁，要注意为文本和体裁的写作目的服务，不要为了描写素材而描写素材。在奇幻文学的语境下，话语、文本和体裁对于陌生化素材的描绘，已经失去了许多应用文本和应用体裁描绘客观现实的意义。这样一来，素材话语和相关的文本及体裁，主要是为了创作者的创作目的服务的，特别要避免为创作而创作的死循环。从欧美奇幻文学的案例看，文本系统中的非核心体裁常常要为核心体裁服务。那些 TRPG 设定集中被描绘的地区、宝物和怪兽，是为了构成 TRPG 叙事而存在的。于是，描述它们的素材话语和文本往往要突出它们营造动荡或解决动荡的能力，以便营造出史诗奇幻中的那种具有传奇性的时空体。同时，这些话语和文本又要适应快速生产、快速翻阅和把握要领的要求，故此它们往往又表现出高度的模式化。于是，这些文本便呈现向新的应用体裁发展的趋向。

第三个因素是参考体裁的现有结构。这一因素没有前面两个因素重要，因为体裁尤其是应用体裁，对奇幻文学文本系统的约束力不能说很强。创造架空世界并不等于要建立明确的多体裁文本系统。不少小说作者用小说完成了对架空世界的表现后，只采取随笔或笔记那样的散文形式来描绘架空世界，如厄休拉·勒古恩的《地海风土记》①。这类行文几乎不受体裁概念束缚，无所谓规范或不规范。即便是体裁意识非常强的托尔金，也写下了大量笔记形式的手稿。实际上，对于形塑中的架空世界而言，自由的笔记体不啻为一种合适的选择。但是，体裁和相关形式概念仍然影响着架空世界的表现文本，如族谱、历法、地理志等体裁仍然具有重要的表现力：我们既能在"魔戒"系列的文本系统中见到这些体裁，也能在"龙枪"系列及许多 TRPG 系列的文本系统中见到它们。但这些体裁在奇幻文学的文本系统中，往往都经历了相当的简化和改造：对于现实世界的分析和体现功能减弱了，对核心体裁的支持功能则得到了强化。

第四个因素是创作者的创作能力。即创作者自己能够把握什么样的体裁，能够在体裁框架下产出怎样的文本。也许创作者的灵感和天才，是注重模式化的科学研究无法概括的，但创作者在通常状态下，在一定的时间内创作出来的文本，总有其质与量方面的界限。在对作家文学进行研究时，这类因素往往很少被考虑在内。因为作家文学关注的是作者精深的思想和精湛的技巧。但作为一种社会化和模式化的

---

① Ursula K. Le Guin, "A Description of Earthsea," in *The Books of Earthsea*, London: Gollancz, 2018, pp. 897–924.

生产活动，大众文学却需要考虑作者创作能力的边界。面对架空世界无限宽广的时空，创作者的话语和文本生产能力以及他们的时间和精力，理应在体裁的框架中得到有效率的分配。

奇幻文学的素材话语还有一个关键特点，那就是分析的必要性减弱了。奇幻文学素材话语的抽丝剥茧，不再是研究者抵达真相的方法，而仅仅是一种表现的方法。因为，创作者所确证的一切东西，都可以是架空世界中的真相。真相不再是被分析出来的，而是被创作者创作和确证出来的。奇幻文学素材话语和相关体裁的创作者与现实世界中相似话语和体裁的创作者有很大的差别。他们未必要掌握在现实世界中探索真实的方法和资料，而只需掌握呈现素材的方法和资料就够了。奇幻文学素材话语和相关体裁的呈现，是主观认知的直接层面，不需要契合客观的认知对象。这中间省去的时间和精力，使得奇幻文学架空世界的呈现成为可能。

正是由于这种主观性，奇幻文学的素材话语以及许多相关体裁无法在社会上自立。因为它们参照的体裁往往是用以描述客观现实的，是要刻意排除主观性的东西的。所以，即便这些充满主观性的相似文本声明了自己的虚构属性，其价值也未必能得到认可。而它们若不声明这种虚构属性，就会产生引发认知混乱的危险。为了规避这种混乱，社会权力机构便会排斥它们：科学机构、研究者或者审查机关会努力将它们从同类文本中分离出来，乃至把它们赶出流通领域。架空世界与现实世界的区隔，遂在这种社会权力的活动中表现出来。维持这种区隔，或者说维持现实世界的相关体裁和文本的权威性，是这种活动的主要目的。对于架空世界来说，相关体裁和文本的权威性同样重要，创作团队需要保证这种权威性的行之有效。

第七章
欧美奇幻文学文本系统的权力结构

在奇幻文学的文本系统中，海量的话语与文本，还有各式各样的体裁，都被两种东西联系起来：一种是作为内容框架的架空世界，另一种是作为行为框架的社会权力。欧美奇幻文学文本系统的社会权力（Power），指稳定存在于奇幻文学文本系统内部的、针对文本生产行为的强制力。这种权力依附于文本及其形式，经常表现为有序的结构。

欧美奇幻文学文本系统的权力结构，保证和支持了文本系统生产的有序进行和持久发展，能够为大众文学的社会化生产提供重要借鉴。在"魔戒"系列那样的个人生产中，权力结构并不会真的发挥作用。一个人生产的文本系统无所谓权力结构问题。但是，一旦多个主体进入文本系统的生产，生产主体之间的思想和信息传达就需要依靠文本进行，于是文本就对文本的生产产生了影响。随着社会分工和权利归属的明确，这种影响具有强制性。文本中蕴含的社会权力就会成为组织生产的重要因素。

但是，社会权力并非天然具有良好秩序，也不会天然地推动文本系统向合理且可持续的方向发展。合理的生产秩序基于合理的权力结构，需要生产者有意识地建构和遵守，它是经历过时间和市场淘洗的人类理念。因此，必须对权力结构进行有意识地分析和论述，才能找到其内部规律，并构建出合理性。本章主要讨论三个问题。

第一个问题是权力来源问题。文本本身不是社会主体，但是有权力的社会主体却往往要依赖文本行使其权力，从而使文本带有权力的性质。这时，文本的权力来自社会的赋予。处于文本系统生产活动中的人们之所以遵从这种权力，不是因为对暴力的遵从，而是因为对法理的认可。也可以这样理解：这种权力的强制力，一方面来自现行法律规定下的权利（Right），即"法"的部分；另一方面来自生产活动的实际需要，即"理"的部分。其中，"法"的部分决定了谁将权力赋予文本，而"理"的部分则决定了能够得到长时间共同认可的文本内容和文本分类。

第二个问题是权力表现问题。文本系统中的权力直接表现为话语形态，本书把这类话语称为权力话语。权力话语可以有特殊形态，如设定型和规则型的权力话语，其权力在话语的特殊形态中被宣示出来；权力话语也可以没有特殊形态，如发表型权力话语，社会权力蕴藏在话语内部，却影响着后来的生产活动。所以，尽管前文已经分析了叙事话语和非叙事话语，但其框架并不适合用来分析权力话语。权力话语对权力的宣示，并不完全能在叙事话语和非叙事话语的区分中表现出来，故权力话语分析只能另起炉灶。

第三个问题是权力关系问题。我们用权力圈和权力层级两个概念来描述文本之间的权力关系。权力圈，表示文本之间权力的联系与隔断。一个权力圈的文本只能用社会权力影响这个权力圈内部的文本，不能跨越权力圈去影响另一个权力圈的文本。在权力圈的内部，前文总是会对后文产生强制力。权力层级，表述的是文本之间强制和被强制的关系，上层文本对下层文本具有强制力。通过圈与层这两个概念，文本系统内的权力结构就能够被形象化地表述和分析，也便于大众的理解。权力圈与权力话语的分类密切相关，权力层级常常是由具有特殊形态的权力话语表现出来的。

通过对上述问题的梳理，我们可以得到搭建权力结构的合理思路，即有意识地以知识产权和品牌战略构建权力基础，以权力话语引导生产方向，最后以圈层结构规范社会分工与合作。尽管本书的论述主要基于欧美材料，但相关的知识产权法和商业运营策略，同样适用于我国的文化产业环境。也就是说，这一思路对我国文化产业的生产具有借鉴意义。

一 欧美奇幻文学文本系统的权力基础

欧美奇幻文学中的权力，首先建立在以私有制为基础的知识产权上。知识产权的确立，又与知识内容和相关文本生产活动的社会分工有关。马克思、恩格斯在《德意志意识形态》中指出："分工和私有制是相等的表达方式，对同一件事情，一个是就活动而言，另一个是就活动的产品而言。"[①] 在资本主义出版印刷业充分发展以后，作为文本创造者的作家和作为文本复制者的书商之间的社会分工确定了下来，知识产权的概念也在这种分工中诞生。

储卉娟梳理了著作权被发明的历史，指出这种基于智力劳动的私有产权具有两面性："个人之创造性与公共利益，正是在这个意义上，构成文学财产权的一体两面：创造性/独特性为个人对作品内容占有背书，在划定私有财产的边界的同时，也制造出与个人利益相对的公共利益，法律对公共利益在一定期限之后的保护，反过来确认了在文学生产这一'公共'领域中特定期限内个人利益的合法性和优先性。"[②] 著作权被发明出来以后，它便要在文本创造者和文本复制者之间流动，即由前者将部分财产权（如复制权）授予后者。通过授权契约，两个不同的主体就构成了具有共同利益的生产组织。

衍生品集群的社会化生产，意味着作者从个人变成了群体，作品从一个变成了多个。多个文本创造者围绕原初的或核心的作品分工合作，使核心作品从一种形态转换到另一种形态，从一个文本衍生成多个文本。著作权的流动也随之变得更加复杂。从权利的持有方来看，著作权构成了树状的授权网络。一方面，它必须被集中或收束起来，以使大规模生产变得可控，保证内容核心不至于荒腔走板，失去独特性和艺术魅力；另一方面，它要被授予到整个创作链条的各个环节中去，保证多个创作者的正当收益和创作动力，扩展它的市场影响和商

---

① 马克思、恩格斯：《德意志意识形态》，载中共中央马克思恩格斯列宁斯大林著作编译局编译《马克思恩格斯选集》（第一卷），人民出版社，2012，第163页。

② 储卉娟：《说书人与梦工厂：技术、法律与网络文学生产》，社会科学文献出版社，2019，第63页。

业生命。著名的"哈利·波特"系列就是这样生产的：罗琳首先创作了系列小说，然后通过授权的方式生产出系列电影和大量周边产品。在这个庞大文本系统的另一端，著作权收束于两个端点：作为著作权主体的罗琳，以及著作权附着文本——"哈利·波特"系列作品。

架空世界文本系统和衍生品集群不同，很难找到著作权的授权源头。同处"魔戒"系列文本系统中的《刚多林的陷落》和《霍比特人》之间不存在改编关系，却通过阿尔达世界联系起来。也就是说，在架空世界的文本系统中，文本与文本之间常常不是通过衍生关系联系起来的，而是通过架空世界这一共同的内容核心联系起来的。文本系统中的每个文本都受到著作权法的保护，不能随意将它们的衍生作品和改编作品投入市场。但是，基于架空世界内容的衍生，却不受著作权中关于衍生品条款的保护。因为，基于著作权法著名的思想表达两分法（idea/expression dichotomy），"思想观念本身不能得到版权保护，必须通过一定的表达形式表达出来，才能够得到版权法的保护"①。美国1976年《版权法》第102条就体现了这一原则，国际影响广泛。我国出版的《大辞海 法学卷》中也收录了"思想表达两分法"词条②。架空世界作为一种开放式的内容核心与生产框架，总有尚未被生产出来的内容和形式。因此，基于文本的著作权法无法有效地控制架空世界的内容生产。

于是，架空世界的法定权利很难依附于作品文本和著作权，而不得不依附于商标和商标权。"商标是生产者、经营者在其生产、制造、加工、拣选或者经销的商品上或者服务的提供者在其提供的服务上采用的用于区别商品或者服务来源的，由文字、图形、字母、数字、三维标志、颜色组合的具有显著特征的标志，是现代经济的产物。"③无论是"龙枪"系列还是"被遗忘的国度"系列，其名称和形象都是具有商标属性的：这点可以从官方出版物的商标徽记上得到确认。

---

① 陈剑玲编著《美国知识产权法》，对外经济贸易大学出版社，2012，第3页。
② 夏征农、陈至立主编《大辞海 法学卷》，上海辞书出版社，2015，第222页。
③ 杜奇华主编《国际技术贸易》（第三版），复旦大学出版社，2018，第131页。

这些架空世界的符号和名称，遂随着商标权的确立而具备了专有性质。商标权持有方所生产和认证的文本系统从而也在市场上具备了排他性。持有方通过授予商标，同样可以形成一种树状的授权网络，构建架空世界的官方文本系统，控制架空世界及其文本系统的有序发展。这样一来，商标权就和著作权一起，构成了架空世界文本系统的权力来源。

在这里，我们还应该注意到与商标紧密相连的另一个概念——品牌。商标是品牌的法律基础，是品牌的核心构件，品牌自身的含义则涉及产品、市场及社会文化等多重面向。对于以奇幻文学架空世界为核心的"品牌"来说，下面这段论述颇为合适。"品牌的价值在于它在消费者心目中独特的、良好的、令人瞩目的形象。品牌不只是绣在衬衫上的鳄鱼标记，而是这个鳄鱼标志所能在消费者心中唤起的一切美好形象的综合。这些印象可以是有形的，也可以是无形的，包括社会的或心理的效应。"① 架空世界的品牌效应，也是其在商业逻辑中能趋向合理和壮大的重要因素。

相对于工业产品，品牌效应在创意产业中具有特殊的作用——降低需求的不确定性。经济学家凯夫斯（Richard E. Caves）认为，需求的不确定性是创意活动的基本经济特征。他说："如果不是真正地将一件新的创意产品生产出来并放到消费者眼前，那么没人能确定消费者会如何评价它。它有可能会得到认可，产生远远高于生产成本的利润；但它也有可能面对没人认可其价值的局面。"② 通常情况下，这种不确定性同时来自供需两端。从产品端来说，创意产品生产流程的复杂性，使其生产过程无法精准品控，从而很难稳定地供给高质量的产品。从消费者端来说，各种因素都有可能引起市场群体的心理变化，市场群体的需求也有可能变得不稳定。

在 20 世纪八九十年代，品牌能够降低消费者的不安全感，使消费者产生明显的对产品使用价值的高度认知。因为"品牌是一种外在

---

① 让·诺尔·卡菲勒：《战略性品牌管理》，王建平、曾华译，商务印书馆，2000，第9页。
② 理查德·E. 凯夫斯：《创意产业经济学：艺术的商品性》，康蓉、张兆慧、冯晨、王栋译，商务印书馆，2017，第vi页。

标记，把产品中无形的，仅靠视觉、听觉、嗅觉和经验无法感觉到的品质公之于众。它给消费者安全感，免去消费者的后顾之忧"①。品牌一旦建立市场优势，就能够"成为消费者群体中持久的偶像和经得住考验的质量与价值的象征"②。现代学者将这种现象称作粉丝效应。他们发现，"粉丝这一特殊的群体对某个品牌有时会呈现出一种钦佩感、敬畏感，甚至是神圣感。他们与品牌之间的关系已经远远超出了普通消费者与品牌的关系"③。粉丝效应出现后，品牌产品就超越了其核心功能所产生的实用价值，而产生了一种流行于粉丝群体之中的膜拜价值。总之，品牌能够通过某种外显的连续性，影响消费者对产品的价值认知，提供极为稳定的市场预期，降低需求的不确定性。

　　品牌的这种外显的连续性，大体可以依据符号的符征与符旨之别分为两个层面。第一层可称为符征层或能指层，是通过商标的文本层面，如形象、名称、包装等建立起来的。人们通过识别商标来预期产品特征，辨识它们的核心功能和使用价值。人们也通过识别商标来产生价值认同。在文具或食品的包装或外壳上加上米老鼠或维尼熊的形象，能够使这些产品更受市场的欢迎。第二层是符旨层或所指层，是通过产品的使用特征以及产品广告为产品附加的形象建立起来的。人们之所以能够对商标这一符号产生固定的印象和预期，是因为产品固有性能的稳定性和产品广告形象塑造的稳定性，而前者又是后者的认知基础和认知保障。品牌的符旨层是符征层的含义基础，而品牌的符征层则是符旨层得以高效传播的保证，二者是一体两面的关系。品牌表现出来的连续性，就是由这样的一体两面共同维系的。

　　架空世界的品牌效应之所以重要，不仅仅是因为它降低了需求的不确定性，更是因为它为品牌的符旨层提供了特殊且强有力的连续性。符旨层的连续性来自固定的产品品类和产品品质。产品品类和产品品质任何一个层面的断裂，都可能削弱或打断这一层面所呈现的连

---

①　让·诺尔·卡菲勒：《战略性品牌管理》，王建平、曾华译，商务印书馆，2000，第15页。
②　西蒙·诺克斯、斯坦·马克兰：《价值竞争——在品牌价值和消费者价值之间架起桥梁》，李婧、马月才译，北京出版社，2001，第19页。
③　刘伟：《粉丝—品牌关系研究：概念、前因与后果》，中国经济出版社，2019，第1页。

续性。张小泉这个家用刀剪品牌，如果跨行业去做运动鞋，不免要重新建立品牌形象和产品信誉。架空世界能够在符旨层提供超脱品类的内容连续性。它以统一的想象时空体将不同的人物、不同的事物、不同的社会、不同的事件、不同的故事、不同的作品、不同的系列联结起来。于是，作为小说的《黑暗精灵》三部曲与作为 CRPG 的《博德之门》三部曲便成了相互连接的内容。即便这两个系列作品的人物和故事都关联甚少，但架空世界联结了两个系列作品的所有时空体。

架空世界作为建立连续性的方式，缓解了品牌生产的连续性与作品容量的有限性之间的矛盾。赫斯蒙德夫（David Hesmondhalgh）指出，创作系列作品是格式化（Formatting）的重要类型，而格式化则是文化产业公司应付高风险的办法，能够降低失败品带来的危险[①]。但是，即便公司和商业化苛求作品的系列化延续，作品仍然需要遵循它作为文艺作品的内在规律，广受市场欢迎的系列叙事作品更是如此。再长的故事都要有结尾。亚里士多德认为故事要由开头、中段和结尾三部分组成[②]。20 世纪的中国故事学者也高度赞同这种有头有尾的形式[③]。除了故事，人物也有这样的发展规律，因为人的自身寿命和生命历程总是有限的，且这种有限历程中的转变和抉择是不可逆的。麦基说："人物真相只能通过两难选择来表达。这个人在压力之下如何选择行动，表明他到底是一个什么样的人——压力愈大，选择愈能更加深刻而真实地揭示其性格真相。"[④] 从现实逻辑上说，人物一旦做出抉择并表达出人物真相，他便在故事中定型了，他的形象和抉择都不能再改动。也许在现实逻辑中，总有浪子会回头。但故事的逻辑是，人物真相不可随意更改，否则人物形象就会崩塌，故事的人物塑造也就失败了。所以，故事和人物都有其限度，都会终结。这种生住异灭的单向过程便决定了依靠故事和人物建立的连续性，对于大规模长时间的文化生产来说并不可靠。

---

① 大卫·赫斯蒙德夫：《文化产业》（第三版），张菲娜译，中国人民大学出版社，2016，第 24~25 页。
② 亚里士多德：《诗学》，陈中梅译注，商务印书馆，1996，第 74~75 页。
③ 王轻鸿：《中国传统故事诗学的现代重构》，《文学评论》2021 年第 4 期，第 76~85 页。
④ 罗伯特·麦基：《故事：材质、结构、风格和银幕剧作的原理》，周铁东译，天津人民出版社，2014，第 438 页。

架空世界从故事、人物和作品的外部解决了连续性问题。即便创作者离开现有的故事和人物，在架空世界内部另起炉灶，架空世界的品牌效应仍然能发挥作用。英国作家普拉切特的"碟形世界"系列，就是通过架空世界的连续性绕开故事和人物的连续性来延展创作的。这个系列的小说作品有数十部之多，可见这种方法非常成功。至于"龙枪"系列和"被遗忘的国度"系列的延展性，我们在前文已经通过其文本系统的庞大体量充分说明了。总之，品牌生产的连续性和作品内容的连续性，被架空世界统一起来了。这种统一的连续性，来自文化创意产业发展的迫切要求，并且主要以商标权的形式得到了法律的保护。

当代文化产业中也有其他种类的作品时空体串联系统，但其串联方式本身面目很模糊，存在感也不强。最典型的例子是美国漫威公司或 DC 公司的多元宇宙（Multiverse）—— 一个由多个平行宇宙组成的系统。2018 年 12 月上映的《蜘蛛侠：平行宇宙》（*Spider-Man：Into the Spider-Verse*）展示了角色们在多元宇宙中旅行的情况。但是，多元宇宙之间的联系很难被作品清楚地展现出来。我们只知道，这些宇宙被漫画公司联系在一起，有时候它们会串联，有时候它们会毁灭，有时候它们还会重启。人物从一个宇宙旅行到另一个宇宙，经常是从传送门的一头到另一头：从超光速旅行的开头直接跳到结尾，而惊世骇俗的中间过程总是习惯性地被省略掉了。展开多元宇宙穿越旅行的角色们，常常能够全须全尾地反复进出这类宇宙间的传送门，就好像那是他们自家的厕所门一样。到底是什么东西把这些不同的宇宙连接起来，还能够允许上述现象的持续存在呢？这个问题我们很难得出科学的回答。也许唯一可靠的回答就是"剧情需要"。倒不如说，多元宇宙的宇宙之间几乎别无他物。只有跳出作品内容，回到现实世界，事情才能得到合理的解释：不同的宇宙作为不同的作品时空体分别诞生和发展，然后才被剧情需要联系起来。总之，大众很难理解和想象出宇宙夹缝之间到底有什么东西，或者人物在不同宇宙之间的旅行途中到底会面临什么。

架空世界作为联结着诸多作品或产品的时空体和符号，具有鲜明的形象和强烈的存在感。这种形象和存在感，基于人类社会对周遭时空体长时间的认知、想象和描述，为架空世界的文本系统所呈现和塑造出来，并构成了新的内容和文本的生产机制。架空世界作为一种高度形象化，也可以在形象思维层面顺畅运作的联系方式，由此区别于多元宇宙这一难以形象化的联系方式。这种形象化的联系方式的另一面，就是它的陌生化机制和话语生产空间。如前文所述，这种被形象化构建出来的巨型生长空间本身就符合资本主义生产的要求。

　　架空世界从作品外部解决了内容连续性的问题，这意味着它在著作权外部解决了生产统一性的问题。架空世界作为品牌和商标支撑起了新的社会生产和社会分工方式。从"魔戒"系列到"龙枪"系列，欧美奇幻文学架空世界及其文本系统生产方式的转变可以被理解为如下转变：从以著作权为法律基础的、以某个或几个创作者为生产主体的系列化生产，转向以商标权为法律基础的、以数量更多的管理者和创作者为生产主体的系列化生产。生产主体层面的规模扩大化和分工复杂化，也意味着品牌产品的规模化和多样化。这符合文化产业的发展要求。正因如此，我们才要从过去的以作者创作为对象的研究思路中走出来，用超出工业化的产业化的眼光去研究它。

　　综上，架空世界文本系统具有两种权力基础，即法律基础和经济基础。前者主要是知识产权，包括著作权和商标权，这些法定权利使产权的持有者能够控制架空世界文本系统的生产和发展方向。后者则由文化创意产业活动中的品牌商业构成。品牌化回应了文化创意产业降低市场不确定性的内在要求，而架空世界又以超常的连续性、鲜明的形象和新的社会化生产方式回应了品牌化的产业要求。正如马克思指出的那样，私有制和社会分工是一体两面的，架空世界文本系统的法律基础和经济基础，作为私有制和社会分工的具体表现方式，也是一体两面的关系。两者共同支撑了架空世界文本系统对其生产者的社会强制力，也为文本系统的生产和发展提供了指引。

　　这种指引主要有两个方向。第一，架空世界文本系统中的社会权力，总是要使生产者在生产中保持内容上的连续性。这是其特殊的品牌化功能决定的，是经济基础对架空世界的直接要求。架空世界若脱离了内容连续性，其在品牌化战略中的特殊作用便不能发挥，很容易失去它的经济基础。所以，品牌产权的持有者通常会在文本系统中贯彻这一方向。第二，这种文本系统中的社会权力还会要求架空世界生产的有效性。架空世界文本系统尽管以小说、TRPG 或 CRPG 为核心体裁，却仍然要求作为设定的非叙事体裁的生产。因为，设定是在更有限的篇幅内更直观地呈现架空世界，或呈现陌生化素材的生产方式，也是更有效和更加清晰地生产架空世界品牌符旨的方式。这种针对素材的精炼的内容生产，对其他形式的内容生产还会产生指导作用。总之，连续性和有效性，在相当大的程度上决定了文本系统的内部秩序，包括文本之间的秩序和生产者之间的秩序，而这种秩序又以话语和体裁的方式体现出来。社会权力正是以这种方式融入文本内部，推动社会化生产走向协调的。

二　欧美奇幻文学文本系统中的权力话语

权力话语是欧美奇幻文学文本系统中社会权力的直接表现。大体量的奇幻文学文本系统的生成往往需要集体协作，而集体协作就需要权力话语来进行社会协调。权力话语按照对象可以分为两种。一种是用以协调文本关系的权力话语。这种权力话语要求文本系统中的不同文本确立前后一致的连续性关系，并在连续性的基础上具有强制力。另一种是用以协调社会关系的权力话语。这种权力话语往往会界定不同参与者之间的工作切割、创作者和文本的权威等级等，保证集体创作能够有条不紊地进行，避免不同参与者的生产活动及其生产出的文本互相矛盾。如果这种话语不存在，那么集体协作的基础就很难稳固，创作者之间可能会出现话语权的争夺。

超自然和架空世界的陌生化性质放大了上述两种权力话语作用的必要性。由于陌生化素材在现实世界中难有准确的参照物，奇幻文学相比写实文学更需要协调文本内容和确定协作准则。如 TRPG 对规则的描述就是非常典型的权力话语。超自然概念常常被游戏借用，生成游戏互动的规则。比如在角色扮演游戏中主持人和玩家进行互动，就需要规则话语来表明互动准则。如果玩家可以使用火球魔法攻击敌人，设计者就必须对火球魔法这个超自然概念进行表述。什么样的角色能够施展它？它会怎样命中敌人？它命中敌人之后会造成怎样的后果？由此产生的大量文本，都可以被视作权力话语。这些话语和行为规则对接，并能够影响人们的活动。

叙事话语和素材话语都有自己明确的形式，那么权力话语似乎也理应如此。但实际情况比上述类比更加复杂。权力话语可能会呈现两种状态。一是权力话语完全以其他话语的形式出现，它仅仅是被社会或习惯赋予了形塑和规范其他话语的权威。譬如说，《哈利·波特与魔法石》是前作，《哈利·波特与阿卡班兹的囚徒》是续作，续作需根据前作来创作，故前作就成了续作的权力话语。这时，权力话语便以小说的形态呈现。二是权力话语拥有自己的形态，以至于人们一看便知其规则属性。这类话语在传统的文学领域中很少露面，但在桌面游戏中随处可见。它们往往能够很明确地告诉玩家在某个方面应该怎样做或怎样创作。

尽管具有权力功能的话语未必都有自己的形式，但形式问题仍然十分重要。权力话语在很大程度上是不能与叙事话语及素材话语互斥的。它既然需要协调文本之间的关系和创作者的创作行为，那就需要引导其他文本进行叙事或说明。它需要使用叙事和说明的方式，即采取与叙事话语和素材话语相同的形式，来达成这样的目的。或者我们可以将既具有特殊形态，又具有协调功能的权力话语看作狭义的权力话语，而将所有具有协调功能的话语看作广义的权力话语。如果将形态特性与对象特征作为两个维度，那么我们就可以用这个分类模型来考察奇幻文学的文本系统，具体看看其中存在哪些类型的权力话语。这里，我们主要讨论三种类型的权力话语：发表型、设定型和规则型（见表 7 - 1）。

表 7 - 1　欧美奇幻文学文本系统中权力话语的三种类型

	不具有特殊的形态	具有特殊的形态
用以协调文本关系	发表型	设定型
用以协调社会关系	—	规则型

首先来看发表型权力话语。发表型权力话语，指不具有特殊的形态、用以协调文本关系的权力话语。发表型权力话语的强制力，首先是被创作者或社会的普遍认识和一般意愿赋予的。传统文学一般要求作品内部逻辑统一，故前文既已写定，后文必续其脉络，以示前后相应，实为一体。换言之，由于作者需要以前文为基准来创作后文，以前作为基准来创作后作，于是前面的内容对后面的内容就产生了约束作用。当然，发表型权力话语也来自文本系统的经济基础，即品牌化和系列化创作对连续性的要求。

发表型权力话语的生成关键是时间关系。一旦前作已经公开定稿，且前作与后作的关系被社会确定下来，那么后作便自然而然地要以前作为权力话语，接受前作的约束和指引。所以，这一类型的权力话语的形态就是作品本身的形态。这也是本书将这类话语称为发表型权力话语的原因。发表型权力话语对文本生产的强制力，是隐性地存在于所有公认成文定稿的作品之中的。一旦相关后作开始生产，这种强制力便凸显出来，约束后作的文本内容。前作的生产目的并不是约束后作。作为权力话语的前作，其权力是被后作赋予的。在一个文本系统内部，两个作品在定稿时间上的先后关系，就会促成发表型权力话语的诞生。

正是因为这样的强制性存在，文本系统的生产活动才能具有连续性，庞大的文本系统才得以被生产出来。不过，在庞大的欧美奇幻文学系统中创作续作，也不得不把许多已有的权力话语纳入考量。这样一来，这种充斥着整个文本系统的权力话语，一方面能够作为持续创作的指针，另一方面也成为后续创作的枷锁。叙事作品的有限性也与这一矛盾有关，但不完全是被这一矛盾决定的。还应该明确，这种矛盾影响的不仅是叙事话语，还有素材话语，以及描述游戏规则的规则话语，它广泛地存在于系列化内容生产和所有话语之中，并且影响着一个系列品牌的生命周期。

为了缓解这种矛盾，有的架空世界会进行更新换代：放弃上一个版本的历史包袱，重新设计一个新的版本。这种例子在品牌化的桌面游戏中比较常见：D&D 迄今为止已经发售到第五版，而万智牌则有时间固定的规则更新机制。随着游戏规则的更替，架空世界也被适度地删减和增添了。比如说，D&D 的多元宇宙结构在第三版和第四版中大不相同。不过，这种更新主要是针对游戏规则的，对已经出版的系列小说，则很难找到类似的例子。此外，通过平行世界的概念，创作者也能在系列续作中创造与前作相似却又相对独立的时空。这样，既能继承前作的受众基础和部分内容，也能抛开前作作为权力话语带来的创作束缚。

其次来看设定型权力话语。设定型权力话语，指具有特殊的形态、用以协调文本关系的权力话语。这是当代奇幻文学文本系统中极具个性的话语类型。陌生化素材网络的建构活动使奇幻文学的文本系统走向规模化与复杂化，需要更加独立而精简的话语保持创作的一致性。当代奇幻文学系列动辄三部曲、五部曲，有的作品甚至长达十数卷至数十卷。创作者尤其需要更为精简扼要的话语，作为保持内容连续性和有效性的参考。

虽说设定型权力话语具有特殊的形态，但其形态极为丰富。它在形态上的最大特征是，往往采取描绘现实的话语形式去描绘文学世界中的"虚拟现实"。如托尔金采用类似地理志的手法写《努门诺尔岛国概况》①，讲述其地形、物产、人民和风俗。又如克里斯·梅森等的《魔兽世界编年史》，游戏制作方也采用了现实世界记录历史的手法去描绘虚拟世界艾泽拉斯的宏大历史②。这些话语采取描绘现实世界的话语形式，无论是地理志还是编年史，都是不允许有虚构成分的。但有历史和地理常识的人却能明显感觉到，奇幻文学中的这些话

---

① J. R. R. 托尔金：《努门诺尔岛国概况》，载克里斯托弗·托尔金编《努门诺尔与中洲之未完的传说》，石中歌、邓嘉宛译，上海人民出版社，2016，第213~224页。

② 克里斯·梅森等：《魔兽世界编年史》，刘媛译，新星出版社，2016。

语偏偏就是完全虚构的，它们所描述的并非真实世界：努门诺尔和艾泽拉斯不在地球上，也不在现实宇宙中的哪颗星球上。

这些话语的特殊形态，是现实世界中"知识"所呈现的形态。知识是具有社会权威性的信息。人们通过这类信息的话语形态，可以察觉到社会赋予它们的权威性。描述自然世界与人类社会的话语及其形式，似乎自然而然地就会带有彰显权威的性质，因为那恰恰是知识所惯有的模样。奇幻文学的创作者借用了这个"知识的模样"，将它与作者自身天然具备的、对作品中虚拟现实的权威性结合起来，形成了能够直接形塑那种虚拟现实，并对相关文本具有约束力的权力话语。这类话语有时是叙事话语，有时是素材话语，但当它们聚集起来以特殊的文本形式独立成篇时，人们便能将它与传统意义上的文学作品区分开来。而仅就话语层面而言，无论这类权力话语是融汇在文学作品中，还是形成了独立的篇目，人们都可以把它称为"设定"。设定型权力话语和设定体裁中的素材话语深刻地联系着。或者说，设定型权力话语就是设定中的素材话语在权力话语中的化身。我们能很清楚地看到，在 TRPG 内部，设定型权力话语常与素材话语交叠在一起。

在被架空世界区隔出来的时空中，设定是有明显的权威性质的。由此，设定文本凸显了文本之间的权力层级。在 TRPG 文本系统中，那些以商标名称命名的基础设定集，如《龙枪战役设定集》或《被遗忘的国度战役设定集》等，负责描述架空世界的基础架构，由魏丝或格林伍德等主要设计师领衔。还有部分设定集，主要讲述架空世界的枝节部分，如《安瑟隆的骑士团》① 或《费伦的魔法》② 等，是没有主要创作者领衔或参与的。这样一来，在设定集文献的内部，权力的区分已经隐约可见了。设定集对其他文本，如归于相同系列的游戏模组和小说，或在 TRPG 活动过程中由主持人和玩家生产出来的游戏文本具有强制性的力量。战役设定集是上层，其他文本就成了下层。

---

① Sean Everette et al. , *Knightly Orders of Ansalon*, Lake Geneva, WI: Sovereign Press, Inc. , 1993.
② Sean K. Reynolds et al. , *Magic of Faerûn*, Renton WA: Wizards of the Coast, Inc. , 2006.

但是，这种权力分层并不是绝对的。文本的权力来源会造成文本之间复杂的权力关系。比如说，在某种情况下，设定需要反过来遵从小说等核心体裁。设定型权力话语的分层作用，只是将设定自身与其他文本区别开来，并指向某种下层遵从上层的关系。但设定到底是上层还是下层，则要看权力与文本的结合方式。

最后来看规则型权力话语。它是一种具备特殊的形态、用以协调社会关系的权力话语，在奇幻文学的文本系统中常以游戏规则的形式呈现。规则型权力话语的特点是，它会直接告诉人们在游戏中"应该做什么"，或者应该扮演怎样的角色。如 TRPG 规则书《龙与地下城玩家手册》中有如下段落。

> 身为一名玩家，你将使用这本书创造并扮演人物。你的人物是一名冒险者，属于某个经常探索地下城，与怪物作战的冒险队伍中的一员。请在所有人都觉得合适，并且有足够空间排放战术地图、小模型、掷骰、翻阅书本、放置人物表的场所进行游戏。
>
> DM 将负责每个场景并描述情节。你的工作则是设计人物以及他与其他冒险者的关系，然后按照设计扮演。你可以是个严肃的圣武士、妙语如珠的游荡者、鲁莽的野蛮人或谨慎的法师。请将人物特质牢记心中，面临状况时以他的观点来应对。有时你必须作战，也有些情况必须仰赖魔法、谈判或高明地使用技能来解决。[1]

344

上述段落明确了参与者在游戏世界和游戏场景中的身份、所处情境和行为方式，包括他能够获得的虚拟社会身份，以及将要面临的社会关系。实际上，整个规则书都在告诉参与者类似的信息，同时也告诉他们作为玩家在这个游戏中"应该做什么"。这个游戏还有另一本规则书《地下城主指南》，用以指导地下城主的游戏行为方式，对这一角色与玩家之间的互动和关系进行协调。桌面游戏尤其需要这类话

---

① 特威特、库克、威廉斯：《龙与地下城玩家手册》，奇幻修士会译，汕头大学出版社，2008，第5页。

语来规范游戏参与者的互动和关系。计算机游戏的互动方式由于被程序设计决定，反而不太需要太多这样的规则话语。不过，它仍然需要某些话语来确定参与者与游戏的互动方式，积极地进行游戏引导。

赫伊津哈在对游戏形式特征的定义中，指出了游戏的规则性和社群性质："游戏在特定的时空范围内展开，遵守固定的规则，并然有序。游戏促进社会的形成，游戏的社群往往笼罩着神秘的气氛，有些人往往要乔装打扮或戴上面具，以示自己有别于一般世人。"① 游戏的规则性以及社群性质，是在人类的沟通中建立的，并且十有八九还要体现在话语上。具体地说，规则型权力话语就是游戏确定其规则的直接表现，也是游戏建立社群的重要基础。它既规定了游戏这一特殊时空内的行事规则，也在游戏时空之外建立起社会联系，从而成为以游戏为中心的趣缘群体的共享话语。玩家们免不了花工夫讨论游戏的规则问题，甚至津津乐道。

在 TRPG 中，规则性话语划分出两种社会群体。一方面，它将所有的游戏参与者从非参与者中分离出来，以形成一个相对独立的小型社会群体。另一方面，它规定了这个小型社会群体中的角色，包括一个主持人即 DM，以及多个玩家，分别在游戏中负责不同的活动。在 CRPG 中，这种社会群体的建构由规则话语和计算机程序共同完成，玩家既可能在单机游戏纯粹的人机交互中被独立出来，也可能通过联机游戏和其他社会主体结成类似 TRPG 中的群体。从现有作品看，无论是纯粹的玩家群体，还是包含 DM 和玩家的群体，都能够通过 CRPG 结成。

发表型、设定型和规则型三种权力话语，确定了奇幻文学文本系统中社会权力的三种基本关系：发表型话语的权力是先发文本生产对后发文本生产的强制力量；设定型话语的权力是一类文本生产对另一类文本生产的强制力量；规则型话语的权力则是文本生产活动中人与人之间的强制力量。发表型权力话语，由于不具备特殊的形态，往往要和其他的权力话语叠加起来产生影响。设定型权力话语和规则型权

---

① 约翰·赫伊津哈：《游戏的人：文化中游戏成分的研究》，何道宽译，花城出版社，2017，第18页。

力话语的区别则非常明显，一个负责协调文本关系，一个负责协调社会关系。这三者共同呈现了奇幻文学文本系统内部的权力圈层及其相互关系。

三　欧美奇幻文学文本系统的权力圈层

奇幻文学文本系统是一个独立的权力圈。奇幻文学文本系统的内部权力基于其权利来源和商业运作，基本无法延伸到圈外，这也阻止了外部的社会权力向圈内入侵。这种隔离机制，当然是以商标权和著作权的私有制为保障的。但除了法律基础，架空世界这一内容核心也限定了文本系统的内容边界。由此，奇幻文学的文本系统，避免了与现实世界的权威认知、权威信息和权威文本直接冲突，也避免了这些冲突引发的权力干涉。奇幻文学的文本系统之所以能够确立独立的权力圈，也和这种重要的隔离机制有关。

为什么这种隔离相当重要呢？这是因为文本很难逃脱社会权力的控制。文本一旦向社会发表，便处于社会或多或少的关注之中，处于社会权力的网络之中。社会的各类主体，无论是政府、宫廷或教会，还是教士、文人或知识分子，都可能将他们的权威寄托于各类文本。政府或教会等权威组织所发行或颁布的文本，往往会成为社会中的权威文本。中世纪欧洲最为典型的权威文本就是拉丁语圣经。这样的权威文本在漫长的历史发展过程中也受到了很多挑战，如宗教革命以后各国的新教纷纷印刷本土语言的圣经译本。陈永麟认为："民族语言的圣经版本，完全粉碎了天主教会束缚圣经的这把'拉丁锁'——拉丁语。因此，民族语言在宗教领域的深入，是对天主教会传统权威的侵犯和否定。从此，罗马教廷和天主教会彻底丧失了对中欧、北欧和西欧的精神、文化的支配权。"[1] 这样，社会权威之间的矛盾便体现在文本的领域，体现为文本与文本之间权威的矛盾。这样的例子在中国也存在，如汉代古文经学与今文经学之间的矛盾，便包含着文本

---

① 　陈永麟：《马丁·路德的圣经研究与翻译》，《湘潭大学学报》1988 年第 3 期，第 118 页。

及其阐释的冲突。这类冲突当然也存在于当前的社会之中，关于传说与历史、新闻和谣言之间的冲突，同样是围绕着文本和权威展开的。这些文本之所以会冲突，其基础之一就是它们都声称自己准确或正确地反映了现实世界，又不能赞同其他文本对现实世界的反映。于是，基于同样的影响范围和文本所指，不同内容的文本之间可能爆发冲突，并且伴随着相应的社会矛盾和社会冲突，如宗教革命或文字狱等。

小说作为描绘虚构现实的文本种类，将自己从描绘现实的纪实文本中独立出来，以回避这种社会冲突，并为自己的创作开辟空间。叙事学探讨的虚构文学的双重区隔机制，把小说放到了文学艺术的圈子里，将这类文本与传递知识的具有权威性的文本隔离，确保了小说等虚构体裁的生产空间。当然，小说中的某些派别，如历史小说，仍然可能涉及现实社会中的人物及其形象，并卷入类似的权力冲突之中。随着小说社会地位的提升和社会权威性的增加，以及这一体裁从大众娱乐领域转向严肃文学领域，这种冲突爆发的可能性会更大，冲突本身也会愈加剧烈。

奇幻文学的文本系统，吸收了小说作为虚构文学的回避机制，并依靠三重区隔建立了属于这类文学自身的回避机制。奇幻文学的第三重区隔，尤其是由架空世界建立的、奇幻文学内容与现实世界的隔离，进一步避免了类似冲突的发生。当然，反映现实作为艺术的基本特征之一，仍然无法通过架空世界的方式避免。但架空世界中的所有事物和人物都可以和现实世界的事物和人物分割开来，或至少不产生直接指涉。正是因为有这样的分割，架空世界的文本系统才能够吸纳现实世界中纪实的文本形式。因为架空世界概念具备了与现实世界的分割功能，于是小说作为虚构体裁与现实世界的分割功能便被取代了。

架空世界的文本系统由于其所指的独特性，获得了几乎完全独立的地位。这个圈子里的文本全部指向架空世界而非现实世界。由于架空世界和现实世界的区别，架空世界的文本系统和现实世界中的纪实文本或权威文本得以分道扬镳，各司其职。再者，奇幻文学以其大众娱乐属性，将自身的主要部分保持在社会的权力中心之外。这种社会位置保证了奇幻文学在民间社会的高度繁荣，同时也保障了它的权力基础，即知识产权和商业运作可以不受其他因素干扰，拥有行之有效的强制性。总之，奇幻文学以其大众文化娱乐的定位远离了文本权力的中心位置，又以架空世界的特殊隔离机制回避了社会权力冲突。这样一来，架空世界的文本系统便形成了一个独立的权力圈。

架空世界文本系统的权力圈，是被商标这一代表架空世界的特殊文本界定的。是否赋予某一文本相关商标，是界定这一文本是否从属于这一品牌的直接标志。属于这一文本系统的，即归属于这一权力圈的文本，总是呈现"商标权文本 + 著作权文本"的形式。出现在市场上的作品，商标和作品文本总是同时出现的。这种文本的并存意味着商标权和著作权的并存，也意味着两种权力主体共同把握着这个权力圈中的权力。在品牌商业的理想中，商标是整个文本系统中权力层级最高的文本。商标对于作品文本的有效控制，意味着品牌的运营者能够与作品文本的创作者协调一致，意味着品牌的协调和筛选机制得到了有效的贯彻，品牌生产有条不紊地朝着计划中的方向进行。

架空世界文本系统权力圈，不仅是由商标权维系的，也是由发表型权力话语及连续性权力维系的。这种由连续性权力维系的权力圈，在一个文本系统中可能存在不止一个。文本系统内部的连续性权力，常常因为人为的隔断而生成多个权力圈。这种隔断行为，在某种程度上是有利于内容生产的。因为发表型权力话语的积累，不仅会导致内容生产的基础增厚，也会导致生产创作的空间被压缩，或生产创作的门槛增高、负担增加。理论上，文本系统的统筹者应削减这类过度积累的压力和矛盾。这种隔断行为还有一重意义，即避免多个作者在创作上相互干扰形成的架空世界时空体生产上的混乱局面。创意产品的创作者关注自己的作品是创意活动的基本经济特征之一[①]，故将创作者、他们的生产领域和著作权分割开来，避免创作者之间陷入意气之

[①] 理查德·E. 凯夫斯：《创意产业经济学：艺术的商品性》，康蓉、张兆慧、冯晨、王栋译，商务印书馆，2017，第vii页。

争的隔断机制，在这一领域的社会化生产中显得格外重要。直白地说，就是要避免两个或两个以上的创作主体共同创作同一个人物、同一个时空、同一个形象的作品，以避免著作权纠纷和内容冲突。一般来说，在架空世界的文本系统内部存在两种主要隔断机制——时空体隔断和游戏规则隔断。这两种隔断机制切分出了文本系统这个大权力圈内部的小权力圈。

时空体隔断涉及文本系统中几乎所有类型的话语和体裁，是架空世界隔断叙事作品著作权权力圈的核心方式。架空世界文本系统中小说体裁的隔断机制，不体现为游戏规则那样的版本更新，而体现为架空世界时空体的呈现和延展。游戏规则作为笼罩整个架空世界时空体的文本，是无法通过时空体延展来隔断的。但是，小说作为具有固定时空体的叙事文学，却可以通过架空世界时空体的扩张，做出文本内容之间的乃至著作权之间的区隔。也就是说，通过拓展架空世界的时空，使作者甲写甲时、甲地、某甲，作者乙写乙时、乙地、某乙，从而使作者甲与作者乙的创作能统一于架空世界，又不会产生版权纠纷和内容冲突。这种时空体扩张，是架空世界文本系统通过设定体裁和小说体裁的配合来完成的。通过设定体裁，如编年体或地理志等，对时空体做轮廓性描述，使架空世界时空体呈现广阔的时空形象。小说体裁则回归小说的本质，其书写的小说时空体仅占架空世界时空体的一小部分。这样，就为其他的小说时空体留下了空间。小说时空体与小说时空体之间的隔断便形成了。游戏模组，作为区别于小说的另一种被框定于时空体之内的叙事作品，也采用了时空体隔断机制。

在时空体隔断机制中，尤其要注意作品时空体在架空世界时空体中的地位。有的作品时空体位于架空世界时空体及其延展方向的中心位置。最为典型的就是西克曼和魏丝为"龙枪"系列创作的长篇小说。这些小说举着"萨迦"的旗帜，专注于描绘导致克莱恩世界纪元或年代变迁的重大事件，遂把自己保持在架空世界历史的轴心之中。托尔金的《魔戒》三部曲和《精灵宝钻》等叙事作品，也处于这样的位置上。或者说，史诗奇幻拥有将叙事置身于历史发展的特点。所以，史诗奇幻的隔断机制常常要依靠时空延展：要么向统一历史时间的上下游衍生，要么朝着多元化的族群史、国别史或地方史发展。前者多是时间式的，后者则多是空间式的。从"龙枪"系列到"被遗忘的国度"系列的转折，暗示着 D&D 旗下架空世界的时空体隔断机制从前一种方式向后一种方式的发展。

这种转折，从两个架空世界时空构架的对比中已清晰地凸显出来。在现实世界的史学领域，通史、世界史和地方史、区域史、国别史是长期共存的。在架空世界中，由于设计能力的进步，历史书写既能够承载多元化的时空，也没有放弃统一历史进程。"被遗忘的国度"系列以后的架空世界，常常综合地运用统与分的关系来建构时空。如"艾伯伦"系列在描绘科瓦雷大陆时，即构建了古伽利法王国的终末战争这一影响整个大陆政治体的历史事件，也构建了古代五国和当代十二国的国际政治框架[1]。另一个例子是开拓者游戏规则下的格拉里昂（Golarion）世界。这一架空世界构建出环绕内海的两片大陆——阿维斯坦和珈伦德，既有文明的沿海各国，也有蛮荒的内陆地区[2]。架空世界中相对隔离的空间区域和社会群体，构成了与社会化生产相适应的分工与产权分离机制；而连续起来的时空体和国际关系，又保证了品牌的连续性和统一性。

游戏规则隔断主要是针对游戏文本中的规则型权力话语来说的。同时，由于游戏规则与架空世界设定是一个整体，所以游戏规则隔断往往也伴随着设定型话语的调整。在 D&D 系统中，这种隔断行为主要表现为版本更新。在 D&D 的历史上，大概出现过五次版本更新。先是从 D&D 到 AD&D，然后有了第二版、第三版、第四版和第五版。每次版本更新都会伴随着权力话语的大幅度修改。在游戏规则的版本更新中，规则型权力话语，尤其是游戏数据的计算方式，以及设定型权力话语，包括对架空世界的描述，都产生了较大的调整。如托瑞尔世界关键性事件"动荡之年"，是"被遗忘的国度"系列进入第三版后的内容，它让架空世界的神祇结构从一种状态不可逆地进入另一种

① Keith Baker, *Eberron Campaign Setting*, Renton, WA: Wizards of the Coast, Inc. , 2004.
② Jason Bulmahn et al. , *World Guide, The Inner Sea*, Paizo, Inc. , 2011.

状态。还有的游戏品牌，如"万智牌""炉石传说"等，其规则是常态化更新的：旧的卡牌和规则定期退出标准比赛，新的卡牌和规则被定期加入比赛。

奇幻文学文本系统中的叙事作品，未必遵循游戏文本这种自我更新的规律。基本上，这些叙事作品一旦公开发表就很少改动。这种稳定性与叙事作品的生产特点和社会期待有很大关系。稳定不变的故事，既是小说在历史上的固有形态，也是社会大众对小说作品的普遍认知。创作者违背这种认知，不断更换小说版本和小说内容，不仅会毁灭自己费尽心思建立起来的人物形象，而且花费大量时间和精力也不能得到足够的回报，可谓得不偿失。传统的通俗小说，由此成为架空世界中相对稳定的部分：架空世界为了奠定它在社会中的认知基础，显而易见是需要这一稳定部分的。

权力圈内部的权力关系，首先是被发表型权力话语建立起来的，因为这类权力话语代表的连续性最容易被察觉和想象。在17世纪，像哈雷（Edmond Halley）或牛顿这样的欧洲科学家仍然相信上帝的存在。他们还猜测事物的规律中有一个起点，想象这个起点就是上帝的体现。从一个起点创造世界，是符合人类逻辑思维的说法。哈雷为牛顿的巨著《自然哲学的数学原理》写过一首诗歌，其中有这样的句子："朱庇特的计算，造物主的规则，他在初创万物时制定，连他也不会违反，这是他工作的基础。"[①] 然而，在个人创作中诞生的架空世界和文本系统，会有一个总体的逻辑起点和基础吗？事实显然并非如此。若我们翻看托尔金的《中洲历史》，便能发现他创作的架空世界几经改动。文本与文本之间，说不清谁先谁后，也说不清谁以谁为准。个人创作往往没有分工，因此不需要界定权力关系，也就不会赋予文本相应的权力关系。但当生产活动进入有组织的社会化生产时，情况就变了。这个时候，我们就需要讨论权力圈中的权力层级问题了。

---

① 艾德蒙·哈雷:《致人杰》，载牛顿《自然哲学的数学原理》，赵振江译，商务印书馆，2017，第3页。

商标权和著作权，作为文本系统社会权力的法律基础，区别出了文本系统中最基础的层级关系，即商标和产品之间的权力层级关系。商标的核心功能在于营造区别，这种营造包括两个方面：一方面，是用产品、广告和运营等方式为商标赋予明确而独特的含义；另一方面，是用商标将品牌产品与一般产品区分开来。商标权能够以专有符号的形式，将归属于自己的品牌产品从茫茫市场中区别出来，以保证其良好形象和内部融洽。这是著作权不能做到的事情。著作权是基于整个作品的，很难叫人在短时间内辨识出其特质。商标则是被产品和广告等生产出来的具有综合意义的符号，是产品特质和产品文化的轻便载体。商标权和著作权一样，都不能阻止他人在不侵权的前提下生产相似的产品，但商标权的专有性质维持了品牌的识别度和内在完整性。

商标和产品之间的权力层级关系，还包括这两种文本的生产者之间的关系，它会随着生产周期和阶段的变化而变化。在整个文本系统生产的早期，产品文本的生产和创造决定了商标文本的形象基础、经济基础和市场基础。商标作为符号，即便符征已被生产出来，其符旨却仍然需要核心产品的填充。也就是说，在这一阶段，品牌必须被产品赋能，却尚未具备赋能产品的力量。所以，产品文本的生产是整个文本系统的生产核心，产品文本对商标文本有决定作用。但是，一旦核心产品获得了市场的支持，成功地构建了品牌形象，即商标作为符号获得了充实的符旨及坚定的支持者群体，商标和产品的关系就出现了变化。在这一阶段，商标的市场基础会为品牌旗下的新产品打开最初的销路。这一市场基础能够从知名作者的市场声望那里剥离出来，并且被生产的组织者或者企业的经营者把握。新产品的生产者为了获得品牌的支持，就需要对品牌的运营者做出让步，甚至听其安排，否则就会被品牌排斥。此时，商标便成了一种可以赋予新产品确切的经济基础的文本，以至于商标权的持有者在博弈中多数能够占据上风。也就是说，商标和品牌有效地控制了旗下商品和品牌的生产。

在现实中，商标权与著作权的主体不一定总是协调一致的。近几年，我国企业和创作者在内容品牌的生产和运营中也出现过这样的不一致。如知名公司天闻角川旗下的"画猫"品牌就一度更换作者。按国家知识产权局商标局公布的资料，"画猫"这一商标的商标权为广州天闻角川动漫有限公司所有。该公司于 2019 年 1 月 14 日申请此商标，专用权期限为 2019 年 9 月 7 日至 2029 年 9 月 6 日。到 2020 年 12 月为止，天闻角川旗下的"画猫"系列产品主要有 5 种。我们将这些文献的信息汇总整理如表 7 - 2。

表 7 - 2　"画猫"系列主要产品信息

编号	作者	书名	出版日期
1	瓜几拉	画猫·梦唐	2015 年
2	苏徵楼	画猫·雅宋	2018 年
3	苏徵楼	画猫·宋朝十二月闲乐集	2018 年
4	苏徵楼	画猫·归汉：汉朝风情绘卷	2020 年
5	苏徵楼	画猫·汉朝风物志	2020 年

从表 7 - 2 中，我们可以看出这一品牌的商标权与著作权之间的裂隙。一方面，最早的作品出版于 2015 年，商标却注册于 2019 年；另一方面，商标权和著作权归属于三个不同的社会主体，其中著作权分别属于两个不同的创作主体。可以确定的是，从 2015 年到 2018 年，瓜几拉和苏徵楼两位作者先后创作了前缀为"画猫"的作品，并由天闻角川动漫有限公司策划出版。2019 年，天闻角川动漫有限公司注册了"画猫"这一商标，获得了商标权，并一直将此商标权授予苏徵楼的相关作品，而没有将其授予瓜几拉的相关作品。2019 年，创作者瓜几拉出版的《瓜几拉画猫·吾辈宋朝猫》也没有被印上"画猫"的商标，显然不在这一品牌之内[1]。根据这样的情况，我们很难说在这个品牌之内，商标权和著作权的持有者是合作无间的。

本书举出这一案例，不是要判断商标权和著作权的持有主体之间谁对谁错，而是要说明这两种权利之间的缝隙。即便两者不得不在品牌中并存，著作权和商标权也不是天然匹配的，两者的权利主体有各

---

[1] 瓜几拉：《瓜几拉画猫·吾辈宋朝猫》，中国友谊出版公司，2019。此外，该作者于 2014 年也推出过类似作品。参见瓜几拉《话猫》，湖南美术出版社，2014。

自的利益诉求。必须清醒地认识到，纵然商标往往处于权力层级的高层，但商标对于产品的强制能力依然是有限的。品牌的力量来自商标和产品两类文本的合力，商标的社会权力始终是受到品牌自身商业模式的局限的。

架空世界文本系统中的另一种文本层级关系，是设定体裁文本和核心体裁文本之间的权力层级关系。架空世界文本系统中的核心体裁文本统摄着文化和文本两个层面的塑造力量，在立足大众文化接受基础的同时，又努力将自己塑造成为自己那个体裁中的完成品乃至佼佼者。非核心体裁文本，即设定体裁，虽然也有完善自身体裁的任务，但它完成体裁要求和描绘架空世界这两种任务常常在方向上是一致的：地理志的目的就是描述地理，编年体的目的就是描述历史。因此，从客观上说，它们是在为核心体裁服务，帮助核心体裁的读者进一步加深对于架空世界的认识，或者帮助架空世界进一步走向合理化。但不能说设定体裁就是核心体裁的辅助：它们只是不能脱离核心体裁独立生存和发展，却并非不能成为或实现创作者的目的。设定体裁在文本系统中的价值和功用，主要来自它对整个文本系统的强制力。

理想的设定体裁文本，以及设定型权力话语的强制力，主要来自商标权而不是著作权。设定体裁文本以及设定型权力话语在社会化生产的文本系统中，其强制力是基于商标权实现的，而不是基于著作权实现的。这种偏向，是基于设定体裁文本的自身特质和权力倾向的。设定文本与小说，不像小说系列那样，依照故事和人物天然地联系着并被认为是一套作品，设定文本与小说，以及与其他设定文本，往往各自保有完整的形态。所以，设定文本与其他文本之间更难形成前文约束后文的权力关系。设定文本与其他文本，要依靠架空世界，或架空世界的符号尤其是商标，来形成连续性，明确文本间性。正是由于其权力来自商标权，设定体裁文本的权力层级才能比小说、游戏模组等核心体裁文本更高，才能对后者具有强制力。

设定体裁与架空世界天然地绑定着，并由此贴近架空世界的商标和商标权。设定体裁所采取的知识的形式，如编年体、地理志或民族志，使它更多地指向架空世界这一时空体本身，而不是以时空体为舞台的叙事。核心体裁文本必须倾心于它的体裁形式，严守这一体裁的社会认知，才能在大众市场中获得相当的地位。小说要精心地构筑情节，TRPG 除了情节还要考虑互动，这些体裁对时空体的建构受到其体裁本身的束缚，时空体是为叙事和互动服务的。设定体裁没有核心体裁这样的抱负，它存在的意义就是表达架空世界时空体，并且总是尽量追求直观，避免采取曲折的形式。这样一来，设定体裁就成为生产和呈现架空世界最有"效率"的体裁。欧美奇幻文学文本系统中的设定体裁能被编订成为设定集，集中地呈现架空世界的轮廓。如前文所述，这些设定集以架空世界的商标命名，并由项目的主要创作者创作。这样一来，设定文本、设定体裁和设定集，就与商标和商标权绑定起来。设定集成为商标符旨的核心呈现，也成为商标权对架空世界时空体强制力的代表。

正因如此，商标权也是设定型权力话语之强制力的主要来源。但是，我们并没将商标作为设定型权力话语来讨论。这是因为，商标尽管意涵丰富却过于简短。作为商标符征的标题、图像，为了商标传播的便利计，通常是以非常精炼的形式出现的。商标尽管有文字和图像，但这些文字和图像却不能涵盖其符旨，即不能涵盖品牌的含义。品牌的含义是被所有产品和广告等文本营造出来的。同时，品牌的含义又凝聚在了设定话语上。设定话语与商标权的结合，使设定话语的内容具有了权威和准绳的性质。

设定体裁在文本系统中的权力来自商标权和品牌战略，这句话也应该被反过来理解：脱离了商标权和品牌战略的框架，设定体裁在作品文本和著作权层面，是无法对核心体裁产生强制力的。这是因为，设定体裁文本没有核心体裁文本那样自成一体的素质，它的价值需要依附于核心体裁文本。设定体裁的文本形式和现实世界中传达知识的权威文本高度相似，这就意味着它如果没有核心体裁赋予的虚拟性，就会因与社会权威文本相冲突而失去其社会意义和社会地位。此外，设定体裁也需要核心体裁建立的市场基础。如果没有商标权的介入，核心体裁与设定体裁之间的关系，甚至会变成前者强制后者，而不是后者强制前者。因此，要使设定话语产生强制性，就需注册商标以产生商标权，然后将产品纳入品牌运作中去。

判断设定文本和作品文本之间的关系，当然也需要考虑权力圈中天然具有的、由发表型权力话语体现的那种前文对后文的强制力。当发表型和设定型两种权力话语处于同一个权力圈的内部时，并没有一个通顺的逻辑能让一方支配另一方。如罗琳先创作了"哈利·波特"系列，后注册了"巫师世界"（Wizarding World）商标，并为"哈利·波特"系列的架空世界撰写了不少笔记。这类设定文本仍然需要努力不与前文定稿产生冲突。总之，商标权与著作权、发表型与设定型两种权力话语是否能够统一起来，对奇幻文学文本系统生产活动的长期稳定十分重要。

我们还要讨论一下官方文本与民间文本之间的权力层级。官方文本与民间文本的区别在于，前者打上了商标并正式出版，而后者没有商标甚至无法获得版权收益。民间文本是社会大众对官方文本的反应结果，有时它甚至只是某种口头的、非正式公开的文本。TRPG 中由主持人和玩家在游戏过程中生成的文本，包括房规、人物卡、游戏记录乃至口头文本等，都可归入民间文本的范畴。玩家或读者被官方文本启发，自发创作的免费同人作品也可归入民间文本的范畴。笔者在前文的讨论中很少把民间文本纳入文本系统进行考量，主要是因为民间文本对官方文本基本没有强制力。但是，官方文本对民间文本影响很大。由此，官方文本与民间文本看起来像是处于不同的权力层级上。

实际上，民间文本和官方文本，并没有被商标这一文本联系起来。两者天然地处于两个不同的文本权力圈中。官方文本和民间文本之间若要产生权力层级，首要条件是两者被合并到同一个权力圈之内，具体来说就是民间文本的生产者认可和使用官方文本。官方文本作为构建民间文本的素材，是在民间主体和民间社会的日常生活层面使用的，也就是说，它是在没有商标权影响的文本权力圈中产生作用的。TRPG 文本系统中的许多官方文本就是出于这种目的被生产出来的。在民间文本的权力圈中，商标权的强制力被民间主体的强制力取代。民间主体认可官方文本的使用价值和市场影响，就会将部分强制力赋予官方文本。这种赋权的主要原因可能有三，即市场吸引、成本控制和集体协调。

市场吸引是民间主体吸纳官方文本的基础条件。在市场经济条件下，官方文本对民间文本的影响力主要来自市场，来自其经济基础和品牌战略。这其中也包括官方文本的使用价值，以及它对创作和娱乐等活动的有效性。市场吸引的效果有两个层面，一是对文本生产者的吸引，二是对文本接受者的吸引。这两个层面的吸引力往往是同时作用的。比如，某游戏主持人使用"龙枪"系列的设定文本去建构游戏模组，是因为"龙枪"系列吸引了他自己和他的玩家。所以，这个游戏群体打算按照官方规则进行游戏。在这种情境中，官方文本就被民间主体赋予了权力，成为判断游戏行为的准绳。又如，某小说创作者，自身喜欢"魔戒"系列，或自身不那么喜欢"魔戒"系列却对其多有研究，又知道"魔戒"系列拥有广泛的市场号召力，便创作了"魔戒"系列的免费同人小说。

成本控制是民间主体采用官方文本的一种经济学解释。民间主体尽管有创造民间文本的意向，但是其能够投入的时间和精力是有限的。民间文本是非正式出版的文本，缺乏合法的变现渠道，甚至目的也不是变现。所以生产者只能以业余时间投入这类生产活动，并且往往将这种生产活动视作兴趣或者娱乐。这种有限的生产投入，使民间文本的品质得不到保障，往往会和专业化生产的官方文本产生落差。于是，花钱直接购买和使用官方文本就成了更经济的游戏选项。官方文本中蕴含的方法论，以及它的思路和框架，也为相关民间文本的创作提供了借鉴，减少了民间创作者的试错成本。

集体协调是具有多个民间创作主体时，民间文本系统吸纳官方文本的重要原因。最为典型的例子就是 TRPG 活动。在 TRPG 活动中，主持人和玩家之间部分地具有博弈关系，玩家与玩家之间也可能出现竞争。此时，官方文本可以成为衡量游戏进程、平衡各文本生产主体的第三方标准。创作主体的人数越多，这种集体协调的意义就越大，官方文本的意义就越凸显。

当然，游戏中的裁量权仍在游戏主体那里。就像在某个采用"龙枪"系列规则的玩家群体中，主持人必须掌握最高权力尤其是最终解释权，随时根据具体情况调整规则和解释，而不是把自己的解释权让渡给文本，游戏才能顺利地进行下去一样。所以，在官方文本与民间文本的权力层级关系中，虽然看上去官方文本占据着主导权，实际上两者却统一地服从于游戏主体的安排。所以，民间文本总能够借助创作主体的社会权力，在特定的游戏时空中获得高于官方文本的权力层级。这当然是在创作者解决市场吸引、成本控制和社会协调问题之后的事了，但这些问题并不是不能解决的。

我们在这里讨论的民间文本和官方文本之间的关系，与詹金斯（Henry Jenkins）笔下粉丝创作和媒体产业的关系十分相似。粉丝创作基于热爱和传播而非营利的生产动机，生成了大量民间文本。詹金斯以电视文本的再生产文本为基础，认为："粉丝创作的根本特性挑战了媒体产业对流行叙事的版权。一旦电视人物进入更广泛的流通，侵入我们的起居室，在社会和社交网络中无处不在，它们就已经属于观众而不只是创作它们的艺术家。媒体文本因此可以也必须为观众重新制作，有潜力有意义的材料才能更好地传达观众们的文化兴趣，表达他们的愿望。"① 他强调粉丝创作的强大力量，以及它与媒体产业的冲突关系。这一关系凸显了粉丝创作的文化影响力。

但是，我们将官方文本和民间文本放在文本系统和文本权力的框架下研究就会发现，官方文本和民间文本之间仍然依商标权与著作权的界定而存在边界，并且后者仍然处于前者有力的影响之下。D&D等 TRPG 对架空世界和相关文本系统的长时间构建，使官方文本和民间文本呈现明显的分工与合作的关系。通过 TRPG 这类互动叙事，官方文本依赖民间文本生存、民间文本依赖官方文本建构的关系已经十分明确。两者在外形、权力和权利上，都能明确地被游戏玩家区分出来。TRPG 通过规则型权力话语，即通过游戏规则框定了玩家的创作

① 亨利·詹金斯：《文本盗猎者：电视粉丝与参与式文化》，郑熙青译，北京大学出版社，2016，第267 页。

行为，将民间文本与官方文本相互隔离。前者容纳了粉丝创作的活力、热情、创意和才华，但不与后者冲突。D&D 的品牌方，甚至提供了让民间文本转换成为官方文本的正式渠道与案例。

根据"被遗忘的国度"系列设定集的主要创作者格林伍德的回忆，这一架空世界是他在 1968 年通过奇幻小说创造的，"此后（1975年）又有新的发展，丰富了细节，随着'高级龙与地下城'系统一本书一本书的出现，'被遗忘的国度'为适应官方规则而做了调整，可以认为这些内容（作为非官方文本从《巨龙志》第三十期开始发表，包括怪物、魔法物品、咒语和非玩家角色）在'被遗忘的国度'系列中占据了主导地位"。1986 年，TSR 公司收购了这个架空世界，并让"龙枪"系列的设计者之一杰夫·格拉布参与了第一版设定集套装的设计。①

通过杂志刊登和版权收购，D&D 成功地发展出了"被遗忘的国度"系列。著名的"艾伯伦"系列最初也是民间文本，它通过创意大赛的方式进入官方视野，最后也被 D&D 品牌方收购，发展成了官方文本。可以说，D&D 的品牌方从 1976 年《巨龙志》第一期发表时，就已经在处理民间文本和官方文本的关系了，其对前文所讨论的设定体裁文本和核心体裁文本，乃至商标文本和作品文本之间的权力关系，也都做过比较妥善的处理。和詹金斯所研究的电视产品不同，基于游戏的互动特性，D&D 早在 20 世纪 80 年代就已经处于由社会各方生产的、包含多种体裁的文本群之中，并长期在版权框架内解决大规模文本生产的社会分工和产权归属问题。

恰恰是由于这种特殊的经验，我们对欧美奇幻文学的研究，才特意将 TRPG 这一形式纳入其中。TRPG 这一形式，以及它外部的文本系统，率先处理了大规模文本群的社会化生产遇到的许多问题。我们在上述现象的基础上，建构了多体裁文本系统的研究框架，并将它用于欧美奇幻文学架空世界的社会化生产研究。正是在多体裁文本系统

---

① Ed Greenwood & Jeff Grubb, *DM's Sourcebook of the Realms*, Lake Geneva, WI: TSR, Inc., 1987, p.4.

的框架下，权力圈层才能被抽象出来，让我们整体地看待体裁之间、文本之间、生产者之间的分工合作问题。狭义上注重文本内容解读的文学研究，很难触及这类问题，即便这些问题在我们所处的时代愈发凸显，并迫切地需要学术活动去提出和解决它们。由于学术积累的薄弱，且局限于文献材料，本章对于欧美奇幻文学文本系统中社会权力的分析难免粗疏。不过，我们仍然可以得出一些比较明晰的总括性结论。

架空世界文本系统中的权力结构，体现着其权力基础的秉性。著作权是生产主体对已完成作品的专有权利，具备已然和实然的性质。著作权是随着文本生产的完成，在强烈的内容连续性中被生产出来的。于是，它在被商标和架空世界所隔离出来的文本系统权力圈内部，产生了强调内容连续性的作品权力圈。商标权是申请者对于商标符号和产品种类的专有权利，尽管商标权要依附于产品才有商业意义，但它并未被已然和实然的作品完全绑定，也面向应然和未然。商标权的商业意义基于现有的产品，也基于未来的市场预期。因此，它应然和未然的一面，也要求它对自身的产品群进行整体性控制。文本的权力层级就是这种控制营造出来的文本关系。

架空世界既是这种权力圈层生产出的时空体，又在时空体中体现着权力圈层结构。一方面，架空世界是被不同权力层级的权力话语描绘、勾勒、甄选和定型的；另一方面，它的时空结构又意味着权力圈层的框架结构，被时空界限划出的具有高度连续性的小型时空体，天然地能够与作品权力圈结合在一起。因此，架空世界不仅是商标的关键符旨和文本系统的内容核心，更是权力结构和生产关系的外化。权力结构作为生产关系的重要内容，必须被纳入架空世界的整体设计中。只有这样，架空世界及其文本系统才能够充分地容纳和发挥我们这个时代的社会文化生产力。

结语　欧美奇幻文学的社会化生产

　　至此，本书对欧美奇幻文学故事世界与文本系统的考察便进入了尾声。尽管本书号称自己是文学研究，但具体的研究内容却延伸到了社会化生产这一传统文学研究不太注意的领域。传统社会中的文学生产要么是个人化的，要么经济形态比较单一，学者们在文学的社会化生产问题上难以找到研究价值。新中国成立后，文艺生产被纳入单位制度，财政拨款成了这类活动的主要经济基础，故其社会化生产看上去更像是一种政治活动。在最近 20 年中，大众文学的社会环境经历了前所未有的变化，媒体革命、文艺院团改革、网络文学平台兴起、泛娱乐和 IP 化战略浮出水面，文化产业得到了政府、社会和学界的高度重视，大众文学的社会化生产也在这纷繁复杂的环境中变成了值得深挖的领域。

　　即便如此，这类研究仍然会遇到学科划分的障碍。就欧美奇幻文学的社会化生产研究而言，对创作文本和建立商业模式的研究在传统上分属文艺学和经济学两个距离遥远的学科。奇幻架空世界的出现，又使这一领域的研究卷入了历史学、社会学、民俗学、文化人类学等多种人文学科，甚至天文学和地理学等自然学科。结果，就是没有哪个单独的学科会接纳奇幻文学社会生产和架空世界的研究，也没有哪个单独的学科能构建出对这一领域的整体认识。对于严守学科界限的期刊的审稿和项目的审核来说，这类带着跨学科性质的领域不好理解，也不好接受。所以，本书的研究只能采取专著的形式，方能形成打通文艺创作和社会化生产的完整研究。尽管本书使用了多个学科或领域的概念，但始终将文学艺术的社会化生产作为最终的落脚点。

　　本书将超自然作为界定奇幻文学的第一个核心概念。这种认识来自笔者对欧美学术史的梳理，也来自超自然概念在我们这个时代中广泛的社会意义。在欧美社会中，传统超自然概念不仅仅能带人们回归文化根脉，帮助大众对抗现代焦虑，更能作为反抗教会专权的民族符号。超自然概念之于现代欧美社会的这些意义和价值，是奇幻文学具备大众文化号召力的主要基础，是它被当代欧美大众作为生产对象和文化消费品的主要基础。如果仅仅将超自然概念理解成迷信，理解成传统社会的人们对于自然界的错误认识，或理解成当代社会哗众取宠的荒诞想象和呈现，就无法理解这类文学真正的价值所在。

欧美奇幻文学的故事世界或架空世界，是使用超自然概念构建的、具有现实意义和逻辑自洽属性的特殊时空体。架空世界对奇幻文学具有重要的方法论意义，它是巴赫金的时空体理论中"传奇时间中的他人世界"或"传奇时间中的奇特世界"的综合体，是被超自然结构赋予了传奇性、异域性和统一性的时空体结构，是叙事学者所谓三重区隔和犯框现象的集中体现，是推动多元话语和多元体裁生产的动力引擎，是奇幻文学文本系统的核心内容，是社会分工和社会权力的基本框架，是奇幻文学走向社会化生产的方法和果实，也是奇幻文学走向成熟和高峰的标志。

超自然、时空体和社会群体是奇幻文学架空世界的三大宏观结构。欧美奇幻文学的架空世界是在三大宏观结构的互动中生成的。超自然结构，或称超自然概念网络，不仅为奇幻文学和架空世界提供了丰富的传统色彩和现实意义，也为架空世界提供了描绘和演绎的逻辑起点。社会群体结构作为人类社会关系的集合，不仅是呈现人物与叙事的必要构件，也是为奇幻文学和架空世界赋予社会小说那种严肃与深刻的思想意义的关键。时空体结构既是架空世界时间和空间的物理结构，也是超自然结构和社会群体结构共同塑造出来的人文结构，是超自然结构和社会群体结构的载体和形塑对象。反过来，时空体结构又作为现实世界人类认识的抽象结果，如历史观或世界观，形塑架空世界中的超自然结构和社会群体结构。

架空世界不仅是从精神文化层面上被生产出来的，也是从文学层面上被生产出来的。同时，架空世界又是一种文学生产的方式。巴赫金的时空体理论揭示了时空体在叙事文学创作上的方法论意义，引出了架空世界和叙事文学的关系问题。架空世界作为精神文化上的时空体，也能囊括文学作品中的时空体，从而为奇幻叙事文学的创作提供可行的框架。通过深刻地影响时空体，超自然结构，如神祇、魔法、梦魇等，以及社会群体结构，如教会、女巫、冒险者等，也就在叙事文学上具备了方法论意义。也就是说，架空世界的三大宏观结构，不仅生成架空世界时空体的结构，也生成叙事作品时空体的结构。那些体量巨大的架空世界时空体，往往是在许多文学作品时空体的基础上诞生的。

欧美奇幻文学及其架空世界，通常表现为一个综合了多种体裁的文本系统。理解欧美奇幻文学在当代文化产业中的生产方式和发展情况，必须理解体裁和文本系统之间的关系。体裁是一个内容兼形式的范畴，是包含着文本形式、生产方式、群体认知模式、社会功能模式和大众经济模式的综合性概念。体裁贯穿了文本、媒介、产业和受众，是理解欧美奇幻文学和当代文化产业关系的关键。通俗小说、TRPG 和 CRPG 作为核心体裁，为架空世界和文本系统提供了虚构性、时空体呈现和基本商业模式。神话、传说、编年史、地理志、民族志等设定体裁又为架空世界提供了更加精准和凝练的表达方式和生产方式。通过整合不同的体裁，文本系统使奇幻文学和架空世界拥有了丰富的表达方式和多样的社会经济基础，也使多个文本呈现的时空体汇聚成为架空世界时空体。

欧美奇幻文学架空世界内部蕴含的话语生产机制，使上述文本系统的大规模生产成为可能。这种生产机制以超自然概念的民俗化和陌生化为基础。超自然概念的民俗化，使它得以成为现代大众文化娱乐文本中陌生化素材的源泉。陌生化素材通过克服熟悉感生成可述性，奇幻文学的话语便随着可述性的诞生而自然地产生出来。架空世界不仅增强了超自然素材的民俗化和陌生化性质，还将这两种性质赋予了非超自然素材，又为陌生化素材及相关话语提供了广阔的成长空间。此后，大众文化活动和资本的力量，又加入了话语的生产之中。巨型生长空间、大众实践参与、民族文化心理和大体量资本成为陌生化素材生产循环在现代文化产业环境下走向大规模生产的四个关键支柱。

欧美奇幻文学架空世界的话语生产，是以陌生化素材的生产为核心的、叙事话语和素材话语的双重生产。一方面，陌生化素材具有形塑叙事情节和叙事话语的力量。它有时作为核心素材去形塑整体情节，有时仅作为推进素材去形塑某个情节段落。另一方面，陌生化素材必须依靠话语生产自身，才能发挥它形塑叙事情节和叙事话语的作用。奇幻文学基于陌生化素材的多元话语生产方式及其发展，正是其文本系统走向多体裁格局的内因。这些话语必须进入体裁才能形成完整的文本和产品。互构共生的叙事话语和素材话语可以结合起来成为核心体裁，在大众市场上依赖其社会经济基础而自成一体。但当核心体裁无法容纳两者的增长，也无法满足架空世界的表述需求时，叙事话语和素材话语就形成了别的叙事或非叙事体裁，成为设定体裁和设定文本。

欧美奇幻文学的架空世界和文本系统，蕴含着保证奇幻文学社会化生产有序进行和持久发展所必需的专有制和社会权力。这种社会权力，即对生产者和创作者的强制力，主要基于法律所保障的知识产权，包括商标权与著作权，以及文化创意活动的商业运作所要求的品牌战略。知识产权和品牌战略所蕴含的连续性和有效性，形塑了文本系统内部社会权力的圈层结构。这种圈层结构又以权力话语和相关体裁的方式体现出来。在奇幻文学文本系统中，由发表型权力话语、设定型权力话语和规则型权力话语为代表的权力话语无处不在。一方面，已发表的文本，无论其形态或体裁如何，均有约束未发表的文本的力量；另一方面，设定文本和游戏规则文本这类具有特殊结构的话语，对文本系统具有特殊的强制力。这些权力话语是社会权力借助话语和文本传达的表现，是文本系统实现有序生产的关键表达。

借助权力话语，奇幻文学文本系统内部的权力圈层得以凸显。商标、商标权以及架空世界的概念，使奇幻文学文本系统成为一个权力圈，对外区别于其他文本内容和社会权力，对内具有文本内容和社会权力上的连续性。这一权力圈内部的隔断机制，如时空体隔断和游戏规则隔断，又在这一权力圈内部切分出更小的权力圈。这种大小权力圈的嵌套形式，正是文本系统内部权力分配结构的形象化体现。在权力圈内部不同的文本种类之间，还存在权力层级关系。商标与产品、设定体裁文本与核心体裁文本、官方文本与民间文本之间，都存在典型的强制与被强制的关系。文本系统中的权力圈层体现着其权力基础的秉性。基于文本系统的架空世界，既是这种权力圈层生产出的时空体，又在时空体中体现着权力圈层的结构。奇幻文学文本系统权力圈层结构的背后，是文艺生产进入产业化时代后必须面对的社会分工问题。

欧美奇幻文学文本系统的社会化生产，是架空世界、话语、体裁和社会权力共同作用的结果。传统文学研究所面对的个人创作及思想意涵的解读，当然也在这一文本系统的生产中起了举足轻重的作用。本书的主要目标在于借助欧美奇幻文学，建立一种奇幻文学的分析框架，所以基本不涉及这类问题，但并不是认为这类问题不重要。恰恰相反，传统的文学研究，对于奇幻文学而言极为重要。但是，在进行文本解读时，如果缺乏一套完整可靠的分析框架，那么难免会产生大量误读。本书的撰写计划，原本是对"九州"个案的研究，但笔者很快就发现并苦于分析框架的缺失。这种缺失使笔者很难对"九州"这一复杂案例做出公允的判断。因此，笔者将力量首先放在了分析框架的建立上：多体裁文本系统、架空世界的宏观结构、超自然和架空世界的话语生产机制，以及文本系统中的权力圈层结构等概念，都是这种努力的结果。

本书花了相当大的篇幅讨论社会经济基础问题。这一方面是基于笔者作为社科院学者无法回避的马克思主义传统，基于经济基础对上层建筑的决定性影响力。另一方面，很多成功的创作者都可以自行解决创作和思想问题，却很少思考社会经济基础问题，更不要谈经济基础和上层建筑的结合了。注意到这方面的现象，补足这方面的缺失，是文化学者可以发挥优势承担下来的责任。所以，本书努力将经济基础和上层建筑结合起来，将社会经济和文艺创作结合起来。贯彻这种理念，确实会遭遇现代学科分野所导致的跨学科困难，但若不贯彻这种理念，我们面对的很多现实问题就无法得到有效的解决。

应该坦言，本书的研究不足以解决中国奇幻文学的许多问题。因为本书的研究主要基于欧美材料，这是从奇幻文学史角度出发的结果。欧美的超自然文化传统、大众文学传统和文化产业语境都与中国不同。当代中国在这些方面都有自己的特点。中国独特的文献积淀、文化底蕴和产业情况，要求中国有自己的发展道路。我们当然也已注意到，当代中国有不少和架空世界有关的案例，并且不局限于奇幻文学内部，如《塔希里亚故事集》、"剑侠情缘"系列、"封神宇宙"等。如果着眼于方法论，那么架空世界的表现形式和文本系统的生产方式，又可以成为阐释、发展和传播我国地域文化的重要理念和工具。但这种方式也有它的问题要解决。限于篇幅，纵然还有许多遗憾，本书的研究只能暂告一段落了。我相信，在不久的将来，奇幻文学研究还能继续发展，还能结出更加丰硕的果实。

主要参考文献

第一部分　学术专著

（一）文艺学

阿巴特、帕克：《歌剧史：四百年的视听盛宴和西方文化的缩影》，赵越、周慧敏译，中国画报出版社，2020。

阿米特：《奇幻小说》，上海外语教育出版社，2009。

埃斯卡皮：《文学社会学》，于沛选编，于沛等译，浙江人民出版社，1987。

巴赫金：《巴赫金全集》（第二卷），李辉凡等译，河北教育出版社，1998。

巴赫金：《巴赫金全集》（第三卷），白春仁、晓河译，河北教育出版社，1998。

巴赫金：《巴赫金全集》（第四卷），白春仁等译，河北教育出版社，1998。

波斯彼洛夫：《文学原理》，王忠琪、徐京安、张秉真译，三联书店，1985。

查特曼：《故事与话语：小说和电影的叙事结构》，徐强译，中国人民大学出版社，2013。

程正民主编《巴赫金的诗学》，中国社会科学出版社，2019。

程正民：《跨文化研究与巴赫金诗学》，中国大百科全书出版社，2016。

丁建新：《文化的转向：体裁分析与话语分析》，南开大学出版社，2015。

杜瑞兹：《魔戒的锻造者：托尔金传》，王爱松译，黑龙江教育出版社，2015。

福斯特：《小说面面观》，冯涛译，上海译文出版社，2016。

郭星：《符号的魅影：20 世纪英国奇幻小说的文化逻辑》，南开大学出版社，2013。

怀特：《魔戒的锻造者：托尔金传》，吴可译，上海译文出版社，2004。

刘锡诚编《俄国作家论民间文学》，中国民间文艺出版社，1986。

龙迪勇：《空间叙事学》，三联书店，2015。

麦基：《故事：材质、结构、风格和银幕剧作的原理》，周铁东译，天津人民出版社，2014。

梅列金斯基：《神话的诗学》，魏庆征译，商务印书馆，1990。

米克·巴尔：《叙述学：叙事理论导论》（第三版），谭君强译，北京师范大学出版社，2015。

普林斯：《叙事学：叙事的形式与功能》，徐强译，中国人民大学出版社，2013。

齐普斯：《作为神话的童话/作为童话的神话》，赵霞译，少年儿童出版社，2008。

屈畅：《巨龙的颂歌：世界奇幻小说简史》，古吴轩出版社，2011。

热奈特：《热奈特论文集》，史忠义译，百花文艺出版社，2001。

热奈特：《叙事话语 新叙事话语》，王文融译，中国社会科学出版社，1990。

萨莫瓦约：《互文性研究》，邵炜译，天津人民出版社，2003。

斯奈德：《救猫咪：电影编剧宝典》，浙江大学出版社，2011。

斯奈德：《救猫咪Ⅱ：经典电影剧本探秘》，汪振城译，浙江大学出版社，2011。

苏恩文：《科幻小说变形记》，丁素萍、李靖民、李静滢译，安徽文艺出版社，2011。

苏恩文：《科幻小说面面观》，郝琳、李庆涛、程佳等译，安徽文艺出版社，2011。

孙鹏程：《形式与历史视野中的诗学方案——比较视域下的时空体理

论研究》，浙江大学出版社，2012。

童庆炳：《童庆炳谈文体创造》，河南大学出版社，2008。

托多罗夫：《巴赫金、对话理论及其他》，蒋子华、张萍译，百花文艺出版社，2001。

托多罗夫编选《俄苏形式主义文论选》，蔡鸿滨译，中国社会科学出版社，1989。

托多罗夫：《奇幻文学导论》，方芳译，四川大学出版社，2015。

托多罗夫：《诗学》，怀宇译，商务印书馆，2016。

雅各布斯：《纳尼亚人：C. S. 路易斯的生活与想象》，郑须弥译，华东师范大学出版社，2014。

亚里士多德：《诗学》，陈中梅译注，商务印书馆，1996。

伊塔诺·卡尔维诺：《论童话》，黄丽媛译，译林出版社，2018。

张冰：《陌生化诗学：俄国形式主义研究》，北京师范大学出版社，2000。

赵毅衡：《广义叙事学》，四川大学出版社，2013。

周维东：《中国共产党的文化战略与延安时期的文学生产》，花城出版社，2014。

J. R. R. Tolkien, *The Letters of J. R. R. Tolkien*, New York: HarperCollins Publishers, 2006.

Lykke Guanio-Uluru, *Ethics and Form in Fantasy Literature*, New York: Palgrave Macmillan, 2015.

Dan Hassler-Forest, *Science Fiction, Fantasy, and Politics: Transmedia World-Building Beyond Capitalism*, Lanham, Md: Rowman & Littlefield International, 2016.

David Herman, *Basic Elements of Narrative*, Malden, MA: Wiley-Blackwell, 2009.

Peter Hunt & Millicent Lenz, *Alternative Worlds in Fantasy Fiction*, New York: Continuum, 2001.

John Clute & John Grant (eds.), *The Encyclopedia of Fantasy*, Santa Cruz, CA: Orbit Publisher, 1999.

（二）民俗学与历史学

鲍曼：《作为表演的口头艺术》，杨利慧、安德明译，广西师范大学出版社，2008。

贝林格：《巫师与猎巫：一部全球史》，何美兰译，北京大学出版社，2018。

博尔尼：《民俗学手册》，程德祺等译，上海文艺出版社，1995。

布里吉斯：《与巫为邻：欧洲巫术的社会和文化语境》，雷鹏、高永宏译，北京大学出版社，2005。

布罗代尔：《论历史》，刘北成、周立红译，北京大学出版社，2008。

董晓萍：《跨文化民俗体裁学：新疆史诗故事群研究》，中国大百科全书出版社，2018。

董晓萍：《现代民间文艺学讲演录》，广西师范大学出版社，2008。

郭于华：《死的困扰与生的执著：中国民间丧葬仪礼与传统生死观》，中国人民大学出版社，1992。

哈里森：《科学与宗教的领地》，张卜天译，商务印书馆，2019。

哈里森：《圣经、新教与自然科学的兴起》，张卜天译，商务印书馆，2019。

哈内赫拉夫：《西方神秘学指津》，张卜天译，商务印书馆，2018。

坎贝尔：《千面英雄》，黄珏苹译，浙江人民出版社，2016。

柯基亚拉：《欧洲民俗学史》，魏庆征译，商务印书馆，2021。

柯瓦雷：《从封闭世界到无限宇宙》，张卜天译，商务印书馆，2019。

孔飞力：《叫魂：1768 年中国妖术大恐慌》，陈兼、刘昶译，上海三联书店，2012。

拉夫连季编《往年纪事》，朱寰、胡敦伟译，商务印书馆，2011。

黎亮：《中国人的幻想与心灵：林兰童话的结构与意义》，商务印书馆，2018。

李约瑟：《文明的滴定：东西方的科学与社会》，张卜天译，商务印书馆，2016。

列维－斯特劳斯：《野性的思维》，李幼蒸译，中国人民大学出版社，2006。

卢里叶：《论希罗多德》，王以铸译，华夏出版社，2019。

马林诺夫斯基：《文化论》，费孝通等译，中国民间文艺出版社，1984。

马林诺夫斯基：《巫术科学宗教与神话》，李安宅译，中国民间文艺出版社，1984。

茅盾：《神话研究》，百花文艺出版社，1981。

米什莱：《中世纪的女巫》，欧阳谨译，上海社会科学院出版社，2019。

莫斯、于贝尔：《巫术的一般理论 献祭的性质与功能》，杨渝东等译，广西师范大学出版社，2007。

佩迪什：《古代希腊人的地理学——古希腊地理学史》，蔡宗夏译，商务印书馆，1983。

普罗普：《故事形态学》，贾放译，中华书局，2006。

普罗普：《神奇故事的历史根源》，贾放译，中华书局，2006。

施爱东：《故事法则》，三联书店，2021。

托马斯：《16 和 17 世纪英格兰大众信仰研究》，芮传明、梅剑华译，译林出版社，2019。

王杰文：《表演研究：口头艺术的诗学与社会学》，学苑出版社，2016。

西村真志叶：《中国民间幻想故事的文体特征》，中国社会科学出版社，2018。

杨利慧等：《神话主义：遗产旅游与电子媒介中的神话挪用与重构》，中国社会科学出版社，2021。

于鲁·瓦尔克：《信仰故事学》，董晓萍译，中国大百科全书出版社，2019。

于鲁·瓦尔克：《信仰 体裁 社会：从爱沙尼亚民俗学的角度分析》，董晓萍译，中国大百科全书出版社，2017。

钟敬文：《钟敬文民间文学论集》（上），上海文艺出版社，1982。

钟敬文：《钟敬文民间文学论集》（下），上海文艺出版社，1985。

周作人：《周作人民俗学论集》，上海文艺出版社，1999。

祝鹏程：《文体的社会建构：以"十七年"（1949—1966）的相声为考察对象》，中国社会科学出版社，2018。

Bruno Bettelheim, *The Uses of Enchantment*, New York: Alfred A. Knopf, 1989.

Ulrika Wolf-Knuts（ed.）, *Input & Output, The Process of fieldwork, Archiving and Research in Folklore*, Turku: the Nordic Network of Folklore, 2001.

（三） 文化产业与游戏研究

陈建宪等：《民俗文化与创意产业》，华中师范大学出版社，2012。

陈灼：《上帝掷骰子：欧美角色扮演游戏史》，文汇出版社，2006。

储卉娟：《说书人与梦工厂：技术、法律与网络文学生产》，社会科学文献出版社，2019。

弗雷顿：《游戏设计梦工厂》，潘妮等译，电子工业出版社，2016。

何昌其主编《桌面战争——美国兵棋发展应用及案例研究》，航空工业出版社，2017。

赫斯蒙德夫：《文化产业》（第三版），张菲娜译，中国人民大学出版社，2016。

赫伊津哈：《游戏的人：文化中游戏成分的研究》，何道宽译，花城出版社，2016。

卡菲勒：《战略性品牌管理》，王建平、曾华译，商务印书馆，2000。

凯夫斯：《创意产业经济学：艺术的商品性》，康蓉等译，商务印书馆，2017。

考斯基马：《数字文学：从文本到超文本及其超越》，单小曦、陈后亮、聂春华译，广西师范大学出版社，2011。

库什纳：《地下城主的崛起》，D. E、樱庭若雪译，四川美术出版社，2019。

李斌：《IP生态圈：泛娱乐时代的IP产业及运营实践》，中国经济出版社，2017。

刘伟：《粉丝—品牌关系研究：概念、前因与后果》，中国经济出版社，2019。

诺克斯、马克兰：《价值竞争——在品牌价值和消费者价值之间架起桥梁》，李婧、马月才译，北京出版社，2001。

瑞安编《跨媒介叙事》，张新军、林文娟译，四川大学出版社，2019。

瑞安：《故事的变身》，张新军译，译林出版社，2014。

塞维尔：《桌游简史》，王晶译，中国画报出版社，2021。

威廉斯：《漫长的革命》，倪伟译，上海人民出版社，2013。

威廉斯：《文化与社会：1780—1950》，高晓玲译，商务印书馆，2018。

向勇：《文化产业导论》，北京大学出版社，2015。

詹金斯：《融合文化：新媒体和旧媒体的冲突地带》，杜永明译，商
　　务印书馆，2019。

詹金斯：《文本盗猎者：电视粉丝与参与式文化》，郑熙青译，北京
　　大学出版社，2016。

Shannon Appelcline, *Designers & Dragons: The '80s*, Silver Spring, MD:
　　Evil Hat Productions LLC. , 2014.

Espen J. Aarseth, *Cybertext*, *Perspectives on Ergodic Literature*, Baltimore,
　　Md: Johns Hopkins University Press, 1997.

Peter Archer（ed.）, *30 Years of Adventure: A Celebration of Dungeons &
　　Dragons*, Renton, WA: Wizards of the Coast, Inc. , 2004.

Matt Barton & Shane Stacks, *Dungeons and Desktops: The History of Com-
　　puter Role-Playing Games*, *Second Edition*, London: CRC Press, 2019.

Shannon Appelcline, *Designers & Dragons: The '70s*, Silver Spring, MD:
　　Evil Hat Productions LLC. , 2014.

第二部分　文学作品（按作品年代排序）

斯威布：《希腊的神话和传说》，楚图南译，人民文学出版社，1958。

贾芝、孙剑冰编《中国民间故事选》（第一集），人民文学出版
　　社，1958。

贾芝、孙剑冰编《中国民间故事选》（第二集），人民文学出版
　　社，1962。

赫西俄德：《工作与时日 神谱》，张竹明、蒋平译，商务印书馆，1991。

托尔金:《小矮人闯龙穴》,徐朴译,少年儿童出版社,1993。

托尔金:《魔戒:魔戒再现》,丁棣译,译林出版社,2001。

托尔金:《魔戒:双塔奇兵》,汤定九译,译林出版社,2001。

托尔金:《魔戒:王者无敌》,汤定九译,译林出版社,2001。

魏丝、西克曼:《龙枪编年史 秋暮之巨龙》,朱学恒译,龙门书局、第三波出版国际股份有限公司,2001。

魏丝、西克曼:《龙枪编年史 冬夜之巨龙》,朱学恒译,龙门书局、第三波出版国际股份有限公司,2001。

魏丝、西克曼:《龙枪编年史 春晓之巨龙》,朱学恒译,龙门书局、第三波出版国际股份有限公司,2001。

魏丝、西克曼:《龙枪传奇 试炼之卷》,朱学恒译,龙门书局、第三波出版国际股份有限公司,2001。

魏丝、西克曼:《龙枪传奇 时空之卷》,朱学恒、张欣茹译,龙门书局、第三波出版国际股份有限公司,2001。

魏丝、西克曼:《龙枪传奇 烽火之卷》,朱学恒译,龙门书局、第三波出版国际股份有限公司,2001。

萨尔瓦多:《黑暗精灵三部曲:故土》,朱学恒译,龙门书局,2001。

萨尔瓦多:《黑暗精灵三部曲:旅居》,吴宜洁、欧威扬译,龙门书局,2001。

萨尔瓦多:《黑暗精灵三部曲:流亡》,徐庆雯译,龙门书局,2001。

雷风暴:《弓之道》,现代出版社,2002。

托尔金:《魔戒(前传):霍比特人》,李尧译,译林出版社,2002,第50页。

楚国:《新仙剑奇侠传》(全五册),华文出版社,2002~2003。

李荣道:《龙族》(全九册),王中宁、邱敏文译,华文出版社,2001~2002。

魏丝、西克曼:《龙枪传承》,朱学恒译,龙门书局、第三波出版国际股份有限公司,2001。

魏丝、西克曼:《夏焰之巨龙》,朱学恒译,光明日报出版社,2002。

萨尔瓦多:《冰风谷》(全三册),洪岳农、王中宁译,光明日报出版社，2002。

今何在：《若星汉天空》，二十一世纪出版社，2004。

文舟：《骑士的沙丘》（全三册），天津人民出版社，2004。

刘易斯：《纳尼亚传奇》（全七册），陈良廷等译，译林出版社，2005。

江南：《九州·缥缈录》，新世界出版社，2005。

今何在：《九州·羽传说》，新世界出版社，2005。

潘海天：《九州·白雀神龟》，新世界出版社，2006。

斩鞍：《九州·朱颜记》，新世界出版社，2006。

黑压：《千魂夜恸》，内蒙古人民出版社，2006。

妖风、狗狗编纂《九州·创造古卷》，北京赛迪电子出版社，2007。

佚名：《夺牛记》，金塞拉（T. Kinsella）英译，曹博汉译，湖南教育
　　出版社，2008。

费斯特：《魔法师·学徒》，徐天译，四川科学技术出版社，2009。

费斯特：《魔法师·大师》，马骁译，四川科学技术出版社，2009。

卡特编《安吉拉·卡特的精怪故事集》，郑冉然译，南京大学出版
　　社，2011。

贝洛：《鹅妈妈的故事》，戴望舒译，译林出版社，2012。

托尔金：《精灵宝钻》（修订注释本），邓嘉宛译，译林出版
　　社，2012。

克拉莫尔：《苏美尔神话》，叶舒宪、金立江译，陕西师范大学出版
　　社，2013。

卡罗尔：《挖开兔子洞：深入解读爱丽丝漫游奇境》，张华译注，吉
　　林出版集团有限责任公司，2013。

托尔金：《魔戒：魔戒现身》，朱学恒译，译林出版社，2013。

托尔金：《魔戒：双城奇谋》，朱学恒译，译林出版社，2013。

托尔金：《魔戒：王者再临》，朱学恒译，译林出版社，2013。

托尔金：《魔戒：魔戒同盟》，邓嘉宛等译，上海人民出版社，2013。

托尔金：《魔戒：双塔殊途》，邓嘉宛等译，上海人民出版社，2013。

托尔金：《魔戒：王者归来》，邓嘉宛等译，上海人民出版社，2013。

J. R. R. 托尔金：《精灵宝钻》，克里斯托弗·托尔金编，邓嘉宛译，

上海人民出版社，2015。

斯帕克沃斯基：《猎魔人》（第一至七卷），小龙等译，重庆出版社，2015。

J. R. R. 托尔金：《努门诺尔与中洲之未完的传说》，克里斯托弗·托尔金编，石中歌、邓嘉宛译，上海人民出版社，2016。

斯蒂芬斯：《爱尔兰凯尔特神话故事》，余一鹤、瞿慧译，北京联合出版公司，2017。

《尼伯龙根之歌：德国民间史诗》，曹乃云译，广西师范大学出版社，2017。

佚名：《埃达》，石琴娥译，译林出版社，2017。

安德松等：《北欧维京英雄传奇》，刘珈、孙甜等译，北京联合出版公司，2017。

刘易斯：《惊喜之旅：我的早年生活》，邓军海译注，华东师范大学出版社，2018。

阿波罗多洛斯编撰《希腊神话》，周作人译，长江出版社，2018。

卡尔维诺编《怪诞故事集》，唐江、马小漠、仲召明译，人民文学出版社，2018。

J. R. R. Tolkien, *The Hobbit*, New York: HarperCollins Publishers, 2011.

J. R. R. Tolkien, *The Silmarillion*, New York: HarperCollins Publishers, 2011.

J. Grimm & W. Grimm, *The Original Folk and Fairy Tales of the Brothers Grimm: the Complete First Edition*, Princeton, NJ: Princeton University Press, 2014.

J. R. R. Tolkien & Christopher Tolkien, *The Book of Lost Tales Part One*, New York: HarperCollins Publishers, 2015.

J. R. R. Tolkien & Christopher Tolkien, *The Shaping of Middle-Earth*, New York: HarperCollins Publishers, 2015.

J. R. R. Tolkien & Christopher Tolkien, *The Book of Lost Tales Part Two*, New York: HarperCollins Publishers, 2015.

J. R. R. Tolkien, *Beowulf: A Translation and Commentary Together with Sellic Spell*, New York: HarperCollins Publishers, 2016.

W. B. Yeats（ed.），*Fairy & Folk Tales of Ireland*，London：Arcturus，2018.

Ursula K. Le Guin，*The Books of Earthsea*，London：Gollancz，2018.

Vergil，*The Aeneid*，translated by Shadi Bartsch，New York：Random House，2021.

第三部分　游戏作品（按作品年代排序）

海岸巫师会：《龙与地下城玩家手册》，奇幻修士会译，万方数据电子出版社，2002。

特威特：《龙与地下城地下城主指南》，奇幻修士会译，万方数据电子出版社，2002。

龙与地下城怪物图鉴设计组：《龙与地下城怪物图鉴》，维京工作室译，万方数据电子出版社，2003。

特威特等：《龙与地下城玩家手册》，奇幻修士会译，汕头大学出版社，2008。

威廉斯等：《龙与地下城地下城主指南》，奇幻修士会译，汕头大学出版社，2008。

威廉斯等：《龙与地下城怪物图鉴》，奇幻修士会译，汕头大学出版社，2008。

汉纳索等：《龙与地下城·玩家手册》，严东旭等译，中国华侨出版社，2009。

怀亚特等：《龙与地下城·地下城主指南》，严东旭等译，中国华侨出版社，2009。

米雷等：《龙与地下城·怪物图鉴》，严东旭等译，中国华侨出版社，2009。

西山居剑网3项目组编著《剑网3设定集之风起稻香》，人民邮电出版社，2014。

西山居剑网3项目组编著《剑网3设定集之龙争虎斗》，人民邮电出版社，2015。

西山居剑网3项目组编著《剑网3设定集之巴蜀风云》，人民邮电出版社，2016。

梅森等：《魔兽世界编年史》，刘嫒译，新星出版社，2016。

西山居剑网 3 项目组编著《剑网 3 设定集之安史之乱》，人民邮电出版社，2017。

布尔曼：《开拓者角色扮演游戏核心规则书》，乐博睿项目组译，四川美术出版社，2017。

梅森等：《魔兽世界编年史》（第二卷），刘嫒译，新星出版社，2017。

梅森等：《魔兽世界编年史》（第三卷），刘嫒译，新星出版社，2018。

Gary Gygax, *Advanced D&D Players Handbook*, Lake Geneva, WI: TSR Games, 1978.

Tracy Hickman, *Dragons of Hope*, Lake Geneva, WI: TSR, Inc 1981.

Douglas Niles, *Dragons of Ice*, Lake Geneva, WI: TSR, Inc., 1981.

Sandy Petersen, *Call of Cthulhu: Fantasy Role-Playing in the Worlds of H. P. Lovecraft*, Brainerd, MN: Chaosium, Inc., 1981.

Gary Gygax, *World of Greyhawk Fantasy Game Setting*, Lake Geneva, WI: TSR, Inc., 1983.

Tracy Hickman, *Dragons of Despair*, Lake Geneva, WI: TSR, Inc., 1984.

Douglas Niles, *Dragons of Flame*, Lake Geneva, WI: TSR, Inc 1984.

Ed Greenwood & Jeff Grubb, *DM's Sourcebook of the Realms*, Lake Geneva, WI: TSR, Inc., 1987.

Tracy Hickman & Michael Dobson, *Dragons of Desolation*, Lake Geneva, WI: TSR, Inc., 1984.

Michael Dobson, *Dragons of Mystery*, Lake Geneva, WI: TSR, Inc., 1984.

Jeff Grubb, *Dragons of light*, Lake Geneva, WI: TSR, Inc., 1985.

Tracy Hickman & Laura Hickman, *Dragons of War*, Lake Geneva, WI: TSR, Inc., 1985.

Douglas Niles, *Dragons of Deceit*, Lake Geneva, WI: TSR, Inc., 1985.

Tracy Hickman, *Dragons of Dreams*, Lake Geneva, WI: TSR, Inc., 1985.

Douglas Niles & Tracy Hickman, *Dragons of Glory*, Lake Geneva, WI: TSR, Inc., 1986.

Harold Johnson & Bruce Heard, *Dragons of Faith*, Lake Geneva, WI: TSR, Inc. , 1986.

Tracy Hickman, *Dragons of Truth*, Lake Geneva, WI: TSR, Inc. , 1986.

Douglas Niles, *Dragons of Triumph*, Lake Geneva, WI: TSR, Inc. , 1986.

Margaret Weis & Tracy Hickman (eds.), *Leaves from the Inn of the Last Home*, Lake Geneva, WI: TSR, Inc. , 1987.

Mark Rein Hagen, *Vampire, The Masquerade*, Anniston, AL: White Wolf Game Studio, 1991.

Graeme Davis et al. , *A World of Darkness*, Anniston, AL: White Wolf, 1992.

Harold Johnson et al. , *Tales of the Lance*, Lake Geneva, WI: TSR, Inc. , 1992.

Ed Greenwood & Jeff Grubb, *A Grand Tour of the Realms*, Lake Geneva, WI: TSR, Inc. , 1993.

S. Coleman Charlton Design & Development, *Middle-earth Role Playing Second Edition*, Charlottesville, VA: Iron Crown Enterprises, Inc. , 1993.

Steve Miller & Stan, *Dragonlance Classics 15th Anniversary Edition*, Renton WA: Wizards of the Coast, Inc. , 1999.

Ed Greenwood et al. , *Forgotten Realms Campaign Setting*, Renton, WA: Wizards of the Coast, Inc. , 2001.

Margaret Weis et al. , *Dragonlance Campaign Setting*, Renton, WA: Wizards of the Coast, Inc. , 2004.

Richard Baker et al. , *Player's Guide of Faerûn*, Renton, WA: Wizards of the Coast, Inc. , 2004.

Keith Baker, Eberron Campaign Setting, Renton, WA: Wizards of the Coast, Inc. , 2004.

Rob Baxter et al. , World of Warcraft Role Playing Game, Anniston, AL: White Wolf Publishing, Inc. , 2005.

Sean K Reynold et al. , *Magic of Faerûn*, Renton, WA: Wizards of the Coast, Inc. , 2006.

主要参考文献

Bruce R. Cordell et al. , *Forgotten Realms Campaign Guide*, Renton, WA: Wizards of the Coast, Inc. , 2008.

Jason Bulmahn et al. , *World Guide*, *The Inner Sea*, Paizo, Inc. , 2011.

Sandy Petersen & Lynn Willis, *Call of Cthulhu: Horror Roleplaying in the Worlds of H. P. Lovecraft*, Brainerd, MN: Chaosium, Inc. , 2014.

在幻想的冰山下

后记　惊喜之旅

> 倾耳听吧！多细微清晰呀，
>
> 越传越远，越是细微清晰！
>
> 精灵之国的号召声多美——
>
> 它隐隐发自悬崖峭壁！
>
> 吹吧，让我们听听紫色溪谷的回声娓娓；
>
> 吹吧，号角；应吧，回声，再渐渐低微、低微。
>
> ——丁尼生《公主》（选段），黄杲炘译

当我完成这部书稿时，我迷上奇幻小说已二十多年了。二十多年前，我恰好赶上欧美奇幻文学在中国译介的井喷期。"指环王"系列、"哈利·波特"系列和"龙枪"系列都在此时被引入中国。我在同学的带领下跑到某个小书店，买了一套盗版的《龙枪传奇》。在此后的二十多年中，我对奇幻文学的追寻总在曲曲折折中断断续续，在私自的创作和研究中辗转，勉力维持着念念不忘。

最初，我的旅程多在网络世界中进行，网络论坛为我在现实的夹缝中撑开了让思想自由驰骋的天地。我首先要感谢九州架空世界论坛的朋友们。感谢七位"天神"搭建了这个网络平台，让我的创作冲动得以释放。曾雨先生优秀的创作将我吸引至此，并在我 20 岁生日时赠送给我《若星汉天空下》的签名书。在潘海天先生的推荐下，我在《科幻世界》杂志上发表了自己的小说处女作，他对我有引路之恩。时至今日，潘海天先生又成了我第一部学术专著的序言撰写者。水泡和遥控两位先生欣然接受了我的访谈，为本书提供了珍贵的口述史资料。感谢镜水幻阁论坛的嵇卓群掌柜和宋春待掌柜，让我有

过一片可以自由耕耘的网络空间。感谢 Art + 的阿软和阿狗，他们的架空世界概念设计给了我许多灵感和信心。感谢我曾经的写作老师张雪琴编辑，感谢《科幻世界》杂志社的严岩编辑。他们多年以前收录了我的小说，让我在写作上获得了些许自信。感谢那些与我相互砥砺的朋友——吴以昊先生、吴震先生、俞鲲先生、王图南先生、郑晴女士、张卜予女士等。

我要感谢纯美苹果园论坛和星界彼岸论坛的朋友们。如果没有他们，我不可能对 D&D 等 TRPG 形式有这样持久的体验和切身的理解。赵海山先生让我了解了游戏人生的残酷，促使我成为游戏规则的深度钻研者。不愿透露真实姓名的小天（Anacius）先生为这部书稿的写作提供了珍贵的材料渠道，帮助我夯实了此书的材料基础。感谢灰焰公会的理查德、吉斯奈、艾莉赫、尤佳莉、席风尼亚、梅尔若丝、伍洛、伊雅娜、艾尔文和克里斯汀，这些精彩的角色以及他们背后的玩家至今仍然是我的冒险伙伴，在赛博空间里长久地维持着我的 TRPG 生涯。童昊霆、成小睿、朱妙思和许婷芳等冒险伙伴则投身游戏行业和相关研究，至今奋战不已。他们专注的身姿让我在费时费工的写作中时感振奋。

我要感谢我在西国论坛和汐音社的诸多友人。他们在我脱离九州创作以后，给了我重拾奇幻文学的创作平台。孙天宇先生和司娟女士对我在奈瑞斯世界的奇幻写作给了许多支持和鼓励，保住了我的创作能力。姜倩文同学在本书的写作中，多次阅读我不成熟的稿件，对书稿的修改和完善功不可没。亚琳女士曾对我的小说创作提出鞭辟入里的批评，感谢她的努力挽救。在西国论坛的创作使我再一次深刻地体会到了架空世界的诸多问题，尤其是在创作组织和版权分割等方面，恐怕重蹈了九州的覆辙。这段不能算成功的历程让我再次切身体会到开展中国奇幻文学和架空世界研究的必要性。

在中国，奇幻文学和网络文学都属于新兴领域，社会声望和学术声望都不高。本书走了奇幻文学研究和文化产业研究相结合的艰难道路，路途上许多学者的帮助都让我铭感于心。我要特别感谢我的导师董晓萍教授。她将我收入门下，在民俗学、民间文艺学、体裁学和文献学上给予了我严格的训练，又送我远赴北欧，开拓了我的国际视野。她的耳提面命犹如春雷，振聋发聩，孕育了我的学术生命。在入学以前，我曾经去信向她表明自己在奇幻文学研究上的兴趣。但是，在研究生阶段，我并未能在她的指导下展开相关研究。直到我工作后，独自努力钻研数年，再将相关稿件寄给她过目，她才对这项研究表示肯定，后来又多次给予支持和鼓励。在读书时，她给我们讲"玉得埋"；毕业以后，她才放飞我们这些"笼中金鸟"。

我对此事的体会是：在今天多领域多学科交叉融合的大背景下，民俗学（含民间文艺学）一门学科尚不能解决奇幻文学研究中的诸多问题。但是，在硕博研究生的学习中，打学术基础的时候，不宜三心二意，尤需抱元守一，否则容易打歪了根基，也容易吓坏了自己。直到学术基础牢固了，再渐渐发展运使多门学科的能力，才能从"师父领进门"顺利转入"修行靠个人"阶段。在新兴学科的研究中，根基浅薄地盲目跨越，是要付出惨重代价的。然而，这种跨越又是学者生涯中必须经历的关卡。一个真正的学者，他的使命就是不断开辟，不能要求什么事情都由前人做好。恰恰是这种开辟，才能构成学者生涯的核心意义。

在积累资料和撰写此书的过程中，我也受到了北京师范大学许多学者有意识或无意识的帮助，他们在我不得其门而入时给我指明了方向。感谢程正民先生。我在博士研究生学习阶段接触到了他引介的巴赫金的诗学，后来又蒙他指点，从中发现了大量在奇幻文学研究中可以运用的思想和观点，包括时空体理论、体裁诗学、小说的百科性和杂语性等。感谢李正荣教授。他向我介绍了陌生化理论的俄苏来源和中国研究。感谢金丝燕教授。在我最初接触欧洲叙事学的时候，她为我提供了核心参考书。感谢吴岩教授。他允许我这个陌生人聆听他的科幻文学课程。他直面边缘，开创了中国科幻文学学科。他的工作不仅充实了本书的理论基础，他的勇气和成就更使同样面对边缘的我深受鼓舞。感谢艺术与传媒学院"游戏的人"藏书档案馆的刘梦霏馆长，她建立的游戏文献收藏弥补了我材料上的缺憾，让我兴奋雀跃。

感谢我在塔尔图大学和北京大学的两位导师——于鲁·瓦尔克教

授和向勇教授。于鲁·瓦尔克教授向我展示了欧洲学者的超自然民俗研究，领我赴图尔库大学开展学术交流，鼓励我参加国际青年民俗学者论坛，又将他的研究成果多次带到北师大讲授，使我明白了这一领域的世界性意义，也让我接触到了相关的国际命题。向勇教授是我攻读第二个硕士学位时的导师，他的研究和教导让我补足了文化产业知识的短板，使这部书稿得以最终成形。感谢我的班主任张冠群女士，如果不是她在我入学时所做的努力和协调，我恐怕赶不上北大在深圳开设的这趟"末班车"。

感谢我在广东省社会科学院的领导和同事。周薇院长、钟晓毅所长和游蔼琼处长批准了我攻读文化产业硕士学位的申请，使我有机会补足知识的缺陷。科研处的梁军处长、杨广生处长和陈梦桑博士共同处理了本书的院级青年课题立项和结项。感谢詹双晖所长允许我在繁忙的应用决策研究任务之余，集中精力撰写此书。万昊博士在古典学领域深耕多年，学术功底深厚。他在古希腊神话与文献上对我的指引和帮助，让我获益良多。对于我的这一跨学科、边缘性且"看不到实效"的研究，这样的支持实属不易。组织和集体的帮助让我倍感温暖。

我要感谢本书的编辑们，他们的辛勤劳动使我多年的魂牵梦萦能够付梓。他们对于本书的重视和肯定，极大地鼓舞了我。原画设计师赵雷先生为本书提供了一幅极具气质的封面图，美术设计师蔡长海先生用精湛的技艺为本书设计了版式与封面，在此也要对他们表示感谢。

我把最重要的感谢留在最后。感谢我的家人。他们对奇幻文学不了解也没有兴趣。但是，他们在我投身令人费解的研究时，无条件地尊重了我的选择，并且在我头顶上撑起了一片宁静的天空。他们的支持和陪伴对于任何一个研究者来说都弥足珍贵。感谢佛跳墙，我的猫。感谢它在咬断路由器电源线后一改前非，没有扩大损害。当它以巡视领地的姿态横穿我的桌面，优雅而骄傲地经过键盘和显示屏时，一定是它对仙境的超凡感知和对未来的远见卓识让这部书稿得以幸存。

经由无数的思想，经由无数的人们，仙境的号角得以绵延不断，我的梦想才得以照进现实。

必须承认，这部书稿不完善的地方还很多。西方学界在奇幻文学、数字文本等方面的成果日新月异，我未能对这些研究做出完整的梳理。尽管研究对象涉及大量视觉艺术产品，但本书没有很好地解决插图问题。本书最大的遗憾是，未能完成当初的研究设想——从西方奇幻文学延伸到中国奇幻文学。后者在当今网络文学领域影响深远，是中华优秀传统文化当代化的重要样式，也深藏着欧美奇幻文学所不具备的文化逻辑。但愿在日后的工作中，我能逐渐补足这些遗憾。

谢开来

2021 年 12 月 18 日

图书在版编目（CIP）数据

在幻想的冰山下：欧美奇幻文学的故事世界和文本
系统／谢开来著．－－北京：社会科学文献出版社，
2022.11（2023.9 重印）
ISBN 978－7－5228－0790－4

Ⅰ.①在… Ⅱ.①谢… Ⅲ.①欧洲文学－文学研究 ②
文学研究－美洲 Ⅳ.①I106

中国版本图书馆 CIP 数据核字（2022）第 179294 号

在幻想的冰山下：欧美奇幻文学的故事世界和文本系统

著　　者／谢开来

出 版 人／冀祥德
责任编辑／赵　娜
责任印制／王京美

出　　版／社会科学文献出版社·群学出版分社（010）59367002
　　　　　地址：北京市北三环中路甲 29 号院华龙大厦　邮编：100029
　　　　　网址：www.ssap.com.cn
发　　行／社会科学文献出版社（010）59367028
印　　装／北京联兴盛业印刷股份有限公司

规　　格／开本：787mm×1092mm　1/16
　　　　　印张：24.75　字数：367 千字
版　　次／2022 年 11 月第 1 版　2023 年 9 月第 2 次印刷
书　　号／ISBN 978－7－5228－0790－4
定　　价／128.00 元

读者服务电话：4008918866